KB043422

복사꽃 그대 얼굴

일러두기

1. 본문 중의 설명은 원주와 역주를 분리하여 표기해 두었습니다.

2. 인명과 지명은 국립국어원 외래어표기법에 따라 중국어 발음으로 표기하였습니다.

3. 단 고유명사와 일부 건축물, 자연물은 독자들의 친숙함을 고려해 한자음 그대로 표기하였습니다.

강남 3부작 제1권

복사꽃 그대 얼굴

거페이 장편소설 | 심규호 옮김

더봄

'중국문학전집'을 출간하면서

마오둔干盾은 루쉰魯迅과 함께 중국 현대문학의 발전에 이바지한
진보적 선구자이자 혁명문학가로 평가받는 인물이다. 그의 뜻에
따라 1981년에 제정된 마오둔문학상은 4년을 주기로 회당 3~4
편, 2015년까지 총 9회 수상작을 발표하면서 중국 문학계에서
가장 권위 있는 문학상으로 자리매김했다.

특히 중국 인민문학출판사가 1998년부터 '마오둔문학상 수상작
시리즈'를 출간하면서, 수상작들은 중국 현대 장편소설 중 최고
의 걸작으로 인정받아 광범위한 독자들로부터 지속적인 사랑을
받고 있다. 노벨문학상 수상자인 중국 소설가 모옌莫言도 2012년
제8회 마오둔문학상을 수상한 바 있다.

출판사 '더봄'은 중국 최대의 출판사인 인민문학출판사의 특별
한 협조를 받아 '중국문학전집'을 기획하고, 마오둔문학상 수상
작과 수상작가, 그리고 당대 유명 작가의 최신작을 중심으로 중
국 현대 장편소설을 지속적으로 펴낸다.

출판사 '더봄' 대표 김덕문

강남… 무릉도원, 유토피아, 이상향

　1994년 '강남삼부작' 창작을 결심하고 손에 닿는 대로 자료를 수집하면서, 전체적인 구상과 더불어 산발적으로 떠오르는 생각들을 기록하기 시작했다. 이후 업무 변동과 자질구레한 일들이 쌓이면서 마음도 복잡하고 기운이 빠져 날이 갈수록 소설에서 생각이 밀어져 갔다.

　본격적으로 1부 《인면도화》人面桃花(복사꽃 그대 얼굴)를 쓰기 시작했을 땐 이미 2003년 초봄이었다. '한 번 검을 휘두르기 위해 10년 동안 칼을 간다'는 말은 모두 거짓말이다. 2007년 《산하입몽》山河入夢(산하는 잠들고)이 출판되었을 때는 이미 오랫동안 이어진 구상과 창작에 싫증이 나 있던 상태라 심지어 제3부를 과연 써야 하는지 회의가 들기도 했었다. 결국 《춘진강남》春盡江南(강남에 봄은 지고)의 창작 동력 중 하나는 뜻밖에도 마침내 무거운 짐을 내려놓을 수 있을 거라는 기대감이었다.

　이제 '강남삼부작'이 완간되었다. 차오위안융曹元勇 선생이 독자들에게 이 책을 쓰게 된 동기에 대해 말해달라고 했지만 삼부작 창작에 걸린 시간이 너무 길었던 데다(17년) 몇 번이나 구상을 바꾼지라 옛일을 더듬어 생각하면 초심이 어땠었는지 흔적을 찾아보기 힘들고 기억도 잘 나질 않는다.

타이완에서는 두 작품을 '유토피아 삼부작'이란 이름으로 출판했다. 그러나 '유토피아'란 개념의 의미가 최근 10~20년 사이에 여러 번 상업적인 변화를 겪으며 이미 그 자체에 대한 풍자적 의미가 강해진 탓에 이 표현을 사용하는 것은 합당하지 않다는 생각이 든다. 독자들이 온라인을 통해 지어준 이름도 많다. 예를 들어 '도화', '무릉도원을 찾아서', '화자서'花家舍 등이다.

만약 이 세 권의 책에 통일된 명칭을 붙여야 한다면 나는 개인적으로 '강남삼부작'이라고 부르고 싶다. 책 속의 등장인물과 이야기 모두 강남에서 소재를 취했기 때문인 동시에 나에게 강남은 지리적 명칭일 뿐만 아니라 역사, 문화적 개념이기 때문이다. 내가 어린 시절을 창장長江 남쪽의 작은 마을에서 보냈던 것도 한 가지 이유이다. 그곳은 내 기억의 중추이며 내가 몸담고 살던 곳이었다.

어릴 적 어머니를 따라 강북 외할머니 댁에 가서 새해를 맞이했다. 외할머니 집 초가 앞, 대나무 숲에 강북 사람들이 몰려와 멀찍이 떨어진 곳에서 나를 쳐다보며 이렇게 외쳤다. "강남 사람이 왔어!" 기쁨과 신선함이 느껴지던 그들의 말투가 지금까지도 내 꿈, 내 영혼에 남아 있다.

1부《복사꽃 그대 얼굴》과 2부《산하는 잠들고》는 대륙과 타이완에서 판본이 여러 번 바뀌었지만 전체 내용은 그대로이다. 특히《복사꽃 그대 얼굴》은 영어, 불어, 독일어 등으로 번역되었다. 다년간 삼부작 창작에 관심을 보여준 독자와 친구들에게 진심으로 사의를 표한다.

2012년 1월, 거페이

복사꽃 그대 얼굴

강남몽江南夢의 연대기

　《강남삼부작》은 작가 류융劉勇의 작품이다. '거페이'格非는 그의 필명
이다. 1964년 장쑤江蘇 전장鎭江 단투丹徒에서 출생한 그는 1985년 상하이
화둥사범대학 중문과를 졸업함과 동시에 모교에 재직하면서 1986년
첫 번째 작품《오유 선생을 추억하며》追憶烏攸先生를 시작으로 1987년《미
주》迷舟, 1988년 중편소설《갈색 새떼》褐色鳥群 등을 연달아 발표하여 문명
을 얻기 시작했다. 2000년 박사학위를 받은 후 칭화대淸華大로 옮겨가 중
문과 교수로 재직 중이다. 평론가들은 그를 모옌莫言, 마위안馬原, 쑤퉁蘇
童, 위화余華와 더불어 선봉문학先鋒文學 작가로 부른다. 특히《갈색 새떼》
는 중국에서 가장 오묘한 소설로, 선봉문학을 언급할 때 반드시 거론
되는 작품이기도 하다.
　선봉이란 원래 전투에서 최전선에 서는 전위대라는 뜻으로, 프랑
스어 아방가르드avant-garde의 역어이다. 프랑스 혁명 이후 정치, 사회 혁
명의 급진파를 지칭했으며, 19세기 말 예술계에서 전통과 관습에서 벗
어나 고정관념의 해체를 목표로 하는 전위적이고 급진적인 예술 사조

를 일컫는 말로 통용되었다. 굳이 선봉문학으로 그들을 엮은 것은 단순히 그들의 문학작품이 기존 중국 소설의 전통과 현대소설의 관습적 서사 형태를 크게 벗어나 있기 때문만은 아닐 것이다. 오히려 그것은 단순히 전통에서 '벗어나는' 것 뿐만 아니라 '벗어날 수밖에 없는' 상황에 직면하고 있기 때문이다. 모더니즘 소설이나 의식류 소설, 부조리 문학이 그러하듯이 목적은 전통에서 벗어나는 것이 아니라 현실에 맞섬에 있다. 다시 말해 그들이 마주친 세상이 그 이전의 그것과 또 다른 세상이라는 뜻이다. 당연히 사람과 사람, 개인과 사회, 사람과 자연에 대한 새로운 시각과 관념이 필요했고, 이로 인해 기존의 서사형태와는 다른 글쓰기 형식과 내용이 등장하게 되었다. 그 특색이 바로 소외, 변태심리, 비관적 정서, 허무의식, 모호하고 난해한 글쓰기, 기형적 인물양태 등이다. 바로 이런 점에서 그의 필명 '거페이', 즉 그릇된 것을 바로잡는다는 뜻인 '격비'格非는 전통이거나 오랜 관습에서 비롯된 그릇된 점을 바로잡는다는 뜻이 아니라 바로 현실의 그릇된 점을 바로잡겠다는 뜻일 것이다.

그렇다면 현실의 그릇된 점은 무엇일까?

《강남삼부작》은 거페이가 10여 년의 창작 과정을 겪으며 2011년 세 권으로 완결하여 출간한 장편소설이다. 《인면도화》人面桃花(복사꽃 그대 얼굴)(2004년), 《산하입몽》山河入夢(산하는 잠들고)(2007년), 《춘진강남》春盡江南(강남에 봄은 지고)(2011년) 등 세 권은 개별적으로 하나의 완결된 구조를 지니고 있지만, 혈연으로 맺어진 한 가족의 연대기적 내용을 담고 있으며, 서로 다른 주인공 남녀의 이상적인 삶 또는 사회에 대한 욕망과 절망적 회귀를 보여주고 있다는 점에서 서로 연계된다.

복사꽃 그대 얼굴

역자는 거페이의 장편소설 《강남삼부작》을 번역하면서 특히 지식인의 이상세계에 대한 몽상夢想과 현실세계의 환멸幻滅에 주목했다. '옮긴이의 말' 제목을 '강남몽江南夢의 연대기'로 잡은 것은 책의 제목인 《강남삼부작》이 바로 강남몽에 대한 100년의 역사라고 생각했기 때문이다. 《인면도화》의 시대적 배경은 20세기 초엽이고, 《산하입몽》은 20세기 50~60년대(1952년부터 1962년까지), 그리고 《춘진강남》은 1978년 개혁개방 이후 1980년대 이후의 모습을 보여주고 있다. 하지만 100년이란 세월이 단순히 근대에서 지금까지의 역사를 지칭하는 것은 아니다. 무엇보다 《인면도화》에 나오는 인물들이 꿈꾸었던 이상세계가 고대부터 이어져 온 이상향의 연장선상에 있다고 생각하기 때문이다. 이런 점에서 《강남삼부작》은 '강남몽', 즉 이상향에 대한 중국인들의 희망과 절망을 보여주는 일종의 연대기라고 할 수 있다.

거페이는 자신의 장편소설 《강남삼부작》에 대해 언급하면서 이렇게 말했다.

"소설 강남삼부작의 주요 소재는 애정이다. 애정 이야기를 앞 무대에 세우는 것을 가장 먼저 고려했다. 나머지 목표는 그 뒤에 부가되어 있을 뿐이다."

실제로 《강남삼부작》은 남녀의 이야기로 가득하다. 《인면도화》는 강남 퇴직관리 집안의 아가씨인 루슈미와 혁명당원 장지위안의 애틋하면서도 내밀한 사랑 이야기로 가득하고, 《산하입몽》은 메이청 현의 현장인 탄궁다와 야오페이페이의 이루어지지 못한 사랑 이야기가 전편에 흐른다. 마지막 《춘진강남》은 시인 탄돤우와 팡자위 부부의 혼인생활과 사별 과정을 담담하게 묘사하고 있다.

그러나 설사 애정이 중심이라고 할지라도 핵심 주제는 역시 루陸씨 집안의 슈미와 그녀의 아들 탄궁다, 그리고 손자인 탄환우를 대표로 하는 이들의 이상세계에 대한 몽상과 현실에서 부딪치는 절망이다. 우리는 이를 유토피아에 대한 갈망과 현실적 절망이라고 말할 수 있다. 하지만 작자는 스스로 유토피아라는 말에 대한 거부감을 표출하고 굳이 '강남'이란 말을 서명에 붙였다. 이는 작가 자신이 강남의 수향水鄕인 단투현 딩강향丁崗鄕의 집성촌인 류자촌劉家村 출신인 까닭이기도 하며, 은연중에 '강남' 또는 '강남' 문화권이 지니고 있는 역사적 분위기를 염두에 둔 것으로 보인다. 그렇다면 구체적으로 '강남'은 어떤 의미인가?

현대 한어漢語에서 '강남'江南은 장쑤, 안후이를 비롯한 창장長江 이남 지역과 절강 북부 및 상해를 포함한다. 하지만 진한秦漢 이전 '강남'은 창장 하류 오월吳越 지역이 아니라 창장 중류 창장과 샹장湘江 일대, 즉 지금의 호북, 호남 일대를 말하며 때로 강서까지 포함된다. 따라서 강남은 대략 창장 이남 지역의 총칭이라고 할 수 있다. 그곳은 거대한 창장이 흐르면서 도처에 호수와 늪이 자리하고 매우梅雨(강남에 매실이 무르익을 때 내리는 장마)가 상징하듯 봄과 여름은 물론이고 심지어 겨울까지 비가 내린다. 몽롱한 분위기, 습한 기운, 뽕나무와 대나무, 우거진 수풀, 고적한 섬, 복사꽃과 매화를 비롯한 온갖 꽃들, 그리고 쌀과 고기가 넘쳐나는 풍요한 삶은 강남의 대표적 표상이다. 《인면도화》의 중요 배경인 화자서花家舍는 바로 그런 곳이다.

내 생각에는 이곳이야말로 진정 세상 밖의 도원桃源(무릉도원)이란다. 내가 심혈을 기울여 고심한 지가 벌써 이십 년이야. 뽕나무며 대나무는 물론이고 아름다운 연못이 있어 걷다 보면 흥취를 느끼게 되지. 노인네, 어린아이 할 것 없이 절로 편안하단다. 봄빛은 아름다운 풍광을 만들고,

복사꽃 그대 얼굴

가을 서리는 국화와 게를 선사하지. 두둥실 배에 오르면 바람이 옷깃을 스치고 하늘과 땅이 어울리며 사계절 내내 거칠 것이 없어. 밤에도 문을 닫지 않고 길거리에 물건이 떨어져도 함부로 줍는 이가 없으니 실로 요순시대의 기풍이라 할 수 있지. 집집마다 내리쬐는 태양도 모두 똑같아. 봄날은 화창하고 풍광이 아름다우며, 이슬비는 부드러워 복사꽃과 배꽃이 서로 아름다움을 다툴 때면 벌들도 길을 잃게 되지.

−《인면도화》

천하가 태평한 요·순시대의 유풍이 남아 있는 곳, 자연이 아름답고 사람들이 살기 좋은 곳. 바로 이러한 곳이 《인면도화》의 여주인공 슈미의 부친인 루칸이 그렸던 무릉도원이자 그녀의 연인 장지위안이 혁명을 통해 이루고자 했던 대동세계이고, 왕관청의 도화선경桃源仙境인 화자서이다. 이런 점에서 화자서는 춘추전국 시절 초나라 노자老子가 꿈꾸었던 소국과민小國寡民의 이상향이고, 동진東晉의 도연명陶淵明이 말한 무릉도원이며, 도교에서 지향하던 별유동천別有洞天이다. 그리고 중국 유가들이 꿈꾸었던 세상, 만인이 배불리 먹고 따스하게 입는 소강小康사회이자, 자연과 더불어 만물이 평등하고 자유로운 대동大同세상이다.

그러나 소국과민은 대국다인大國多人을 추구하던 춘추열국의 욕망을 부정하며 내놓은 지상紙上의 낙원일 뿐이며, 무릉도원武陵桃源은 진秦의 난리를 피해 궁벽한 곳을 찾아 숨어살던 이들의 도피처일 뿐이다. 또한 소강사회는 지금도 미래의 정책지표가 되는 요원한 희망일 따름이니 어찌 대동세상의 청사진을 펼칠 수 있겠는가?

슈미의 부친인 루칸이 끝내 실성하여 가출한 것이나 장지위안이 허무하게 목숨을 잃은 것, 그리고 왕관청의 도원선경인 화자서가 부자들의 재물을 약탈하여 나눌 뿐 살상은 하지 않는다고 했지만 산적들의 산채이거나 도적의 소굴로 전락할 수밖에 없었던 것은 바로 이 때문이다. 결국 남자들, 특히 지식인들의 이상국은 이렇게 미치거나 죽임을 당하는 식으로 끝이 난다. 그러나 슈미는 오히려 그들이 꿈꾸었던 무릉도원을 실천에 옮긴다. 자신의 고향인 푸지에서 집안의 재산을 모두 털어 학교를 만들고 사람들을 모집하여 비밀결사를 조직한다. 그것은 그가 사랑했던 장지위안의 꿈을 이루는 일이자 부친의 목표를 달성하는 것이고, 왕관청이 설계한 대동사회를 만드는 일이었다. 하지만 그녀 역시 남자들과 마찬가지로 이상향 건설에 몰두할수록 점점 더 대중들에게 소외되고, 결국 영어囹圄의 몸이 되고 만다. 그녀는 현실에 대한 인식이 부족했고, 그만큼 그녀의 꿈은 현실에서 벗어났기 때문이다.

사실 강남의 꿈은 국가가 아닌 가정, 정치가 아닌 문화, 집체가 아닌 개인, 전쟁과 혁명이 아닌 평화와 전통에서 가꾸어진 것이다. 소국과민은 하나의 작은 공동체를 지향하는 것이었고, 무릉도원 역시 국가의 거대한 정치에서 벗어난 하나의 가정 공동체일 뿐이었다. 하지만 강남의 현실은 그들이 꿈꾸었던 작은 공동체가 아니다. 그곳 역시 국가의 통치하에 있으며, 전쟁이 끊이질 않았고, 혁명이 비껴나가지 않았다. 이런 면에서 강남의 꿈은 설사 현실 인식을 바탕으로 두었다고 할지라도 몽상에 불과하다. 또한 그들이 꾸었던 꿈만으로는 대동세계는 물론이고 소강사회조차 만들 수 없었다. 대동이든 소강이든 물질적 기반이 없다면 사상누각에 불과하기 때문이다. 그럼에도 불구하고 그들이 끊임없이 강남몽에 집착하는 이유는 무엇인가? 거페이는 일개 찬모에 불과한 한류의 입을 통해 이상주의자 왕관청의 강남몽이 사실은 개인의 명리名利에 대한 집착일 뿐이라고 말하고 있다.

화자서를 모든 사람들이 먹고 입는 것도 풍족하고, 겸양으로 예를 갖추고 밤에 대문을 닫지 않아도 도적이 들지 않으며, 길거리에 물건이 떨어져도 함부로 집어가는 이가 없는 천태산의 무릉도원으로 만들고 싶었던 거야. 결국은 명名과 이利라는 두 글자, 즉 명성과 이익에서 벗어날 수 없었던 거지. 왕관청은 스스로 극도로 검소하게 지내며 시원찮은 차를 마시고 소박한 식사를 하며 해지고 남루한 옷을 입는 등 궁핍한 생활을 했어. 겉으로는 비록 명리를 좇지 않는다고 말하긴 했지만 화자서 3백여 호 사람들의 존경을 얻고자 했으며, 화자서의 아름다운 이름이 천하에 널리 퍼져 죽은 후에도 천고에 이름을 날리고자 했던 거야. 이것이 그의 큰 집념이었지.

―《인면도화》

과연 인간에게 이상향이란 명성과 이익을 위한 또 하나의 집착일 뿐일까?

연대기라고 했지만《강남삼부작》은 시간의 흐름을 온전하게 따라가지 않는다. 오히려 시간을 격절隔絶시키고, 생략省略한다. 마치 인물이나 사건의 전후사정이 아니라 주제에 몰입하라고 요구하는 듯하다. 삼부작의 두 번째 작품《산하입몽》의 배경은 전편인《인면도화》의 배경인 푸지에서 메이청으로 바뀌며, 세 번째 작품《춘진강남》의 배경은 다시 허푸로 바뀐다. 물론 그곳은 모두 저장浙江, 즉 강남에 소재한 지역이다. 소설의 중요 인물인 루슈미와 탄궁다, 탄돤우는 혈연관계로 얽혀 있는 인물들이지만 실제 생활을 같이 하거나 애증을 나눈 적이 없다. 이렇듯 상호 독립적이지만 화자서라는 이상향을 중심으로 끈끈하게 얽혀져 있다. 이런 점에서《강남삼부작》은 하나의 주제를 설정하여 각기 다른 리

듬과 선율, 화음 등을 변화시켜 하나의 악곡으로 만든 변주곡變奏曲이라고 할 수 있다.

일반적으로 삼부작은 고대 그리스에서 비극의 아버지라고 불리우는 아이스킬로스Aeschylus의 삼부작인 《오레스테이아》Oresteia[아가멤논Agamemnon, 코이포로이Choephori, 에우메니데스Eumenides]에서 시작된다. 이렇듯 삼부작은 태생적으로 비극이다. 중국은 유별나게 삼부작이 많다. 예를 들어 바진巴金은 《격류삼부작》激流三部作(〈가家〉, 〈춘春〉, 〈추秋〉), 《애정삼부작》愛情三部作(〈안개霧〉, 〈비雨〉, 〈번개電〉), 《항전삼부작》抗戰三部作 등을 남겼고, 마오둔茅盾 역시 《식삼부작》蝕三部作(〈환멸〉, 〈동요動搖〉, 〈추구〉), 《농촌삼부작》 등을 남겼다. 대부분의 삼부작이 그런 것은 아니지만 삼부작은 비극을 주선으로 한다. 이는 《강남삼부작》도 예외가 아니다. 그렇다면 왜 삼부작이고, 왜 비극인가?

중단편이든 장편이든 하나의 소설은 어떤 형태로든 대단원大團圓의 막을 내리기 마련이다. 그것은 설사 장편일지라도 전체적으로 일련의 서사 구조 속에서 사건의 발단과 전개, 그리고 결말을 드러낼 뿐 역사의 반복이나 회귀, 또는 소환을 결정적으로 드러내기 힘들다. 하지만 삼부작은 앞서 말한 바대로 세 권의 같지만 다른 소설이다. 같다는 것은 주제의 내적 연계를 말하는 것이고, 다르다는 것은 시대와 인물이 다르다는 것이다. 이렇듯 서로 다른 시대에 서로 다른 인물이 추구하거나 실천하는 내용이 공교롭게도 같다면, 이는 역사의 우연성, 또는 우연을 가장한 필연성을 보여주는 것일 수 있다. 우리는 미래를 알 수 없다. 하지만 과거의 역사는 우리에게 미래를 감지할 수 있는 예지능력을 부여한다. 더군다나 그것이 이상향에 대한 갈망이라면 과거 역사의 숱한 예증 속에서 능히 결말을 예감할 수 있다. 작가가 굳이 삼부작을 택한 이유는 이러한 역사의 환원 또는 반복의 모습을 보여주기 위함인 듯하다. 우리는 그곳에서 모종의 계시 또는 경고警告를 감지한다.

그것이 무엇인지는《강남삼부작》의 두 번째 작품《산하입몽》에서 엿볼 수 있다.

《산하입몽》은 슈미가 감옥에서 낳은 아들 탄궁다의 개인사이다. 하지만 20세기 50~60년대 중국 대륙에서 일어났던 일련의 사건들, 특히 건국 후 사회주의 건설을 목적으로 1958년부터 1960년 사이에 중국공산당이 전개한 중국 공산당의 농공업 대증산大增産 정책인 대약진大躍進 운동과 무관치 않다. 이른바 '과도기총노선'過渡期總路線이라는 정책을 제시한 공산당은 1953년부터 1968까지 세 차례에 걸친 경제개발 5개년 계획을 통해 농업, 공업, 상업 등의 분야를 완전히 사회주의로 개조하고자 했다. 메이청의 현장으로 부임한 탄궁다는 이에 발맞춰 메이청에서 사회주의 유토피아를 건설하고자 했다. 그래서 자신의 고향인 푸지에 댐을 건설하고 메이청에는 대운하를 건설하겠다는 원대한 포부에 들떴다. 그것은 자신의 어머니가 하지 못했던 새로운 이상향에 대한 도전이었다.

> 문득 그의 눈앞에 집집마다 수백, 수천의 꽃등을 환하게 밝힌 아름다운 전경이 떠올랐다. 사회주의 유토피아가 펼쳐질 새로운 농촌의 모습을 떠올리자 그의 눈빛이 아득해지며 점차 황홀경에 빠져들었다.
> ─《산하입몽》

그러나 그가 심혈을 기울여 축조한 댐이 홍수로 무너져 사람들이 죽자 그는 결국 부과풍浮夸風과 공산풍共産風 등 다섯 가지 큰 죄五大罪를 지은 까닭으로 현장 자리에서 쫓겨나고 만다. 이유는 이러했다. "5년 내에 공산주의를 실현하자는 제안은 우경모진주의의 심각한 착오를 범한 것이라 지적했다. 이렇게 큰 메이청 현을 개인적인 자산계급의 무릉도원으로 생각하여 12만 메이청 인민들의 목숨을 담보로 자산계급적 허영심을 만족시켰다는 내용이었다."

사회주의 유토피아가 자산계급의 허영심으로 전복되는 순간이다. 여기에서 우리는 작가의 경고가 무엇인지 엿볼 수 있다. 사회주의 유토피아는 개인적 이상향의 국가적 실현이다. 그러나 국가는 필연적인 이상향의 실패에 대해 반성하지 않는다. 오히려 이를 개인의 허영심으로 몰고 갈 뿐이다. 이렇듯 개인은 집단, 국가, 사회에 의해 여지없이 무너지고 만다.

그는 관직에서 쫓겨난 후 화자서로 돌아간다. 그곳은 어머니가 갇혀 있던 곳으로, 왕관청의 이상세계이자 도적의 소굴이었지만 지금은 자신이 꿈꾸었던 이상향과 같은 곳으로 바뀌었다. 새로운 이상향이 된 셈이다. 하지만 그곳은 조지 오웰의 《1984》에 나오는 '빅 브라더'와 같은 '101'에 의해 감시당하고 조종되는 곳이었다. 결국 그는 그곳의 감시망에 걸려 현상수배를 당한 연인 야오페이페이를 신고하지 않았다는 이유로 체포된다. 죄목은 은닉죄와 반혁명죄였다. 탄궁다는 메이청의 제2모범감옥에 수감되었다가 1976년(문화대혁명이 끝난 해) 간경화로 사망하고 만다.

역사는 이렇듯 반복되면서 또 하나의 비극을 잉태한다. 이는 이상향으로서 화자서가 결국 머지않아 훼멸될 것이라는 화자서 인민공사 서기이자 또 하나의 이상주의자인 궈충녠의 말에서 예감된다. 그의 말은 "나는 화자서를 만들었지만 결국은 내 손으로 그것을 부숴버릴 수밖에 없어"라고 했던 왕관청의 말과 오버랩 된다.

또 하나의 비극인 《춘진강남》은 '강남에 봄이 끝났다'는 제목에서부터 이상이거나 몽상의 시대, 즉 강남몽의 시대가 끝나고, 더 이상 꿈을 꿀 수 없는 시대로 접어들었음을 시사한다. 주인공 탄돤우와 팡자위는 시詩를 인연으로 만났지만, 시대는 더 이상 시의詩意가 넘쳐나는 시대가 아니었다. 아니 문학조차 제자리를 잡지 못하고, 황금에 자리를 양보한 시대가 되고 말았다. 물신物神이 모든 것을 지배하며, 이상은 현실에 굴복되고 만다. 전편에서 이상향으로 그려지던 화자서는 귀충녠의 예감대로 이상향과 전혀 다른 세상, 환락의 도시로 바뀌고 만다. 누구는 화자서를 합법적이면서도 은밀한 매음굴로 만들어 에덴 낙원이란 이름을 붙이고자 했다. 주인공인 탄돤우의 이부동모異父同母 형제인 왕위안칭은 화자서에 '공사公社'라는 이름을 붙이고 싶었지만 결국 포기하고, 허푸 남쪽 근교에 정신병치료센터를 세운다. 이상향과 정신병은 《인면도화》에 나오는 루칸과 루슈미를 소환하기에 충분하다. 그리고 왕위안칭 자신이 그 병원의 첫 번째 환자가 되고 만다. 이상향의 종말이다. 하지만 이상향에 대한 그리움이 사라진 것은 아니다. 남자 주인공인 탄돤우의 부인인 팡자위가 시짱西藏(티베트)을 그리워한 것은 또 하나의 이상향에 대한 그리움이 아닐 수 없다.

근본적으로 욕망의 본질은 음식남녀飮食男女(식색食色)이다. 종족 번성과 생존의 욕구야말로 동물로서 인간의 본질이기 때문이다. 현실은 이러한 욕망이 서로 부딪치는 곳이다. 아쉽게도 욕망은 무한히 확장되고, 자원은 제한적이다. 그렇기 때문에 투쟁을 동반할 수밖에 없다. 하지만 욕망은 또 다른 면모를 지닌다. 끊임없는 이상 추구가 바로 그것이다. 그렇기 때문에 이상 추구의 욕망이 없었다면 인류는 야만에서 문명사회로 탈출할 수 없었을 것이다.

《강남삼부작》은 이러한 이상 추구와 현실 사이에서 일어난 한 가정 삼대의 연대기이다. 현실과 이상 사이에서 방황하는 그들의 이상향에 대한 욕망은 끝내 비극으로 끝나고 만다. 그렇다면 화자서에 대한 희망은 완전히 사라진 것일까? 개인도 국가도 끝내 이루지 못한 모든 이들이 평등하고 공평하며, 공포와 탐욕이 사라지며, 심지어 강물조차 달콤해진 세상은 정녕 존재하지 않는 것일까? 만약 그렇다면 우리는《춘진 강남》의 남자 주인공 돤우처럼 '무용'無用 또는 '무위'無爲에 빠지고 말 것이다. 하지만 우리는《강남삼부작》전편에서 도드라지는 여성성을 관조할 필요가 있다. 그것은《산하입몽》의 마지막 구절, 이미 죽어 환영으로 나타난 야오페이페이의 말에서 그대로 드러난다.

"공산주의가 실현되었으니까요."

페이페이가 그를 향해 웃었다.

"그런데 난 왜 아무것도 안 보이지? 왜 사방이 어두컴컴하지?"

"볼 필요 없어요. 눈을 감아요. 내가 말해줄게요. 이 사회에는 사형이 없어요……."

사형이 사라지고,

감옥이 사라지고,

공포가 사라지고,

탐욕과 부패가 사라졌어요.

천지가 모두 자운영 꽃이에요. 영원히 시들지 않죠.

복사꽃 그대 얼굴

창장은 더 이상 범람하지 않고, 강물조차 달콤해졌어요.

일기와 개인의 편지도 더 이상 검열을 받지 않아요.

간경화도 없고, 복수도 차지 않아요.

타고 난 죄악도, 영원히 지속되는 치욕도 없어요.

난폭하고 우둔한 관리도 없고, 전전긍긍하는 백성도 없어요.

당신이 누구랑 결혼하고 싶으면 더 이상 나이의 제한을 받지 않아도 돼요.

"그럼, 그 어떤 번뇌도 있을 수 없겠네?"

"그래요. 어떤 번뇌도 있을 수 없어요."

—《산하입몽》

그녀는 탄궁다의 꿈에 나타나 공산주의가 실현되었음을 경축한다고 하면서 이렇게 말한다. 인류사에서 한 번도 제대로 이루어낸 적이 없는 공산사회, 모두가 함께 일하고 함께 나누어 먹으면서도 결코 투쟁, 죄악, 부패, 심지어 탐욕조차 없는 사회가 마침내 실현되었다는 말이다. 비록 꿈이기는 하지만. 어쩌면 우리 역시 굳이 공산사회는 아닐지라도 여전히 보다 이상적인 사회를 만들기 위해 새로운 이상향, 화자서로 달려가는 중이 아닐까? 설사 그것이 끝내 이루어지지 않는 강남몽이라고 할지라도. 그런 까닭인가? 거페이의 《강남삼부작》을 번역하면서 뇌리에서 떠나지 않았던 것은 사실 여성성에 관한 것이었다.

번역을 하면서 저자의 스토리텔링 역량과 세세한 묘사에 감탄하는 한편 잡다하다고 할 정도로 다양하고 풍부한 지식에 탄복했다. 다른 소설과 달리 유별나게 역주가 많은 것은 바로 이 때문이다. 또한 작품 곳곳에서 볼 수 있는 한어의 해음^{諧音}을 통한 문자 유희와 특히 3부에 집중되어 있는 외래어와 역어^{譯語} 및 신조어 등은 단순히 유희이거나 지식의 나열이 아니라 현재 중국의 사회상을 반영하는 것이다. 덕분에 새롭게 많은 것을 생각하고 배울 수 있었다.

《강남삼부작》 가운데 제1부는《복사꽃 피는 날들》(김순진 역)이란 제목으로 이미 출간된 바 있으나 2부, 3부는 처음 번역된 것이다. 기존의 역서를 참고하였으되 원서를 꼼꼼히 살피는 일을 게을리 하지 않았다. 제1부는 심규호, 2부와 3부는 유소영이 맡아 번역했으며, 서로 돌려가며 검토와 교정을 했다. 독자들과 기쁘게 만날 수 있기를 바란다.

제주 월두 마을에서, 심규호

복사꽃 그대 얼굴

차례

제1장

육손이

1

아버지가 위층에서 내려왔다.

손에는 흰 등나무 가방, 팔에는 대추나무 지팡이를 걸친 채 다락방 돌계단을 따라 한 걸음 한 걸음 마당으로 걸어 내려왔다.

때마침 밀, 보리 수확철이라 마당이 한적하다. 한식날 문에 꽂아둔 버드나무와 소나무 가지가 햇빛에 말라비틀어져 있다. 돌산 가장자리의 서부해당화 무리도 어느새 꽃은 다 떨어지고 잎만 무성하다. 떨어진 꽃을 오랫동안 치우지 않아 바람에 날린 꽃잎이 마당에 가득하다.

슈미秀美는 손에 속곳을 들고 있었다. 사람들 몰래 뒷마당에 널러 나왔는데 하필 아버지와 딱, 마주치자 어찌해야 좋을지 머릿속이 하얘졌다.

속곳의 혈흔은 이미 두 번째여서 혼자 우물가에 쪼그리고 앉아 한참을 비벼 빨았다. 벌 몇 마리가 윙윙거리며 그녀 주변을 날아다녔다. 눈앞을 윙윙거리며 날아다니는 벌 때문에 더욱 신경이 거슬리고 심란해졌다. 납덩이라도 가라앉은 듯 아랫배는 묵직하게 아픈데 변기에 쪼그리고 앉아있어 봤자 정작 볼일은 보지 못했다. 바지를 벗고 몰래 거울에 피가 흐른 부분을 비춰봤지만 창피해서 얼굴만 벌겋게 달아오르고 가슴이 쿵쾅쿵쾅 뛰었다. 대충 안으로 솜뭉치를 쑤셔 넣고 바지를 추켜올린 후 어머니 침상에 엎어져 자수 베개를 끌어안고 중얼거렸다. "죽을 건가 봐, 죽을 게 뻔해." 어머니는 메이청梅城의 외갓집에 가셔서 침실에는 아무도 없었다.

문제는 아버지가 내려왔다는 것이다.

이 미치광이는 평소 아래층에 내려오는 일이 거의 없었다. 그저 매년 정월 초하루, 어머니가 바오천寶琛을 시켜 업고 내려와 아래층 거실 태사의太師椅(관가에서 사용하는 의자로, 권력과 지위를 상징한다)에 앉힌 후 가족들의 세배를 받도록 할 뿐이었다. 슈미는 그를 산송장처럼 여기고 있었다. 입과 눈이 비뚤어져 줄줄 침을 흘렸으며 기침을 한 번 할 때도 한참 동안 숨을 몰아쉬어야만 했다. 그런데 오늘 그 미치광이가 놀랍게도 가벼운 걸음걸이로 원기왕성하게 아래층까지, 그것도 무거운 등나무 가방까지 들고 내려온 것이다. 그는 해당화나무 아래에 서서 차분하게 소매에서 손수건을 꺼내 콧물을 닦았다. 설마 하룻밤 사이에 그의 정신병이 싹 낫기라도 했단 말인가?

슈미는 그가 마치 멀리 떠나기라도 하려는 듯 가방을 든 모습을 보고 자신도 모르게 손에 쥐고 있던 속곳의 적갈색 핏자국에 힐끗 눈길이 갔다. 순간 당황스럽고 심란한 마음에 앞마당 쪽으로 소리를 질렀다. "바오천, 바오천, 삐딱이 바오천……!" 그녀는 집에서 일하는 장방賬房(예전에 집에서 회계를 보던 사람)을 급히 불렀으나 안타깝게도 아무 대답도 없었다. 땅위의 꽃잎과 먼지, 오후의 나른한 태양……, 어느 것도 그녀를 거들떠보지 않았다. 해당화, 배나무, 담벼락의 푸른 이끼, 나비와 꿀벌, 문밖 파릇파릇한 수양버들가지, 나뭇가지를 스치고 지나가는 바람……. 모두 그녀를 아랑곳하지 않았다.

아버지가 말했다.

"누굴 부르니? 그만 불러라."

그가 천천히 몸을 돌리더니 꼬질꼬질 더러운 손수건을 소매 안에 쑤셔 넣으면서 실눈을 뜨고 나무라듯이 그녀를 노려보았다. 그의 목소리는 마치 사포질을 한 것처럼 낮게 잠겨 잘 나오지 않았다. 아버지가 자신에게 말을 건 것은 그때가 처음이었다. 일 년 내내 햇빛을 보지 않았기 때문에 얼굴은 다 타버린 숯처럼 핏기가 없이 회색빛이고 머리카락은 바람에 흔들리는 옥수수수염처럼 황갈색으로 바래있었다.

"나가시려고요?"

슈미는 바오천이 없다는 것을 알고 억지로 마음을 가라앉히고 용기를 내어 그에게 물었다.

"그래." 아버지가 말했다.

"어디 가세요?"

아버지가 히죽 웃으며 고개를 들어 하늘을 바라보더니 한참 후에야 입을 열었다.

"사실은 나도 아직 몰라."

"어디 멀리 가세요?"

"아주 멀지."

아버지는 어두운 낯빛으로 얼버무리며 가만히 그녀를 바라봤다.

"바오천, 바오천! 삐딱이 바오천! 개자식 바오천……!"

아버지는 더 이상 딸이 사람을 부르는 소리에는 신경 쓰지 않고 천천히 슈미 앞으로 다가가 한쪽 손을 들어올렸다. 아마도 그녀의 얼굴을 쓰다듬으려 했던 것 같았다. 하지만 슈미는 날카롭게 비명을 지르며 그의 손길을 피해 달아났다. 그녀는 대나무 울타리를 뛰어넘어 채마밭까지 가서야 멈추고 돌아섰다. 그녀는 고개를 갸웃거리며 그를 바라보다 생각난 듯 속곳을 비틀어 짰다. 아버지가 고개를 설레설레 저으며 웃었다. 아버지의 웃는 얼굴은 마치 부슬거리며 흩어지는 잿더미 같기도 하고 녹아내린 촛농 같기도 했다.

이렇게 그녀는 아버지가 가방을 들고 구부정한 모습으로 태연하게 중문을 빠져나가는 모습을 한참 동안 지켜봤다. 머릿속은 뒤죽박죽으로 헝클어지고 심장은 쿵쿵 제멋대로 뛰었다. 그러나 아버지는 금세 되돌아왔다. 수달 같은 머리통이 문밖에서 비집고 들어오더니 어색하게 살짝 웃으며 이쪽저쪽을 두리번거렸다.

"우산이 필요한데……."

그가 작은 목소리로 말했다.

"푸지普濟에 금방이라도 비가 올 것 같아."

그때는 그 말이 아버지가 그녀에게 남기는 마지막 말이 될 거라고는 생각지 못했다. 슈미가 고개를 들어 하늘을 보니 구름 한 점 없이 파란 하늘이 아득하니 높고도 멀었다.

아버지가 닭장 옆에서 기름먹인 천 우산 하나를 찾아내 펼쳤다. 좀이 슬어 만신창이로 구멍이 나고 우산살이 다 드러나 있었다. 다시 접어 툴툴 털자 그예 다 떨어져나가고 우산살만 남았다. 아버지는 잠시 망설이더니 우산을 조심스레 벽에 기대놓고는 가방을 들고 뒷걸음질로 나가버렸다. 마치 누군가를 놀라게 하지나 않을까 걱정하는 사람처럼 가만히 문을 닫았다. 문 두 짝이 모두 닫혔다.

슈미는 안도의 숨을 길게 내쉰 후 속곳을 울타리에 널고는 재빨리 꽃길 회랑을 돌아 앞마당으로 가서 사람을 불렀다. 바오천도 없고, 시췌喜鵲와 추이렌翠蓮도 보이지 않았다. 이 미치광이가 날 한번 잘 잡으셨네. 늙은이, 어린아이 할 것 없이 집안 식구들이 의논이라도 한 것처럼 대청 앞, 곁채, 헛간, 아궁이, 하다못해 변기통 가리개 뒤편까지 샅샅이 찾아봤지만 사람은 그림자도 보이지 않았다. 하는 수 없이 슈미는 마당을 가로질러 대문 밖으로 쫓아나갔지만 이미 아버지의 종적을 찾을 수가 없었다.

옆집 화얼냥花二娘이 마침 문 앞에서 대바구니에 깨를 널고 있었다. 아버지를 보지 못했느냐고 하자 화얼냥은 보지 못했다고 대답했다. 슈미는 시췌와 추이렌에 대해서도 물어봤지만 돌아온 대답은 마찬가지였다. 마지막으로 그녀가 바오천에 대해 물어보자 화얼냥은 어이없다는 듯 웃으며 "날더러 지켜보라고 한 것도 아닌데 내가 어찌 알겠니?"라고 대답했다.

슈미가 돌아서려 하자 화얼냥이 그녀를 불러 세웠다.

"너희 집 영감님, 다락방에 갇혀 살았잖아. 어떻게 문밖으로 나갈 수가 있지?"

슈미가 말했다. "저도 어떻게 나왔는지 모르겠어요. 하지만 나가신 건 맞아요. 중문으로 나가는 걸 봤거든요."

화얼냥도 그제야 조금 걱정이 되는지 "그럼 빨리 사람 시켜 찾아봐. 정신이 온전치 못한 사람이 발을 헛디뎌서 똥통에 빠져죽기라도 해 봐. 완전히 개죽음이잖아."

이야기를 나누던 슈미는 추이렌이 원추리가 가득 담긴 바구니를 들고 마을 동쪽에서 걸어오는 모습을 발견했다. 슈미가 후다닥 그녀에게 다가갔다. 이야기를 들은 추이롄은 전혀 당황하는 기색 없이 태연한 표정으로 말했다.

"가방을 들고 가셨다니 멀리는 못 가셨겠네. 어서 나루터로 가 봐. 일단 강을 건너면 찾기 어려워."

말을 마친 추이롄이 바구니를 내려놓고 슈미의 손을 잡아끌었다. 두 사람은 나루터를 향해 달려갔다. 추이롄은 전족纏足을 하고 있어서 뛰기 시작하자 온몸이 마구 흔들리고 가슴이 파도처럼 출렁거렸다. 철 공소 왕치단王七蛋, 왕바단王八蛋 형제가 멍하니 초점 잃은 눈으로 입도 다 물지 못하고 쳐다봤다. 도중에 보리수확을 하는 사람 둘을 만나 물어보았지만 루陸 나리가 지나가는 것은 보지 못했다고 했다. 두 사람은 다시 몸을 돌려 마을 입구 못을 향해 뛰었다. 그런데 얼마 못 가 추이롄이 다리를 휘청거리더니 그대로 바닥에 주저앉았다. 그녀는 자수 신발을 벗어 발을 주무르고 초록빛 저고리의 여밈을 풀더니 헉헉거리며 숨을 몰아쉬었다. "이렇게 미친 듯이 뛰는 건 좋은 방법이 아닌 것 같아. 네 아버지가 나루터로 안 가셨다면 마을 뒷길밖에 없어. 빨리 삐딱이에게 알리는 것이 급선무인 것 같은데."

"그런데 문제는 삐딱이가 어디 갔는지를 모른다는 거야." 슈미가 말했다.

"난 알지." 추이롄이 덧붙였다. "십중팔구 멍孟씨 할멈 집에 가서 마작을 하고 있을 거야. 나 좀 일으켜 줘."

추이롄이 신발을 신고 녹색 저고리를 여미자, 슈미가 그녀를 일으켜 세웠다. 두 사람은 마을의 커다란 살구나무를 향해 터덜터덜 걸어갔다. 추이롄은 그제야 생각이 난 듯 물었다. "어르신이 언제 다락방에서 내려왔어? 무슨 말씀을 하셨어? 시췌는 왜 집에 없지? 왜 어르신을 붙잡지 않았어?" 두서없이 한참을 묻던 추이렌이 갑자기 화를 내기 시작했다. "내가 다락방 자물쇠를 열어서는 안 된다고 그렇게 말했는데, 네 어머니가 한사코 정자에서 햇볕을 쬐게 해야 한다는 등 뭐라고 하더니 그예 이 사달이 났잖아."

멍씨 할멈은 살구나무 아래에서 목화 실을 잣고 있었다. 물레 돌아가는 속도가 빨라지면서 금방이라도 목화 실이 끊어질 것만 같았다. 할멈은 중얼중얼 욕을 내뱉으며 자신에게 화를 내고 있었다. 추이렌이 말했다.

"할멈, 좀 쉬었다 해요. 물어볼 게 있는데, 우리 집 바오천이 마작하러 할멈 집에 오지 않았어요?"

"왔지. 안 올 리가 있어?"

멍씨 할멈이 중얼거리듯 말했다. "방금 나한테 20조전吊錢1)을 따 갔어. 궁해지면 나한테 와서 내 장례비용으로 챙겨뒀던 2문文(화폐 단위. 청대의 경우 약 0.12위안~0.08위안에 해당)까지 깡그리 따가지고 간다니까. 한 판만 더 하자고 해도 싫다고 하대. 가기 전에 큼지막한 곶감 두 개까지 먹어치웠어."

그녀의 말에 추이렌이 웃음을 터트렸다.

"앞으로 다시는 같이 마작하지 말아요."

"걔 없으면 누구랑 하라고? 푸지에 마작 같이 할 짝이 몇이나 된다고! 누구라도 빠지면 인원을 채울 수가 없어. 끗발이 안 좋은 나를 탓해야지. 물레도 실을 끊어 먹잖아."

"할멈, 걔 어디로 갔는지 알아요?"

---

1) 조전(吊錢): 원래는 동전 1천 개를 꿰어 1조전이라 하였는데 청대에는 1천 개보다 약간 적었다.

"내 곶감 두 개를 한꺼번에 먹으면서 신바람이 나서 마을 뒤쪽으로 갔어."

"쑨孫 아가씨네 간 거 아니에요?" 추이롄이 물었다.

할멈은 웃기만 할 뿐, 아무 대답도 하지 않았다. 추이롄이 슈미를 끌고 막 자리를 뜨려 할 때 멍씨 할멈이 등 뒤에서 말했다. "난 쑨 아가씨네 갔다고 안 그랬어."

그렇게 말한 할멈은 계속 웃음을 그치지 않았다.

쑨 아가씨 집은 마을 뒤 뽕나무밭 옆에 있는 단독주택이었다. 집 밖에는 연못이 있고, 못 주위에 들장미와 금은화가 얽혀져 피어 있었다. 대문은 굳게 닫혀 있고 정적이 감돌았다. 입구에 백발의 꼬부랑 늙은이가 담에 비스듬히 기대고 앉아 햇볕을 쬐고 있었다. 두 사람이 연못을 빙 돌아 들어가자 늙은이가 경계하듯 일어섰다. 쥐새끼처럼 작은 눈이 심하게 흔들렸다. 추이롄이 슈미에게 말했다.

"연못 옆에 서서 꼼짝 말고 있어요. 내가 가서 바오천을 불러올 테니."

그녀는 이렇게 말한 후 전족을 한 발로 종종거리며 다가갔다. 늙은이가 기세등등하게 다가오는 추이롄을 보고는 두 팔을 벌리며 그녀를 막아섰다.

"큰 주둥이, 누굴 찾아?"

추이롄은 늙은이는 거들떠보지도 않은 채 문을 열고 안으로 뛰어들어갔다. 그녀를 막지 못한 늙은이는 팔을 뻗어 그녀의 옷자락을 거머쥐고 한사코 놓아주지 않았다. 추이롄이 뒤를 돌아보며 험악한 표정으로 눈을 부릅뜨더니 그의 발 앞에 침을 뱉었다. "이 영감태기가! 한 번만 더 건드려 봐. 당장 연못에 확 처넣어 죽여 버릴 테니."

늙은이는 화가 치밀고 다급하기도 했지만 얼굴에 억지웃음을 지으며 나지막한 목소리로 말했다.

"아가씨, 목소리 좀 낮추지?"

"뭐가 무서워서! 이까짓 후미진 집구석에서 네 집 계집년이 제아무리 침상이 부서져라 요동을 쳐도 듣는 사람이 없을 텐데."

추이롄이 싸늘하게 비웃고는 점점 더 큰 소리를 치기 시작했다.

"옛말에 정향丁香(정향나무)을 욕하면 욕하는 아가씨가 추해진다고 했어." 늙은이가 말했다. "듣는 사람 귀는 그렇다 쳐도 제 입 더러워지는 것은 걱정이 안 되나 보지?"

"헛소리하고 자빠졌네." 추이롄이 욕을 퍼부으며 쏘아붙였다. "이 손 안 놓으면 네놈의 매음굴을 확 그냥 불질러버릴 거야."

노인은 어쩔 수 없이 손을 놓고는 발을 동동 구르며 화를 냈다.

추이롄이 안으로 들어가려는데 곁채 문이 열리며 한 사람이 엎어질 듯 밖으로 뛰쳐나왔다. 바로 삐딱이 바오천이었다. 그는 늘 그렇듯이 머리를 삐딱하게 기울인 채 허겁지겁 단추를 채우고는 헤헤거리며 마당을 지나 대문 앞으로 나왔다.

"큰 주둥이, 큰 주둥이. 오늘…… 그러니까 도대체 비는 오는 거야, 마는 거야?"

정말 비가 내리기 시작했다. 장대비가 저녁 무렵부터 새벽까지 쏟아졌다. 안마당에 고인 물이 화단을 넘어 금방이라도 회랑으로 넘칠 것 같았다. 그 전에 메이칭에서 돌아온 어머니는 대청 태사의에 비스듬히 앉아 바깥의 빗줄기를 바라보며 끊임없이 한숨을 쉬었다. 추이롄 역시 연신 하품을 해대며 삼실 한 뭉치를 잡고 있었지만 아무리 돌려봐도 실마리를 찾을 수 없었다. 시췌는 어머니 옆에 붙어 앉아 어머니가 한숨을 쉬면 자기도 한숨을 쉬고, 어머니가 혀를 차면 자기도 따라서 혀를 끌끌 찼다. 그들은 모두 아무 말도 하지 않았다. 창문이 바람에 덜컹거리고 지붕을 두드리는 빗줄기 소리가 한데 어우러졌다.

"잘하는 짓이다. 무슨 원추리를 하필 오늘 따러 가고 말이야." 어머니가 추이렌에게 말했다. 벌써 몇 번째 하는 소린지 몰랐다. 추이렌이 아무 대꾸도 하지 않자 어머니는 다시 시췌에게 말했다.

"넌 귀도 안 달렸냐? 햇보리를 모두 거둔 뒤에 빻으라고 했잖아. 그새를 못 참고 방앗간으로 달려가?" 마지막으로 어머니가 슈미를 바라보며 차갑게 쏘아붙였다. "미치긴 했어도 아버지는 아버지야. 네가 아버지를 못 가게 붙들었으면 네 손을 물어뜯기야 했겠니?"

그리고는 다시 개자식 바오천을 향해 욕을 해대기 시작했다. 결국 똑같은 말의 연속이었다. 실컷 욕을 퍼부었는지 어머니가 이번엔 시췌에게 물었다. "삐딱이는 하루 종일 도대체 어디를 싸돌아다닌 거냐?" 시췌는 그냥 고개만 가로저었고, 추이렌 역시 모른다고 둘러댔다. 슈미는 추이렌이 입을 다물자 자신도 잠자코 있었다. 그녀는 멍하니 앉아 한 번씩 눈만 깜빡거릴 뿐 빗소리조차 귀에 들어오지 않았다.

한밤중이 되어서야 바오천이 돌아왔다. 마등馬燈(주로 말에 매달고 다니는 비바람을 막을 수 있는 남포등)을 들고 바짓가랑이를 한껏 걷어 올리고 풀이 죽어 고개를 푹 수그린 채 대청으로 들어섰다. 사방 십수 리를 샅샅이 뒤져보고 산자락 아래 관제묘關帝廟까지 달려가서 천 명은 못 되어도 적어도 한 5백 명에게는 물어봤지만 이렇다 할 소식을 듣지 못했다고 했다.

"도대체 하늘로 올라가기라도 했다는 거냐?"

어머니가 말했다. "미친 사람이 가방까지 들고 그 짧은 시간에 어디까지 갈 수 있겠어?" 바오천은 옆에 서서 한마디도 하지 않았다. 그의 몸에서 끊임없이 빗물이 줄줄 흘러내렸다.

2

아버지는 어쩌다 미친 걸까? 이런 궁금증이 수년 동안 슈미의 가슴 속을 짓누르고 있었다. 어느 날 그녀가 사숙 선생인 딩수쩌ᵀ樹則에게 물은 적이 있었는데, 노인네의 얼굴이 어두워지더니 피식 냉소를 지으며 이렇게 말했다. "집에 가서 어머니에게 물어보렴." 슈미는 집으로 돌아와 어머니에게 물었다. 그러자 어머니는 식탁 위에 있던 사발 네 개가 한꺼번에 튀어오를 정도로 세게 젓가락을 내리쳤다. 마치 사발 네 개가 한꺼번에 튀어 오른 것이 아버지가 실성한 진정한 이유라도 되는 것 같았다. 그녀는 다시 추이렌에게 졸랐다. 추이렌은 자못 당당하게 말했다. "별건 아니고, 한창려韓昌黎(당나라의 문인 한유韓愈, 창려는 호)의 그 개 같은 〈도원도〉桃源圖가 일으킨 문제지." 슈미가 그녀에게 한창려가 누구냐고 묻자, 추이렌은 그 옛날 김올출金兀朮(금나라를 세운 아골타의 아들)을 대패시킨 사람이며, 그의 아내는 양홍옥梁紅玉으로 절세미인이었다고 대답했다. 후에 슈미는 한유의 〈진학해〉進學解를 읽고 나서야 한창려가 한세충韓世忠(남송의 장군)이 아니며, 그의 아내 역시 양홍옥이 아니라는 사실을 알게 되었다. 추이렌의 설명은 자연스럽게 거짓으로 드러났다. 그녀는 다시 시췌에게 물어보았다. 시췌에게서 돌아온 대답은 "그냥 미친 거죠" 였다.

그렇다면 사람이 미치는 데는 무슨 별다른 이유가 필요한 것이 아니며, 누구나 미치는 날이 온다는 것인가? 마지막으로 그녀는 바오천에게 넌지시 대답을 유도할 수밖에 없었다.

바오천은 열두 살 때부터 아버지 시중을 들기 시작했다고 말했다. 아버지가 소금상인에게 부과되던 '염과'鹽課(소금세) 문제에 연루되어 양저우揚州 부학府學에서 파면되어 고향으로 돌아왔을 당시 아버지를 따라 함께 남쪽으로 내려온 유일한 시종이었다. 바오천의 말에 따르면, 확실히 도원도라는 그림이 한 장 있었다고 한다. 그것은 딩수쩌가 아버지 50세 생신 때 선물로 준 그림이었다. 아버지가 파면당해 푸지로 돌아온 처음 몇 년간 두 사람은 시詩와 사詞를 주고받고 술자리를 마련하여 초대하면서 늦은 만남을 자못 아쉬워했다고 한다. 딩수쩌가 준 그림은 한유가 그린 진품으로, 원래 딩씨 집안의 장서루인 진루鎭樓의 보물이었다. 20여 년 전 딩씨 집안의 장서루에 큰 불이 나면서 모두 잿더미가 되고 말았지만 그 그림만은 기적처럼 살아남았다.[도원도: 전하는 바에 따르면, 당대 한유가 그린 것이라고 한다. 푸지 딩씨 가문에서 대대로 전해지다가 이후 몇 번 주인이 교체되었다. 1957년 8월, 베이징시와 장쑤성江蘇省 문물국 전문가팀이 감정한 결과 위작으로 밝혀졌다. 지금은 푸칭普慶시 박물관에 소장되어 있다.—원주] 이처럼 소중한 소장품이자 명사의 그림인 데다 화재로 장서루가 전소된 후 유일하게 남은 작품을 딩수쩌가 기꺼이 아버지에게 준 걸 보면 두 사람의 관계가 남달랐음을 알 수 있다.

어느 날, 바오천이 차를 타기 위해 뜨거운 물을 준비해 위층으로 올라가려는데 우당탕 소리가 아래층까지 들려왔다. 올라가 보니 두 사람이 싸우고 있었다. 딩 선생이 나리의 따귀를 때리자 나리도 딩수쩌의 따귀를 때렸다. 두 사람은 아무 말도 없이 그 자리에 선 채로 죽어라 상대방을 때리고 있었다. 그 광경을 본 바오천은 너무 놀라 싸움을 말리는 것도 잊고 그저 멍하니 쳐다보고만 있었다. 딩수쩌가 피와 가래가 섞인 앞니 하나를 뱉고 나서야 나리는 손을 멈추었다. 딩수쩌는 우우 소리를 지르며 얼굴을 감싸고 아래층으로 달려 내려갔고, 얼마 후 그의 문하생 편에 절교 편지를 보내왔다. 나리는 호롱불 아래에서 편지를 펼쳐 들고 연거푸 예닐곱 번이나 읽으며 감탄을 금치 못했다. "글씨가 기가 막히네. 기가 막혀!" 그의 뺨도 맞아서 한껏 부어올라 말을 하자니 마치 입안에 계란 한 알을 문 것 같았다. 두 사람이 어쩌다 사이가 틀어졌는지 바오천도 별다른 연유를 댈 수 없어, 그저 천하의 독서인들이란 원래 미친놈들이라고 탄식할 뿐이었다.

바오천의 설명은 이것이 다였다.

선생 딩수쩌의 설명은 이러했다. 아버지가 딩수쩌에게 시를 한 수 써주었는데, 이상은李商隱의 시 〈무제〉無題2)에서 전고를 취하면서 "금 두꺼비(두꺼비 모양의 향로) 자물쇠를 물고 향을 사르네"金蟾齧鎖燒香入라는 구절에서 '금섬'金蟾을 '금선'金蟬(금매미)으로 잘못 썼다고 한다.

"그건 어쨌든 잘못 쓴 거야. 네 부친은 학문이 반병만 차 있는 식초병처럼 얼치기이기는 하지만 이의산李義山(이상은)의 시는 잘 알고 있었고, 그렇게 크게 비웃음을 살 정도도 아니었어. 좋은 마음으로 그냥 지적해주려는 것이었지 결코 비꼬려는 뜻이 아니었어. 그런데 갑자기 화

---

2) 이상은, 〈무제(無題)〉 "쏴쏴, 동풍에 가랑비는 내리고(颯颯東風細雨來)" 무제 4수(無題四首) 가운데 제2수.

를 내면서 당장에 책을 찾아 맞춰보자고 소리를 지르는 거야. 자신이 틀렸다는 것을 분명히 알고 있으면서도 당찮은 이유를 내세우며 억지를 쓰고 오만하게 남을 능멸하는 나리들 특유의 허세를 부리더라고. 이미 파직했으니 무슨 나리라고 할 것도 없잖아? 그는 진사 시험에 합격했지만 나는 그러지 못했고, 그는 관직을 맡았지만 나는 그런 적이 없기는 해. 그렇지만 엄연한 두꺼비가 자네가 진사이고 부학의 교수였다는 이유만으로 매미로 바뀔 수는 없잖은가? 내가 이렇게 말했더니 그가 일어서면서 다짜고짜 내 따귀를 갈겼고 결국 치아까지 하나 빠지고 말았어." 몇 년 후 딩수쩌는 그 일을 이야기하면서 여전히 화가 풀리지 않은 듯 입을 벌려 붉은 잇몸을 드러내며 학생들에게 살펴보라고 했다. 그래서 슈미는 때로는 아버지가 실성한 이유가 딩 거인擧人(청대에 향시에 급제한 사람)의 부러진 앞니 때문이라고 생각하기도 했다.

어쨌든 간에 아버지는 미쳐버렸다.

아버지는 한창려의 귀한 그림을 얻은 후 그것을 다락방에 숨겨놓고 보물처럼 여기고 사람들에게 좀처럼 보여주지 않았다. 딩수쩌는 아버지와 한바탕 소란을 피운 후 집안사람을 몇 차례 보내 그림을 찾아가려고 했지만 아버지는 "그가 직접 와서 가져간다면 내가 그 앞에서 돌려주지"라고 말할 뿐이었다. 딩수쩌는 아버지와 반목한 후 그 귀한 그림만 생각하면 속이 쓰려 견딜 수가 없었다. 그러나 이미 줬던 물건인데 이제 와서 직접 찾아가서 도로 받아온다면 아무래도 체면이 설 것 같지 않았다. 바오천은 아버지가 그 그림을 보면서 점점 더 미쳐갔다고 말했다.

추이렌은 매일 이른 아침 아버지가 잠자리에서 일어나면 이부자리를 개고 침상을 정리했다. 한번은 침상이 반듯하게 정리돼 있고 아버지가 책상에 엎드려 잠들어 있는 것을 보았다. 책상에는 책들이 가득 쌓여 있었다. 아버지가 아끼던 그 그림 위에 등잔의 재가 둥근 점처럼 잔뜩 떨어져 있었다. 추이렌은 그를 흔들어 깨우며 왜 침상에서 주무시지 않았느냐고 물었다. 아버지는 대답도 하지 않고 실핏줄이 가득한 눈을 비비며 몸을 돌려 뚫어지게 그녀를 바라보았다. 추이렌은 그의 눈빛이 맑고 표정이 괴이한 것을 보고 귀밑머리를 다듬으며 물었다. "그렇게 여러 해를 보셨는데 질리지도 않으세요?"

아버지는 여전히 꼼짝도 하지 않고 그녀를 한참 동안 쳐다본 후에야 한숨을 쉬면서 말했다. "추이렌, 네가 보기에 내가 남생이(바람난 여편네의 남편) 같지 않니?"

추이렌은 그 말을 듣고 놀란 나머지 아버지를 내버려둔 채 허겁지겁 아래층으로 내려와 어머니에게 아버지가 한 말을 그대로 전해주었다. 어머니는 그때 바오천이 자신을 속이고 메이청의 유곽에 갔던 일 때문에 화가 잔뜩 나 있었기 때문에 그녀의 말에 별로 신경 쓰지 않았다. 그런데 뜻밖에도 그날 저녁 집안 식구들이 대청에서 식사 준비를 하고 있을 때 아버지가 돌연 문을 열고 들어왔다. 두 달여 만에 처음으로 아래층으로 내려온 것이었다. 하지만 그는 몸에 아무것도 걸치지 않은 상태였다. 그가 홀딱 벗은 모습을 보고 대청에 있던 사람들은 한순간 어안이 벙벙하여 서로 바라보기만 했다. 그렇지만 아버지는 태연하게 살금살금 시췌의 등 뒤로 가서는 그녀의 눈을 가리고 물었다. "맞혀보렴, 내가 누구냐?"

시췌가 놀라 목을 움츠리고는 젓가락을 잡은 손을 허공에 마구 휘두르며 겁에 질린 목소리로 답했다. "나리시지요."

아버지가 아이처럼 웃어대며 말했다. "맞았다!"

어머니는 놀라 입에 밥을 문 채로 한참 동안 아무 말도 하지 못했다. 당시 슈미는 열두 살이었다. 지금까지도 그녀는 아버지가 잿빛 얼굴로 조용히 웃던 모습을 기억하고 있다.

어머니는 아버지가 갑자기 실성했다는 것을 믿지 못했다. 적어도 그녀는 남편이 나아질 거라는 희망을 품고 있었다. 처음 몇 개월 동안 그녀는 그리 조급해하지 않았다. 우선 한의사 탕류스唐六師를 모셔다가 탕약을 달여 먹이고 온몸에 침을 놓게 했다. 슈미는 아버지가 짧은 속옷만 입고 바오천에 의해 등나무 의자에 묶인 채 온몸에 금침을 꽂고 도살당하는 돼지처럼 울부짖던 모습을 기억하고 있다. 이어서 스님이 법술을 쓰고 도사가 악귀를 쫓았다. 그 다음에는 음양선생陰陽先生(풍수쟁이)과 눈먼 무당까지 뒤따라와서 마의상법麻衣相法, 육임신과六壬神課, 기문둔갑奇門遁甲 등을 모두 한 차례씩 했으니, 아버지의 뼈를 발라내 솥에 넣고 삶는 것만 빼고는 죄다 한 셈이다. 아버지는 이처럼 초봄부터 여름이 끝날 때까지 들들 볶이다가 점차 안정이 되었는데, 뜻밖에도 살이 점점 찌기 시작하더니 걸을 때마다 몸의 비곗덩어리가 출렁거렸고 눈마저 작은 틈새처럼 실눈이 되고 말았다.

그해 여름 아버지가 화원에서 산책을 하다가 돌탁자에 가볍게 기댔는데 그만 탁자가 뒤집어지고 말았다. 바오천이 탁자를 일으켜 세우려고 마을에서 장정 몇 사람을 불러와 구령을 붙여가며 한참을 애썼지만 탁자는 꿈쩍도 하지 않았다. 아버지는 흥이 나면 사람들을 때리고 놀기를 좋아했다. 그가 따귀를 한 대 치면 바오천이 그 자리에서 네다섯 바퀴는 굴러갈 정도였다. 어느 날은 어디서 구했는지 알 수 없으나 긴 손잡이가 달린 만도彎刀(칼몸이 굽은 칼)를 가져와 정원에서 제멋대로 나무를 베기 시작했다. 어머니가 집안사람들을 데리고 황급히 달려왔을 때는 만도가 위아래로 날아다니며 섬뜩한 빛을 번쩍이고 칼날이 닿는 곳

복사꽃 그대 얼굴

마다 나무며 화초가 칼끝에 맞아 거꾸러지고 있었다. 이미 등나무와 석류나무 한 그루, 측백나무 세 그루, 그리고 규룡조虯龍爪 두 대를 베어 넘어뜨린 후였다. 어머니가 바오천에게 가서 말리라고 하자 바오천은 사슴이 엎드리고 학이 날아가듯이 조심스럽게 다가가 원숭이처럼 가볍게 팔을 펴고 아버지 주위를 맴돌면서 아름다운 팔괘보八卦步3)를 취했지만 끝내 칼을 뺏을 수는 없었다.

그 일로 어머니는 대담한 결정을 내리게 되었는데, 마을 철공소의 왕치단과 왕바단 형제에게 밤을 새워 쇠사슬과 구리 자물쇠를 만들게 하여 아버지를 짐승처럼 묶어놓겠다는 것이었다. 그녀는 토지묘에 가서 자신의 생각을 토지신에게 이야기했는데, 신선은 두말없이 허락했으며, 관음보살하고 이야기하자 관음보살이 즉각 꿈에 나타나 서둘러 시행하라고 했을 뿐만 아니라 쇠사슬이 굵으면 굵을수록 좋다고까지 말했다고 했다.

그러나 왕씨 형제가 쇠사슬을 보내오기도 전에 아버지가 다시 일을 저지르고 말았다. 어느 날 깊은 밤 아버지는 다락방에 불을 질렀다. 코를 찌르는 짙은 연기 때문에 숨이 막힌 집안사람들이 깨어났을 때는 이미 불길이 다락방 처마까지 집어삼킨 후였다. 바로 그때 삐딱이 바오천이 주인에 대한 놀라운 충성심과 용기를 보여주었다. 그는 우물물에 푹 담근 면 이불을 두르고 불바다 속으로 들어가 체중이 자신의 세 배나 되는 아버지를 기적처럼 업고 나왔다. 그는 품안에 책 한 더미를 껴안고 있었으며, 입에는 아버지가 보물처럼 여기는 도원도를 물고 있었

---

3) 팔괘보(八卦步): 중국무술의 일종인 팔괘장(八卦掌)의 보법(步法)으로 살금살금 걷는 걷기방식을 말한다.

다. 다만 아쉽게도 한 귀퉁이가 불길에 타고 말았다. 그 불로 인해 다락방은 모조리 타버려 잿더미가 되었다.

난데없는 화재를 겪은 어머니는 마침내 아버지가 실성하고 집안에 우환이 연이어 일어난 것이 모두 그 그림 때문이라는 사실을 받아들이고 바오천과 상의했다. 바오천은 그 그림이 원래 딩씨 집안의 유물이고 딩수쩌가 두세 번씩이나 사람을 보내 돌려주기를 재촉했으니 엎드린 김에 절한다고 선심을 써서 그림을 돌려줘버리는 것이 일거양득이라고 말했다. 비록 그림 한 귀퉁이가 불에 타서 종이가 검게 그을리고 뻣뻣하고 쉽게 바스러지게 되었지만 조심스럽게 표구를 하면 완전한 모습으로 돌려줄 수 있을 것이라고 했다. 어머니가 듣기에도 그 말이 나름 일리가 있어 바오천의 말대로 다음 날 아침 다락방 폐허에서 푸른 연기가 아직 사라지기도 전에 그림을 품에 안고 중문을 나서 딩 선생 집으로 갔다. 그런데 딩 선생 집 서쪽 창 아래로 걸어갔을 즈음 누군가 소곤소곤 말하는 소리가 들려 자기도 모르게 발걸음을 멈추고 귀를 기울였다. 딩 거인의 마누라인 자오샤오펑趙小鳳의 말소리였다. "……루씨네가 아무 이유도 없이 우리 집안의 보물을 강탈해가서는 죽어도 돌려주지 않더니 이번에 꼴좋게 불에 홀라당 타버리고 말았네요. 그 그림은 우리 집에서 몇 대째 내려오던 건데. 우린 아무 일도 없었잖아요? 오히려 화를 복으로 바꿔주고 어려운 일이 있을 때마다 길조가 나타나게 해줬지. 그런데 저 부덕한 집안에 가자마자 괴이한 일이 끊이지 않고 생기는 걸 좀 봐요. 그렇게 귀한 그림을 복도 지지리 없고 재주도 없는 이가 어찌 보겠어요. 괜히 멀쩡한 사람만 미치게 했지." 그녀의 말에 어머니는 몸을 돌려 씩씩거리며 집으로 돌아와서 당장에 그림을 불태워버리려고 했다. 그러자 추이롄이 "그걸 태워서 뭐하시게요? 차라리 제가 가지고 가서 신발본이라도 만드는 것이 낫지요."라고 말하고는 냉큼 그림을 빼앗아 자기 방으로 돌아갔다.

여름 끝자락이 되어 어머니는 바오천에게 장인들을 불러다가 후원의 다락방을 수리하라고 했다. 때는 마침 9월로 환절기인지라 폭우가 그치질 않았다. 십여 명의 목수와 미장이들은 아름다운 정원을 마구 짓밟고 다닐 뿐 아니라 아무 데서나 볼일을 보는 바람에 집안이 악취가 진동하는 외양간이 되고 말았다. 그들은 아무런 제약도 받지 않고 집안을 휘젓고 다녔는데 시췌나 추이롄이 나타나면 피하기는커녕 힐끔힐끔 쳐다보는 바람에 놀란 슈미가 한 달 넘게 아래층에 내려오지도 못할 정도였다.

그중에 칭성慶生이라는 사람이 있었는데 나이는 열여덟이나 열아홉 정도였으며, 호랑이 체구에 곰의 허리를 지녔다. 가슴팍은 벽처럼 두툼하고 걸을 때마다 쿵쾅거리는 소리가 나서 둥근 구리로 만든 손잡이가 흔들릴 정도였다. 그는 '통제불능'이라는 별명으로 불렸는데, 평소 마당을 마구 헤집고 다녀 사부師傅(기능을 전수하는 선생)도 그를 통제할 수 없었다. 그의 손이 명령을 따르지 않으면 곧바로 달려가 추이롄의 허리를 움켜쥐고, 그의 다리가 명령을 따르지 않으면 즉시 시췌가 목욕할 때 곁방으로 잘못 들어가는 바람에 놀란 시췌가 홀딱 벗은 채 목욕통에서 뛰쳐나와 침상 밑으로 숨어들게 만들곤 했다. 어머니와 바오천이 그의 사부를 찾아가 따졌지만 그 노인네는 그저 웃기만 할 뿐이었다. "걔는 말을 듣지 않아요. 안 들어요. 죽었다 깨어나도 말을 듣지 않는다니까요."

다락방이 완공되던 날 슈미는 위층 창가에 서서 장인들이 떠나는 것을 보고 있었다. 칭성은 확실히 희한했다. 다른 사람들은 제대로 길을 걸어가는데 그는 굳이 돌아서서 집을 바라보며 뒷걸음질을 쳤다. 그렇게 걸으면서 눈을 들어 위아래로 집을 훑어보다가 가끔씩 고개를 끄덕이기도 했다. 그의 눈길이 창가에 서 있는 슈미에게 닿았을 때 두 사람은 서로 깜짝 놀랐다. 그는 그녀에게 손을 흔들며 눈을 찡긋거리더니 음흉한 미소를 지었다. 그는 동구 밖에 있는 멀구슬나무에 부딪힐 때까지 그렇게 뒷걸음질을 쳤다. 그들이 떠난 후 어머니는 집안사람들을 데리고 삽으로 대청의 진흙을 퍼내고 석회분으로 벽을 문질러 닦았으며, 향을 피워 집안 가득한 악취를 없애고 장인들이 앉아서 움푹 꺼진 의자를 수리하라고 보냈다. 족히 칠팔일 동안을 정신없이 보낸 후에야 집안은 예전과 같은 평온을 되찾았다.

왕씨 형제가 쇠사슬과 구리 자물쇠를 보내왔지만 그때는 이미 쓸데가 없었다. 아버지는 지난번 큰 화재에 놀라 깊이 잠든 아이처럼 조용해졌기 때문이다. 하루 종일 다락방 옆 정자에 넋을 잃고 앉아 있거나 손을 닦거나 세면용으로만 사용하는 와부瓦釜(도기로 만든 솥)를 쳐다보며 혼잣말을 해댔다. 일이 없을 때면 언제나 손가락을 빨곤 했다. 다락방 서쪽에는 찔레나무 덩굴이 타고 올라갈 수 있도록 만들어둔 시렁이 있었는데, 그 아래로 꽃이 가득 피어 있었다. 꽃 무더기 안에 돌로 만든 탁자가 있어 매년 초봄이 되면 찔레꽃이 피고 작고 흰 꽃이 어지럽게 늘어져 꽃향기가 은은하게 퍼졌다. 그럴 때면 아버지는 바오천의 부축을 받아 아래층으로 내려와 찔레나무 시렁 아래 돌 탁자에서 오후 내내 앉아 있곤 했다.

그해 겨울 어머니는 슈미를 좋은 선생이 있는 사숙으로 보내 공부시키려고 했다. 고르고 고르던 끝에 어머니는 결국 딩수쩌를 골랐다. 슈

복사꽃 그대 얼굴

미가 사숙에 처음 갔을 때 딩수쩌는 며칠이 지나도록 수업은 하나도 하지 않고 글자를 가르치기는커녕 끊임없이 그녀의 부친 욕만 해댔다. 비록 그녀의 부친이 말끝마다 은거하며 세상을 애통하게 여긴다며 탄식하고 도연명陶淵明을 본떠 연못 울타리 언저리에서 들국화를 따다 차를 우려먹는 척했지만 그의 마음은 양저우부揚州府의 아문에서 한시도 떠난 적이 없다는 것이었다. 이른바 "구름 속을 훨훨 날던 학이 재상의 아문衙門(옛 관청) 위로 날아다닌다"翩然一只雲中鶴, 飛來飛去宰相衙는 말과 같다는 뜻이었다.

슈미가 선생에게 아버지가 왜 불을 질러 책을 태웠느냐고 묻자 선생은 이렇게 답했다. "네 부친이 관직에 있을 때 사람들에게 배척을 당했는데, 가슴에 가득 찬 분노를 풀 데가 없으니 결국 책에다 화풀이를 한 거야. 일생의 실패가 모두 독서 때문에 잘못된 것인 양 말이지. 미치지 않았을 때도 마을에 있는 책을 모두 불태워버리겠다고 큰소리를 치곤 했어. 곱씹어 보면 그 역시 관직에 연연해하는 모습인 게지. 생각해보렴, 그 나이가 되어서도 백설처럼 아리따운 기녀를 집에다 길러 뭐하겠니?" 슈미는 그가 말하는 사람이 추이롄이라는 것을 알았다. 슈미가 다시 물었다. "아버지는 왜 칼을 휘둘러 나무를 벴나요?" 딩수쩌가 대답했다. "그건 그가 마당에 복숭아나무를 심고 싶었기 때문이지. 언젠가 나한테 와서 상의한 적이 있었어. 마을 집집마다 문 앞에 복숭아나무를 심자고 했지. 당시 나는 그가 농담을 하는 줄 알았어."

"왜 하필이면 복숭아나무지요?"

"푸지가 본래 진晉나라 시대 도연명이 발견한 도화원桃花源이고, 마을 앞에 있는 큰 강이 무릉원武陵源이라고 믿었기 때문이지."

"어떻게 그럴 수가 있어요?"

"미친 사람한테 일반적인 상식을 적용할 순 없는 것 아니겠니? 게다가 더 황당한 일도 있었느니라. 그 사람은 푸지 전체에 비바람을 피할 수 있는 긴 회랑을 만들어 마을에 있는 모든 집을 서로 연결시키려고 했단다. 하하, 그렇게 하면 푸지 사람들이 햇볕에 그을리고 빗물에 젖는 고생을 면할 수 있을 거라고 여긴 것이지."

딩 선생이 아버지를 제멋대로 조롱하고 능멸하는 말을 들으면서 슈미는 오히려 아버지에 대해 동정심이 생겼을 뿐만 아니라 아버지가 비바람을 피할 수 있는 긴 회랑을 만들려고 한 것이 뭐가 잘못인지 도무지 이해할 수 없었다.

"하지만……." 딩수쩌는 그녀가 계속해서 물어보자 미간을 찌푸리며 성가시다는 듯 손을 내저으며 말했다. "지금 네 나이로 그런 일을 이해하기는 아직 일러."

슈미는 열다섯 살이었다. 아버지가 집을 떠난 그날 밤, 그녀는 침상에 누워 지붕에 쏴하고 내리치는 빗소리를 들었다. 어둠 속에서 축축한 푸른 이끼와 비 내음이 몰려와 잠들 수가 없었다. 그녀는 알고 있었다. 아버지가 실성한 진짜 이유를 분명히 이해하기에는 자신이 아직 너무 어릴지도 모른다는 것을. 푸지 밖의 너른 세상에서 과연 어떤 일들이 벌어지고 있는지를 분명히 알기에도 아직 너무 어리다는 사실을.

3

복사꽃 그대 얼굴

다음날 집안에 많은 사람들이 들락거렸다.

우선 뱃사공인 탄수이진譚水金과 그의 아내 가오차이샤高彩霞가 찾아와 말했다. 어제 오후에는 강을 건너는 사람이 아무도 없었기 때문에 탄수이진과 아들 탄쓰譚四는 선창에서 줄곧 바둑을 두고 있었다고 했다. 그들 부자는 두 사람 모두 바둑을 잘 두었는데, 뛰어난 바둑 실력은 조상으로부터 물려받은 것이었다. 수이진이 말하길, 그의 조부는 바둑을 두다가 더 이상 승산이 없자 선혈을 토하고 졸지에 황천길로 갔다고 했다. 그날 오후 그들은 전부 세 판을 두었는데, 앞의 두 판을 탄쓰가 이긴 후, 마지막 한 판이 끝나기 전에 큰비가 내렸다고 했다. "비가 정말 엄청 왔습죠." 수이진이 이렇게 말하자, 가오차이샤도 맞장구를 쳤다. "엄청 왔어요, 엄청. 정말 엄청났어요." 어머니는 성질을 죽인 채 그들의 시끄러운 소리를 듣다가 결국 참지 못하고 끼어들었다. "자네들, 우리 집 나리는 못 보았는가?" 가오차이샤가 본 적이 없다고 말했고, 수이진도 계속 고개를 저었다. "어제 오후에는 한 사람도 강을 건넌 적이 없었습죠. 사람은 고사하고 새 한 마리 날아간 적이 없습니다. 저희가 이른 새벽부터 달려온 것도 이 말씀을 드리기 위함이지요. 저희는 마님댁 나리를 뵙지 못했습니다요. 저는 아들 녀석하고 줄곧 배에서 바둑을 두고 있었는데 모두 네 판이나 두었습죠." 가오차이샤가 말했다. "네 판이 아니라 세 판이에요. 나중 것은 다 두기도 전에 비가 내렸지요." 그들은 여러 차례 되풀이해서 말하더니 한낮이 되어서야 씩씩거리며 돌아갔다.

탄씨 부부가 떠나자 바오천이 또 어디선가 의복이 남루한 노파를 데리고 왔다. 그 노파는 자신이 아버지가 떠나는 모습을 확실히 봤다고 했다. 어머니가 그녀에게 어느 방향으로 가더냐고 묻자 노파가 말했다. "우선 저에게 먹을 것을 좀 내주세요." 시췌가 옆에서 지켜보다가 황급히 주방으로 가서 찐 찰떡을 한 쟁반 가득히 내왔다. 늙은이는 두말없이 찰떡을 집어먹기 시작하더니 순식간에 다섯 개를 먹어치우고 품안에 세 개를 집어넣더니 걸쭉하게 트림을 한 다음 밖으로 나갔다. 추이렌이 그녀를 막아서며 말했다. "우리 집 나리가 어디로 가셨는지 아직 말하지 않았잖아요." 노파가 손으로 지붕을 가리키며 말했다. "하늘로 올라갔어."

"할멈, 그게 무슨 말이에요?" 바오천이 물었다.

노파가 다시 손가락으로 마당 위 지붕을 가리키며 말했다. "하늘로 올라갔다니까. 기다려봤자 소용없어. 붉은 보랏빛 상서로운 구름이 동남쪽에서 날아와 네 집 나리 발밑에 떨어지더니 순식간에 기린으로 변했어. 그러자 당신네 나리가 그걸 올라타고 하늘로 올라갔지. 하늘로 올라가면서 손수건을 한 장 떨어뜨리는데……." 노파는 부들부들 떨면서 겨드랑이에서 손수건 한 장을 꺼내 추이렌에게 건네주었다. "한번 봐봐, 자네 나리의 것 아니야?"

추이렌이 손수건을 받아들고 보고 또 보더니 말했다. "이건 정말로 나리의 손수건이네. 낡긴 했지만 귀퉁이 매화는 제가 수를 놓아드린 것이 틀림없어요."

"그럼 그렇고 말고." 노파는 말을 마친 후 소매를 걷어 올리고 가버렸다.

늙은이가 떠난 후 한참 동안 불쾌한 표정을 짓던 어머니는 눈빛이 묘하게 청허해지더니 한참 후에야 입속으로 중얼거렸다. "사람이 하늘로 올라가다니 말도 안 되는 얘기 아니냐. 그런데 그 손수건은 또 어디서 주워온 거지?"

오후가 되어 슈미가 위층으로 올라가 낮잠을 자려고 하는데, 문밖에서 붉은 저고리를 입은 여인이 들어왔다. 스무 살쯤 되어 보이는데 얼굴에 살짝 곰보 자국이 있었다. 그녀는 푸지에서 십이삼 리 정도 떨어진 북쪽에서 왔다고 했다. 신발의 양쪽 볼이 다 터질 정도로 한참을 걸어왔다고 해서 어머니는 그녀에게 안으로 들어와 차라도 마시라고 했지만 여인은 한사코 사양한 채 몇 마디만 하고 급히 돌아가야 한다고 말했다. 그녀는 마당 문에 기대어 어머니에게 어젯밤에 일어난 일에 대해 이야기하기 시작했다.

저녁 무렵 한차례 큰비가 쏟아진 후에야 그녀는 돼지우리 지붕 위에 대두 한 광주리를 말리느라 올려놓은 것이 생각나 비를 무릅쓰고 그것을 거두러 나갔다. 멀리서 보니 누군가 처마 밑에 웅크리고 있는데, 가방을 들고 지팡이를 짚고 그곳에서 비를 피하고 있었다. "저는 그때 그분이 댁네 나리인 줄을 몰랐어요. 비가 하도 세차게 내려서 그분에게 어디서 오셨느냐고 물었더니 푸지 마을 사람이라고 하셨어요. 다시 어디로 가시느냐고 물었지만 말을 하려고 하지 않으셨어요. 제가 안에 들어와서 잠깐 앉았다가 비가 그친 후에 다시 가시라고 했지만 역시 듣지 않으셨어요. 제가 대두를 가지고 들어가 시어머니께 말씀드렸더니, 푸지 마을 사람이라면 이웃 마을인 셈이니 여하튼 우산이라도 빌려드리라고 하셨어요. 그런데 제가 우산을 들고 다시 나갔더니 글쎄 감쪽같이 사라지셨지 뭐예요? 비가 정말 엄청 퍼부었어요. 한밤중이 되어 우리 집 남편이 와서는 둘째 삼촌 댁에서 술을 마시고 돌아오는데 푸지 마을에서 등불을 든 사람 둘이 와서 길을 잃은 나리를 찾더라고 말해주더군요. 그제야 비를 피하던 분이 댁네 나리가 틀림없다는 것을 알았지요. 그런 까닭에 특별히 달려와 이렇게 말씀드리는 거예요."

곰보여인은 말을 마치고는 인사를 하고 떠나려고 했다. 어머니가 여러 번 그녀를 만류했지만 빨리 가서 보리를 거둬야 한다고 물도 한 모금 마시지 않고 가버렸다.

그녀가 떠나자마자 어머니는 바오천을 재촉하여 서둘러 뒤따라가 찾아보라고 했다. 바오천이 막 떠나려고 할 때 이웃에 사는 화얼낭이 히죽거리며 한 사람을 데리고 들어왔다.

마지막으로 집에 온 손님은 아버지의 실종과는 무관한 사람이었다. 그는 사십대로 보이는 남자였는데, 수염을 기르고 머리는 단정하게 빗었으며 흰색 윗옷을 입고 코에 안경을 걸친 채 입에 커다란 담뱃대를 물고 있었다.

어머니는 그를 보자 얼굴에 드리웠던 먹구름이 단번에 가셨다. 그녀는 반갑게 맞으며 손님을 거실로 들도록 했다. 슈미와 시췌, 그리고 추이렌도 대청으로 가서 인사를 했다. 다리를 꼬고 앉아 대청에서 담배를 피우는 그의 모습이 득의양양했다. 아버지가 실성한 이후 그녀는 처음으로 담배 냄새를 맡았다. 그는 이름이 장지위안張季元으로, 메이청에서 왔다고 했다. 어머니는 그를 외숙으로 부르라고 하더니 잠시 후 말을 바꾸어 외삼촌으로 부르라고 했다. 그때 장지위안이 돌연 입을 열더니 "그냥 사촌오빠라고 해"라고 말했다.

어머니가 웃으며 말했다. "그렇게 하면 촌수가 헷갈리잖아."

"헷갈리면 헷갈리는 거지." 장지위안은 전혀 신경을 쓰지 않고 "요즘처럼 모든 게 혼란스러운 세상, 차라리 아예 난장판이 되라고 하지, 뭐"라고 말하고는 주위를 신경 쓰지 않고 하하거리며 크게 웃어댔다.

또 한 명의 미치광이였다. 그는 손톱을 후비고 다리를 떨었으며, 말

복사꽃 그대 얼굴

을 하는 동안 계속 고개를 흔들어댔다. 슈미는 그를 처음 만날 때부터 왠지 가슴이 울렁거리고 불안했다.

흰 피부에 광대뼈가 많이 나왔으며, 검은 눈자위에 눈동자는 깊고 가늘어 여인처럼 고운 자태를 드러내고 있었다. 외모는 스스로 잘났다고 생각할지 모르나 자세히 보면 안색이 음울하고 얼굴 가득 우울한 기색이 역력하여 이 세상 사람이 아닌 듯했다.

그는 요양을 하러 메이청에 왔는데, 당분간 푸지에서 머물고자 했다. 요양을 한다면서 왜 메이청에 머물지 않고 뭐 한다고 굳이 시골로 내려왔을까? 외할머니가 살아계실 때 슈미도 어머니를 따라 메이청에 간 적이 몇 번 있었는데, 왜 이 사람을 한 번도 본 적이 없는 걸까?

어머니의 말에 따르면, 이 사촌오빠는 이력이 자못 다채로워 동양東洋(일본을 폄하하는 말)에 간 적도 있고 남경과 북경에 오래 머문 적도 있어 견식이 풍부하고 글도 잘 쓴다고 했다. 장지위안이 오자 어머니는 대청에서 그와 이야기를 나누다가 등을 켤 때가 되어서야 식사를 준비시켰다. 또한 추이롄에게 후원에 있는 아버지의 다락방을 깨끗이 청소하여 그가 쉴 수 있도록 했다. 식탁에서 바오천과 시췌는 그를 공손하게 대하면서 큰 외숙이라고 불렀다. 어머니는 그를 지위안이라고 불렀는데, 추이롄만은 그를 마지못해 상대한다는 듯이 똑바로 쳐다보지도 않았다. 장지위안은 입만 열면 청산유수여서 변법이네 혁명이네 온갖 바깥 세상 일에 대해 말했는데, "시체가 산더미처럼 쌓였다"고 했다가 "흘린 피가 강을 이루었다"고 하는 등, 듣고 있던 바오천이 장탄식을 하며 "세상이 망하려나 봐"라고 말할 정도로 그럴 듯했다.

식사 후에 추이롄 혼자 부엌에서 설거지를 했다. 슈미는 그녀와 이야기를 나누고 싶어 살짝 부엌으로 들어갔다. 두 사람은 한참 동안 노파의 손수건 이야기를 하다가 이어 바오천과 쑨 아가씨에 대해 말했다. 추이렌은 흥미진진하게 이야기를 하는데 슈미는 그런 그녀의 이야기가 그저 아리송하게만 느껴졌다. 슈미가 오늘 오후에 막 도착한 손님 이야기를 꺼내자 추이렌도 영문을 모르겠다며 고개를 흔들었다. "그 사람은 성이 장씨이고 네 엄마는 윈曖씨인 데다 자매도 없으니 무슨 친척일 리는 없고 피차 아무 관계도 아닌 것 같아. 내가 너희 집에 이제껏 있는 동안 한 번도 그런 말을 들은 적이 없어. 말로는 푸지에 요양하러 왔다고 하지만 그 사람 모습을 좀 보렴, 그게 어디 병 걸린 사람 같디? 걸을 때도 얼마나 쿵쾅거리는지 집안에 있는 물 단지가 죄다 웅웅 울릴 정도잖아. 정말 기괴한 일이야."

추이렌이 목을 길게 빼고 밖을 살피더니 이어서 말했다. "가장 기이한 일은 네 어머니가 어제 메이청에서 돌아왔는데, 저 털보가 푸지에서 요양하기로 마음먹었다면 왜 어제 네 어머니랑 함께 돌아오지 않았겠니? 게다가 나리가 집을 떠나자마자 털보가 뒤를 이어 들어왔잖아. 마치 두 사람이 약속이라도 한 것처럼 말이야. 너는 이상하지 않아?"

슈미는 오늘 사촌오빠가 식사자리에서 말했던 "흘린 피가 강을 이루었다"는 말이 정말이냐고 물었다. 추이렌이 그것만큼은 틀림없다는 듯 고개를 끄덕였다. "당연히 사실이지. 지금 세상은 정말로 혼란스러워."

슈미는 그녀의 말을 듣고 아무 말도 하지 않고 혼자 생각에 잠겼다. 추이렌은 그녀가 물통 옆에 멍하니 서 있는 것을 보고 손가락에 물을 적셔 슈미의 얼굴에 튀겼다.

"푸지가 혼란스러워진다면 어떤 모습일까?" 슈미가 물었다.

"애, 무슨 일이든 예상할 수 있지만 유독 '혼란'만은 생각해볼 방법이 없어." 추이롄이 답했다. "'혼란'이란 것은 매번 다르거든. 혼란스러운 때가 닥쳐야만 그것이 어떤 모양인지 알게 되지."

슈미는 침실 북쪽 창문을 통해 후원의 다락방을 볼 수 있었다. 가지가 무성한 큰 나무의 짙은 그늘 속에서 다락방은 더욱 왜소하고 초라하게 보였다. 증조부가 이 땅을 택해 너른 정원을 꾸민 이유는 몇 그루의 큰 나무와 나무 옆으로 흐르는 맑은 시냇가를 볼 수 있고, 시냇가 양옆으로 갈대와 삘기가 가득 자라고 있었기 때문이라고 했다. 당시 푸지는 겨우 십여 호의 어민이 살고 있는 작은 시골이었는데, 증조부는 정원으로 시냇물을 끌어들여 정원에서도 고기를 낚을 수 있도록 했다. 슈미가 어렸을 적에 목판화를 본 적이 있는데, 그림 속 작은 시냇가에는 들오리들이 무리를 짓고, 담장이나 지붕 위까지 들오리가 가득 내려 앉아 있었으며, 겨울을 나기 위해 남쪽으로 날아가는 철새들도 있었다. 어머니의 말에 따르면, 당시 아버지와 함께 푸지에 왔을 때 시냇물은 이미 말라버리고 태양에 뜨겁게 달궈진 크고 작은 자갈 사이로 한 가닥 작은 물줄기만 꼬불꼬불 흐르고 있었다고 했다. 단지 갈대만큼은 여전히 미친 듯이 자라고 있었다. 나중에 아버지가 시냇물 위에 태호석[4]을 쌓아 가산假山을 만들고 가산 위에 정자와 다락을 만들고, 가산 옆으로 헛간을 하나 만들었다. 헛간 담장 아래에는 봉선화를 일렬로 심었다. 늦여름에 꽃이 피면 추이롄은 꽃잎을 따다가 빻아 손톱을 물들였다.

장지위안이 아버지의 다락방을 차지하자 슈미는 아버지가 아직 떠

4) 태호석(太湖石): 장쑤성 타이후(太湖)에서 나는 돌. 주름과 구멍이 많아 가산(假山)을 만들기도 하고 정원을 꾸미는 데 쓰인다.

나지 않았다는 환각에 사로잡혔다. 다락방의 등불은 밤새도록 밝게 빛났다. 하루에 두 끼(아침은 먹지 않았다) 먹을 때를 제외하면 그는 거의 아래층에 내려오지 않았다. 추이렌이 매일 아침 일찍 올라가 방을 청소했는데, 매번 위층에서 내려올 때마다 자발적으로 슈미에게 새로운 소식을 전해주었다.

"푹 자고 있어." 첫날 추이렌이 말했다.

"손톱 밑을 파고 있어." 이튿날 추이렌이 아무렇지도 않게 말했다.

"마통馬桶(나무로 만든 변기통)에서 똥을 싸고 있어." 셋째 날 추이렌이 손을 코앞에 대고 손부채질을 하면서 말했다. "냄새나 죽겠어. 웩웩."

넷째 날이 되자 추이렌이 전하는 소식이 길고 복잡해졌다. "그 머저리가 나리가 쓰시던 와부를 보면서 멍하니 있더라고. 나에게 와부가 어디서 온 것이냐고 묻기에 나리가 비렁뱅이에게 산 것이라고 말해주었지. 그런데 그 머저리가 연신 '보물이야, 보물!'이라고 말하더군. 그 와부는 원래 비렁뱅이가 구걸할 때 쓰던 것을 나리께서 줄곧 세숫대야로 사용했는데, 뭐 그리 희한하다고. 내가 막 나오려고 하는데 그가 나를 부르더니 말하는 거야. 아가씨 잠깐만, 내가 물어볼 사람이 있는데……."

"내가 누구를 알아보려고 하냐고 물었지. 그러자 털보가 헤헤거리더니 낮은 목소리로 말하는 거야. 푸지 일대에 육손이 목수가 있다는 이야기를 들어본 적이 있느냐고. 내가 그에게 말했어. 목수가 마을에 한 명 있기는 하지만 육손이는 아니라고 말이야. 그러자 다시 나에게 이렇게 묻는 거야, 인근 마을에는 없냐고. 내가 다시 말해줬지. 샤좡夏莊에 육손이가 있기는 하지만 목수는 아니고 게다가 2년 전에 이미 죽었다고. 그런데 뭣 때문에 뜬금없이 육손이를 찾을까?"

다섯째 날 추이렌은 다락방에서 내려와 아무 말도 하지 않았다.

복사꽃 그대 얼굴

"오늘은 그 머저리가 뭘 하고 있어?" 슈미가 물었다.

"없어." 추이롄이 말했다. "탁자에는 불이 켜져 있는데 사람은 어디로 갔는지 알 수가 없네."

이것이 푸지에 있었던 장지위안의 첫 번째 실종이다. 어머니는 조급해하지도 않고 묻지도 않았다. 추이롄이 묻자 어머니는 낯빛이 확 굳어지더니 "그 사람 일은 너희들이 간여할 게 아냐! 며칠 나갔다가 어련히 돌아올까."

그날 점심때 시췌가 슈미에게 바느질을 가르치고 있는데, 장지위안이 어디선가 불쑥 튀어나와 그녀들을 깜짝 놀라게 했다.

"이게 누구 바지야?" 슈미는 장지위안이 그녀들 뒤에서 묻는 소리를 들었다.

슈미가 고개를 돌려 보니 그의 손에 자신의 속곳이 들려 있었다. 아버지가 나간 그날, 후원 울타리에 올려놓고는 그만 깜빡 잊고 있었다. 비를 맞고 며칠씩이나 햇볕에 마르면서 속곳은 전병처럼 딱딱하게 굳은 상태였다. 그 머저리가 바지를 털면서 양쪽을 자세히 들여다봤다. 부끄러운 마음에 초조해진 슈미는 화가 치받쳐 온몸을 부르르 떨며 그에게 달려들어 단번에 속곳을 빼앗아 위층으로 올라가버렸다.

슈미가 방으로 올라갔을 때 '딸가닥딸가닥' 말발굽소리가 들렸다. 소리가 나는 곳을 보니 관병官兵 기병대가 동구 밖 큰길가에서 하늘 가득히 먼지를 일으키며 강을 따라 서쪽 어딘가로 달려가고 있었다. 정오의 태양 아래 그녀는 관병 모자 위에 달린 술이 돼지 피처럼 선연하게 준마가 내달리는 대로 위아래로 넘실넘실, 앞뒤로 흩날리는 것을 보았다.

4

그녀는 또다시 피를 흘리기 시작했다. 처음에는 한 방울, 한 방울 갈색으로 마치 붉은 사마귀 같았다. 뒤이어 색깔이 더욱 짙어지면서 검게 변하고, 끈적끈적한 피가 그녀의 허벅지를 타고 흘러내렸다. 이미 속곳을 두 번이나 갈아입었지만 얼마 되지 않아 또다시 피가 흘러나왔다. 오전 내내 슈미는 침상에 누워 꼼짝도 할 수 없었다. 조금이라도 움직이면 피가 흘러 결국 그녀의 목숨을 앗아갈 것만 같았다. 지난 두 차례는 피가 흐르다가 갑자기 사나흘 만에 멈추었는데, 지금 또다시 나오기 시작했다. 배가 꼬이는 듯이 아프고 옅은 잠에 든 것처럼 정신이 혼미한 것이 마치 부지깽이로 그녀의 창자를 마구 휘젓는 듯했다. 이번에는 더이상 거울을 비춰볼 용기도 없었다. 차라리 죽으면 죽었지 피가 흐르는 추한 상처를 다시는 보고 싶지 않았다.

그녀는 여러 번 죽음을 생각했다. 반드시 죽어야 한다고 할지라도 흰 비단이나 우물, 또는 독약으로 생을 마감하고 싶지는 않았다. 하지만 그런 것 이외에 딱히 또 다른 죽는 방법이 생각나지 않았다. 그럼 어떻게 죽어야 하지? "황사가 얼굴을 덮고"黃沙蓋臉는 경극京劇에서 부르는 노래인데 어떻게 죽는다는 것인지 알 수가 없다. 매번 경극에서 양옌후이楊延輝가 "황사가 얼굴을 덮고 시신은 온전치 못하네"라고 노래할 때면 (경극 〈사랑탐모〉四郎探母에 나오는 노래의 한 대목) 흥분되어 두 다리가 덜덜 떨리고 눈물콧물이 뒤범벅이 되었으며, 기왕 죽으려면 응당 이렇듯 장렬해야만 할 것이라는 생각이 들었다. 어제 점심때 위층에 있을 때 언뜻 마을을 지나가던 관병의 기병대를 보았다. 하늘 가득 모래바람을 일으키며 의기양양하게 달려가는 준마와 앵두처럼 생긴 모자장식, 불처

복사꽃 그대 얼굴

럼 붉은 술, 그리고 번쩍이는 군도를 보자 취한 듯 홀린 듯 기묘하게 상
쾌한 느낌이 그녀의 피부를 타고 마치 파도처럼 머리꼭대기까지 밀려왔
다. 그녀는 자신의 뇌리 속에 그런 준마가 한 필 있는데, 아직 야성이 길
들여지지 않아 몹시 초조하고 불안하여 조금이라도 고삐를 풀어주면
말굽을 박차고 광분하여 어디로 갈지 모를 것만 같았다.

슈미는 침상에서 일어나 앉아 솜을 바꾸었다. 솜은 이미 검은색으
로 변해 있었다. 그녀는 홀연 집안에 있는 모든 물건들이 검은색이고,
창밖의 햇빛조차 검은색이라는 생각이 들었다. 그녀는 마통에 한참 동
안 앉아 있다가 수를 놓으려 꺼내 들었지만 겨우 두 땀 정도 놓기가 무
섭게 갑자기 마음이 심란해지면서 화가 치밀어 서랍에서 가위를 꺼내
수놓는 붉은 비단을 잘게 잘라버렸다.

안 돼, 누군가를 찾아 물어봐야만 해.

그녀는 이 일을 어머니에게 말하고 싶지 않았다. 물론 마을의 한의
사인 탕류스^{唐六師}도 기대할 수 없었다. 그 망할 놈의 늙은이는 평소 사
람들을 치료할 때 언제나 아무 말도 하지 않았다. 맥을 잡고 처방전을
내주며 돈을 받을 때도 한마디도 하지 않았다. 그가 뜻밖에 한마디 말
을 내뱉을 때는 병자가 가망이 없는 경우였다. 그가 가장 좋아하는 말
은 '관을 준비하시오'였다. 그는 이 말을 할 때면 정말로 즐거운 듯했다.

집안에 남은 세 사람 가운데 바오천은 충성스럽고 순박하여 가장
안심이 되기는 하지만 애석하게도 남자이니 그런 말을 어찌 꺼낼 수 있
겠는가? 시췌는 아무 생각이 없는 데다 담도 작고 사리에 어두웠다. 이
리저리 생각하다 결국 슈미는 추이롄에게 도움을 청하기로 결정했다.

추이롄은 고향이 저장성^{浙江省} 후저우^{湖州}인데, 어려서 부모님이 돌아

가신 후 여덟 살 때 외삼촌에 의해 위항餘杭으로 팔려갔다가 열두 살 때 우시無錫로 도망쳐 비구니 암자에 몸을 의탁했다. 어느 날 저녁 그녀는 스승인 밍후이明惠 법사와 누에 실을 훔치러 운하의 배에 몰래 숨어들었는데, 계획과 달리 내릴 수가 없었다. 그 배는 그녀들을 쓰촨四川의 네이장內江까지 데리고 갔고 어느새 2년이란 세월이 흘렀다. 밍후이 법사는 전화위복으로 배에서 임신을 하여 쌍둥이를 낳았는데, 그때부터 당당한 선주 부인이 되어 바람과 풍랑이 거센 곳에서 힘든 삶을 살아야만 했다. 추이렌은 더욱 파란만장한 도피 생활을 시작했다. 그녀는 다섯 군데 기원妓院에 머물렀고 네 명의 남자에게 시집을 갔는데, 그중 한 명은 태감太監(환관)이었다. 루칸陸侃이 양저우의 어느 청루靑樓(기원, 기방)에서 그녀의 몸값을 대신 치러주었을 때 그녀는 이미 중국의 절반이나 되는 지역을 떠돈 후였으며, 그중 가장 먼 곳은 광둥의 자오칭肇慶이었다.

양저우에 있던 몇 년 동안 그녀는 모두 세 번 도망을 치려고 시도했지만 매번 실패하고 말았다. 그녀는 도망치는 데 인이 박힌 것 같았다. 루칸이 한번은 그녀에게 이렇게 물어본 적이 있었다.

"너는 왜 늘 도망치려 하느냐?"

"모르겠어요. 그냥 도망쳐야겠다는 생각이 들어요."

"어디로 가려는데?"

"몰라요. 그냥 먼저 도망친 다음에 생각해야죠."

추이렌이 이렇게 대답했다.

루칸은 관직에서 물러난 후 그녀를 서재로 불러 오랫동안 이야기를 했다. 그가 추이렌에게 말했다.

"이제는 도망갈 필요 없느니라. 내가 너에게 은자를 조금 줄 터이니 네가 가고 싶은 곳으로 가렴."

　　　　　　　　　　　　　　　　　　　　복사꽃 그대 얼굴

그런데 그 말을 들은 추이렌이 소리를 지르기 시작했다.

"저를 내쫓으려고 하시는 거예요?"

루칸이 말했다.

"네가 스스로 가겠다고 하지 않았느냐? 평상시에는 붙잡아도 듣지 않았잖아."

"안 가겠어요."

루칸은 그제야 알아차렸다. 그녀는 어딘가로 가고 싶은 것이 아니라 도망치고 싶은 것이었다.

푸지에 온 후에도 그녀는 또 한 번 도망친 적이 있었다. 한 달이 조금 지나 그녀는 옷은 다 해지고 봉두난발에 맨발인 상태로 울면서 집으로 돌아왔다. 이번에는 메뚜기 떼와 기근으로 돌아올 수밖에 없었던 것인데, 하마터면 목숨까지 잃을 뻔했다. 그녀는 루칸이 알아보지도 못할 정도로 비쩍 말랐고 두 다리는 퉁퉁 부어 있었다. 몸을 추스른 후 루칸이 찻주전자를 받쳐 들고 그녀의 방으로 갔다. 루칸이 입을 오므리고 미소를 지으며 그녀에게 물었다.

"그래, 이제는 도망치지 않겠지?"

"그건 알 수 없지요." 추이렌이 말했다. "기회가 있으면 또 도망칠 거예요."

그녀의 말에 루칸은 그 자리에서 입에 머금었던 찻물을 벽에다 내뿜고 말았다.

마지막에 멍 할멈이 루칸에게 방도를 알려주었다. 그녀는 추이렌이 도망치는 것을 막으려면 단 한 가지 방법밖에 없다고 말했다. 루칸이 무슨 방법이냐고 묻자 멍 할멈이 대답했다. "나리 집에 계집종을 하나 더 사세요." 루칸은 도무지 이해가 되지 않았다. "두 명이라도 살 수 있지. 하지만 그렇게 한다고 그 애가 도망치는 것을 막을 수 있을까?" "나리, 한번 생각해보세요. 추이렌은 어려서부터 도망치는 것이 습관이 된 아이입니다. 그 애는 막으려고 하면 더욱 기를 쓰고 도망치려고 할 거예요. 나리 댁 옷이나 음식이 싫어서가 아니라 두 다리를 통제할 수 없기 때문이지요. 마치 아편쟁이가 자기 손을 어쩌지 못하는 것과 같아요. 그 애의 아편을 끊으려면 중독을 끊어주는 수밖에 없어요."

"어떻게 끊게 하지?"

"다시 한 번 말씀드리지만 계집종을 하나 더 사시라고요."

"할멈이 하려는 말이 도대체 무슨 뜻이야?"

루칸은 여전히 영문을 알 수 없었다.

"사람을 사들이면서 추이렌에게 이렇게 말하세요. 새로 일할 사람을 사왔으니 가고 싶으면 언제든지 가도 좋다. 더 이상 기대하지 않겠다. 이렇게 하면 틀림없이 더 이상 도망칠 수 없을 거예요. 나리, 생각해보세요. 그 애가 도망치려고 할 때마다 언제든지 가도 좋다는 말이 생각나겠지요. 또한 자기를 막는 사람도 없고, 집안에 새로 일할 사람도 들어왔으니 도망치려고 해도 재미가 있을 리 없잖아요? 나리도 한번 생각해보세요. 도망치려고 하는데 이미 허락이 떨어진 상태이니 도망친다 한들 무슨 재미가 있겠어요. 시간이 흐르면 인이 박힌 것도 뿌리째 뽑히겠지요."

루칸은 그녀의 말을 들으며 연신 고개를 끄덕였다. "묘책일세, 묘책! 대단하군, 대단해! 낫 놓고 기역자도 모르는 시골 할멈에게 이런 지혜가 있을 줄은 정말 몰랐네." 그래서 당장 그녀에게 일할 사람을 찾아달라고 하면서, 손발이 크고 성격이 온순하기만 하면 될 것이고 가격만 적당하면 생김새는 상관없으니 찾는 즉시 데려와 보라고 했다.

복사꽃 그대 얼굴

멍 할멈이 헤헤거리며 말했다. "사람은 이미 제가 준비해 놓았습죠. 돈은, 그저 조금만 주시면 됩니다요."

멍 할멈은 이렇게 말하고 돌아갔다. 얼마 안 있어 할멈은 자기네 먼 외가 쪽 조카를 끌고 왔다.

슈미는 시췌가 집안에 들어오던 때의 모습을 아직도 기억하고 있다. 그녀는 손에 꽃무늬 보따리를 안고 마당으로 걸어와 멈추어 섰다. 고개를 숙이고 입술을 깨물면서 발로 땅바닥의 이끼를 비벼대고 있었다. 멍 할멈이 그녀를 끌어당겼지만 그녀는 꼼짝도 하지 않았다. 멍 할멈이 다급해져 그녀의 따귀를 찰싹찰싹 두 대나 때렸다. 시췌는 울지도 않고 피하지도 않은 채 한사코 발을 떼지 않았다.

멍 할멈이 욕설을 퍼부었다. "하루 종일 내 집에서 빈둥거리며 혼자서 세 사람 몫을 처먹어대니 내 집안의 늙은 것과 어린 것들이 배를 곯고, 게다가 저 뻔뻔한 늙은 귀신이 들러붙게 만들어 질퍽한 밀가루 반죽이 손에 들러붙는 것마냥 아무리 떼려고 해도 뗄 수도 없지. 내가 어렵사리 루 나리를 설득하여 네년을 위해 이렇게 좋은 집을 찾아주었는데, 이 씨알머리 없는 것이 '개가 여동빈을 문다'狗咬呂洞賓5)고, 남의 호의도 모르고." 그녀는 이렇게 말한 후 다시 한 번 따귀를 갈겼다.

그러던 멍 할멈은 슈미의 부모가 후원에서 나오는 것을 보고는 만면에 웃음기를 띠며 시췌의 머리를 가다듬고 그녀의 등을 도닥거리며 말했다. "아이고 착한 계집애네. 네가 이렇게 좋은 집에서 배우게 되었으니 네 죽은 아비와 어미가 구천에 혼령으로 있다면 저승에서라도 입을 다물지 못할 정도로 웃을 게다." 그런 다음 멍 할멈이 전족을 한 발로

---

5) 여동빈(呂洞賓): 8명의 신선 가운데 한 명으로 선한 일을 많이 했다고 한다.

종종걸음을 하며 어머니 옆으로 다가와 나지막한 목소리로 당부했다. "이 아이는 성격이 온화하고 선량하여 때리든 욕을 하든 상관없고, 그 저 소나 말처럼 부려먹어도 문제될 것이 없습니다. 다만 한 가지, 나리와 마님께서는 절대로 이 아이 면전에서 '비상'砒礵이라는 두 글자만은 꺼 내지 마십시오."

"그건 왜 그런가?" 어머니가 물었다.

"말을 하자면 끝도 없습죠. 시간이 있을 때 천천히 말씀드리겠습니 다요." 멍 할멈은 말을 마친 후 어머니의 손에서 돈주머니를 받아들고 귓가에 대고 흔들어보더니 기뻐하며 떠났다.

슈미가 동쪽 곁채로 왔을 때 추이롄은 때마침 침상에 누워 낮잠을 자고 있었다. 그녀는 슈미가 얼굴이 빨개져서는 숨을 가쁘게 몰아쉬면 서 두 눈 가득 눈물이 고인 채 침상 옆에 멍하니 서 있는 것을 보고는 깜짝 놀랐다. 황급히 침상에서 일어나 그녀를 부축하여 침상 가장자리 에 앉히고 차를 따라준 다음 그녀에게 무슨 일이냐고 물었다.

"나 죽을 것 같아" 슈미가 갑자기 큰 소리로 말했다.

추이롄은 또다시 깜짝 놀랐다. "보기엔 멀쩡한데, 왜 갑자기 죽는다 는 거예요?"

"어쨌든 죽을 거야." 슈미가 침상의 휘장을 움켜쥐고 조몰락거렸다. 추이롄이 그녀의 이마를 짚어 보니 약간 열이 있었다.

"도대체 무슨 일이래요? 말해 보세요. 내가 좋은 방도를 생각해볼 테니." 추이롄이 이렇게 말하면서 걸어가 문을 닫았다. 사방에 창문이 없는 방이라 문을 닫으니 순식간에 칠흑같이 어두워졌다.

"천천히 이야기해 보세요. 제아무리 큰일일지라도 내가 대신 짊어질 테니."

슈미는 그녀에게 절대로 말하지 않겠다는 맹세를 하라고 했다. 추이렌은 잠시 망설이더니 질끈 눈을 감고 맹세를 하기 시작했다. 그녀는 연달아 다섯 번이나 맹세를 했는데, 점점 더 독해져서 마지막에는 자신의 8대 조상까지 두루 욕을 보이고 말았다. 슈미는 그래도 말을 하지 않고 침상 가장자리에 앉아 눈물을 뚝뚝 흘려 가슴팍이 온통 젖고 말았다. 추이렌은 원래 성격이 급한지라 조금 전 맹세를 할 때 실없이 자기 조상들을 몇 번이고 욕보였는데, 생각해 보니 기억나는 나이 때부터 지금껏 조상이라고는 그림자 반쪽도 본 적이 없었다. 마음이 쓰라려 그녀 역시 절로 눈물이 났다.

그녀는 외삼촌이 후저우로 그녀를 데리러 왔을 때 큰비가 내려 마치 솥에서 죽이 보글보글 끓듯이 빗방울이 연못에 떨어지던 모습이 어렴풋이 생각났다. 그러고 보니 집 앞에 연못이 하나 있었다. 맹세를 하다 보니 자신의 출신에 대한 기억이 떠올랐는데, 그녀는 이때껏 고향에 대한 자신의 기억이 완전히 텅 비었다고 여기고 있었다. 그런데 지금 갑자기 떠오른 기억으로 예전에 후저우에 있을 때 분명 집이 한 채 있었고, 문 앞에 연못이 있었다는 것도 알게 되었다. 그녀는 여러 해 전에 들었던 빗소리가 들리는 것 같아 또다시 눈물이 흘러내렸다.

추이렌은 묵묵히 한바탕 울고 나니 마음이 슬프면서도 후련했다. "말하고 싶지 않으면 하지 마세요." 추이렌이 코맹맹이 소리로 말했다. "내가 맞춰볼까요? 만약 내가 맞추면 고개를 끄덕여요."

슈미가 그녀를 보고 고개를 힘껏 끄덕였다.

"아직 맞추지도 않았는데 무턱대고 끄덕이면 어떡해요?" 추이렌이 웃으면서 아무렇게나 추측하기 시작했다. 그녀는 일고여덟 번이나 추측

했지만 맞추지 못하자 마지막에는 조금 다급해졌다. "정말로 말하고 싶지 않으면 뭐 하러 나를 찾아왔어요? 그러지 않아도 힘든데, 허리가 끊어질 듯 아프단 말이에요."

슈미가 왜 허리가 아프냐고 물으면서 밤새 감기라도 걸렸느냐고 물었다.

"그게 왔잖아요."

"'그게' 뭐야?" 슈미가 다시 물었다.

추이롄이 웃으며 말했다. "여자 몸에서 하는 것, 머잖아 아가씨도 할 거예요." 슈미가 '그게' 아프냐고 물었다. "아픈 거는 그냥 그렇지만, 배가 더부룩해서 불편한데, 마통에 앉아도 아무것도 나오지 않고, 정말 성가셔요." 슈미가 다시 뭐가 나오는지, 무슨 치료할 방법은 있는지 물었다. 추이롄이 귀찮다는 듯이 대답했다. "피가 나오잖아요. 사오일이면 자연스럽게 그치는데 뭘 치료해요? 여자는 이런 점이 안 좋아요, 한 달에 적어도 한 번은 들볶이니 말이에요."

슈미는 더 이상 묻지 않았다. 그녀는 손가락을 꼽으며 일일이 계산해보고는 한참 후에야 중얼거리며 말했다. "그러고 보니 아버지가 나간 지 벌써 두 달이 되어 가네." 말을 마친 후 다시 고개를 끄덕이며 작은 소리로 말했다. "그런 거였구나……." 그녀는 추이롄의 베개 옆에서 손으로 머리띠를 집어 들고 바라보다가 헤헤거리며 웃기 시작했다. "이 머리띠는 어디서 가져온 거야?"

추이롄은 정월 십오일에 아랫마을 묘회廟會(사원 앞에서 열리는 임시 시장)에서 사온 것이라고 하면서 "마음에 들면 가져도 좋아요"라고 말했다.

복사꽃 그대 얼굴

"그럼 내가 가져갈게." 슈미가 머리띠를 하고 일어나 가려고 하자 추이렌이 그녀를 붙잡고 의심스럽다는 듯이 물었다. "어! 뭔가 말하려고 나를 찾아온 것 아니었어요?"

"내가 뭘 말하려고 했었어?" 슈미는 얼굴을 붉히며 입으로 웃기만 했다.

"어, 정말 이상하네? 조금 전까지만 해도 죽을 듯이 눈물을 닦아대며 내게 맹세를 해라, 서약을 해라라고 해서 공연히 내 조상들까지 욕보였잖아요."

"아니야, 아무것도 아니야." 슈미는 깔깔거리고 웃으면서 추이렌을 향해 손사래를 쳤다. "계속 잠이나 자. 나, 간다!" 그녀는 이렇게 말한 후 문을 열고 바람처럼 달려 나갔다. 슈미는 위층에 있는 자신의 침실로 단숨에 뛰어 들어가 길게 숨을 내쉰 후 이불 위에 엎드려 킥킥거리며 크게 웃었다. 하마터면 옆구리가 결릴 뻔했다. 두 달 넘게 가슴을 답답하게 만들던 고민과 걱정이 한순간에 사라졌다. 배도 이전처럼 그리 아프지 않은 것 같았다. 그녀는 물을 떠서 얼굴을 씻고 붉은 머리띠를 한다음 새 옷으로 갈아입고 연지를 찍고 분을 바르고 거울 앞에서 얼굴을 비춰보았다. 그런 다음 입을 벌리고 웃어대기 시작했다. 그녀는 온몸에 힘이 넘쳐나 송아지처럼 위층에서 몇 번이나 왔다 갔다 하다가 통통거리며 아래층으로 내려와 온 마당을 들쑤시고 다니기 시작했다. 지금까지 이렇게 홀가분한 적이 없는 것 같았다.

시췌는 주방에서 돼지머리를 손질하고 있었다. 족집게로 돼지털을 뽑고 있는데, 슈미가 뛰어 들어오더니 대뜸 족집게를 뺏으며 "좀 쉬어. 내가 대신 뽑을게."라고 하면서 창문 아래 햇빛이 비치는 곳으로 가서 제법 그럴듯하게 자세를 잡고 돼지털을 뽑기 시작했다. "내가 할게요. 새

옷 더럽힐까 걱정돼요." 시췌가 이렇게 말했지만 슈미는 그녀를 밀어내고 웃으며 말했다. "내가 돼지털 뽑는 걸 좋아하거든."

시췌는 그녀가 오늘따라 왜 저러는지, 뜬금없이 왜 이런 일을 좋아한다고 하는지 영문을 알 수 없어 그저 그녀를 쳐다보며 부뚜막 앞에 멍하니 서 있었다. 슈미는 제멋대로 털을 뽑더니 잠시 후 몸을 돌려 시췌에게 말했다. "이 돼지 수염은 뽑지 않는 게 오히려 좋을 것 같아. 속눈썹도 미끌미끌해서 잡을 수가 없네." 그녀의 말에 시췌가 피식 웃었다. 그러고는 다가가서 그녀에게 일을 가르쳐 주려는데 갑자기 슈미가 족집게를 대야 속으로 내던지더니 "됐어! 이젠 네가 해."라고 하면서 그림자가 쓱 지나가듯이 순식간에 사라지고 말았다.

슈미가 부엌에서 나와 어디로 갈지 고민하고 있을 때 갑자기 마당에서 탁탁거리며 주판 튕기는 소리가 들렸다.

바오천이 장방에서 주판을 놓고 있었다. 그는 한 손으로 주판알을 튕기면서 다른 한 손에는 침을 묻혀가며 장부를 넘기고 있었다. 머리는 여전히 한쪽으로 기울어진 상태였다. 슈미는 문설주에 기대어 고개를 빼꼼히 들이밀고 살펴보았다.

"슈미, 오늘은 낮잠 안 자?"

슈미는 아무 말도 하지 않고 제멋대로 안으로 들어가 그 앞에 놓인 의자에 앉아 몸을 기울여 한참 동안 바오천을 보다가 말했다. "머리를 하루 종일 이렇게 삐딱하게 하고도 장부의 글자를 볼 수 있어?"

바오천이 웃으며 대답했다. "머리는 삐뚤지만 눈은 삐뚤지 않거든."

"만약 억지로 머리를 똑바로 하면 어떻게 돼?"

바오천은 그녀가 왜 이런 괴상한 생각을 하는지 모르겠다는 듯이 고개를 들어 그녀를 잠시 바라보았다. 그리고는 삐뚤어진 고개를 절레

복사꽃 그대 얼굴

절레 흔들면서 웃으며 말했다. "계집애, 너까지 나를 놀리는구나. 오랫동안 머리가 삐뚤어진 상태였는데 똑바로 할 수 있겠어?"

"내가 한번 해볼게."

슈미가 몸을 일으켜 바오천의 머리를 안고 두어 번 움직이더니 말했다. "정말 돌릴 수가 없네. 바오천, 장부 정리 그만 하고 나에게 주판 놓는 법 좀 가르쳐 줘."

"귀염둥이야, 주판은 배워서 뭐하게? 뉘 집 아가씨가 주판을 놓든?" 그가 고개를 흔들자 슈미는 아예 그의 주판을 집어 흔들어댔다. 바오천이 연거푸 비명을 질렀다. "이때까지 계산해 놓은 것을 네가 죄다 망쳤잖아." 그는 이렇게 말하면서도 여전히 헤헤거리며 웃었다.

바오천은 슈미가 금방 갈 마음이 없다는 것을 알고 연초를 꺼내 피워 물었다. "애, 내가 한 가지 물어볼 게 있는데, 생각 좀 해 봐봐."

무슨 일이냐고 묻자 바오천은 고향 칭샹慶港에 가서 아들을 데리고 와 함께 살려고 한다고 했다. "벌써 네 살이 넘었는데 걔 어미는 중풍으로 자리에 누워있거든. 그 애가 이리저리 뛰어놀다가 저수지에 빠지기라도 할까 봐 걱정돼. 걔를 이곳으로 데리고 오자니 네 어머니가 허락을 하지 않을까 걱정이고."

"데려오면 되잖아. 괜찮아." 슈미는 전혀 개의치 않는다고 말했다. 마치 그 일에 대해 이미 어머니에게 물어보았으며, 어머니도 승낙을 한 것처럼 굴었다. 잠시 후 슈미가 뭔가 생각났다는 듯이 바오천에게 물었다. "아저씨 아들 이름이 뭐라고?"

"후쯔虎子라고 해. 걔 엄마는 라오후老虎(호랑이라는 뜻)라고 부르길 좋아하지."

"걔도 머리가 삐뚤어졌나?"

바오천은 그 말을 듣고 화가 좀 났지만 그렇다고 화를 낼 수도 없어 그저 속으로 '이 계집애가 오늘 뭘 잘못 먹었나, 낮잠도 안 자고 나를 놀리려고만 하네.'라고 생각했다. 그는 억지웃음을 두어 번 흘린 후 정색하고 말했다. "삐뚤지 않아, 삐뚤지 않다고. 조금도 삐뚤지 않다니까."

바오천의 장방에서 나온 슈미는 마당 돌계단에서 문에 기대어 앉았다. 문 밖 연못가에서 아낙네가 옷을 두들겨 빨고 있었다. 빨래방망이 두드리는 소리가 마당에 울려 퍼졌다. 들판의 면화는 이미 길게 자라 거머번지르하게 강가까지 뻗쳐 있고, 바람이 불자 잎사귀 아래에 있는 목화다래가 드러났다. 밭에는 아무도 없었다. 마당 안 처마 아래에 제비 몇 마리가 재잘거리며 울어대고 있었다. 담벼락의 푸른 이끼는 두껍고 짙어 마치 푸른 담요처럼 반짝거렸다. 햇볕은 따사롭고 시원한 남풍이 얼굴에 불어와 더할 나위 없이 상쾌했다. 그녀는 그곳에 한참 동안 앉아 있으면서 이곳저곳을 바라보고 있었다.

5

그날 아침 어머니가 밥을 먹으면서 슈미에게 아버지가 집을 나간 이후로 그녀가 두 달이 넘도록 딩수쩌 선생에게 배우러 가지 않았다고 말했다. 딩 선생이 어제 저녁에도 찾아와서 다그치며 공로가 없으면 봉록을 받지 않는다고 했으니 선생으로 모시겠다고 보내온 속수束脩(입학할 때 내는 사례금)를 죄다 돌려주겠노라고 떠들어댔다고 했다. "너는 집에서 빈둥거리며 하는 일도 없는데, 차라리 그곳에 가서 대충 책이나 읽고

복사꽃 그대 얼굴

글자나 배우면 좋잖아."

슈미는 아버지로 인해 그런 소란을 겪었으니 이제 딩수쩌 집에 가서 괜히 시달림을 받을 필요가 없게 됐다고 생각하고 있었다. 그런데 뜻밖에도 선생이 두세 번씩이나 집에 찾아와 재촉했다. 어머니가 이렇게 말하자 슈미는 밥그릇과 젓가락을 내려놓고 하는 수 없이 딩 선생 집으로 가야만 했다.

딩수쩌는 수십 년 동안 책을 읽었지만 말단 관리는커녕 수재秀才(청대에 가장 낮은 등급의 과거시험을 통과한 선비)조차 합격한 적이 없었다. 늙어서는 서당을 차리고 학생들을 가르치면서 약간의 사례금을 받아 생계를 유지했다. 그러나 푸지 사람들 중에는 아이를 그에게 보내 공부시키려는 이가 거의 없었다. 월사금을 낼 수 없기 때문이 아니라 아이들이 그에게 매를 맞기 싫어했기 때문이었다. 딩수쩌는 가르치는 규칙이 엄격했는데, 만약 학생이 한 글자라도 잘못 외우면 엉덩이를 열 대 때리고 한 글자를 잘못 쓰면 스무 대나 때렸다. 외우고 쓰기에서 전부 맞아도 또 때렸는데, 학생들이 오랫동안 기억하여 이후에도 틀리지 않게 하기 위함이라고 했다. 슈미가 처음 그에게 배우러 갔을 때 대여섯 명의 학생들이 전부 일어나 책을 읽고 있는 모습을 보고 기이하다는 생각이 들었다. 그런데 알고 보니 엉덩이가 부었기 때문이라고 했다. 만약 누군가 주둥이로 책을 넘기는 아이가 있다면 물어볼 필요도 없이 그 애의 두 손이 퉁퉁 부을 만큼 맞았기 때문일 것이다.

딩 선생은 한 번도 슈미를 때린 적이 없었다. 이는 슈미가 특별히 공부를 잘해서가 아니라 그녀가 선생의 제자들 가운데 유일한 여학생이기 때문이었다. 선생은 그녀를 때리지 않았을 뿐 아니라 관례를 깨고 공부할 때 간식 먹는 것도 허락했다. 그래도 슈미는 그가 싫었다. 무엇보다 참을 수 없는 것은 선생의 입에서 풍기는 지독한 마늘 냄새였다. 선생이 그들을 데리고 책을 읽을 때면 그녀는 특히 그가 '투'^透나 '더'^得라는 발음을 하는 것을 가장 두려워했다. 그가 그 음을 낼 때면 침방울이 먼 곳까지 발사되어 그녀의 얼굴에 떨어졌기 때문이다. 그는 또한 더러운 손으로 그녀의 머리를 쓰다듬기를 좋아했으며, 심지어 그녀의 얼굴을 만지기도 했다. 그가 가까이 다가오기만 해도 그녀는 필사적으로 목을 한쪽으로 돌렸는데, 때로는 경련이 일어날 정도였다.

딩수쩌는 평소 쓸데없는 일에 간여하기를 좋아했는데, 특히 다른 사람과 논쟁하기를 좋아했다. 남의 집 며느리가 아이를 낳는 것은 참견할 수 없었지만 그 외에 마을에서 일어나는 크고 작은 일에 언제나 참견하려고 했다. 그가 제일 좋아하는 일은 남의 송사^{訟事}를 돕는 것이었다. 그러나 그가 소송에 손을 대면 패소하지 않는 경우가 없었다. 오랜 시일이 지나자 마을 사람들은 너 나 할 것 없이 그를 아무짝에도 쓸모없는 책벌레로 취급했는데, 오직 사모^{師母}인 자오샤오핑^{趙少鳳}만은 그를 보물로 여겼다. 딩수쩌가 다른 사람과 논쟁을 벌이다가 쌍방이 자기 의견을 고집하여 팽팽히 맞서는 바람에 결판이 나지 않을 경우 딩 사모가 꽃무늬 손수건을 들고 엉덩이를 씰룩거리며 두 사람 사이로 들어와 배시시 웃으며 말했다. "싸우지 말아요, 말다툼하지 말라고요. 이유나 한번 이야기해 봐요. 내가 대신 판정해드릴 테니." 양측에서 각자 이유를 이야기하면 딩 사모는 언제나 이런 결론을 내렸다. "당신(그녀의 남편)이 맞고, 당신(남편 이외의 다른 사람)이 틀렸네. 끝!"

슈미가 딩 선생의 서재에 들어섰을 때 딩수쩌는 오른손에 붕대를 칭칭 감고 미간을 잔뜩 찌푸리고 있었다. 그의 얼굴에 고통스러운 표정

복사꽃 그대 얼굴

이 역력했다. "선생님, 손은 어떻게 된 일이에요?" 슈미가 묻자 선생은 얼굴 근육을 두어 번 씰룩대더니 어색하게 웃으며 얼굴을 붉히고는 "어어……" 하며 얼버무리고 잇새로 차가운 공기를 들이마셨다. 보아하니 손을 심하게 다친 것 같았다. 슈미가 몸을 돌려 사모에게 물으려고 하자 딩 선생의 낯빛이 확 굳어지더니, "넌 우선 〈노중련의부제진〉魯仲連義不帝秦 [6]편을 암송하고, 다른 것은 쓸데없이 묻지 마라"고 소리쳤다.

슈미는 앉아서 외우는 수밖에 없었는데, 첫 번째 단락을 끝내고는 더 이상 외울 수 없었다. 그러자 선생이 다시 그녀에게 《시경》을 외워보라고 시켰다. 슈미가 어느 편을 외우냐고 묻자 선생은 더 이상 견딜 수 없었는지 아무 대답도 하지 않고 오른손을 들고 자리에서 일어나 사모의 부축을 받으며 방안으로 들어가 버렸다. 슈미는 궁금해 하던 차에 샤오황마오小黃毛(황모는 어린아이의 머리를 말한다)가 붓글씨 쓰고 있는 것을 보고 그에게 다가가 물었다. "선생님 손은 어쩌다 다치셨니?" 샤오황마오는 뱃사공 탄수이진의 아들인 탄쓰였다. 그는 주위에 사람이 없는 것을 확인하고 낮은 목소리로 말했다. "못에 부딪혔어." 슈미가 다시 물었다. "어쩌다 못에 부딪혔는데?" 샤오황마오 탄쓰가 키득거리며 말했다. "난감한 사람은 난감한 일을 피할 수 없다고 하잖아."

사실 딩수쩌는 평소에 서당에서 제자들을 가르치다가 하는 일 없이 한가로울 때면 날벌레를 잡으며 노는 것을 좋아했다. 그렇게 오래도록 자꾸 하다 보니 놀랍게도 맨손으로 날벌레를 잡는 절묘한 기술을 익히게 되었다. 모기나 파리는 물론이고 나방에 이르기까지 일단 선생 방

---

6) 노중련의부제진(魯仲連義不帝秦): 노중련이 의리상 진나라를 황제라고 하지 않다. 《전국책》〈조책〉趙策에 나오는 글로 천하 재사 노중련에 관한 이야기.

으로 날아들기만 하면 그들을 기다리는 건 죽음뿐이었다. 선생이 그저 큰 손을 허공에 획, 휘두르기만 하면 끝이었다. 날벌레가 벽에 붙어 쉬고 있을 때는 더더욱 백발백중이었다. 선생이 손바닥으로 한 번 탁 치기만 하면 끝장이었다. 그런데 속담에 이르기를, 물동이는 우물가에서 깨지고 장군은 전쟁터에서 죽는다더니 선생의 기예가 아무리 뛰어나다고 한들 실수할 때가 있는 법이었다.

"오늘 아침에 창문으로 파리 한 마리가 들어왔는데 선생님이 눈이 침침했는지 손을 뻗어 움켜쥐었는데 못 잡았거든. 그러니까 괜히 화를 내더라고. 방안에서 한참 동안 찾다 보니 글쎄 큼직한 파리가 벽에서 쉬고 있는 거야. 그래서 선생님이 조심조심 다가가서 온힘을 다해 손바닥을 휘둘러 한 대 쳤는데, 이게 파리가 아니라 벽에 박힌 못이었어. 벽을 내려친 선생님은 한참 동안 손을 빼지 못하고 엉엉 울면서 마구 소리를 질렀다니까." 탄쓰가 말을 마치고는 다시 키득거리며 웃었다.

슈미도 한바탕 웃다가 선생이 마당으로 걸어오는 것을 보고 재빨리 탄쓰에게 눈짓을 보냈다.

선생은 슈미에게 계속 책을 외우라고 시켰다. 《시경》을 외우고 다시 《강감》綱鑑7)을 외웠다. 슈미가 책을 외우고 있을 때 선생은 등나무 의자에 앉아 끙끙 앓았다. 살찐 배가 오르락내리락하면서 쉭쉭 숨을 들이키는 바람에 슈미는 자기도 모르게 피식 웃었다. 선생이 미간을 찌푸리며 그녀에게 왜 웃느냐고 묻자 그녀는 대답을 못하고 눈길을 돌렸다. 선생이 어쩔 수 없다는 듯 한숨을 쉬었다.

"됐다, 됐다!" 선생은 의자에서 일어나 아까부터 웃지 않으려고 애

---

7) 강감綱鑑: 명대 사람이 주희(朱熹)의 《통감강목》(通鑑綱目)의 체례를 답습하여 만든 사서.

복사꽃 그대 얼굴

를 쓰고 있는 샤오황마오를 보고 말했다. "탄쓰, 이리 오너라." 탄쓰는 선생이 자기를 부르는 것을 듣고 의자에서 미끄러지듯 내려와 선생에게 다가갔다. 선생이 다시 슈미에게 말했다. "너도 이리 오너라."

딩수쩌가 품안에서 편지 한 통을 꺼내더니 슈미에게 주면서 말했다. "너희들 둘이 나 대신 샤챵에 가서 편지를 전해주렴. 샤챵은 너희들도 알고 있겠지?" 슈미와 탄쓰가 동시에 고개를 끄덕였다. 샤챵은 푸지에서 멀지 않은 곳으로, 슈미는 추이롄과 장에 가면서 몇 번 가본 적이 있었다.

딩수쩌가 슈미에게 편지를 주려다가 다시 가져갔다. 편지를 봉하지 않아 선생이 입가로 가져가 훅하고 부니 봉투가 불룩해졌다. 선생은 다치지 않은 손으로 편지를 꺼내어 툭툭 털고는 위아래로 눈을 옮기며 다시 한 번 읽었다. 읽으면서 연신 고개를 끄덕이더니 편지를 봉투 안에 다시 집어넣고 슈미에게 건네며 말했다.

"마을 서쪽 큰길을 따라 동쪽으로 곧장 간 다음 모퉁이를 돌면 샤챵이 보일 게다. 샤챵 마을 입구에 도착하면 큰 연못이 있을 텐데, 그 중간에 봉분이 하나 있고 그 위로 갈대나 띠가 자라고 있을 게다. 봉분의 맞은편 기슭에 큰 버드나무가 세 그루 있는데, 중간에 있는 버드나무 바로 앞에 있는 집이 쉐 거인薛擧人의 집이다. 편지는 반드시 쉐 거인에게 주어야 한다. 만약 그가 집에 없으면 편지를 도로 가지고 오고 절대로 다른 사람에게 주면 안 돼. 기억하렴, 잊지 말고. 황마오, 이 녀석은 놀기를 좋아하니 슈미 네가 잘 좀 챙겨서 물장난 같은 건 하지 못하도록 해라. 쉐 거인이 회신을 주거든 가져오고, 없으면 됐으니 일찍 돌아오너라."

딩수쩌는 말을 끝내고는 갑자기 뭐가 이상한지 슈미에게 물었다. "내가 조금 아까 편지를 볼 때 편지지를 봉투 안에 넣었던가?" "넣으셨어요." 슈미가 말하자 딩수쩌가 다시 물었다. "정말 넣었지?"

"제가 넣는 걸 봤어요." 슈미가 선생에게 편지를 건네주며 말했다. "그럼 다시 보실래요?" 딩수쩌는 손으로 만져보고, 곁눈질로 살펴본 후에야 마음을 놓았다.

슈미는 탄쓰를 데리고 푸지 마을을 나서 강을 따라 동쪽으로 걸어갔다. 탄쓰가 입을 열었다. "이 편지는 정말 중요한 건가 봐. 아침에 선생님이 편지 쓰는 걸 봤는데, 집어넣었다 빼기를 네다섯 번이나 반복하며 꼼꼼히 점검하시더라고."

슈미가 그에게 예전에 쉐 거인을 본 적이 있느냐고 묻자, 탄쓰는 선생님 집에서 두 번 본 적이 있는데 샤쨩의 갑부로 얼굴에 커다란 검은 사마귀가 있다고 말했다.

잠시 후 그들은 마을 동쪽 커다란 절 근처에 도착했다.[조룡사^{早龍寺}: 천계^{天啓} 원년(1621)에 건립되었다. 전하는 말에 따르면 사찰을 지을 때 커다란 검은 용 한 마리가 사당 서남쪽에 출현하여 사흘이나 똬리를 틀고 엎드려 가지 않았다고 한다. 도광 22년(1842) 벼락에 맞아 무너졌다. 푸지 학당의 옛터였다가 1934년 재건했다. 1952년 다시 푸지 소학교로 개조되었으며, 1987년 옛 모습을 회복하고 소룡사^{紹隆寺}로 이름을 바꿨다. – 원주] 절은 이미 심하게 파손되어 정중앙에 있는 대웅전은 기와마저 모두 떨어지고 거무튀튀한 서까래가 그대로 노출되어 있었다. 다만 양쪽 곁채만은 여전히 사람이 살 수 있었는데, 멀리서 보면 마치 깃털 빠진 오리 같았다. 슈미는 어느 해인가 샤쨩에서 장을 보고 돌아올 때 어머니가 비를 피하기 위해 그녀를 절로 데리고 갔던 것을 기억하고 있었다. 절 앞에는 진흙을 쌓아 만든 공연무대가 있었는데, 이미 오랫동안 연희를 한 적이 없어 잡초만 무성했다. 절은 오랫동안 수리를 하지 않아 평소에는 거지나 떠돌이 승려들이 와서 쉬어 갈 뿐이었다. 푸지 사람들은 향을 사르고 부처님께 기원을 드리려면 배를 타고 맞은편 마을의 절로 갔다.

그들이 샤창 입구에 도착했을 때는 이미 정오쯤이었다. 과연 깊은 연못 가운데 봉분이 하나 있고 맞은편에 버드나무 세 그루가 있었다. 쉐 거인 집의 대문은 닫혀 있었고, 밀어 보니 안으로 빗장이 걸려 있었다. 탄쓰가 문을 두드렸지만 한참 동안 아무도 응답이 없었다. 슈미가 귀를 문에 대고 들어 보니 사람들이 이야기를 하고 있는 듯 웅성거리는 소리가 들렸지만 나오는 사람은 없었다. 슈미가 몸을 돌리니 연못 건너편에서 중절모를 쓴 사람이 나무 그늘 아래 앉아 낚시를 하고 있는 것이 보였다. 문을 두드리는 소리에 낚시꾼은 허리를 펴고 일어나 목을 빼들고 기웃거리듯 살펴보았다. 슈미가 탄쓰의 소매를 잡아끌며 그쪽을 향해 손가락질하자 그 사람은 고개를 움츠리고 몸을 쪼그려 울창한 갈대숲 사이로 사라졌다.

탄쓰가 한참 동안 문을 두드리고 또한 목청을 돋우어 안을 향해 두 번이나 크게 소리 질렀지만 여전히 응답하는 이가 없었다. 탄쓰가 슈미에게 말했다. "차라리 편지봉투를 문틈으로 집어넣는 것이 좋겠어." "안 돼. 딩 선생님이 쉐 거인에게 직접 편지를 전하라고 하셨잖아." "안으로 빗장이 걸려 있다는 건 집안에 사람이 있다는 소린데 왜 나오는 사람이 없지?" 탄쓰가 문틈에 얼굴을 바짝 붙이고 훔쳐보면서 말했다. 그러다가 갑자기 깜짝 놀라서는 "아이쿠!" 하고 크게 소리를 지르며 땅바닥에 엉덩이를 찧었다.

그가 소리를 지르는 것과 동시에 문이 열렸다. 장삼을 입은 하인이 문을 조금 열고 틈새로 고개를 내밀며 물었다. "누구를 찾니?"

"깜짝이야. 놀라 죽을 뻔했네!" 탄쓰는 문턱 아래 계단에 주저앉은 채 계속해서 소리를 질러댔다.

"쉐 거인을 찾아왔어요." 슈미가 말했다.

"어디서 왔니?"

"푸지에서 왔어요."

슈미는 이렇게 말한 후 고개를 돌려 연못 맞은편을 바라보았다. 낚시꾼이 모자챙을 푹 눌러쓰고 고양이처럼 허리를 숙여 갈대 수풀 속에 몸을 숨긴 채 이쪽을 살피는 것이 보였다. 반짝이는 햇살 아래 그의 등이 심하게 굽은 모습이 보였다.

하인이 한참 동안 위아래로 그들을 살펴보더니 이윽고 낮은 목소리로 말했다. "나를 따라 오너라."

문 안쪽으로 좁고 긴 길이 있었다. 양쪽으로 세워진 높다란 담장 때문에 햇빛이 들어오지 못해 어둡고 음산한 것이 끝이 보이지 않았다. 안으로 깊숙이 들어가자 또 다른 마당의 대문이 있었는데 그곳이 바로 쉐 거인이 거처하는 곳이었다. 조금 전에 한참 동안 문을 두드렸는데도 안에 있는 사람들이 들을 수 없었던 것이 이해가 되었다.

마당으로 들어가자 슈미는 홰나무 아래 말 두 필이 매어져 있는 것을 보았다. 한 필은 붉은색, 다른 한 필은 흰색이었는데 여유롭게 꼬리를 흔들고 있었다. 공기 중에 신선한 말똥 냄새가 스며 있었다. 쉐 거인 집에는 많은 손님이 와 있는 듯 시끄러운 이야기소리가 들렸는데, 무슨 일 때문에 말싸움을 하고 있는 듯했다. 마당과 앞뜰의 대청을 지나니 뒤편으로 커다란 마당이 있고, 마당 서남쪽 구석에 정자가 하나 있는데, 그 안에 한 무리의 사람들이 빽빽이 들어차 있었다. 장삼을 입은 하인이 복도에 멈추어 서서 그들에게 말했다. "너희들은 이곳에서 기다리고 있어라. 내가 쉐 거인을 모셔올 테니."

하인은 남자지만 말을 할 때는 여자처럼 새가 지저귀는 듯한 소리를 냈다.

하인이 가자 슈미가 탄쓰에게 물었다. "조금 전에는 왜 실성한 것처럼 소리를 질러 혼이 빠지게 만들어?" "내가 문틈으로 안쪽을 살펴보려고 하는데 갑자기 안에서 귀신같은 것이 문에 딱 붙어서 밖을 쳐다보고 있는 거야. 하마터면 서로 속눈썹이 부딪칠 정도였으니 무서웠겠어, 안무서웠겠어?" 탄쓰가 아까 놀랐던 일이 다시 떠오르는지 몸을 부르르 떨면서 호들갑을 떨었다. 그런데 정작 슈미는 탄쓰의 말은 귀에도 들어오지 않는 듯 무언가를 본 순간 그 자리에 얼어붙었다.

"저 사람이 어떻게?" 슈미는 자기도 모르게 중얼거리고는 눈빛이 흔들리며 얼굴색이 변했다.

"누굴 말하는 거야?" 탄쓰가 어리둥절하여 슈미를 바라보았다. 그녀는 안색이 새파래졌다가 다시 하얗게 질리더니 목을 움츠리고 이를 딱딱 부딪치며 아무 말도 하지 못하고 탄쓰의 옷을 끌어당겼다. 탄쓰가 슈미의 시선이 향하는 곳을 바라보니 정자 쪽에서 세 사람이 그들을 향해 걸어오고 있었다.

정자에서 걸어오는 세 사람 가운데 맨 앞에서 오는 이는 조금 전의 그 하인이고, 중간에 있는 이는 체구가 크고 눈썹 끝에 크고 검은 사마귀가 있는 것으로 보아 쉐 거인이 틀림없는 것 같았다. 그리고 맨 뒤에서 찻잔을 손에 들고 걸어오는 사람은 바로 장지위안이었다.

세 사람이 그들 앞으로 오자 쉐 거인이 큰 소리로 말했다. "무슨 일때문에 나를 찾아왔지?"

슈미가 잠시 멍하니 있다가 바들바들 떨며 품안에서 선생님의 편지를 꺼내 고개도 들지 못하고 탄쓰에게 건네주었다. 탄쓰는 편지를 받아 쉐 거인에게 건넸다.

쉐 거인이 편지를 받아 읽어보더니 뭔가 언짢은 듯이 "또 그 딩수쩌로군" 하더니 편지를 뜯어 햇빛에 비춰가며 읽기 시작했다.

장지위안이 슈미 옆으로 오더니 한 손을 그녀의 어깨에 걸치고 낮은 목소리로 말했다. "친구를 만나러 왔는데, 공교롭게도 여기서 너희들을 만날 줄은 몰랐네."

그녀는 가슴이 쿵쿵 어지럽게 뛰면서 어깨 반쪽이 마비되는 것만 같았다. 슈미는 차마 고개를 들어 바라보지도 못하고 그저 마음속으로 몰래 욕을 해댔다. 치워! 그 죽일 놈의 손을 빨리 치우라고! 그녀는 살짝 몸을 움직이려고 했지만 다리가 말을 듣지 않았다. 몸이 점점 더 심하게 떨렸다. 장지위안이 결국 손을 치웠다. 그의 몸에서 옅은 담배냄새가 났다. 그가 차를 마셨다. 찻잔과 잔 받침대가 부딪치자 달그락거리는 소리가 들렸다. 잠시 후 장지위안이 소리 내어 웃더니 그녀의 귓가에 얼굴을 가져다 대고 말했다. "뭔가 놀란 것 같은데, 두려워하지 마라. 쉐 형과는 오랜 친구인데 일에 대해 이야기할 게 있었어."

슈미는 그를 무시했다. 그의 입에서 뿜어 나오는 열기가 그녀의 귀를 간질였다. 멀리 바라보니 정자 쪽에서 몇 사람이 기둥에 기대어 서서 작은 소리로 뭔가 이야기를 나누고 있었다. 정자 옆 배나무가 무엇 때문인지 두 동강이 나 있었다.

쉐 거인이 편지를 다 읽은 후 웃으며 말했다. "딩수쩌, 이 늙은 것이 온종일 나를 귀찮게 하네."

"경성京城(베이징)에 한직이라도 마련해 달라고 하는 것 아닌가?" 장지위안이 말했다.

복사꽃 그대 얼굴

"틀림없지, 뭐. 말끝마다 내 부친과 팔배지교八拜之交(의형제 관계)를 맺었다고 하지만 경성에서 그 노인네에 대해 여쭈었더니 부친께서는 그런 사람은 알지도 못하신다는 거야."

쉐 거인이 계속 말을 이었다. "게다가 이리 많은 시문을 쓰긴 했지만, 흥! 죄다 조리가 없고 당치도 않아."

"오늘 전사典史[8]가 되면 내일 모가지가 달아난다는 것을 모르고 그저 성가시게 굴기만 하는 거지." 장지위안이 웃으며 말했다.

쉐 거인이 말했다. "하긴 그렇지. 하지만 칠십이 넘은 사람이 이럴 필요가 있을까?"

잠시 후 쉐 거인이 탄쓰에게 말했다. "돌아가서 딩 선생에게 편지는 잘 받았으니 쉐 아무개가 후일에 특별히 찾아뵙고 답례하겠노라고 말씀드려라." 말을 마친 후 눈을 들어 슈미를 힐끗 보더니 다시 장지위안을 보며 말했다. "자네 집안 사촌 여동생이라고 하니 좀 있다가 밥을 먹여 보내도 괜찮네."

슈미는 그 말에 아무 대답도 못하고 그저 죽어라 고개를 저었다.

"사촌동생이 평소 문밖에 나가는 일이 드문 아인데, 뜻밖에 오늘 이곳에서 나를 만나 매우 놀란 것 같으니 먼저 보내는 것이 좋을 듯하네."

"그래도 좋지."

이번에도 그 하인이 그들 두 사람을 배웅해주었다. 막 마당으로 걸어 나갈 때 뒤에서 두 사람이 껄껄대며 웃는 소리가 들려왔다. 사촌오빠와 쉐 거인이 무엇 때문에 크게 웃어대는지 알 수 없었지만 그녀가 들

---

8) 전사(典史): 명·청대 지현(知縣) 아래에서 간수(看守)와 범인 수색, 검거를 관장하는 하급관리.

기에 웃음소리가 실없게 들렸다. 이뿌리가 시리도록 밉기만 했다. 탄쓰가 돌아오는 길에 이것저것 꼬치꼬치 캐물었다. 네 사촌오빠는 어디서 온 거야? 왜 푸지에서 한 번도 본 적이 없지? 어쩌다 여기서 만나게 된 거야? 네 사촌오빠라면서 왜 그렇게 놀라? 슈미는 그저 고개를 폭 숙인 채 걸음만 재촉했다. 잠시 후 어둡고 음침한 좁은 길이 끝나고 태양이 환하게 비추는 곳으로 나왔다. 하인이 "멀리 배웅하지 못해 미안하다"고 말하고는 대문을 닫았다.

집밖에는 아무도 없었다. 연못 맞은편에서 낚시하던 노인네도 보이지 않았다. 탄쓰가 말했다. "사람이 죽었는데, 왜 시신을 연못 한가운데 묻었을까?" 슈미는 탄쓰가 연못 가운데 있는 봉분을 보고 말한다는 것을 알았지만 당시에는 그것에 대해 별 다른 관심이 없었다. 슈미는 탄쓰의 팔을 당기며 연못 건너편을 향해 손짓을 했다. "너 조금 전에 저기서 낚시하는 사람 보지 않았어?"

탄쓰는 못 보았다고 말했다.

"조금 전까지만 해도 낚시를 하고 있었는데 왜 지금은 보이지 않지?"

"밥 먹으러 집에 갔나보지, 뭐. 낚시하는 사람이 없어진 게 너하고 무슨 상관이야?"

연못을 돌아 슈미는 조금 전 누군가 낚시를 하던 곳에 가보았다. 듬성듬성한 갈대숲에서 낚싯대가 물에 반쯤 잠긴 채 바람에 이리저리 흔들리고 있었다. 그녀는 낚싯대를 들어보았다. 알고 보니 그냥 대나무 장대일 뿐이었다. 끝에는 낚싯줄도 없고 낚싯바늘도 없었다.

이상하네!

탄쓰가 저쪽에서 빨리 오라고 재촉했다. 그의 배에서 꼬르륵거리는 소리가 났다.

두 사람은 앞서거니 뒤서거니 하면서 푸지를 향해 걸었다. 슈미는 자신이 꿈을 꾸고 있는 느낌이 들었다. 장지위안이 왜 거기 온 걸까? 푸지에서 도대체 뭘 할 생각이지? 쉐 거인은 또 어떤 사람이고. 연못가에 있던 중절모를 쓴 노인은 분명 그곳에서 낚시를 하고 있었는데, 무슨 낚싯대가 찌도 없고 낚싯줄도 바늘도 없어?

그녀는 자기가 평생 살아온, 꽃이며 나무가 그윽하고 수려한 자신의 집 바깥에 전혀 다른 세계가 있으며, 그 세계는 수수께끼를 품은 채 끝이 없을 정도로 거대하다는 것을 어렴풋이 깨달았다.

돌아오는 길에 그들은 한 사람도 만나지 못했다. 하늘이 높고 아득한 데다 눈앞에 펼쳐지는 작은 도랑, 계곡, 언덕, 강물, 심지어 햇살까지 슈미에게는 온통 꿈처럼 느껴졌다.

마을에 도착해서 슈미는 탄쓰에게 딩 선생에게 가서 말하라고 하고는 혼자 집으로 걸어갔다. 때마침 추이롄이 연못가에서 휘장을 빨고 있었다. 슈미는 그녀에게 다가가 뜬금없이 물었다. "큰 주둥이, 말해 봐. 샤좡에 쉐 거인이란 사람이 있어?"

"쉐쭈옌薛祖彦을 말하는 거예요? 그 사람이 거기 살죠. 아버지가 경성에서 큰 벼슬을 하고 있다고 하던걸요?"

슈미는 '아!' 하고 말하곤 곧바로 위층으로 올라갔다.

6

그날 저녁 온 집안 식구가 식탁에 둘러 앉아 밥을 먹고 있을 때, 장지위안이 또다시 '계삼족'鷄三足(제자백가 가운데 명가名家의 논변 주제 가운데 하나)이라는 우스갯소리를 하기 시작했다. 며칠 전에 이미 한 번 이야기한 적이 있었는데, 이번에도 다시 흥미진진한 말투로 이야기를 시작하자 식구들이 모두 웃었다. 시췌가 웃은 것은 틀림없이 그 이야기가 웃기다고 느꼈기 때문일 테니 설사 장지위안이 일백 번을 이야기한다고 해도 몰래 키득거리느라 이가 그릇에 부딪쳐 달그락거렸을 것이다. 한데 어머니는 그저 자신이 듣고 있다는 표시로 예의상 '호호' 두어 번 웃어 줄 뿐이었다. 한편 추이롄은 아마도 낡아빠진 우스개라 푸지 사람들이라면 누구나 말할 수 있다고 생각하는 것 같았다. 하지만 시췌가 뜻밖에도 깔깔대며 웃음을 멈추지 못하자 정작 그 모습이 우스워 그녀도 따라 웃었다. 바오천은 워낙 성격이 좋아 누구에게나 히죽거리는 데다 내일 아침 일찍 아이를 데리러 칭샹으로 돌아가기로 했기 때문에 더욱 과장되게 웃었다.

슈미만 웃지 않았다.

장지위안이 우스갯소리를 하면서 때때로 그녀를 향해 눈을 찡긋거렸다. 묘한 눈빛이 마치 오늘 오전에 만난 것을 비밀로 하자고, 함께 비밀을 고수하자는 것처럼 보였다. 일부러 고개를 들지 않았지만 슈미는 그의 눈빛이 어떤 알 수 없는 언어로 바뀌어 축축한 속눈썹에서 흘러나와 공기 중에 떠다니는 것을 느낄 수 있었다. 슈미가 고개를 푹 숙이고 밥을 먹으며 가까스로 장지위안의 우스갯소리가 끝나길 기다리고 있는데, 뜬금없이 시췌가 물었다. "그런데 그 닭은 왜 다리가 세 개지요?" 보아하니 그녀는 전혀 이해를 하지 못한 것 같았다. 사람들이 다시 한 번 떠들썩하게 웃어댔다.

바오천이 제일 먼저 식사를 끝내고 젓가락을 내려놓고는 소매를 떨

복사꽃 그대 얼굴

치며 나갔다. 추이롄이 어머니에게 말했다. "오늘 노잣돈을 미리 주시면 안 돼요. 밑 빠진 독을 채우러 뒷마을로 갈 게 뻔하니까요."

"걔가 쏜 아가씨네로 가려고 한다는 것을 어떻게 알았어?"

"에휴, 그 흰 나방 같은 년(갈보)이 오늘 오후에 체를 빌리러 왔었어요. 둘이서 회랑에서 이야기를 나누는 것을 얼핏 보았는데, 끌고 당기는 꼴이 당장이라도 붙지 못해 안달이 나서 그냥……." 추이롄이 고개를 흔들었다.

어머니는 추이롄이 더 이상 말하지 못하도록 열심히 눈짓을 보냈다. 또 슈미를 연신 쳐다보는 것이 혹여 자신들이 하는 말을 그녀가 알아듣는지 살피는 듯했다.

장지위안은 밥을 다 먹고도 자리에서 일어나지 않았다. 그는 의자에 비스듬히 앉아 이쑤시개로 이를 쑤신 후 다시 손톱 밑을 팠다. 열 손가락을 돌아가며 다 판 후 다시 그 이쑤시개를 입에 물고 질근질근 씹더니 손을 뻗어 등불 심지를 비틀고 무슨 일을 곰곰이 생각하는 것처럼 고개를 들어 창문을 바라보았다. 잠시 후 그가 품에서 작은 쇠로 만든 상자와 담뱃대를 꺼내 담뱃잎을 채워 넣고 등불에 다가가 불을 붙이고는 뻑뻑 피워대기 시작했다.

멍 할멈이 어디선가 뛰어 들어와서는 마작을 하자며 바오천을 찾았다. 추이롄이 웃으며 말했다. "그가 오늘은 새로운 짝을 찾았어요."

멍 할멈이 말했다. "그러면야 좋지, 뭐. 난 바오천 그것이 제일 성가셔. 푼돈 몇 문 땄다고 득의양양해서 노래를 흥얼거리는데, 흥얼거리는 소리가 사람 마음을 들었다 놨다 한다니까. 그러니 지지 않는 게 이상하지." 말을 마치더니 곧바로 어머니에게 다가가 손을 잡아끌었다. 어머니는 그녀의 권고를 이기지 못하고 말했다. "좋아. 오늘은 내가 자네들과 두어 번 놀아주지." 어머니가 자리에서 일어나면서 추이롄과 시췌에게 집안 침대에 돗자리를 깔아 놓으라고 분부했다. 멍 할멈이 맞장구를 쳤다. "날씨가 이렇게 더운데 깔아야 하고말고." 그러고는 어머니를 끌고 나갔다.

어머니가 나가자 추이롄은 자기가 집안의 우두머리라도 된 듯 굴었다. 그녀는 시췌에게 솥에 물을 끓여 돗자리를 삶으라고 했다. 그동안 사용하지 않은 대자리에 벌레가 생겼을 수도 있기 때문이다. 슈미는 시췌가 물을 끓이러 가는 것을 보고 머리 감을 물을 좀 더 끓이라고 했다. "저녁에 머리를 감으면 커서 시집을 못 간대." 추이롄이 말했다.

"시집 안 가면 좋지!"

"옛말에 여자가 시집가고 싶지 않다는 말과 남자가 오입질할 생각이 없다는 말이 가장 큰 거짓말이라고 했어." 추이롄이 웃으며 말했다.

"어쨌든 난 시집 안 가, 아무한테도 안 갈 거야."

그러자 장지위안이 담뱃대를 입에서 떼면서 끼어들었다. "나중에는 정말로 시집 갈 필요가 없을지도 모르지."

추이롄은 그 말을 듣고 처음에는 멍하니 있다가 곧 웃음을 터뜨리며 말했다. "큰외삼촌, 정말 남의 말이라고 쉽게 하시네요. 우리 아가씨가 커서도 시집을 가지 않는다면 부모님이 그냥 집에 놔두고 밥을 해먹일까요?"

"그건 네가 모르고 하는 소리지." 장지위안이 추이롄의 말은 대꾸할 가치도 없다는 듯이 말했다.

"우리 같은 촌것들이야 세상 물정을 모르죠. 큰외삼촌의 견문이나 학식에 비하겠어요?" 추이롄이 비꼬며 말했다. "그렇지만 말씀하신 대

복사꽃 그대 얼굴

로 천하의 여자들이 죄다 시집도 안 가고 아이도 안 낳는다면 세상 사람들이 조만간 모두 없어지지 않겠어요?"

"누가 아이를 낳지 말라고 했니? 당연히 아이는 낳아도 되지만, 다만 시집을 갈 필요가 없다는 것이지." 장지위안이 진지한 표정으로 말했다.

"시집을 가지 않으면 뭐, 바위틈에서라도 아이를 데려온단 말이에요?"

"어떤 사람이 마음에 들면 그에게 가서 아이를 낳으면 된다는 거다."

"한 남자가 한 여자를 보고 반하면 그 여자 집으로 가서 그녀와 살림을 차려도 된다는 말이네요?"

"그렇지."

"중매쟁이나 하객도 필요 없어요? 부모와 상의도 하지 않고요?"

"그렇지."

"만약 그 여자네 부모가 동의하지 않으면 어떻게 해요? 그들이 문을 막고 들어오지 못하게 하면요?"

"그거야 쉽지. 그냥 그들을 죽여 버리면 돼."

추이렌은 자신의 귀를 믿을 수가 없었다. 장지위안의 미친 소리가 계속 이어졌지만 추이렌은 그가 정말로 그렇게 생각하고 있는 것인지 아니면 그냥 웃자고 그녀를 놀리는 것인지 알 수가 없었다.

"만약 여자가 동의하지 않으면요?" 추이렌이 물었다.

"마찬가지로 죽여!" 장지위안이 추호도 머뭇거리지 않고 말했다.

"가령……, 가령 말이에요. 세 명의 남자가 모두 한 아가씨를 마음에 두었다면 어떻게 해요?"

"아주 간단해. 뽑기를 해서 결정해." 장지위안이 히죽거리며 말했다.

그가 의자에서 일어나는 것을 보니 이제 그만하고 자리를 뜨려는 것 같았다. "미래 사회에서는 개개인이 모두 평등하고 자유롭거든. 누구와 혼인하고 싶다면 그냥 하면 돼. 그가 원하기만 하면 심지어 자신의 친여동생과도 결혼할 수 있어."

"말씀하신대로라면 푸지 전체가 커다란 사창가로 변하는 것 아니에요?"

"거의 비슷하지." 장지위안이 덧붙였다. "조금 다른 점이 있다면 아무도 돈을 낼 필요가 없다는 거야."

"큰외삼촌, 농담도 잘 하시네요. 정말로 그렇다면 남자들은 신나겠네요." 추이롄이 비꼬듯이 말했다.

"너희도 마찬가지 아닌가?"

장지위안이 하하, 크게 웃었다. 숨이 찰 때까지 웃고 난 그는 몸을 돌려 머리를 쓸어내리고 자리를 떴다.

"헛소리 하고 있네." 장지위안이 가고 나자 추이롄은 침을 탁 뱉고는 욕설을 퍼부었다. "저 털보는 하루 종일 바른 말이라곤 단 한마디도 하는 법이 없어. 지루해 미칠 것 같으니까 실없이 우리를 갖고 노는 거야."

추이롄은 부뚜막 아래에서 슈미의 머리를 감겨주고 있었다.

콩거품은 아침에 두부집에서 얻어온 것인데, 이미 약간 쉰내가 났다. 슈미는 콩거품으로 머리를 감으면 구기자 잎보다 가려움을 덜 없애주고, 끈적끈적하고 퀴퀴한 콩비지 냄새가 난다고 했다. 그러자 추이롄이 "지금 내가 어디서 구기자 잎을 구해오겠어"라고 투덜댔다. 그때 집밖에서 사람들이 시끄럽게 떠드는 소리, 소란한 발자국 소리가 들려왔다. 골목과 연못가, 숲속……. 도처에서 사람들이 급히 뛰어다녔다. 발자국 소리와 시끌벅적 떠드는 소리가 마치 거대한 소용돌이처럼 웅웅 사방팔방에서 모여들었다가 다시 휘휘 흩어졌다. 마을의 개들이 일제히 짖었다.

"무슨 일이 벌어진 것 같아."

추이렌이 한마디 하더니 벌떡 일어나 창가로 가서 밖을 살펴보았다.

슈미는 머리카락이 흠뻑 젖은 채 앉아 있었다. 그녀는 머리카락에서 세숫대야로 물이 뚝뚝 떨어지는 소리를 들었다. 잠시 후 시췌가 부엌문 입구에서 고개를 들이밀고 숨을 헐떡이며 외쳤다. "야단났어!"

추이렌이 무슨 일이냐고 묻자 시췌는 사람이 죽었다고 말했다. 추이렌이 누가 죽었냐고 다시 묻자 그제야 시췌가 말했다. "쑨 아가씨, 쑨 아가씨가 죽었어."

"오늘 오후에만 해도 체 빌리러 와서는 웃고 떠들고 했는데, 어떻게 갑자기 죽을 수가 있어?" 추이렌이 이렇게 말하고는 손에 묻은 물을 털면서 시췌를 따라 뛰어나갔다.

뜰은 홀연 적막에 싸였다. 슈미의 머리는 온통 콩거품이었다. 머리카락에 묻은 거품이 세숫대야로 떨어져 물 위를 둥둥 떠다니다가 얼마 후 '픽' 하고 터졌다. 그녀는 눈을 감은 채 손을 내밀어 부뚜막 위를 더듬어가며 물바가지를 찾았다. 물항아리에서 물을 떠서 머리를 헹굴 생각이었다. 그때 쿵쿵 발걸음 소리가 들렸다. 누군가 부엌 쪽으로 걸어오고 있었다. 그녀는 심장이 쿵, 하고 내려앉는 듯했다.

"밖에 무슨 일이 났니?" 장지위안이 문틀에 기대며 물었다.

빌어먹을! 그 사람이네! 그녀는 감히 고개를 돌려 쳐다보지도 못하고 입으로 우물거리며 말했다. "사람들이, 쑨 아가씨가 죽었다는데……."

장지위안은 마치 그 일에 대해서는 아무 관심도 없다는 듯 가볍게 "어"라고만 했다. 그러고는 여전히 그곳에 서 있었다.

꺼져! 빨리 꺼지라고! 슈미는 마음속으로 그가 빨리 떠나기만을 바랐다. 그러나 장지위안은 가기는커녕 오히려 문턱을 넘어 부엌 안으로 들어왔다.

"머리 감고 있니?" 뻔히 보면 알 텐데 장지위안이 쓸데없이 물었다.

슈미는 속으로 화가 났지만 입으로는 "네"라고 대답하고 서둘러 바가지를 잡고 항아리에서 물을 떠 머리에 끼얹었고 아무렇게나 비벼댔다. 물이 목을 타고 흘러내렸다.

"내가 도와줄까?"

"아니, 아니에요. 필요 없어요." 슈미는 그의 말에 심장이 더욱 심하게 뛰었다. 그와 이야기를 한 것은 이번이 처음이었다.

"더운 물 더 섞지 않을래?" 장지위안이 재차 물었다. 그의 목소리는 메마르고 한편으로는 어색했다.

슈미는 더 이상 그에게 신경 쓰지 않기로 했다. 장지위안의 동그란 헝겊신圓口布鞋(청대에 주로 신던 헝겊신의 일종)과 흰색 양말이 보여 그가 멀지 않은 곳에 있다는 것을 알 수 있었다. 빌어먹을! 내가 머리를 감고 있는 것을 보고 있군! 정말 가증스러워! 왜 여기서 얼쩡거리는 거지?

머리를 다 헹구고 닦을 것을 찾는데 장지위안이 수건을 건네주었다. 하지만 슈미는 받지 않았다. 그녀는 부뚜막 위에 앞치마가 있는 것을 보고 기름때를 생각할 겨를도 없이 낚아채 마구 닦아댔다. 그런 다음 머리카락을 한데 모아 머리꼭지에서 싸맸다. 그에게 등을 돌리고 있는 그녀의 모습은 어서 나가달라고 말하는 듯했다.

마침내 장지위안이 허허, 하고 멋쩍은 웃음을 두어 번 웃더니 손에 든 수건을 내려놓고 고개를 저으며 가버렸다.

슈미는 길게 한숨을 내쉬었다. 그녀는 그의 마르고 긴 그림자가 마당 담벼락을 지나 회랑 아래에서 어른거리다가 사라지는 것을 보았다. 그녀는 부뚜막 옆에 서서 머리카락을 털면서 남풍에 말렸다. 아직도 얼굴이 화끈거렸다. 물 단지 안에 비친 초승달이 어른거렸다.

어머니는 추이롄과 같이 돌아왔다. 멍 할멈 집에 앉아 마작 한 판을 막 끝냈을 때 쑨 아가씨네 집에서 일이 벌어졌다는 소리를 들었다고 했다. "바오천, 그 염치도 없는 것이 그렇게 많은 사람들 앞에서 소리를 내며 울더구나."

슈미는 쑨 아가씨가 어떻게 죽었는지 물었지만 어머니는 대답을 하는 둥 마는 둥 하면서 어쨌든 죽은 것은 맞다고 말했다. 슈미가 다시 시췌에게 물었지만 그녀는 어머니가 말하지 않는 것을 보고 자신도 그냥 우물거리며 계속해서 "참혹해, 참혹해, 정말 참혹해."라고 탄식만 할 뿐이었다. 결국 추이롄이 그녀를 자기 방으로 데리고 가서 조용히 말했다. "앞으로 우리들도 조심해야 해. 푸지 일대에 나쁜 사람들이 나타났어."

"그녀가 오후에 체를 빌리러 왔었다면서?" 슈미가 말했다. "그런데 어떻게 갑자기 죽었다는 거야?"

추이롄이 탄식하며 말했다. "체는 밭에서 유채 씨를 받으려고 빌렸던 거야. 유채 씨를 받으러 가지 않았다면 죽지 않을 수도 있었을 텐데."

쑨 아가씨가 마을 뒤쪽 자기 밭에 유채 씨를 받으러 갔는데, 등불을 켤 때가 되어서도 돌아오지 않자 바오천이 그녀를 찾으러 나섰다. 가는 길에 그녀의 아버지와도 만나 두 사람이 함께 밭에 갔다가 그녀의 시신을 발견했다. 옷은 죄다 벗겨지고, 소리를 지르지 못하게 입은 풀로 막혀 있었다. 얼마나 풀을 많이 쑤셔 넣었는지 목구멍까지 막아 바오천이 한참을 후벼 팠지만 말끔하게 파낼 수가 없었다.

그녀의 몸에 자상은 없었지만 손은 뒤로 결박을 당한 상태였다. 한쪽 발은 신발을 신은 채였지만 다른 쪽은 맨발이었다. 몸은 이미 차가웠고 코는 더 이상 숨을 쉬지 않았다. 두 다리로 버둥대느라 땅바닥에 움푹 팬 흔적이 남아 있었고, 허벅지는 온통 피로 뒤범벅이었다. 한의사 탕류스가 그녀의 시신을 검사했지만 자상은 찾지 못했다. 멍 할멈은 이번 일은 우리 마을 사람이 저지른 것 같진 않다고 하면서 이렇게 말했다. "이 아이는 평소 마을에서 벌과 나비를 불러들였어. 그 애 아버지가 문지기 노릇을 했잖아. 누군가 그 애 몸에 올라타고 싶으면 몇 푼 집어주면 되고 돈이 없으면 외상도 가능했지. 그러니 이렇게까지 할 필요가 없는 거거든." 한쪽에서 구경하는 이들 가운데 '큰 금니'라고 불리는 사람이 있었다. 그는 푸지에서 정육점을 하는 백정으로 약간 모자란 인물이었다. 그가 멍 할멈이 하는 말을 듣더니 경솔하게 말을 섞었다. "꼭 그렇다고 말할 수는 없죠."

멍 할멈이 화를 내며 말했다. "그럼 너밖에 그럴 사람이 없네."

큰 금니가 헤헤거리며 멍청하게 웃으며 말했다. "정말 내가 했는지도 모르지……" 말을 채 끝내기도 전에 큰 금니의 장님 어머니가 손을 마구 휘둘러 그의 따귀를 갈겼다. "남의 집에 사람이 죽었는데 넌 여기서 농담이나 하고 있냐!"

"그럼 정말로 큰 금니가 저지른 것인지도 모르잖아?" 슈미가 물었다.

"농담한 것뿐인데 그걸 진짜로 생각해요?" 추이렌이 말했다.

슈미가 바오천은 왜 아직 돌아오지 않느냐고 묻자 추이렌이 말했

복사꽃 그대 얼굴

다. "거기서 쑨 영감을 도와 천막을 치고 있어요. 요 몇 년간 삐딱이가 쑨 아가씨 몸에 가져다 바친 돈이 적지 않았잖아요. 그 이쁜이가 죽었으니 아주 눈물, 콧물 범벅이 되어 울더라고요." 슈미가 또 그녀에게 천막은 왜 치냐고 묻자 추이롄이 말했다. "푸지, 이곳 풍습이 사람이 밖에서 죽으면 집안에 들이지 못하고 천막을 치고 시신을 놔둬야 하는 거예요. 날씨가 더우니 목수를 찾아 밤을 새워가며 관을 짜야 해요. 바오천, 그 죽일 놈의 개자식은 정신없이 바쁘겠죠. 그런데 그년도 불쌍해요. 죽은 것도 죽은 것이지만 홀딱 벗겨져서 이래저래 희롱을 당했으니 말이에요. 저 늙은 쑨 노인네도 그래요. 남들은 놀라서 정신이 없는데, 그저 딸내미가 아직 시집도 못 갔다는 소리만 하면서 남정네들이 시신을 못 보도록 이리 막고 저리 막고 하더니 결국 연못가에 주저앉아 울더라고요."

슈미는 아버지가 떠나던 날 찾아갔던 그 연못을 기억하고 있었다. 사방에 하얀 금은화가 가득 피어 마치 물위에 휘장을 드리운 듯했다. 또 오후에 쑨 아가씨가 체를 빌리러 왔다가 추이롄과 맞닥뜨려 면박을 당하자 쭈뼛거리며 웃던 모습도 떠올랐다.

"앞으로 우리 모두 조심해야 해. 듣자니 강남 창저우^{長州}에 토비가 나타났는데, 얼마 전에 아이 두 명을 납치해갔대." 추이롄이 말했다.

7

쑨 아가씨 장례 때 슈미는 맨 뒤에서 걸어갔다. 멍 할멈은 노란 비단으로 만든 조화가 들어 있는 바구니를 들고 장례에 참가한 사람들마다 조화를 하나씩 나눠주었다. 그런데 슈미 차례가 되었을 때 바구니의 조화가 마침 다 떨어지고 없었다. 멍 할멈이 웃으며 말했다.

"아이고, 공교롭게도 네 것만 없구나."

슈미는 다시 강둑 맞은편 멀리서 행군하는 조정의 관병들을 보았다. 병사들은 작열하는 태양 아래에서 몽롱하게 졸린 듯 힘없이 걷고 있었다. 말발굽이 먼지를 뽀얗게 일으키고 기마대의 붉은 술이 위아래로 나풀거렸다. 그들이 언덕을 넘어갈 때마다 굽이굽이 오르락내리락하는 모습을 멀리서 보고 있자니 검은 꽃뱀이 이리저리 움직이는 것 같았다. 그런데 말발굽 소리가 들리지 않았다.

슈미가 두리번거리며 살펴보았지만 추이롄과 시췌가 보이지 않았다. 쑨 아가씨의 관은 밤새워 만든 까닭인지 아직 칠을 하지 않아 백송 판때기 위에 무늬 있는 비단을 덮어놓았다. 스님들이 번화幡花(불공할 때 사용하는 깃발의 일종)를 세워 들고, 요발鐃鈸(법회에서 쓰는 악기의 일종)을 연주하면서 나팔을 불고 북을 쳐댔지만 슈미의 귀에는 아무 소리도 들리지 않았다.

이상하네! 왜 아무 소리도 들리지 않는 거지?

장례 행렬이 동네 앞 면화 밭을 가로질러 동쪽으로 향했다. 마을 입구를 막 지날 무렵 하늘에서 검은 구름이 몰려오고 나무들이 흔들리더니 갑자기 비가 오기 시작했다. 빗방울이 두꺼운 흙먼지 속으로 파고들어 흙냄새를 피워 올리고 강 위로 떨어져 수면에 자잘한 꽃을 피웠다. 비가 점점 더 거세게 내려 거의 눈을 뜰 수도 없었다.

이상하네! 이렇게 큰비가 오는데 왜 빗소리가 전혀 들리지 않는 거지?

　　　　　　　　　　　　　　　　　　복사꽃 그대 얼굴

장례 행렬에 참가한 무리들이 불안한 듯 술렁거렸다. 관을 멘 상여꾼들은 돌다리 위에 관을 잠시 내려놓고 비를 피하기 위해 다리 아래로 뛰어가고 사람들도 조수처럼 사방으로 흩어졌다. 그녀는 상복을 입은 바오천과 쑨 노인이 울상이 되어 사람들에게 돌아오라고 소리치는 것을 보았다.

　　슈미는 마을 동쪽의 무너져 가는 절을 향해 나는 듯 뛰기 시작했다. 그녀는 뛰어가다 고개를 돌려 주변을 둘러보았다. 처음에 그녀는 한 무리의 사람들을 따라 절로 달려갔는데, 어느 순간 보니 자기 혼자만 뛰고 있었다. 가쁜 숨을 몰아쉬며 조룽사 입구에 도착해 뒤를 돌아보자 관만 다리 위에 덩그러니 놓여 있고 주위에는 아무도 없었다. 슈미는 바오천과 쑨 노인조차 없다는 사실을 발견하고 크게 놀랐다.

　　이상하네, 왜 비를 피하러 절로 오는 사람이 없는 거지?

　　그녀가 내친김에 절 처마 밑까지 비를 피하러 달려가 보니 장지위안이 손에 삼밧줄을 쥔 채 그녀를 향해 웃고 있었다.

　　"당신이 왜 여기에 있어요?" 슈미가 깜짝 놀라 두 손으로 자신의 흠뻑 젖은 앞섶을 감쌌다. 요즘 들어 살짝 부풀어 오른 젖가슴에 찌릿찌릿 통증이 느껴졌다. 초여름이라 홑옷을 새로 입었더니 비에 젖어 몸에 찰싹 달라붙었다. 그녀는 자신의 몸이 아무것도 가리지 않은 것처럼 적나라하게 드러나는 느낌이 들었다.

　　"주지스님의 독경을 들으려고 왔어." 장지위안이 낮은 목소리로 말했다. 그의 머리카락 역시 비에 흠뻑 젖어 있었다.

　　"장례 치르는 사람들은 왜 절에서 비를 피하지 않아요?" 슈미가 물었다.

　　"그들은 올 수 없어."

"왜요?"

"주지가 그들을 들여보내지 않으니까." 장지위안은 머리를 내밀어 문밖을 살피더니 그녀의 귓가에 대고 작은 소리로 속삭였다. "왜냐하면 이 절은 오직 너만을 위해 지었거든."

"누가 주지스님인데요?" 슈미는 절 안의 천왕전을 쳐다보았다. 기와에 폭우가 쏟아져 지붕에 죽 늘어선 기왓등과 기왓고랑에서 아른아른 물안개가 피어올랐다.

"법당에서 염불을 하고 계셔." 장지위안이 말했다.

"이 무너진 절에는 오랫동안 스님이 없었는데 어디서 오신 주지스님 이에요?"

"날 따라오렴."

슈미는 순순히 그를 따라 길게 이어진 복도를 걸어 법당으로 갔다. 가는 길에 천왕전, 승방, 가람전, 조사당, 약사전, 관음전, 향적주, 집사당 등 어디에도 사람은 없었으며, 관음전과 대웅보전은 이미 지붕이 무너지고 담장의 토대가 기울었으며, 깨진 기왓장에 풀까지 길게 자라나 있었다. 담벼락에는 도처에 이끼가 끼고 갈라진 틈새로 작은 국화가 송이송이 피었다. 그녀는 안식향과 미인초 냄새, 빗물과 먼지 냄새, 그리고 장지위안의 몸에서 나는 옅은 담배냄새를 맡았다.

법당法堂(경전을 모신 전각)과 장경각藏經閣(대장경을 보관하는 전각)은 훼손이 되지 않은 상태였다. 그들이 법당에 도착했을 때 몸에 붉은색과 누런색 두 가지 색깔의 가사를 입은 주지스님이 부들방석 위에 가부좌를 틀고 앉아 독경을 하고 있었다. 그들이 들어오는 것을 보더니 주지스님이 합장을 하면서 예를 올린 후 바로 자리에서 일어났다. 슈미가 어떻게 해야 할지 당황해하고 있을 때 주지스님의 말이 들렸다. "이 아이입

복사꽃 그대 얼굴

니까?"

장지위안이 고개를 끄덕였다. "그렇소."

"아미타불."

슈미는 주지스님을 어디선가 본 것 같다는 느낌이 들었지만 잘 생각이 나지 않았다. 주지스님이 천천히 손에 든 염주를 굴리더니 입속으로 염불을 외우다가 갑자기 고개를 들어 그녀를 살펴보았다. 슈미는 멀뚱히 쳐다볼 뿐 어찌해야 좋을지 몰랐다. 홀연 그녀는 주지스님의 왼쪽 엄지손가락 옆에 삶은 샹창香腸(중국식 소시지)처럼 불그스레하고 후줄근한 뭔가가 달려 있는 것을 보고 혼비백산하고 말았다. 크게 비명이라도 지르고 싶었지만 입에서는 아무런 소리도 나오지 않았다. 그렇구나! 사촌오빠가 찾던 육손이는 마을의 버려진 절에 숨어 있었던 것이로구나!

주지는 얼굴이 벌게지며 껄껄 두어 번 웃더니 말했다.

"지위안, 사람도 이제 왔는데 우리가 뭘 더 기다리겠소?"

"당신들, 당신들 뭘 하려는 거예요?"

"아가씨, 두려워하지 마시오." 주지가 말을 이었다. "누구나 이 세상에 온 것은 다 인연이 있기 때문이니 어떤 중요한 사명을 완성하기 위함이라오."

"제 사명은 뭔데요?"

"잠시 후면 알게 될 것이오." 주지의 얼굴에 음흉한 웃음기가 스쳐 지나갔다.

슈미는 오싹하고 소름이 끼치며 온몸의 피부가 죄어오는 것 같았다. 그녀는 법당을 빠져나가려고 이리저리 뛰어다니다가 향안香案(향을 놓는 탁자) 앞에 놓인 소유등酥油燈(소나 양의 젖에서 얻은 유지방을 사용하는 등)을 넘어뜨렸다. 하지만 아무리 찾아도 문이 보이지 않았다. 그들 두 사람은 그저 느긋하게 그녀를 바라보며 웃을 뿐이었다.

"나갈래요. 문이 어디예요?" 슈미가 애절한 눈빛으로 사촌오빠를 바라보며 간청했다.

장지위안이 그녀를 와락 껴안았다. 그의 손이 그녀의 허벅지를 따라 더듬어 올라가며, 그녀의 귓가에 입을 바싹 붙이고 중얼거렸다. "동생, 문은 여기에 있어. 이렇게 열려 있잖아." 그는 이렇게 말하면서 손에 든 밧줄로 그녀의 손목을 묶었다. 슈미는 사촌오빠가 자신을 묶으려 하자 온힘을 다해 크게 소리를 질렀다. "안 돼, 묶지 마!"

이번에는 귓가에 자신의 목소리와 함께 대답도 들려왔다.

"누가 너를 묶는데?"

슈미가 눈을 떴다. 눈을 뜨자 제일 먼저 지붕창에서 쏟아지는 환한 햇빛이 보였고, 이어서 방금 내걸어 그윽한 훈향薰香이 퍼지는 새 모기장이 눈에 들어왔다. 아래로 눈을 돌린 그녀는 땅바닥에 엎어진 기름등을 보았다. 사각거리는 소리도 들렸다. 시췌가 땅에 떨어진 유리조각을 쓸고 있었다. 남가일몽南柯一夢, 꿈이었다.

"누가 널 묶었어?" 시췌가 웃으며 말했다.

"일어나 아침 먹으라고 깨우러 왔더니 네가 손으로 쳐서 기름등을 엎었더라."

슈미는 여전히 헉헉거리며 숨을 몰아쉬고 있었다. 침대 위 향안의 안식향이 거의 다 타들어 간 것이 보였다.

"왜 이런 꿈을 꾼 걸까?" 슈미가 넋이 나간 채 말했다. "놀라서 죽는 줄 알았어……"

시췌는 그저 웃기만 할 뿐이었다. 얼마 후 다시 말했다. "빨리 밥 먹

복사꽃 그대 얼굴

어. 조금 있다가 쑨 아가씨네 수륙법회水陸法會9)에 갈 거니까."

슈미가 어머니와 추이롄에 대해 묻자 시췌가 일찌감치 구경하러 갔다고 말했다. 그녀는 또 장지위안에 대해 물었다. 장지위안이란 이름 세 글자를 입에서 꺼내자 머릿속이 갑자기 멍해졌다. 후원에 있는데 뭘 하고 있는지는 모르겠다고 시췌가 말했다. 슈미는 멍하니 모기장 꼭대기를 쳐다보다가 시췌에게 수륙법횐지 뭔지 보러갈 생각도 없고 밥도 먹고 싶지 않으며 그냥 침대에 누워 아무것도 하고 싶지 않다고 말했다.

시췌는 그녀를 위해 모기장을 다시 쳐주고 아래층으로 내려갔다.

시췌가 내려가자마자 집 아래 골목에서 누군가 치자꽃을 사라고 외치는 소리가 들렸다. 그녀는 꽃을 한 송이 사고 싶어서 침상에서 일어났다. 하지만 그녀가 옷을 입고 아래로 내려가 골목입구로 갔을 때 꽃 장수는 이미 사라진 후였다.

그녀는 집으로 들어와 우물에서 물을 길어 세수를 하고 간단하게 아침을 먹었다. 마당을 이리저리 거닐다 우물가에서 시췌가 옷을 빨고 있는 것을 보고는 다가가 말을 걸었다. 채 몇 마디도 하기 전에 장지위안이 회랑을 따라 건들거리며 이쪽으로 오는 것이 보였다. 슈미는 가슴이 철렁하여 얼른 피해야겠다고 생각했지만 장지위안은 어느새 바로 옆까지 다가왔다.

"어이구!" 장지위안이 잔뜩 흥분한 얼굴로 말했다. "후원에서 키우던 두 항아리의 연꽃이 모두 피었더군!"

슈미가 아무런 대꾸도 하지 않자 시췌는 어쩔 수 없이 한마디 할 수

---

9) 수륙법회(水陸法會): 일명 수륙재(水陸齋)로 물과 육지에 떠도는 외로운 영혼을 구제하기 위해 불법을 설하고 음식을 베푸는 의식.

밖에 없었다. "연꽃이 피었어요? 예쁘겠네요. 연꽃이 피었으니 얼마나 예쁘겠어요."

이런 머저리! 연꽃이 핀 것이 뭐 그리 대단하다고 별것도 아닌 걸로 그리 호들갑이야. 조금 전 꿈이 생각나 슈미는 화가 치밀었다. 슈미는 차마 그를 쳐다볼 수가 없었다. 장지위안이 웃음을 띠면서 그녀에게 자기를 따라 후원에 가서 연꽃을 구경하지 않겠느냐고 물었다. 뭘 본다고 지랄이야! 슈미는 속으로 욕을 해댔다. 그러나 그녀는 계단 옆 담장에 기대서서 조용히 말했다.

"오빠도 화초를 좋아하세요?"

"그것이 무슨 꽃이냐에 달렸지." 장지위안이 잠깐 생각에 잠기더니 이렇게 대답했다. "난초는 그윽한 계곡에서 피어나고, 국화는 황폐한 채마밭에 숨어 있으며, 매화는 눈 덮인 준령에서 도도하지만 유독 연꽃만은 더러운 진흙탕에서도 더러워지지 않는다. 그 뜻이 고결하니 사랑스러움이 배가 되는구나……. 연잎 마름질하여 옷 만들고, 마름과 연잎 모아 치마로 삼네."

마지막 두 구는 〈이소〉離騷에 나오는 구절인데, 애석하게도 장지위안은 앞뒤 구절을 헷갈렸다. 하지만 슈미는 굳이 지적하고 싶지 않았다.

장지위안은 슈미가 자리를 뜨지 않자 갑자기 흥미가 생겨 물었다. "옥계생玉溪生(당대 시인 이상은李商隱의 호)의 시 중에 연꽃을 읊은 구절이 있는데 참으로 절묘하다고 할 수 있지. 너, 알고 있니?"

이는 원래 《석두기》石頭記(《홍루몽》의 별칭)에서 대옥黛玉이 향릉香菱에게 묻는 말이다. 보아하니 털보도 뭔가 짠한 것이 있는 모양이네. 슈미는 그와 상대하고 싶지 않아 마지못해 답했다. "혹시 '시든 연잎 남아 있어 빗소리를 듣는다'留得殘荷聽雨聲 아니에요?"

뜻밖에도 장지위안은 고개를 가로젓고 웃으며 말했다. "네가 나를 임매매林妹妹(임대옥林黛玉)로 여기고 있구나."

"오빠는 어떤 구절이 좋으세요?"

"부용당芙蓉塘(연꽃이 피어 있는 연못) 밖 은은한 우레 소리." 장지위안이 답했다.

그 말에 슈미는 갑자기 어렸을 때 아버지가 그녀를 데리고 마을 밖 연못에서 연밥을 따던 일이 생각났다. 갑자기 마음속이 텅 빈 것처럼 공허해졌다. 아버지는 거의 비정상이라고 할 정도로 연꽃을 좋아했는데, 여름이면 언제나 책상 위에 작은 완련碗蓮(작은 품종의 연꽃) 화분을 두고 감상했다. 그녀는 지금도 그 꽃봉오리가 진홍색의 복숭아꽃처럼 화사하면서도 반쯤 고개를 숙인 모습이 수줍음을 머금어 아버지가 '일념홍'一捻紅이라고 부르던 것을 어렴풋이 기억했다. 때때로 그는 꽃잎을 찧어 인주를 만들기도 했다.

장지위안이 다시 그녀에게 무슨 꽃을 좋아하느냐고 물었다.

"작약!" 슈미는 굳이 고민할 필요도 없이 나오는 대로 말했다.

장지위안이 웃기 시작하더니 잠시 후 한숨을 내쉬며 말했다. "네가 나를 쫓아내려고 하는 것이 분명하구나."

이 머저리가 하루 종일 제정신이 아니기는 하지만 뱃속에 제법 먹물이 들어 있어 고생깨나 하겠네. 슈미는 속으로 그렇게 생각하면서도 입으로는 여전히 트집을 잡았다. "내가 왜 내쫓는다는 거예요?"

"누이는 문학과 역사에 정통하고 경계심이 깊고 치밀한 사람인데 뭣 때문에 일부러 묻는 거지?" 장지위안이 말했다. "고문방顧文房10)의

10) 고문방(顧文房)은 명나라 장서가 고원경(顧元慶)의 장서본이란 뜻이다.

《문답석의》問答釋義에서 '작약은 일명 가리可離라고 하며, 그런 까닭에 송별의 증표로 삼는다'라고 했잖아. 그런데 난 정말로 가야겠다." 말을 마친 장지위안은 옷섶을 한 번 당기고는 슈미에게 손을 흔들고 앞문으로 나갔다.

장지위안의 뒷모습을 보면서 슈미는 생각에 잠겼다. 아침에 꾸었던 꿈 때문에 그녀는 자신과 장지위안 사이에 뭔가 복잡한 문제가 생긴 것 같아 마음이 텅 빈 듯 조금 쓸쓸했다.

"큰외삼촌하고 무슨 말을 한 거야?" 시췌가 우물가에서 고개를 갸우뚱하며 물었다. "옆에서 다 들었는데도 나는 왜 한마디도 못 알아듣지?"

슈미가 웃으며 말했다. "아무짝에도 쓸데없는 허튼소린데 알아들어서 뭐하게?"

시췌가 수륙법회를 보러 쑨 아가씨네에 가지 않겠느냐고 물었다. 슈미가 말했다. "가고 싶으면 빨리 가. 나는 딩 선생님네로 가지, 뭐."

8

딩 선생은 때마침 책상에서 글을 쓰고 있었다. 손에는 여전히 붕대를 감고 있었다. 슈미가 들어서는 것을 발견한 선생이 오늘은 수업을 안 한다고 말했다. 그는 쑨 아가씨의 묘지명을 쓰느라 바빴던 것이다. 그가 다시 왜 수륙법회를 보러 가지 않았느냐고 묻자 슈미는 갈 생각이 없다고 대답했다. 몸을 돌려 나가려는데 딩 선생이 그녀를 불렀다.

복사꽃 그대 얼굴

"잠깐 기다려라. 조금 있다가 네게 물어볼 것이 있다."

내키지 않았지만 어쩔 수 없어 창 아래 나무의자에 앉아 새장 안에 있는 화미조畵眉鳥 두 마리와 장난을 쳤다. 딩 선생은 연신 수건으로 얼굴을 닦았다. 그의 비단옷이 이미 땀으로 흠뻑 젖어 있었다. 글을 쓰면서 그는 "애석해, 정말 애석해! 가련해, 정말 가련해!"라며 계속 중얼거렸다. 슈미는 그가 쑨 아가씨에 대한 글을 쓰고 있음을 알았다. 자기 문장에 취해 딩 선생은 수차례 붓을 멈추고 눈물을 닦거나 코를 풀었다. 그녀는 선생이 콧물을 책상 언저리에 문지르고 혀를 내밀어 침을 묻혀 붓끝을 정리하는 것을 보고 역겨워 견디기가 힘들었다. 선생이 글을 한 장 쓰다가 버리고 또 고쳐 쓰다가 버리는 바람에 폐지뭉치가 바닥에 가득 쌓일 정도였다. 이렇게 버리고 또 쓰면서 선생은 자신의 문장이 조리가 없음을 한탄했다. 마지막 화선지를 다 쓰고 나자 사다리를 타고 다락에 올라가 종이를 더 꺼내왔다. 그는 슈미의 존재는 아예 잊어버린 채 망자에 대한 회고와 애통함에 푹 빠져 있었다. 슈미는 선생이 정신없이 몰두하는 것을 보고는 옆에 가서 종이를 펴고 먹을 갈았으며, 선생이 어깨에 걸치고 있던 쉰내 나는 수건을 가져다 세숫대야에서 비벼 빨았다. 세숫대야의 물이 순식간에 검게 변했다.

선생은 문장이 좋고 글을 빨리 쓰는 것으로 유명했다. 선생 스스로도 당장 싸움터에 나갈 전마를 앞에 두고 글을 쓰는 것도 어렵지 않다고 말하곤 했다. 시사詩詞나 가부歌賦는 물론이고 첩괄帖括(과거시험에서 경서의 어려운 구절을 뽑아 노래로 만든 것)이나 팔고八股(청대 과거시험에 쓰였던 문체)도 능히 일필휘지할 수 있었다. 누군가 찾아와서 초대장이나 대련, 축사, 묘지명 등을 부탁하면 종종 그 사람과 가격을 흥정하면서 그동안에도 문장을 써내려갔다. 다만 딩 선생에게는 수년간 고치지 못한 습관이 하나 있었는데, 문장을 완성하고 나면 한 글자도 바꾸지 않는다는 것이었다. 그에게 글을 고쳐 써줄 것을 요청한다는 것은 쇠귀에 경 읽기와도 같았다. 한번은 그가 아흔 살 먹은 노인의 생신을 축하하는 문장을 써주었는데, 글을 다 쓴 후 노인의 손자가 조부의 이름이 잘못 적힌 것을 보고 선생에게 이름을 바로 써달라고 청했다. 그러자 선생은 노발대발하면서 소리쳤다. "딩 아무개란 사람은 일단 문장을 완성하고 나면 고치는 일이 없어. 그냥 가져가서 아쉬운 대로 사용하게."

"이름을 틀리게 썼는데, 그럼 누구 생신을 축하하란 말입니까?"

"그거야 내가 상관할 바 아닐세." 두 사람이 서재에서 말다툼을 시작했다. 결국 사모 샤오펑이 달려와 두 사람 사이에서 중재를 하고 판결을 내렸다.

"당신이 억지를 부리네." 사모가 손자의 콧잔등을 가리키며 말했다. 그녀는 다시 몸을 돌려 남편에게 말했다. "수쩌, 당신이 옳아요."

"끝!" 그녀는 두 사람에게 동시에 선포했다.

손자는 어쩔 수 없이 두 배의 돈을 내고 다시 부탁하는 수밖에 없었다. 그제야 선생은 관례를 깨고 그에게 새롭게 글을 써주면서 할아버지의 이름을 고쳐주었다.

그런 선생이 오늘은 도대체 어쩐 일이지? 슈미는 그가 귀를 긁고 뺨을 쓰다듬다가 갑자기 이마를 툭툭 치고, 그러다가 다시 뒷짐을 지고 서성이는 것을 보면서 이해할 수가 없었다. 만약 쑨 아가씨의 묘지명이 그렇게 쓰기 어려운 것이 아니라면 어제 시신을 보았을 때 너무 충격을 받았기 때문인가? 그렇지 않으면 딩 선생이 쑨 아가씨의 급사를 도무지 받아들일 수 없기 때문일까? 선생이 미간을 좁히고 잔뜩 찌푸린 채 방 안에서 왔다갔다 걸어 다니는 표정을 보노라면 지금 그가 얼마나 비통

복사꽃 그대 얼굴

하고 애절한 마음인지 알 것도 같았다. "매끈한 피부에 부드러운 살결이 순식간에 사라지고 말았네. 오호라, 오호라! 어찌할꼬, 어찌할꼬!" 선생은 자꾸만 혼잣말로 중얼거렸다. 그렇게 고민하던 선생은 묘지명을 다 완성한 후에는 자못 득의만면했다. 그는 슈메에게 글을 읽어보라고 하고는 혹시라도 그녀가 이해하지 못할까 봐 처음부터 끝까지 천천히 풀이해 주었다. 그 묘지명은 다음과 같았다.

아가씨 쑨씨, 휘諱(고인의 이름)는 유쉐有雪, 메이청 푸지 사람이다. 부친은 딩청鼎成으로 효성과 우애로 향리에 이름을 떨쳤도다. 모친은 전甄씨이다. 아가씨가 처음 태어날 때 큰 눈이 문을 막고, 겨울매화가 꽃봉오리를 토해냈으니, 이로 인해 유쉐라 이름 지었다. 절개는 서리와 눈, 송백의 절조와 부합했다. 유쉐는 태어나면서부터 민첩하고 통달하였으며, 어려서는 정숙하고 신중했고, 숨결은 향초를 토하는 듯 향기롭고, 눈은 먼 산을 품은 듯했다. 맑고 자애로우며 따스하고 곧은 뜻과 온화하고 친근한 예의를 갖추어 푸지와 이웃동네에서 모두 칭송이 자자했다. 자라면서 자애로운 모친을 잃고 부친은 병약하니 집안이 빈한하여 끼니를 거를 때가 많았다. 유쉐는 결연히 얼음처럼 맑고 옥처럼 고결한 몸을 바치기로 마음먹고 문을 열어 손님을 맞이하니 연근蓮根처럼 더럽다는 비난이 있을지라도 실은 자신의 살을 떼어 부모를 살린 것이다. 고상한 선비나 문인들도 모두 그녀의 은혜를 받았고, 행상과 심부름꾼도 같이 향기로운 은택을 입었다. 끝내 강포한 자에게 잡혀 온갖 유린과 학대를 당했지만 유쉐는 백주지절栢舟之節(잣나무처럼 굳은 절개)로 거부하다 결국 죽음에 이르렀다.

오호, 애재라! 천고에 힘들고 어려운 것이 바로 죽음일진대, 상심함이 어찌 유독 식부인息婦人(춘추시대 식나라 제후의 부인으로 지조와 절개로 유명하다)에게만 해당하겠는가. 시인이 탄식한 바가 세상은 달라도 밟는 길은 같으니, 마땅히 현석玄石(비석)에 새기고 아름다운 정절을 드날려야 하리라.

이에 알리노니, 나라를 세움에 총강總綱(총칙)과 사유四維(나라를 다스리는 네 가지 원칙인 예의염치)가 있다고 하나 누가 그것을 바꿀 수 있겠는가, 바로 유쉐 아가씨이다. 진기한 절개와 고상한 행실은 길이 다르다 하나 같은 곳으로 귀결된다. 부모를 봉양함에 대나무처럼 곧은 아름다움을 지니고 가정을 화목하게 함에 도요桃夭(복숭아꽃이 한창이라는 뜻으로, 혼인을 하기에 적합한 때. 《시경》의 편명이기도 하다)와 같은 덕을 갖추었다. 공산空山은 텅 비어 사람 자취 없고, 아름다운 여인의 백골은 아! 아무 말이 없구나. 그녀의 남모를 덕을 구천九泉처럼 깊은 곳에 새기니 만대가 지나도록 드러나지 않을지어다.

"어떠냐?" 선생이 묻자 슈미가 대답했다. "좋아요."

"어디가 좋으냐? 이야기해 보거라."

"전부 좋아요." 슈미가 말했다. "다만 사람들은 봐도 잘 모를 것 같아요."

선생은 비로소 기뻐하며 웃기 시작했다. 조금 전 구슬프게 흐느끼던 모습은 온데간데없이 사라졌다. 슈미는 사람들이 이해하지 못하는 것이야말로 선생님이 마음속으로 생각하는 문장의 최고 경지라는 것을 알고 있었다. 선생은 구두선口頭禪(입버릇)처럼 항시 입에 달고 다니는 말이 있었다. 문장을 쓰려면 다른 이들이 알 수 없도록 해야 해. 수레를 끌고 콩국이나 팔러 다니는 부류들도 능히 읽고 이해할 수 있다면 무슨

복사꽃 그대 얼굴

특별한 것이 있겠어?! 그러나 슈미가 보기에 선생이 쓴 묘지명은 그런대로 쉽게 이해할 수 있는 것이었다. 선생은 그녀에게 처음부터 끝까지 해석을 한 번 해주고 다시 어느 구절이 가장 좋은지 물었다. 슈미가 말했다.

"'부모를 봉양함에 대나무처럼 곧은 아름다움을 지녔다'고 한 곳부터 그 뒤 다섯 구절이 가장 절묘하다고 할 수 있어요."

선생이 듣더니 하하, 크게 웃으며 연거푸 그녀가 총명하고 이해력이 뛰어나니 앞으로 틀림없이 청출어람靑出於藍이 될 것이라고 칭찬했다. 그리고 또 한 번 상처 입은 기름기 많은 손으로 그녀의 머리를 쓰다듬었다.

선생이 득의양양하고 있을 때 갑자기 사모가 문발을 젖히고 들어오더니 씩씩거리며 책상 옆에 앉아 아무 말도 하지 않았다. 선생이 그녀에게 다가가 묘지명을 잘 썼는지 못 썼는지 읽어보라고 잡아끌었다. 사모가 손을 뿌리치며 발끈 화를 냈다. "좋으면 뭐해요? 내가 보기엔, 한나절 고심하느라 괜히 시간만 허비한 것 같은데. 저들이 하고 싶지 않대요."

"스무 조弔도 못 내겠대?"

"무슨 스무 조! 내가 나중엔 열 조만 내라고 했는데 그것도 안 하겠답니다."

"그건 또 왜?"

"그 쏜 노인네는 지독한 노랑이예요."

사모는 아직도 화가 안 풀린 듯했다. "시집도 안 간 딸이 참혹하게 횡액을 당하여 장례비용이나 관 값은 물론이고 스님과 도사에게 줄 돈조차 구할 길이 막막한데, 무슨 돈이 있어 쓸데없는 짓거리에 쓰냐고 합디다. 게다가 딸이 비천한 출신인 데다 아직 시집도 가지 않았고, 살아 생전에 표창할 거리도 없으니 묘지명 같은 것은 생략해도 된다고 하는 군요. 그저 얇은 나무관이나 구해다가 대충 묻으면 끝이라는 거예요. 아무리 말을 해도 돈을 내려고 하지 않아요."

"제 어미가 창녀인 년이 하루 종일 문 걸어 잠그고 집안에서 사내랑 엉겨 붙어 더러운 돈을 벌었지만, 그래도 내가 깨끗하게 씻어줄 요량으로 오전 내내 머리가 어지럽고 눈이 침침할 정도로 묘지명을 썼는데, 그 작자가 이렇게 내 호의를 무시한단 말이야?" 선생도 화가 나서 욕을 해 댔다.

"더 화가 나는 것도 있어요!" 사모가 손수건을 휘두르며 말을 이었 다. "내가 열 조면 하겠느냐고 물었더니 글쎄 그 늙은이가 열 조는 고사 하고 당신네 딩 선생이 공짜로 써준다고 해도 받을 수가 없다지 뭐예요. 비석도 사야 하고 사람을 불러 새기는 데도 적지 않은 돈이 들기 때문 이라는 거예요."

딩 선생이 듣고는 농익은 가지처럼 얼굴이 달아오르더니 묘지명을 쓴 종이를 움켜쥐고 찢어버리려고 했다. 사모가 황급히 일어나며 만류 했다. "아직 성급하게 찢지 말아요. 제가 다시 한 번 사람을 보내 말해볼 게요."

사모는 그제야 묘지명을 손에 들고 처음부터 끝까지 훑어보더니 다 정한 눈빛으로 선생을 쳐다보며 천천히 말했다. "여보, 당신 글이 더욱 조예가 깊어졌네요."

바로 그때 슈미는 멀리서부터 점점 가까워지는 요발과 나팔 소리를 들었다. 소리는 마을 뒤편에서 이쪽으로 다가오고 있었다. 사모가 딩 선 생에게 말했다. "쑨 아가씨 출상인가 본데 우리도 구경하러 갈까요?"

"난 안 가! 가려면 당신이나 가!" 딩수쩌는 맥이 빠져 의자에 앉은 채로 여전히 화를 내고 있었다.

그러자 사모가 슈미에게 가겠느냐고 물었다. 그녀는 선생을 힐끗 보고 물었다. "선생님, 조금 전에 저보고 뭘 물어보겠다고 하시지 않았어요?" 딩수쩌는 힘없이 그녀에게 손을 저으며 그 일은 나중에 다시 이야기하자고 말했다.

슈미는 하는 수 없이 사모를 따라 나갔다. 두 사람이 마당을 지나 집밖으로 나가자 장례행렬이 이미 문 입구까지 와 있었다. 슈미는 집으로 돌아가고 싶었지만 장례 군중들을 따라 자기도 모르는 사이에 마을 입구에 이르렀다. 그녀는 맨 끝에 있었다. 고개를 들어 보니 쑨 아가씨의 관을 사람들이 높이 들고 있는 모습이 보였다. 관은 밤을 새워 만든 까닭인지 아직 칠을 하지 않은 상태였다. 그녀는 자기도 모르게 가슴이 철렁 내려앉았다. 아니, 출상하는 모습이 꿈에서 본 것과 똑같잖아! 이렇게 속으로 생각하고 있을 때 멍 할멈이 대나무 바구니를 들고 문 입구 살구나무 아래에 서서 장례식에 참가한 이들에게 흰색 조화를 하나씩 나눠주고 있는 모습이 눈에 들어왔다. 멍 할멈이 대열의 끝에 왔을 때 바구니는 이미 텅 비어 있었다. 멍 할멈이 한 번 웃더니 빈 바구니를 들어 슈미에게 흔들어 보였다. "아이고, 공교롭게도 네 것만 없구나."

슈미는 더 이상 앞으로 가고 싶지 않았다. 그녀는 수레덮개처럼 우뚝 솟은 큰 살구나무 아래에 우두커니 서서 미동도 하지 않았다. 꿈속에서 본 조화는 노란색이고, 멍 할멈의 바구니 속의 것은 흰색이었지만 그녀는 예사롭지 않은 상황에 몹시 놀라 아직도 꿈을 꾸고 있는 것만 같았다. 하늘은 높고 마치 물감을 떨어뜨린 것처럼 푸르렀다. 지금 이 순간이 꿈이 아니라 깨어 있는 것이라 할지라도, 이 역시 훨씬 더 크고 요

원한 또 다른 꿈의 일부가 아니라고 할 수 있을까. 그녀는 이런 생각을 하지 않을 수 없었다.

9

바오천이 칭샹에서 네 살 난 아들 라오후를 데리고 돌아왔다. 그 아이는 머리는 삐뚤지 않았지만 하는 짓이 개구졌다. 온몸이 석탄처럼 시커멓고 반질거렸는데 빨간 반바지만 입고 뛰어다니는 모습을 보면 마치 굴러가는 불덩어리 같았다. 마당 곳곳에 그의 그림자가 번뜩이고 도처에 뛰어다니는 발자국 소리가 들렸다. 오랫동안 부친의 훈육을 받지 않았던 터라 처음 푸지에 와서는 온갖 사고를 일으켰다. 온 지 며칠 되지도 않아 이웃집 노화계蘆花鷄(중국 토종닭) 수놈 두 마리의 모가지를 자른 녀석은 닭을 부엌으로 들고 와서 바닥에 내던지며 시췌에게 말했다. "이거 먹을래. 삶아줘!" 이튿날 그는 추이렌의 침상 아래에 한 무더기 똥을 싸질러 추이렌이 하루 종일 집안에서 죽은 쥐새끼 냄새가 난다고 불평하게 만들었다. 그는 또 화얼냥네 처마 밑에 있는 벌집을 들쑤셔 말벌이 사방으로 날아다니는 소동을 일으켰는데, 자기는 하나도 다치지 않고 화얼냥의 얼굴만 퉁퉁 부어 족히 한 달 넘게 고생하게 만들었다.

한동안 바오천은 매일같이 마을 집집마다 찾아다니며 사죄하느라 정신이 없었는데, 말끝마다 아들놈을 목매달아 죽여 버리겠다고 했지만 아이에겐 손 하나 까딱하지 못했고, 오히려 아이가 잠들면 몸을 뒤집어 그의 엉덩이에 몇 번이고 입을 맞추곤 했다. 그러던 어느 날 바오천

복사꽃 그대 얼굴

이 하마터면 아이를 죽일 뻔한 일이 있었다.

그날 저녁 슈미와 추이렌이 어머니 방에서 한자리에 모여 바느질을 하고 있었는데, 갑자기 시췌가 당황하여 쩔쩔매며 위층으로 뛰어와 소리쳤다. "큰일 났어요. 큰일! 바오천이 라오후를 목매달아 죽인다고 온 방을 뒤지며 밧줄을 찾아다니고 있어요. 저는 아무리 해도 말릴 수가 없으니 여러분들이 빨리 가서 말려주세요."

추이렌이 그 말을 듣고 깜짝 놀라 가위를 내려놓고 달려가려고 하자 어머니가 소리쳤다. "아무도 가지 마라!" 놀란 추이렌이 혀를 쏙 내밀었다. 시췌도 깜짝 놀라 문지방에서 굳은 채 멍하니 서 있었다.

"그 애는 좀 제대로 가르쳐야 돼. 계속 말을 듣지 않으면 어디서 왔든지 간에 돌려보내버릴 거야."

어머니가 다시 말했다.

그 말은 분명 아래층에 있는 바오천더러 들으라고 한 소리였으며, 바오천 역시 마당에서 그 말을 들었다. 바오천은 있는 힘을 다해 자신의 아이를 훈육함으로써 충직함을 보이는 것 외에 다른 방법이 없었다. 그는 라오후를 복도 기둥에 묶어놓고 가죽채찍을 휘두르며 매질을 하기 시작했다. 그 어린 것이 채찍에 맞으며 엄마, 아빠를 부르는 등 마구 소리를 질러댔다. 아이의 울음소리가 갈수록 약해지고 서서히 움직임이 없어지고서야 어머니가 추이렌에게 턱짓을 했다.

슈미가 추이렌을 따라 아래층으로 내려오자 라오후의 머리가 맥없이 축 처져 있는 모습이 눈에 들어왔다. 그런데도 바오천은 미친 사람처럼 여전히 매질을 멈추지 않고 있었다. 추이렌이 황급히 다가가 채찍을 빼앗고 아이를 풀어주었다. 아이의 얼굴은 온통 피투성이였고 코는 벌렁대고 있었지만 들이마시기만 할 뿐 내쉬는 숨이 없는 것처럼 보였다.

슈미는 기둥의 붉은 칠 가루가 채찍질로 인해 바닥에 떨어진 것을 보았다. 추이롄이 아이를 안아 자신의 침상에 뉘고는 인중^{人中}을 누르고 차가운 물을 뿜어주었다. 그제야 라오후가 겨우 숨을 내쉬면서 소리쳤다.

"아빠!"

바오천도 놀라 얼떨떨했다. 아들이 아빠를 부르는 소리를 듣더니 눈물을 마구 쏟았다. 그는 침상 옆에 꿇어앉아 아이의 가슴에 얼굴을 묻고 엉엉, 울었다.

슈미는 바오천과 어머니가 왜 그토록 화가 났는지 몰랐다. 하지만 바오천이 이처럼 모질게 손을 댄 것을 보면 어린 것이 뭔가 큰일을 저지른 것이 틀림없었다. 시췌와 추이롄에게 물어보았지만 모른다고 했다. 시췌가 모른다고 하면 진짜로 모르는 것이다. 하지만 추이롄은 분명 말을 하려다 멈칫하고는 입가에 웃음을 띠며 그저 한마디만 내뱉었다.

"어떤 일은 모르는 게 나아. 괜히 신경 쓰지 마."

다음 날 집안은 마치 아무 일도 일어나지 않았던 것처럼 평정을 되찾았다. 어머니는 심지어 헝겊신을 만들어준다며 바오천에게 아이의 발 치수를 재어오라고 시켰다. 슈미는 마을에서 일어나고 있는 모든 것들이 신비스러우며, 그것들이 전부 자신에게는 입을 꼭 닫고 말하지 않는다고 느꼈다. 그녀의 호기심이 튼실하게 살이 오른 망아지처럼 제멋대로 날뛰는 것을 자신도 어쩔 수 없었다. 그녀는 이번 일을 반드시 밝혀내고야 말겠다고 결심했다. 보름이 지난 어느 날 마침내 기회가 찾아왔다.

피리를 불며 엿을 파는 장수가 마을에 왔다. 라오후는 연못가에서 쪼그리고 앉아 놀다가 엿 장수를 보고 군침을 삼켰다. 아버지에게 모진 매질을 당한 후로 아이는 갑자기 또 다른 극단으로 빠져 항상 의기소침

　　　　　　　　　　　　　　복사꽃 그대 얼굴

하게 바닥에 쪼그리고 앉아 있을 뿐 입을 열지 않았다. 슈미가 그의 곁에 같이 쪼그리고 앉아 말했다. "누나가 엿 사줄까?" 라오후가 입을 헤벌리며 웃었다. 하지만 여전히 아무 말도 하지 않았다. 슈미가 엿을 사다 아이의 코앞에 내밀었다. 라오후가 손을 뻗어 집으려고 하자 슈미가 냉큼 거두었다.

"말해 보렴. 그날 아버지가 왜 그렇게 죽자고 널 때렸어?" 슈미가 그에게 눈을 깜빡거렸다.

"아빠가 다른 사람에게 말하지 말라고 했기 때문에 죽어도 말할 수 없어." 라오후가 말했다.

슈미가 다시 엿을 그의 눈앞에서 흔들자 그 어린 것의 입에서 침이 주르르 흘러나왔다.

"말해줄 테니 절대로 다른 사람에게 말하면 안 돼." 라오후가 잠시 생각하더니 결국 고집을 꺾었다.

"누구에게도 말 안 해." 슈미가 가슴을 두드리며 말했다.

"정말 알고 싶어?"

"당연하지."

"정말로 다른 사람에게 말하면 안 돼."

"우리 손가락 걸어 맹세하자." 슈미가 아이와 손가락을 걸었다. "이제 말할 수 있는 거지?"

"먼저 엿을 줘야 말할 수 있어." 라오후가 말했다.

슈미가 그에게 엿을 건넸다. 아이는 엿을 받아 입안에 집어넣고 씹다가 목을 한 번 움츠리더니 꿀꺽 삼키고 말았다. 뒤이어 엉덩이를 툭툭 털고는 일어나 가려고 했다.

"아직 무슨 일인지 알려주지 않았잖아!" 슈미가 손을 뻗어 그를 잡으려고 했으나 몸뚱이가 반드르르 검고 미끄러워 놓치고 말았다.

"없어!" 라오후는 연못 다른 쪽으로 달려가며 손으로 하늘을 가리키며 그녀를 향해 소리쳤다. "없어! 새가 되어 날아갔어!"

바오천은 칭상에서 아이를 데려오는 길에 상당^{上黨}, 푸커우^{浦口}, 칭저우^{靑州} 등지로 가서 아버지의 행방을 수소문했다. 주현^{州縣} 부근의 작은 촌락까지 두루 찾아다녔지만 아버지 소식은 전혀 들리지 않았다.

어느새 9월 말이 되었다. 아버지가 떠날 때는 밭의 목화가 막 꽃을 피웠는데, 지금은 집집마다 솜 타는 소리가 들려왔다. 어느 날 어머니는 아버지를 위해 의관총^{衣冠冢}(시신 대신 옷이나 관을 넣은 무덤)을 만들어야 할까 하고 바오천과 의논했다. "묘지 만드는 일은 너무 서두르지 마세요. 나리가 비록 정신을 놓으셨다고는 하나 틀림없이 돌아가셨다고 말할 수도 없습죠. 게다가 가방을 가지고 나가셨고, 또한 집안에 있던 은표^{銀票11)}도 적지 않게 가지고 가셨으니 자살을 하시려던 것도 분명 아닐 겝니다." "하지만 우리도 언제까지 그 일에만 매달려 안절부절못하고 있을 수만은 없지 않은가." 어머니가 말했다.

"마님, 너무 조급하게 생각하지 마시고, 농사일이 조금 한가해지면 제가 다시 사람을 풀어 세세하게 찾아보도록 하겠습니다. 그저 나리가 살아계시기만 한다면 더할 나위 없이 좋은 일이지요. 만약에 공연히 무덤을 만들었다가 나리께서 돌연 가방을 들고 돌아오신다면 다른 이들의 비웃음을 사지 않겠습니까?"

어머니는 자신이 이미 보살에게 물어보았는데, 이번 일은 해도 전

---

11) 은표(銀票): 관청에서 발행한 지폐로, 청대에는 대청보초(大淸寶鈔)라고 불렀다.

복사꽃 그대 얼굴

혀 염려할 필요가 없다고 하더라고 말했다. 또한 푸지의 관습에 따르면, 사람이 행방불명이 된 지 반년이 되면 무덤을 만들고 죽었는지 살았는지 따지지 않아도 된다고 하면서 계속 말을 이었다. "그이는 실성한 데다 요즘 세상이 너무 혼란스럽지 않느냐. 설사 살아 계시다고 하더라도 갈 길이 험하고 아득하다는 말처럼 험난한 세상에서 그이가 어디에 계신지 우리가 어찌 알 수 있겠느냐? 무덤을 만드는 일에 대해서는 더 이상 따지지 말거라."

바오천은 좀 더 말하고 싶었지만 어머니가 굳은 얼굴로 "너는 사람을 구해 분묘나 조성하거라. 나머지는 신경 쓰지 말고"라고 하자 놀라 얼른 말을 바꾸었다. "만들지요, 만들겠습니다. 제가 당장 준비하겠습니다."

최종적으로 어머니가 무덤을 만들겠다는 결정을 포기하도록 한 것은 한 가지 소식 때문이었다. 월말이 가까운 어느 날, 창저우의 천지陳記 쌀가게의 주인이 점원을 푸지로 보내 소식을 전해왔다. 점원이 배를 타고 푸지에 왔을 때는 이미 날이 거의 저물어갈 무렵이었다.

그는 오늘 아침 가게에 검은 옷을 입은 두 명의 스님이 와서 쌀을 사갔다고 했다. "그 가운데 한 승려의 생김새가 이 댁 나리와 똑같았어요. 저희 가게 주인이 푸지에 쌀을 수매하러 왔다가 루 나리를 한 번 본 적이 있습죠. 또한 루 나리께서 실종되신 지 벌써 반년이나 지나 애타게 찾고 있다는 이야기도 들은 적이 있어 유심히 살폈지요. 저희 주인이 그에게 어느 절에 계시는지, 출가 전에 살던 댁이 어딘지 물었지만 두 사람은 아무 대답도 하지 않고 쌀을 달라고 재촉할 뿐이었지요. 시간이 오래 지나 정말로 마님 댁 나리인지는 저희 주인도 단정할 수 없다고 합니다. 공교롭게도 그날 가게의 쌀이 다 팔린 데다 햅쌀은 아직 찧지 않았기 때문에 우선 선금을 내고 이틀 후 다시 와서 쌀을 가져가기로 했지요. 그들이 떠나자 저희 집 주인은 예삿일이 아니라고 여기고 반나절이나 고민하다 소인에게 속히 댁네 분들에게 알려드리라고 지시하셨습니다. 저희 집 주인의 생각인즉, 내일 아침 귀댁에서 몇 사람을 보내 가게에서 기다리고 있다가 다음날 승려들이 도착했을 때 확인할 수 있으면 좋지 않을까 하는 것입죠. 만약 정말로 댁네 나리시라면 저희 집 주인이 이렇게 신경을 쓴 것이 헛되지 않고 공덕을 쌓는 일이 되겠지요. 하지만 혹시 댁네 나리가 아니라고 하더라도 너무 탓하지 마시기 바랍니다."

어머니는 시췌에게 당장 밥을 지어 점원을 대접하라고 일렀다. 그 사람은 사양하지 않고 밥과 술을 얻어먹고는 지체하지 않고 송유松油(소나무 유지)를 얻어 불을 밝히고 밤을 도와 창저우로 돌아갔다.

10

다음 날, 어머니는 아침 일찍 일어나 슈미와 추이렌, 바오천을 데리고 창장長江 너머 창저우를 향해 길을 나섰다. 시췌와 라오후는 남아서 집을 지키기로 했다. 떠나려는데 장지위안이 갑자기 후원에서 잠이 덜 깨 게슴츠레한 눈을 하고 걸어 나왔다. 얼굴도 씻지 않고 눈곱을 떼면서 바오천의 어깨를 두드리고는 말했다. "나도 자네들과 같이 가면 어떻겠는가?"

바오천이 어리둥절해서는 물었다. "큰외삼촌, 우리가 어딜 가는지 아세요?"

"알지. 창저우에 쌀 사러 가는 것 아닌가?"

그 말에 어머니와 추이렌이 모두 웃음을 터뜨렸다. 추이렌이 슈미를 보고 소곤거렸다. "쌀을 사? 매년 우리 집에서 소작인들에게 거둬들이는 나락도 처치곤란인데, 저 머저리가 우리에게 또 쌀을 사라고 하네?"

바오천이 웃으며 말했다. "우리가 쌀을 사는 동안 나리는 뭐 하시게요?"

"가서 구경이나 하지, 뭐. 요 며칠 몹시 따분했거든."

"같이 가신다면 좋지요. 혹시라도 나리가 난리라도 치시면 저 혼자막을 재간이 없거든요."

바오천이 이렇게 말하면서 고개를 돌려 어머니를 바라보았다. 그의 의견을 묻는 듯했다.

"그렇다면…… 슈미, 네가 가지 마라." 어머니가 잠시 생각하더니 양미간을 찌푸리며 말했다.

어머니의 말이 떨어지기 무섭게 슈미가 돌연 손에 들고 있던 푸른색 보자기를 땅바닥에 힘껏 내던지면서 발끈했다.

"처음부터 나는 가고 싶지 않다고 했는데 죽어라고 같이 가자고 해놓고는 이제 와서 또 가지 말라고 하니, 도대체 어머니가 무슨 생각을 하는지 모르겠어요."

그녀는 이렇게 소리치고는 스스로도 깜짝 놀랐다. 어머니는 멍하니 그녀를 바라보며 한참 동안 아무 말도 하지 못했다. 그녀의 눈빛이 전혀 낯선 사람의 것 같았다. 두 사람의 눈빛은 날렵한 칼날이 미처 상대를 피하지 못하고 부딪히는 것처럼 공중에서 맞닥뜨리고, 각자의 눈동자에 거울처럼 고스란히 비쳤다. 두 사람은 뜻밖의 사태에 깜짝 놀라며 당황했다.

추이롄이 급히 다가와 말리며 말했다.

"함께 가요. 나리께서 정말로 출가하여 스님이 되셨다면 아무리 권해도 돌아오시지 않을까 걱정이에요. 슈미가 가면 여하튼 부녀간에 얼굴이라도 마지막으로 한 번 볼 수 있잖아요."

어머니는 더 이상 아무 말도 하지 않고 혼자서 앞으로 걸어갔다. 몇 걸음 걸어가던 어머니가 고개를 돌려 그녀를 바라보았다. 그 눈빛은 분명 이렇게 말하고 있었다. 이 망할 년! 감히 사람들 앞에서 나에게 말대꾸를 해! 이제 다 컸다고 대드는 게야? 두고 봐라. 앞으로는 더 이상 애라고 봐주지 않을 테니…….

추이롄이 다가와 그녀를 끌어당겼지만 슈미는 꼼짝도 하지 않았다. 장지위안이 히죽거리며 바닥에서 푸른색 보자기를 집어 들더니 흙먼지를 대충 털고 슈미에게 건네주면서 익살맞은 표정을 지었다.

"내가 당나귀가 어떻게 우는지 알려줄까?"

말을 마치고 그는 정말로 히잉히잉, 마구 소리를 질러댔다. 슈미는 죽을힘을 다해 입술을 악물고 숨을 참아 겨우 터져 나오려는 웃음을 막을 수 있었다.

어머니와 바오천이 앞장서고 추이롄과 장지위안이 중간에서 걸어가자 슈미는 맨 끝에서 외톨이로 걸어갔다. 푸지는 지대가 낮아 창장이 마을 남쪽 2, 3리 떨어진 곳에서 흐르고 있는데, 멀리서 보면 높은 강둑이 마치 머리 위로 올라가 있는 것처럼 보였다. 슈미는 강둑 너머 천을 덧대 기운 돛단배를 보고, 강물이 찰랑대는 소리도 들었다.

하늘은 잔뜩 흐리고 공기 중에 차가운 기운이 희미하게 서려 있었

복사꽃 그대 얼굴

다. 커다란 제방 아래 강으로 이어지는 훤히 트인 물길과 논에는 마름과 창포가 가득 자라고 있었다. 무리 지은 백로가 푸드덕 날갯짓을 하며 물을 박차고 날아올랐다. 슈미는 추이롄과 장지위안이 무슨 이야기를 나누는지 알 수 없었지만 이따금씩 웃는 소리가 들려왔고, 추이롄이 주먹으로 그를 살짝 두드리곤 했다. 그럴 때마다 장지위안은 고개를 돌려 슈미가 어떤 반응을 보이는지 확인하듯 쳐다보았다.

슈미는 또다시 마음속에서 화가 치밀어 올랐다. 그녀는 최근 그녀 주변에서 일어나는 사람이나 사건들을 전혀 이해할 수가 없었다. 마치 자기 앞에 쇠로 만든 문이 꼭꼭 닫혀 있어 문틈 사이로 지엽적인 것들만 들여다 볼 수 있을 뿐 전체를 알 수 없는 것과 같았다. 그녀는 이제 어린 아이도 아니고 어른이 되었다고 할 만큼 컸지만 여전히 분명하게 알 수 있는 일이 없었다. 예컨대 장지위안과 추이롄이 웃고 떠들지만 그녀는 그들이 왜 웃는지를 알 수 없었던 것이다. 그녀가 가까이 다가가면 두 사람은 돌연 입을 꾹 다물었다. 슈미가 토라진 것처럼 발걸음을 늦추면 두 사람은 그 자리에서 그녀를 기다리곤 했다. 그녀가 가까이 가면 그들은 여전히 앞서가며 이야기를 나누고 때때로 고개를 돌려 그녀를 한두 번씩 쳐다보곤 했다. 포구에 거의 다다랐을 때 슈미는 두 사람이 걸음을 멈춘 것을 보았다. 앞서 가던 어머니와 바오천은 이미 제방으로 올라섰다. 슈미는 추이롄이 한 손을 장지위안의 어깨에 얹고 신발을 벗어 안에 있는 모래를 터는 모습을 보았다. 손을 어깨에 올려놓다니! 게다가 장지위안도 그녀의 팔을 잡아 부축하고 함께 웃고 있었다. 그들은 슈미는 아랑곳하지 않고 계속 앞으로 걸어갔다. 그녀는 마음속으로 자신이 할 수 있는 가장 악랄한 생각을 하면서 그들을 저주했다. 밉살스러운 생각이 그녀 내면의 가장 은밀한 어둠을 건드렸다.

포구는 세찬 바람이 불고 거센 물결이 겹겹이 언덕으로 넘쳐흐르며 쏴쏴 소리를 냈다. 탄수이진은 이미 배에 돛을 걸었고, 바오천이 그를 돕고 있었다. 샤오황마오 탄쓰는 집에서 걸상을 꺼내와 어머니에게 앉으시라고 권했다. 가오차이샤는 쟁반을 들고 와 어머니에게 막 쪄낸 떡을 맛보시라고 했다. 추이렌과 장지위안은 엎어 놓은 작은 뗏목을 사이에 두고 어두운 강을 마주하고 있으면서, 어떤 연유인지 알 수 없으나 아무 말도 하지 않았다. 슈미가 제방에서 내려오는 것을 보고 추이렌이 손짓을 했다.

"왜 이렇게 늦게 오니?" 추이렌이 말했다.

슈미는 아무 대꾸도 하지 않았다. 그녀는 추이렌의 목소리가 달라졌다는 것을 느꼈다. 그녀 얼굴의 불그스레한 홍조도 달라졌으며, 상기된 얼굴빛도 달라졌다.

슈미는 마음이 계속 가라앉는 느낌이 들었다. 난 바보야, 바보. 바보란 말이야. 저들의 눈에 나는 그저 바보 멍청이일 뿐이야. 슈미는 손으로 옷섶을 만지작거리며 이 몇 마디 말만 거듭 중얼거렸다. 다행히도 가오차이샤가 떡을 받쳐 들고 그녀에게 다가왔다. 그녀는 슈미에게 떡을 먹으라고 하면서 탄쓰에게 그녀를 누나라고 부르라고 했다. 하지만 탄쓰는 헤헤거리며 웃기만 했다.

탄수이진이 닻을 올리고 사람들에게 배에 오르라고 손짓했다. 순간 동남풍이 세차게 불어와 나룻배가 요동쳤다. 슈미가 발판에 오를 때 장지위안이 뒤편에서 그녀를 부축하자 그녀는 벌컥 화를 내며 손을 뿌리치고 소리쳤다.

"상관하지 말아요!"

그녀가 이렇게 소리 지르자 배에 있던 사람들이 모두 놀라 그녀를

복사꽃 그대 얼굴

바라보았다.

가는 길 내내 아무도 말을 하지 않았다. 배가 강 한가운데에 도착했을 즈음 태양이 두꺼운 구름 속에서 얼굴을 내밀더니 배의 대나무 덮개 틈을 뚫고 들어와 동전처럼 선창 안에서 뛰어다녔다. 장지위안은 그녀를 등지고 있었다. 햇빛이 잔물결에 반사되어 그의 푸른 장삼에 비치었고, 배가 흔들리는 움직임에 따라 같이 어른거렸다.

그들이 창저우에 도착했을 때는 이미 정오가 넘었다. 천지쌀가게는 산속의 샘물이 흘러내려 생긴 연못 옆에 자리하고 있었다. 연못물은 맑고 깨끗했으며, 물안개가 자욱했다. 낡은 수차가 삐걱거리며 돌아갈 뿐 사방이 고요했다. 연못 옆 울창한 대나무 숲이 산중턱까지 이어져 있었다. 주인인 천슈지陳修己와 점원이 일찍부터 가게 앞에 마중 나와 있었다. 어머니가 바오천에게 미리 준비한 은자를 천 주인에게 건네고 우선 사례를 하라고 일렀다. 천 주인은 바오천과 한참 동안 실랑이를 벌이며 죽어도 받지 않으려고 했다. 사람들이 서로 인사를 나눈 뒤, 천슈지가 그들을 대나무 숲 뒤편에 자리한 집으로 데리고 가서 쉬도록 했다.

그곳은 한적하고 운치가 있는 작은 집이었다. 집안에는 우물과 나무로 만든 장랑長廊이 있고, 장랑 시렁에는 잘 익은 큰 호박 몇 덩이가 달려 있었다. 그들은 대청에서 차가 나오기를 기다렸다. 주인이 말하길, 이 집은 1년 넘게 빈 채로 놔두어 천장에 거미줄이 가득했는데, 오늘 오전에 사람을 시켜 청소를 했다고 말했다. "여러분들이 아쉬운 대로 하루나 이틀 정도는 머무실 만할 것입니다."

추이롄이 집이 깨끗하고 색다른데 왜 사람이 살지 않느냐고 물었다. 주인은 우두커니 그녀를 쳐다보다가 어디서부터 이야기를 꺼내야 할지 모르겠다는 듯 장탄식을 하더니 소매를 들어 눈물을 닦았다. 어머니가 그러자 추이롄을 힐끗 쏘아보고는 화제를 바꾸어 쌀가게의 장사가 잘 되는지 물었다. 주인은 슬픔에 겨운 듯 대충 몇 마디 대답하고 일이 있다는 핑계를 대면서 먼저 나갔다.

슈미와 추이롄은 마당으로 창문이 나 있는 서쪽 방에 머물렀다. 창 아래 오두주五斗橱(오단 서랍장)가 있었고, 그 위에 여러 가지 물건이 붉은 비단포로 덮여 있었다. 그녀가 비단포를 들추고 보려는데 장지위안이 주위를 두리번거리며 마당으로 걸어오는 것이 보였다.

그는 이곳의 모든 것에 관심을 보였다. 나무로 만든 주랑을 걸어오며 손으로 시렁 위에 달린 호박을 가볍게 두드려보기도 했다. 그런 다음 나무 시렁 아래 걸려 있는 아이용 대나무 요람을 보고 발로 건드려보았다. 주방 옆의 물이 가득 찬 큰 항아리를 보더니 뚜껑을 열고 그 안을 들여다보기도 했다. 마지막으로 그는 우물가로 걸어가서 우물 위에 엎드려 한참을 들여다보았다. 저 머저리가 혼자 마당에서 두리번거리다니 도대체 뭘 보고 있는 건지 모르겠네.

추이롄은 침상에 누워 딱히 할 말도 없으면서 슈미와 잡담을 나누었다. 슈미는 아침에 있었던 일 때문에 여전히 골이 난 듯 그녀를 본체만체하다 억지로 한두 마디 대꾸했지만 여전히 말에 가시가 섞여 스스로도 조금 지나치다는 생각이 들었다. 추이롄은 그녀의 말을 흘려들으며 침상에 비스듬히 기대어 그녀를 보고 웃고 있었다. 어머니가 빗을 찾으러 방으로 들어왔지만 슈미는 못 본 척하면서 창가에 서서 미동도 하지 않았다. 어머니는 갑자기 사람이 달라진 듯 그녀의 머리를 쓰다듬고 손을 잡기도 하다가 그녀의 어깨를 끌어안으며 말했다. "가자. 내 방에 가서 나랑 이야기 좀 하자꾸나."

저녁식사는 쌀가게 안에 차려졌다. 사각의 팔선八仙탁자가 쭉정이를

복사꽃 그대 얼굴

날려 보내는 풍구에 바짝 붙어 있었다. 풍구 옆에는 쌀을 빻는 큰 돌절구가 있고, 사방 벽에는 크고 작은 체와 대나무 소쿠리가 가득 걸려 있으며, 구석에는 볍씨를 넣어두는 상자와 바구니가 대충 쌓여 있었다. 공기 중에 미세한 쌀겨 알갱이가 날아다녀 자꾸 재채기가 났다. 음식은 그런대로 풍성했는데, 천 주인이 특별히 꿩 한 마리까지 내놓았다. 어머니는 주인과 이야기를 하는 한편 슈미의 그릇에 음식을 올려주면서 그녀를 챙겼다. 어머니가 그녀를 이렇게 살갑게 대한 것은 이번이 처음이었다. 그녀는 콧등이 시큰했다. 고개를 들어 어머니를 보니 뜻밖에 어머니의 눈도 물기가 어려 반짝였다.

식사를 마치고 장지위안이 먼저 일어났다. 어머니와 바오천은 천 주인과 끊임없이 이야기를 나누고 있어 슈미는 추이롄에게 일어날 것인지 물어보았다. 추이롄은 손에 닭대가리를 잡고 열심히 빨아먹으면서 좀 있다가 설거지를 도와야 한다고 말했다.

슈미는 어쩔 수 없이 혼자 일어섰다. 그녀는 방으로 돌아가는 길에 장지위안을 만날까 봐 문밖 소나무 아래에 서서 산모롱이에서 비치는 등불을 바라보았다. 머릿속에 온갖 잡념이 뒤섞이면서 낮의 일이 떠올랐다. 등불은 별빛처럼 어두컴컴한 숲속에 떠 있었다. 그것을 보고 있자니 그녀의 마음도 둥둥 떠올라 더욱 심란해졌다.

그녀는 장지위안이 이미 집으로 돌아갔으리라 생각하고 쌀가게 담벼락 아래로 난 작은 길을 따라 걸어갔다. 어두컴컴한 대나무 숲 근처까지 걸어갔을 때 그녀는 장지위안이 돌 위에 앉아 담배를 피우는 모습을 발견했다. 그곳에서 그녀를 기다리고 있었던 것이 분명했다. 그녀의 어렴풋한 예감이 딱 들어맞았다. 어머, 정말 이곳에 있었네! 그녀의 심장이 또다시 쿵쾅거리며 뛰기 시작했다. 그녀는 호흡을 멈추고 그의 옆을 지나쳤다. 그 머저리는 꼼짝 않고 담배를 피우고 있었다. 담뱃불이 빨갛게 깜빡였다. 천천히 걸어갔지만 그 머저리는 아무 말도 하지 않았다. 설마 나를 못 본 것은 아니겠지?

슈미가 대나무 숲을 다 지나갈 즈음 장지위안이 돌연 뜬금없이 탄식을 하더니 몸을 일으키며 말했다.

"천 주인 집에서는 얼마 전에 사람이 죽었어."

그 말에 슈미가 발걸음을 멈췄다. 그녀가 몸을 돌려 사촌오빠를 보며 물었다. "누가 그래요?"

"아무도 그런 말은 안 했어." 장지위안이 슈미 쪽으로 걸어왔다.

"그런데 어떻게 알아요?"

"나야 당연히 알지." 장지위안이 말했다. "게다가 한 사람만 죽은 게 아니야."

"다 지어낸 말이군요. 무슨 근거로 사람이 죽었다는 거예요?"

"내가 말할 테니 들어보렴, 말이 되는지 안 되는지."

그들은 이렇게 대화를 나누며 어느새 대숲을 나란히 걷고 있었다. 대숲에는 이미 이슬이 내려앉아 축축한 댓잎이 가끔씩 그녀의 머리에 부딪히고 지나갔다. 자신과 전혀 상관없는 이야기였기 때문에 격렬하게 뛰던 심장도 점차 안정되었다. "추이롄이 천슈지에게 이렇게 좋은 집에 왜 사람이 살지 않느냐고 묻자 집주인이 눈물을 닦던 것 기억나니?"

"기억나요……." 장지위안의 물음에 슈미가 낮은 목소리로 대답했다. 그녀는 더 이상 부끄러워하지 않았다.

"마당의 나무 시렁에 아이 요람이 매달려 있는 것을 보았어. 이 집에 아이가 살았다는 얘기지."

"그런데 아이는 어디 갔어요?"

"죽었어." 장지위안이 말했다.

"어떻게 그럴 수가!" 슈미가 놀라서 걸음을 멈추고 사촌오빠를 쳐다보았다.

"내가 설명해줄 테니, 잘 들어 봐." 장지위안의 창백한 얼굴에 한 가닥 미소가 스쳐 지나갔다. 그들 두 사람은 계속해서 앞으로 걸어갔다.

"마당에 우물이 있어. 내가 가서 자세히 살펴 보니 쓸 수 없는 우물인데 돌로 메워놨더라고."

"왜 우물을 못 쓰게 만든 거죠?"

"그 우물에 사람이 빠져 죽었거든."

"아이가 우물에 빠져 죽었다는 말이에요?"

"우물 벽이 아주 높고 뚜껑도 있는 데다 그 위에 돌까지 올려놓았으니 아이가 빠질 수는 없지."

장지위안이 손을 들어 어지럽게 다가오는 댓가지를 막느라 그녀의 머리를 건드렸다.

"그럼 아이가 어떻게 죽었다는 말이에요?"

"병으로 죽었어." 장지위안이 계속 말했다. "나랑 바오천이 머무는 곁채 벽에 병을 물리치는 부적이 붙어 있던데, 그건 아이의 병이 위중했기 때문에 천 주인이 아이를 위해 무당을 불러 굿을 하고 귀신을 쫓았다는 뜻이지. 하지만 아이는 결국 죽고 말았어."

"그럼 우물에 빠져 죽은 사람은 누구죠?"

"아이의 엄마지. 그녀가 우물에 빠져 죽었어."

"나중에 천 주인이 우물을 메웠군요." 슈미가 말했다.

"그렇게 된 거지."

그가 잠시 걸음을 멈추더니 몸을 돌려 슈미를 바라보았다. 그들은 서로 바라보며 어두운 대숲을 빠져나가고 있었다. 붉은 달무리가 물에 씻긴 듯 사라지면서 달빛이 환해졌다. 그녀는 알 수 없는 곳에서 물 흐르는 소리를 들었다.

"무섭니?" 장지위안이 부드러운 목소리로 그녀에게 물었다.

"무서워요." 그녀의 목소리는 자신도 들리지 않을 정도로 낮았다.

그 순간 그녀는 그의 겨드랑이 아래에서 담배 냄새를 맡았다. 자신의 어깨뼈가 우두둑하는 소리가 들렸다. 아무리 정신을 가다듬고 숨을 죽여도 그녀가 가쁜 숨을 몰아쉬는 소리는 더욱 커지기만 했다. 대숲을 휘저으며 지나가는 바람 소리와 맑고 밝은 달빛, 돌 틈에서 졸졸 흐르는 샘물이 모두 알아들을 수 있는 언어로 바뀌었다. 그녀는 마음속으로 이미 결심했다. 사촌오빠가 뭘 요구하든 그녀는 모두 응할 것이고, 사촌오빠가 무엇을 하든지 그녀의 눈과 마음은 침묵할 것이다. 그녀는 또 여러 날 전에 꾸었던 꿈을 생각했다. 꿈속에서 그에게 물었다. 문이 어디 있어요? 사촌오빠는 그녀의 치마 속으로 손을 넣으며 중얼거렸다. 문은 여기에 있어…….

"동생……." 장지위안이 마치 중대한 결정이라도 한 듯 그녀의 얼굴을 내려다보았다. 슈미는 그가 미간을 찌푸리는 모습을 보았다. 그의 얼굴에 고통스럽고 우울한 기색이 역력했다.

"네." 슈미가 대답하며 고개를 들어 그를 바라보았다.

"두려워하지 마." 잠시 후 장지위안이 웃으면서 그녀의 어깨를 두드리더니 손을 내렸다.

그들은 대숲을 나와 작은 집 문 앞에 이르렀다.

사촌오빠는 잠시 머뭇거리더니 그녀에게 문 앞에 잠깐 앉지 않겠느냐고 물었다. "좋아요." 슈미가 대답했다.

두 사람은 어깨를 나란히 하고 문지방에 앉았다. 장지위안이 다시 담뱃대에 담뱃잎을 넣었다. 슈미는 팔꿈치를 무릎에 올리고 양쪽 볼을 받쳤다. 산바람이 얼굴에 불어와 쓸쓸하면서도 상쾌했다. 사촌오빠는 그녀에게 평소 무슨 책을 읽는지, 메이청에 가본 적이 있는지, 또 왜 늘 미간을 찌푸리고 수심에 가득 찬 얼굴을 하고 있는지 물었다. 그녀는 물음에 모두 대답했다. 하지만 장지위안은 슈미가 묻는 문제에 대해서는 대답을 회피하며 말해주지 않았다. 슈미는 그가 도대체 어디서 온 사람인지, 푸지에는 왜 왔으며, 무엇 때문에 육손이를 찾고 있는지, 그날 샤촹의 쉐 거인 집에서는 뭘 했는지 물었다. 장지위안은 엉뚱한 대답을 하거나 아니면 껄껄 웃을 뿐 아무 말도 하지 않았다.

그러나 슈미가 그날 연못가에서 낚시하는 사람을 보았다는 말을 하자 장지위안의 얼굴빛이 갑자기 변했다. 그는 구체적인 상황을 자세히 물어보더니 의심 가득한 목소리로 말했다. "이상하군. 그곳에서 낚시를 하고 있었다면 낚싯대에 줄이 왜 없었던 거지?"

"그 사람이 어떻게 생겼는지 기억하고 있니?" 장지위안이 다급하게 물으면서 갑자기 문지방에서 일어나는 바람에 슈미는 하마터면 뒤로 자빠질 뻔했다.

"검은 도포를 입고 머리에 중절모를 썼는데, 꼽추였어요."

슈미가 기억을 더듬으며 말했다. "내가 쳐다보니까, 갈대숲에 웅크리고 숨어 주위를 두리번거렸는데……."

"야단났군!" 장지위안이 입으로 중얼거렸다. "설마 그가?"

"아는 사람이에요?" 슈미가 물었다. 이제 그녀는 정말로 무서워지기 시작했다.

"그 일을 왜 진작 나에게 일러주지 않았어?" 장지위안이 어두운 얼굴로 말했다. 그 순간 그는 완전히 다른 사람처럼 보였다.

슈미는 잠자코 아무 말도 하지 않았다. 분명 그 일이 장지위안에게는 대단히 중요한 문제인 것 같았다.

"안 돼!" 장지위안이 혼잣말을 했다. "안 돼! 당장 돌아가야만 해!"

"하지만 지금은 나루터에 배가 없을 텐데……." 슈미가 말했다.

"큰일 났군! 아무래도 일이 벌어질 것 같은데……." 장지위안이 초조한 눈빛으로 그녀를 쳐다보았다.

바로 그때 대숲에서 누군가의 말소리가 들리고, 등불이 깜빡거렸다. 어머니와 바오천이 돌아오고 있었다. 장지위안은 침울한 얼굴로 아무 말 없이 혼자 방으로 들어갔다.

이런 바보! 왜 갑자기 낯빛을 바꾸는 거야? 슈미는 낙담하여 방으로 돌아와 등불을 켜고 창문 앞에 섰다. 살짝 어처구니없기도 했지만 그녀의 얼굴은 여전히 뜨거웠다. 낚시를 하던 꼽추 이야기는 꺼내지 말았어야 했다고 약간 후회가 되기도 했다. 추이롄이 대야에 물을 떠와 세수하라고 했지만 슈미는 전혀 관심이 없었다. 추이롄이 말했다. "안 자요? 오늘 하루 온종일 걸었더니 파김치가 되고 말았어요. 안 잘 거면 나 먼저 잘게요." 이렇게 말한 후 그녀는 옷을 벗고 침대에 고꾸라져 금세 잠이 들었다.

슈미는 무심결에 오두주 위의 붉은 천으로 덮인 뭔가를 만졌다. 천주인도 정말 수상쩍어. 멀쩡한 물건에 왜 붉은 천을 덮어놓은 거야? 그녀가 붉은 천 아래에 있는 물건을 만져 보니, 물렁물렁한 것이 마치 여인네들이 화장할 때 쓰는 향낭香囊 같았다.

그런데 붉은 천을 들춰본 그녀는 온몸이 소스라칠 정도로 놀라며 자신도 모르게 비명을 질렀다.

그것은 어린아이들이 신는 노호혜老虎鞋(액막이의 뜻을 지닌 아이 신발로 앞코가 호랑이 얼굴 모습을 하고 있다)였다.

추이롄이 침상에서 벌떡 일어나 앉으며 크게 입을 벌리고 멍하니 그녀를 쳐다보았다. 한참 후 슈미는 겨우 추이롄에게 말을 건넸다. "혹시 이 방에 밤이 되면 귀신이 나타날까?"

"귀신? 아이고, 무슨 귀신이 나타난다고 그래요?" 놀란 얼굴로 그녀를 쳐다보는 추이롄의 눈빛이 약간 흔들렸다.

"이 방에서 얼마 전에 아이가 한 명 죽었대." 슈미는 집안 가득 병든 아이의 그림자가 어른거리는 느낌을 받았다. 슈미는 세수도 하지 않고 침상으로 뛰어올라갔다.

"날 놀라게 할 수는 없어요!" 추이롄이 웃기 시작했다. "나는 배짱이 크기로 유명하거든요. 아무리 머리를 쥐어짜도 날 놀라게 하기가 쉽지는 않을 거예요."

"정말 아무것도 두렵지 않아?"

"아무것도 두렵지 않아요." 추이롄이 말했다.

그녀는 도망 다닐 때 무덤에서 하룻밤을 보낸 이야기를 했다. 새벽에 막 눈을 뜨려고 하는데 뭔가 그녀의 머리카락을 건드리는 것이 느껴져서 손을 내밀어 보니 둥글둥글한 것이 만져졌다. "그게 뭐게요?"

"모르겠는데."

"진녹색 구렁이 한 마리였어요. 내가 눈을 뜨자 그 귀신같은 것이 혀를 날름거리며 내 얼굴을 핥더라고요." 추이롄이 우쭐거리며 말했다. "이런 일이 만약 아기씨에게 닥쳤다면 몇 번이나 까무러쳤을 거예요."

"뱀이 뭐가 무서워? 나는 그런 것쯤은 무섭지 않아." 슈미가 말했다.

"그럼 귀신은 무서워요?"

슈미가 잠시 생각하더니 이불 속에서 얼굴을 옆으로 돌려 추이롄을 바라보다가 다시 얼굴을 돌려 모기장 위를 쳐다보며 중얼거렸다. "단순히 귀신이라면 무섭지 않을지도 몰라. 가장 무서운 것은 귀신인데 귀신 같지 않고, 사람인데 사람 같지 않은 거야."

"그게 바로 장지위안이란 말인가요?"

두 사람은 하하거리며 크게 웃기 시작하다가 급기야 부둥켜안고 웃어댔다. 한바탕 웃고 나자 슈미는 무섭지도 않고 마음도 가벼워졌다. 그렇게 한참을 웃은 뒤 슈미는 추이롄에게 말했다. "내가 어떤 일을 얘기할 테니, 무서운 일인지 아닌지 한번 생각해 봐."

"뭘 이야기하든 날 놀라게 할 수는 없다니까요?"

"마통馬桶(좌식 변기통)에 가서……"

"오줌도 마렵지 않은데 왜 마통에 가요?" 추이롄이 주저하는 눈빛으로 잠시 멍하니 있었다.

슈미가 다시 입을 열었다.

"지금 마통에 가라는 말이 아니라, 잠시 후에 오줌이 마려우면 일어나 마통에 간다는 말이야. 이 방에는 우리 둘 말고 다른 사람은 없지? 맞지?"

"당연하죠. 우리 두 사람 말고 또 누가 있다고 그래요?"

추이롄이 이렇게 말하면서 머리를 모기장 밖으로 내밀고 살펴보았다. 슈미가 계속 말했다. "한밤중에 일어나서 마통을 찾아갔는데……, 알고 있잖아, 우리 둘 말고 방안에 다른 사람이 없다는 걸……"

"빨리 말해 봐요." 추이롄이 그녀를 밀치며 말했다. "내 심장이 쿵쾅쿵쾅 뛰기 시작했단 말이에요. 먼저 물어볼게요. 방에 불이 켜져 있는 거예요, 아니에요?"

"켜져 있어. 그런데 그게 더 무서워. 만약 불이 켜져 있지 않으면 오히려 무섭지 않지." 슈미가 웃으며 말했다. "한밤중에 깨어나 오줌을 누려고 침상에서 일어나 신발을 신었는데, 방안에 등불이 켜져 있는 거야. 지금처럼. 네가 마통 앞의 주렴을 젖혔더니 글쎄 마통 위에 누군가 앉아 있는 거야. 널 보고 입을 벌려 웃으면서 말이야."

"그게 누군데요?"

"한번 맞춰 봐."

"내가 어떻게 알아요?"

"주인나리(슈미의 아버지)!"

추이롄이 후닥닥 순식간에 이불 속으로 파고들었다. 그녀는 이불 속에서 악, 악, 비명을 지르며 한참 동안 소리를 치더니 가까스로 고개를 내밀고 말했다. "어린 나이에 어쩌면 그렇게 무서운 이야기를 지어내어 사람을 놀라게 해요? 아기씨 때문에 놀라서 간 떨어지는 줄 알았잖아요."

"놀라게 한 게 아니라 정말로 그곳에 있어. 믿지 못하겠거든 가서 봐봐." 슈미가 정색하고 말했다.

"제발, 아이고 할머니! 더 이상 이야기하지 말아요. 너무 놀라 혼이 다 나갔어요." 추이롄이 또다시 헐떡거리며 가쁜 숨을 내쉬더니 한참 후에야 겨우 안정을 찾았다. "오늘 저녁에는 우리 둘 다 마통을 쓰지 말아요."

다음날 그들은 일찌감치 천지 쌀가게로 가서 스님이 쌀을 사러 오기만을 기다렸다. 바오천이 말하길, 이른 아침 동이 트기도 전에 장지위안이 허둥대며 떠났는데, 무슨 중요한 일이 있는지 알 수 없다고 했다. 어머니는 더 이상 묻지 않고 그저 슈미를 한 번 째려보기만 했다. 한참 지나 그녀가 말했다. "어제 저녁 너희들 방에서 시끌벅적한 소리가 들리던데 무슨 일로 그리 소란을 피운 건지 알 수가 없구나." 추이롄과 슈미는 고개를 돌리고 입을 다물었다. 기다리는 게 무료할까 싶어 천슈지가 잣을 볶아오라고 점원에게 시켰다.

이른 아침부터 해가 서산으로 질 때까지 가게 앞에서 눈을 떼지 않고 기다렸지만 스님은커녕 사람 그림자조차 보이지 않았다. 하늘이 어두워지자 어머니는 어쩔 수 없이 몸을 일으켰다. 천 주인이 간곡하게 권유했다. "스님들은 산속에 살고 있으니 길이 멀어 쉽게 올 수 없을 겁니다. 여러분들 역시 한 번 오시는 것이 그리 쉽지 않은 일이니 며칠 더 묵으셔도 됩니다. 다른 것은 몰라도 쌀은 다 먹을 수 없을 만큼 많지요. 혹시라도 떠나시고 바로 오실 수도 있으니까요."

"이번 방문으로 귀댁에 큰 폐를 끼쳤습니다. 천 주인의 극진한 대우를 받으니 감사하기 그지없습니다. 여기 약간의 은자로 찻값이라도 내고 싶으니 받아주시기 바랍니다. 나중에 한가할 때 주인장과 존부인尊夫人께서도 푸지에 한번 오시기를 청합니다."

슈미는 어머니 입에서 '존부인'이란 세 글자가 나오자 순간 긴장했다. 천 주인의 부인이 아직 살아 있다는 말인가? 바오천이 사례비를 꺼냈다. 천슈지가 한두 번 그와 실랑이를 벌이더니 결국 그냥 사례비를 받았다. 천슈지는 어머니가 떠날 마음을 굳힌 것을 보고 더 이상 만류하지 않았다. 그는 점원들에게 나루터로 통하는 큰길까지 배웅하도록 분부하고 비로소 손을 흔들며 작별을 고했다.

천슈지의 그림자가 멀리 사라져 더 이상 보이지 않자 슈미는 어머니

복사꽃 그대 얼굴

에게 천 주인의 부인에 관한 일을 에둘러 물어보았다. "어제 저녁 주인장 이야기를 들어 보니, 주인아주머니는 공교롭게도 친정에 목화 수확을 도 우려고 아들을 데리고 갔다고 하더구나. 그래서 이번에는 만날 수 없다 고 했어." 그렇다면 그 집 부인과 아이 모두 죽지 않았다는 말이었다. 슈 미는 다시 바오천에게 그 집 마당에 있는 우물을 보았는지 물었다.

"있었지." 바오천이 말했다. "내가 아침저녁으로 그 우물에서 물을 길어 세수를 했는데, 왜?"

11

푸지 집으로 돌아왔을 때 시췌는 자고 있었다. 한참을 소리쳐서야 허둥대며 문을 연 시췌가 어머니에게 다짜고짜 말했다. "샤좡에서 큰일 이 났어요."

도대체 무슨 일이 있었느냐고 묻자 시췌는 같은 말을 하고, 또 하고, 또 해서 도무지 종잡을 수가 없었다. 누군가의 목이 달아나 피가 하늘 높이 솟구쳤다고 말하다가 아침 일찍부터 강둑 위를 달리고 마을을 뛰 어다니던 자들이 모두 관병이었다고 말하기도 했다. 그들 중에는 말을 탄 사람도 있고, 말을 타지 않은 사람도 있는데, 총을 든 사람도 있고, 칼 을 든 사람도 있었다고 하면서 말벌들이 벌집에서 갑자기 흩어지는 것 처럼 왁자지껄했다고 말하기도 했다. 마지막에는 라오후를 들먹이며 이 렇게 말했다. "그 쪼그만 녀석이 글쎄 샤좡에서 사람이 죽었다는 말을 듣더니 가서 보게 해달라고 죽어라 매달리지 뭐예요. 못 나가게 붙들어

됐더니 온종일 울고불고 난리를 치다가 이제야 막 잠이 들었어요.”

어머니는 두서도 없고 조리도 없이 지껄이는 그녀의 말을 듣고 화가 치솟아 발을 굴렀다. “쓸데없는 소리만 하는구나! 샤촹에서 도대체 누가 죽었다는 거냐?”

“모르겠어요.” 시췌가 말했다.

“천천히 말해 봐, 서두르지 말고.” 바오천이 끼어들었다. “관병들이라고? 그들이 누구 머리를 벴다는 거야?”

“몰라요.” 시췌는 고개를 저을 뿐이었다.

“그럼 좀 전에 사람 목이 잘리고 피가 하늘 높이 솟구쳤다고 한 건 무슨 말이야?”

“나도 들은 말이에요. 아침 일찍 메이청에서 온 관병들이 샤촹을 포위하기 시작했는데, 그 사람이 현장에서 목이 잘리고 몸뚱어리는 몇 토막으로 잘려 연못에 던져졌으며, 목은 마을 어귀의 큰 나무에 매달렸대요. 대장간 왕바단이 말해줬어요. 그들 형제랑 마을에서 담이 큰 사람들은 모두 샤촹에 구경하러 갔어요. 저 쪼그만 녀석도 가겠다고 징징거렸지만 허락하지 않았는데, 제가 감히 어떻게 가겠어요?”

바오천이 그 말을 듣고 서둘러 라오후를 보러 방으로 들어갔다.

추이롄이 말했다. “흥, 난 또 뭔 일이라고. 세상에 사람이 죽지 않는 날도 있나? 게다가 샤촹 사람이 죽었는데, 우리하고 무슨 상관이야? 배가 고파 뱃가죽이 들러붙을 지경이니 밥부터 먹어야겠어.” 말을 마친 후 그녀는 시췌를 끌고 밥을 차리러 주방으로 가려고 했다.

“잠시 기다려라.” 어머니가 시췌를 붙잡고 한참 동안 빤히 쳐다보았다. “저 애 큰외삼촌은 못 보았니?”

“점심때 잠깐 오셨어요. 제가 물었지요. 왜 혼자서 먼저 돌아오셨어요? 마님과 다른 사람들은 어떻게 되었나요? 나리는 만났나요? 하지만 그분은 무뚝뚝한 표정으로 아무 말도 하지 않았어요. 잠시 후 위층에서 뭔가를 가지고 내려와서 아궁이에 집어넣고 태우시더라고요. 제가 뭘 태우시냐고 물었더니, 끝났어, 끝났어! 라고 하시더라고요. 제가 무엇이 끝났냐고 묻자 모든 것이 끝났다고 말하셨어요. 좀 있다가 다시 뛰어나가셨어요. 어디로 가셨는지는 제가 알 수 없죠." 시췌가 말했다.

어머니는 더 이상 아무 것도 묻지 않았다. 그녀는 땅바닥에 누워 있는 자신의 그림자를 보다가 다시 슈미를 바라보다가 한참 만에 오늘은 피곤하니 먼저 자야겠다고 하면서 식사 때도 부르지 말라고 했다.

그날 저녁 슈미는 한숨도 잘 수 없었다. 자신에게 벌을 주듯 밤새도록 북창에 기대어 후원의 깊고 고요한 숲을 바라보았다. 다락에는 밤새 불이 꺼져 있었다. 어렵사리 밤을 꼬박 새우면서 그녀는 딩 선생에게 가서 소식을 알아보는 게 어떨지 고민했다. 그러던 차에 딩수쩌와 사모가 찾아와 마당에서 떠드는 소리가 들렸다.

그들은 어머니와 대청에서 문을 닫고 이야기를 나누었다. 딩 선생이 도착하고 얼마 되지 않아 멍 할멈과 옆집 화얼냥이 따라 들어왔다. 마지막으로 푸지에서 전당포를 하는 첸鎮 주인장과 마을의 지보地保(청말 민국 초에 지방에서 관아를 대신하여 부역을 과하거나 세금을 거두던 사람)까지 어머니를 찾아왔다. 그들이 어머니와 무슨 이야기를 하는지는 들리지 않았다. 점심때가 되어서야 어머니는 그들을 일일이 대문 밖까지 배웅했다. 딩 선생은 문 앞에서 고개를 돌려 어머니에게 말했다. "쉐쭈옌, 그 작자는 죽어도 싸요! 며칠 전 슈미를 시켜 그에게 편지를 보냈어요. 낭떠러지에 이르러 말고삐를 잡아채는 우를 범하지 말고 제발 미망에서 벗어나라고 그리 권유했는데, 그저 자신의 아비가 경성에서 큰 벼슬을 하고 있다는 것만 믿고 내 말을 한 귀로 흘리고 말더군요. 시골에서 껄렁껄렁한 패거리를 모아 천하에 변란을 일으킬 작당을 하다니, 그래서 결국 어떻게 됐나요? 그저 한 칼에 '싹둑' 하고 목이 잘려나갔지……."

그가 하는 말을 듣고서야 슈미는 샤창의 쉐 거인이 목이 잘려 죽었다는 것을 알았다.[쉐쭈옌(1849~1901), 자는 술선述先. 어려서부터 총명하고 말타기와 활쏘기에 능했으며 성격이 도도했다. 광서제光緒帝 11년에 거인이 되었다. 1901년 조고회蜩蛄會(조고는 매미의 뜻) 동지들과 지방 비밀결사대와 연계하여 비밀리에 반청反淸 모의를 하고 메이청을 공격하여 점령하려고 했다. 사전에 비밀이 누설되어 죽임을 당했다. 향년 52세. 1953년 푸지 혁명열사묘지로 유골을 이장했다.-원주]

나중에 슈미는 관부의 첩자가 이미 오래전부터 그를 염탐하면서 조기에 잡아들이려고 했지만 경성에서 위세를 떨치고 있는 쉐 어르신 때문에 손을 쓸 수 없었다는 이야기도 들었다. 그해 중양절에 궁내 시위侍衛가 쉐부薛府(쉐 나리의 저택)로 귀한 술 한 병을 보냈다. 쉐 나리가 바닥에 무릎을 꿇고 절을 하느라 머리가 다 깨졌는데도 술을 가져온 이들은 칼에 손을 얹은 채 그의 방에서 떠나려 하지 않았다. 그들이 말하길, 술을 마시는 것을 확인한 후 궁으로 들어가 보고할 것이라고 했다. 노인네는 그제야 그것이 독주라는 사실을 알았다. 노인네는 일부러 미친 척하고 대성통곡하면서 술을 마시지 않으려고 버텼다. 결국 시위들이 더이상 기다리지 않고 그를 바닥에 누른 채 코를 잡고는 술을 한 방울도 남김없이 부어넣었다. 노인네는 숨도 제대로 쉬지 못하고 발버둥을 치다가 일곱 구멍으로 피를 쏟고 죽었다. 저쪽 나리가 죽었다는 소식이 전해지자 이쪽 주부州府에서도 쉐 거인을 체포하기 위해 병사들을 보냈다. 대

복사꽃 그대 얼굴

규모 인마가 샤촹으로 쇄도하여 쉐 거인 저택으로 쳐들어가서 쉐 거인과 기녀 샤오타오훙小桃紅을 침실에 몰아넣었다.

메이청의 협통協統인 리다오덩李道燈은 평소 쉐 거인과 교분이 두터웠다. 그는 명을 받들어 체포하러 와서는 일부러 쉐 거인의 사정을 봐주는 척했다. 관병들이 쉐 거인의 집을 겹겹으로 에워싼 후 리 협통이 좌우를 물리치고 혼자 방으로 들어가서 태사의에 앉아 칼을 가로로 올려놓더니 두 손을 맞잡아 예를 올리고 말했다. "연형年兄(같은 해에 과거에 합격한 동료), 여러 해 극진한 대우를 받았으니 오늘 그 보답을 하고자 하네. 어서 도망가시게!"

쉐 거인은 이불 안에 웅크리고 앉아 바들바들 떨다가 살길이 보이자 재빨리 침상에서 내려와 상자며 궤짝을 뒤져 금은보화를 챙기기 시작했다. 리 협통은 그가 정신없이 서두르는 것을 보면서 그저 고개를 젓기만 했다. 쉐 거인은 가져갈 것을 모두 챙겼지만 정작 바지 입는 것은 잊을 정도였다. 그러고는 리다오덩에게 기녀 샤오타오훙을 데려갈 수 없겠느냐고 물었다. 리 협통이 웃으며 말했다. "쉐 형은 평소 사리에 밝던 사람인데 이번에는 어찌 이리도 멍청하신가?"

쉐 거인이 말했다. "그게 무슨……?"

바로 그때 침상에 있던 샤오타오훙이 갑자기 일어나 앉더니 매섭게 말했다. "큰일을 하겠다던 분이 막상 죽음을 맞으니 목숨을 부지하려고 춘몽을 꾸시네요. 당신이 살아서 도망치면 리 오라버니가 어떻게 변명할 수 있겠습니까?"

그제야 비로소 쉐 거인은 샤오타오훙 역시 관부에서 보낸 첩자라는 사실을 알고 깜짝 놀라 탁자 주위만 뱅뱅 돌았다. 그는 마치 당나귀가 맷돌을 돌리듯이 한참을 그러고 있다가 비로소 입을 열었다. "리 형의 뜻은 도망치지 말라는 것이오?"

리다오덩이 차마 그를 마주보지 못하고 고개를 돌렸다. 샤오타오홍이 다급히 말했다. "리 협통의 뜻은 당신이 도망친다면 그 자리에서 당신을 죽일 이유가 생기는 것이니 끌려가 오백팔십 개의 칼날에 능지처참 당하는 고통을 면할 수 있게 해준다는 것이지요."

쉐 거인은 그 말을 듣고 망연자실하여 그 자리에 얼어붙고 말았다. 도망갈 수도 없고 안 갈 수도 없었다. 결국 리다오덩이 그를 속이고 말했다. "자네가 도망칠 수 있을지 없을지는 순전히 자네의 운명에 달렸네. 자네가 무사히 도망칠 수만 있다면 하늘이 무너지는 한이 있더라도 이 아우가 책임을 지겠네." 쉐 거인은 그 말을 듣고 황급히 바지를 찾아 입고 금은보화는 챙기지도 못한 채 냅다 밖으로 달려 나갔다. 나가 보니 아무도 막는 이가 없었다. 그러나 그가 집밖으로 뛰어나갔을 때는 이미 리다오덩이 문밖 좌우에 두 명의 도부수刀斧手(회자수, 망나니)를 배치한 뒤였다. 도부수가 칼을 들어 내리치자 쉐쭈엔의 머리가 튀어 오르고 피가 솟구쳐 벽을 물들였다. 샤오타오홍은 마치 아무 관계없는 사람처럼 집밖으로 나가 시끄럽게 구경하는 이들을 향해 소리쳤다. "나는 그가 무슨 대단한 영웅호걸인 줄 알았는데, 알고 보니 진숙보陳叔寶(진후주陳後主, 즉 남조 진나라의 마지막 왕)처럼 빛 좋은 개살구에 불과했어요."

저녁이 되어 집안사람들이 식탁에 둘러앉아 식사를 하고 있는데 돌연 장지위안이 돌아왔다. 그는 담뱃대를 받쳐 들고 이전과 마찬가지로 건들거리며 걸어왔다. 그는 눈언저리가 거무스름하고 머리카락은 밤이슬에 젖었는지 가닥가닥 이마에 들러붙었으며, 무명 홑옷 뒤쪽도 찢겨 있었다. 시췌가 그에게 밥을 담아주자 장지위안이 손수건을 꺼내 얼굴을 닦으며 억지로 정신을 가다듬더니 짐짓 아무 일도 없는 사람처럼 말했다. "내가 여러분들에게 우스운 이야기를 하나 하지요."

식탁에선 응답하는 이가 없었다. 사람들은 모두 어떤 말도 하지 않았다. 라오후만 웃으며, "그럼 당나귀 울음소리를 내 보세요"라고 말했다. 장지위안은 어쩐지 서먹한 느낌이 들어 바오천을 쳐다보다 다시 어머니를 쳐다보았다. 하지만 시췌조차 고개를 숙이고 밥만 퍼먹을 뿐 고개를 들지 않았다. 그는 다시 슈미를 쳐다보았는데, 그녀 역시 어찌할 바를 모르고 멍하니 장지위안을 쳐다보았다.

사람들이 모두 아무 말도 하지 않고 새파랗게 질린 얼굴을 하고 있자 슈미가 입을 열었다. "오빠, 무슨 이야기인데요? 말해 보세요."

그녀는 어머니가 매섭게 눈을 부릅뜨고 노려보는 것을 알았지만 못 본 척했다. 젓가락을 내려놓고 턱을 받치고는 그가 하는 이야기를 들을 준비를 했다. 슈미는 분위기를 좀 부드럽게 하려고 한 것이었지만 오히려 그것이 장지위안을 더 힘들게 만들었다. 그는 자신의 당황한 모습을 감추려고 애썼지만 뜻대로 되지 않았다. 두리번거리며 말을 하다가 이야기가 끊어지기도 했으며, 우스갯소리도 무미건조하고 뒤죽박죽 조리가 없어 말도 되지 않는데 억지로 계속 이어나가느라 식탁에 앉은 사람들은 서로 눈치만 살폈다. 게다가 하필 바오천이 방귀를 뀌어 지독한 냄새가 나는 바람에 모두들 숨도 쉴 수 없었다.

그때 이미 슈미는 장지위안이 사실은 사촌오빠가 아니라 조정에서 지명 수배된 반역당의 주범이라는 사실을 딩수쩌 선생 집에서 들어 알고 있었다. 그가 푸지로 온 것은 요양 때문이 아니라 암암리에 패거리들과 연락하면서 반란을 모의하기 위함이었다. 사모는 쉐 거인이 반역 패거리의 우두머리로 즉시 목이 잘렸지만 그의 집에 머물던 예닐곱 명의 혁명당 무리들은 모두 체포되어 메이청으로 압송되었다고 하면서 "그 사람들 중에 한두 명은 힘줄이 뽑히고 가죽이 벗겨지는 혹형을 견디지 못하여 네 사촌오빠의 이름을 불지 않을 수 없을 거야"라고 말했다.

장지위안이 반역의 무리라면 어머니는 도대체 어떻게 그와 알게 된 것일까? 게다가 친척도 아니고 친구도 아닌데, 조정의 수배를 받는 주범을 반년이나 집에 머물게 한 것은 또 무슨 이유일까? 슈미의 머리는 이런 생각으로 온통 뒤죽박죽이었다.

장지위안은 겨우겨우 이야기를 끝내고 밥을 몇 술 떠먹더니 이번에는 정색을 하며 사람들에게 자신이 봄에 요양하러 푸지에 왔는데 이곳에 머문 지 벌써 반년이나 되었다고 말했다. 여러 사람의 보살핌 덕분에 이제 병도 거의 나았다고 하면서, 세상에 파하지 않는 술자리는 없다고 했으니 이제 푸지를 떠나겠다고 말했다. 어머니는 마치 그가 그런 말을 하길 기다렸다는 듯이 만류도 하지 않고 언제 움직일 것인지만 물었다.

"내일 아침에 떠나려고 합니다." 장지위안이 말을 마치고 식탁에서 몸을 일으켰다.

"그것도 좋겠군." 어머니가 말했다. "자네는 먼저 위층으로 올라가 쉬고 있게. 조금 있다가 자네와 할 말이 있네."

식사를 마치자 대청에는 슈미와 라오후 두 사람만 남았다. 그녀는 건성으로 라오후를 데리고 잠시 놀아주었다. 바오천이 와서 그를 데리고 장방帳房으로 재우러 갔다. 슈미는 부엌으로 들어가 추이렌과 시췌에게 뒷정리를 돕겠다고 했지만 걸리적거릴 뿐이었다. 추이렌 역시 머릿속에 근심이 가득했기 때문에 실수로 솥단지 가장자리에 손가락을 크게 베었다. 슈미는 부뚜막 앞에 잠시 우두커니 서 있다가 하는 수 없이 주방에서 나와 마당으로 걸어가다가 어머니가 손수 갓등을 들고 후원에서 걸어오는 모습을 보았다. 슈미는 위층으로 올라가 잠을 청하려고 했지만 어머니가 뒤에서 그녀를 불러 세웠다.

"네 사촌오빠가 위층에 잠깐 올라오라고 하는구나." 어머니가 말했다. "너에게 직접 묻고 싶은 말이 있단다."

"저한테 뭘 묻는데요?" 슈미가 놀라서 눈이 휘둥그레지며 말했다.

"그 사람이 오라고 하니 가보렴. 나한테는 말을 않으니 내가 어떻게 알겠니?" 어머니는 역정을 내며 휙 뒤돌아서 등을 들고 가버렸다. 슈미는 담벼락에 어른거리는 갓등 그림자가 사라지고 난 후 칠흑같이 어두운 복도에 한참을 서서 '왜 저러시는 거야? 자기 기분이 좋지 않다고 왜 나한테 화풀이를 하는 거지?'라며 속으로 투덜거렸다. 수풀에서 귀뚜라미가 쓰르르르 울어대 그녀를 더욱 심란하게 만들었다.

다락방 문이 열려 있어 등불이 축축하게 젖은 계단을 비추고 눅눅한 가을안개가 등불 아래 스멀스멀 피어올랐다. 아버지가 집을 나가신 후 슈미는 처음으로 후원 다락에 왔다. 땅에는 누런 낙엽이 가득했다. 복도, 화단, 그리고 계단에도 모두 그랬다.

장지위안은 방에서 아버지가 남긴 와부를 만지작거리고 있었다. 그 와부는 아버지가 어떤 거지에게 샀던 것으로 원래 거지가 밥을 구걸하던 그릇이었는데, 왜 그가 저렇듯 넋을 잃고 바라보고 있는지 알 수 없었다. 그는 와부를 이리저리 살펴보면서 입으로 중얼거렸다. "보물이야, 보물! 정말 대단한 보물이야."

슈미가 들어오는 것을 보고 장지위안이 말했다. "이 보물은 나름 내력이 있지. 소리를 한번 들어보렴." 그가 손가락으로 가볍게 와부 아래쪽을 두드렸다. 와부에서 옥패玉佩가 서로 부딪치는 소리가 들렸다. 청아

한 소리가 마음 깊은 곳까지 스며들었다. 슈미는 자신의 몸이 깃털처럼 가볍게 바람에 날려 멀리 산봉우리와 계곡과 강을 건너 알 수 없는 곳까지 날아가는 것만 같았다.

"어때?" 장지위안이 물었다.

이어서 손톱으로 와부의 위쪽 언저리를 튕기자 뜻밖에도 땅땅하는 금석 소리가 났는데, 험준한 계곡에 자리한 옛 산사의 종소리처럼 웅장하게 퍼져나가 수면의 잔물결이 천천히 일렁이듯 오래도록 끊이지 않았다. 또한 산바람이 숲으로 들어가 꽃과 나무를 어루만지고 푸른 대나무에 부딪치는 소리가 쏴쏴 나며 물 흐르는 곳까지 이른 것 같기도 했다. 그녀는 외딴 절의 적막한 분위기에 도취된 채 떠도는 구름이 서로 이어지는 모습을 보는 것만 같아 일순간에 모든 근심을 잊어버리고 지금 자기가 있는 곳이 어디인지조차 알 수 없었다.

슈미는 그렇게 멍하니 와부의 소리를 듣고 있다가 한참 후에야 마음속으로 이 세상에 이처럼 아름다운 소리가 있다니, 속세 밖에 또 다른 정결한 곳이 존재하는구나 생각했다.

장지위안이 어린아이처럼 귀를 와부에 갖다 대고 자세히 들으면서 그녀에게 눈짓을 했다. 아무리 봐도 목숨을 걸고 반란을 계획했다는 조정의 요주의 인물 같지 않았다.

"이 보물은 '망우부'忘憂釜라고도 해. 본래 청동으로 주조한 것으로 종남산終南山에 살던 어떤 도사가 20여 년이나 걸려 만든 거야. 남방 사람들은 대부분 이런 사실을 잘 모르기 때문에 그냥 와부라고 부르지." 장지위안이 말했다. "음률에 정통한 사람들은 이것으로 점을 치기도 하는데 그 소리를 들으면 앞날의 길흉을 예측할 수 있다고 해."

그가 하는 말을 듣고 있자니 슈미는 문득 조금 전에 와부의 소리를

복사꽃 그대 얼굴

들을 때 눈앞이 아련해지면서 자신이 깃털처럼 공중에 떠다니다가 마지막에 어느 황폐한 무덤 위로 떨어지는 느낌이 들었던 것이 떠올랐다. 왠지 상서롭지 못한 징조 같았다.

"전하는 바에 따르면 이 물건에는 아주 큰 비밀이 있다고 하는데, 겨울이 되어 눈이 오는 날이면 차가운 기운이 응결되어 서릿발이 서는 데……." 장지위안이 말하고 있을 때 추이롄이 불쑥 문을 열고 들어왔다. 그녀는 마님이 등불에 기름을 보충하라고 말씀하셨다고 했다. 그러나 등에 기름이 가득한 것을 보더니 머리에서 비녀를 뽑아 심지를 살짝 돋우고는 문을 닫고 내려갔다.

장지위안이 그녀를 보고 웃었다. 그녀 역시 그를 향해 미소를 지었다. 두 사람은 마치 당신이 왜 웃는지 나는 알지요, 하지만 굳이 드러내고 싶지 않아요, 라고 말하는 것 같았다.

왠지 모르지만 문득 어머니가 가엾다는 생각이 들었다. 그녀의 손과 몸은 온통 땀투성이였다. 그녀가 손가락으로 와부를 가볍게 두드리자 그 소리에 마음이 서글퍼졌다. 그 소리는 마치 그녀가 적막한 선사禪^寺에 있는 것 같은 느낌을 주었다. 선사에는 인적이 드물었고 시냇물이 졸졸 흘렀다. 논두렁에는 버드나무 가지가 하늘거리고 산간 평지에는 복숭아나무가 꽃을 피워 석양이 비치는 설창^{雪窓} 같았다. 벌과 나비가 웽웽대고 꽃이 피었을 때는 무언가 할 말이 있는 듯하더니, 꽃이 지고 나니 무슨 생각이 있는 듯했다. 강물이 모래톱에서 물러나고 향불이 다하여 재가 되는 것처럼 뭔가 조금씩 사라지고 있었다. 아무리 생각해도 인간세상은 시끄럽고 복잡하기만 할 뿐 전혀 재미가 없었다.

그녀는 멍하니 탁자 옆에 앉아 머릿속으로 허튼 생각만 하고 있었다. 정신을 차리고 고개를 드니 사촌오빠가 자신을 탐욕스럽게 바라보고 있었다. 대담하면서도 모호하고 또 거침이 없었다. 그의 얼굴은 창백하고 미간을 잔뜩 찌푸려 얼굴 전체가 고통으로 일그러져 있었다. 혀로 입술에 침을 발라 뭔가 이야기를 할 듯 하다가도 한편으로는 생각을 아직 정하지 못한 것 같기도 했다.

"오빠가 정말로 조정의 반역자예요?" 슈미가 물었다. 그녀가 탁자 위를 누르자 손에 물기가 묻어났다.

"네 생각은 어때?" 장지위안이 쓴웃음을 지으며 그녀에게 반문했다.

"어디로 가실 거예요?"

"솔직히 말해서 아직 나도 모르겠어." 장지위안이 이렇게 말하고 잠시 후 다시 입을 열었다. "네가 나에게 묻고 싶은 것이 무수히 많다는 것을 알고 있어. 그렇지?"

슈미가 고개를 끄덕였다.

"사실 나는 있는 그대로 답을 해줄 수도 있어. 아까 네가 올라오기 전에 너에게 진실을 말해주겠노라고 마음을 먹었어. 네가 알고 싶다면 모든 것을 알려줄 수 있지. 무엇을 물어보든 조금도 숨기지 않고 다 말해줄게. 내가 어떤 사람이고, 어떻게 네 어머니와 알게 되었으며, 왜 푸지에 왔고, 샤좡의 쉐쭈옌과 도대체 무슨 관계인가, 우리는 무슨 연유로 조정에 맞서게 되었고, 내가 찾고자 하는 육손이는 누구인가, 이 모든 것에 대해 답을 알고 싶을 거야. 그렇지 않니?" 장지위안은 쪼글쪼글하게 구겨진 손수건을 꺼내 얼굴의 땀을 닦으며 계속해서 말했다.

"그러나 왜 그런지 알 수 없지만 최근 며칠 사이에 나는 우리가 하고 있는 일이 근본적으로 틀릴 수도 있다는 생각이 들었어. 또는 그것이 나에게 전혀 중요하지 않거나, 심지어 아무런 가치가 없다고…… . 아니 확실히 가치가 없다고 할 수 있지. 예를 들면 어떤 일이 있는데, 네가

　　　　　　　　　　　　　복사꽃 그대 얼굴

한편으로는 전심전력을 다하면서도 동시에 그것이 틀린 것은 아닐까, 처음부터 잘못된 것은 아닐까 확실히 의심한다는 거야. 다시 예를 들어보면, 네가 한동안 쭈욱 어떤 일로 인해 힘들게 해답을 찾아가는데, 때로는 그 답을 찾았다고 여길 때도 있었지. 그런데 갑자기 어느 날 그 답이 사실은 네가 생각하던 곳에 있지 않고 다른 곳에 있다는 사실을 발견한 거야. 내가 하는 말, 이해할 수 있겠니?"

슈미는 망연히 고개를 저었다. 그녀는 정말 그가 무슨 말을 하고 있는지 전혀 알 수가 없었다.

"그래, 그만 두자." 장지위안이 자기 이마를 툭 치면서 말했다. "내가 물건을 하나 보여줄게." 그는 침대 머리맡 보자기 안에서 작은 상자 하나를 꺼내 슈미의 손에 건네주었다. 정교하게 만든 작은 비단함이었다.

"저에게 주시는 거예요?" 슈미가 물었다.

"아니." 장지위안이 말했다. "이 물건은 내가 갖고 가기가 힘들어. 네가 잘 맡아두었다가 길면 한 달쯤 후 내가 푸지에 오면 그때 돌려주렴."

슈미는 함을 받아들고 양쪽을 살펴보았다. 남색 비단으로 감싸 여인들이 사용하는 보석함 같았다.

"길어야 한 달이야." 장지위안이 탁자 옆에 앉으며 다시 한 번 말했다. "만약 한 달이 지나도 돌아오지 않는다면 다시는 올 수 없을 거야."

"왜 못 오는데요?"

"그건 내가 이미 이 세상에 없다는 말이거든." 장지위안이 말했다. "그렇게 되면 누군가 너를 찾아 올 텐데, 그때 이 물건을 그에게 주면 돼."

"그 사람 이름이 뭐예요?"

"이름은 굳이 알 필요 없어." 장지위안이 싱긋 웃었다. "그는 손가락이 여섯 개인 육손이야. 왼손에 여섯 번째 손가락이 있다는 것을 잘 기억해두렴."

"만약 그가 오지 않으면요?"

"그럼 네 것이 되는 거지. 보석상에 가지고 가서 목걸이나 뭐 그런 걸로 만들어달라고 해도 되고."

"이게 뭔데요? 열어 봐도 돼요?"

"좋을 대로 해라."

추이렌이 또다시 문을 열고 들어왔다. 그녀는 한 손으로는 발 씻는 대야를 들고 팔뚝에 수건을 얹은 채 다른 한 손으로 주전자를 들고 있었다. 문도 두드리지 않고 그냥 들어왔다. 주전자와 발 씻는 대야를 바닥에 놓고 수건을 의자 등 뒤에 걸치고 장지위안에게 말했다. "마님께서 시간이 늦었으니 씻고 주무시래요. 두 번이나 물을 데웠어요." 그러고는 몸을 돌려 슈미에게 말했다. "나가자."

"저 가요?" 슈미가 사촌오빠를 쳐다보았다.

"가거라."

장지위안이 몸을 일으켰다. 그들의 얼굴이 더욱 가까워졌다. 슈미는 그의 얼굴에 난 마마자국처럼 생긴 작은 구멍까지 똑똑히 보았다.

슈미는 추이렌을 따라 내려갔다. 뒤에서 다락문이 천천히 닫히는 것을 느낄 수 있었다. 마당은 이미 칠흑처럼 어두웠다.

12

슈미는 새벽을 알리는 수탉의 울음소리를 듣지 못했다. 그녀가 깼

복사꽃 그대 얼굴

을 때 방안에는 등불이 켜져 있고, 벽을 비추던 햇살은 이미 검붉은 색으로 바뀌었다. 공기 중에 어렴풋이 한기가 스며들어 가을이 깊었음을 알 수 있었다. 그녀는 나른하게 침상에 누워 어머니가 시췌를 부르는 소리를 들었다. 시췌는 어머니가 부르면 마치 번개가 치듯이 종종걸음으로 마당을 내달려 부르기가 무섭게 어머니 앞에 나타났다. 어머니는 시췌에게 후원 다락방의 이불과 홑청을 벗겨 빨라고 시켰다.

슈미는 장지위안이 떠났다는 사실을 알았다.

장지위안이 떠나자 집안에는 예전의 평온이 다시 찾아왔다. 슈미에게 지난 늦은 봄부터 깊은 가을까지 집안에서 일어났던 일은 그녀가 이전에 겪었던 일을 모두 합쳐 놓은 것보다 많았다. 그러나 다른 사람들에게는 그런 일들이 밤중에 기와 위에 떨어진 옅은 서리가 아침에 햇살이 비추면 흔적도 없이 사라지는 것과 같거나 아예 일어난 적조차 없는 것과 같았다.

바오천은 밀린 빚을 독촉하러 다니느라 아침 일찍 나가 밤이 늦어서야 돌아왔다. 조금 먼 마을인 경우에는 그곳에서 하루 이틀 머물기도 했다. 수금을 끝내면 평소처럼 곧장 장방으로 들어가 탁탁거리며 주판을 튕겼다. 심지어 밥을 먹거나 길을 걸어갈 때도 그의 머릿속은 온통 장부 회계로 가득 차 있었다. 추이렌은 후원 다락 옆에 있는 헛간을 비우고 깨끗이 치웠다. 삿자리로 볏짚더미를 하나씩 두르고 소작인들이 마땅히 내야 할 곡식이 도착하기만을 기다렸다. 어머니는 시췌를 데리고 온종일 재봉가게를 뛰어다녔다. 겨울에 입을 솜옷을 준비하는 것이었다. 슈미와 라오후만 하루 종일 하는 일 없이 정원을 돌아다니곤 했는데, 가끔 어머니에게 이끌려 재봉가게로 가서 치수를 재기도 했다. 정말 지루해 죽을 지경이 되면 딩수쩌 선생 집에 가서 배운 것을 복습하거나 책을 읽었다. 딩수쩌는 사모 자오샤오펑을 보내 다음해 속수束脩를 채근했다.

입동이 되자 집밖에 도조賭租(남의 논밭을 빌려서 부치고 논밭을 빌린 대가로 해마다 내는 벼)를 실은 수레와 멜대가 가득했다. 멍 할멈은 남편을 데리고 와 일을 도왔다. 옆집 화얼냥은 손에 칠성저울을 잡고 무게를 달며 연신 무게가 얼마라고 소리를 쳐댔다. 왕치단, 왕바단 형제가 통나무 멜대를 저울 끈에 끼워 들고 있었다. 바오천은 장부에 기재하랴 주판을 놓으랴 정신없이 바빴다. 어머니는 기쁨에 겨워 내심 흐뭇한 모습으로 방안에서 왔다 갔다 하다가 이내 부엌으로 가더니 다시 후원에 있는 곳간으로 가서 멀리서 온 소작인들에게 먹을 것을 챙겨주었다. 추이롄과 시췌는 고기를 다지고 밥을 해대느라 오전 내내 정신이 없었고, 부엌 도마 위에서는 '탕탕'거리는 소리가 끊이지 않았다.

소작인들은 멜대를 품에 안은 채 목을 잔뜩 움츠린 채로 담벼락 아래에 한 줄로 쭈그리고 앉아 있었다. 바오천이 이름을 부르면 서둘러 다가와 저울 눈금을 보았다. 매번 그럴 때마다 화얼냥이 깔깔거리며 그들에게 외쳐댔다. "똑바로 보고 숫자를 불러요."

소작인들이 작은 소리로 숫자를 부르면 화얼냥이 재차 확인한 후 큰 소리로 무게를 알리고, 바오천이 마당 탁자에 앉아 재빨리 주판을 튕기면서 다시 한 번 숫자를 외친 다음 장부에 기입했다. 이후에 곡식이 가득 찬 마대는 후원에 있는 곳간으로 보내졌다. 멍 할멈이 전족을 한 작은 발로 종종거리며 마당 앞뒤를 뛰어다녔는데, 슈미는 그녀가 도대체 무엇 때문에 바쁜지 알 수가 없었다.

그중에 왕아류王阿六라는 소작인은 저울을 재니 스물여덟 근이나 모

복사꽃 그대 얼굴

자랐다. 화얼낭이 말했다. "어떻게 당신은 해마다 근량이 부족한가?" 그녀는 어머니에게 어떻게 처리할지를 물었다. "해마다 저자가 수작을 부리는데 올해는 바람과 비가 알맞아 좋은 수확을 얻었는데도 여전히 부족합니다. 제가 보기에는 저자의 땅 여섯 묘畝(1묘는 약 200평)를 거두어들여야 할 것 같습니다." 그 한마디에 놀란 왕아류가 마누라를 잡아끌고 웃는 낯을 해가며 연신 절을 해댔다.

그가 말했다. "마님께 한 치의 거짓도 없이 말씀드리겠습니다. 올해 마누라가 연달아 두 번이나 병이 난 데다 새로 아이까지 태어나고, 여섯 묘 땅 중에서 세 묘는 수확이 좋지 않았습니다. 모자란 도조는 내년에 반드시 채워 넣을 테니 제발 땅만은 거두어 가지 말아주십시오." 말을 마친 후 옆에 있던 아이를 죽어라고 눌러 무릎을 꿇고 머리를 조아리게 했다. 하지만 그 아이는 뻗대며 고개를 숙이려고 하지 않았다. 왕아류가 다짜고짜 따귀를 올려쳐 아이의 입에서 피가 흘러나왔다. 아이가 울며불며 온 집안을 뛰어다녔다. 슈미는 그 아이가 아직도 홑옷을 입고 있는 데다 온통 천 조각을 대서 기운 바지가 다시 해져 뛰어다닐 때마다 찢어진 천이 너풀거리며 자그마한 양쪽 엉덩이가 드러나는 것을 보았다. 슈미가 다시 소작인의 아내를 보니 과연 병이 들어 몹시 쇠약한 모습으로 얼굴이 누렇게 뜨고 다 떨어진 남자 저고리를 입고 있었다. 저고리에는 단추가 없어 자질구레한 조각 천으로 허리를 묶었으며, 품에 갓난아이를 안고 그 자리에 서서 눈물만 흘리고 있었다.

어머니는 그들의 가련한 모습을 보고는 측은한 마음이 들어 급히 화얼낭에게 말했다. "그냥 받아둬라. 내년에 채워 넣으라고 하렴." 왕아류가 연신 사례하며 땅바닥에 꿇어앉아 머리를 조아렸다. 그러고는 다시 아내를 데리고 바오천에게 손을 모아 인사를 했다. 바오천이 주판을 튕기며 말했다. "됐네, 됐어. 모자란 도조는 작년과 재작년 것을 합쳐 백이십칠 근일세. 이자는 더하지 않을 것이니 내년에는 좀 더 손발을 움직여 한꺼번에 갚으면 내가 장부에서 지워주겠네." 왕아류는 얼굴에 억지웃음을 띠고 입으로는 연신 그러겠노라고 답하면서 뒷걸음질로 물러났다.

멍 할멈은 쇠귀나물 한 바구니를 들고 우물가로 가서 다듬었다. 슈미는 어디에도 낄 데가 없음을 알고 할멈을 도우러 가서 그녀와 수다를 떨었다. 멍 할멈은 왕아류가 불쌍하기는 하지만 그가 가진 땅의 작황이 좋지 않은 것이 아니라 술만 보면 사족을 못 쓰는 것이 문제라고 했다. 집안에 팔 수 있는 물건은 죄다 팔아 처먹고 마누라를 짐승처럼 고생시키며, 여섯 아이 중에 세 명을 잃었다고도 했다. 그녀는 말을 마치고도 탄식을 그치지 않았다. 슈미가 갑자기 물었다. "그런데 사람들이 곡식을 왜 우리 집으로 가져다 바치는 거예요?"

멍 할멈은 그 말을 듣고는 잠시 멍해 있더니 곧 몸을 앞뒤로 흔들며 웃어댔다. 그녀는 슈미의 질문에는 답하지 않고 바오천을 향해 소리쳤다. "삐딱아, 이 아기씨가 방금 나한테 뭐라고 했는지 알아?" 바오천도 슈미의 말을 들었는지 허허, 웃기만 했다. 때마침 어머니가 이곳을 지나자 멍 할멈이 어머니에게 말했다. "알아맞혀 보세요. 마님 댁 아기씨가 좀 전에 저보고 무슨 말을 했는지." 어머니가 물었다. "뭐라고 했는데?" 멍 할멈이 여러 사람들 앞에서 슈미의 말을 그대로 흉내 내며 말했다. 저울질을 하던 화얼냥은 킥킥대며 웃다가 저울추가 떨어져 하마터면 발등을 찧을 뻔했다. 문 옆에 서 있던 소작인들도 그녀를 쳐다보며 웃는 모습이 보였다. 어머니가 말했다. "우리 집 아가씨는 이렇게 크기는 해도 소가지는 전혀 자라지 않았어. 몇 년 동안 거저먹기만 했는데 뭘 알겠

복사꽃 그대 얼굴

어?"

어머니가 자리를 뜨자 멍 할멈이 그제야 웃음을 거두고 슈미에게 말했다. "아이고, 멍청이 같으니라고. 사람들이 너희 집 땅에 모를 심었으니 곡식을 너희 집에 가져오지, 설마 그걸 우리 집에 가져오겠어?"

"왜 자기네 땅에다 모를 심지 않고?"

"갈수록 멍청해지네." 멍 할멈이 대답했다. "저 가난뱅이들이 땅은커녕 집안에 바늘이라도 하나 있는지 모르겠네."

"우리 집 땅은 그럼 어디서 난 거야?"

"조상님이 물려줬거나 돈을 주고 산 것도 있을 테고, 빚을 갚지 못해 저당 잡은 것도 있지." 멍 할멈이 말했다. "멍청하기는! 넌 이렇게 컸는데도 무슨 도화선경桃花仙境에 사는 사람 같구나. 이렇게 당연한 것도 모르니 어디 배운 사람이라고 할 수 있겠어?"

슈미는 그녀와 계속 이야기를 나누고 싶었지만 멍 할멈은 일어나 몸에 묻은 흙을 털어내고 바구니를 들고 우물물을 길어 쇠귀나물을 씻었다.

점심때가 되자 어머니는 농사꾼들이 집안을 더럽힐까 봐 사람을 시켜 팔선탁자를 마당으로 내가도록 했다. 열예닐곱 명이나 되는 소작인들이 탁자와 걸상을 내오는 것을 보더니 와! 소리를 지르며 둘러싸고 자리를 차지했다. 왕아류는 밥을 그릇 가득 푸고는 그 위에 반찬을 잔뜩 올려 마치 탑처럼 높이 쌓아 고봉밥을 만들었다. 그런데 그 밥을 자기는 먹지 않고 식탁에서 물러나 사방으로 아들을 찾아다녔다. 아이는 담벼락 밖 짚더미 옆에서 엄마 무릎에 바짝 달라붙어 잠이 들어 있었다. 왕아류는 밖에서 한참을 헤매다가 담벼락으로 와서 짚더미 앞에 쭈그리고 앉아 밥그릇을 아내에게 건넸다. 여자는 고개를 흔들면서 무릎에 누운 아이를 깨웠다. 아이는 밥을 보더니 젓가락도 들지 않고 손으로 집어먹었다. 콧물이 길게 늘어져 밥그릇에 걸리자 그것마저 같이 먹어치웠다.

창문 너머로 그 모습을 보던 추이롄과 시췌가 웃었다. 추이롄은 처음에는 키득거리며 웃더니 갑자기 얼굴이 어두워지고 눈에서 눈물이 흘렀다. 슈미는 추이롄이 또 후저우에 있는 고향집이나 자기 부모가 생각나 마음이 아픈 모양이라고 생각했다. 하지만 뜻밖에도 추이롄은 한참 눈물을 흘리고는 슈미를 끌어안으며 진지하게 말했다. "만약 어느 날 내가 이 집에 와서 밥을 구걸하거들랑 저들처럼 고봉밥을 먹을 수 있도록 해줘요."

"왜 그런 말을 하고 그래?" 시췌가 말했다. "여기서 잘 지내고 있으면서 왜 또 구걸하러 간다는 거야?"

추이롄은 소매를 들어 눈물을 닦을 뿐 아무런 대꾸도 하지 않았다. 잠시 후 멍한 모습으로 말했다.

"내가 천저우郴州(호남성에 있는 도시 이름)에 있을 때 점쟁이를 만난 적이 있어. 그 사람도 아이를 한 명 데리고 있었는데, 배를 곯아 반쯤 죽은 것 같았어. 아이가 너무 가련하여 만두 두 개를 주었어. 막 가려는데 그 점쟁이가 나를 불러 세우더니 한 끼 밥을 얻어먹은 은혜를 입었으니 결초보은하겠다고 하는 거야. 그가 말하길, 자기는 무슨 재주랄 것은 없지만 운수나 관상을 볼 줄 아는데 나름 영험하다고 했어. 나에게 사주팔자를 이야기하면 점을 쳐주겠다고 하더라고. 나는 태어나서 아버지랑 엄마 얼굴도 본 적이 없는데 어떻게 사주팔자를 알겠어? 하는 수 없이 관상을 봐주었는데, 글쎄 나보고 후반생은 구걸로 연명하다가 결국 길거리에서 굶어죽어 들개의 먹이가 된다고 하더라고. 그에게 재앙을

복사꽃 그대 얼굴

피할 방법이 없겠느냐고 묻자 점쟁이가 돼지띠에게 시집을 가면 면할 수 있다고 하더라고. 하지만 이제 나이도 점점 먹어 가는데 어떻게 돼지 띠에게 시집을 가겠어."

"그 점쟁이가 그렇게 말하기는 했지만 과연 그게 맞을까?" 슈미가 물었다. "그 점쟁이가 돼지띠인지 모르지. 일부러 그런 말로 너를 놀라 게 하여 자신에게 시집오도록 속인 건지 몰라."

시줴가 말했다. "생각났어. 바오천 아들 라오후가 돼지띠야."

그녀의 말에 추이렌은 울다가 그만 웃음보를 터뜨리고 말았다. "설 마 나보고 그 어린 것에게 시집을 가라는 거야?"

추이렌이 겨우 눈물을 거두고 시줴에게 말했다. "너는 고향이 어디 니? 어쩌다 푸지까지 흘러들어오게 되었어? 멍 할멈이 하는 말을 들으 니 넌 비상^{砒霜}이란 두 글자는 죽어라고 듣지 않으려고 한다는데, 뭔 일 이래?"

시줴는 비상이란 말을 듣기가 무섭게 자신도 모르게 바들바들 떨 기 시작하더니 토끼눈을 해가지고 빤히 쳐다보면서 입술이 파랗게 질 린 채 부들부들 떨었다. 한참을 그러고 있던 그녀는 끝내 눈물을 떨구 었다. 그녀가 다섯 살이 되던 해에 부모가 이웃 사람과 토지 문제로 소 송을 하게 되었는데, 송사에서 거의 이기게 되었을 때 뜻밖에도 누군가 탕에 독약을 집어넣어 부모와 두 동생이 그 자리에서 비명횡사하고 말 았다. 그녀는 거의 먹지 않은 데다 이웃집 사람이 코를 잡고 입안에 대 변을 한 국자 부어 넣어 한참을 토하게 만들어 겨우 '개 같은 목숨'을 부 지할 수 있었다. 상대가 흉포한 사람인지라 집안 친척들은 행여나 화를 자초할까 두려워 아무도 그녀를 거두는 이가 없었다. 그래서 결국 푸지 로 흘러들어와 멍 할멈에게 몸을 의탁하게 되었다.

"어쩐지 밥을 먹을 때마다 자기 밥그릇을 씻고 또 씻더라니." 슈미가 말했다. "누군가 널 독살할 것 같아서 그렇게 걱정하는 거야?"

"그건 어려서부터 얻은 병이에요. 괜찮다는 걸 알지만 그냥 그렇게 하는 거예요." 시췌가 말했다.

"다들 팔자가 사나운 사람들이네." 추이롄이 이렇게 한탄하고 슈미를 흘겨보며 말했다. "누가 아기씨에게 비길 수 있겠어요. 전생에 좋은 업을 쌓아 이런 부잣집에 환생하여 근심걱정이라고는 없고 아무 생각도 할 필요가 없으니 말이에요."

슈미는 아무 말도 하지 않고 그저 속으로 되뇔 뿐이었다. 내 마음을 너희가 어찌 알아. 말하면 아마도 놀라서 펄쩍 뛸 거야. 그녀는 이렇게 생각하고 있을 때만 해도 한 차례 재앙이 이미 그녀 가까이 다가왔다는 사실을 전혀 몰랐다.

장지위안이 떠나고 보름이 조금 지나자 그를 입에 올리는 이가 거의 없었다. 섣달 어느 날, 슈미는 한밤중에 잠에서 깨어났다. 갑자기 장지위안이 떠나기 전에 그녀에게 주고 간 비단함이 생각났다. 그녀는 그것을 옷장에 숨겨놓고 지금까지 한 번도 열어본 적이 없었다. 그 안에 도대체 무엇이 들어있을까? 이런 의문이 창밖에서 날리는 눈송이를 따라 그녀의 마음속에도 소복소복 쌓였다. 날이 밝을 무렵 그녀는 끝내 호기심을 억누르지 못하고 침상에서 내려와 옷장을 뒤져 비단함을 꺼내 조심스럽게 열어보았다.

함에는 금으로 만든 매미가 들어 있었다.

거의 같은 시간에 장지위안의 시신이 강물을 따라 모래사장을 돌

아 강둑 아래 좁고 긴 하천으로 흘러들었다. 푸지의 사냥꾼이 그를 발견
했다. 하천은 이미 얼어붙어 그의 벌거벗은 몸뚱어리가 하천의 갈대 줄
기에 들러붙어 얼어 있었다. 바오천은 사람을 시켜 얼음을 깨고서야 겨
우 그를 강기슭으로 끌어올릴 수 있었다. 슈미는 멀리서 그를 보았는데,
남자의 벌거벗은 몸을 본 것은 그때가 처음이었다. 그의 미간은 여전히
잔뜩 찌푸린 상태였고, 시신이 얼음덩이에 감싸여 있었다. 몸 전체가 마
치 큰 빙탕후루冰糖葫蘆(산사자나 해당화 열매 등을 꼬챙이에 꿰어 설탕물이나 엿
을 발라 굳힌 것) 같았다.

어머니가 황급히 강가로 달려가 사람들 시선도 아랑곳하지 않고 그
의 몸에 붙은 얼음이 아직 녹지도 않았음에도 그의 몸 위로 엎어져 시
신을 쓰다듬으며 대성통곡했다.

"가라고 하지 말았어야 했는데……! 떠났어도 죽어버리라고 저주하
지 말았어야 했는데……!"

어머니가 통곡하며 소리쳤다. 🐝

제2장

화자서
花家舍

1

광서光緖 27년 유월 초사흘. 여전히 맑음. 샤좡에서 쉐쭈옌을 다시 만났다. 쉐가 독일인이 일흔여덟 정의 모젤 총을 구입하여 오는 중이라고 했다. 장롄자張連甲는 모친상을 핑계로 모임에서 빠질 뜻을 내비쳤다. 실은 거사 날짜가 다가오자 롄자의 마음에 두려움이 생긴 것이다. 쭈옌이 누차 만류해도 그의 마음이 돌아서지 않자 점차 불쾌한 기색을 띠더니 결국 벌컥 화를 내며 칼을 뽑아 장롄자를 겨누고 욕을 해댔다. 모임에서 빠지겠다, 빠지겠다, 온종일 빠지겠다고 하는데 그냥 니 거시기나 빼라! 팔을 들어 칼을 내리치니 화원에 있는 배나무가 순식간에 두 동강 나고 말았다. 장은 아무 말도 못했다.

정오에 쉐 집안의 하인이 슈미와 황마오 녀석을 데리고 후원으로 들어왔다. 딩수쩌가 보낸 편지를 전해주기 위함이었다. 슈미는 뜻밖의 장소에서 나를 만나자 놀라고 두려워 얼굴빛이 창백해지고 우물거리며 말도 제대로 하지 못했다. 그녀는 낭하에 서서 옷자락을 쥐고 이가 딱딱 부딪칠 정도로 떨고 있었다. 내가 그녀의 어깨에 손을 얹었지만 그녀는 피하지 않고 그저 부들부들 떨기만 했다. 눈은 가을의 맑은 물 같고 손은 부드러운 어린 싹과 같은데 가냘프고 가련한 자태와 눈처럼 맑고 총명한 정취가 사람의 애간장을 녹인다. 그녀를 껴안아, 그녀의 뼈가 우두둑 소리가 날 정도로 껴안고 싶다. 아…….

삼 년 후 슈미는 혼례를 위해 창저우長州로 가기 전날 밤, 장지위안의 일기를 다시 읽었다.

일기는 시췌가 장지위안의 침상을 정리하다 베개 밑에서 발견했다. 생김새는 투박하기 이를 데 없고 시집도 안 간 아가씨가 그렇듯 기민한 모습을 보인 것은 이번이 처음이었다. 그녀는 두루 소문을 내거나 어머니에게 고해바치지도 않고 스스로 생각하여 슈미에게 몰래 갖다 주기로 결정했다. 물론 이 일기로 인해 촉발된 일련의 사건은 시췌의 예상을 훨씬 넘어섰다.

이전부터 슈미는 바깥세상이란 원래 무수히 많은 비밀이 있지만 유독 자신에게만은 더 많은 일을 함묵하고 있다고 여겼다. 이제껏 그녀는 칠흑처럼 어둡고 폐쇄된 방에 갇혀 지붕 틈새로 비치는 희미한 한 줄기 빛에 의지하여 방안의 윤곽만 겨우 볼 수 있었다. 그런데 장지위안의 일기를 읽고 나자 돌연 창문이 활짝 열리고 눈도 못 뜰 만큼 눈부신 햇살이 방안으로 쏟아져 들어왔다.

그녀는 사흘이나 걸려서 일기를 다 읽었다. 모든 것이 너무도 빨리, 그리고 너무나 갑자기 닥쳐왔다. 그녀의 마음은 급류에 휩쓸린 나뭇잎처럼 물마루 위로 솟구쳤다가 강바닥 깊이 가라앉았다. 너무 충격적인 사실에 금방이라도 미쳐버릴 것만 같았다. 누워있어도 좀처럼 잠을 이

복사꽃 그대 얼굴

룰 수가 없어 밤새 뜬눈으로 새웠다. 사람이 연이어 나흘씩이나 잠을 자지 않을 수 있다는 놀라운 사실도 알게 되었다. 보름이 지나 그녀는 또 새로운 발견을 했다. 엿새 동안 한 번도 깨지 않고 잠을 잘 수도 있다는 사실이었다.

그녀가 마침내 잠에서 깨어났을 때 어머니와 시췌, 그리고 추이롄이 침대 옆에서 그녀를 내려다보고 있었다. 마을의 한의사 탕류스가 책상에서 약방문을 쓰고 있었다. 그녀는 방안에 있는 이들을 보고 생전 처음 보는 사람들인 것처럼 뭐라고 한참 지껄였지만 아무도 그녀의 말을 알아들을 수 없었다. 또 이후 한 달 동안 그녀는 누구와도 한마디 말조차 하지 않았다.

어머니는 그녀가 아버지가 미쳤던 것과 똑같은 길을 따라갈까 두려워 예전처럼 스님이며 도사들을 불러 점을 치고 액막이굿을 했다. 그러던 어느 날 그녀가 발가벗은 채 아래층으로 내려오자 결국 라오후가 그녀를 미치광이라고 부르기 시작했다. 이후로 그녀는 말이 많아지기 시작하여 사람만 보면 쫑알쫑알 쉴 새 없이 지껄여댔다. 장지위안이라는 이름은 어머니가 가장 듣기 싫어하는 말이었는데, 결국 어머니도 인내심을 잃고 말았다. 물론 슈미가 실성할 것을 대비하여 이미 나름의 이유를 준비해둔 것이 있었다. 그것은 아이가 어려서부터 그다지 정상이 아니었다는 것이었다. 어머니는 일부러 그런 투의 말을 흘리고 다녔는데, 이는 그녀 자신부터 내심 그런 사실을 받아들였음을 의미했다.

오직 시췌만은 슈미가 변한 숨겨진 사연을 알고 있었다. 한 권의 일기가 사람을 미치게 할 정도라면 그 내용은 분명 보통이 아닐 것이다. 그러고 보니 공부깨나 한 이들이 남긴 글은 제멋대로 끄적거린 것이라 하더라도 결코 우습게 보면 안 될 것 같았다. 그녀는 때늦은 후회를 하고 아무리 눈물을 흘린다 한들 전혀 도움이 되지 않는다는 사실을 잘 알고 있었다. 그래서 진상을 밝히기로 결정했다. 시췌가 일기에 대해 마님에게 낱낱이 털어놓으려고 할 때, 슈미가 하룻밤 사이에 갑자기 정신이 돌아왔다.

그날 아침 추이렌이 슈미에게 탕약을 가져다주기 위해 방에 왔을 때 그녀는 눈앞에서 벌어지는 광경을 보고 놀라 오금이 저렸다. 슈미가 자기 새끼손가락을 문틀에 놓고 거침없이 방문을 닫은 것이다. 방문과 문틀 사이에 낀 새끼손가락이 짓이겨지면서 문틈 사이로 시뻘건 피가 흘러내렸다.

추이렌은 슈미의 미친 짓에 놀라 눈앞이 아득해졌다. 당황한 나머지 달려가 말리지도 못하고 그만 들고 있던 약을 벌컥벌컥 들이마시고 말았다. 탕약의 쓴 맛에 정신을 차린 추이렌이 중얼거렸다. "이런 염병할, 나도 미친 건가? 어?" 그녀는 황급히 허리춤에서 손수건을 꺼내 슈미에게 다가가 상처를 싸맸다. 새끼손가락의 끝부분이 납작하게 짓눌리고 손톱이 빠지면서 살과 엉겨 붙은 채 피투성이가 되었다. 슈미가 그녀의 귓가에 끊임없이 말하는 소리가 들렸다. "이제야 아프네. 아픈 걸 느끼겠어. 정말이야, 굉장히 아프다는 걸 느낄 수 있게 됐다고……." 이렇게 해서 그녀는 육체의 극심한 고통을 통해 무너지기 직전의 정신을 되살리고 기적처럼 원기를 회복했다.

그러나 정신을 회복한 대신 그녀는 더 이상 장지위안이 어떻게 생겼는지 기억할 수 없게 되었다. 그의 모습이 점점 흐릿해졌다. 심지어 강가에서 얼음덩어리처럼 얼어붙었던 그의 몸뚱이조차 희미해졌다.

망각은 되돌릴 수 없다. 얼음덩이보다 쉽게 녹아내리는 것이 사람의 얼굴이다. 그것은 세상에서 가장 취약한 것이다.

처음 장지위안을 보았을 때 그녀는 그의 얼굴이 이 세상에 속한 것이 아니라는 생각이 들었다. 하지만 그것은 터무니없는 생각일 뿐이었다. 점점 그의 얼굴이 의자 등받이를 덮고 있는 푸른 모직물로 변했고, 적막한 정원에서 반짝이는 별로 변했으며, 하늘의 뜬구름처럼 두꺼운 비늘로 변했다. 그리고 꽃이 활짝 핀 복숭아나무로 변해 꽃잎과 가지, 이파리에 이슬이 가득 맺히고, 바람이 불어와 꽃가지가 흔들리고 꽃술이 가볍게 떨리듯 멈추지 않는 슬픔이 그녀의 마음속에 켜켜이 쌓여 갔다.

슈미의 병이 호전되고 얼마 후 어머니는 사방에 부탁하여 그녀의 혼사를 준비했다. 슈미는 혼사에 대해 아무런 관심도 없었지만 그렇다고 거절하지도 않았다. 어머니는 추이롄에게 그녀의 마음을 떠보라고 시켰는데, 슈미는 전혀 개의치 않고 이렇게 말했다. "누구든 괜찮아. 어쨌든 나는 상관이 없으니까."

며칠 후 사돈이 될 집을 찾았고, 추이롄이 그녀에게 맞선 보는 날짜를 알려주었다. 슈미가 말했다. "어느 날이든 괜찮아, 어쨌든 난 상관없으니까."

맞선 보는 날 슈미는 스스로 위층 방에 자신을 가두었다. 추이롄과 시췌가 손이 붓도록 두드렸지만 그녀는 문을 열지 않았다. "중매쟁이가 사람을 데리고 와서 마당에 서 있으니, 잠깐이라도 얼굴을 보고 몇 마디 나눠 봐요. 창저우 허우^候씨 댁에 간 다음에 후회하지 말고."

슈미는 그제야 자기가 갈 곳이 창저우이며, 미래 남편의 성이 허우라는 것을 알았다. 슈미가 방안에서 말했다. "볼 필요 없어. 네 눈에 거슬리지만 않으면 돼. 때가 되면 그 집에서 가마를 보내줄 테고, 나는 그를 따라 가면 되겠지, 뭐."

"애야, 어떻게 그렇게 말할 수 있니? 혼인대사를 어떻게 애들 장난처럼 말한단 말이냐." 어머니가 말했다.

"휴!" 슈미가 한숨을 내쉬며 말했다. "이 몸은 본래 내 것이 아니니, 누구든 원한다면 그냥 짓밟으라고 하세요."

그 말에 어머니가 대성통곡을 했다. 슈미도 방안에서 눈물을 흘렸다. 두 사람은 마음속 비밀을 서로 잘 알고 있었지만 솔직히 털어놓고 말하지 않았다. 어머니가 한참을 울더니 또다시 슈미를 달랬다. "네가 볼 필요 없다는 건 어쩔 수 없지만 그래도 저 사람들이 너를 볼 수 있게는 해줘야 하지 않겠니?"

그제야 슈미가 문을 열고 낭하로 걸어 나가 내키지 않는 모습으로 난간에 엎어질 듯 기대어 뜰을 내려다보았다. 한 노파가 최신 중절모자를 쓴 남자를 데리고 고개를 들어 그녀를 쳐다보았다. 남자는 젊은 것은 아니지만 그렇다고 늙어 보이지도 않았으며, 그런대로 단정했다. 슈미는 오히려 그가 좀 더 늙거나 대머리, 또는 얼굴에 마마자국이 있는 것처럼 뭔가 흠결이 있는 사람이기를 바랐다. 그래야만 그녀의 혼인이 좀 더 비극적일 것 같았기 때문이다. 그 즈음 그녀는 자신을 짓밟는 것이 습관이 되었고, 그렇게 해야만 화가 풀렸다. 노파는 흐뭇한 얼굴로 슈미를 보면서 입으로는 쉬지 않고 남자에게 물었다. "어때, 희어 안 희어?" 남자가 연신 말했다. "희네, 희어! 정말 좋아요, 정말 좋다고." 그 남자는 처음 그녀에게 눈길을 줄 때부터 하하, 허허 하며 바보처럼 웃기만 했다. 마치 하품을 하는 것처럼 웃는 소리가 동강동강 끊어져 밖으로 튀어나왔고, 무엇을 먹고 있는 듯 끊임없이 혀를 내밀어 입술을 핥았다.

슈미는 혼사에 대해 전혀 관심이 없었다. 장지위안의 일기에서 그녀는 남녀의 은밀한 만남이 무엇이고 성관계의 쾌락이 무엇인지 어렴풋

복사꽃 그대 얼굴

이 알 수 있었지만 당연히 실제로 그녀가 아는 것은 그보다 훨씬 적었다. 시집가기 전날 그녀는 혼자 침상에 누워 일기를 꺼내 등불 가까이 대고 이리저리 뒤적거렸다. 그렇게 일기를 읽으면서 그와 대화를 나누었다. 그녀는 지금까지 한 번도 누군가와 속마음을 적나라하게 털어놓고 얘기한 적이 없었다. 혼몽한 가운데 그녀는 장지위안이 자신의 침상 앞에 앉아 마치 진짜 부부처럼 웃고 떠드는 것만 같았다. 난감한 대목을 읽을 때도 슈미는 전혀 당황하거나 얼굴을 붉히지 않았으며, 오히려 아이처럼 깔깔대고 웃었다.

'장지위안, 장지위안! 당신은 입만 열면 혁명, 대동을 외치고 글을 쓰면 세상에 대한 근심과 걱정, 원대한 포부로 격앙된 심사를 드러내더니, 사실은 뼛속 깊이 색귀^{色鬼}(색정광)였네요. 하하!'

그녀는 그렇게 한참을 웃더니 돌연 비통한 마음이 솟구쳤다. 이불 끝을 입에 물고 정신을 놓은 채 멍하니 있다가 잠시 후 소리 없이 울음이 터져 베개 양쪽이 모두 젖었다. 끝으로 그녀는 장탄식을 하고는 자신을 향해 독하게 말했다. "가자! 시집 가자! 누구면 어때, 원하기만 하면 누구에게든 시집 가자. 그가 마음대로 유린하더라도 내버려두자."

2

슈미는 가마에 올라탄 후부터 몽롱한 꿈속으로 빠져들었다. 가마는 짙은 안개 속을 천천히 나아갔다. 가끔 나룻배가 흔들리거나 가마꾼들이 헉헉대는 숨소리에 잠에서 깨기도 했다. 얼마나 왔는지 알 수 없지만 이따금 가마의 주렴을 걷고 밖을 몰래 훔쳐보면 신랑이 빼빼 마른 당나귀를 타고 그녀를 향해 바보처럼 웃고 있었다. 하지만 얼굴을 또렷하게 볼 수는 없었다. 중매쟁이는 얼굴에 연지와 분을 덕지덕지 바르고 싱글벙글 웃으며 그의 뒤를 따르고 있었다. 햇살도 어슴푸레했다. 물안개가 너무 심해 가마 안에 앉아 있는데도 머리카락이 축축해졌으며, 몇 걸음만 떨어져도 사람의 형태를 구분할 수 없었다. 그저 당나귀의 단조로운 구리방울 소리만 오는 길 내내 그녀와 함께 했다.

어제 저녁 어머니가 그녀에게 하던 말이 생각났다. "내일 날이 밝아 꽃가마가 도착하거들랑 넌 그냥 그 사람들만 따라가면 될 것이니 굳이 나랑 작별 인사할 필요 없다." 이어서 계속 말했다. "아침에 절대로 물을 마시지 마라. 그래야 가는 길에 불편하지 않아." 끝으로 덧붙였다. "예법에 따르면, 사흘 후에 새 신부가 돌아오도록 되어 있다만 창저우는 길이 먼 데다 전란으로 세상이 어수선하니 돌아오지 말거라." 어머니는 이렇게 말하고는 입술을 바들바들 떨면서 눈물을 참고 울음소리도 내지 않았다. 오늘 아침 가마에 오르기 전에 슈미가 돌아 보니, 추이롄과 시췌는 담장 밑에 웅크리고 앉아 울고 있고, 바오천은 라오후를 데리고 차마 그녀를 보지 못하고 고개를 돌리고 있었다. 화얼냥과 멍 할멈만 전족을 한 발로 종종걸음을 치며 이것저것 돕고 정신없이 소리를 질러댔다. 딩수쩌는 며칠 전 인편으로 영련楹聯(주련 또는 대련)을 보냈는데, 각기 다른 서체로 열여섯 개의 '희'囍자를 적은 것이었다. 그는 마을 입구에서 멀찍이 떨어져서 여의如意12)를 들고 가려운 등짝을 긁고 있었다. 그렇지

---

12) 여의(如意): 원래 상서로움을 상징하는 것으로 주로 옥이나 대나무, 뼈 등으로 만든 기물. 민간에서는 주로 가려운 곳을 긁는 데 사용했다.

복사꽃 그대 얼굴

만 뿌연 새벽안개 속에서 그들의 모습은 희미하기만 했다.

문득 정체모를 불안감이 밀려왔다. 다시는 어머니를 보지 못할 것 같은 생각이 들었다. 가마가 건듯 올라가자 그녀의 마음도 따라서 쑥 떠올랐다. 안개를 헤치고 나아가자 그녀와 푸지 사이를 안개가 메꾸었다. 눈물이 끊임없이 흘러내렸다. 비단함에 들어 있는 금 매미도 생각났다. 그것은 아직도 위층 옷장에 자물쇠로 잠긴 비단함에 들어있었다. 삼 년이 지났지만 장지위안이 말하던 육손이는 얼굴을 드러낸 적이 없었다.

강을 건너고 얼마 후 몽롱한 잠기운에 취해 있을 때 가마 밖에서 어렴풋이 시끄러운 소리가 들려왔다. 시골 사람들이 영친迎親(신랑이 신부 집에서 신부를 데리고 오는 혼례의 과정) 행렬을 발견하고 몰려들어 소란을 떨며 혼례 사탕을 요구하는 듯했다. 슈미는 계속 잠을 청했다. 그런데 이상하게도 떠들썩한 소란 속에서 뜬금없이 여자들의 처절한 비명소리가 날아오고 심지어 쟁그랑거리며 칼이 부딪치는 소리까지 들렸다. 그러나 슈미는 여전히 개의치 않았다. 꽃가마가 갑자기 속도를 내기 시작했다. 급기야는 거의 날듯이 달렸다. 휙휙 스치는 바람소리와 가마꾼들의 거친 숨소리가 귓속을 가득 채웠다. 슈미는 가마 안에서 이리저리 흔들리느라 당장이라도 토할 것 같아 견딜 수가 없었다.

가마의 주렴을 걷고 밖을 바라보니 얼굴에 연지를 두껍게 바른 중매쟁이는 보이지 않고, 혼수를 나르던 이들도 눈에 띄지 않았다. 남편이라는 사람은 물론이고 방울을 단 당나귀조차 보이지 않았다. 영친 행렬 중에서 네 명의 가마꾼만 남아 가마를 들고 가파른 길을 치닫고 있었다.

가마꾼 가운데 한 명이 거친 숨을 몰아쉬며 고개를 갸웃거리는 그녀를 향해 공포에 질려 소리쳤다. "토비, 토비! 이런 제기랄, 토비라니까!"

슈미는 그제야 사달이 일어났다는 것을 알았다. 동시에 뒤편에서 딸각거리는 말발굽 소리가 들렸다.

결국 가마꾼들은 힘에 부쳐 가마를 탈곡장에 내버리고 자기들만 도망치고 말았다. 그들 네 명의 가마꾼들은 일제히 광활한 보리밭 속으로 뛰어들더니 순식간에 짙은 안개 속으로 사라졌다. 슈미가 가마에서 나와 보니 사방이 텅 비어 있었다. 탈곡장 옆에는 무너져 가는 작은 집이 있는데 아무도 살고 있지 않았다. 담장은 옆으로 기울어 당장이라도 쓰러질 듯했으며, 지붕의 밀짚은 이미 검은색으로 변해 있었다. 지붕에 백로가 무리지어 서식하고 집 앞에는 물소가 엎드려 있는데, 물소 등짝에도 백로가 한가득이었다. 멀지 않은 곳에 수풀이 희미하게 보였지만 심한 안개에 뒤덮여 어두침침하고 이따금씩 두견새 울음소리가 들려왔다.

몇 사람이 말을 타고 각기 다른 방향에서 그녀를 향해 다가왔다. 하지만 슈미는 전혀 두렵지 않았다. 전해 듣기로, 토비들은 푸른 얼굴을 하고 송곳니가 나 있다고 하는데 얼핏 보니 일반 시골사람들과 다른 점이 없었다.

정수리가 훌떡 벗겨진 나이든 남자가 백마를 타고 그녀 앞으로 오더니 말머리를 멈추고 만면에 웃음을 띤 채 슈미를 바라보았다.

"슈슈, 나를 알아보겠어?"

슈미는 깜짝 놀랐다. 이 사람이 어떻게 내 어릴 적 이름을 알지? 그녀는 고개를 들어 급히 그를 살펴보았다. 짧은 순간이지만 정말로 알던 사람 같기도 했다. 특히 얼굴에 난 칼자국이 그랬다. 기억이 나질 않아

복사꽃 그대 얼굴

서 그렇지 어디선가 그를 본 적이 있었다.

"모르겠어요." 슈미가 말했다.

"그럼 나는?"

말한 사람은 스물쯤 된 젊은이였다. 대춧빛 붉은 말을 타고 어깨가 쩍 벌어지고 허리가 굵은 사람이었는데, 어디선가 본 적이 있는 듯했다. 목소리가 거칠고 낮게 깔려 웅웅 울렸다. "날 알겠어?"

슈미가 고개를 저었다.

그러자 두 사람이 서로 쳐다보며 껄껄 웃었다.

"이상할 것도 없지. 거의 육칠 년 정도 되었지?" 중년남자가 말했다.

"꼬박 육 년이지요." 젊은이가 말했다.

"난 왜 칠 년으로 기억하지?"

"육 년, 맞아요. 육 년."

두 사람이 이렇게 말씨름을 하고 있을 때 마변馬弁13)인 듯한 누군가가 이쪽으로 걸어와 말했다. "둘째 어르신, 안개가 곧 걷힐 겁니다."

늙은이가 하늘을 올려다보고는 고개를 끄덕인 후 다시 슈미에게 말했다. "그럼 고생을 좀 해야겠다."

슈미가 무슨 말을 할 겨를도 없이 검은 천이 그녀의 눈을 가렸다. 이어서 입안에 뭔가가 들어왔다. 물린 천에서 짭짤한 맛이 느껴졌다. 그들은 그녀를 단단히 묶은 후 가마 안으로 밀어 넣었다. 잠시 후 그들은 가마를 메고 길을 나섰다.

---

13) 마변(馬弁): 옛날 남자들이 쓰는 모자의 일종. 원래 하급군관을 뜻했으나 이후 상관이 말을 탈 때 시종하는 사람을 지칭함.

눈을 가렸던 검은 천이 벗겨지자 슈미는 자신이 나무배에 앉아 있다는 사실을 알았다. 눈앞의 모든 것이 검은색이었다. 선창의 지붕이며 탁자, 물길에 떠다니는 갈대, 출렁이며 흐르는 물에 이르기까지 온통 검은색이었다. 그녀는 눈을 감고 뱃전에 비스듬히 앉아 팔과 다리를 움직여보았다. 언제 오줌을 지렸는지 알 수 없으나 바지가 축축했다. 그러나 그녀는 더 이상 수치스럽다는 생각도 들지 않았다. 그녀는 다시 한 번 눈을 뜨고 주변을 천천히 살펴보았다. 막연한 불안감이 엄습했다. 왜 내 눈에 보이는 것들이 모두 검은색이지? 그리고는 깨달았다. 이미 밤이 깊었기 때문이었다.

하늘에 뜬 조각달과 드문드문 자리한 별이 눈에 들어왔다. 작은 배는 넓은 호수를 미끄러지듯 흘러가고 있었다. 배들은 모두 쇠사슬로 연결되어 있었는데 세어 보니 모두 일곱 척이었다. 그녀의 배는 맨 끝이었다. 얼마 지나지 않아 선실에 불이 켜지자 일곱 척 배 위에 환하게 밝힌 등불이 호수에 비쳐 활 모양으로 빛의 띠를 만들어냈다. 마치 한 무리의 인마가 초롱을 들고 길을 가는 것 같았다.

여기가 어디지? 날 데리고 어디로 가는 거야?

바람 소리, 노 젓는 소리, 그리고 물새가 날개를 푸드덕거리며 물을 박차고 날아가는 소리 외에 그녀에게 답해주는 이는 아무도 없었다. 그녀 앞에 두 명이 앉아 있었다. 두 사람은 아침에 탈곡장에서 본 사람들이었다. 머리가 벗겨진 중년은 뱃전에 비스듬히 기댄 채 단잠에 빠진 듯했다. 그의 얼굴에 난 칼자국은 길고 깊었으며, 뺨에서 목까지 이어져 있었다. 그는 한 다리를 나무 탁자에 걸치고 그녀가 몸에 지니고 있던 보따리를 누르고 있었다. 그가 내 아명兒名을 불렀는데, 도대체 어떻게 나를 알고 있는 걸까?

그에게 바짝 붙어 앉은 이는 마변이었다. 십칠팔 세 정도인 젊은이로 용모는 수려했지만 몸이 가냘팠다. 그는 꼼짝도 하지 않고 그녀를 쳐다보고 있었는데, 눈빛이 조금 겁을 먹은 듯했다. 슈미가 이따금씩 흘깃 쳐다볼 때마다 얼굴을 붉히면서 고개를 떨어뜨리고 칼 손잡이에 달린 붉은 술을 만지작거렸다. 까닭은 알 수 없었지만 그의 눈빛이 장지위안을 생각나게 만들었다. 그도 다리 한쪽을 나무탁자 위에 올려 놓았는데, 헝겊신에 구멍이 두 개나 나 있어 안쪽 발가락이 삐져나왔다. 나무탁자 위에는 마등馬燈이 켜져 있고, 그 옆에 긴 담뱃대가 놓여 있었다. 호수의 물이 배 옆으로 막힘없이 흐르고 밤은 물처럼 차가웠다. 공기 중에서 희미하게 물비린내를 맡을 수 있었다. 뱃전에 얼굴을 붙이자 축축했지만 차갑고 상쾌한 느낌이 들었다.

어떻게 해야 하지? 그녀는 자신에게 물었다.

호수에 뛰어드는 것에 대해 생각했다. 하지만 문제는 그녀가 전혀 그러고 싶은 마음이 없다는 것이었다. 만약 저들이 그녀가 죽도록 놔둘 생각이 아니라면 설사 뛰어내린다고 할지라도 구해낼 것이 분명했다. 가능한 나중의 일은 생각하지 않으려고 했으나 쑨 아가씨가 장애물이었다. 전해 들었던 쑨 아가씨의 발가벗겨진 모습만 생각하면 가슴이 두근두근 마구 뛰었다. 그녀는 이 배가 자신을 어디로 데리고 갈지 알 수 없었지만 분명 그녀의 운명이 쑨 아가씨보다 좋을 것 같지는 않았다.

바스락거리는 소리가 들렸다. 작은 배는 이미 좁은 수로로 진입하여 양쪽으로 무성한 갈대줄기가 이따금씩 뱃전을 스쳤다. 물 흐르는 소리가 더욱 거세졌다. 마변은 여전히 그녀를 뚫어져라 쳐다보고 있었다. 아무리 봐도 토비 같지 않았다. 안색이 창백하고 수줍었으며 눈빛은 맑게 빛났다. 슈미는 배가 어디에 도착했고, 어디로 가는지 넌지시 물어보았다. 하지만 그는 입술을 깨물고 아무 소리도 내지 않았다. 그때 늙은이가 갑자기 깨어나 눈을 비비고 슈미를 보더니 다시 마변을 흘겨보며 말했다.

"담배."

"마변이 깜짝 놀란 듯 재빨리 탁자에서 담뱃대를 꺼내 연초를 집어넣고 두 손으로 건네주었다.

"불." 늙은이가 담뱃대를 받고 다시 한마디 했다.

젊은이가 마등을 받쳐 들고 가까이 다가가 불을 붙이도록 했다. 등불이 그들의 얼굴을 비추었다. 슈미는 마변의 손이 심하게 떨리는 것을 보았다. 그의 입가에 가느다란 솜털이 나 있었다. 늙은이는 뻑뻑거리며 몇 모금 담배연기를 빨아들인 후 슈미에게 말했다. "정말로 기억하지 못하는 거냐?"

슈미는 아무 말도 하지 않았다.

"날 좀 잘 보고 다시 한 번 생각해 보거라."

슈미는 고개를 숙이고 더 이상 그를 쳐다보지 않았다. 한참 후에 그 남자가 다시 말했다. "그렇다면 정말로 우리를 기억하지 못하는 것이로구나. 칭성慶生은 줄곧 너를 마음에 두고 있던데."

"칭성이 누구예요?" 슈미가 물었다. 왠지 칭성이란 이름이 귀에 익었다.

"별명이 있는데, '통제불능'이라고." 늙은이가 차갑게 웃으며 계속 말했다. "어때, 생각나? 육칠 년 전에 너희 집 다락에 불이 나서……."

슈미는 순간 깜짝 놀랐다. 육 년 전 아버지의 다락방이 불에 타버리자 어머니가 바오천에게 외지에서 장인들을 데려오도록 했던 것이 기억났다. 그중에 칭성이라고 부르던 이가 있었는데, 별명이 바로 '통제불능'

복사꽃 그대 얼굴

이었다. 그녀는 또 장인들이 떠나던 날 칭성이 그녀를 쳐다보면서 동구 밖까지 뒷걸음질치며 가다가 결국 멀구슬 나무에 부딪쳤던 것이 기억났다.

"당신이 칭성이에요?"

"나는 칭성이 아니야." 늙은이가 말했다. "칭성은 앞에 가는 저 배에 타고 있어. 아침에 탈곡장에서 보았잖느냐. 대춧빛 붉은 말을 타고 있었는데."

"당신들은 장인들 아니었어요? 그런데 어떻게……?"

"어떻게 갑자기 토비가 되었느냐, 이거지?" 늙은이가 껄껄거리며 눈물이 날 정도로 크게 웃었다. "사실, 우리는 원래 이런 짓거리를 하는 자들이다."

잠시 후 그가 다시 입을 열었다.

"맞아, 나는 미장이고 칭성은 목수지. 우리는 사람들에게 일을 해주고 품삯을 받느니라. 하지만 그건 사람들의 이목을 가리려는 것일 뿐이야. 실제 목적은 지주들의 집안 사정을 정탐하는 것이지. 우린 가난뱅이들에게는 흥미가 없어. 만약 기름기라곤 하나도 없는 가난뱅이 집안과 만나면 그저 재수가 없어서 그러려니 생각하고 일을 하고 품삯이나 약간 받으면 그걸로 끝이야. 그럴 때면 우리도 진정한 장인이라고 말할 수 있지. 사실 우리 솜씨는 아직도 쓸 만하다고. 그런데 너희 집은 다르더구나. 네 아버지는 양저우부^{揚州府}에서 그렇게 오랫동안 살았고, 집에 땅만 백 묘가 넘게 있으며……."

그가 이렇게 말할 때 마변은 줄곧 슈미를 바라보고 있었다. 그 눈빛이 마치 그녀에게 이렇게 말하는 듯했다. 지금 당신의 처지가 너무 불쌍해요! 그가 담배를 다 피우자 마변이 재빨리 연초를 채워주었다.

늙은이는 자신의 이야기에 빠진 듯했다. 그는 낮은 목소리로 서두르지 않고 그렇다고 느리지도 않게 말을 이어갔다. 담배연기를 깊이 빨아들이고 껄껄 두어 번 웃더니 이어서 말했다.

"토비 짓을 하든 미장이 일을 하든, 일단 하게 되면 잘해야지. 너희 집 다락방 벽은 내가 혼자서 바른 거다. 아주 거울처럼 평평하잖아. 내 한평생 그렇게 완벽하게 벽을 칠해본 적이 없느니라. 너와 같은 여인을 다루는 것 역시 내 미장 솜씨처럼 말할 필요가 없지. 한 이틀쯤 지내보면 너도 알게 될 거야. 거 봐, 얼굴이 발개지잖아. 뭐라고 말도 하지 않았는데, 얼굴부터 발개지네. 하하하, 난 창기와 달리 부끄러워 얼굴을 붉힐 줄 아는 아가씨가 좋더라. 그네들의 요염한 자태는 모두 꾸며낸 것이야. 그런데 오늘날 너를 보니 너야말로 진정한 화냥년임을 알겠구나. 우리 수중에 떨어졌는데 울지도 않고 난리도 치지 않는 년은 평생 처음 보았느니라. 입에다 뭔가를 처넣고 몸을 밧줄로 묶었는데도 가마 안에서 쌕쌕거리며 단잠을 자던데, 이거야말로 화냥년이 아니고 무엇이겠느냐?"

여기까지 말하고는 갑자기 몸을 돌려 마변을 보며 말했다.

"손."

마변이 잠시 망설이더니 부들부들 떨며 왼손을 내밀었다. 그러자 늙은이가 담뱃대를 그의 손바닥에 대고 툭툭 털었다. 타다 남은 작은 불덩이가 그의 손에서 지지직거리며 연기를 피워올리니 마변은 뜨거워 펄쩍 뛰어올랐다. 살가죽이 타는 냄새가 났다.

그가 마변의 어깨에 손을 올리며 말했다.

"뛰기는 뭘 뛰어? 뛰지 마. 네 눈깔에 턴 것도 아닌데, 뭘 뛰고 난리야? 네 눈깔이나 잘 관리해. 네가 봐서는 안 될 곳은 눈길도 주면 안 돼." 이어서 다시 슈미를 보았다. "왜 잠을 자지 않는 게냐? 배는 내일 날이 밝을 때쯤 도착하느니라. 난 계속 잠이나 자야겠구나."

슈미는 하늘이 점점 밝아오는 것을 보고 있었다.

새벽녘의 희뿌연 햇살 속에서 그녀는 호숫가에 희미하게 드러나는 차가운 산줄기를 보았다. 산은 경사가 그리 크지 않았지만 산비탈에 드문드문 자작나무가 자라고 있었으며, 더 위쪽으로는 큰 소나무와 벌거벗은 산돌이 자리하고 있었다. 호수물이 제방에 부딪치는 소리와 인근 시골마을에서 전해지는 닭울음소리에 그녀는 배가 거의 강안에 이르렀음을 알았다. 좀 더 가니 빽빽한 뽕나무밭이 나타났다. 선대船隊가 뽕나무밭을 에돌아 한 시간 넘게 가자 마침내 산간 평지에 웅크리고 있는 촌락이 막 떠오르는 아침햇살에 온통 붉게 물들고 있었다.

3

광서 27년 유월 초엿새. 가랑비가 내리다가 오후부터 맑게 갰다. 어제 저녁 쭈옌이 메이청에 찾아갔지만 보군협통步軍協統 리다오덩은 아예 문을 걸어 잠그고 모습을 보이지 않았다. 오전 내내 쭈옌의 욕설이 그치지 않았다. 모젤 총은 이미 시푸西浦로 운송되었다. 잠시 쭈옌의 셋째 삼촌댁에 보관하기로 했다. 식사 후 메이윈梅芸은 이웃집에 마작을 하러 갔고, 슈미, 추이렌 두 사람과 잠시 한담을 나눈 후 곧 올라와 잠자리에 들었다. 막 잠이 들려고 하는데 마을에 무슨 큰일이라도 난 것처럼 사람들이 웅성거리고 발걸음 소리가 요란해졌다. 급히 옷을 입고 아래층으로 내려갔다. 알고 보니 마을 뒤편 쑨씨가 토비와 맞닥뜨려 윤간을 당한 후 살해되었다.

쑨씨는 암암리에 매춘을 하고 있었으니 죽어도 애석하지는 않다. 혁명이 성공하는 날이 되면 규율에 따라 제거해야 할 열 가지 대상에 속하기 때문이다. 당나귀야, 당나귀야. 너는 말끝마다 푸지 일대에는 토비가 없다고 하였는데, 완전 허언이로구나. 지금 천하가 소란스럽고 인심이 변하니 강좌江左의 토비로 인한 우환이 산둥山東이나 허난河南에 비길바는 아니라 할지라도 전혀 없는 것이 아니다. 내가 삼 년 전 단양丹陽을 지날 때 하마터면 토비의 손에 떨어질 뻔한 적이 있다. 지금 계획으로는 비교적 실력을 갖춘 지방 무장세력과 연계할 수 있느냐가 관건이다. 이처럼 위급한 상황에서는 청방靑幫이나 토비들도 우리가 활용할 수 있을 것이다. 성공을 거둔 연후에 다시 그들을 제거해도 늦지 않으리라.

당나귀 쪽에선 아직 소식이 없다.

이 밤 달빛은 몽롱하고 밤은 물처럼 차갑다. 중정中庭에 서서 나도 모르게 막연히 헛된 생각에 잠기니 마치 무언가를 잃어버린 것만 같다. 슈미가 부엌에서 머리를 감고 있는 것을 보고 들어가 그녀와 이야기를 나누었다. 그녀의 어깨는 물에 젖었고 달빛으로도 치마의 세세한 꽃무늬를 볼 수 있었다. 그녀의 목은 참으로 길고 희다. 입으로는 그녀에게 말을 걸면서 맘속으로 남몰래 이런 생각을 했다. 만약 지금 뒤에서 그녀를 끌어안는다면 어떻게 될까? 혹시 내가 하는 대로 따라줄까? 쭈옌은 평소 사람을 알아보는 안목이 있는데, 며칠 전 샤짱에서 슈미를 처음 보았을 때 나에게 이런 말을 한 적이 있다. 저 여자아이는 타고난 성품이 냉정하고 오만하지만 오히려 쉽게 손에 넣을 수 있으니 한번 용기를 내어 시도해 보시게. 과연 그렇게 할 수 있을까? 어떻게 하지? 어떻게 하지? 아니야, 안 돼. 자제, 자제해야 해.

밤이 깊도록 잠을 이루지 못하고 한밤중에 옷을 걸치고 홀로 앉아 시 한 수를 썼다.

지척에 도화桃花를 두고 온갖 생각 분분한데
바람 불어 휘장 아래 수심이 가득 차네.
초승달 내 맘속 알지 못하여
기어코 아리따운 모습 침상 머리맡으로 보내네.

슈미가 도착한 곳은 화자서花家舍라고 불리는 곳이었다. 그날 저녁 그녀는 마을 앞에 있는 호수의 작은 섬으로 끌려왔다. 섬은 아무리 넓어야 열예닐곱 묘 정도였고, 화자서에서 화살을 쏘아 닿을 만큼 가까웠다. 원래 섬과 마을 사이에 나무로 만든 다리가 있었으나 언젠가 어떤 연유에선지 철거되어 지금은 수면 위로 거무튀튀한 나무 말뚝만 드러나 있을 뿐이었다. 나무 말뚝 몇몇에 물새가 한 마리씩 머물고 있었다.

섬에 있는 유일한 집은 오래되어 벽에 담쟁이넝쿨과 푸른 등나무가 가득했다. 집 앞에 울타리로 둘러싼 작은 정원이 있고, 그 안에 채마밭 한 뙈기가 있었다. 문 앞에 복숭아나무와 배나무가 몇 그루 있는데 꽃은 이미 다 진 상태였다. 작은 섬은 지세가 낮고 사방에 잡목과 키 작은 관목이 가득 자라고 있었다. 바람이 세차게 부는 날이면 호수의 물이 제방을 넘어 담장 아래까지 흘러들었다.

고적한 집에는 머리를 빡빡 깎은 사람이 혼자 살고 있었다. 그런데 가슴에 덜렁거리는 유방으로 보아 여자이며 나이는 삼사십 정도라는 것을 알 수 있었다. 그녀의 이름은 한류韓六였다. 그녀는 비구니 암자에서 이곳으로 잡혀온 지 이미 칠 년이 다 되었으며, 그 사이에 아이를 하나 낳았지만 한 달이 되기도 전에 죽었다. 오랫동안 황폐한 무인도의 달팽이처럼 좁은 집에서 혼자 살다 보니 적막감에 혼자 말하고 혼자 대답하는 나쁜 버릇이 들고 말았다. 슈미가 오자 그녀도 다소나마 흥분이 되는 것 같았다. 하지만 그녀는 조심스럽게 자신의 기쁨을 감추고, 슈미도 모르는 척하며 서로 상대방을 경계했다.

이상한 것은 슈미를 이 작은 섬에 내던진 후 일당들은 그녀를 철저히 잊어버린 듯했다는 점이다. 보름이 지나도록 아무도 찾아오는 사람이 없었다. 어느 날 점심나절에 슈미는 작은 배 한 척이 섬으로 다가오는 것을 보고 살짝 긴장했다. 그러나 그 배는 섬의 남쪽으로 우회하더니 멈추고 물고기를 잡으려고 그물을 던졌다. 슈미는 매일 호숫가를 산책하며 빈둥거리다가 피곤해지면 나무 아래 앉아 하늘에 떠도는 구름을 멍하니 바라보았다.

장지위안의 일기는 이미 여러 번 읽었는데, 매번 읽을 때마다 다시금 자학하게 된다는 사실을 알면서도 가끔씩은 그 안에서 새로운 내용을 얻기도 했다. 예를 들어 지금에 와서야 그녀는 어머니에게 메이윈이라는 이름이 있다는 것을 알았다. 그 이름과 어머니의 모습을 한데 합쳐 생각하니 푸지가 생각났다. 그곳을 떠난 지 아직 한 달도 안 되었지만 이미 수년이 지난 것처럼 느껴졌다. 이게 꿈은 아니겠지?

잔잔한 물결이 반짝이는 호수의 수면을 사이에 두고 그녀는 화자서 전체를 조망하고, 심지어 마을 아이들이 시시덕거리며 노는 소리도 들을 수 있었다. 마을은 완만한 산비탈에 조성되었는데, 슈미는 마을의 모든 집이 흰 벽에 검은 기와, 나무문에 화창花窓(투각 도안으로 장식한 창문)

등 일률적으로 똑같은 형태를 하고 있다는 사실을 알아차리고 적이 놀랐다. 깨진 벽돌을 층층으로 쌓아 만든 한 가닥 좁은 길이 산비탈을 따라 산허리까지 이어져 마을을 동서 양쪽으로 나누었다. 마을 앞쪽의 호수와 맞닿은 물가에는 크고 작은 배들이 정박하고 있는데, 멀리서 보니 우뚝 솟은 돛대들의 모습이 한겨울 잎이 다 떨어진 숲과 같았다.

그날 오전에 슈미와 한류는 방금 부화한 병아리들을 보며 마당에서 장난을 치고 있었다. 병아리는 알을 까고 나온 지 얼마 되지 않아 발을 떼기 무섭게 땅바닥에 고꾸라지곤 했다. 한류는 채소 잎을 잘게 썰어 먹여주었다. 그녀는 땅에 쪼그리고 앉아 속삭이듯이 그것들과 이야기를 나누며 '예쁜 아기'라고 불렀다. 슈미는 뜬금없이 왜 이렇게 오랫동안 한 사람도 섬에 오지 않느냐고 물었다. 한류가 웃음을 터뜨렸다.

"올 거야." 한류는 작은 병아리 한 마리를 손에 올려놓고 등의 부드러운 털을 문질렀다. "어쩌면 표를 사라고 거래를 하고 있을지도 모르지."

"표를 사라고요?"

"너희 집 사람과 가격을 담판한다는 뜻이야." 한류가 말했다. "너희 집에서 몸값을 지불하면 너를 돌려보낼 거야."

"가격 협상이 안 되면 어떻게 해요?"

"될 거야. 터무니없는 가격을 부르지는 않을 테니. 너희 집 사람들이 네가 죽기를 바란다면 모를까."

"만약 정말로 협상이 되지 않으면요?"

"그러면 표를 자르겠지." 한류는 아무렇지도 않게 말했다. "네 귀 한쪽을 자르거나 아예 손가락 하나를 잘라 네 부모에게 보내겠지. 만약 집 안사람들이 그래도 몸값을 내지 않는다면 규칙에 따라 표를 찢어버릴 거야. 하지만 그렇게 하는 경우는 드물어. 내가 여기에 온 지 칠 년이 다 되어 가는데, 저들이 사람을 죽이는 것은 딱 한 번 봤어. 대부호의 규수였지."

"왜 죽였어요?"

한류가 말했다. "그 규수는 불같이 강한 성격이었어. 섬에 도착하자마자 호수에 뛰어들었다니까. 세 번이나 뛰어들었는데 세 번 모두 구해냈지. 그랬더니 마지막에는 담장에 머리를 박더라고. 하지만 그래도 죽지는 않았어. 저들이 보기에 이런 화표花票(발표發票, 영수증)는 남겨둘 필요가 없으니 죽인 거야. 먼저 졸개들이 그녀를 유린하도록 넘겨주어 마구 짓밟은 다음 그녀의 목을 잘라 솥에 넣고 삶았어. 다 삶은 후에는 살을 발라내어 두개골만 둘째 나리가 집으로 가지고 가서 진열품으로 삼았지. 저들은 자살을 극도로 싫어해. 그것도 이상한 일은 아니지. 저들도 나름 애써 가며 사람을 납치한 것이잖아. 그것도 정말 쉽지 않거든. 사전에 지형을 답사하고 동선도 살펴야 하며, 돈을 거두거나 인질을 풀어주는 등을 하자면 거의 반년이나 걸린단 말이야. 그런데 사람이 죽어버리면 아무것도 떨어지는 게 없잖아. 그래도 관례에 따라 관청에 바치는 은자는 반드시 지불해야 하거든."

"왜 관아에 돈을 주지요?"

"자고로 관아와 비적은 한통속이야." 한류가 한숨을 내쉬며 말했다. "그냥 돈을 전부 주는 게 아니라 4대 6으로 나누지. 처음에는 5대 5였는데 작년부터 4대 6으로 바뀌었어. 다시 말해 저들이 몸값으로 얻은 돈의 6할을 관아에 지불하는 거지. 관부가 암묵적으로 비호하지 않으면 이런 장사는 할 수 없어. 만약 돈을 주지 않으면 즉시 관병을 보내 포위할 것이니 절대 그냥 넘어갈 수 없다니까. 원래는 일 년에 한 번씩 대

복사꽃 그대 얼굴

개 상강霜降 후나 섣달그믐 사이에 움직이곤 했는데, 지금은 매년 적어도 대여섯 사람은 인질로 잡아오더라고. 일반적으로 '화표' 아니면 '돌멩이'야. '화표'는 아가씨를 가리키는 말이고, 아이를 납치할 때는 '돌멩이'를 운반한다고 하지."

한류는 한번 이야기보따리를 풀어 놓기 시작하자 끝낼 줄을 몰랐다.

그녀는 이 마을이 밖에서 보기에는 다른 마을과 다를 것이 없다고 했다. 평상시에는 그들도 농사를 짓고 고기를 잡았다. 매년 봄이 되면 남자들은 외지로 나가 일을 하는데, 주로 집수리나 집짓는 일을 했다. 하지만 그것들은 모두 위장에 불과했다. 그들의 진짜 의도는 돈 많은 부자를 찾아내어 납치할 대상을 물색하는 것인데, 그들은 이를 '쪽지 끼우기'揷簽라고 했다. 그들은 워낙 일처리를 치밀하게 했기 때문에 문제가 생기는 일이 드물었다.

슈미는 그녀에게 혹시 칭성이란 사람을 아느냐고 물었다.

"여섯째 나리지." 한류가 말했다. "이곳의 우두머리들은 항렬에 따라 두 부류로 나뉘어져. 칭慶 자 항렬은 칭푸慶福, 칭서우慶壽, 칭더慶德, 칭성 등 네 명이지. 여섯째 나리가 막내야. 관觀 자 항렬은 두 명인데, 첫째 나리와 둘째 나리가 바로 그들이야."

말을 마친 한류가 슈미를 쳐다보고는 웃으며 말했다. "네가 입은 옷을 보니 그리 궁상맞은 집안 출신은 아니구나. 걱정 마라. 저들도 일을 할 때는 엄격한 규율이 있어서 돈만 받아내면 네 손가락 하나 건드리지 않을 테니. 그저 잠시 놀러 나왔다고 여기렴. 몸값을 지불하지 않는 경우도 전혀 없다고 말할 수는 없어. 그럴 경우 만약 어린아이라면 전담하는 사람이 멀리 외지로 나가서 팔아버리면 그만인데, 만약 여자인 데다 자색이 괜찮다면 정말 번거로워. 일단 '표 주무르기'揉票를 한 다음에 매음굴로 보내지."

"표 주무르기가 뭐예요?"

한류는 입술을 깨물고 잠시 생각하는 듯했다. 곧이어 길게 탄식하더니 다시 입을 열었다. "개훈開葷(불교에서 채식의 계율을 깨고 육식을 하는 것을 말한다)이라고도 하는데, 세 명의 나리가 순서대로 섬에 오면 네가 수청을 들어야 해. 그들은 너를 한참 괴롭힌 후에 매음굴에 팔아버리지. 그 지경에 이르면 감당하기 힘들 거야. 저들은 나름 여자를 괴롭히는 방법이 있는데, 어떻게 할지는 알 수 없어."

"전부 여섯 명이라고 하지 않았어요?"

"둘째와 넷째 나리는 그런 일에 흥미가 없어. 진짜인지 거짓인지 알 수 없으나 듣자하니 둘째 나리는 남풍南風(남색男色)이 있어 여인네는 가까이 하지 않는대. 큰나리는 요 몇 년간 병에 걸려 마을 일에 관여하는 경우가 거의 없어. 심지어……." 한류는 잠시 머뭇거리더니 소리를 죽이고 덧붙였다. "심지어 어떤 이는 큰나리 왕관청王觀澄이 이미 이 세상 사람이 아닐 거라고 말하더구나."

4

대략 한 달 전쯤 슈미가 처음 섬에 왔을 때 황량하고 외진 정원의 화초와 나무며, 구름이 모였다 흩어지면서 아무것도 가릴 것이 없는 하늘을 바라보다 어딘지 익숙하다는 느낌을 받았다. 그녀는 자신이 마치 이곳을 예전에 와본 적이 있는 것처럼 모든 것이 눈에 익었다. 대들보의 제비집조차 그녀가 기억하던 것과 별반 다르지 않았다.

그날 저녁 무렵 한류가 나무국자로 항아리에서 물을 떠서 솥을 씻다가 무심코 항아리 벽을 치자 물 단지에서 윙윙거리는 소리가 나며 마치 수면의 잔잔한 물결이 퍼져나가듯 귀에 전해졌다. 그녀는 갑자기 아버지의 다락방에 있던 와부가 생각났다.

장지위안이 푸지를 떠나기 전날 밤 그녀에게 다락방에서 이야기를 나누자고 했을 때 그가 손가락으로 가볍게 와부를 치자 듣기 좋은 옥패 소리가 났었다. 그녀는 자신의 몸이 가볍고 부드러운 깃털처럼 바람에 날려 산골짜기와 계곡, 그리고 강을 건너 이름을 알 수 없는 곳으로 흩날리는 느낌을 받았었다. 그래 바로 이곳이야……

그때 번잡하고 허황된 상상 속에서 막연하게나마 섬에 황폐한 묘지가 하나 있었다는 기억이 났다. 이처럼 터무니없이 황당한 생각을 증명이라도 하려는 듯이 그녀가 바들바들 떨며 한류에게 혹시 이 섬에 황폐한 무덤이 있느냐고 물었다. 한류는 생각할 필요도 없다는 듯 곧바로 대답했다.

"있지. 우리 집 서쪽 작은 숲속에. 그런데 그런 건 왜 물어?"

그녀의 말을 들은 슈미는 얼굴에 핏기가 사라지며 창백하게 변하더니 넋을 잃고 그 자리에 멍하니 서 있었다. 슈미가 눈에 초점을 잃고 부뚜막에 서 있는 것을 본 한류가 급히 다가가 그녀를 부축하여 의자에 앉혔다. 과연 그 와부가 보물이긴 하구나. 설마 아버지가 거지한테서 샀다는 그 와부가 저쪽 무덤에 누워 있는 사람과 무슨 연관이 있는 건 아니겠지? 그녀는 감히 더 이상 상상할 수 없었다. 한류가 한참을 달랬지만 슈미는 한마디도 하지 않고 멍하니 있었다. 얼마 후 슈미가 자신의 경험을 털어놓자 그녀가 웃으며 말했다. "난 또 무슨 일이라고! 뭘 그렇게 놀라? 이건 부처님이 항상 말씀하시던 전세前世(전생)야. 네가 전생에 이곳에 왔던 거지. 그게 뭐 그리 이상해?"

슈미는 한류에게 묘지로 데려가 달라고 부탁했다. 한류는 할 수 없다는 듯 앞치마를 풀고 부엌 한구석으로 가서 등불을 받쳐 들었다. 두 사람은 앞서거니 뒤서거니 하면서 집밖으로 나왔다.

집 서쪽에 아름답고 그윽한 숲이 있었다. 숲에 있는 작은 채마밭에는 유채꽃이 한가득 떨어져 있었다. 채마밭 가운데에 과연 무덤이 하나 자리하고 있었다. 봉분은 푸른 벽돌을 쌓아 만들었는데, 벽돌 틈새로 푸른 풀이 가득 자라고 있었다. 사방을 에워싸고 있던 흙담은 이미 무너진 지 오래되었고, 쑥이 사람 키만큼 무성하게 자랐다. 한류의 말에 따르면, 황폐해진 무덤은 명대 도인 초선焦先이 잠든 곳이라고 한다. 무덤 앞에 청석비靑石碑(푸른 빛깔의 응회암으로 만든 비석)가 세워져 있었는데, 딱히 할 일도 없이 한가했기 때문에 비문을 몇 번을 읽었는지 모를 정도로 읽고 또 읽었다고 했다. 슈미는 한류의 손에서 등을 받아들고 자세히 살펴보았다. 두꺼운 먼지를 닦아내자 비석 뒷면의 글자가 선명하게 나타났다.

초선, 자는 효건孝乾이다. 강음江陰 사람으로 명나라가 망하자 은거했다. 호수 가운데 황량한 섬에 풀을 엮어 오두막집을 지었다. 겨울이든 여름이든 겉옷을 입지 않고 지냈으며, 흙투성이가 되어도 씻지 않았다. 이후 들불로 인해 오두막집이 타버리자 선(초선)은 이슬을 맞으며 한뎃잠을 자고, 폭설이 내려도 팔베개를 하고 누워 움직이지 않았다. 사람들이 죽은 줄 알고 와 보았으나 아무렇지 않았다. 선은 도량이 넓어 천지를 집으로 삼고 두루 갖추어 지극한 도의 경지에 이르렀으니 살아서는 뭇 사람들의 본보기가 되고, 입적해서는 은미한 곳에 자리했다. 더위나 추위도 그의 심성을 해치지 못하고, 광야에서 살아도 육신이 고통스럽지 않았으며, 놀랍고 다급한 일이 닥쳐도 걱정하지 않고, 영화나 근심을 벗어나 마음을 수고롭게 하지 않았으며, 보고 듣는 것을 포기하니 눈과 귀를 다스릴 필요가 없었다. 희황羲皇(복희씨伏羲氏) 이래로 한 사람뿐이로다.

묘비 아래 구석진 곳에 '산송장 왕관청 지음'이라는 글자가 새겨져 있었다. 명문銘文은 총람파總攬把(원래는 동북 토비의 우두머리를 칭하는 말. 여기서는 총두목이라는 뜻) 왕관청이 새긴 것이 분명했다. 그렇다면 그는 왜 '산송장'이라 자칭한 것일까?

한류는 왕관청이 초선의 흔적을 찾다가 이 호수 가운데 있는 작은 섬을 발견했을 것이라고 추측했다. 그는 동치同治 6년에 진사가 되어 한림원에 잠시 있었다. 자정대부資政大夫로 푸젠福建 안찰사按察使를 제수 받았다가 나중에는 장시江西 지안吉安으로 옮겼다. 중년에 들어서는 도를 좋아하게 되어 돌연 은일의 뜻을 품게 되었다. 결국 처자식을 버리고 사방으로 떠돌며 산수에 몸을 맡겼다.

속세를 벗어날 생각을 했다는 이가 왜 갑자기 토비가 된 것일까?

바람이 불었다. 슈미는 묘지 돌계단에 앉아 쏴쏴 하는 나뭇잎소리를 들으며 문득 아버지 생각이 떠올랐다. 슈미는 아버지가 지금 이 세상에 살아계시기는 한 건지 궁금했다.

호수의 물결이 넘실대며 밀려와 제방에 부딪혀 물보라를 일으키더니 호숫가 기슭까지 물을 튀기고 다시 차례로 물러갔다. 날씨가 갑자기 어두워지면서 먹구름이 몰려오고 천둥 번개가 쳤다. 얼마 되지 않아 비가 쏟아지기 시작하자 호수면 전체에 마치 솥에서 죽이 끓듯이 부글부글 물거품이 생겼다. 호수 위로 가득 피어오르는 수증기가 멀리 산맥을 가렸고 화자서 역시 빗줄기에 덮였다. 온 세상이 쏴쏴 하는 빗소리에 갇혔다.

그날 밤 슈미는 일찍 잠이 들었다. 몇 년 만에 처음으로 깊은 잠에 빠져들었다. 한류가 창문을 제대로 닫았는지 살피기 위해 그녀의 방에 들어왔을 때 몽롱한 가운데 잠깐 깨어났다. 그녀가 부스스 일어나 앉더니 한류에게 한마디 했다.

"오늘은 오월 초이레야."

한류는 잠꼬대라 여기고 빙그레 웃으며 창문을 닫고 나갔다. 슈미는 다시 드러누워 깊은 잠에 빠졌다. 깊이 잠들었지만 창문 틈으로 파고드는 습기 찬 공기는 느낄 수 있었다.

그 시각 한 척의 오봉선烏篷船이 어둠을 틈타 혼탁한 물결을 헤치며 섬으로 다가오고 있었다. 물론 그녀로서는 알 도리가 없었다. 그들은 배를 대기 위해 몇 번이나 시도했지만 남풍이 불어 배를 밀어냈다. 그들은 초롱도 켜지 않고 어둠 속에서 움직였다.

슈미가 다시 깨어났을 때 방안에는 등불이 켜져 있었다. 집밖 처마 밑으로 세차게 퍼붓는 빗소리가 귀를 두드렸다. 남쪽 창 아래 나무 의자에 한 사람이 앉아 있었다. 온몸이 흠뻑 젖은 그는 네모난 걸상 위에 두 다리를 얹고 백동으로 만든 물 담뱃대를 쥐고 꾸르륵거리며 빨아대고 있었다. 흐르는 물이 어딘가에서 막힌 것 같은 소리가 났다. 깡마른 좁쌀영감처럼 생긴 사람은 바로 다섯째 나리인 칭더였다. 벗겨진 이마가 기름을 바른 듯 반짝이고 얼굴의 주름이 말린 과일처럼 쭈글쭈글했다. 그는 검은색 비단옷을 입고 옷섶을 풀어헤치고 있었는데, 뱃가죽이 축 늘어져 허리에 주름이 잡힐 정도였다.

"깨어나셨나?" 늙은이가 낮은 목소리로 한마디 하더니 몸을 돌려 종이심지를 등불 가까이 대고 불을 붙이고는 계속해서 담배를 빨았다.

놀란 슈미가 후다닥 침상에서 일어나 베개를 품에 안고 꽉 움켜잡았다.

"한참 전에 왔지만 네가 곤히 자는 모습을 보니 차마 깨우지 못하겠더라." 늙은이가 허허 웃으며 말했다. "더 자고 싶으면 계속 자거라. 난 그리 급하지 않으니." 말을 마친 그는 그녀를 외면하며 여전히 다리를 떨었다.

슈미는 자신이 무수히 걱정하고 두려워하던 일이 오늘밤 갑자기 닥쳤다는 사실을 깨달았다. 그녀는 어떻게 대처해야 할지 몰라 그저 머릿속이 하얘지며 두려움마저 느끼지 못했다. 그녀는 자기도 모르게 헉헉거리며 가쁜 숨을 내쉬었다. 가슴이 벌렁거리고 태양혈 자리의 근육이 팔딱팔딱 세차게 뛰었다.

"당신! 당신……!" 그녀는 연거푸 예닐곱 번이나 '당신'이란 말만 되풀이할 뿐 무슨 말을 해야 할지 종잡을 수 없었다. 숨이 더욱 가빠졌다.

"어제 푸지로 보낸 사람이 돌아왔다." 늙은이가 물 담뱃대를 탁자에 내려놓고 빗을 들더니 손톱으로 가볍게 빗살을 튕겼다. "어떻게 되었을 것 같으냐? 네 엄마가 돈을 못 내놓겠다고 하더라. 그럴 줄은 꿈에도 생각 못했겠지? 사실은 우리도 그래."

"출가한 딸은 이미 엎지른 물이라는 거야. 혼인을 했으니 루씨 집안사람이 아니라는 거지. 이치대로라면 몸값은 신랑 집에서 내야겠지.

일리가 없는 것도 아니어서 우리 쪽 사람도 딱히 할 말이 없었대. 그래서 방향을 바꾸어 아주 힘들게 창저우에 있다는 네 시집을 찾아갔는데……, 결과는? 그들도 돈을 못 내겠다는 거야. 네 시어머니가 그러더라. 신부가 문지방도 넘지 못하고 오는 길에 납치가 되었으니 몸값은 당연히 신부 집에서 내야 한다고 말이야. 게다가 그들은 아들을 위해 다른 혼사를 택해 다음 달에 다시 혼례를 치른다고 하더군. 여하간 그들은 절대로 돈을 못 내겠대. 네 시어머니 말도 일리가 있어. 그저 우리만 어쩔 도리가 없게 된 것이지. 살찐 오리를 잡았다고 생각했는데, 결국 대바구니에 물을 받은 것처럼 아무것도 남지 않을 줄은 꿈에도 몰랐지 뭐냐. 올해 관부에 낼 돈도 못 내게 되었으니 어쩔 수 없이 너를 파는 수밖에 없겠어."

"메이청의 허^何 지부^{知府}네 첩이 막 죽었다고 하니 네가 그런대로 빈자리를 메워주면 되겠구나. 속담에 이르길, 새 신은 발에 낀다고 하잖니. 오늘 내가 온 것은 먼저 그걸 좀 늘려주고 철도 좀 들게 하려는 게야. 그래야 네가 아문^{衙門}으로 갔을 때 몸놀림이 둔해 허 대인을 제대로 모시지 못하는 우를 범하지 않게 되지."

늙은이의 말에 슈미는 손발이 얼어붙고 얼굴에 핏기가 사라지며 이가 딱딱 부딪혀 어머니를 원망할 겨를도 없었다.

"두려워 말거라." 늙은이는 부드러운 소리로 말했다. 그의 쉰 목소리가 멀리서 전해오는 것처럼 아득했다. "내 형제들에 비한다면 그래도 내가 문아^{文雅}한 편이지."

말을 마친 늙은이가 갑자기 허리가 구부러질 정도로 심하게 기침을 해댔다. 한참 후 목에서 짙은 가래를 끄집어내 뱉으려다 슈미를 보더니 참고 입에 물고 있다가 마지막에 꿀꺽 하고 배 속으로 삼켜버렸다. 그는

복사꽃 그대 얼굴

그것이 자신의 '문아'를 표현하는 것이라 여겼다.

슈미는 침상에서 훌쩍 뛰어내렸다. 신발을 꺾어 신고 베개를 끌어 안은 채 빗을 찾았다. 그러나 잠시 후 그 빗이 바로 저 늙은이의 손에 있다는 것이 생각났다. 그녀는 다시 허둥대며 옷을 입었다. 늙은이가 가만히 그녀를 쳐다보다가 씩 웃으며 말했다.

"입지 마라. 입어 봤자 조금 있다 내가 다 벗길 텐데 굳이 그럴 필요가 있겠느냐?"

슈미는 입에서 짭짤한 비린내가 나는 느낌이 들었다. 자기도 모르게 입술을 깨물어 피가 났던 것이다. 그녀는 침상 옆에 웅크리고 앉아 눈물을 글썽이며 늙은이에게 띄엄띄엄 말했다.

"내가, 당신을, 죽일, 거야."

늙은이는 잠시 멍하니 있더니 곧 껄껄대며 웃었다.

그가 의자에서 일어났다. 세상에! 그, 그가 슈미가 보는 앞에서 옷을 벗었다! 실오라기 하나 걸치지 않고 다 벗었다! 그가 슈미에게 다가왔다.

"오지 마! 오면 안 돼! 안 돼!" 슈미가 소리쳤다.

"내가 간다면?"

"죽일 거야." 슈미가 그를 쳐다보며 분노에 찬 목소리로 외쳤다.

"좋아! 그럼 날 한번 죽여 봐!" 늙은이가 다가오더니 가볍게 그녀를 뒷짐 지우고 얼굴을 가까이 대며 그녀의 귓불을 물었다. 그리고 중얼거리듯이 말했다. "영웅은 어여쁜 향초 속에 묻힌다고 했으니 이제 날 죽여다오."

그의 입을 피하기 위해 슈미는 몸을 최대한 뒤로 젖히다가 졸지에 침상에 넘어지고 말았다. 마치 자원해서 침상에 드러누운 꼴이 되고 말았다. 심한 수치심과 동시에 그녀의 몸이 빠르게 달아올랐다. 아, 정말 수치스러워! 저것에게 아무것도 할 수 없다니! 어떻게 이럴 수 있지? 발버둥칠수록 그녀의 헐떡이는 소리는 더욱 커져만 갔다. 이것이야말로 상대가 바라는 바였다. 세상에, 정말 내 옷을 벗기고 있잖아! 뭔가를 느꼈는지 슈미의 몸이 점점 뻣뻣해졌다. 늙은 것은 황소처럼 흥분했다. "살이 내가 상상한 것보다 희구나. 흰 곳이 이리 희니 검은 곳은 분명 더욱 검으렷다." 늙은이가 말했다.

세상에, 어떻게…… 어떻게 그런 말을 주절거릴 수 있지!

늙은이가 힘껏 그녀의 가랑이를 벌렸다.

맙소사, 그가 결국 슈미의 가랑이를 벌렸다. 설마 그가 정말로……!

그때 그녀는 늙은이가 하는 말을 들었다. "봐봐! 내가 뭘 어쩌지도 않았는데, 네 거시기가 알아서 먼저 젖었잖아." 그의 말을 들으면서 슈미는 숨이 막히도록 수치스러워 그의 얼굴에 침을 뱉었다. 그러나 늙은이는 웃으며 혀로 침을 핥았다.

"네놈은, 네놈은, 네놈은 정말……." 슈미는 뭐라고 욕을 하고 싶었지만 지금까지 누군가를 욕해본 적이 한 번도 없었다. 그녀는 눈을 질끈 감고 머리를 세차게 도리질했다.

"그 다음은 뭐지?"

"네놈은 정말…… 나쁜 놈이야!" 슈미가 욕을 했다.

"나쁜 놈?" 늙은이가 크게 웃어댔다. "나쁜 놈? 하하! 나쁜 놈이라……. 재미있군. 그래, 그래! 난 나쁜 놈이야."

늙은이가 그녀의 다리에 방울을 달았다. "나라는 사람은 달리 취미랄 것이 없지만 방울소리 듣는 것은 좋아하지."

그녀가 발에 힘을 주어 밀칠 때마다 방울이 딸랑거리며 맑은 소리

복사꽃 그대 얼굴

를 냈다. 그녀가 심하게 버둥거릴수록 방울 소리도 커져 상대방을 더욱 자극하는 듯했다. 방법이 없어, 정말 어쩔 수 없다고. 결국 그녀는 저항을 포기했다.

자정이 넘은 깊은 밤에 슈미는 눈을 뜨고 휘장 꼭대기를 쳐다보며 미동도 하지 않은 채 누워 있었다. 비는 일찌감치 그치고 집밖에서 청개구리가 개골개골 울어대고 있었다. 몸의 통증은 조금 전처럼 심하지 않았다. 한류가 침상 가장자리에 앉아 있었다. 그녀가 무슨 말을 하든 슈미는 잠자코 있었다. "여자라면 누구나 한 번은 겪어야 할 관문이야. 네 남편이든 아니면 다른 사람이든 한 번은 겪어야지. 그냥 단념하렴. 일이 이 지경이 되었으니 단념해야지 어떻게 하겠니?" 그녀가 계속 말했다. "이런 일을 당하게 되면 머릿속으로는 당장 죽고 싶다는 생각을 하기 마련이지. 하지만 차마 그럴 수 없는 것 또한 현실이야. 그냥 견디는 것이 좋아."

그녀가 향차 한 잔을 끓여 침상 옆 탁자에 놓았지만 이내 차갑게 식어버렸다. 슈미는 한류를 뚫어지게 쳐다보다 갑자기 스스로가 이상하게 생각되어 속으로 되뇌었다. 어째서 모든 것을 다 생각했으면서도 죽겠다는 생각은 한 번도 하지 않은 거지? 푸지에 있을 때 이런 일이 생기면 여자는 스스로 목숨을 끊는 길밖에 없는 것 같았어. 하지만 난 죽을 생각은 전혀 하지 않았어. 그녀는 정말로 죽고 싶지 않았다. 더군다나 장지위안은 이미 이 세상에 없고, 시간은 거꾸로 돌릴 수 없었다. 이런 생각이 들자 그녀는 갑자기 장지위안이 원망스러워졌다. 에잇, 바보, 멍청이! 입술을 꽉 깨물자 눈물이 핑 돌았다.

"물을 데워줄 테니, 몸을 좀 씻으렴."

한류는 자리에서 일어나 그녀를 흘깃 쳐다보고는 부엌으로 가서 불을 피워 물을 끓였다. 잠시 후 슈미는 보릿대가 타는 냄새를 맡았다. 그 개자식만 재미를 봤어! 그녀는 분한 생각이 들었다.

슈미가 몸을 다 씻고 옷을 갈아입었을 때는 이미 날이 밝은 뒤였다. 한류가 그녀에게 바닥에서 있는 힘껏 뛰어보라고 시켰다. 그렇게 해야 임신을 하지 않아. 그렇지만 슈미는 아랑곳하지 않았다. 한류가 차를 다시 끓여와 두 사람은 탁자를 마주하고 앉았다.

"몸에 걸친 것을 보면 가난한 사람도 아닌데, 네 어머니는 왜 돈을 안 내겠다고 했을까?" 슈미는 아무런 대꾸도 하지 않고 그저 묵묵히 눈물만 흘렸다. 한참 후 그녀가 원망스럽다는 듯이 말했다.

"하늘은 아시겠지."

"그런데……, 난 아무래도 엊저녁 일이 좀 이상한 것 같아." 한류가 근심 어린 목소리로 말했다. "내가 보기엔 화자서에 무슨 일이 있는 것 같아."

슈미는 화자서에서 무슨 일이 일어나든 관심 없다고 말했다.

"총람파總攬把가 병석에 누워 일어나지 못하고, 둘째와 넷째 나리는 여색을 가까이하지 않아. 네 엄마가 몸값을 지불하지 않겠다고 했다면, 규칙에 따라 어젯밤엔 셋째 나리 칭푸 차례인데, 왜 감히 다섯째 나리가 먼저 온 거지? 게다가 그렇게 세찬 비가 오는 날, 패거리들이 등불도 켜지 않고 와서는 날이 밝기도 전에 가버렸잖아. 닭서리 하듯이 남들 몰래 온 것이 분명해. 다섯째 나리 칭더는 원래 총람파가 푸젠에 있을 때부터 부하였는데, 시들시들 말라깽이 늙다리로 봐서는 안 돼. 들리는 말에 따르면, 말도 잘 타고 활도 잘 쏘며 무예가 아주 뛰어나다고 했어. 왕관청이 비록 그에게 다섯 번째 자리를 주기는 했지만 여섯 두령 중에서 왕관청과 가장 가까운 관계라고 할 수 있어."

한류는 계속 말을 이었다.

"왕관청은 재작년 봄부터 혈뇨 증세가 있어 공개적인 자리에 얼굴을 내미는 경우가 드물어. 그래서 다섯째 나리가 큰나리와의 관계를 믿고 때로 거짓 성지를 빌어 제멋대로 호령을 하곤 했어. 하지만 왕관청이 학을 올라타고 황천길로 간다면 아무리 애써도 두목의 자리가 자신에게 돌아올 수 없다는 것을 잘 알고 있지. 네가 오기 전에 화자서에 소문이 파다했어. 왕관청이 이미 작년에 피가 말라 죽었다고 말이야. 다섯째 칭더 나리가 큰나리가 죽었다는 소식을 몰래 숨기고 임시로 토굴에 관을 숨겨놓고 비밀에 부쳐 부고조차 내지 않았다는 거야. 천자를 끼고 제후를 호령한다는 말이 있잖니. 그렇게 하면서 몰래 자기 패거리를 만들어 인심을 얻으려 한다는 것이지. 때가 되면 화자서에 한바탕 난리가 나는 것을 피할 수 없을 거야."

"자기들끼리 죽고 죽이는데 우리와 무슨 상관이에요. 아주 깨끗이 불태워버리면 좋겠어요." 슈미가 말했다.

"바보야, 그건 사리에 안 맞는 소리야. 저들이 설령 천지가 암흑이 될 정도로 죽고 죽일지언정 우린 신경 쓰지 않아. 그런 국면이 계속 어지럽게 이어지다 보면 결국 자웅이 갈리게 될 거야. 그런데 마지막에 누가 장악하든 우리 여인네들이 먹을 과실은 없어. 저들 패거리 가운데 총람과 왕관청을 제외하고 남은 몇몇은 좋은 놈들이 아니야. 둘째 나리는 남색을 좋아해서 집안에 일고여덟 명의 예쁘장한 시종을 기르면서 하루 종일 치가 떨리는 짐승만도 못한 짓거리를 해대고 있어. 겉으로야 귀머거리나 벙어리인 척하면서 때때로 호수에 배를 띄우고 낚시질로 마음을 달래는 것 같지만 사실은 도광양회韜光養晦14)라는 말처럼 기회를 엿보는 아주 똑똑한 사람이지. 그 사람, 말은 별로 하지 않지만 내심은 가장 음험하고 악독해. 셋째는 책벌레로 가장 재미가 없어. 온몸에서 썩어빠진 문인의 악취가 풍기지. 그자는 네 몸에 엎어져 물고 뜯고 생난리를 쳐대면서도 시를 읊네, 글을 짓네 할 사람이야. 만약 그자랑 하룻밤을 보낸다면 적어도 두세 번은 토할 거라고 내가 장담하지. 다섯째 나리는 본 적이 있으니 더 이상 말하지 않을게. 여섯째 나리 칭성은 몇몇 우두머리 가운데 가장 나이가 어린데, '통제불능'이라는 별명을 가지고 있어. 네가 가장 조심해야 할 상대야. 그 사람은 무슨 속셈이랄 것도 없이 그냥 머저리, 바보지만 힘이 엄청나. 들리는 말에 맷돌을 정수리까지 들어 올려 팽이처럼 돌릴 수 있다고들 해. 사람도 아무렇지 않게 죽이고 마음만 먹으면 못할 것이 없는 작자야. 그래서 둘째 나리도 그를 어느 정도는 두려워하지. 그 사람을 시중들기가 가장 어려울 거야. 네 몸의 뼈다귀가 다 뽑혀나갈 때까지 주물러야 비로소 손을 놓을걸? 유일하게 넷째 나리만 내가 화자서에 온 지 몇 년이 되었는데도 한 번도 본 적이 없어. 그 사람은 집에 틀어박혀 좀처럼 밖에 나오지 않고 혼자서 왔다 갔다 하는데 행적이 매우 신비하지. 집에 앵무새 한 마리를 키운다고들 하던데……."

"언니는 어떻게 해서 화자서에 오게 되었어요? 원래 집은 어디예요?" 슈미가 물었다.

그 질문에 한류는 한참 동안 아무 말도 하지 않았다. 날이 훤하게 밝았다. 그녀는 등불을 끄고 몸을 일으켰다. "내 이야기는 나중에 천천히 들려줄게."

---

14) 도광양회(韜光養晦): 칼집에 칼날의 빛을 감추고 어둠 속에서 힘을 기른다는 말로, 재능을 감추고 때를 기다린다는 뜻.

복사꽃 그대 얼굴

5

슈미는 낮 동안 내내 잠을 잤다. 점심때 쯤 그녀는 한류가 방에 들러 그녀에게 몇 마디 하고 나가는 것을 보았다. 몽롱한 가운데 한류의 말이 빠르고 다급하여 뭔가 중대한 일인 것 같았다. 하지만 그녀는 너무 피곤하여 슬며시 눈을 뜨고 그녀에게 한두 마디를 건넨 후 몸을 돌려 다시 꿈속으로 들어갔다.

선잠에서 깨어났을 때 이미 황혼이 깃든 하늘이 마치 잘 익은 살구처럼 보였다. 밖에서 세찬 바람이 휭휭 불었다. 어디서 날려 왔는지 하늘 가득한 모래가 지붕 위 기왓등에 내려앉으며 쏴르르 소리를 냈다. 슈미는 세찬 바람이 부는 것이 제일 무서웠다. 푸지에선 매년 늦봄에 폭우가 지나가면 모래바람이 세차게 부는 날이 종종 있었다. 큰 바람이 하루 종일 윙윙거리며 소리를 치면 입안에서 모래가 씹혔다. 모래먼지가 휘날릴 때면 마음이 조금씩 조여오고 아무 데도 의지할 곳 없이 세상이 텅 빈 것 같은 느낌이 들었다. 어린 시절 푸지에서 바오천, 추이롄, 시췌 그리고 어머니까지 모두 출타하여 집이 텅 비었을 때가 생각났다. 그녀 혼자 남아 위층 방에 누워 창호지가 모래알갱이에 맞아 파르르 떨리는 소리를 들으면 잠이 든 것 같기도 하고 아닌 것 같기도 하며, 가위에 눌린 듯 깨어나려고 해도 깨어나지 못했다. 너무나도 외롭다는 생각이 절절했다.

지금 그녀는 자신이 둘인 것 같았다. 하나는 멀리 푸지에 있다. 날이 어두워지면 어머니가 그림자처럼 위층으로 슬며시 올라와 침상 옆에 앉아 나지막한 목소리로 묻는다. 슈슈, 왜 울어? 또 다른 하나는 호수에 둘러싸인 황량한 섬에 감금되어 있는데, 어머니가 몸값을 내주지 않아 집에 돌아갈 수가 없다. 거울에 비친 모습처럼 어느 쪽이 참된 모습인지 그녀는 알 수 없었다.

아련한 가운데 누군가 온몸이 벌겋게 피투성이가 된 채 문을 열고 들어왔다. 아무 소리도 없이 침상 옆으로 걸어와 가만히 내려다보는 그의 얼굴에 고통스러운 참담함이 가득했다. 모르는 이였다. 그의 목에 넓고 깊은 칼자국이 보였다. 검은 선혈이 콸콸 뿜어져 나와 목을 타고 옷섶까지 흘러내렸다.

"난 왕관청이다." 들어온 이가 말했다. "두려워하지 마라. 작별인사를 하러 왔다."

"하지만 난 당신을 몰라요." 슈미가 의아해하며 말했다.

"맞아, 우린 이전에 서로 알지 못했지. 하지만……."

"살해당했나요?" 슈미가 물었다.

"그래, 난 이미 죽었어. 너무 깊이 베여 목이 거의 잘릴 뻔했지. 사실 나처럼 일흔이나 된 늙다리를 상대하는데 그리 큰 힘을 쓸 필요는 없었는데. 얼마나 아팠는지 넌 모를 거야."

"누가 죽였어요?"

"제대로 못 봤어. 등 뒤에서 손을 썼거든. 새벽에 일어나 세수를 하러 가는데 병풍 뒤에서 나오더라고. 등 뒤에서 손을 쓴 거지. 얼굴을 볼 틈조차 없었어."

"하지만 머릿속으로는 누군지 분명히 알겠지요, 그렇죠?"

"짐작할 수 있지." 그가 고개를 끄덕이며 말을 이었다. "그렇지만 그건 중요하지 않아. 요즘 난 그런 데에는 전혀 관심이 없거든. 이미 죽었으니까. 네 옥수수 좀 먹어도 되겠니? 너무 배가 고프거든."

그제야 침상 머리맡 탁자 위에 놓인 따끈한 옥수수가 눈에 띄었다.

아직도 김이 모락모락 올라오고 있었다. 그는 슈미가 허락하기도 전에 덥석 움켜잡고 몇 입 뜯어 먹었다.

"왜 저를 찾아온 거죠? 난 당신을 알지도 못하는데, 한 번도 본 적이 없잖아요."

"네 말이 맞아." 그가 옥수수를 먹으면서 중얼거렸다. "사실 우린 만난 적이 없어. 그렇지만 그건 중요하지 않아. 다만 네가 나랑 같은 사람이라는 것, 아니 어쩌면 동일한 사람이라고 말할 수 있는데, 나의 사업을 계속 이어가도록 운명 지어진 사람이라는 것은 알지."

"나는 내 자신이 무엇을 해야 할지조차 알지 못해요. 죽는 것 빼고."

"그건 너의 마음이 육신에 갇혀 있기 때문이야. 우리에 갇힌 맹수처럼 사실 그리 온순하진 않지. 누구나 마음은 물이 사방으로 둘러싸여 세상과 격리된 섬이나 다를 바 없어. 네가 와 있는 섬과 똑같지."

"그럼 나보고 토비가 되라는 거예요?"

"외지 사람들이 볼 때는 화자서가 토비의 소굴이겠지만, 내 생각에는 이곳이야말로 진정 세상 밖의 도원桃源(무릉도원)이란다. 내가 심혈을 기울여 고심한 지가 벌써 이십 년이야. 뽕나무며 대나무는 물론이고 아름다운 연못이 있어 걷다 보면 흥취를 느끼게 되지. 노인네, 어린아이 할 것 없이 절로 편안하단다. 봄빛은 아름다운 풍광을 만들고, 가을 서리는 국화와 게를 선사하지. 두둥실 배에 오르면 바람이 옷깃을 스치고 하늘과 땅이 어울리며 사계절 내내 거칠 것이 없어. 밤에도 문을 닫지 않고 길거리에 물건이 떨어져도 함부로 줍는 이가 없으니 실로 요순 시대의 기풍이라 할 수 있지. 집집마다 내리쬐는 태양도 모두 똑같아. 봄날은 화창하고 풍광이 아름다우며, 이슬비는 부드러워 복사꽃과 배꽃이 서로 아름다움을 다툴 때면 벌들도 길을 잃게 되지. 하지만 난 여전히 권태롭기만 했어. 매일 흰 구름이 산골짜기를 돌아 나오고 새들이 집으로 돌아갈 때면 문득 우울해지고 비애가 솟아나 가시질 않았어. 그럴 때면 스스로에게 말하곤 했지. 왕관청아, 왕관청! 이게 뭐하는 짓이냐? 나는 화자서를 만들었지만 결국은 내 손으로 그것을 부숴버릴 수밖에 없어."

"무슨 말을 하시는지 모르겠어요."

"나중에 알게 되겠지." 들어온 이가 말했다. "화자서는 조만간 폐허로 변하겠지만 누군가 다시 화자서를 건설하여, 육십 년 후에는 지금의 풍광을 재현하게 될 거야. 그리고 세월이 돌고 돌아 환영이 재생되겠지. 파도가 채 스러지기도 전에 또 다른 파도가 일어나는 것과 같아. 가련하고 한탄스럽구나. 어찌할꼬? 어찌할꼬?"

말을 마친 후 장탄식을 하는가 싶더니 순간 그림자가 어른거리면서 홀연 사라지고 말았다. 슈미가 눈을 떠 보니 꿈이었다. 침상 앞에 있는 찬장에 반쯤 먹다 남긴 옥수수가 있었다. 방안에 스며든 광선은 희미해지고 밖에선 여전히 거센 바람이 슬프게 울부짖으며 나무를 흔들고 이파리를 날리고 있었다. 마치 셀 수 없이 많은 사람들이 주절주절 넋두리를 늘어놓는 듯했다.

슈미는 침상에서 일어나 신발을 꺾어 신고 부엌으로 갔다. 물 단지에서 차가운 물을 한 바가지 떠서 목을 젖혀 들이붓고는 입을 닦고 한류의 방으로 갔다. 잠자리가 깔끔하게 정리되고 침상 아래 나무발판에는 수놓은 꽃신이 놓여 있었지만 사람은 어디로 갔는지 알 수 없었다. 슈미가 집 안팎은 물론이고 마당을 모두 찾아보고, 나중에는 호숫가를 따라 한 바퀴 돌아보았지만 한류의 모습은 보이지 않았다. 고개를 들어 수면을 바라보니 파도가 넘실대고 먹장구름이 낮게 깔려 사방이 망망

할 뿐 배 한 척도 보이지 않았다.

　슈미는 호숫가 돌무덤에 앉아 호수 가운데 삐딱하게 서 있는 나무 말뚝을 물끄러미 바라보았다. 말뚝 위에는 물새도 날아가고 없었다.

　하늘이 점점 어두워지면서 말뚝도 흐릿하게 변하고 수면 위 둥근 그림자만 눈에 들어오다가 그마저도 볼 수 없게 되었다. 팔뚝이 시린 느낌이 들면서 이슬에 머리카락이 축축해졌다. 광풍이 지나가자 천지가 다시 적막에 빠졌다. 어둠속에서도 하늘은 씻은 듯 말가니 푸르스름했다. 별빛은 희미하게 빛나고 호숫가 갈대는 미풍에 조금씩 흔들렸다. 화자서는 여전히 등불만 흔들릴 뿐 아무 소리 없이 고요했다.

　달님이 하늘 높이 떠올랐다. 호수 가운데 작은 배 한 척이 마치 누군가 등롱을 들고 밤길을 가는 것처럼 눈에 들어왔다. 하지만 그 등불은 오랫동안 정지한 듯 움직이지 않았다. 슈미는 새우잡이 배일 거라고 생각했다. 한참 후 그 배가 물을 헤치며 다가오는 것이 보였다. 노가 끼익, 끼익 소리를 내고 물은 쏴쏴 뱃전을 스치고 지나갔다. 배가 뭍에 닿자 노를 젓던 이가 좁은 발판을 내려놓았다. 한류가 손에 대나무 바구니를 들고 선창에서 허리를 굽히고 걸어 나왔다.

　알고 보니 그날 오후 어떤 이가 독경讀經 때문에 한류를 데려간 것이었다.

　방으로 돌아와 슈미는 화자서에서 무슨 경을 읊었느냐고 물었다. "도망경."度亡經 슈미가 다시 왜 도망경을 읊었냐고 하면서 혹시 누가 죽었느냐고 물었다. "어?" 한류가 놀란 듯이 그녀를 쳐다보았다.

　"이상하네. 내가 가기 전에 네 방에 들러 이야기해 주었잖니?"

　"나도 언니가 침대 옆으로 와서 무슨 말을 했던 것은 기억해요. 그런데 너무 피곤해서 무슨 말을 하는지 몰랐어요." 슈미가 웃으며 말했다.

한류가 오늘 낮에 보니까 낭하에 매달아 놓은 옥수수에 벌레가 생겨 빨리 먹지 않으면 못 먹겠다 싶어 솥에 넣고 삶았다고 말했다.

"옥수수가 잘 삶아져서 막 꺼내들고 먹으려고 하는데 화자서에서 사람이 와서 하는 말이 큰나리 왕관청이 이미 저승으로 가서 오늘 저녁나절에 매장하려고 한다는 거야. 내가 비구니였던 것을 알고 나에게 대충 염불이나 해달라고 오라고 한 것이지. 그때는 나도 깜짝 놀라서 큰나리가 어찌 이리 갑자기 돌아가셨느냐고 물었지. 그 사람 말이 마을에 강도가 들어 큰나리가 그자에게 목이 잘렸다고 하더라고. 그 사람은 더이상 설명 없이 그저 빨리 가자고 재촉하더군. 이렇게 큰일이 났으니 너에게 알려줘야겠다고 생각했지. 그런데 이상하긴 했어. 너는 죽은 듯이 잠이 들어 한참을 흔들어서야 겨우 눈을 뜨더라고. 내가 큰나리가 피살되었다는 이야기를 해주니 넌 말없이 고개만 끄덕였지. 그치가 계속 채근을 해대서 먹던 옥수수도 놔두고 배를 타러 갔어."

한류가 밥은 먹었느냐고 물었다.

"언니가 갔는데 어디서 밥을 먹어요?"

한류가 히죽 웃으며 말했다. "옥수수가 솥에 있지 않았어?"

이렇게 말하면서 그녀는 바구니를 들고 와 덮어놓은 푸른 천을 걷어내고 안에서 도자기로 된 합盒을 하나 꺼냈다. 뚜껑을 열어 보니 안에 들꿩 한 마리가 들어 있었다. 슈미는 하루 종일 아무것도 먹지 않았던 터라 갑자기 배가 고파 꿩을 움켜쥐고 뜯기 시작했다. 한류가 웃으며 그녀가 먹는 모습을 보더니 목이 메지 않도록 가끔씩 등을 쳐주었다.

한류는 화자서에 가자마자 소렴小殮(시신에 새 옷을 입히고 이불로 싸는

복사꽃 그대 얼굴

일)을 했다고 말했다. 왕관청의 시신은 관 뚜껑 위에 놓였는데, 영전에는 향로는커녕 커다란 초나 향 받침대도 없었고, 그저 사발 두 개에 등잔기름을 조금 담아 심지에서 녹두만 한 불꽃이 일렁일 뿐이었다. 그것이 대충 장명등長明燈인 셈이었다. 탁상에 올린 과실도 평범한 것들이었다. 왕관청의 시신을 다시 보니, 몸에 걸친 옷은 스님들이 입는 가사처럼 여기저기 덧댄 곳에 다시 덧대었고, 발에는 바닥이 희고 발등은 검은 낡고 해진 신발을 신었는데 그마저도 구멍이 뚫리고 거의 못 신을 정도로 심하게 닳았다. 대청 안에 있는 가구도 단출하고 초라했다. 몇몇 시동侍童과 계집아이들이 양쪽에 서 있었는데, 그들의 옷 역시 남루하기 이를 데 없었다.

한류는 사실 그를 처음 보았다. 당당한 모습일 줄 알았는데, 그녀가 본 총람파는 턱수염이 덥수룩하고 우울한 기색을 한 늙다리로 피를 너무 흘린 까닭에 얼굴까지 누렇게 떴다. 그녀는 영전의 부들방석에 꿇어 앉아 서너 번 이마를 바닥에 조아린 다음 염불을 시작했다.

얼마 지나지 않아 내실에서 나이가 대략 쉰이나 예순 정도 되어 보이는 여인이 걸어 나왔다. 그녀의 손에는 이불을 꿰맬 때 쓰는 대바늘과 실패가 들려 있었다. 한류는 그녀가 왕관청의 살림을 돌보는 행랑어멈이라는 것을 알았다. 두렵기 때문인지 아니면 무슨 다른 이유에선지 그녀의 손이 심하게 떨렸다. 그녀는 바늘을 한류에게 건네주면서 시신 쪽을 보고 턱짓을 했다. 한류는 그녀가 자신더러 왕관청의 머리와 목을 실로 꿰매주라는 뜻임을 알아차렸다.

범인은 칼을 뒷목덜미 쪽으로 내리찍은 것 같았다. 바스러진 뼛조각이 머리 뒤쪽 희끗희끗한 머리카락에 붙어 있는 것으로 보아 날이 좀 무디었던 것 같다. 전부 예순두 바늘이나 꿰맨 후에야 겨우 머리를 다

꿰맬 수 있었다. 한류가 바느질을 끝내고 손 씻을 곳을 찾는데 행랑어멈이 갑자기 말했다.

"수고스럽지만 눈도 감겨주시지요."

한류가 황당해하며 말했다. "저분 눈을 좀 보세요. 마치 물소처럼 눈을 뜨고 계시잖아요. 반드시 가까운 친척분이 눈을 감겨드려야 편히 감으실 수 있을 거예요. 소승은 친척도 아니고 무슨 연고가 있는 것도 아닌데 어찌 감히 경솔한 짓을 할 수 있겠습니까?"

늙은 행랑어멈이 탄식하며 말했다. "총람파께서는 아들도 없고 딸도 없는 혈혈단신입니다. 저희 몇몇이 여러 해 동안 그분을 따르기는 했습니다만, 하루에 한두 마디도 하지 않으셨습니다. 게다가 저희는 규칙도 모릅니다. 이곳 일은 크고 작은 것을 막론하고 모두 사부께서 하고 싶으신 대로 하셨거든요."

한류는 한참 망설이다 겨우 허락했다.

"집안에 옥패 없나요?" 그녀가 물었다.

늙은 행랑어멈이 말했다. "총람파께서는 생전에 하도 절약하고 검소하셔서 옥패는커녕 그럴듯한 돌멩이 한 덩어리도 본 적이 없습지요. 이 얇은 널판도 이웃집에서 빌려온 것이랍니다."

"호주胡珠는 있나요?" 한류가 다시 물었다.

행랑어멈은 여전히 고개를 저었다.

한류가 몸을 돌려 보니 영대靈臺에 올린 과일 그릇에 앵두 한 꾸러미가 있는데 막 따온 것인지 아직도 이슬방울이 맺혀 있었다. 그녀가 그 가운데 한 알을 따서 왕관청의 입을 벌려 안에 넣어주고는 눈을 감겨주려고 했다. 하지만 연달아 여섯 번이나 감겨주려고 했으나 눈이 감기지 않았다. 결국 한류가 호주머니에서 황색 비단 손수건을 꺼내 얼굴을 덮을 수밖에 없었다. 한류는 그의 옷을 갈아입히기 위해 늙은 어멈에게 상자에서 깨끗한 옷 한 벌을 가져다달라고 말했다. 그러자 이번에는 어린 계집아이가 앞으로 나오며 말했다. "나리께서 입고 계신 것 말고 다른 옷을 입으신 것을 본 적이 없습니다. 겨울에 입는 두루마기라면 한 벌 있기는 합니다만 계절에 맞지 않는데요."

한류는 그 말을 듣고 더 이상 어쩔 수가 없었다.

대렴大殮(소렴을 한 다음날 시신에 옷을 거듭 입히고 이불로 싸서 베로 묶은 다음 입관하는 절차) 날이 되자 사람들이 쉴 새 없이 집밖에 몰려들었다. 크고 작은 두령들이 들어와 고개를 조아리며 예를 행하는데 다들 자신의 수하를 데리고 왔다. 수하들은 너 나 할 것 없이 보검을 차고 언제라도 칼을 뽑을 수 있도록 칼자루에 손을 얹고 바짝 긴장한 모습이었다. 그들은 황급히 고배叩拜의 예를 행하고 마당으로 물러났다. 왕관청의 갑작스런 죽음으로 인해 여러 두목들이 경계를 강화하고 있음이 틀림없었다. 한류가 보기에도 그들은 모두 침울한 표정에 눈살을 잔뜩 찌푸리고 있었다. 그들이 고배를 끝내자 한류가 입관을 하도록 했다. 장인 몇 명이 우르르 달라붙어 시신을 관 안에 넣고 관에 못을 치려고 할 때 한류가 불현듯 생각이 나 물었다. "어쩐 일로 둘째 나리가 보이지 않죠?"

행랑어멈이 앞으로 나와 작은 소리로 속삭였다. "아침에 세 번씩이나 사람을 보내 오시라고 했지만 얼굴을 내밀지 않으셨어요. 점심때쯤 다시 사람을 보내 청했더니 그 집안사람이 이르길, 배를 타고 낚시하러 가셨다는 거예요. 그러니 더 이상 기다릴 필요 없어요."

한류는 그제야 목수에게 관을 덮고 나무못을 치고 삼끈을 끼워 넣도록 했다. 모든 일이 적절하게 준비되자 집밖에서 누군가 "출상"이라고 외쳤다. 어린 시동 몇몇이 힘겹게 관을 들고 비틀거리며 문을 나서더니 마당을 거쳐 서쪽으로 향해 갔다.

한류가 이야기를 끝내자 두 사람은 잠시 우두커니 앉아 있었다. 이어서 슈미가 왕관청이 그녀의 꿈에 나타난 이야기를 자세히 말해주었다.

한류가 쓴웃음을 지으며 말했다. "무슨 일이든 네 입에만 가면 신비롭게 바뀌는구나. 이치대로라면 세간의 일이란 기껏해야 결국 죽음으로 끝나는 것이니 목숨을 거는 것도 그리 두려워할 것 없다만, 그런 일도 네가 말하면 절로 모골이 송연해지니 마치 세상 모든 것이 거짓인 것만 같구나."

"그것들은 본래 다 거짓이에요." 슈미가 한숨을 내쉬면서 차분하게 말했다.

6

광서 27년 9월 13일. 큰비. 샤쫭 쉐씨 댁에서 회의가 열렸다. 오후에 <십살령>†殺令을 협의하여 결정했다. 대체적인 내용은 다음과 같다. 1. 부동산이 사십 묘가 넘는 자는 죽인다. 2. 고리대금업자는 죽인다. 3. 조정 관원 중에 악랄한 자는 죽인다. 4. 기녀는 죽인다. 5. 도적은 죽인다. 6. 문둥병이나 상한병傷寒病(장티푸스) 등 전염병자는 죽인다. 7. 부녀자와 아동, 노인을 학대한 자는 죽인다. 8. 전족한 자는 죽인다. 9. 인신매매를 한 자는 죽인다. 10. 매파, 무당, 화상(중), 도사는 모두 죽인다.

복사꽃 그대 얼굴

이상의 각 조항 중에서 제8조만 빼고 나머지는 모두 이의가 없었다. 제8조를 가장 극렬하게 반대한 사람은 왕씨 샤오허小和였다. 이유는 푸지나 샤쨩 일대의 부녀들은 전족한 사람이 대부분이라는 것이었다. 그의 모친과 아내, 두 여동생까지 모두 전족한 작은 발이었다. 이후 여러 사람들이 다시 의논하여 '혁명이 성공한 날 이후에 전족한 자는 죽인다'로 바꾸었다.

늦게 푸지로 돌아왔는데 비는 아직 그치지 않았다. 몸이 극도로 피곤했다. 밤이 깊었을 때 메이윈이 올라와 심하게 달라붙었다. 어쩔 수 없이 기운을 내서 그녀와 한바탕 전투를 치렀다. 이미 아무런 즐거움도 느끼지 못하여 마치 초를 씹는 듯했다. 즐거움도 없이 억지로 하는 교접은 지난한 고통일 따름이다. 맥이 풀려 제대로 해보기도 전에 싸고 말았다. 윈얼玗兒(메이윈을 사랑스럽게 부르는 말)이 의심스러워하며 물었다. "샤쨩에서 어떤 여우년에게 정기를 빨렸나? 왜 이렇게 힘을 못 써?" 나는 결코 그런 일이 없다고 맹세하고 부드러운 말로 달래는 수밖에 없었지만 윈얼은 여전히 트집을 잡았다. 잠시 휴식을 취한 후 내가 딴 마음을 먹지 않았다는 것을 증명하기 위해 십이분 힘을 발휘하여 다시 한번 그녀와 교전했다. 하지만 그녀 목의 주름살, 등짝의 군살, 굵은 팔뚝을 보자 바로 위축되어 아무리 애를 써도 이미 졸아든 뒤였다.

윈얼이 처음에는 훌쩍거리더니 이어서 낮은 소리로 따졌다. "맘속에 다른 년이 있다는 걸 내가 모를 줄 알아!" 내가 막 해명하려고 하는데 뜻밖에도 윈얼이 고개를 들더니 차갑게 나를 쳐다보며 잇새로 짜내듯이 한마디를 내뱉었다.

"감히 그 애 손가락 하나라도 건드렸다간 내가 당신의 뼈다귀를 발라내어 개에게 던져줄 거야."

그녀의 한마디에 온몸에 식은땀이 흐르고 머리카락이 곤두섰다. 윈얼이 말한 '그 애'는 슈미가 틀림없다. 이상하구나. 내가 푸지에 온 이래로 그녀와 얼굴을 마주한 것은 몇 번 되지도 않고 말을 섞은 것도 예닐곱 번밖에 되지 않는데 윈얼이 어떻게 내 마음을 꿰뚫어본 것일까? 모녀의 마음이 서로 통하는 것이 이 정도라니 정말로 불가사의하구나. 부인의 눈빛은 굶주린 매보다 백배는 더 매섭다고 하더니 방심은 금물이로다.

슈슈秀秀(슈미)를 생각하자 정력이 솟구쳐 황소 같은 힘을 발휘하니 윈얼이 끊임없이 신음을 내뱉고 향기로운 땀을 흘리며 두 눈의 초점을 잃고 몽롱해졌다. 할망구가 졸지에 슈미로 변하다니 이건 또 무슨 조화지? 누이, 누이, 누이야! 메이윈이 헐떡이는 틈새를 빌어 슬쩍 그녀를 희롱했다. "누이의 몸도 누나마냥 눈처럼 희고 벌어진 만두처럼 풍만할까?" 윈얼은 내 말을 못 들은 척하며 입으로 음음, 아아 하면서 끊임없이 소리를 내질렀다. 바로 그때 문밖에서 무슨 소리가 들렸다. 윈얼이 깜짝 놀라 눈을 떴다. 급히 몸을 일으켜 옷을 움켜잡고 가슴을 가리더니 창문 주렴을 걷고 마당 쪽을 살폈다. 알고 보니 바오천의 아들 라오후였다. 그 꼬맹이는 칭샹에서 막 왔는데, 아주 장난이 심했다.

쮜옌과 창기 샤오타오훙은 그림자처럼 붙어 다니며 주위에 아무도 없는 듯이 군다. 그가 조만간 일을 낼 것 같아 걱정된다.

장지위안의 일기를 읽을 때만 슈미는 자신이 이 세상에 아직도 살아있다는 느낌이 들었다. 푸지에 있을 때는 그곳의 풀 한 포기, 나무 한 그루, 모래나 돌 하나까지 모두 깊은 비밀을 감추고 구름과 안개가 둘러싸 그녀가 진실을 못 보게 만들어 아무런 단서도 생각해낼 수 없었다.

그러나 지금 자세한 내막을 알고 보니 그런 일들은 재미도 없고 흥취도 없어 넌더리가 날 뿐이었다.

그녀가 분명하게 알고 싶은 유일한 일은 어머니가 장지위안과 어떻게 알게 되었는가, 하는 바로 그것이었다. 아버지는 실성하기 전에 이 일을 알았을까? 아버지는 딩수쩌 선생에게 준 시에서 왜 '금 두꺼비'를 '금 매미'로 잘못 썼을까? 그것과 장지위안이 떠나기 전에 그녀에게 준 금으로 만든 매미는 어떤 관계가 있는 걸까? 장지위안의 일기를 샅샅이 뒤져봤지만 그녀는 여전히 수수께끼를 풀 수 있는 실마리를 찾지 못했다.

화자서는 아무런 움직임도 없이 하루하루 죽은 듯이 적막했다. 슈미는 시간을 기억할 수 없었다. 그저 호수에 있는 나무말뚝 그림자의 길고 짧음으로 세월의 흐름을 추측할 따름이었다. 날씨는 이미 견디기 어려울 정도로 무더웠지만 섬에는 돗자리도 없고 모기장도 없었다. 저녁이 되어 길을 걸을 때면 한 무더기나 되는 모기나 벌레들이 얼굴에 부딪혔다. 그녀는 갈아입을 여름옷도 없었다. 하는 수 없이 한류가 자기가 입던 적삼의 소매를 잘라 여름옷으로 고쳐 대충 입으라고 했다. 여름은 그렇게 지낸다고 하지만 겨울이 오면 또 어떻게 하나?

물론 슈미는 그렇게 멀리까지 생각할 필요가 없다는 것을 알고 있었다. 어쩌면 겨울을 맞을 수 없을지도 모른다. 왕관청이 죽은 후 그녀는 몇 백 년은 시달린 것 같았다. 하지만 한류는 그녀에게 겨우 한 달밖에 지나지 않았다고 말해주었다. 온갖 번뇌가 숨도 쉴 수 없을 정도로 그녀를 억눌렀다. 그날 새벽 슈미는 안개가 자욱한 가운데 홀연 배 한 척이 섬을 향해 들어오는 것을 보고 자기도 모르게 흥분하여 소리를 질렀다.

배가 섬에 닿자 몇 사람이 내렸다. 그들은 각자 뚜껑을 덮은 술 단지를 하나씩 안고 있었다. 그들은 술 단지를 집으로 가져다놓고는 한마디도 하지 않고 배로 돌아가 떠났다. 정오가 되었을 때 화자서에서 배가 한 척 달려 왔다. 배에는 과일과 채소, 나무통에 담긴 쏘가리 두 마리, 돼지 내장과 신선한 새우, 그리고 살아 있는 닭 두 마리가 실려 있었다. 흰 앞치마를 두른 남자가 고기를 다지는 데 쓰는 칼 두 자루를 손에 들고 배에서 내렸다. 그는 배를 따라 화자서로 돌아가지 않고 곧바로 부엌으로 오더니 한류에게 부엌을 깨끗이 정리하라고 분부한 후 저녁 술상을 준비했다.

한류가 상황을 보고는 급히 슈미를 한쪽으로 잡아끌며 조용히 말했다. "오늘 저녁 너에게 정말 재수 없는 일이 생기겠구나."

"누가 섬에 오나요?"

"셋째 칭푸 나리." 한류가 말했다. "그 사람은 어려서 책 좀 읽었다고 하는데, 비록 말로는 얼치기라고 하지만 허세를 부리는 꼴이 당백호^{唐伯}虎(명대 화가로 명사대가^{明四大家} 가운데 한 명)나 기효람^{紀曉嵐}(청대 정치가이자 문학가. 《사고전서》 편찬에 참가했으며, 《열미초당필기》^{閱微草堂筆記}의 저자)은 저리 가라고 할 정도지. 얼마나 까다로운지 차를 끓일 물까지 화자서에서 가져온다니까. 게다가 시도 쓰고 창극도 한다고 해서 정말 성가신 게 많아."

슈미는 그 말을 듣고 당황하여 그 자리에 굳은 듯 서 있었다.

"하지만 그 사람을 대하는 것이 그리 어려운 것은 아니야. 게다가 술을 좋아하니 자꾸만 술을 권해서 많이 마시게 하면 덜 힘들 거야."

한류가 잠시 그녀를 위로하더니 부엌에서 주방장이 부르는 소리를 듣고 서둘러 가려고 했다. 그러나 몇 걸음 가지 않아 다시 고개를 돌리

복사꽃 그대 얼굴

고 그녀의 귓가에 속삭이듯 말했다. "네 몸이 다른 사람 것이라고 생각하고 그가 하자는 대로 놔두렴. 나한테는 나름 방법이 있기는 하지만 아쉽게도 너는 할 수 없을 거야."

"무슨 방법인데요?"

"염불이지." 한류가 말했다. "염불을 외면 아무것도 못 느끼게 되거든."

청푸가 왔을 때는 이미 등불을 켤 시간이었다. 시중을 드는 계집아이 두 명을 제외하고 따라온 사람은 아무도 없었다. 청푸는 마치 도사처럼 꾸몄는데, 푸른 천으로 만든 도건道巾(도사가 쓰는 모자)을 쓰고 두루마기를 걸쳤으며, 짚신을 신고 허리를 장식용 술이 달린 누런 띠로 묶었으며, 손에는 검은 바탕에 금박을 붙인 부채를 들고 있었다. 머리를 흔들며 갈지자걸음으로 문안으로 들어오더니 아무 말도 하지 않고 녹두처럼 작은 눈을 이리저리 굴리며 슈미를 뚫어져라 쳐다보았다. 그러고는 만족한 듯 고개를 끄덕였다. 입이 귀에 걸리고 그러잖아도 작은 눈이 실눈이 될 정도로 웃으며 감탄을 연발했다.

"누이는 과연 복사꽃과 살구꽃이 비를 부르고 목서나무가 우수를 머금은 듯하고, 정신은 가을의 맑은 물처럼 명징하며 얼굴은 연꽃과 같아, 백옥이 향을 뿜어내고 해당화가 말을 알아듣는 듯하니……. 절묘하구나, 절묘해!"

말을 마치고는 곧바로 슈미 앞으로 다가와 몸을 굽혀 예를 행했다. 슈미가 화난 얼굴로 아무 말도 하지 않아도 전혀 신경 쓰지 않았다. 그가 껄껄 웃으며 다가와 그녀의 작은 손을 꽉 잡더니 한참을 만지작거리며 밑도 끝도 없는 말을 지껄였다.

"누이는 덕이 많고 유순하니 타고난 품성이 아름답고 맑아. 내 오늘 잠시 보고도 넋이 나가겠구나. 소생이 재주는 없으나 오늘 밤 실례를 무릅쓰고 누이를 모시고 저 운몽택雲夢澤과 동정호洞庭湖를 유람하며 오랜 갈망을 풀고자 하노니, 누이의 뜻은 어떠하신가?"

한류는 그의 미친 소리가 장황해지는 것을 보고 부리나케 달려와 그를 떼어놓으며 요리사에게 술상을 차리라고 시켰다.

칭푸는 과연 성격이 거칠지는 않았다. 한류가 권하는 말을 듣더니 슈미를 놓아주고 탁자 옆으로 가서 앉았다. 부채를 털어 펼치고는 펄럭이며 부쳐대기 시작했다.

슈미는 처음에는 자리에 앉지 않으려고 했으나 한류가 눈짓을 하며 억지로 잡아끌자 품안에 가위 한 자루를 숨기고 그의 앞자리에 앉았다. 늙은이가 꼼짝 않고 뚫어지게 쳐다보자 슈미는 부끄럽기도 하고 초조하기도 하여 당장이라도 달려 나가 가위로 마구 찔러죽이지 못하는 것이 한스러웠다. 고개를 들어 얼핏 보니 그는 얼굴이 추하게 생겼고, 눈빛은 사악하고 음험했다. 게다가 그의 입에서 튀어나오는 '누이, 누이'라는 말을 듣고 있자니 자기도 모르게 눈물이 주르르 흘러내렸다.

식탁에는 이미 안주가 가지런히 차려지고 요리사가 술을 걸러내어 칭푸에게 따라주려는데 갑자기 칭푸가 부채로 막으며 "잠깐!" 하고 소리쳤다. 놀란 주방장이 자기 몸에 술을 쏟았다.

"잠깐!" 칭푸가 몸을 돌려 뒤편에 시립하고 있던 계집아이 두 명에게 말했다. "훙셴紅嫻, 비징碧靜, 너희 중에 누가 먼저 희문戱文을 불러 흥을 돋우겠느냐?" 한 계집아이가 재빨리 그의 귓가에 대고 물었다. "셋째 나리께선 무슨 극의 어떤 대목을 듣고 싶으십니까?" 칭푸가 잠깐 생각하더니 이렇게 지시했다. "정처 없이 떠도는 한평생을 한탄하노니……'를 불러보거라."

계집아이가 목소리를 가다듬고 앵두처럼 작은 입으로 여리고 애교 섞인 목소리로 노래를 시작했다.

낙화는 물 위에 떠다니고 매실은 가지 위에 작게 열렸네.
요즘 눈썹이 옅어진 것을 보니 누가 그려주시려나?
봄이 되어 수심도 따라온다더니
봄이 갔는데 어찌하여 수심은 사라지지 않나……

여기까지 불렀을 때 칭푸가 눈을 가늘게 뜨고 부채로 탁자를 치더니 못 참겠다는 듯이 말했다. "틀렸어, 틀렸어. 또 틀렸다고. '봄이 다했는데 어찌하여 수심은 사라지지 않나'잖아. 한 글자만 틀려도 의취가 완전히 없어진다고."

계집아이가 당황하여 잠시 멍하고 있더니 다시 어투를 바꾸어 노래를 불렀다.

봄이 다했는데 어찌하여 수심은 사라지지 않나.
그대와 이별 후에 산도 아득하고 물도 요원한데
당신 돌아오실 날만 손꼽아 기다리다
눈썹꼬리 잘못 그렸어요.

정처 없이 떠도는 한평생 한탄하나니
수제^{隋堤}15)의 버들가지도 돌아보면 허무한 것이네.

---

15) 수제(隋堤): 수양제 시절에 만든 통제거(通濟渠). 제방 양편에 버드나무를 심었다.

안개에 갇히고 구름에 막혀

이내 몸 어디에 있는지 알 수 없어라.

계집아이가 노래를 끝냈으나 한참 동안 좌중에서는 그 누구도 말을 하는 이가 없었다. 칭푸도 추억을 떠올리며 상심한 것마냥 귀를 긁다가 뺨을 쓰다듬으며 가만히 있었다. 주방장이 술을 안고 와서 따르려고 하자 칭푸가 또다시 부채로 막으며 말했다. "잠깐." 주방장이 또다시 덜덜 떨었다.

칭푸가 자기 앞에 있는 사발을 들더니 등잔에 가까이 대고 자세히 살펴본 다음 한류에게 건네며 말했다. "우리 큰누이가 내 대신 부엌에 가서 깨끗이 한번 닦고 다시 뜨거운 물에 넣고 끓인 후에 가져오시게."

한류가 무슨 뜻인지 몰라 잠시 멍하니 있더니 곧 푸른색 자기 사발을 받아들고 부엌으로 가서 닦고 또 끓였다.

칭푸가 사발을 받아들고 여기저기 살피더니 마지막에 돌연 무슨 생각이 났는지 웃으며 말했다. "안 되겠어. 아무래도 내가 다시 한 번 씻어야겠어." 말을 마친 그는 곧장 자리에서 일어나 사발을 닦으러 갔다.

한류가 웃으며 말했다. "누가 술잔에 독이라도 발랐을까 봐 걱정하시는 거예요?"

"그렇다네." 칭푸가 말했다. 그의 얼굴색이 갑자기 어두워졌다. "큰누이를 믿을 수 없어서가 아니라 요즘 화자서에서는 바람소리나 학 울음소리만 나도 사람들이 놀라고 불안해하니 난들 방비를 하지 않을 수 있겠는가?"

슈미는 문득 시췌가 떠올랐다. 그녀도 밥을 먹을 때면 누군가 자신의 그릇에 비상을 넣었을까 두려워 직접 몇 번이고 그릇을 씻고 또 씻었

복사꽃 그대 얼굴

다. 토비 두목에게 시췌와 같은 문제가 있을 줄은 정말 몰랐다. 짧은 순간이었지만 어느새 푸지로 돌아간 듯했다. 밖은 먹처럼 캄캄하고 방안에는 콩알만 한 등불에 빛 그림자가 이리저리 흔들리는 것을 보면서 자기도 모르게 심사가 혼란스럽고 마치 꿈속에 있는 것만 같았다. 혹시 이들은 모두 여우가 둔갑한 것들이 아닐까? 나는 애당초 푸지를 떠나지도 않았고, 그저 우연히 어떤 묘지에 들어갔다가 여우 귀신에게 홀린 것이 아닐까?

슈미가 고개를 숙이고 이처럼 터무니없는 생각을 하고 있을 때 한류가 말하는 소리가 들렸다. "셋째 나리께서도 공연한 걱정을 하시네요. 여기 작은 섬은 평소 인적도 드물고 주방장 역시 나리께서 직접 데리고 온 사람이니 전혀 문제가 없을 것입니다. 열 번 양보해서 누군가 독을 넣으려고 한다 해도 마땅히 술에다 넣어야……."

칭푸가 허허! 하고 차갑게 웃으며 말했다. "그 말이 지당하군. 술도 자네들이 먼저 맛본 후에야 내가 마실 수 있겠어."

주방장이 사람들에게 모두 술을 따라주고 자신에게도 한 사발 따랐다. 주방장이 단번에 술을 비웠다. 칭푸가 손을 들어 한류를 가리키며 말했다.

"자네."

한류 역시 술을 마시는 것을 보고 칭푸는 다시 잠깐 더 기다린 후에야 술을 받아 시원하게 들이켰다. 그런 다음 입술을 닦고 탄식하며 한류에게 말했다. "큰누이, 날 비웃지 마시게. 둘째 나리가 얼마나 총명하고 철저한 분이었나. 매일 술을 드시거나 식사를 하실 때면 반드시 다른 사람에게 맛을 보게 하고는 두 시간이 지난 후에도 아무 일이 없으면 그제야 음식을 드셨지. 그렇게 온갖 묘책을 짜냈지만 결국 목숨을 잃고 말았어. 속담에 지혜로운 사람이라도 천 번의 생각 중에 한 번쯤은 반드시 실수가 있다고 하지 않던가. 설마가 사람 잡는다는 말도 있고."

"둘째 나리가 돌아가셨어요?" 한류가 깜짝 놀라 물었다.

"죽었네." 칭푸가 말했다. "이틀 전에 매장했어."

"총람파가 피살된 이유가 나는 둘째 나리가 권좌를 노리고 몰래 손을 쓴 거라고 생각했지. 그런데 그가 죽었으니 총람파는 둘째 나리에게 피살된 것이 아니야. 또 다른 고수가 있는 것이 명백한데, 아직 모습을 드러내지 않고 있어."

"둘째 나리는 어떻게 돌아가셨어요?"

칭푸가 술 한 모금을 마시고 말했다. "아무래도 누군가 그의 사발에 독을 탄 것 아니겠나. 자객은 성격이 흉악하고 잔인한 데다 누구보다 영악한 놈이야. 둘째 나리가 식사를 하시기 전에 독물 검사를 한다는 사실을 알고 독을 사발 밑바닥에 바르고 그늘진 곳에서 잘 말린 다음 밥을 담았어. 그러니 집안사람이 맛을 볼 때는 전혀 문제가 없었던 거지. 그렇지만 둘째 나리가 식사를 마치자 독이 퍼져 피를 토하고 죽은 거야. 오호, 애재라! 천자가 붕어하셨도다. 그자가 은밀한 곳에 숨어 별의별 계책을 다 쓰니 결국 목숨을 지키려 해도 지켜낼 수 없었던 것이지."

"그자는……? 혹시 짐작 가는 사람이 있나요?"

"나 말고 세 명이 모두 의심스럽지. 큰나리, 둘째 나리가 차례로 목숨을 잃었으니 따지고 보면 다음은 내 차례인데, 괜히 쓸데없는 의심을 하면서 알 수 없는 생사의 수수께끼를 추정하고 싶지는 않아."

이렇게 말하고는 슈미를 힐끗 쳐다보더니 이내 웃으며 말했다. "누이가 나를 가련하게 여겨 오늘밤을 함께 보내주면 여한이 없겠네. 만약 오늘밤 누이의 베개 위에서 죽는다면 가장 좋겠지. 만약 하늘에 목숨을 빌어 구차하게 며칠 더 살 수 있다면 큰누이에게 제자로 받아 달라고 청하여 큰누이를 따라 정결한 불당을 찾아 등잔불을 벗 삼아 향을 사르고 염불을 욀지도 모르지. 자네가 보기에는 어떠한가?"

청푸의 말은 심상치 않을 정도로 구슬펐다. 홍셴과 비징 두 계집아이가 손수건을 꺼내 눈물을 닦았다.

한류가 좋은 말로 그를 달랬다. "속담에 이르길, 만사를 사람 뜻대로 할 수 없으니 사람의 목숨은 운명에 달렸다고 했습니다. 술이 있어 아침에 취하면 하루를 두 나절마냥 사는 게지요. 셋째 나리도 좀 넓게 생각하시는 게 좋겠습니다."

"좋은 말일세. 좋은 말이야." 청푸가 연거푸 말했다. 잠시 후 그는 한꺼번에 서너 사발을 꿀꺽꿀꺽 마시더니 옆에서 부채질을 하고 있던 계집아이에게 말했다. "비징아, 너도 한 곡 불러 주흥을 돋우어 봐라."

비징이라는 아이는 딸기를 집어 입에 넣었다가 셋째 나리가 노래를 부르라고 하자 씹지도 못하고 손바닥에 딸기를 뱉고 잠시 생각하더니 입을 열어 노래를 부르기 시작했다.

지친 몸으로 보등寶燈(불전에 바치는 화려한 등불)을 들고,
나른하게 향전薌篆(향료의 일종)을 피우네.
오늘 밤도 힘겹게 보내니 내일 아침이 두렵구나.
이 재앙이 언제 와서 언제 사라질지 곰곰이 생각하나니.
그리움에 오늘밤도 속만 태우니
아빠, 엄마!
곡하는 이 떠나자마자 부고 전하는 이 올까 두려워라……

노래를 채 마치기도 전에 비징이 대성통곡을 하며 울음을 그치지 않았다. 칭푸는 처음에는 어리둥절해하더니 곧이어 성가시다는 듯이 손사래를 치며 뭔가 말을 하려다 그만두고, 술병을 들고 술을 따르고는 마시지도 않고 두 손으로 턱을 받치고 다시 한참 동안 멍하니 있었다.

한류는 사람들이 모두 딱딱하게 굳은 표정인 것을 보고 칭푸가 슬픔이 지나쳐 격노하면 수습하기 어려울 것 같아 칭푸에게 웃으며 말했다. "셋째 나리, 제가 암자에서 수행할 때 화사부花師傅(나무나 꽃을 잘 다루는 사람)에게 노래를 몇 곡 배운 적이 있는데, 개의치 않으신다면 하찮은 재주라도 보여드려 즐겁게 해드릴까 합니다."

칭푸가 아래턱을 받치고 붉게 충혈된 눈을 가늘게 뜨고는 미동도 하지 않은 채 웃는 듯 마는 듯한 표정으로 그녀를 쳐다보았다. 보아하니 얼큰히 취한 것 같았다.

한류의 노래는 이러했다.

석가불, 범왕자梵王子16)께옵서
금산, 은산을 버리고 떠나셨네.
살을 베어 매에게 먹이고 까치둥지 머리에 인 채 한 치도 움직이지 않고 고행하시며
아홉 마리 용이 물을 토해 온몸을 목욕시킬 만큼 수행하시어
비로소 나무대승대각존南無大乘大覺尊을 이루셨네.

한류는 노래를 끝내고 다시 칭푸에게 술 두 사발을 내리 권했다.

---

16) 범왕자(梵王子): 범천왕(梵天王)으로 제석천(帝釋天)과 함께 부처를 좌우에서 모시는 불법 수호신.

복사꽃 그대 얼굴

"이 술에도 독이 있구나." 칭푸가 뜬금없이 말했다. "그렇지 않고서야 어찌 가슴이 두근거리고 심장이 조여 당장이라도 죽을 것만 같은 것이냐?"

한류가 웃으며 말했다. "셋째 나리 마음속에 번뇌가 가득한 데다 술을 급하게 자셨으니 약간 취기가 오르기 때문이지요. 술에 독이 있다면 우리들도 이미 죽지 않았겠습니까? 딸기 두어 개를 드시고 맑은 차를 마시면 술이 좀 깨고 좋아지실 것입니다."

칭푸가 과일접시에서 딸기를 집어 입에 물고 고개를 돌려 슈미를 보며 말했다. "누이는 집에 있을 때 책을 읽었는가? 시는 지을 줄 아시나?"

슈미가 아무 대꾸도 하지 않자 다시 말했다. "오늘밤 달님이 어두운 창문을 에워싸고 맑은 바람이 얼굴을 스치니 그대와 나 두 사람, 호숫가에서 시를 주고받으며 서늘한 밤을 노래해볼까 싶은데, 누이의 뜻은 어떠하신지?"

칭푸는 말을 마치고 몸을 일으키더니 탁자를 돌아 그녀에게 다가와 잡아끌려고 했다. 당황한 슈미는 급히 몸을 피했다. 한류가 상황을 목격하고 황급히 달려와 칭푸의 팔을 살짝 붙잡으며 말했다.

"셋째 나리, 밖은 지금 심히 덥고 습기 찬 날씨로 박쥐가 밤마다 울고 모기가 극성을 부려 앵앵거리고 반딧불이도 마구 날아다니는데 무슨 시원한 날씨며 맑은 바람이 있겠어요? 절묘한 시구를 읊다가도 뺨을 내려치며 모기를 잡는다면 이 어찌 살벌한 풍경이 아니겠습니까? 괜히 마음속 아름다운 문장만 헛되이 낭비하는 꼴이지요. 게다가 밖은 칠흑같이 어두워 자칫 부주의하여 넘어지기라도 한다면 뼈가 부러질지도 모를 일이니 불안하기만 합니다. 이미 셋째 나리의 시흥이 올라와 화살을 시위에 건 셈이니 당기지 않으면 아니 되겠지요. 그러니 우리 몇 사람이 방안에서 술도 마시고 시도 읊으면서 즐겁게 노는 것이 좋지 않겠습니까?"

그녀의 말에 칭푸는 수차례 고개를 끄덕였다. 한류가 그를 부축하여 원래 자리에 앉히고 그의 어깨를 두어 번 주물러 주었다. 그때 칭푸의 눈이 갑자기 환하게 빛나더니 소매를 걷어붙이고 취기를 빌어 그르렁 가래 끓는 소리를 내며 크게 외쳤다.

"시를 짓는다면야, 너희 아녀자들이 어찌 나의 상대가 되겠느냐. 우리 대구對句만으로 해보는 것이 어떠하냐? 내가 앞 구절을 말하면 너희들이 뒤 구절을 받도록 해라. 내가 부채로 탁자를 칠 테니, 열 번 칠 때까지 대구를 내지 못한다면 벌주 세 사발이 어떠하냐?"

"만약 저희들이 받으면요?" 훙셴이 말했다.

"내가 벌주로 한 사발을 마시지."

한류, 훙셴, 비징이 모두 좋다고 말했다. 하지만 슈미만은 고개를 숙이고 아무 말도 하지 않았다. 칭푸가 다시 술을 사발 가득 따라 단숨에 마시더니 입에서 나오는 대로 한 구절을 읊었다.

"해당화 가지 위에 꾀꼬리 조급히 오가네."

이어서 정말로 부채로 탁자를 두드리기 시작했다. 그가 세 번 쳤을 때 비징이 말을 받았다.

"푸른 대나무 그늘에서 제비가 재잘거리네."

"좋은 구절일세, 좋은 구절이야." 칭푸가 칭찬을 하고는 다시 게슴츠레하게 실눈을 뜨고 슈미를 바라보며 말했다. "다만 말이지, 그 '앵사'鶯梭가 조금 딱딱한데……."

그 말에 훙셴과 비징의 얼굴이 귀까지 빨개졌다. 칭푸는 옆에 아무도 없는 것처럼 껄껄대며 한참을 웃어대더니 다시 두 번째 구절을 읊었다. "장사 허리에 삼 척 검."

칭푸가 부채를 꺼내 막 치려고 하는데 뜻밖에도 한류가 답했길. "'남아 뱃속에 다섯 수레의 책'은 안 될까요?"

칭푸가 말했다. "큰누이가 받은 것은 상투적이기는 하지만 나름 짜임새가 있어. 내가 '장사'라고 하자 자네는 '남아'로 받았는데, 심히 판에 박은 듯하니 '남아'를 '여아'로 바꾸면 어떠하겠는가?"

"'여아'라고 하면 어떻게 말해야 할까요?"

"여아 가슴에 눈덩이 두 개, 어떠신가?" 칭푸가 시시덕거리며 웃다가 다시 말했다. "한류 누이가 읊은 '남아 뱃속에 다섯 수레의 책'도 맞다고 할 수 있으니 내가 한 사발 마시지." 그가 술 한 사발을 들어 목을 젖히고는 들이부었다. 그가 계속하려고 하자 한류가 말했다. "셋째 나리만 저희를 시험할 수는 없지요. 저희도 시험해 봐야겠어요. 나리가 받지 못하면 벌로 술이 세 사발입니다."

"큰누이께서 그렇게 말씀하시니 소생이 가르침을 받겠습니다." 칭푸가 두 손을 맞잡고 공손히 예를 표하며 말했다. "그럼 누가 먼저?"

"훙셴 아가씨가 셋째 나리께 어려운 것으로 하나 내세요." 한류가 말했다.

훙셴이 약간 미간을 찌푸리더니 나오는 대로 한 구절을 읊었다. "외로운 기러기 길을 잃고, 달은 사라지고 구름은 높은데 고향은 멀기만 하네."

"구절이 매우 평범한데 어찌 나를 넘어뜨릴 수 있겠는가?" 칭푸가 일고의 가치도 없다는 듯이 그녀를 한번 쳐다보고는 웃으며 말했다. "내가 화답하지. '외로운 용 길을 잃고, 도화는 무르익고 배꽃은 묽어 꽃길이 미끄럽네.'" 말을 마치고는 홍셴을 끌어안고 그녀의 치마 속으로 손을 들이밀어 마구 어루만지며 입으로 경망스럽게 지껄였다. "어디 한번 보자구나, 그곳이 미끄러운지 아닌지."

홍셴은 입으로는 웃음기를 띠면서도 몸을 이리저리 비틀며 필사적으로 벗어나려고 애썼다. 두 사람이 희희낙락하며 놀고 있을 때 갑자기 문밖에서 누군가 허허, 하고 웃는 소리가 연달아 들려왔다.

그때 슈미는 칭푸의 경박스러운 말투와 음란한 짓거리에 얼굴이 화끈거릴 정도로 부끄러웠다. 자리를 피할 수도 없고 그렇다고 계속 앉아 있을 수도 없어 쥐구멍이라도 찾아 들어가고 싶은 마음이 간절했다. 어찌할 바를 모르고 그저 고개를 숙이고 손톱으로 탁자의 찌든 때만 파내고 있었다. 문밖에서 누군가 차갑게 웃는 소리가 들렸지만 그녀는 그저 잘못 들은 것이라고 생각했다. 그런데 갑자기 사방이 조용해져 고개를 들어 보니 사람들이 모두 멍하니 입을 벌리고 있는 것이 마치 법사가 정신술定身術(사람을 꼼짝 못하게 만드는 법술)을 발휘하여 모두 그 자리에 굳어 움직이지 못하는 것만 같았다. 그 모습을 보자 온몸에 소름이 끼쳤다.

한참 후에 칭푸가 떨리는 목소리로 말했다. "방금 전에 누가 웃었지? 너희들도 모두 듣지 않았어?"

그의 질문에 사람들은 서로 쳐다보기만 할 뿐 아무 말도 하지 않았다. 바람이 휙 불어와 탁자에 놓인 등잔불 가운데 두 개가 꺼졌다. 다행히 마지막 등잔은 한류가 눈치 빠르게 재빨리 손으로 잡아 겨우 꺼지지 않았다. 슈미가 고개를 들었을 때는 이미 방안이 어둑해져 사람들의 얼굴마저 잘 보이지 않았다. 사람들은 놀라 넋이 나갔는데, 문밖에서 다

복사꽃 그대 얼굴

시 '허허' 하는 소리가 들렸다.

이번에는 슈미도 아주 분명하게 들었다. 웃는 소리는 나이가 많은 늙은이 같기도 하고 젖비린내도 가시지 않은 아이의 입에서 나오는 소리 같기도 했다. 슈미는 자신도 모르게 찬 공기를 힘껏 들이마셨다. 온몸에 소름이 돋고 등골이 서늘했다.

칭푸를 보니 이미 칼을 뽑아 손에 쥐고 있었다. 술도 다 깬 모양이었다. 주방장이 부엌에서 고기를 써는 식칼을 찾아 들고 칭푸와 함께 방문을 열고 마당으로 나갔다. 탁자 옆에 기댄 홍셴과 비징은 놀라 서로 부둥켜안은 채 탁자가 흔들릴 정도로 바들바들 떨었다.

"설마 이 섬에 우리들 말고 다른 사람이 또 있는 것은 아니겠지?" 한류가 슈미를 보고 말했지만 자신에게 다짐하는 말임에 틀림없었다. 그렇기 때문에 그녀는 슈미와 눈이 마주치자 자신도 모르게 소스라치게 놀랐다.

얼마 되지 않아 두 사람이 모두 돌아왔다. 칭푸가 들어와 부르르 몸을 떨자 손에 들고 있던 장검이 '철컹' 하는 소리와 함께 바닥에 떨어졌다. 그가 두 손으로 기둥을 껴안은 채 천천히 주저앉았다. 주방장이 다가가 부축하려는데 칭푸는 이미 바닥에 엎드려 왝왝거리며 토하기 시작했다. 한류가 손수건을 꺼내 그의 입을 닦아주면서 주방장에게 물었다. "밖에서 누구를 봤어요?"

"귀신 그림자도 안 보입디다." 주방장이 말했다.

한류는 더 이상 아무 말도 하지 않고 칭푸가 토악질을 끝내기를 기다렸다가 그를 의자에 앉혔다. 그리고 부엌으로 가서 물을 떠와 입을 헹구고 얼굴을 씻도록 했다. 홍셴과 비징이 그에게 다가가 등을 두드리고 가슴을 문지르자 그제야 칭푸도 천천히 한숨을 쉬었다.

"설마 그가? 어떻게 그일 수 있지?" 칭푸의 눈에 끔찍한 공포가 서려 있었다. 그는 이처럼 혼잣말을 하더니 연거푸 고개를 젓고 말했다. "그일 리가 없어! 불가능해."

홍셴이 물었다. "셋째 나리가 말하는 '그'가 도대체 누구예요?"

그러자 칭푸가 벌컥 화를 내더니 홍셴을 세차게 밀어내면서 발악하듯 소리쳤다. "이런 제기랄, 내가 어떻게 알겠어?"

홍셴은 비틀거리다 넘어져 하마터면 탁자 모서리에 머리를 부딪칠 뻔했다. 그녀는 천천히 일어나 몸에 묻은 먼지를 털었다. 화가 치솟았지만 감히 투덜거리지도 못하고 차마 울지도 못했다. 한류가 차를 한 잔 따라 칭푸에게 주었다. 칭푸가 받아들고 한 모금 마시더니 멍한 눈으로 방문을 바라보며 두서없이 중얼거렸다. "소리를 들어 보니 그가 틀림없어. 술에 취한 데다 시종도 데리고 있지 않으니 나를 죽이는 것이 손바닥 뒤집듯 쉬울 텐데, 왜 손을 쓰지 않는 거지?"

한류가 나서며 칭푸를 달랬다. "셋째 나리를 죽이지 않은 것은 그가 다른 사람들보다 나리를 높이 평가하기 때문이겠지요. 짐작컨대 이번 재앙이 셋째 나리에게는 오히려 전화위복이 될 수 있습니다."

"아니야, 그렇지 않아." 칭푸가 손을 내저으며 무뚝뚝하게 말했다. "그자는 나를 희롱하는 거야. 안 되겠어. 이곳에 더 있을 수 없어." 말을 마치기 무섭게 벌떡 일어난 그는 슈미를 한번 훑어보고는 알 수 없는 표정을 지으며 고개를 끄덕이더니 이내 탄식하며 말했다.

"안 돼. 지금 가야겠어. 그러지 않으면 그가 오늘밤에 나를 그냥 놔두지 않을 거야."

칭푸가 장검을 들고 "이만 가네"라고 한마디 한 후 계집들과 주방장을 데리고 서둘러 화자서로 돌아갔다.

"알고 보니 겁쟁이였군." 슈미가 싸늘하게 말했다.

시간은 이미 자정이 지났다. 사방은 정적에 싸여 아무 소리도 들리지 않고 집밖은 칠흑처럼 어두웠다. 두 사람은 방을 치울 기운조차 없었다. 식탁에는 술잔과 접시가 어질러져 있고, 바닥에서 오물이 악취를 풍겼다.

"누구로 바뀌든 두려워하기는 마찬가지군." 한류가 말을 이었다. "내가 그에게 술을 많이 먹인 까닭은 밤에 네가 고생을 좀 덜 하도록 하려는 것이었는데, 뜻밖에도 이런 소란이 벌어졌네. 아직도 고양이가 달려들어 심장을 할퀴는 것처럼 마음을 안정시킬 수가 없구나."

"그 사람……." 슈미가 덧붙였다. "그 사람이 아직 섬에 있을까요?"

한류가 듣고는 황급히 일어나 대문을 닫고 빗장을 건 다음 다시 둥근 나무 막대기를 받쳐놓았다. 그제야 몸을 돌리고 문에 기대 숨을 길게 내쉬었다. "셋째 나리의 말투로 봐서는 이미 누구 짓인지 알고 있는 것 같은데 차마 믿을 수 없어 하는 눈치였어. 그렇다면 일반 사람들이 쉽게 생각할 수 없는 그런 사람이라는 뜻이겠지."

"누군지 알아서 뭐해요?" 슈미가 이렇게 말하며 품안에서 가위를 꺼내 탁자 위에 올려놓았다. "사실 이 가위를 가지고 있다가 그 늙은 개자식이 나를 덮치려고 하면 단번에 죽여 버릴 생각이었어요. 화자서의 일은 괴이하기는 하지만 툭 터놓고 이야기하면 오히려 간단해요. 상황은 아주 분명하지요. 여섯 명의 두령 가운데 두 명은 이미 죽고 조금 전에 있던 한 명은 이제 반쯤 죽은 목숨이지요. 남은 몇 사람도 차례대로 죽음을 면할 수 없을 테니 마지막에 남는 사람이 바로 화자서의 새로운 주인이 돼요. 그러니 우리끼리 괜히 쓸데없이 머리 짜낼 필요 없어요."

"네 말도 맞네." 한류가 말했다. "셋째 나리가 내일 아침까지 살아 있을 수 있을까?"

7

광서 27년 10월 초아흐레. 맑고 선선함. 어제 창저우 천지陳記 쌀가게 주인 천슈지가 인편으로 서신을 보내 실종된 지 수개월이나 된 루칸陸侃의 소식을 전해 왔다. 날이 밝을 무렵 윈얼이 바오천 등 몇 사람을 데리고 자초지종을 알아보려고 창저우로 서둘러 갔다. 하루 종일 집안에서 일도 없이 한가했기 때문에 기분전환도 할 겸 나도 함께 창저우로 가는 것이 어떻겠느냐고 말했다. 그런데 뜻밖에도 떠나기 전에 윈얼이 슈미와 격렬한 언쟁을 벌였다.

슈미는 원래 창저우로 가고 싶어 하지 않았는데 모친이 으르고 윽박지르는 것을 견디지 못하고 하는 수 없이 따르기로 했다. 그런데 나도 따라가려고 한다는 소리를 듣고 윈얼은 그 즉시 마음을 바꾸어 슈미에게 집에 남아 있으라고 했다. 그렇게 이랬다저랬다 하니 슈미인들 어찌 화가 나지 않겠는가? 곰곰이 생각해 보니 이런 상황은 나로 인해 일어난 것이 틀림없다. 처음에 윈얼이 슈미에게 창저우로 같이 가자고 고집한 이유는 그녀가 나와 단둘이 있지 못하게 하려던 것이다. 그런데 내가 가겠다고 결정하자 그녀는 슈미가 갈 필요가 없다고 생각한 것 같다. 게다가 아직 출가出嫁도 하지 않은 여자이니 시골의 풍습에 따르면, 낯선 사람 앞에 얼굴을 내미는 것도 그리 마땅한 일이 아니다. 윈얼은 생각이 깊고 주도면밀한 사람이다. 슈미는 비록 이상하다는 생각이 들기

복사꽃 그대 얼굴

는 했지만 그 연유를 명확히 알지는 못했다. 하지만 나는 옆에서 불을 보듯 환히 알고 있다.

가는 길 내내 슈미는 모친에게 잔뜩 화가 나서 혼자 맨 뒤에서 토라진 채로 따라오다 점점 외톨이가 되었다. 메이윈과 바오천이 맨 앞에서 걸어가고 나는 추이롄과 중간에서 걸었다. 우리는 한참 걷다가 잠시 멈추어 그녀가 오길 기다렸으나 우리가 서면 그녀 역시 걷지 않았다. 그녀는 모든 사람들에게 화가 나 있었던 것이다.

이 여자애는 평소 말이 그다지 많지 않으나 속마음은 상당히 예민하고 의심이 많으며 자못 제멋대로이기도 하다. 쭈옌이 이 여자애는 냉정하고 도도하지만 오히려 손에 넣기 쉬울 것이라고 말한 적이 있다. 나는 그녀의 마음을 한번 떠보고 싶은 생각이 들어 불속에 장작개비를 던져 불길이 더욱 타오르도록 하듯 일부러 추이롄과 밀치고 당기며 시시덕거렸다.

추이롄은 본래 기녀 출신인지라 타고난 성품이 방탕하고 경박한 데다 지조가 없었다. 내가 몇 마디로 희롱하자 제비가 지저귀고 꾀꼬리가 울음을 울 듯 교태를 부리면서 가짜 연극을 진짜로 만들고 말았다. 그녀는 처음에는 내 어깨를 꼬집더니 나중에는 크게 숨을 몰아쉬었고, 얼마 가지 않아 낮은 목소리로 "나 참을 수 없을 것 같아요"라고 말했다. 난 속으로 도망가고 싶었지만 그녀의 말을 알아듣지 못하는 척했다. 그녀는 질퍽한 밀가루반죽이 손에 들러붙듯이 떨어질 생각을 하지 않았다. 대로에서, 그것도 한낮에 이렇듯 대범하게 구니 밤이 되면 어떨지 알 수 없었다. 그녀는 엉덩이가 튼실하고 젖무덤이 마구 흔들렸으며, 허리는 가늘고 나긋나긋하며, 분내가 코를 찌르고 옷이 저속하면서도 야했고, 목소리는 음탕하고 말은 조리가 없어 정말로 하늘 아래 일대 요

물이 아닐 수 없었다.

그녀는 내가 번번이 고개를 돌려 슈미를 살피는 것을 보고 뒤에 오는 아이를 마음에 두고 있느냐고 물었다. 나는 가타부타 아무 말도 하지 않았다. 그 창녀가 나를 슬쩍 떼밀더니 웃으며 말했다. "새 신이 좋긴 하지만 신으면 발이 끼지요. 장미는 향기롭기는 하지만 줄기에 가시가 있어요."

그녀의 말에 나는 머리가 어지럽고 비지땀이 쏟아지며 마음을 빼앗겨 내 자신을 억제할 수 없었다. 당장이라도 그녀를 길가 갈대숲으로 밀어 넣고 수도 없이 격전을 치르고 싶었다.

다시 얼마 걷다가 강둑 아래 작은 길로 접어들었다. 갈대가 무성하고 숲이 깊고 그윽했다. 그 창녀는 주위에 사람이 없는 것을 보고, 가는 길 내내 세 치 혀를 멈추지 않고 음탕한 말을 늘어놓으며 내 마음을 떠보았다. "오라버니, 오라버니는 무슨 띠예요?" 내가 돼지띠라고 하자 그 창녀가 갑자기 박수를 치며 새된 소리를 질러 나를 깜짝 놀라게 했다. 연유를 물어 보니 그녀가 오래전 이야기를 꺼냈다. 예전에 어떤 거지에게 밥 한 끼를 대접한 적이 있는데, 거지가 그 보답으로 관상을 봐주었다고 한다. 그는 그녀가 중년에 어려움을 겪게 되기 때문에 반드시 돼지띠 남자에게 시집을 가야만 환란을 피할 수 있다고 했다. 그녀가 이렇게 황당무계한 일을 날조하여 나를 속이려드는 것을 보니 스스로 똑똑하다 여기고 제멋대로 행하는 것임을 알 수 있었다. 그 창녀는 온갖 방법으로 집적거려도 원하는 결과를 얻지 못하자 마지막으로 악랄한 방법을 썼다. 갑자기 내 어깨에 기대어 나지막하게 음탕한 웃음을 지으며 말했다. "아랫도리가 다 젖었네!"

술수가 정말 악랄하다.

내가 만약 세상 물정을 모르는 철부지 총각이거나 여색이나 밝히고 희롱하길 좋아하는 영혼이 텅 빈 놈이라면 그녀의 술수에 놀아나 그녀가 파놓은 진흙탕에 빠져 어찌 헤어날 수 있겠는가?

이렇듯 그녀가 수치도 모르고 농지거리를 하기에 나는 가차 없이 소리쳤다. "축축하더군, 네 에미 거시기도 축축하더라고!" 그 창녀가 놀라 '어머나' 하고 소리쳤다. 그러더니 두 손으로 얼굴을 가리고 뛰어갔다.

나루터에 도착하자 슈미가 올라왔다. 약간 푸른색 꽃무늬 상의에 파란 바지를 입고 수를 놓은 꽃신을 신고 있었다. 거리가 조금 멀기는 했지만 기이한 향내가 바람을 타고 날아왔다. 그녀가 내 시야에 들어오기만 하면 내 눈은 한시도 그녀를 떠날 수 없다.

지금, 두 여인이 내 눈앞에 있다. 나는 슈미를 보았다가 추이렌을 보았다가 번갈아 눈을 돌렸다. 한 명은 비를 머금은 살구꽃이고 다른 한 명은 서리를 띤 가을 연꽃이다. 하나가 계곡에서 울어대는 어린 사슴이라면 다른 하나는 마구간에 엎드린 말이다. 하나가 푸른 솔가지의 송진으로 그윽한 향내를 뿜어낸다면 다른 하나는 소나무가 이미 나무문짝이 되어 동유桐油(오동나무 기름) 냄새만 풍길 뿐이다. 양자를 비교하니 우아함과 비속함이 확연히 드러난다.

누이여, 누이여!

어느새 닻이 오르고 뱃사공이 빨리 배에 오르라고 소리쳤다. 수면 위로 동남풍이 세차게 불어오자 나룻배가 바람을 이기지 못하고 흔들렸다. 슈미가 발판에 오르다 기우뚱하면서 몸이 흔들렸다. 내가 뒤로 다가가 부축했는데, 슈미가 화를 벌컥 내며 내 손을 뿌리치며 소리쳤다. "상관 하지 말아요!"

그녀의 외침에 배 안 가득한 사람들이 모두 놀라 그녀를 쳐다보았다.

나는 조금 머쓱하기는 했지만 속으로는 미친 듯이 기뻤다.

누이여, 누이여!

저녁에 천지 쌀가게에서 대충 저녁밥을 먹고 혼자 돌아왔다. 왜 이리
머리가 혼미하고 발걸음이 무거운 걸까? 왜 내 눈은 한시도 그녀에게서
떠날 줄을 모르는가? 왜 내 심장은 둥둥거리며 작은 북을 쳐대듯이 끊
임없이 두근거리는가? 왜 내 눈에는 온통 그녀의 그림자만 아른거리는
가?

바위 옆 연못으로 떨어지는 시끄러운 물소리와 올빼미가 울어대는 소
리를 들으며 다시 산 아래 아른거리는 등불을 바라보고 사람들이 주절
대는 소리를 듣고 있자니 나도 모르게 술기운이 솟구쳐 속이 뒤집어지
고 마음이 헝클어진 삼실 가닥처럼 어지럽기만 했다. 차가운 바위에 앉
아 소나무 향을 깊이 들이마시며 속으로 생각했다. 만약 하늘이 나를
도와주신다면 그녀가 지금 당장 내 옆으로 오게 하소서. 신기하게도 내
가 그렇게 생각하고 있을 때 정말로 그녀가 내 눈앞에 나타났다.

그녀가 쌀가게를 나와 발걸음을 머뭇거리더니 산 아래쪽을 한참 쳐다
보다 뜻밖에도 좁은 길로 파고들어 이쪽으로 오고 있었다. 그것도 그녀
혼자서. 누이여, 누이여! 내 심장이 목구멍으로 튀어나올 듯이 거세게
뛰었다.

장지위안아, 장지위안아! 너는 어찌 이리도 쓸모없느냐? 저 어린 여자
애로 인해 이처럼 의지가 약해지다니! 처음을 생각해 보렴. 몸에 비수
하나만 품고 천 리 길을 홀로 떠나 후광湖廣 순무巡撫를 암살하던 너 아
니냐? 처음을 생각해라. 한양漢陽에서 배에 올라 일본으로 망명하면서
온갖 어려움을 다 겪으며 죽음의 문턱까지 이르렀지만 이렇게 허둥댄
적이 있었더냐? 처음을 생각하라고……. 그러나 생각할 수 없었다. 아름

복사꽃 그대 얼굴

다운 그녀가 이미 가까이 왔기 때문이다.

만약 내가 말을 하지 않았다면 그녀는 필시 아무 소리도 하지 않고 내 눈앞을 지나갔을 것이다. 백년 만에 한 번 만나기도 힘든 하늘이 내려준 기회를 놓치고 말았을 것이다. 만약 내가 길을 막고 그녀를 껴안아 그녀가 소리를 지른다면 그때는 또 어떻게 할 것인가? 진퇴양난에 빠졌을 때 홀연 묘책이 떠올랐다. 나는 그녀가 내 뒤에 올 때까지 기다렸다가 장탄식을 하며 말했다. "이 집에서 사람이 죽었구나."

이건 또 무슨 말이야? 정말 뭔가 어설프다. 그녀는 아예 거들떠보지 않을 수도 있었다. 그런데 뜻밖에도 슈미가 갑자기 걸음을 멈추었다.

"누가 그래요?" 그녀가 물었다.

"그런 말을 해준 사람은 아무도 없었어."

"그런데 어떻게 알아요?" 그녀는 호기심이 많았다.

나는 바위에서 일어나 웃으며 말했다. "당연히 알지. 게다가 한 사람만 죽은 게 아니야."

나는 갖은 궁리를 다해 제멋대로 편집, 날조하여 처음에는 집안에 어린아이가 죽었다고 했고, 주인 천씨의 부인도 죽었다는 말을 덧붙였다. 그러자 슈미가 내 계략에 넘어왔다. 어느새 우리 두 사람은 어깨를 나란히 하고 대숲의 작은 길로 들어갔다. 길은 한 사람이 겨우 지나갈 수 있을 정도로 폭이 좁아 거의 바짝 붙어 걸었는데도 그녀는 피하려 들지 않았다. 문득 발걸음을 멈추고 고개를 돌려 그녀를 바라보니 의외로 그녀 역시 약간 부끄러운 얼굴로 나를 쳐다보고 있었다. 티끌 하나 없는 우주를 바라보니 은하수가 쏟아져 내리고, 대나무 그림자는 들쑥날쑥한데 삼라만상은 고요하기 그지없었다. 그녀를 다시 바라보니 가쁜 숨소리에 무엇인가를 기다리는 눈치였다. 그녀의 뼈마디가 우두둑 소리가 날 정도로 힘껏 그녀를 껴안고 싶었다. 밀감을 한입에 삼키듯이 한입에 그녀를 먹어버려 그리움에 힘들어 하던 오랜 나날을 보상받고 싶었다. 맙소사! 넌 이게 말이 된다고 생각하니? 잠시 머뭇거리던 슈미가 다시 몸을 돌려 앞으로 걸어갔다. 우리는 이제 곧 대숲을 벗어날 것이다. 장지위안아, 장지위안아! 지금 손을 쓰지 않으면 또 언제까지 기다려야 하느냐?

"무서워?" 다시 발걸음을 멈추고 그녀에게 물었다. 목에 뭐가 걸린 것만 같았다.

"무서워요."

그녀의 어깨에 손을 걸쳤다. 그녀의 매끈하고 부드러운 옷에 이슬이 내려 차가운 느낌이 들었다. 또 그녀의 도드라진 견갑골이 만져졌다. 그때 문득 눈앞에 메이원의 음침하고 납작한 얼굴이 떠올랐다. 그녀는 어두운 곳에서 나에게 냉소를 지으며 마치 만약 그 애의 손가락 하나라도 건드렸다가는 그 즉시 당신 뼈다귀를 발라내어 개한테 주고 말겠어…… 라고 말하는 것 같았다.

"두려워하지 마." 결국 나는 그녀의 어깨를 툭툭 두드리고 손을 치웠다. 우리는 대숲을 나와 난간에 앉아 이야기를 나누었다. 슈미가 갑자기 몇 개월 전 그녀가 쭈옌에게 딩수쩌의 편지를 전해주기 위해 샤좡에 왔을 때 대문 입구 연못가에서 검은 도포를 입은 꼽추 늙은이를 보았다는 말을 꺼냈다. 그녀의 말을 듣는 순간 나도 모르게 깜짝 놀라 온몸에 식은땀이 흘렀다.

설마 그가?

그 작자는 '철 꼽추 리李'라고 하는데, 널리 이름난 조정의 밀정이었다. 얼마나 많은 지사志士와 인인仁人이 그의 손에 목숨을 잃었는지 모른다.

샤쫭이 위험하다!

밤새도록 침상에 누워 몸을 뒤척여도 잠을 이룰 수 없었다. 한밤중에
일어나 탁자 앞에 앉으니 망사를 씌운 창가에 달빛이 새어드는데 쏴쏴
하며 바람에 나뭇잎이 흔들리는 소리며, 바오천의 우레와 같은 코고는
소리를 듣다 문득 일기를 전부 찢어버려야겠다는 생각이 들었다. 나는
왜 이리도 의기소침하고 온통 그녀에게 마음을 빼앗긴 것일까? 시골 여
자아이 하나 때문에 이처럼 위축되다니. 그녀가 나를 쳐다보던 모습을
떠올리니 세상 모든 일이 의미가 없고 아무 재미도 없었다. 큰일을 앞두
고 이처럼 죽느냐 사느냐 하는 중대한 시점에 어찌 개인의 사사로운 욕
망 때문에 십수 년 분투하며 애써온 위업을 날려버리려고 하는가? 지
위안! 설마 일본 요코하마에서 했던 맹세를 전부 잊은 것은 아니겠지?
안 돼, 정신을 차려야 해!

한류가 방으로 들어왔다. 그녀의 발걸음은 소리 없이 가벼워 늘 갑
자기 나타나 사람을 놀라게 했다. 그녀가 넷째 칭서우 나리가 보낸 배가
이미 도착했으며, 하인 두 사람이 문밖에서 기다린 지 오래되었다고 말
했다.

슈미는 장지위안의 일기를 덮고 그것을 비단 천에 잘 싸서 베개 밑
에 감춘 다음에야 일어나 탁자 앞으로 가서 머리를 빗었다. 거울 속에
비친 자신의 모습을 바라보다 문득 쓴 웃음이 일었다. 내가 무엇 때문
에 빗질을 하고 있지? 설마 좀 더 예쁘게 치장하려고? 그녀는 빗을 내팽
개치고 다시 대야에서 물을 조금 떠서 얼굴을 문질렀다. 그녀가 고개를
가로저었다. 세수는 또 왜 하는 거야? 그녀가 다시 탁자 옆으로 가서 앉

았다. 그녀의 몸과 마음은 온통 장지위안의 일기장에 빠져 있었다. 시간을 되돌릴 수 없다는 생각이 들자 자신도 모르게 망연자실하고 말았다. 탁자 위에 서신이 한 통 놓여 있었다. 넷째 수령인 칭서우가 어젯밤 인편에 보낸 것이었다. 붓글씨는 수려하고 문사는 간략하여 몇 자 되지 않았다.

지초와 난초가 이슬을 떨구고 아름다운 꽃 우수수 떨어지오. 소생이 듣고 심히 애석하여 거듭 탄식하지 않을 수 없었소이다. 내일 소략하게나마 여린 차를 준비하여 누추한 제 집에서 유쾌한 만남을 기약하고자 하오니 왕림해주시길 간절히 바라오. 노 저어 오셨다가 편안히 돌아가시오. 깊이 감사하오! 후인朽人(썩어 사라질 인간) 칭서우.

왕관청은 자신을 '산송장'이라 불렀는데, 유감스럽게도 지금은 이미 '죽은 송장'이 되고 말았다. 지금 또다시 '썩어 사라질 인간'이 나타났으니, 화자서 비적 수령들의 노는 모습이 참으로 가지각색이구나! 다만 이 칭서우가 어떤 인물인지는 모르겠다. 슈미는 편지를 다 읽고 한참을 망설였다. 한류와 상의를 했지만 과연 어떻게 하는 것이 좋을지 알 수 없었다. 결국 한류가 말했다. "칭서우란 사람에 대해서는 나 역시 한 번도 본 적이 없기 때문에 함부로 말할 수 없어. 하지만 그의 서신을 보니 그런대로 정중하기는 하구나. '노 저어 왔다가 편안히 돌아가라'는 구절을 보니 너를 안심시키려는 것 같아. 어쨌든 네 솜털 하나 건드리지 않을 것 같구나. 또 '지초와 난초가 이슬을 떨구고 아름다운 꽃 우수수 떨어진다'는 구절은 너의 처지를 애석하게 여기고 불만을 토로하는 것 같기도 해. 만약 그가 나쁜 생각을 품고 널 속이는 것이라면 네가 가지 않는

복사꽃 그대 얼굴

다고 해도 그가 오겠지. 듣기 싫겠지만 만약 그가 수하 몇 명을 데리고 섬으로 와서 너를 잡아간다 한들 네가 뭘 할 수 있겠니?"

슈미는 화자서로 갔다. 호수를 사이에 두고 그녀는 화자서를 수도 없이 바라보았다. 하지만 그때는 어떤 목적이 있는 것이 아닌지라 그저 건성으로 바라보았을 뿐이었다. 당시 그녀가 본 것은 그저 나무들과 가옥, 그리고 하늘에 걸린 흰 구름 등이었다. 작은 배가 섬을 떠나 화자서를 향해 달려갈 때 슈미는 마음 깊은 곳에서 수치심을 느꼈다.

배는 가볍게 부두에 닿았다. 징이 박힌 좁은 발판을 밟고 그녀는 배에서 내려 곧바로 정자로 걸어갔다. 그 정자는 커다란 장랑長廊의 일부분이었다. 장랑은 조촐하고 누추했다. 껍질을 벗긴 나무줄기로 받쳐놓은 지붕이 길게 이어져 있었다. 구불구불한 오솔길이 끝없이 이어졌다. 나무줄기는 굵고 가는 것이 일정하지 않았으며, 비뚤비뚤 고르지 않았다. 기이하게도 잘려진 버드나무의 줄기가 습한 날씨에 축축이 젖어 새로운 잎사귀를 무더기로 피워내고 있었다.

장랑의 지붕은 갈대줄기와 보릿짚으로 만들었다. 어떤 곳은 이미 썩어서 주저앉아 새파란 하늘이 그대로 보였다. 지붕 위 보릿짚은 햇빛에 바래고 비에 젖어 곰팡이가 피고 검게 변해 바람만 불면 지저분한 짚 먼지를 날렸다. 장랑 안쪽에는 거미줄이 쳐져 있고 제비집과 벌집도 여기저기 보였다. 양쪽 난간은 작고 가느다란 나무줄기로 만들었는데, 어떤 곳은 이미 훼손되어 무너진 상태였다.

그러나 정자는 그래도 나름 신경을 써서 수십 장丈(한 길) 간격을 두고 하나씩 만들어 마을사람들이 잠시 머물며 쉴 수 있었다. 기둥에는 조각이 되어 있고, 들보는 그림으로 장식한 것이 많았다. 둥근 천장의 그림에는 이십사효도二十四孝圖, 희극에 나오는 인물, 잉어와 같은 길상물이나 상서로운 봉황 등이 그려져 있었다. 정자 가운데는 돌로 만든 탁자와 걸상을 두었다. 또한 사방에 돌을 쌓아 긴 의자를 만들어 사람들이 앉을 수 있도록 했다. 바닥에는 네모반듯한 푸른 벽돌을 깔았는데, 어떤 것은 이미 사이가 느슨해져 밟을 때마다 끼익 소리를 내며 흙탕물을 튀겼다. 슈미는 두 하인의 뒤를 따라가면서 벽돌을 골라 걸었지만 언제 흙탕물이 튀어 올라 그녀의 꽃신을 더럽힐지 알 수 없었다.

가는 길 내내 쏴쏴, 하는 물소리가 그녀를 따라왔다. 장랑을 따라 돌을 쌓아 만든 물길이 오른쪽 왼쪽 번갈아 가며 구불구불 이어지고 있었다. 세찬 물살은 맑고 깊었으며 서늘한 기운을 뿜어내고 있었다. 슈미는 장랑이 실제 물길이 흐르는 방향에 따라 만들어졌다는 사실을 알아차렸다. 이전에 한류가 말하길, 산의 샘물을 끌어들여 만든 수로는 왕 관청이 집집마다 부엌을 지나가도록 직접 설계했다고 한다. 그래서 화자서의 부녀자들은 부뚜막 바로 옆에 있는 수로의 물을 떠다 쌀을 씻고 밥을 할 수 있게 되었다.

슈미는 문득 어린 시절 아버지가 실성하기 전 어머니와 심하게 말다툼하던 일이 떠올랐다. 말다툼의 원인은 아버지가 갑자기 기상천외한 발상으로 마을 장인들을 불러 모아 풍우장랑風雨長廊(비바람을 막을 수 있는 긴 회랑. 비바람막이 장랑)을 만들려고 했기 때문이다. 아버지의 구상에 따르면, 장랑이 곳곳에 흩어져 있는 가구를 연결시키고 심지어 논밭까지 통할 수 있게 만든다는 것이었다. 슈미는 당시 어머니가 화가 나서 발을 동동 구르며 아버지에게 외치던 소리를 기억하고 있었다. "당신 정말 미쳤어요? 괜히 꼴사나운 장랑을 만들어 뭘 하려는 거예요?" 아버지는 우두커니 눈알만 굴릴 뿐 어머니의 격노에 개의치 않고 빙긋 웃으며 말했다.

"그렇게 하면 마을의 모든 사람들이 햇볕에 그을리지도 않고 비에 젖지도 않잖아."

수년 동안 식사를 마치고 차를 마실 때마다 어머니는 아버지의 황당한 구상을 입에 올리며 신경질적으로 비웃곤 했다.

그러나 어렸을 때도 슈미는 아버지의 생각이 도대체 뭐가 잘못되었는지 이해할 수 없었다. 그래서 바오천에게 물어보았는데, 그는 미간을 찡그리고 탄식하며 말했다. "어떤 일은 속으로만 생각하면 그런대로 무방하지만 정말로 실행하려고 하면 바보가 되고 말아." 마음속으로 생각은 할 수 있는데 왜 실행할 수는 없다는 거야? 슈미는 여전히 알 수 없었다. 다시 스승인 딩수쩌에게 물었더니 이렇게 말했다. "도원승경桃源勝景(무릉도원의 뛰어난 경치)이란 하늘에나 있지 인간 세상에는 없는 법이다. 세상에서 그저 네 부친처럼 미련한 자들만 그처럼 터무니없는 생각을 할 뿐이니 그런 까닭에 헛되이 스스로 실성한 것이지. 광둥의 미치광이 캉난하이康南海17) 역시 네 부친과 비교할 때 지나치면 지나쳤지 덜하다고 할 수 없지. 황상을 속이고 요망한 말로 대중을 현혹시켰는데, 입만 열면 대동大同이고 변법變法이라며 주절거리니 조종祖宗님들이 천 년을 지키며 바꾸지 않은 법을 어찌 무지한 어린 것이 손바닥을 위로 하면 구름이 되고 손바닥을 아래로 뒤집으면 비가 된다는 식으로 농간을 부릴 수 있겠느냐?"

그러나 놀라운 일은 아버지의 정신 나간 발상이 뜻밖에도 토비 소굴에서 현실이 되었다는 점이다. 그녀가 본 장랑은 사통팔달로 마치 성

---

17) 캉난하이(康南海): 캉유웨이(康有爲, 1858~1927). 만청 시기 정치가이자 사상가. 광둥성 난하이현 출신이기 때문에 캉난하이라고 불렀다.

긴 거미줄마냥 가가호호 정원을 연결하고 있었다. 장랑 양쪽에는 물길 외에도 화원과 저수용 연못이 자리했다. 연못에는 수련과 연꽃이 있는데, 뜨거운 여름햇살 아래 살이 오른 꽃잎이 이미 살며시 말려 있고, 무리지어 나는 고추잠자리들이 연못에서 물을 차며 날아올랐다. 집집마다 가옥의 형태가 똑같아 작고 정교한 마당과 마당 안의 우물, 그리고 두 뙈기 정도의 채소밭이 있었다. 창문은 일률적으로 호숫가로 나 있는데, 창문에 붙인 종이장식 모양까지 똑같았다.

안으로 좀 더 걸어가다 슈미는 약간 현기증을 느꼈다. 제법 먼 길을 걸었는데, 어찌된 일인지 다시 제자리로 돌아온 것 같았다. 마당에서 그녀는 붉은 꽃무늬 테두리를 단 짧은 상의를 입은 여자아이가 우물로 물을 길러 오는 것을 보았다. 다른 곳에도 같은 차림을 한 여자애가 보였다. 같은 나이에 똑같이 쌍상투 머리[18]를 하고 대나무 장대를 든 채 숲에서 매미를 잡고 있었다. 보아하니 "화자서에서는 벌들도 길을 잃는다"는 말이 과연 허언이 아닌 듯싶었다.

대략 한 시간 정도 지난 후 슈미는 정결한 작은 뜨락 앞으로 안내되었다. 밖에서 볼 때 마당은 마을의 다른 집 마당과 다르지 않았으며, 다만 문 입구에 긴 창을 든 호위병이 있을 뿐이었다.

"도착했습니다." 한 하인이 슈미에게 말했다. "절 따라 오세요."

정원의 문은 활짝 열려 있었고, 푸른 이끼가 덮인 깨진 벽돌로 만든 작은 길을 지나 마당에서 집안으로 이어지는 주랑柱廊에 도착했다. 하인이 그녀에게 몸을 숙이며 말했다. "잠시 기다려주십시오." 하인은 말을 마치고 고개를 숙이더니 뒷걸음질로 물러났다.

---

18) 쌍상투 머리: 어린아이의 머리털을 좌우로 갈라 머리 위에 두 개의 뿔같이 잡아맨 머리 모양.

복사꽃 그대 얼굴

마당은 좁고 길며 어두운데 대청과 거의 하나로 연결되어 몇 개의 굵은 기둥이 일자로 늘어서서 비스듬히 기운 천장을 지탱하고 있었다. 대청의 왼쪽에 다락으로 통하는 나무계단이 그대로 드러나 있고, 대나무 그림자로 가려진 작은 문이 후원과 통하며 문밖에서 졸졸 흐르는 물소리가 들렸다.

대청에 장삼을 입은 남자가 그녀에게 등을 돌린 채 앉아 있었다. 그 냥 봐서는 나이를 짐작할 수 없었다. 그는 흰옷을 입은 여인과 바둑을 두고 있었다. 그녀는 나이가 대략 마흔 전후였는데, 머리를 높이 감아올리고 뺨을 받친 채 생각에 잠겨 가냘프고 고운 손가락으로 가끔씩 탁자 위 바둑돌을 만지작거렸다. 그들은 주랑에 서 있는 슈미에게는 전혀 관심이 없는 듯했다.

검은 바탕에 금박을 한 병풍이 걷힌 채로 벽에 기대어져 있었다. 다락 마루판 아래에 대나무 갈고리 몇 개가 늘어뜨려져 있고, 붉은 고추 꿰미가 걸려 있으며, 조롱에는 앵무새가 갸웃거리며 그녀를 살펴보고 있었다. 바닥에는 드문드문 갓 싼 새똥이 몇 덩이 떨어져 있었다. 향로를 올려놓는 탁자에는 관음상이 놓여 있고, 향로는 도토陶土(도자기를 만드는 흙)를 구워 만든 것으로 입을 벌린 두꺼비 모양이었다. 향로의 재는 이미 차가워졌지만 그녀는 옅은 안식향 냄새를 맡을 수 있었다.

석양의 낙조가 천축 꽃무더기에서 서쪽 담장으로 옮겨가고, 다시 서쪽 담장에서 집밖 가지와 잎이 무성한 나무 위쪽으로 옮겨갔다. 햇살도 점점 암홍색으로 변하면서 하늘이 곧 어두워지려는 듯했다. 그때 슈미는 여자가 나지막이 말하는 소리를 들었다. "셀 필요 없어요. 당신이 졌어요." 남자는 묵묵부답하고 일일이 바둑알을 세기 시작했다. 하지만 마지막까지 세어 보았지만 역시 졌다. 그가 다시 한 판 두자고 소리치자 여자가 말했다.

"밤에 다시 두지요. 사람이 온 지 오래되었어요."

남자가 고개를 돌려 슈미를 보더니 몸을 일으키고 여자에게 말했다. "사람이 왔는데 어찌 일찍 말하지 않으셨소?" 그가 다시 몸을 돌려 슈미에게 공손히 손을 모으고 예를 표했다. "오래 기다리셨소. 죄를 졌소이다. 참으로 죄송하오." 그러더니 빠른 걸음으로 슈미에게 다가와 그녀를 위아래로 살펴보며 중얼거렸다.

"과연, 과연……."

여자가 한쪽에서 웃으며 말했다. "어때요? 내 추측이 틀리지 않았죠?"

"틀리지 않았어. 틀리지 않았다고." 남자가 말했다. "칭성, 그 녀석이 과연 안목이 있어."

이 남자는 틀림없이 넷째 두령인 칭서우일 것인데, 그렇다면 여자는 누구지? 이런 생각을 하던 슈미는 저들이 방금 전에 했던 말이 무슨 뜻인지 알 수 없어 그저 고개를 숙이고 두 손을 맞잡은 채 시선을 돌렸다. 그래도 이 집에는 여자가 한 명 더 있기 때문인지 슈미는 다소 마음이 놓였다. 여자가 그녀 곁으로 다가와 가볍게 팔을 잡아끌면서 웃었다. "아가씨 너무 두려워하지 말고, 날 따라 오세요."

슈미가 앉자 그녀가 차를 따라 주었다. 그녀의 얼굴에 웃음기가 어렸다. 칭서우는 손에 부채를 들고 쓸데없는 인사치레는 빼고 단도직입적으로 말했다.

"오늘 이렇게 아가씨를 모신 것은 별 뜻이 있어서가 아니라 몇 마디 물어볼 것이 있기 때문입니다. 응당 내가 배를 타고 섬으로 찾아뵙는 것이 맞지만 아시다시피 그렇게 더러운 땅을 이 두 발로 밟을 수가 없었소

이다. 이런저런 생각을 하다가 내자가 서신을 한 통 써서 귀인께서 아리
따운 미인의 발걸음을 옮기시어 누추한 저의 집을 한 차례 와주십사 청
한 것이니, 무례한 점 널리 양해해 주시기 바랍니다."

그의 말을 들으면서 슈미는 속으로 흰옷 입은 여자가 아마도 그의
부인일 것이라고 생각했다. 칭서우의 목소리는 온화하고 느리며 낮게
깔렸지만 은연중에 강인한 무인의 기운이 서려 있었다. 다시 보니 미간
이 찌푸려져 있으나 표정이 단정한 것이 구차하게 살아온 사람은 아닌
것 같아 슈미도 걱정을 내려놓고 조금이나마 안도할 수 있었다.

슈미가 고개를 숙이고 아무 말도 하지 않자 칭서우가 부채로 나무
탁자 위의 찻잔을 슈미 쪽으로 밀면서 말했다. "차를 드시지요." 어조는
담담하고 싸늘했다.

바로 그때 어린 하인이 곤두박질치듯 달려 들어와 대청 아래에서
아뢰었다. "오늘 저녁이 다섯째 나리가 돌아가신 지 이레째 되는 날이라
그쪽에서 사람을 보내 나리께 술이나 한잔 하자고 하십니다."

칭서우가 손에 든 부채를 그를 향해 흔들면서 근엄한 표정으로 말
했다. "안 가겠다."

어린 하인은 차마 떠나지도 못하고 그 자리에 멀뚱하게 서서 말했
다. "그리하시면 제가 그들에게 뭐라고 말할까요?"

"아무 말도 할 필요 없어. 그냥 내가 안 간다고 말하면 돼."

하인이 나가려고 하자 여자가 그를 불러 세우고 잠깐 생각한 다음
말했다. "넷째 나리께서 요즘 열이 나고 치통이 심해 술을 드시지 못한
다고 이르게."

하인이 나가자 칭서우가 이어서 말했다.

"당신이 화자서에 온 이후 마을에서 일련의 괴이한 일들이 벌어져

하루에도 세 번씩 놀란다오. 아가씨도 이미 들으셨겠지요? 먼저 총람파 께서 뜻밖의 횡액을 당하여 집에서 누군가에게 피살되었어요. 이어서 둘째 수령이 독살 당해 죽었고, 바로 이레 전에는 다섯째 칭더가 염소 우리에서 죽었는데······."

"그도 죽었어요?" 갑작스러운 말에 슈미가 놀라서 물었다.

칭서우와 흰색 옷을 입은 여인이 서로 쳐다보는 모습이 마치 '그녀 가 마침내 입을 열었네······'라고 하는 듯했다.

"누군가 그를 두 마리 염소랑 같이 다져서 육장肉醬을 만들었소." 칭 서우가 차갑게 웃으며 계속 말했다. "다섯째 나리 집안사람들이 시신을 거두어 염을 하려고 했지만 그 시신을 어떻게 수습할 수 있었겠소? 결 국 염소 똥까지 전부 퍼서 관에 가득 담아 장사를 치렀지요. 일이 이 지 경에 이르렀으니 바보조차 살인자가 한 놈이 아닌 데다 모두 사악하고 악랄하다는 사실을 알아차릴 수 있게 됐지요."

그의 이야기는 길게 이어졌다.

"발등에 불이 떨어진 것처럼 상황이 시급한 지경에 이르지 않았다 면 칭서우는 아가씨의 정결한 수행을 차마 방해하지 못했을 것이오. 솔 직히 말씀드리면 총람파가 피살된 후 이 사람의 마음속에 나름 예상하 는 바가 있었는데, 어찌된 일인지 추측하면 틀리고, 헤아려볼 때마다 헛 되고 마니 나중에는 내가 꿈을 꾸고 있는 것 같기도 하고, 머리통에 금 이 갈 정도로 생각해보았지만 아무것도 얻은 것이 없었소. 총람파가 죽 고 내가 제일 먼저 생각한 흉수는 바로 둘째였소. 그는 총람파의 자리 를 엿본 지 이미 오래되었거든. 이는 화자서에서는 이미 공공연한 비밀 이었지. 왕관칭은 이미 6년째 병석에 누워 다 죽게 되었는데······, 누가 알았겠소. 그가 병석에 누워 6년 동안 있으면서 병세가 악화되기는커녕

복사꽃 그대 얼굴

작년 겨울에는 놀랍게도 자리를 털고 일어나 산책을 하고, 봄에 호숫가 살얼음이 녹으며 그래도 여전히 물이 차가운 호수에서 헤엄을 치기까지 했소. 게다가 마을 사람들에게 우리 화자서처럼 아름다운 무릉도원이 지금은 피비린내가 코를 찌르는 기생집으로 변해 여자를 약탈하고 심지어 비구니까지 범하는 지경에 이르렀다고 누차 말을 하고 다녔소. 하늘이 하룻밤 사이에 그의 병을 낫게 해주어 기강을 다시 세우도록 했으니 둘째 나리가 어찌 당황하지 않았겠소. 총람파가 병석에 누운 이후로 둘째 나리가 모든 일을 맡아하면서 화자서가 오늘날과 같은 지경에 이른 것이니 그 잘못을 회피할 수 없었던 것이오. 더군다나 그는 큰두령보다 겨우 네 살 어릴 뿐이오. 그는 알고 있었던 것이지, 자신이 더 이상 기다릴 수 없다는 것을. 그래서 총람파가 피살된 후 우리 부부는 흉수가 둘째 쪽 사람임에 틀림없다고 추정한 것이오. 그런데 누가 알았겠소. 총람파가 죽고 며칠 되지도 않았는데, 둘째 나리 역시 누군가에게 독살되었으니! 결국 그에 대한 의심도 접어야 했지. 둘째 나리가 죽은 후에 나는 남아 있는 몇몇 두령 중에 다섯째 칭더가 가장 의심스럽다고 여겼소. 칭더는 원래 큰나리의 부장副將이었는데, 사람이 천성적으로 음탕하여 평소에도 여색을 밝혔기 때문에 총람파가 여러 차례 엄하게 꾸짖은 적이 있소. 그러나 일찍이 푸젠에서 왜구를 평정할 당시 총람파를 구해준 적이 있었소. 그러니 두령 중에서는 그가 아무래도 큰나리와 가장 가깝다고 할 수 있지. 화자서에서 그는 총람파의 집에 자유롭게 출입할 수 있는 유일한 사람이니, 손을 쓰겠다고 마음만 먹으면 손바닥을 뒤집는 것처럼 쉬웠을 것이오. 게다가 총람파가 피살되던 날 밤 그가 큰 비를 무릅쓰고 사람을 데리고 섬으로 갔다는 이야기를 들었소. 그 일은 매우 수상쩍은 구석이 있어서……."

비바람이 치던 날 밤 이야기를 꺼내자 슈미는 자신도 모르게 깜짝 놀라 얼굴에 수치심과 분노가 어리고 눈빛을 반짝이며 고개를 더욱 깊이 파묻었다. 다행히 흰옷 입은 여인이 그런 모습을 눈여겨보고 화제를 돌리려고 재빨리 남편의 말을 가로챘다.

"그 일은 꺼내지 마세요. 지금 다섯째 나리도 죽었으니 흉수가 그 사람은 아니잖아요."

"물론이지." 칭서우는 안색이 어두워지고 표정도 더욱 굳어졌다. 이따금씩 부채로 머리를 긁적이며 말을 이었다. "나 말고 화자서의 두령은 셋째 나리 칭푸와 여섯째 막내 칭성 두 사람만 남은 셈이야. 우리는 요 이틀 사이에 계속 고민하고 있었는데, 일이 오늘날과 같은 지경에 이르렀으니 정황이 점점 분명해지고 있소이다. 다음 두 가지 가능성밖에는 없겠지. 첫째, 두 사람 중에 한 사람은 틀림없이 흉수다. 둘째, 두 사람이 모두 흉수다. 다시 말해 그들 두 사람이 손을 잡고 자신들과 다른 이들을 잘라냈다는 뜻이지. 어떤 상황이든 당신도 알다시피 이제 곧 저들의 칼날이 우리의 목을 벨 거야. 만약 우리가 이렇게 기다리며 관망만 하고 있다면 아마도 이번 여름을 넘길 수 없을지도 몰라. 그래서 나는 먼저 손을 쓰기로 결정했소."

칭서우는 말을 끝낸 후 호주머니에서 담뱃대를 꺼내 입에 물었다. 하녀 두 사람이 만차晩茶(비교적 늦게 딴 차를 뜻하나 여기서는 저녁에 약간의 먹을 것과 함께 마시는 차를 말한다) 두 잔에 연근에 찹쌀을 넣어 만든 맛탕을 내왔다. 흰옷 입은 여인이 두어 차례 권하는 바람에 슈미도 억지로 한 입 맛을 보았다.

"다섯째 나리 칭더 외에 셋째 나리 칭푸도 섬에 갔었다는 이야기를 들었어요." 흰옷 입은 여인이 말했다. "아가씨는 그 일을 언급하고 싶지

　　　　　　　　　　　　　　　　복사꽃 그대 얼굴

않겠지요. 저도 알아요. 막상 말을 하려고 하니 입을 떼기가 쉽지 않군요. 만약 아가씨가 말하고 싶지 않다면 굳이 강요할 생각은 없어요. 하지만 이번 참사는 화자서 전체에 지극히 중요한 일이에요. 아가씨가 기꺼이 도와주시겠다면, 혹은 알려주어도 무방하다고 생각하신다면, 그들 두 사람이 섬에 갔을 때 무슨 말을 했는지, 또 평소와 다른 행동은 어떤 것이 있었는지, 앞뒤 상황을 하나도 빼놓지 말고 사실대로 알려주세요. 특히 셋째 나리 칭푸에 대해서 말이에요. 만일 셋째 나리의 혐의가 사라진다면 저희는 막내 여섯째를 대처하는 데 전심전력해야 하니까요."

슈미가 곰곰이 생각하다 한숨을 내쉬며 막 입을 열려고 할 때 밀짚모자를 쓴 양치기 모습을 한 어린 하인이 문밖에서 급히 들어왔다. 뭔가 아뢸 일이 있는 듯했다. 칭서우가 슈미에게 잠시 기다려 달라고 말한 후 주랑 쪽으로 갔다. 양치기가 발꿈치를 들고 칭서우의 귓가에 대고 뭔가 속삭이면서 채찍으로 밖을 가리켰다.

얼마 되지 않아 양치기가 인사를 하고 떠났다. 칭서우는 찻상 앞으로 돌아와 앉더니 아무런 내색도 하지 않은 채 말했다.

"아가씨, 말씀하시지요."

슈미가 섬에서 일어난 일에 대해 하나씩 자세하게 이야기했다. 셋째 나리가 음란한 노래를 부르고 시시덕거리며 희학질을 할 때 갑자기 문밖에서 '허허' 하며 비웃는 소리를 듣고는 온몸을 떨다가 손에 들고 있던 찻잔을 놓쳐 몸에 찻물이 튀었다. 그의 얼굴이 순식간에 흰 분을 바른 강시[*]처럼 하얗게 질려 슈미도 깜짝 놀랐다.

"집밖에서 누가 비웃었지요?" 칭서우가 물었다.

"모르겠어요." 슈미가 말했다. "그가 곧이어 주방장을 데리고 나가 한참을 찾아보았지만 사람 그림자조차 찾을 수 없었대요. 하지만 내가 느끼기에 그 사람은 문밖에 있는 게 아니라……."

"그럼 어디에?"

"지붕 위에요." 슈미가 말했다. "내가 느끼기에 그 사람은 지붕 위에 엎드려 있는 것 같았어요."

"셋째 나리가 무척이나 놀랐겠네요." 여인이 물었다.

"아마도 그 목소리를 알아들은 것 같았어요." 슈미의 눈빛도 아련해지기 시작했다. "'어떻게 그가?'라며 계속 중얼거렸어요. 마치 그 사람이 누군지 알기는 하는데 감히 믿을 수 없는 듯했어요."

칭서우가 또다시 넋을 놓았다. 그는 흰옷 입은 여인과 재빨리 눈짓을 교환하더니 마치 약속이라도 한 듯 두 글자를 내뱉었다.

"칭성?"

"제가 화자서에 온 후로 아직까지 그가 섬에 온 것을 본 적이 없어요." 슈미가 말했다.

"그건 우리도 알아요." 칭서우가 말했다. 보아하니 그는 여전히 넋이 나가 정신을 차리지 못하는 것 같았다. "여섯째 막내는 둘째 나리가 데려온 사람인데, 줄곧 둘째 나리의 심복으로 있었지요. 그 인간은 완력이 대단하기는 하지만 머리를 쓸 줄 몰라. 만약 정말로 그라면 둘째 나리의 죽음은 어떻게 해석해야 하지? '큰 나무에 기대면 더 시원하다'는 옛말이 있잖아. 자신의 오른쪽 날개가 아직 성숙되기도 전에 자신이 의지하던 큰 나무를 먼저 벨 수는 없는 일이지. 게다가 자기 혼자 힘으로 다섯 명의 두령과 맞선다? 이건 막내가 할 수 있는 일이 아닐 텐데……. 정말 이상하군!"

"우리 무우無憂에게 물어보면 어때요?" 여인이 웃으며 고개를 들어 조롱 속에 있는 앵무새를 바라보며 말했다. "뭐라고 말하는지 보자고요."

앵무새가 사람의 말을 알아들었는지 깃털을 파드득거리더니 미동도 하지 않고 주인을 바라보며 눈살을 찌푸리고 깊은 생각에 잠긴 듯하다가 잠시 후에 갑자기 입을 열었다.

"경부慶父가 죽지 않으면 노나라의 난리가 끝나지 않을 거야."[19]

"그 말도 맞네. 셋째 나리와 여섯째 모두 칭慶자 항렬이지." 칭서우가 쓴웃음을 지으며 말했다.

두 사람은 이렇게 말하며 한바탕 웃었다. 흰옷 입은 여인이 걱정스럽다는 듯이 남편을 바라보며 작은 목소리로 상기시켰다.

"도둑이 도둑 잡으라고 고함친다고, 셋째 칭푸가 고의로 연막을 쳐서 우리가 대비하지 못하도록 하는 게 아닐까요? 그 사람은 하루 종일 시를 읊고 부賦를 짓는다고 하면서 미치광이, 바보처럼 행동하지만 뼛속까지 음흉한 계략이 가득 찬 사람이에요. 그 녹두만 한 눈을 굴릴 때마다 계책이 꾸러미로 나온다니까요."

칭서우가 천천히 턱밑 수염을 비비 꼬면서 신음하듯이 말했다.

"나도 이전부터 그를 의심해왔어. 그런데 방금 정탐꾼이 와서 보고하길, 칭푸 이놈이 이미 도망쳤다는 거야."

"도망을 쳐요?"

"도망쳤대." 칭서우가 고개를 끄덕였다. "훙셴하고 비징 두 계집애를 데리고 비쩍 마른 나귀를 타고 뒷산으로 도망쳤다네. 지금쯤이면 거의 평황령鳳凰嶺을 넘었을걸?"

"두려웠던 게로군요." 여인이 탄식하며 말했다.

---

19) 두 명의 왕을 시해하고 내란을 일으킨 경부(慶父)가 죽지 않으면 노(魯)나라의 혼란이 끝나지 않는다는 말로, 난리를 일으킨 주모자를 제거해야 나라가 평화롭다는 뜻.

"두렵기만 한 것이 아니라 놀라서 간담이 서늘해진 게지." 칭서우가 콧방귀를 뀌며 두어 번 비웃더니 또다시 안색이 순식간에 어두워졌다.

"설마 정말로 칭성이?"

"그가 아니면 설마 나겠어?" 칭서우가 이를 악물며 이런 말을 내뱉더니 잠시 있다가 다시 이어서 말했다. "그놈이야, 분명 그놈이 틀림없어. 사람들을 모두 그가 약탈해왔잖아. 게다가 여자 냄새만 맡으면 사족을 못 쓰는 인간인데, 어찌 몇 달 동안 섬에 발길도 하지 않을 수 있겠어? 더군다나 요 며칠 동안은 화자서에서 그의 그림자조차 볼 수 없었어. 더더군다나 칭더와 칭푸가 차례로 섬에 갔다는 것을 그가 모를 리 있겠어? 이처럼 평상시와 달리 꾹 참고 폭발하지 않은 것이 무엇 때문이겠어? 그놈이야, 그놈. 하마터면 나까지 속을 뻔했네."

칭푸가 떠나니 사태가 금방 분명해졌으며, 여섯째 막내 칭성이 곧바로 칭서우 부부 눈앞까지 밀고 들어왔다. 안개가 흩어지면서 섬 전체의 윤곽이 드러나듯이 더 이상 아무런 장애물도 존재하지 않았다.

"실례하겠소." 칭서우가 두 사람을 힐끗 보고는 황급히 자리에서 일어나 바깥으로 나가려고 했다.

"칭 오빠!" 흰옷 입은 여인이 다급하게 그를 불렀다.

"칭 오빠!" 조롱 속의 앵무새도 따라 소리를 냈다.

칭서우가 조롱을 꺼내 작은 문을 열자 앵무새가 튀어나오기 무섭게 그의 어깨로 뛰어올라 굽은 부리를 주인의 얼굴에 비볐다.

칭서우가 새의 날갯죽지를 가볍게 쓰다듬며 중얼거렸다. "무우야, 무우야. 우리가 화자서에 몸을 기탁한 것은 베개를 높이 베고 걱정 없이 살기 위함이었단다. 낮에는 바둑을 두고 밤에는 책을 읽으며 세월을 보내려고 했는데, 하늘에서 이렇듯 생각도 못한 재앙이 찾아올 줄 어찌

복사꽃 그대 얼굴

알았겠느냐……."

"제가 보건대, 이번 일은 다시 한 번 심사숙고할 필요가 있어요."

"일이 이 지경에 이르렀는데, 또 뭘 심사숙고해?" 칭서우가 탄식하며 말했다. "그를 죽이지 않으면 그가 당신을 죽이러 올 거라고."

"칭 오빠." 흰옷 입은 여인의 눈가에 물기가 어리고 목소리는 애절하게 바뀌었다. "우린, 우린 왜 칭푸처럼 멀리 떠날 수 없는 거죠?"

"멀리 떠난다고?" 칭서우가 고개를 돌려 아내를 보더니 히스테릭하게 웃었다. 허리를 잡고 쓰러져라 웃더니 심지어 눈물까지 흘릴 정도였다. 마치 몇 개월 동안 가슴 속에 쌓인 의문과 의심, 두려움이 웃음소리와 함께 한꺼번에 쓸려나가는 것 같았다. "그런 것을 무슨 생각이라고 할 수 있겠소? 여섯째 막내 녀석조차 재미가 없다고 하겠소. 하지만 당신이 진정으로 떠날 생각이라면 무우랑 같이 떠나시오."

"그럼 언제 착수하실 생각이세요?"

"오늘 밤."

8

슈미가 섬으로 되돌아왔을 때는 이미 하늘이 완전히 어두웠다.

한류가 호박죽을 한 솥 끓여놓고 등불 아래에서 그녀를 기다리고 있었다. 그녀는 오후 내내 슈미를 영원히 볼 수 없게 될까 봐 걱정했었다고 말했다. 또 항아리의 쌀을 거의 다 먹어가지만 소금은 아직 여유가 있다고 말하기도 했다. 만약 식량을 다 먹으면 어떻게 하냐고 슈미가 묻자 한류가 그녀를 안심시키며 말했다. "땅에 나는 채소나 지붕 위 호박도 먹을 수 있어. 그것 말고도 섬에서 나는 여러 종류의 나물도 먹을 수 있는데, 정 어쩔 수 없으면 열 댓 마리 되는 병아리를 잡아먹지 뭐."

이렇게 말하곤 한류도 약간 멋쩍었다. 그래서 이내 살생은 불가의 계율을 어기는 것이라고 말했다. 사실 그 병아리들은 그녀가 자식처럼 애지중지하는 것들이었다. 그녀가 혼자였을 때 가장 큰 즐거움은 바로 그 녀석들과 대화를 나누고 장난을 치는 것이었다. 그녀는 병아리마다 이름을 지어주기도 했다. 녀석들은 모두 한씨였다. 그러나 병아리가 다 자라기도 전에 한 마리씩 잡아먹었다.

"죄악이야, 죄악." 한류가 말했다. "하지만 병아리 탕은 정말 맛있어."

병아리들은 이미 털갈이를 하느라 털이 드문드문 빠진 상태로 몸을 곧추세우고 탁자 아래에서 천천히 거닐고 있었다. 비쩍 말라 걸을 때도 그다지 활기가 없었다.

슈미가 화자서의 일에 대해 말해주었다. 마지막 승자가 누가 될지 알 수 없지만 마을에 남은 두 명의 두령이 오늘 밤 한판 붙을 것이라는 이야기였다.

"그 흰옷 입은 여자가 누군지 아니?" 한류가 호박죽이 묻은 손가락을 빨면서 물었다.

"몰라요."

"그녀는 칭서우의 이모야." 한류가 덧붙였다. "그들 조상이 무슨 죄업을 지었는지 모르겠다만 두 사람은 나이가 서로 비슷해서 어렸을 때부터 친하게 놀았지. 여자가 열여섯 살이 되던 해에 두 사람이 어리석은 짓을 하다가 부모에게 현장에서 들키고 말았어. 넷째 나리가 이모를 보호하려고 도망쳤지만 그의 두 형과 세 명의 삼촌, 그리고 작은 할아버지까지 나서서 그들을 쫓아가 죽인 후에 머리를 가지고 돌아와 조상님들께 제를 지내겠다고 난리가 났었지. 결국 왕관청이 그들을 거두고 그를 네 번째 자리에 앉혔어."

"화자서 사람들은 그런 일을 꺼리지 않나요?" 슈미가 물었다.

"화자서에서는 심지어 공개적으로 자신의 딸과 혼인할 수도 있다고 들었어. 진짜인지 아닌지 모르겠다만." 한류가 덧붙였다. "이 마을은 산과 물로 막혀 있기 때문에 평소 바깥세상과 통하지 않으니 그런 일이 있어도 조금도 이상하지 않아."

"아무리 그래도 이해가 되지 않는 일이 하나 있어요." 슈미가 말했다. "왕관청은 관직에서 물러나 은거하면서 세속의 진애에서 벗어나 청정하게 수도하다가 열반에 들겠다고 했다는데 어떻게 갑자기 토비가 된 거지요?"

한류가 쓴웃음을 지으며 손가락으로 명치를 가리키고는 한숨을 쉬더니 다시 입을 열었다. "자신의 생각에 얽매인 거지."

"무슨 생각이요?"

"그는 인간 세상에 천상의 선경仙境을 만들 생각이었어." 한류가 말을 이었다. "사람의 마음은 국화가 여러 개의 꽃잎을 가진 것과 같이 여러 갈래로 엇갈리지. 그래서 하나씩 떼어내면 그 안에 자기만의 꽃술이 숨어 있어. 그렇듯 사람의 마음은 헤아리기 어렵다는 뜻이야. 생사에 초연하기는 오히려 쉬울 수 있어. 어쨌든 생사는 사람이 정하는 일이 아니니까. 하지만 명성이나 이익에 초연하고 욕망을 내던지는 것은 정말 어려워."

"왕관청은 처음에는 천지를 집으로 삼고 성신을 옷으로 삼으며, 비바람, 서리와 눈을 음식으로 삼고 섬에 초가를 엮어 살려고 했지. 그런

데 그의 마음이 바뀌고 말았어. 화자서를 모든 사람들이 먹고 입는 것
도 풍족하고 겸양으로 예를 갖추고 밤에 대문을 닫지 않아도 도적이 들
지 않으며, 길거리에 물건이 떨어져도 함부로 집어가는 이가 없는 천태
산의 무릉도원으로 만들고 싶었던 거야. 결국은 명名과 이利라는 두 글
자, 즉 명성과 이익에서 벗어날 수 없었던 거지. 왕관청은 스스로 극도
로 검소하게 지내며 시원찮은 차를 마시고 소박한 식사를 하며 해지고
남루한 옷을 입는 듯 궁핍한 생활을 했어. 겉으로는 비록 명리를 좇지
않는다고 말하긴 했지만 화자서 3백여 호 사람들의 존경을 얻고자 했
으며, 화자서의 아름다운 이름이 천하에 널리 퍼져 죽은 후에도 천고에
이름을 날리고자 했던 거야. 이것이 그의 큰 집념이었지."

　"화자서는 산이 많고 밭이 적은 곳인 데다 외부와 단절되어 있어.
왕관청은 집을 짓고 수로를 만들었으며, 연못을 파고 나무를 심었지. 그
런데 또 풍우장랑을 만들겠다는 거야. 그 돈이 어디서 나와? 예전에 관
직에 있을 때 병사들을 데리고 싸움을 하던 사람인지라 자연스럽게 약
탈을 생각해냈지. 그렇지만 부자들 재물만 약탈하고 일반 백성들에게
해를 끼치지는 않았으며, 사람을 죽이지도 않았지. 처음에는 그런대로
괜찮았어. 약탈한 옷이며 금은을 호구 수에 따라 균등하게 나누고, 호
수에서 잡은 물고기도 모래톱에 쌓아놓고 마을 사람들이 알아서 가져
가도록 했으니까. 원래 이 지방 사람들은 매우 순박한 데다 왕관청이 전
심전력으로 교화를 했으니 시간이 지날수록 백성들도 예의를 차리고
공손하게 바뀌었지. 사람을 만나면 한 손을 가슴 앞에 들고 허리를 굽
히며 인사를 하고, 물러날 때도 공손하기 그지없었지. 아비는 자애롭고
자식은 효성스러우며, 부창부수夫唱婦隨라고 할 정도로 부부가 화목했으
니 정말로 화기애애했어. 빼앗은 물건은 나쁜 것을 갖고 이웃에게 좋은

　　　　　　　　　　　　　　　　　　　　복사꽃 그대 얼굴

것을 양보했고, 모래톱에 쌓아놓은 물고기는 너 나 할 것 없이 가장 작
은 것을 집었기 때문에 남은 큰 놈은 건드리는 사람이 없어 결국 물가
에서 썩어 악취를 풍겨댔어. 하지만 토비도 그리 쉬운 일은 아니야. 큰
부잣집을 지키는 머슴들과 맞닥뜨리게 되면 총칼로 싸워야 하는데 매
번 승산이 있다고 보기는 어려워. 어느 해인가 칭샹慶港에서 장사꾼인
주朱씨 집을 털게 되었는데 재물은 얼마 빼앗지도 못하고 장정壯丁 두 명
만 잃고 말았어. 그래서 왕관청이 예전에 관직에 있을 때 거느리고 있던
부하들을 떠올린 것이지. 둘째 나리는 단련團練(지방 지주들이 조직한 자체
군사조직) 출신이고, 셋째 나리는 총병總兵(청대 군대 관직 명칭), 다섯째 나
리는 수사관대水師管帶(청대 수군 관직 명칭) 출신이야. 세 명은 모두 자기 부
하들과 말을 끌고 왔어. 조정에서 군대를 인솔했기 때문에 군기의 제약
을 받을 수밖에 없었지만 일단 화자서로 들어와 산적 두령 자리에 오르
니 말로는 총람파를 경외한다고 했지만 세월이 흐르면서 왕관청도 그
들을 통제할 수 없었어. 게다가 왕관청이 요 몇 년 동안 몸져누워 하루
종일 침상에서 골골하고 있었으니 수하들이 날뛸 수밖에 없게 된 것이
지."

　"결국 그들 때문에 일을 망친 것이네요." 슈미가 말했다.

　"꼭 그렇다고 할 수만은 없어. 만약 왕관청이 처음부터 이리를 제 집
에 끌어들이지 않았다면 화자서도 오늘날처럼 되지 않았을 거야." 한류
가 이를 쑤시면서 느긋하게 말을 이었다.

　"가령 그가 섬에서 혼자 조용히 수련하다가 초선焦先(한나라 말기의
은둔거사)처럼 자생자멸自生自滅했다면 화자서는 그럭저럭 굴러갔을 거야.
해가 뜨면 나가 일하고 해가 지면 들어와 쉬니, 비록 나중처럼 흥성할
수는 없다 할지라도 오늘날처럼 환란이 있지도 않았겠지. 처음에 그는

생각만 했을 뿐이었지만 그런 생각에 자극을 받아 구체적으로 일을 벌이기 시작하자 자신도 어쩔 수 없었던 것이지. 불가에선 세상 만물이 모두 마음에서 생겨나고 마음이 만들어낸다고 말하지. 결국 모든 것이 꿈이자 환영으로 물거품에 불과한데 그걸 몰랐던 거야. 왕관청은 화자서를 모든 이들이 칭찬하고 선망해마지 않는 세상 밖 도화원으로 만들 생각이었지만 결국 다른 이에게 날카로운 도끼를 쥐어준 꼴이 되어 참혹한 일을 당하고 화자서도 덩달아 파국을 맞이하고 만 것이지. 어, 이게 무슨 냄새야? 한번 맡아 보렴, 뭔가 타는 것 같은데……."

한류가 여기까지 말하고는 힘껏 코로 숨을 들이마시며 냄새를 맡았다.

"어디서 타는 냄새가 나는데?" 슈미도 이리저리 냄새를 맡다가 북쪽 창을 바라보고는 깜짝 놀랐다.

창문에 붙여놓은 흰 종이가 갑자기 붉은 색으로 변하더니 불꽃 그림자가 격자창의 창살을 널름대고 있었다. 한류는 창문 밖에 화염이 타오르는 것을 보고 "큰일 났어!"라고 외치며 벌떡 일어나 뛰어가 창문을 활짝 열어젖혔다. 화자서에 불이 나 화염이 하늘 위로 솟구치고 있었다.

슈미도 창문으로 다가갔다. 두 사람은 벽에 기대어 멍하니 맞은편 마을을 쳐다보았다. 공기 중에 나무 타는 냄새가 가득 찼고 간혹 "탁, 탁" 나무가 갈라 터지는 소리가 들렸다. 큰불은 마을 북서쪽에서 난 듯한데, 이미 지붕이 무너져 대들보가 드러난 집도 있었다. 짙은 연기가 맴돌며 뭉게뭉게 피어올라 바람을 따라 섬 쪽으로 날아왔다. 불빛이 장랑을 환하게 비추고 반짝이는 모래톱과 호숫가에 빽빽하게 들어찬 배들과 호수 위에 끊어진 다리까지 비추었다.

불빛 속에서 화자서의 모든 것이 마치 지척에 있는 것처럼 가깝게

복사꽃 그대 얼굴

느껴졌다. 몇몇 노인네들이 지팡이를 짚고 모래톱 근처에 서서 불빛을 바라보고, 발가벗은 아이들이 빛 그림자 속에서 뛰어다니며 몇몇 아이들이 나무 위에 올라가 먼 곳을 바라보는 것도 보였다. 울부짖는 소리며 개 짖는 소리가 윙윙대는 바람소리에 섞여 날아왔다.

"넷째와 여섯째 나리가 싸우기 시작했구나." 한류가 말했다. "속담에 호랑이랑 표범이 싸우니 노루만 고생한다더니."

"태워라 태워!" 슈미가 이를 악물고 낮은 목소리로 말했다. "화자서를 아주 깨끗이 태워버려라!"

그녀는 이렇게 말하면서 창문을 떠나 식탁 옆으로 가서 그릇을 정리했다. 그러나 말은 그렇게 해도 속으로는 흰옷 입은 여인이 마음에 걸렸다. 섬세하고 긴 손가락, 애수에 찬 얼굴, 대청에 걸려 있던 텅 빈 새장, 그리고 말할 줄 아는 앵무새 등이 한꺼번에 눈앞에 떠올랐다. 마음속에 연민의 정이 떠올랐다.

물론 그녀가 가장 많이 생각한 것은 왕관청이 추구했던 이상향이었다. 그는 문득 왕관청, 사촌오빠 장지위안, 그리고 어디에 계신지 알수 없는 아버지가 같은 사람이라는 느낌이 들었다. 그들과 그들 각자의 꿈은 하늘에 흘러 다니는 구름이나 연기와 마찬가지여서 바람이 불면금세 흩어져 행방을 알 수 없다.

한류가 등불 아래에서 그녀를 도와 식기를 정리하고 부엌으로 가서물을 끓여 차를 우려냈다.

한류가 장작을 부뚜막에 집어넣고 불을 지피자 그녀의 통통하고다부진 몸에 불빛이 비쳐 벽에 그림자가 생겼다. 그녀가 앉아 있는 모습을 보고 있으면 슈미는 마음이 편안해졌다. 한류만 보면, 그녀의 발그레한 얼굴과 굵은 팔뚝, 그리고 두꺼운 입술을 보고 있으면 마음이 편안했다. 그들 두 사람은 이렇듯 당장이라도 쓰러질 것만 같은 집에서, 집안에는 콩알만 한 등불, 집밖에는 뭇별이 반짝이는 가운데 앉아 있었다. 이런 밤이 얼마나 남았을지 알 수 없었다. 밤은 물처럼 차갑고 귀뚜라미는 호숫가에서 끊임없이 울어댔다. 그 속에서 아무 말도 없이 있을 때 슈미는 편안함을 느낄 수 있었다. 그럴 때면 마치 마음속에 아무런 걱정이나 근심도 없는 듯했다.

그녀는 단단하고 오래가며 쉽게 마모되지 않는 것을 좋아했다. 한류가 바로 그런 사람이다. 그녀가 숨 쉬는 소리는 남자처럼 거칠었다. 밤중에 코를 골기 시작하면 침상 전체가 삐걱삐걱 흔들렸다. 죽을 마실 때면 쩝쩝거리기를 좋아하여 후루룩후루룩 소리를 냈지만 슈미는 오히려 그런 것이 더 좋았다. 푸지에 있을 때는 밥을 먹으면서 조금이라도 소리를 내면 그 즉시 어머니가 젓가락으로 그녀의 머리를 때렸다.

날이 너무 더워 견디기가 힘들 때면 한류는 짧은 속곳만 입고 상반신은 벌거벗은 채로 방안을 돌아다녔다. 풍만하여 겨드랑이까지 늘어진 젖가슴과 새까만 젖꼭지, 그리고 젖꼭지 주변의 갈색 유륜이 하루 종일 그녀 눈앞에서 덜렁거렸다. 그녀는 자두를 먹을 때면 씨까지 잘게 씹어 삼켜 버렸다. 때로 슈미는 그녀와 이 섬에서 평생 살면 얼마나 좋을까 하는 헛된 생각을 하기도 했다. 그런 생각이 들 때면 자신도 화들짝 놀라곤 했다. 호수를 둘러싸고 있는 이 섬에 대해 말할 수 없이 애틋한 감정이 생겼다는 것이 이해가 되지 않았기 때문이다.

"언니!" 슈미가 앞치마를 풀어 부뚜막 위에 걸어놓자 한류가 몸을 움직여 작고 긴 나무걸상에 슈미가 나란히 앉을 수 있도록 자리를 만들어 주었다.

"언니, 사람의 마음이란 도대체 어떤 거예요?"

"네 자신에게 물으면 될 걸 굳이 나에게 왜 묻니?" 한류가 웃으며 말했다. 그녀가 부뚜막에 있는 쇠꼬챙이로 장작을 뒤적거려 불길이 더욱 거세졌다.

"성인이나 강도나 얼굴에는 아무런 글자도 적혀 있지 않아. 어떤 사람은 겉에서 볼 때는 의관이 단정하고 깍듯하게 예의를 갖추며 입만 열었다 하면 그저 문군文君(사마상여의 처 탁문군卓文君)이 어떻고 자건子建(위나라 조조의 아들이자 문인인 조식曹植)이 어떻다고 주절대지만 그의 마음을 들여다볼 수 있다면 속은 완전히 시커멓고 머릿속도 온통 저질스럽고 비열한 것으로 꽉 차 있을지도 몰라. 그러니 가장 짐작하기 쉽지 않은 것이 사람의 마음이지. 황매의 계절黃梅時節(매실이 누렇게 익어가는 시절. 창장 중하류에 장마가 드는 계절)이 되면 구름이 꼈다, 맑았다, 갑자기 비가 오기도 하는 등 하루에도 몇 번씩 날씨가 바뀌잖아. 때로는 너 자신도 완전히 헤아릴 수 없어. 만약 태평성세라면 사람의 마음이 예법에 제약을 받고 교화를 받아 모든 이들이 요순이 되기 위해 최선을 다하겠지만 일단 난세를 만나게 되면 바로 그런 사람들 마음속에 온갖 더러운 것들이 악성종기나 단독丹毒(단약을 잘못 먹어 생기는 부작용을 말한다)처럼 생겨나서 요순도 어느새 축생처럼 변해 귀매鬼魅나 짐승들이 하는 짓을 저지르게 되는 것이지. 사서에 나오는 인륜을 저버린 참혹한 악행들은 모두 변란으로 인해 생겨난 것이니 지금 우리 눈앞에 있는 화자서도 마찬가지지. 너는 책을 읽은 사람이니 굳이 내가 말하지 않아도 알 거야."

"만약 재난 후에도 살아남을 수 있다면…… 언니, 이 어린 동생을 제자로 삼아 절에서 수행하다가 생을 마치는 것이 어때요?" 슈미가 덧붙였다. "언니는 원치 않나요? 아니면 제가 혜근慧根(불가에서 천부적으로 타고난 총기를 이르는 말)이 부족해서 싫은 건가요?"

말을 마친 슈미가 배시시 웃으며 그녀의 팔을 밀었다.

한류가 웃으며 고개를 저었다. 그리고 곧 다시 입을 열었다.

"저들에게 이 섬으로 잡혀 와서 이미 오래전에 파계를 했어. 그러니 나는 네 스승이 될 수가 없어. 그렇지만 네가 출가할 생각이 진심이라면, 그리고 우리들이 살아서 나갈 수만 있다면 널 위해 법력이 높은 법사를 찾아줄게. 다만 내가 보기에 너는 아직 속세의 인연이 다하지 않았고, 보통사람과는 달라. 앞으로 큰일을 해야 할지도 모르지. 지금 네가 비록 호랑이가 평지에 떨어지고 용이 얕은 내에 갇혀 있는 것처럼 운명이 어긋나 일시적으로 출가의 뜻을 품었겠지만 정말로 그렇게 해서는 안 돼."

"언니는 왜 이렇게 사람을 자극해요? 나는 그저 곤경에 빠진 여자예요. 토비에게 강제로 납치되어 산 높고 물 깊은 이곳까지 끌려와 집안 식구들마저 속수무책이니 설령 세상에 살아 있다고 해도 쓸데가 없죠. 그런데 무슨 용이며 호랑이의 뜻을 지녔단 말이에요?" 답답한 나머지 슈미의 눈에서 주르르 눈물이 흘러나왔다.

"입으로야 그렇게 말하지만 마음은 그렇게 생각하지 않잖아." 한류가 말했다.

"그럼 내가 마음속으로 뭘 생각한단 말이에요?"

"내가 솔직히 말해도 화내지 마!" 한류가 정색하고 말했다.

"한번 들어 봐." 한류가 그녀 쪽으로 몸을 돌려 한참 훑어보더니 천천히 말했다. "사실 넌 오늘 밤 화자서에서 돌아온 후 머릿속으로 쭉 한 가지 일만 생각하고 있어."

"무슨 일요?"

"왕관청, 이 무능한 자가 만약 화자서를 네 손에 쥐어준다면 모든

복사꽃 그대 얼굴

일을 말끔하게 수습하여 진정으로 천국을 만들겠다고 말이야……."

말이 끝나기도 전에 슈미는 깜짝 놀라 눈을 동그랗게 뜨고 손발에서 식은땀이 흐르며 온몸에 한기가 들었다. 한참을 멍하니 있으면서 마음속으로 괴이한 느낌이 들었다. 그래, 당시 그런 생각이 들기는 했어. 머릿속에서 잠깐 스치고 지나간 것이긴 하지만. 그런데 내 마음속에서 그저 무심코 생각한 것을 한류가 어떻게 알았지? 사실 슈미는 조금 전에 한류가 '사람의 마음'에 대해 이야기한 것만으로도 이 비구니가 보통 사람이 아니라는 생각과 더불어 존경스러운 마음이 들었다. 하지만 자신의 일거일동-擧-動은 물론이고 심지어 잠깐 스쳐지나간 생각까지 상대방이 꿰뚫고 있다는 생각이 들자 슈미는 등골이 서늘해지는 느낌이 들었다.

한류가 이어서 말했다. "듣기 거북한 말을 한마디 더 하자면, 왕관청에서 너로 바뀐다고 할지라도 결과는 똑같을 거야."

슈미가 웃으며 물었다. "뭘 보고 알아요?"

"네가 생각할 수 있는 것을 왕관청처럼 경서를 숙독한 박학다식한 선비가 어찌 생각할 수 없었겠니? 또한 네가 할 수 있다면 왕관청처럼 40여 년을 관직에 있으면서 처세에 능하고 지략이 있는 이가 어찌 할 수 없었겠니? 옛사람이 말한 것처럼 일이란 세勢야. 세가 있어야 일이 이루어진다는 말이지. 그렇지 않다면 네가 아무리 계획하고 스스로 애쓴다고 할지라도 결국 남가일몽南柯-夢이 아니겠니? 왕관청은 오로지 인간 천국을 만들겠다는 생각뿐이었지만 자신의 그림자만 쫓아다니다가 결국은 자신의 무덤을 만든 것이지."

한류는 몸에 묻은 지푸라기를 털고 일어나 부뚜막에서 차를 끓여 슈미에게 한 잔 주었다. 두 사람은 부뚜막 아래에서 이야기를 나누었다.

자정이 되어서야 슈미는 방으로 들어가 잠을 청했다.

창문을 지나면서 밖을 보니 화자서의 불길이 잦아들었는지 칠흑처럼 어두웠다.

9

광서 27년 시월 열하룻날. 쉐쭈옌이 며칠 전에 피살되었다. 시월 초아흐레 깊은 밤, 한 떼의 관병들이 메이청에서 출발하여 별빛을 몸에 받고 달빛을 머리에 인 채로 밤새도록 달려 야심한 시각에 쭈옌의 집을 포위했다. 그때 쭈옌은 기생 타오훙과 단잠에 빠져 있었다. 메이청의 협통은 쭈옌과 동년배로 우정을 이어왔으나 혼란을 틈타 그 자리에서 그를 죽였다. 리 협통은 원래 샤좡 사람으로 쭈옌이 현성으로 압송되면 주리를 트는 고통을 견디지 못해 관련된 동향사람들을 무더기로 자백하여 위태로운 상황으로 몰고 갈 것을 걱정했다. 그는 비록 조정의 주구走狗이기는 하나 일처리가 주도면밀하고 일사불란한 데다 어질기도 하고 나름 지략이 있어 가히 존경할 만하다! 쭈옌의 목은 잘린 후 목관에 담겨 메이청으로 운송되었고, 시신은 마을 입구 갈대밭에 내팽개쳐졌다. 큰일을 행하는데 피를 보지 않을 수 없으니 쭈옌의 희생이야말로 가치 있는 죽음이리라.

슈미가 그저께 말했던 낚시꾼은 틀림없이 밀정 '철 꼽추'가 틀림없다. 그렇다면 샤좡의 거점을 이미 오래전부터 주시하고 있었다는 말이 된다.

복사꽃 그대 얼굴

다만 모임에 참가했던 자들이 참으로 가증스러울 뿐이다. 쭈옌이 죽자
그 즉시 마치 놀란 새나 짐승처럼 뿔뿔이 흩어지고 말았다. 누군가는
외지로 도피하고, 또 누군가는 산속 깊은 곳에 숨어 화를 피하니 쭈옌
의 시신은 밤낮으로 연못에 던져진 채 퉁퉁 불어야만 했다. 창저우에서
푸지로 돌아온 그날 밤 즉시 한 어부에게 부탁하여 열세 냥을 건네고
시신을 건져내서 뒷산 계곡에 안장했다. 돈은 내가 먼저 지불하고 나중
에 일이 성공하는 날 회비에서 받으면 된다.

나중에 다시 대책을 상의하고자 회원들에게 연락을 했다. 뜻밖에 그들
은 너 나 할 것 없이 간담이 서늘해져 누군가는 병을 핑계로 나타나지
않고, 또 누군가는 아예 일찌감치 줄행랑을 놓고 말았다. 깊은 밤에야
겨우 장롄자 회원의 집을 찾았다. 그의 집은 샤좡의 남서쪽에 있는데,
문을 세차게 두드렸으나 아무런 응답이 없었다. 나중에야 침실에서 등
불이 켜졌다. 장롄자의 마누라가 옷섶도 여미지 않고 짧은 속곳만 걸
친 채 요염하게 나와 문을 열었다. 무슨 일로 왔는지, 누구를 찾는지 묻
기에 암호를 댔다. 그러자 그녀는 짐짓 무슨 뜻인지 모른 척하더니 급기
야 "우리 집에는 당신이 찾는 사람이 없으니 가세요"라고 대답했다. 가
슴속에서 울화가 치밀어 도저히 참을 수 없어 문을 박차고 들어갔다.
내가 정면으로 받아버리자 그 여편네가 화들짝 놀라며 감히 아무 말도
하지 못하고 그저 큰 젖퉁이만 문지르면서 낮은 소리로 죽는 소리를 해
댔다. "아파 죽겠네, 아이고 아파 죽겠네. 아야야……."

내실로 쳐들어가니 장롄자가 옷을 걸쳐 입고 침상 옆에서 잎담배를 피
우고 있었다. 잠에 취해 게슴츠레한 눈으로 나를 못 본 척하기에 그에
게 나와 함께 회원들에게 연락을 취해 회의를 소집하고 작금의 판세에
대해 상의하자고 청했다. 그러자 장롄자는 실눈을 뜨고 냉랭하게 말했

다. "사람을 잘못 보신 것이 아닌지? 일개 농사꾼이 어찌 그런 모임을 알 수 있겠소." 나는 그가 비겁하게 귀머거리, 벙어리인 척하면서 파렴치한 행동을 하는 것에 대해 한바탕 질책했다. 그런데 황당하게도 그가 냉소를 지으며 어디선가 번쩍거리는 돼지 잡는 칼을 들고 내 앞으로 걸어왔다. "꺼져! 꺼지지 않으면 내가 네놈을 고발해버릴 테다."

일이 이 지경이 되고 보니 나 역시 자리를 뜰 수밖에 없었다. 만약 계속해서 그와 설전을 벌였다면 그가 정말로 나를 팔아넘겼을 수도 있다. 장지위안아, 장지위안아! 이런 모습이 얼마나 사람을 실망시키는 것인지, 반드시 기억해라! 하지만 혁명이 성공하는 그날이 되면 의지가 박약한 저들 무리를 모두 죽이리라 맹세하노니, 제일 첫 번째로 죽일 인간은 바로 장례자, 그리고 그의 여우처럼 요망한 여편네로다. 그런데 그녀의 허벅지는 정말 희었다. 한낱 농사꾼이 어떻게 그처럼 반반한 부인을 얻었지? 죽여, 죽여, 죽여! 나는 그녀의 살을 한 점 한 점 베어내야 마음속 원한을 풀 수 있으리라.

요 며칠 동안 원얼의 말투나 기색이 영 이상하다. 나를 떠나보내려는 뜻이 분명하다. 하지만 도대체 어디로 간단 말인가? 메이청으로 돌아갈 수는 없고, 포구로 가는 것은 너무 위험하다. 가장 좋은 방법은 상하이를 거쳐 기선을 타고 요코하마橫浜로 갔다가 다시 센다이仙臺로 향하는 것인데. 여비를 어디서 구할 수 있을까?

당나귀한테서는 아직 소식이 없다. 그가 떠난 지 벌써 한 달이 다 되어가는데, 어디에 있는지조차 알 수 없다.

원얼이 밤에 위층으로 올라와 하염없이 눈물을 흘렸다. 그녀는 상황이 이처럼 화급하지 않다면 굳이 나보고 떠나라고 하지 않았을 것이라고 말했다. 당시 나는 마음속이 극도로 혼란스러워 그녀와 환락을 추구할

복사꽃 그대 얼굴

여유조차 없었다. 두 사람은 한동안 우두커니 앉아 있기만 하다가 점차 지루해졌다. 마지막에 윈얼이 뭐든지 하고 싶은 일이 있다면 말하라고 했다. 나는 조금 생각하다가 그녀에게 그저 슈미 동생을 마지막으로 한 번 보고 싶다고 말했다. 그러자 그녀가 나를 확 밀치더니 눈을 크게 뜨고 멍하니 쳐다보았다. 그녀가 나를 보며 고개를 끄덕였다. 그녀의 눈에는 당혹감과 증오가 불처럼 타올랐다. 그런 모습을 바라보는 나 역시 거북살스러워 두피가 저리고 마음이 켕겨 손발에 땀이 흥건했다. 결국 그녀가 싸늘한 목소리로 또박또박 말했다. "할 말 있으면 나한테 해요. 내가 그 애한테 전해줄 테니."

나는 그렇다면 만나지 않겠다고 말했다. 그녀는 잠깐 고민하더니 어쩔 수 없는 듯 아래층으로 내려가버렸다. 그러나 결국 슈미를 위층으로 올려 보냈다.

만약 우리와 함께 일하자고 그녀를 설득할 수 있다면 얼마나 좋을까!

누이야, 나의 사랑스러운 누이야, 나의 좋은 누이야. 나의 작은 흰 토끼, 오뚝한 너의 작은 입술에 입 맞추고 싶어라. 네 입술에 난 여린 솜털을 핥고 너의 뼈마디 하나하나 쓰다듬으며, 너의 겨드랑이에 내 얼굴을 파묻고 날이 밝을 때까지 잠들고 싶어라. 네가 씨앗처럼 내 마음에 씨를 뿌리고, 감미로운 샘물처럼 젖과 꿀을 흘려보내며, 가랑비처럼 내 꿈을 적셔주기를 바라네. 하루 종일 너의 내음을 맡고 싶어라. 분내, 과일향내, 그리고 비오는 날의 흙 내음과 마구간의 냄새까지.

네가 없는데 혁명이 무슨 소용인가?

아침에 흰옷을 입었던 여인의 시체가 발견되었다. 슈미가 호숫가로 달려 갔을 때 한류는 대나무 장대로 그녀를 끌어 올리는 중이었다. 그녀는 목에 진주 목걸이를 하고 수놓은 꽃신을 신고 있었다. 신발에 달린 은제 고리가 햇살에 반사되어 반짝거렸다.

그 나머지는 아무것도 걸치지 않은 맨몸이었다. 그녀의 몸 전체에 동전만 한 크기의 낙인이 천연두 자국처럼 가득했다. 피부는 희다 못해 시퍼렇고, 지난밤부터 호수에 잠겨 있어 얼굴이 약간 부풀었으며, 유방은 잘려나간 상태였다. 불에 타다 만 나뭇잎과 잔풀이 그녀의 몸을 덮은 채 물위에서 둥둥 떠다니는 것이 마치 술잔의 술이 찰랑거리는 듯했다.

그녀의 가늘고 뼈마디가 드러난 손가락은 짓뭉개져 피와 살이 뒤엉켜 애석하게도 더 이상 바둑알을 집을 수 없게 되었다. 두 다리 사이 어슴푸레한 털은 물에 떠도는 풀처럼 이리저리 흔들려 더 이상 누구에게도 환락의 기쁨을 줄 수 없게 되었다.

업보, 업보, 업보, 업보로다!

한류는 업보, 두 글자밖에 말할 줄 모르는 듯했다.

화자서는 3분의 1이 탔다. 가옥은 개미가 갉아먹어 텅 빈 동물의 배 속 같았으며, 아직도 푸른 연기가 피어오르는 곳이 있었다. 호수 위에 흩어진 검은 잿더미가 남풍에 호숫가로 떠밀려 왔다. 마을은 아무 소리도 들리지 않고 고요하기만 했다.

그날 밤 화자서에 새로운 주인이 생겼다. 칭서우는 패배했다. 그의 이모는 사람들에게 희롱거리가 되었다. 그들은 그가 보는 앞에서 그녀의 유방에 구리방울을 달았다(예전에 슈미의 다리에 묶었던 방울이다). 그리고 벌겋게 달군 인두로 그녀를 찔러 펄쩍펄쩍 뛰도록 했다. 그녀에게 웃

복사꽃 그대 얼굴

으라고 강요했지만 웃지 않자 인두로 배꼽을 지지고 얼굴을 지졌다. 그녀는 견디지 못하고 웃었다. 그들은 그녀에게 저질스러운 말을 하도록 시켰다. 그녀가 하지 않자 쇠망치로 손가락을 으스러뜨렸다. 네 번째 손가락이 으스러진 후에야 그녀는 순종했다. 그녀는 끊임없이 저질스러운 말을 내뱉으며 애처롭게 남편을 바라보았다. 칭서우는 의자에 결박된 채로 그녀를 향해 그들에게 따르지 말라고 고개를 저었지만 달리 할 수 있는 일이 없었다. 그러나 그녀는 끝내 고통을 이겨내지 못하고 차례차례 그들이 하라는 대로 따랐다. 마지막에 여섯째는 싫증이 나고 귀찮아졌는지 날카로운 칼로 그녀의 유방을 도려냈다.

이는 슈미가 나중에 들은 이야기였다.

칭서우의 죽음은 너무도 간단했다. 저들이 진흙으로 그의 입과 콧구멍을 막자 그는 숨을 내쉴 수도 그렇다고 들이마실 수도 없었다. 결국 숨이 막혀 오줌을 지리고 발을 쭉 뻗은 채 죽고 말았다.

이 일 역시 그녀가 나중에 들은 이야기였다. 바로 그 막내 여섯째, 화자서의 새로운 주인이 섬으로 인편에 청첩장을 보냈다. 슈미와 결혼하겠다는 뜻이었다.

10

얼마 후 혼례가 거행되었다. 피처럼 붉은 선홍색의 큰 가마에 오르니 슈미는 문득 넉 달 전으로 돌아가 추이롄이 자신을 부축하여 가마에 태우던 때가 떠올랐다. 그날 하늘 가득 안개가 자욱하여 마을이며 숲, 물길, 배 등 아무것도 보이지 않았다. 그녀는 가마 안에서 내리 깊은 잠에 빠졌다. 당시 그 일이 마치 오늘 아침에 일어난 것처럼 느껴졌다. 혹시 그날 아예 토비를 만난 일도 없고, 화자서에 오지도 않았으며, 호수 가운데 작은 섬에 유폐되지도 않고, 화자서 역시 일련의 기괴한 내분과 살해가 일어나지 않은 것은 아닐까? 그리하여 모든 일들이 그녀가 가마 안에서 잠깐 졸다가 꾸었던 꿈에 불과한 것은 아닐까?

하지만 그 순간 그녀 앞에 펼쳐진 사실은 그녀가 곧 결혼하기 위해 배를 타고 호수 건너편으로 가고 있다는 것이었다. 호수는 유유히 흐르고 수면에 흰색 갈매기 몇 마리가 낮게 선회하고 있었다. 배는 끼익끼익 노 젓는 소리를 따라 빠르게 움직였다.

배가 천천히 기슭에 닿았다. 얇고 붉은 망사 너머로 벌거벗은 아이 두 명이 모래사장에서 손가락을 입에 넣은 채 그녀를 바라보고 있었다. 또 나무들이며 화재로 불탄 정자, 담장과 연못 등이 눈에 들어왔다. 모두 붉은색이었다. 물길을 따라 물이 졸졸 흐르고 있었다.

이미 오래전부터 폭죽을 터뜨려 공기 중에 짙은 화약 냄새가 가득했다. 가마는 좁고 어두운 골목으로 들어갔다. 가마의 휘장을 젖히더라도 그저 음습한 담벼락만 보였을 것이다. 물론 한류도 같이 있었다. 그녀는 새로 만든 쪽빛 바지를 입고 가마 옆에서 걸었다. 골목을 나와 서쪽으로 작은 숲을 지나자 가마가 몇 번 흔들리다가 제자리에 멈추었다. 한류가 가마의 문을 열고 그녀를 부축하며 말했다. "도착했어."

그녀가 온 곳은 화자서의 사당이자 왕관청이 화자서를 중건한 후 유일하게 남아 있는 건축물이었다. 사당은 푸른 벽돌로 지어졌는데, 세월이 지나면서 벽돌 담장 위로 녹색 융단과 같은 이끼가 겹겹으로 올라와 있었다. 문 앞에는 돌사자 한 쌍이 누워 있고, 사자 목에 길상吉祥을 뜻하는 붉은 매듭이 묶여 있었다. 바깥마당에는 네다섯 개의 팔선탁자가 놓여 있고, 그 위에 신선한 고기며 채소가 가득했다. 주방에서 일하는 사람들이 앞치마를 두르고 돌판 위에서 고기를 잘게 다지고 있었다. 가끔씩 사람들이 사당에 들락거렸는데, 대부분 아낙네들로 흠뻑 젖은 대바구니나 피가 뚝뚝 떨어지는 닭이나 오리를 들고 있었다.

담장 아래 하수구 옆에서 백정이 돼지를 잡고 있었다. 그가 칼을 입에 물고 나무통에서 차가운 물을 한 바가지 떠서 돼지 목에 뿌린 다음 탁탁 힘껏 치자 돼지는 죽을 때가 가까이 왔음을 아는지 비명을 질러댔다. 백정이 칼을 손에 쥐고 돼지 목을 가볍게 쓱 밀자 뜨거운 선혈이 쿨럭쿨럭 솟구쳐 구리대야로 떨어지면서 댕댕, 소리를 냈다. 돼지 잡는 것을 처음 본 슈미는 가슴이 서늘해졌다.

연지를 바른 할멈이 그녀 앞으로 나와 몸을 굽히며 예를 표하고 "저를 따라오세요"라고 말했다. 전족을 한 발로 종종걸음을 치자 비대한 몸이 전체적으로 흔들렸다. 그녀는 그들을 데리고 뒤쪽에 있는 작은 문을 통해 사당으로 들어갔다. 사당에는 네모난 마당이 있는데, 바닥에 큰 청석판을 깔아놓았으며, 살구나무 한 그루와 도르래가 달린 작은 우물이 있었다. 양쪽 상방廂房(곁채)의 창문에는 붉은 글씨로 '희'喜자를 써서 붙였다. 슈미가 들어가니 음습한 곰팡이 냄새가 진동했다. 어제 큰 비가 내렸기 때문에 마당 오른쪽 움푹 팬 곳에는 물이 고여 있는 듯했다. 할멈이 호주머니에서 열쇠를 꺼내 문을 열고 그녀들을 안으로 들어가도록 했다.

아마도 이곳이 신방인 듯했다. 방은 동쪽으로 난 작은 격자창 하나만 달랑 있었기 때문에 어두침침했다. 널찍하고 문양을 새긴 침상에서 새로 칠한 듯 기름 냄새가 났다. 침상의 모기장과 휘장, 그리고 휘장 고리들이 모두 새 것이었고, 큰 꽃이 그려진 낡은 이불 두 채가 개켜져 있고, 수놓은 베개가 두 개 마련되어 있었다. 침상 옆에는 서랍이 있는 화장대와 나무 걸상 두 개가 있는데, 새로 칠을 했는지 얼굴이 비칠 정도로 광택이 났다. 탁자 위에는 작은 기름등잔이 타고 있었다. 작은 창문은 다른 집 후원과 마주하고 있었다. 슈미가 창가로 걸어가 발돋움을 하고 밖을 바라보니 대나무 울타리 옆에서 어떤 노인네가 뒷간에 앉아 대변을 보고 있었다.

"보름 전에 넷째 나리가 살해되었을 때 집에 큰 불이 났는데 새집이 아직 완공되지 않았습니다. 이 사당이 오래된 것이긴 하지만 임시로 며칠 머무시지요." 할멈이 이렇게 말한 후 그녀에게 차를 따라주고 과자와 사탕을 내왔다.

한류가 몇 번이나 말을 걸었지만 할멈은 아무런 표정도 짓지 않고 그저 못 들은 척했다. 얼마 후 작은 문에서 담녹색의 옷을 입은 계집아이 두 명이 들어오더니 벽에 붙어 고개를 숙인 채 공손히 서 있었다.

할멈이 갑자기 한류에게 차갑게 말했다. "한씨 아주머니는 별다른 일이 없으면 먼저 섬으로 돌아가셔도 됩니다."

한류는 자신이 더 이상 머물 수 없다는 것을 알고 일어섰다. 그녀가 두 눈에 눈물을 글썽이며 슈미를 보고 말했다. "어제 아가씨에게 했던 말 잘 기억하고 있겠지?"

슈미가 고개를 끄덕였다.

"한 달만 견디면 3년도 30년도 견딜 수 있어. 여하간 별거 아니야. 세상에 살면서 '고苦'자를 벗어날 수는 없지. 이제 여섯째 나리, 지금의 총람파와 혼사를 치르고 매사에 순종한다면 괜히 고생하는 일은 없을 거야."

복사꽃 그대 얼굴

슈미가 눈물을 흘리며 그녀의 말에 대답했다.

"나중에 시간이 나면 섬에 한번 다녀가렴."

한류가 목이 메어 입술을 바르르 떠는 모습이 뭔가 하고 싶은 말이 있는 듯했다. 그녀는 한참 동안 멍하니 있다가 호주머니에서 누런 비단에 싸인 물건을 꺼내 슈미의 손에 쥐어주었다. "그냥 자그마한 노리개니 넣어둬. 잠깐 동안 볼 수 없다면 생각날 때마다 보면 좋을 거야." 그녀가 다시 슈미의 손등을 두어 번 도닥거리고는 몸을 돌려 떠났다.

슈미가 그 물건을 손으로 만져보았지만 무엇인지 알 수 없었다. 순간 불길한 예감이 들면서 갑자기 심장이 '쿵' 하고 내려 앉았다. 그녀는 재빨리 등불 아래로 가서 누런 비단을 한 겹 한 겹 펼쳐보았다. 아, 역시 그것이구나! 마치 벼락이라도 맞은 것처럼 벽이며 천장이 빠르게 빙빙 돌기 시작하면서 몸이 흔들리더니 제대로 서 있을 수도 없고 입에서는 실성한 듯 비명이 쏟아지기 시작했다. 그녀의 비명소리에 놀란 할멈이 얼굴이 잿빛이 되어 황급히 달려와 그녀를 부축했다.

또 금매미였다!

슈미가 비틀거리며 문가로 가자 옆에 있던 시녀 두 명이 손을 뻗어 그녀를 붙잡았다. 그녀가 목을 내밀어 밖을 바라보니 사당 밖 하늘은 당장이라도 비가 내릴 것처럼 어둑어둑했다. 마당에는 살구나무와 우물만 있었다. 한류는 이미 종적을 감추고 보이지 않았다.

금매미는 살아 있는 것처럼 생동감이 있었으며, 장지위안이 이전에 그녀에게 준 것과 똑같은 것이었다. 얇은 매미 날개는 금방이라도 날아오를 듯 펼쳐져 있었다. 불거져 나온 눈알은 호박琥珀으로 만들고, 나머지 부분은 순금으로 주조되었다. 슈미가 장지위안의 일기에서 읽기로는 금매미를 만들 당시 수량에 제한을 두어 전체 18개, 일설에는 16개만 만들었다고 하는데, 장지위안도 정확한 경위는 알지 못한다고 했다. 그것은 '조고회'蜩蛄會 두령들끼리 서로 연락할 때 사용하던 신물信物이었다. 일반 회원들은 서로 만날 기회가 아예 없다고 했다. 들리는 말에 따르면, 긴박한 위험에 처했을 때 그것이 진짜 살아 있는 매미처럼 운다고 하는데, 물론 황당한 말이기는 하다. 하지만 한류는 본시 산속 비구니인데 어떻게 이런 신물을 얻은 것일까? 설마 그녀가……?

슈미는 사방으로 빛을 발하는 매미 날개를 쓰다듬었다. 이제 그것을 처음 보았을 때의 부드럽고 달콤한 감정 따위는 없고 어쩐지 불길한 징조로 느껴졌다. 마치 천지간의 귀한 정수로 만들어져 어느 날 갑자기 이 천진난만한 것이 울음소리를 내거나 날개를 활짝 펴고 날아오를 것만 같았다. 슈미가 멍하니 그것을 바라보고 있자니 온갖 환상이 분분히 몰려들어 머리가 깨질 듯이 아프고 오늘 밤이 어떤 밤인지조차 알 수 없었다. 그저 피곤해 지칠 때까지 보고 있다가 몽롱한 잠기운에 탁자에 엎드려 나른하게 잠이 들고 말았다.

잠에서 깼을 때 그녀는 자신이 옷을 입은 채로 침상에 누워 있고 밖은 완전히 어두워진 것을 발견했다. 침상의 휘장 위에는 명주실로 만든 끈이 늘어뜨려 있고, 대추와 붉게 물들인 땅콩 몇 개가 매달려 있었다. 일어나기는 했지만 여전히 심한 두통 때문에 견디기 힘들었다. 말린 호두처럼 생긴 할멈이 침상 옆에 앉아 웃는 듯 마는 듯한 얼굴로 그녀를 바라보고 있었다. 슈미는 침상에서 내려와 탁자 옆에서 머리를 대충 빗고 차가운 차를 한 모금 마셨지만 심장은 여전히 쿵쿵 뛰었다.

"시간이 얼마나 되었어요?" 슈미가 물었다.

"밤이 깊었어요." 할멈이 말했다. 그녀가 머리에서 비녀를 뽑아 등잔 심지를 돋우었다.

"밖에 무슨 소리지요?" 슈미가 다시 물었다.

"창극을 하고 있어요."

슈미가 들어 보니 창극을 하는 소리가 사당 뒤편 어딘가에서 나는데, 바람결에 흘러오는 소리가 가깝기도 하고 멀기도 했다. 그녀도 잘 아는 〈한공韓公(한유韓愈)이 눈 덮인 남관南關을 넘다〉였다. 사당 안에 사람들이 가득한 것 같았다. 쨍그랑 술잔 부딪치는 소리, 시끌벅적한 말소리, 손가락을 내밀고 숫자를 알아맞히며 벌주罰酒 내기를 하는 소리, 요란한 발자국 소리, 그리고 간간이 왕왕대는 개 짖는 소리도 들려왔다. 창밖을 보니 대나무 그림자는 빽빽하고 바람소리가 쏴쏴, 들려오는데 푸른 빛 밤안개가 가득 피어올랐다. 탁자에는 네 개의 높은 촛대 위에서 양초가 절반쯤 타들어가고 있었다. 쟁반에는 몇 개의 그릇과 접시가 놓이고, 감주완자酒釀圓子(감주에 찹쌀 소를 넣은 음식, 식혜의 일종) 한 그릇과 밑반찬 두 그릇, 그리고 과일 쟁반이 하나 놓여 있었다.

"총람파가 좀 전에 아가씨를 보러 오셨는데 잠들어 계신 것을 보고 놀란다고 깨우지 않으셨어요." 할멈이 말했다.

슈미는 아무 말도 하지 않았다. 그녀가 말한 총람파는 틀림없이 칭성일 것이라는 생각이 들었다.

주흥이 끝나고 사람들이 흩어질 때는 이미 삼경이 지난 뒤였다.

칭성의 출현은 자못 의외였다. 그는 수행원도 없이 칼도 차지 않은 채 문을 걷어차고 비틀거리며 달려들어 왔다. 할멈과 연신 하품을 해대던 계집아이 둘이 소스라치게 놀랐다. 슈미가 보기에 그는 이미 취할 대로 취한 것 같았다. 그는 비틀거리며 슈미 앞으로 다가와 희문戲文(중국의 전통극으로 남방에서 주로 연희되었다)에 나오는 어릿광대처럼 그녀가 앉은 의자에 한쪽 다리를 올려놓고 바보같이 웃으며 그녀를 한참 쳐다볼 뿐 아무 말도 하지 않았다.

슈미가 고개를 돌리자 칭성이 억지로 돌려 자신의 얼굴을 보도록 했다.

"날 봐, 내 눈을 보라고. 이 두 눈이 잠시 후에는 감길 테니 말이야." 칭성의 말소리에 견디기 힘든 거대한 고통이 감추어져 있는 듯했다.

슈미는 그것이 무슨 뜻인지 몰라 놀란 눈으로 그를 쳐다보았다. 콩 알처럼 굵은 땀방울이 그의 이마에서 뚝뚝 굴러 떨어지고, 입에서 나는 탄식소리는 점점 더 커져만 갔다. 순간 그녀는 그의 얼굴에서 장지위안을 떠올렸다. 창저우 쌀가게에서 얘기를 나누던 그날 밤 사촌오빠도 그러했다. 뭔가 할 말이 있는 듯했으나 양미간에 떠오른 말할 수 없는 고통이 끝내 하려던 말을 삼키게 만들었다.

그녀는 공기 중에 퍼지는 짙은 피비린내 때문에 구역질이 나 도저히 참을 수가 없었다. 이 피비린내는 도대체 어디서 나는 것일까? 방안을 둘러 보니 할멈과 계집아이들은 이미 자취를 감췄고 사당은 안팎으로 정적이 감돌았다. 달빛이 마당과 살구나무를 비추자 사당은 음산하고 쓸쓸한 묘지 같았다.

"수수께끼를 한번 맞혀보는 게 어때?" 칭성이 갑자기 웃으며 말했다. "글자를 맞혀 봐. 수수께끼는 칼 두 개를 꽂은 시체……."

칭성은 오늘 아침 마을에서 떠돌이 노인네를 만났다고 말했다. 그 노인네는 귀각선龜殼扇(거북껍질로 만든 부채)을 흔들며 팔괘가 그려진 누런 깃발을 들고서는 그의 앞을 가로막고 수수께끼를 맞혀보라고 권했다. 칼 두 개를 꽂은 시체. 칭성은 혼자서 한참을 생각하다가 수하에게 맞혀보라고 했다. 하지만 모두들 맞히지 못했다. 도사가 웃으면서 말했다. "맞히지 못하는 게 좋아, 맞히지 못하는 게 좋다고. 만약 맞힌다면 오히려 안 좋지." 그 도사는 보통 사람들과 달리 육손이였다. 왼손에 여섯 번째 손가락이 있었다. 슈미는 육손이라는 말을 듣자 소스라치게 놀랐다. 하지만 이어지는 이야기에 잠깐 놀랄 겨를조차 없었다.

"본래 나는 칭서우 일가 열세 명을 죽이면 화자서의 재앙도 끝이 날 것이라고 생각했어." 칭성이 말했다. "그가 하인들을 데리고 나를 죽이러 왔는데, 마침 나도 사람들을 데리고 그를 죽이러 가는 중이었어. 두 사람이 같은 생각이었던 거지. 총람파가 피살된 후 나는 홍수를 찾느라 골머리를 썩였어. 둘째와 다섯째 나리가 앞뒤로 목숨을 잃고 셋째는 도망쳤으니 칭서우를 제외하면 다른 사람이 없는 거야. 그래서 그라고 단정 지은 것이지. 속담에 이런 말이 있잖니. 먼저 손을 쓰면 강해지지만 나중에 손을 대면 재앙을 만난다고 말이야. 내가 사람들을 데리고 막 문을 나서는데 그가 사람들을 데리고 날 죽이겠다고 달려오는 것이 보이더라고. 우리 집도 저들이 불태웠어."

"두 무리의 인마가 한곳에서 치고받고 싸우다 보니 흙먼지가 일어나 온 천지가 암흑으로 덮일 정도였지. 골목부터 호숫가까지 깡그리 죽였어. 결국 하늘이 무심치 않으셨는지, 내가 그와 그 파렴치한 이모까지 모두 붙잡았어. 하하, 나는 네 달 동안 숨도 제대로 쉬지 못하고 하루 종일 안절부절 두려움에 떨다가 겨우 편안해질 수 있었지. 그의 부인을 데리고 놀다가 싫증이 나서 그녀의 젖퉁이를 잘라 볶아먹고 시체는 호수에 던져버렸어. 넷째 칭서우는 그리 괴롭히지 않았어. 그냥 축축한 흙으로 질식사시키는 것으로 끝냈어. 난 그렇게 모든 것이 끝난 줄 알았어. 그들 주방에서 일하는 요리사들이나 정원사들도 모두 죽여 버리고 대청에 걸려 있던 앵무새도 죽였으며, 마지막으로 그의 집을 깨끗하게 불태워버렸지. 그러니 다 끝난 것 아닌가? 그런데 뜻밖에도 진정한 고수는 아직도 얼굴을 내밀지 않은 거야!"

칭성의 눈이 점점 더 커져 당장이라도 눈알이 튀어나올 것 같았다. 땀방울이 넓은 이마에서 끊임없이 솟아났다. 칭성이 힘겹게 숨을 들이마시는 것이 마치 숨 한 번으로 그녀를 콧구멍 속으로 빨아들이려 하는 듯했다. 바로 그때 그녀는 홀연 문밖에서 그림자 하나가 스치고 지나가는 것을 보았다. 칭성도 방 밖의 그림자를 보고는 냉소를 짓고 슈미에게 말했다.

"밖이 텅 비었다고 생각하지 마. 사실 사당 주위에 온통 사람들이야. 다만 감히 들어오지 못할 뿐이지. 내가 두려워서! 내가 아직 살아 있으면, 그래서 아직 숨을 쉬고 있으면 저들은 감히 들어올 수 없어. 저들이 내 술잔에 독을 타고 두 번씩이나 나를 찔렀어. 지금 나는 거의 죽은 사람이나 진배없지. 하지만 그래도 그들은 아직 감히 들어올 수 없어. 단지 아쉬운 것은 지금도 날 죽인 자가 누군지 모른다는……"

칭성이 쓴 웃음을 짓더니 다시 슈미에게 물었다. "방금 내가 낸 수수께끼 알아냈니?"

슈미가 아무 말도 하지 않자 칭성이 그녀의 손을 꽉 쥐고 자신의 허리춤에 갔다댔다. 그녀의 손에 단단한 물건이 만져졌다. 그것은 둥근 나무로 만든 칼자루였다. 칼 몸은 이미 그의 복부에 깊이 박히고 칼자루만 조금 남아 있었다. 그녀의 손은 온통 끈적끈적한 피로 물들었다.

"이 칼은 그래도 괜찮아. 또 하나는 등에 있어. 내 심장을 찔렀으니 내 심장은 이제 곧 뛰지 않을 거야. 심장이 너무 아파. 하지만 죽어도 포기할 수 없어……"

그의 말소리가 점점 약해지더니 마지막에 가서는 웅얼거리는 소리가 되었다. 그녀의 눈에 그의 커다란 두 눈이 감겼다 다시 떠지기를 반복하더니 이내 눈꺼풀이 축 처지고 말았다. 그의 손이 격렬하게 떨리기 시작했다.

"난 곧 심장이 떨어질 거야." 칭성이 덧붙였다. "심장이 떨어진다고! 무슨 말인지 알겠어? 심장이 한번 떨어지면 그대로 죽는 거야. 사람이 한평생을 살면서 가장 견디기 힘든 것이 바로 이 순간이야. 하지만 너도 어떻게 죽든 언젠가 그런 순간이 오겠지. 아프지는 않아. 정말 아프지 않다니까. 그저 당황스러울 뿐이야. 내 심장이 말하는 소리가 들리는 것 같아. 그가 말하고 있어. 어이 친구, 미안해. 나는 더 이상 뛸 수 없어. 아무리 날 뛰게 한다고 해도 할 수 없을 것 같아⋯⋯."

말을 채 끝내기도 전에 칭성이 얼굴을 위로 한 채로 둔탁한 소리와 함께 바닥에 쓰러졌다. 그러나 금방 다시 일어섰다가 제대로 서 있지 못하고 다시 쓰러졌다. 이렇게 몇 번을 버둥거리더니 결국은 다시 일어날 수 없었다. 그의 몸이 학질 걸린 것처럼 덜덜 떨리고 머리 잘린 닭처럼 바닥에서 푸드덕거렸다.

"난 죽지 않을 거야. 죽을 수 없다고!" 칭성이 이를 바득바득 소리가 나도록 악물자 입에서 피거품이 새어나왔다. 그가 고개를 들고 소리쳤다. "날 죽이는 게 그리 쉽지는 않을 거야. 차를 가져와 마시게 해줘."

슈미는 이미 너무 놀라 침상 가장자리로 물러나 휘장을 끌어당겨 얼굴을 가리고 있었다. 그녀는 칭성의 몸에서 독약이 효력을 발휘하고 있음을 알았다. 그의 등짝에는 과연 단검이 한 자루 꽂혀 있고, 칼자루에는 붉은 술이 달려 있었다. 그가 또다시 피거품을 토해내더니 두 손으로 바닥을 짚으며 앞으로 기어갔다.

"물을 마시고 싶어. 내 심장이 도저히 견딜 수 없어." 그가 고개를 들고 슈미를 쳐다보더니 다시 계속 기어갔다. 슈미는 그가 탁자 옆으로 기어가 차를 마실 것이라고 생각했다. 그는 천천히 탁자까지 기어가서 다시 한 번 더 일어서려고 했으나 끝내 성공하지 못했다. 그가 탁자 다리를 꽉 물더니 우지끈하는 소리가 들렸다. 그가 나무를 한입 물어뜯었다.

그렇게 마지막 남은 힘을 다 썼다. 그의 두 다리가 무기력하게 두어 번 버둥대더니 방귀를 한 번 뀌고는 머리를 삐딱하게 아래로 떨어뜨린 채 죽고 말았다.

바로 그 순간 슈미는 수수께끼의 답을 알아냈다.

바로 '방귀'屁였다.

11

"제가 누나라고 부를게요." 마변이 말했다.

"그럼 나는 뭐라고 부르지?" 슈미가 그에게 물었다.

"마변馬弁!"

"그럼 네 성이 마馬야?" 슈미가 얼굴을 옆으로 돌렸다. 그녀의 입술이 따끔거리며 아팠다.

"성이 마는 아니에요. 난 성이 없어요. 둘째 나리의 마변이기 때문에 화자서 사람들은 모두 나를 마변이라고 불러요." 그가 헉헉거리며 거친 숨을 내쉬면서 그녀의 몸에 엎어져 혀로 그녀의 귓불이며 그녀의 눈, 그녀의 목을 핥고 있었다.

복사꽃 그대 얼굴

"올해 스물쯤 됐니?"

"열여덟이요." 마변이 말했다.

그가 헐떡거리는 소리는 마치 개와 같았다. 그의 몸은 반들반들하고 가무잡잡한 것이 진흙탕의 미꾸라지 같았고, 머리카락은 뻣뻣했다. 그는 그녀의 겨드랑이에 얼굴을 묻고 온몸을 위아래로 계속 흔들어댔다. 입으로는 연신 낮은 소리로 중얼거렸다. 엄마, 누나, 엄마, 당신은 내 엄마예요. 그는 그녀의 겨드랑이 냄새를 맡는 것이 좋다고 하면서 땀 흘린 말 냄새와 같다고 했다. 선창에서 처음 그녀를 보았을 때 그는 심장이 칼에 베인 것 같았다고 했다. 처음에는 그저 그녀를 똑똑히, 그녀의 얼굴을 제대로 보고 싶다는 생각뿐이었다. 그러나 암만 보아도 여전히 부족했다.

슈미의 눈앞에 몇 개월 전 보름날 밤이 떠올랐다. 물결이 찰랑이며 뱃전을 스쳐갔다. 호수의 갈대가 흩어졌다 합쳐지고, 합쳐졌다 다시 흩어지기를 반복했다. 그녀는 아직 어린 티를 벗지 못한 그의 두 눈을 기억하고 있다. 그의 눈망울은 맑고 투명했으며, 뭔가 괴로운 듯 애수에 젖어 달빛이 넘실거리는 강물 같았다.

그때 둘째 나리는 눈을 지그시 감은 채 졸고 있었다. 마변은 그가 모를 거라고 생각하고 부끄러우면서도 탐욕스러운 눈빛으로 입을 벌린 채 그녀를 바라보며 바보처럼 웃고 있었다. 그러다 슈미가 그를 흘낏 쳐다보면 금세 얼굴이 벌게져서는 고개를 숙이고 칼자루에 달린 붉은 색 영락瓔珞(구슬을 꿰어 만든 장신구나 장식고리)만 만지작거렸다. 다리 한쪽은 나무 탁자 위에 걸쳐 놓았는데, 헝겊 신발이 두 군데나 구멍이 나서 발가락이 삐져나와 있었다. 그는 그날 저녁 내내 웃고 있었다. 나중에 둘째 나리가 시뻘건 담뱃불로 그의 손바닥을 지져 지직, 하고 타는 연기를 내뿜자 고통스러워 두 다리를 버둥거렸다. 하지만 둘째 나리가 잠이 들자 그는 혀로 입술을 핥고는 여전히 멍하니 슈미를 쳐다보며 웃음을 지었다.

마변은 자신의 손톱이 그녀의 살 속으로 파고 들 정도로 꼭 껴안고 여전히 온몸을 부들부들 떨며 위아래로 쉬지 않고 움직였다.

"이렇게 꼭 껴안고 싶었어요. 어떻게 해도 풀어주지 않을 거예요. 내 목에 칼이 들어와도 풀어주지 않을 거예요." 마변이 말했다. 그가 말하는 모습을 보니 영락없는 어린아이 같았다.

"여섯 명의 두령 중에서 네가 다섯이나 죽였는데, 누가 너를 벨 수 있겠어?" 슈미가 말했다.

마변은 찍소리도 하지 않았다. 그의 입은 이미 그녀의 가슴께로 옮겨져 있었다. 온몸의 땀을 핥는 그의 혀는 뜨거웠지만 들이마시는 공기는 오히려 차가웠다. 처음에 그는 그녀의 젖꼭지를 건드리지 않았다. 그럴 생각이 없는 것이 아니라 차마 그럴 수 없었다. 손발이 굼뜨고 서투른 것이 주저하고 있음이 분명했다. 슈미는 문득 현기증이 나고 눈앞이 어지럽다는 느낌이 들면서 눈이 흐릿해지고 생기를 잃었지만 몸이 활처럼 팽팽하게 당겨졌다. 그녀는 다리를 쭉 뻗고 발끝에 힘을 주어 침상 끄트머리에 걸쳤다. 그녀의 몸은 눈이 녹은 봄날 강물이 불어나 호수에 물이 가득 찬 것만 같았다. 그녀는 수치심을 느끼지 않기 위해 눈을 꼭 감았다.

"처음엔 그들을 죽이겠다는 말은커녕 감히 생각조차 할 수 없었어요. 그리고 둘째 나리는 평소 얼굴을 들고 쳐다보기도 어려웠는데, 어떻게 죽일 생각을 했겠어요? 설혹 내가 그를 제거할 생각을 했다고 해도 실제로 죽일 수는 없었을 거예요. 나를 담뱃불로 지지고 말 오줌을 마

복사꽃 그대 얼굴

시고 말똥을 먹으라고 한 것이 처음도 아니었어요. 그가 나를 지졌다고 해서 그를 죽이겠다고 마음먹은 것이 아니란 말이에요."

"그럼 어떻게……? 아, 조금 살살……. 그건…… 어떻게 된 일이야?" 슈미가 말했다. 그녀는 정말로 마변이 조금씩 좋아졌다. 그의 몸에서 진흙과 풀 냄새가 났다.

"그날 당나귀를 만났기 때문이에요."

"당나귀?"

"네, 당나귀. 그 사람은 먼 곳에서 왔어요. 화자서에서 사람들에게 관상도 보고 점도 쳐주었지요."

"혹시 그의 왼손이 육손이지 않디?" 슈미가 물었다.

"누나가 어떻게 알아요? 그럼 그 사람을 안단 말이에요?"

슈미는 당연히 알고 있었다. 장지위안은 자신의 일기에서 거의 매일 그 신비로운 이름을 되풀이하며 읊어댔기 때문이다. 그 사람은 남들이 알지 못하는 모종의 중요한 사명을 짊어지고 있었음에 틀림없다. 그가 화자서에 왔구나.

"당나귀는 도인을 가장하고 화자서에 와서 점을 쳐주었지만 그건 그저 구실일 뿐이었지요. 진짜 신분은 조고회 두목이었으니까요. 그들은 메이청을 치려고 했는데 사람이 부족하고 서양 총을 다룰 줄 아는 사람은 더더욱 적었어요. 그래서 오는 길에 물어물어 화자서를 찾아와서는 이곳 두목들에게 함께 일하자고 설득했던 거지요. 당시 화자서는 둘째 나리가 주인을 맡고 있었어요. 둘째 나리는 그가 온 이유를 설명하자 그에게 왜 메이청을 공격하려고 하냐고 물었지요. 당나귀가 천하대동大同을 실현하기 위함이라고 말했어요. 그러자 둘째 나리가 냉소를 지으며 말했지요. '우리 화자서는 이미 대동을 실현하고 있지 않은가?

그냥 왔던 곳으로 꺼져버리게'라고 말했어요."

"당나귀는 한마디로 거절당하자 방향을 돌려 셋째 나리랑 넷째 나리 등을 찾아갔는데, 그들 몇몇도 둘째 나리랑 똑같은 말로 그를 돌려보내니 당나귀만 한심한 꼴이 되고 말았지요. 위에서 지시하여 화자서로 와서 그들을 설득하려고 한 것인데 아무런 성과도 없이 빈손으로 돌아가게 되었으니 뭐라고 해명하기도 난처할 것이니 말이에요. 결국 상심한 채로 고개를 떨어뜨리고 마을을 여기저기 싸돌아다니다가 여섯째 나리의 집까지 가게 되었고, 그곳에서 또 혁명의 이치를 여섯째 나리에게 늘어놓았지만 여섯째는 불같은 성격이잖아요. 그가 말을 끝내기도 전에 벌컥 화를 내며 '혁명, 혁명, 니 에미나 혁명해라!'라고 소리치더니 잽싸게 발을 날려 그의 바짓가랑이를 걷어차 땅바닥에 곤두박질치게 만들었지요. 당나귀는 땅바닥에 한참 동안 엎드려 있더니 여섯째 나리에게 이를 악물고 말했어요. '이 원수를 갚지 않으면 군자가 아니지! 어디 두고 보자!' 여섯째 나리가 그의 말을 듣고는 껄껄대고 큰 소리로 웃으며 당장 사람을 시켜 저고리와 바지를 몽땅 벗겨버리고 내쫓았어요. 당나귀는 일을 성공시키기는커녕 그런 치욕까지 당하고는 알몸인 채로 화자서를 떠날 수밖에 없었지요."

"올해 봄에 당나귀가 다시 왔어요. 이번에는 도인으로 변장하고 귀각선을 흔들면서 사람들에게 점을 쳐주었지요. 변장을 한 데다 수염까지 길렀기 때문에 화자서 사람들 가운데 그를 알아보는 이가 없었어요. 때마침 내가 호숫가에서 말에게 물을 먹이고 있는데, 그가 모래사장에서 뭔가를 찾는 것처럼 왔다 갔다 하는 것이 보이더라고요. 뭘 찾느냐고 물으니 처음에는 말을 하지 않다가 결국 찾지 못했는지 나에게 묻더군요. 금매미를 본 적이 없느냐고요. 여름이 되었으니 나무마다 온통 매

복사꽃 그대 얼굴

미가 가득했지만 하늘 아래 어떤 매미가 금으로 만들어졌겠어요? 그는 호숫가에서 한참 동안이나 어슬렁거렸지만 끝내 아무것도 찾지 못하고 모래사장에 주저앉은 채 내가 말에게 물을 먹이는 것을 물끄러미 쳐다볼 뿐 아무 말도 하지 않았어요. 잠시 후 그가 몸을 일으키더니 나룻배에 오르더군요. 그 배가 닻을 올리고 돛을 펼쳐 남쪽으로 가는 것이 보였어요. 그가 그렇게 떠나갔다면 나중에 그런 사달이 나지 않았겠지요. 그런데 그 배가 멀리 떠나 보이지 않게 되었는데, 다시 점점 커지는 거예요. 알고 보니 글쎄 그가 선주에게 배를 돌리라고 하여 돌아오는 것이었어요. 그가 갑판에서 뛰어내리더니 곧바로 나에게 와서 말하더군요. '아우님! 여기 화자서에는 술집이 없는가?' 내가 있다고, 게다가 두 집이나 있다고 말해주었지요. 그가 눈을 가느스름하게 뜨고 한참 동안 나를 훑어보더니 이렇게 말했어요. '아우님, 우리가 이렇게 만난 것도 인연이 아니겠소. 이 형이 술대접을 하고 싶은데 어떠시오?'"

"그래서 내가 말했지요. 술집은 나같이 말이나 먹이는 사람이 갈 수 있는 곳이 아니라고. 그러자 당나귀가 내 어깨를 세게 쳤는데, 어찌나 세던지 다리가 풀릴 정도였어요. '자네는 어찌 자신이 말을 먹이는 사람이라고만 생각하시나, 언젠가는 화자서의 총람파가 될 수도 있다는 생각은 안 해봤나?' 그의 말에 나는 혼비백산할 정도로 놀랐지요. 만약 내가 그런 말을 했다가 누가 듣기라도 하는 날엔 그냥 목이 달아났겠지요. 다행히 호숫가에는 아무도 없었어요. 겁을 먹은 나는 그냥 자리를 뜰 생각뿐이었어요. 그래서 그에게 거짓말을 했지요. 둘째 나리가 말을 타고 먼 길을 떠나야 하기 때문에 내가 말을 가져오기를 기다리고 있다고 말이지요. 내가 가려고 하자 당나귀가 굳이 서둘지 말라고 하면서 나에게 보여줄 것이 있다고 하는 거예요. 그러더니 등짐을 내려놓더군요. 나는 그가 정말로 뭔가를 보여 주려나보다 생각했지요. 그런데 뜻밖에도 보따리를 풀더니 번쩍거리는 예리한 칼을 꺼내 내 배에 겨누면서 흉악하게 으름장을 놓는 게 아니겠어요? '우리가 한패가 되어 화자서의 두목들을 죽이고 네가 총람파가 되든지, 아니면 당장이라도 네 목숨을 끝장내든지 둘 중에 선택하게.'"

"누나, 난 그저 누나랑 잘 지내고 싶었을 뿐이에요. 마음이 왜 이렇게 갑자기 괴로운 거죠? 괴로워서 더 꼭 안고 싶은데, 꼭 끌어안을수록 더욱 괴롭기만 하고 울고만 싶어요. 난 정말 무슨 총람파가 되고 싶었던 게 아니에요. 그저 아침부터 밤까지 당신만 보고 싶을 뿐이었어요."

"난 얼떨결에 그를 따라 술집에 갔어요. 말을 술집 주변 숲에 매어 놓고 그를 따라 들어가 술을 많이 마셨어요. 술집은 사람들이 많아 은밀한 이야기를 나눌 곳이 아니잖아요. 그 역시 아무 말도 하지 않고 그저 술만 권하면서 가끔씩 나를 쳐다보며 눈짓으로 두려워하지 말라고 했어요. 우리 둘 다 거나하게 취하자 그가 날 데리고 바깥 숲속으로 가서 빛이 잘 드는 곳을 찾아 앉았어요. 그땐 이미 조금 전처럼 두렵지 않았지요. 왜, 사람들이 술을 마시면 배짱이 두둑해진다고 말하잖아요. 당나귀가 담뱃대를 꺼내 불을 붙여 나에게 주더군요. 몇 모금 빠니 정신이 조금씩 안정되더군요."

"당나귀가 나를 일깨워주기 시작했어요. 그가 말하더군요. '사람이 태어나면서부터 황제가 될 수 있는 것은 아니야. 오로지 네가 어떻게 생각하느냐에 달려 있는 것이지. 만약 네가 황제가 되려고 마음을 먹으면 될 수 있을 것이고, 만약 총람파가 되겠다고 생각한다면 이 또한 능히 될 수 있는 일일세. 만약 네가 하루 종일 마관馬倌(말을 기르는 사람)만 생각한다면……'."

　　　　　　　　　　　　　　　　복사꽃 그대 얼굴

"내가 이어서 말했지요. '그러면 말을 먹이는 사람밖에 되지 않겠군요.'"

"그랬더니 당나귀가 정말 기뻐하면서 말하더군요. '이 녀석 보게나. 정말 똑똑하잖아!' 잠시 후 그가 다시 말했어요. '네가 총람파가 되면 무엇이든 가질 수 있어. 비바람을 마음대로 부릴 수도 있다니까.' 그가 이렇게 말하니 나도 한 가지가 생각났어요. 그래서 당나귀에게 말했죠. '화자서에 새로 납치해온 여자—바로 누나를 말하는 거예요—가 있는데, 만약 내가 정말로 총람파가 되면 그 여자를 내 것으로 만들 수 있어요?' 당나귀가 말했어요. '당연하지. 당연히 네 것이 되지. 하루에 열여덟 번씩 할 수도 있어. 아침부터 저녁까지 집에서 그녀를 껴안고 잠만 자도 감히 뭐라고 할 사람이 없어.'"

"당나귀는 또 이렇게 말하더군요. '그녀만 네 것이 아니라 화자서의 그 많은 여자들 중에서 네 마음에 드는 여자가 있다면 그냥 네 것이 되는 거야.' 내가 말했죠. '화자서의 여자들은 한 사람도 필요없어요. 나는 그저 얼마 전에 납치된 여자만 있으면 돼요.' 당나귀가 웃으며 말하더군요. '네 마음대로 하렴.' 그가 이런 말을 하고 게다가 술까지 마셨으니 정말로 이 일을 할 수 있다는 생각이 들었어요. 하지만 화자서의 여섯 명 주인들은 각기 수완이 뛰어나고 하인들이나 호위까지 있는데 어떻게 죽일 수가 있겠어요? 당나귀가 그건 걱정할 필요 없다고 하면서 이렇게 말하는 거예요. '우리는 어두운 곳에 있고 저들은 밝은 곳에 있으니 여섯 명이 더 있다고 해도 능히 죽일 수 있어. 게다가 죽이는 일은 네가 수고할 것이 아니라 내가 밖에서 사람들을 데리고 올 거야. 넌 그저 우리들에게 길을 안내하고 모든 일을 죄다 의논하기만 하면 돼.' 그가 말을 마치더니 칼로 손가락을 긋고는 다시 나에게 칼을 건네주었어요.

우리 두 사람은 손을 맞잡고 함께 피를 흘렸지요."

"당나귀가 말했어요. '이제 우리 두 사람이 피를 흘려 한 덩어리가 되었으니 지금부터 너는 조고회의 영광스러운 일원이 된 것이네. 이제는 후회해도 소용이 없어. 만약 마음을 바꾸거나 혹여 소문이라도 낸다면 네 가죽을 벗겨 북을 만들어 집에 놔두고 한가할 때마다 두드릴 것일세.'"

"그가 나에게 맹세를 하라고 해서 얼떨결에 따라서 맹세를 했어요. 뒤이어 그가 보따리에서 원보元寶(화폐로 사용되던 말발굽 모양의 은덩이)를 네 덩이씩이나 꺼냈어요. 아이고, 세상에나! 은 부스러기도 아닌 은덩이, 그것도 네 덩이라니! 난 평생 동안 원보를 딱 한 번 보았는데, 아버지가 돌아가시자 엄마가 상자 밑에서 몇 년 동안 숨겨놓았던 원보 한 덩이를 더듬어 꺼냈을 때였어요. 그걸로 아버지 관을 사드렸죠. 그런데 당나귀가 한 번에 원보를 네 덩이나 꺼내놓으니 나는 진즉에 알아봤지요. 이 사람이 보통내기가 아니라는 것을 말이지요. 그가 여섯 명의 주인나리를 죽이려고 하는 것도 그냥 해본 소리가 아닌 거예요. 그가 말했어요. '이 돈은 자네가 가지고 있게. 결정적인 순간에 유용하게 쓸 데가 있을 것이네.' 말을 마친 후 우린 헤어졌어요."

"나중에 원보를 정말로 유용하게 썼지요. 원보 한 개는 당나귀가 왕관청의 집안 살림을 돌보는 어멈에게 주라고 했어요. 그 어멈이 원보를 보더니 손에 올려놓고 무게를 가늠해보기도 하고 이로 깨물기도 하더니 웃으며 말했어요. '이런 물건만 있다면 나를 칼산에 올라가게 할 수도 있고 불바다로 뛰어들게 할 수도 있어요. 내가 장담컨대 말보다 빨리 달릴 수도 있다니까요.' 왕관청을 죽이려고 했던 날 당나귀가 밖에서 다섯 명을 데리고 어둠을 틈타 마을로 들어왔어요. 내가 어멈하고 약속하고 배에 올라 함께 상의했지요. 어멈이 이른 새벽에 손을 쓰는 것이 제일 좋겠다고 말했어요. 저녁에 잠이 들 때는 항상 문을 꼭 잠그기 때문에 그의 방에 들어갈 수 없다고 했지요. 당나귀가 그러면 지붕 기와를 뜯어내고 대들보를 타고 들어가겠다고 했어요. 그렇게 이런저런 상의를 하고 마지막으로 새벽으로 시간을 정하고 왕관청이 잠자리에서 일어나 마당에서 태극권을 할 때 손을 쓰기로 했지요. 그런데 뜻밖에도 그날 아침 왕관청이 잠자리에서 일어나 세수를 하러간 틈을 타 어멈이 사전에 준비해둔 도끼로 그를 갈겨버린 거예요. 노인네가 어디서 그런 기운이 났는지 아직도 모르겠어요. 그러니 왕관청은 여하튼간 우리가 죽인 것이 아니에요."

"왕관청을 죽인 후에 당나귀는 사람들을 데리고 떠났어요. 여드레나 아흐레쯤 만에 다시 와서 또 한 명을 죽이겠다고 했는데, 그의 말이 그렇게 해야만 주도면밀하게 만에 하나라도 실수하지 않게 된다는 것이었어요. 총람파가 죽자 화자서의 사람들은 하나같이 불안을 느끼고 그야말로 뒤죽박죽이 되고 말았어요. 하지만 누가 나와 같은 일개 마변을 의심하겠어요? 우리는 틈을 타서 둘째 나리를 독살하고, 다섯째 나리를 칼로 잘게 다져버렸지요. 놀란 셋째 칭푸는 소문만 듣고 달아났고요. 역시 가장 대적하기 어려운 사람은 넷째와 여섯째 나리라는 것을 알고 있었어요. 왜냐하면 마지막으로 갈수록 더욱 엄하게 경비를 할 것이니까요. 그런데 뜻밖에도 우리가 손을 쓰기도 전에 넷째와 여섯째가 스스로 죽자 살자 싸우기 시작하는 거예요. 누나, 왜 갑자기 끙끙거리며 신음을 해요?"

"누나! 사랑하는 누나, 왜요? 왜 갑자기 큰 소리로 끙끙대는 거예요? 눈도 뒤집히고 정말이지 사람 놀라게! 마음이 괴로워요? 견디기 힘들면 나에게 말해요. 오늘 밤 우린 부부가 되었어요. 이제부터 나는 어떤 일이든 당신 말을 들을 거예요. 난 그저 당신 한 사람에게만 잘할 거예요. 오늘 내가 총람파가 되었으니 당신은 산채 두목의 아내가 된 거지요. 다음 달에 우리는 사람들을 데리고 메이청으로 쳐들어갈 거예요. 당나귀는 자기네가 거의 3백여 명인 데다 화자서의 120여 명을 더하면 메이청을 칠 수 있을 거라고 말했어요. 그때가 되면 우리도 아문衙門으로 옮겨가서 편하게 며칠 보내자고요. 당나귀가 만약 성공하지 못해도 괜찮다고 하면서 일본으로 피해 달아나면 된다고 했어요. 그런데 일본이 어디죠? 당나귀도 가보지 못했다고 하던데……. 누나, 왜 그래요? 왜 마구 소리를 지르는 거예요? 누나, 손 좀 놔줘요. 너무 꽉 껴안아서 숨을 쉴 수가 없어요!" ❀

제3장

꼬맹이

1

　시커먼 병풍 뒤에서 교장의 모습이 갑자기 나타났다. 그녀의 얼굴은 우울하고 슬픈 기색이 역력했다. 방안의 불빛이 어두침침했다. 나무 의자, 화장대, 병풍, 무늬를 조각한 침대, 화병이 놓인 탁자 등등 모든 것이 철처럼 견고하고 차가운 빛을 띠고 있었다. 오직 그녀가 입은 실크 옷만 부드러웠다. 그녀가 조금 움직이기만 해도 실크 블라우스가 부드럽게 스치는 소리가 들렸다. 그녀의 얼굴은 슬픔에 잠기고 그녀의 탄식 소리 역시 비애에 젖었으며, 심지어 그녀가 트림할 때에도 슬픈 냄새를 맡을 수 있었다.

　라오후가 느끼기에 그녀의 얼굴은 언제나 아련하여 물에 빠진 달처럼 이리저리 흔들거리거나 또는 보리밭을 스쳐지나가는 먹구름의 그림자처럼 있는 듯 없는 듯 제대로 보이지 않았다. 하지만 그는 그녀의 예리한 눈빛이 서슬이 시퍼런 칼날처럼 사람을 사무치게 만드는 것을 느낄 수 있었다.

"후쯔, 이리 와보렴." 교장이 그를 부르는 소리가 마치 귓속말 같았다. 그녀는 그를 보지도 않은 채 거울을 앞에 놓고 머리카락을 정수리까지 틀어 올려 쪽을 짓고 있었다. 라오후가 그녀 가까이 다가섰다. 그녀의 옷은 흰색이 아니라 살구빛 주황색이었으며, 위에 자잘한 꽃무늬를 수놓았다. 화장품 냄새가 공기 중에 가득하여 기이한 냄새가 코를 찔렀다.

"얼굴이 왜 그러니?" 교장이 여전히 그를 바라보지도 않고 은비녀를 입에 문 채로 그에게 물었다.

"어제 벌에게 쏘였어요."

"괜찮을 거야." 그녀가 우아하게 생긋 웃었다. 라오후는 그녀가 웃는 모습을 처음 보았다. "내가 젖을 조금 짜서 발라주면 금방 부기가 가라앉을 거야."

어떻게 그럴 수가? 라오후는 깜짝 놀랐다. 내가 잘못 들은 거 아냐? 멍하니 교장을 바라보던 그의 심장이 쿵쾅거리며 뛰었다. 하지만, 하지만, 하지만 교장은 이미 손을 겨드랑이 아래로 뻗어 재빨리 옆 섶에 있는 은단추를 풀고 녹색 테두리 장식을 한 옷섶에서 희고 향기로운 젖가슴을 내놓았다.

"교장……." 라오후는 놀라 온몸을 덜덜 떨다가 바닥에 쿵하고 쓰러졌…….

꿈이었다.

눈을 뜨니 어느 완만한 산비탈에 누워 교장의 말을 방목하고 있는 중이었다. 태양은 이미 암홍색의 불덩이로 바뀌어 나무숲 사이에서 번쩍이고 있었다. 온몸이 땀으로 범벅이 된 채로 산바람을 쐬니 앞가슴이나 뒷등이 모두 시원해졌다. 그렇게 한바탕 바람을 쐬었지만 그는 여전

복사꽃 그대 얼굴

히 조금 전의 꿈속에 빠져 심장이 쿵쿵 뛰고 머리가 몽롱했다.

모든 것에는 유래가 있다고 하는데, 그렇다면 꿈은 어디에서 온 것일까? 라오후는 이런 생각을 했다. 어두컴컴하고 화장품 냄새가 물씬 풍기는 교장의 침실이 구름 끝에 우뚝 솟아 있는 듯한데, 그가 발을 헛디뎌 산비탈에 허리까지 오는 풀더미로 떨어져 잠에서 깬다. 다시 돌아가서 다른 곳에서 깨어나 자신이 꿈에서 깨어난 것을 발견할 수는 없을까? 교장이 옷섶의 단추를 풀고 그를 향해 방긋 웃음을 보이는 곳……. 라오후는 이런 생각이 들자 문득 두려움이 엄습했다. 낙조에 붉게 물든 산 아래 숲속에 마치 한 마리 두꺼비처럼 쭈그리고 앉아 있는 조룡사^{帝龍寺}에서 귀뚜라미가 우는 소리조차 모두 환상처럼 변하기 시작했다.

라오후는 수풀에서 기어 올라와 소변을 누면서 산 아래를 바라보았다. 절의 지붕은 이미 새로 개축했다. 절에는 본래 스님이 없었고, 평소 지나가는 거지나 탁발승이 비를 피하거나 걸음을 쉬어가곤 했다. 절 앞에는 연못이 있었는데, 그 옆에 흙을 쌓아 무대를 만들어 명절이 되면 안후이^{安徽}나 항저우^{杭州}에서 온 전통극 연희패가 그곳에서 공연을 했다. 교장이 일본에서 돌아온 후로 지붕에 새로 기와를 올리고 기울어진 양쪽 벽에 봉을 박아 견고하게 만들었다. 이외에도 절 양쪽에 새롭게 곁방을 신축하여 푸지^{普濟} 학당으로 개조했다. 그러나 라오후는 여태껏 누군가 학당에 와서 공부하는 모습을 본 적이 없었다. 그저 어디서 왔는지 알 도리가 없는 빡빡머리에 웃통을 벗고 다니는 사내들이 대문을 들락날락하면서 노래를 흥얼거리고 총과 몽둥이를 휘두르며 당장이라도 때려죽일 듯이 설치는 꼴만 보일 뿐이었다.

절 뒤편 도로에서 꼬마가 말 잔등에 올라타 말의 배를 힘껏 조이고는 "이랴, 이랴" 하면서 소리를 치고 있었다. 하지만 그 백마는 온순하게 고개를 처박고 자신의 생각에 골몰한 듯 미동도 하지 않았다.

마을사람들은 그를 꼬맹이라고 불렀으며, 나이든 노인네들은 작은 도련님이라고 불렀다. 호의적이지 않은 일부 사람들은 그의 등 뒤에서 잡종이라고 불렀다. 그해 교장은 일본에서 푸지로 돌아오면서 그를 데리고 왔는데, 두 살밖에 되지 않아 말도 잘하지 못했고 지게꾼 등에 엎드려 새근새근 잠만 잤다. 노부인이 꼬맹이를 교장이 고향에 돌아오다가 길에서 주워온 호래자식이라고 하는 바람에 마을사람들도 그러려니 진짜로 믿었다. 그러나 그가 서너 살이 되자 생김새에서 이미 교장의 모습을 볼 수 있었으며, 입술이나 코, 눈썹 등은 아예 꼭 닮았다. 어떤 이들은 이 아이가 화자서의 토비소굴에서 '일제 사격'排子槍(윤간)을 당해 생긴 것인지도 모른다는 소문을 퍼뜨리기도 했다.

사숙 선생 딩수쩌는 쓸데없는 일에 참견하기를 좋아했다. 한번은 아이들이 물가에서 놀고 있는데 딩수쩌가 지팡이를 짚고 그들 앞을 지나다가 쭈그리고 앉더니 꼬맹이 손을 잡고 물어보았다. "네 아버지가 누군지 기억하겠니?" 꼬맹이는 고개를 저으며 모른다고 말했다. 딩수쩌가 다시 물었다. "그럼 성이 뭔지는 알겠어?" 꼬맹이는 여전히 고개를 저으며 아무 말도 하지 않았다. "내가 너에게 이름을 지어주지, 어떠냐?" 딩수쩌가 실눈을 뜨고 그를 쳐다보았다. 꼬마는 가타부타 아무런 답변도 하지 않고 그저 강모래를 발로 걷어차기만 할 뿐이었다.

"우리가 살고 있는 이곳은 푸지라고 하니, 너를 푸지라고 부르자꾸나. 푸지, 그 이름 좋구나. 언젠가 네가 재상이 된다면 이 이름도 떵떵 울릴 것이고, 스님이 된다면 법명도 굳이 필요 없을 게다." 딩수쩌가 허허 웃으며 덧붙였다. "성은, 네 할아버지의 것을 따라 루陸라고 해라. 꼭 기억하려무나."

하지만 사람들은 여전히 그를 꼬맹이라고 불렀다.

교장은 처음부터 그에게 관심을 두지 않아 길가에서 우연히 만나더라도 똑바로 쳐다보지 않았다. 꼬맹이도 감히 엄마라고 부르지도 못하고 다른 사람들을 따라 '교장'이라고 불렀다. 노부인은 그를 몹시 귀여워하여 꼬맹이라 부르지 않고 '복덩이',^{嘟嘟寶} '귀염둥이'^{心肝尖兒}, '방구쟁이'^{臭屁寶貝}, '작은 솜옷'^{小棉袄}, '작은 발 난로'^{小脚爐}라고 불렀다.

"내가 있는 힘껏 발로 찼는데도 달리지 않으니 왜 그런 거야?" 라오후가 언덕에서 내려오자 꼬맹이가 얼굴 가득 시무룩한 표정으로 말했다.

"달리지 않은 게 다행이지. 녀석이 다리를 크게 벌리고 마구 달렸다면 넌 벌써 자빠져서 개똥덩어리가 되었을 거야." 라오후가 어른처럼 그를 훈계하며 말했다. "말을 타기에 너는 아직 너무 어려." 그가 고삐를 잡아당겨 말을 끌고 연못가 마구간으로 갔다. 하늘은 이미 어두워지기 시작했다.

"내가 조금 전에 산등성이에서 잠을 잤거든." 라오후가 하품을 하며 말했다. "그런데 꿈을 꾸었어." 꼬맹이는 그의 꿈에 별로 흥미가 없었다. 그가 말 등에서 작은 손을 흔들며 라오후에게 말했다. "한번 맞혀 봐. 내 손안에 뭐가 있게?" 그는 라오후의 대답도 기다리지 않고 주먹을 펴고 손가락을 벌리더니 멍하니 웃었다.

그것은 잠자리였는데, 이미 그가 꽉 쥐어 짓이겨진 상태였다.

"꿈속에서 네 엄마를 보았어." 라오후가 말했다. 그는 꿈속의 일을 말해줄까 말까 망설였다.

"뭐 신기한 일도 아니네." 꼬맹이가 시큰둥한 얼굴로 말했다. "난 매일 밤마다 엄마 꿈을 꾸는데."

"그건 모두 작은 사진에서 본 거잖아." 라오후가 말했다.

꼬맹이는 보기 힘든 것을 하나 가지고 있었다. 그것은 그의 엄마가 일본에서 찍은 작은 사진으로, 꼬맹이의 유일한 보물이었다. 그는 그것을 어디에 숨겨야 좋을지 몰랐다. 속바지 주머니에 집어넣기도 하고 침상 베갯잇 밑에 깔아두기도 했는데, 할 일이 없으면 혼자서 몰래 꺼내들고 보았다. 그런데 그 작은 사진을 시췌가 그만 엉망으로 만들고 말았다. 그것을 물 가득한 대야에 집어넣고 빨래 방망이로 마구 두들기는 것도 모자라 손으로 힘껏 비벼댔다. 꼬맹이가 바지주머니에서 그것을 꺼냈을 때는 이미 딱딱한 종이뭉치가 된 후였다. 꼬맹이는 거의 미친 것처럼 시췌를 쫓아다니며 울고 깨물며 한나절 내내 소란을 피웠다. 결국 노부인이 방법을 생각해내 사진을 물에 담가 조심스럽게 펼친 다음 아궁이에 얹어 말렸다. 사진의 얼굴이 모호하여 잘 보이지 않았지만 꼬맹이는 그래도 보물처럼 여기고 다시는 몸에 지니고 다니지 않았다. 그 일을 꺼내기만 하면 노부인은 그치지 않고 눈물을 닦으며 콧물을 훔쳐댔다. "그 아이는 평소 누군가 어미 이야기를 꺼내도 한마디도 하지 않아. 나는 그 애가 자기 어미를 생각하지 않는 줄 알았잖아. 에이고…… 어미를 그리워하지 않는 애가 어디 있겠어?" 그 말을 하고 또 하고 그치지 않고 해댔다.

라오후가 연못으로 가서 말에게 물을 먹인 후 다시 마구간으로 끌어다 놓았다. 꼬맹이는 이미 건초를 한아름 안고 와서 말구유 옆에 던져놓았다. 두 사람은 신발에 묻은 말똥을 문턱에 문지른 다음 문을 닫고 나왔다. 날은 이미 완전히 어두워졌다.

"혁명이 뭐야?" 돌아가는 길에 꼬맹이가 뜬금없이 물었다.

　　　　　　　　　　　　　　　　　　　　복사꽃 그대 얼굴

라오후는 잠시 생각하다 진지하게 대답했다. "혁명이란 말이야, 뭘 하고 싶으면 그냥 하는 것을 말해. 네가 누구의 뺨을 때리고 싶으면 그냥 때리는 거지. 누구랑 잠을 자고 싶으면 그냥 자면 되는 거고."

그가 갑자기 걸음을 멈추더니 눈을 반짝이며 심술궂게 꼬맹이를 쳐다보고는 가볍게 떨리는 목소리로 말했다. "넌 누구랑 가장 자고 싶니?"

사실 그는 꼬맹이가 엄마라고 대답할 것이라고 생각했다. 그런데 뜻밖에도 꼬맹이가 몹시 경계하는 눈초리로 그를 쳐다보면서 잠시 생각하더니 이렇게 말했다. "아무도 없어. 난 그냥 혼자 자고 싶어."

그들 두 사람이 마을 입구까지 걸어왔을 때 마을 대장장이 왕치단과 왕바단 형제가 손에 큰 칼을 들고 외지인을 가로막고서 이것저것 캐물으며 밀쳐대는 모습이 어렴풋이 눈에 들어왔다. 그 외지인은 등에 긴 나무 화살을 메고 있었는데, 그들이 밀쳐대는 바람에 길에서 뱅뱅 맴돌고 있었다. 보아하니 그는 솜을 타는 사람인 것 같았다. 그들은 한참 동안 꼬치꼬치 캐묻고 난 다음 따귀를 몇 대 때리고서야 놓아주었다.

라오후가 득의양양하게 꼬맹이에게 말했다. "거 봐, 내가 한 말이 맞지. 누구든지 따귀를 때리고 싶은 사람이 있으면 그냥 때리면 되고, 누구랑 자고 싶으면 그냥 자면 되는 거야."

"그런데 왜 저 사람들이 그를 못 가게 막았지?" 꼬맹이가 물었다.

"저 사람들은 명령을 받들어 의심가는 사람들을 심문하는 거야."

"의심가는 사람이 누군데?"

"밀정이지."

"밀정이 뭐야?"

"밀정은 말이야……." 라오후가 한참 동안 생각하더니 대답했다. "밀정은 자기가 밀정이 아닌 것처럼 구는……."

그는 자신의 설명이 분명하지 않았다고 느꼈는지 다시 보충해서 말했다. "세상에 어디 그렇게 많은 밀정이 있겠어? 왕바단, 저들이 그냥 트집을 잡아 사람을 때리고 노는 거야."

이렇게 이야기를 하면서 걷다 보니 어느새 집 대문 앞에 이르렀다. 시췌와 바오천이 사방에서 그들을 찾고 있었다.

저녁을 먹을 때 부인은 또다시 연신 장탄식을 했다. 올해로 쉰이 조금 넘었는데 그녀의 머리는 완전 백발이고 말하거나 걷는 것도 노파 같았다. 그녀는 손을 몹시 떨어 그릇을 들거나 젓가락질도 제대로 하지 못했고, 기침에 천식으로 숨을 헐떡이고 매사에 의심이 심했다. 그녀는 기억력도 엉망이어서 말을 할 때면 그저 수다스럽게 말을 늘어놓을 뿐 조리가 없었다. 때로는 다른 사람이 듣든 말든 벽에 드리워진 자신의 그림자를 보면서 중얼거리기도 했다. 그녀가 시끄럽게 잔소리를 늘어놓을라치면 언제나 몇 마디 서두부터 떼곤 했다.

"이건 모두 내 죄야"라든지 아니면 "이건 모두 인과응보야"라는 말이었다.

만약 앞의 말을 한다면 그것은 그녀가 이어서 자신을 욕한다는 뜻이었다. 하지만 도대체 무슨 죄를 지었단 말인가? 라오후는 여태껏 분명하게 알지 못했다. 시췌의 말을 듣자니, 부인은 처음부터 장지위안이란 젊은이를 집안에 끌어들이지 말았어야 했다며 후회하고 있다고 했다. 장지위안은 라오후도 본 적이 있는데, 듣자하니 그는 혁명당원이라고 했다. 그는 돌에 묶인 채 강에 내던져져서 죽고 말았다. 푸지에서의 표현을 쓰자면 누군가 "연꽃을 꽂은 것이다."[20]

만약 그녀가 뒤에 나오는 말을 한다면, 그것은 교장을 욕한다는 뜻이다. 오늘 그녀는 뒤에 나오는 말을 했다.

"이건 모두 인과응보야." 부인이 호되게 코를 풀더니 여러 사람들 앞에서 그것을 탁자 다리에 문질렀다.

"내가 멀쩡하게 잘 알아보고 시집보내면서 옷이며 이불, 머리장식까지 다른 이들이 가지고 있는 것은 하나도 빼지 않고 해주었어. 그런데 가는 길에 토비와 맞닥뜨릴 줄 누가 알았겠어. 이튿날 창저우 사돈댁에서 사람을 보내 서신을 보냈기에 실상을 알게 된 거지. 마을 노인네들이 토비가 사람을 납치하는 것은 대부분 몸값 때문이니 적어도 사나흘, 길어봤자 이레나 여드레면 틀림없이 누군가 찾아와 몸값을 요구할 것이니 돈만 주면 풀려날 수 있다고 하더라고. 그래서 매일 기다리고 하루도 빠짐없이 밥도 제대로 못 먹고 잠도 못 자면서 뚫어져라 문만 쳐다보며 기다렸지. 그런데 반년이 지났건만, 개뿔! 귀신 그림자조차 보이지 않더라고."

매번 부인이 여기까지 말하면 꼬맹이가 깔깔거리며 웃기 시작했다. 부인이 말하는 '개뿔'쯰이라는 말에 깔깔거리며 바보처럼 웃어댄 것이다.

"슈미, 그 애는 어처구니없게도 내가 자기를 빼내올 돈 쓰는 걸 아까워했다고 말하더라고! 만약 정말로 사람이 와서 몸값을 요구했다면 내가 그깟 돈 몇 푼을 아꼈겠어? 아무리 그래도 그런 말을 해서는 안 되지. 집안에 쌓아둔 것도 있고, 만약 돈이 없었다고 한다면 내가 설령 집

---

20) 재하화(栽荷花): 민국 초기 암흑가에서 흔히 쓰던 말로 삽하화(挿荷花)라고도 하며, 누군가를 물속에 빠뜨려 죽인다는 뜻이다.

안이 거덜나는 한이 있더라도 전답이며 재산을 몽땅 팔아다 몸값을 주고 그 애를 데려왔겠지. 바오천, 시췌, 너희들도 말 좀 해 봐. 몸값을 요구하러 온 사람을 본 적이 있니?"

시췌가 고개를 숙이고 말했다. "아무도 온 적이 없어요. 그림자도 못 봤다니까요."

바오천이 말했다. "사람이 오기는커녕 제가 직접 찾아가서 그들에게 주지 못한 것이 한스러울 뿐이지요. 하지만 짚신이 예닐곱 개나 닳도록 돌아다녔는데도 반 쪼가리 소식조차 듣지 못했으니 누가 알았겠어요. 화자서에 있었다는 것을."

라오후는 화자서가 어디에 있는지 몰랐지만 아버지가 그렇게 말하는 것을 보니 푸지에서 그리 멀지 않은 곳인 것 같았다. 바오천과 시췌가 연신 비위를 맞추고 입이 닳도록 구슬리며 한참을 설득하자 부인도 그제야 소매를 들어 눈물을 닦았다. 그러고도 쭈뼛거리며 벽에 기대어 한참 동안 멍하니 있다가 겨우 그릇을 들고 밥을 먹었다.

꼬맹이는 하루 종일 미친 듯이 놀더니 피곤했던지 밥도 다 먹지 못하고 탁자에 엎드려 잠이 들었다. 부인이 급히 시췌에게 아이를 안고 위층으로 올라가 재우라고 분부하고는 다시 라오후에게 부엌에서 물을 떠다가 꼬맹이 발을 씻기라고 했다. 라오후가 물을 떠와 위층으로 올라가자 꼬맹이는 잠에서 깨어나 침상에서 시췌와 떠들고 있었다.

교장이 푸지로 돌아온 후 꼬맹이는 줄곧 노부인과 함께 잠을 잤다. 하지만 근래 들어와 부인이 계속 기침을 해대자 자기 몸에 있는 쇠약하고 병든 기운이 아이에게 전해질까 두려워 라오후와 같이 자게 했다. 그의 아버지 바오천의 말에 따르면, 꼬맹이는 이제 부인의 생명줄이 되어 쥐면 꺼질까 불면 날아갈까 애지중지한다고 했다.

"정말 메이청을 치러 갈까?" 라오후가 시췌에게 말했다.

"누굴 말하는 거야?"

"교장네 사람들."

"누가 그러디?" 시췌는 깜짝 놀란 듯했다. 그녀는 침대 먼지를 털고 있었다. 그녀의 허리며 가슴, 그리고 엉덩이가 그렇게 부드럽게 보일 수가 없었다. 심지어 맞은편 벽에 드리워진 그녀의 그림자조차 부드러워 보였다.

"추이렌이 말하는 걸 들었어." 라오후가 말했다.

점심때 꼬맹이랑 말을 끌고 나오려고 마구간에 갔을 때 추이렌이 학당 연못가에서 몇몇 사람들과 그런 이야기를 하는 것을 보았다. 그는 추이렌만 보면 아무리 보아도 싫증이 나지 않았다. 그녀의 엉덩이는 시췌보다 훨씬 컸다. 이유는 알 수 없지만 최근 들어서는 여자만 보면 그게 누구든지 가슴이 떨리고 입이 바짝바짝 마르며 눈이 초점을 잃고 멍해졌다.

"아니겠지?" 시췌가 혼잣말을 하더니 놀랐는지 얼굴이 금세 하얗게 질렸다. 그녀는 간이 콩알만 해졌는지 자기 그림자를 보고도 놀라 팔짝 뛰었다.

"어른들 일은 너희 같은 아이들이 관여하는 게 아니야. 뭘 듣든지 뱃속에 담아두어야지 사방에서 마구 떠벌리면 안 돼." 끝으로 그녀는 이렇게 말했다.

침상의 먼지를 털고 난 후 시췌는 물의 온도를 재보고는 꼬맹이를 품에 안고 발을 씻겨주었다. 꼬맹이가 두 다리로 물장구를 치는 바람에 바닥이 온통 물바다가 되었다. 하지만 시췌는 화도 내지 않고 그의 발바닥을 간질였다. 꼬맹이가 그녀의 품안으로 파고들며 깔깔거리고 웃어댔다. 그의 머리가 그녀의 가슴 앞에서 이리저리 제멋대로 뒹굴었다.

"교장이 정말 미친 거야?" 꼬맹이가 한참 웃고 난 뒤 뜬금없이 물었다.

시췌는 차갑고 축축한 손으로 아이의 머리를 쓰다듬고 미소 지으며 말했다. "바보야, 다른 사람이 교장이라고 부른다고 해서 너도 그렇게 따라 부르면 안 돼. 넌 엄마라고 불러야지."

"그럼 엄마가 정말 미친 거야?" 그가 다시 물었다.

시췌는 순간 어떻게 답을 해야 좋을지 몰랐다. 잠시 생각한 후 다시 입을 열었다. "십중팔구는……, 정확하지는 않지만 아마도 거의 그럴 거야. 아이고, 이것 좀 보게. 양말에 구멍이 났잖아."

"그런데 사람이 미치면 어떻게 돼?" 꼬맹이가 큰 눈을 깜빡이며 귀찮게 물고 늘어졌다.

시췌가 웃으며 말했다. "너는 미치지도 않았는데, 뭘 그리 걱정이야."

라오후도 발 씻는 대야 앞에 앉아 신발과 양말을 벗고 히죽거리며 시췌에게 발을 내밀었다. "나도 씻겨줘."

시췌가 그의 종아리를 꼬집고는 웃으며 말했다. "네가 직접 씻어."

그녀는 꼬맹이를 안고 침상으로 갔다. 그녀는 꼬맹이가 옷 벗는 것을 도와주고 이불을 덮은 다음 이불 양쪽을 요 아래에 끼워 넣었다. 그리고 다시 엎드려 얼굴에 입을 몇 번 맞추고 마지막으로 등잔에 기름을 가득 채웠다. 꼬맹이가 어두운 것을 무서워하여 밤에도 불을 켜놓고 잠을 잤기 때문이었다.

방에서 나서기 전에 그녀는 늘 그러듯이 라오후에게 분부했다. "밤에 이불을 걷어차거들랑 네가 덮어줘야 한다."

라오후도 언제나처럼 고개를 끄덕였지만 마음속으론 딴 생각을 했다. 나는 이제껏 한번 잠들면 날이 밝을 때까지 자다가 아침에 일어나 보면 이불은 말할 것도 없고 베개조차 침상 아래 떨어져 있는데, 어떻게 알고 꼬맹이 이불을 덮어주겠어?

그러나 그날 밤 라오후는 아무리 해도 잠을 이룰 수 없었다. 시췌가 아래층으로 내려가고 얼마 되지 않아 꼬맹이가 이를 가는 소리가 들렸다. 그는 침상에서 이리저리 뒤척이고 있었다. 눈만 감으면 오후에 산비탈에서 꾸었던 꿈이 생각나서 온몸이 위아래로 불같이 타올라 이불을 젖히고 잠을 자자니 조금 춥게 느껴졌다. 창밖에서 휭휭, 하며 바람이 불어왔다. 시췌의 얼굴이 떠오르기도 하고 교장의 풀어헤친 옷섶이 떠오르기도 했으며, 시췌의 엉덩이가 보이기도 했다. 그런 몽상이 방안에서 이리저리 떠돌아 다녔다. 그가 몸을 움직일 때마다 요 밑에 새로 깐 볏짚에서 마치 누군가 이야기를 하고 있는 것처럼 사그락사그락 소리가 났다.

2

슈미가 일본에서 돌아온 날, 때마침 그해 겨울의 첫눈이 내렸다. 살구처럼 누르스름한 구름이 담요처럼 하늘을 뒤덮고 습기 먹은 눈송이가 펄펄이 내리는 것이 날씨는 오히려 그다지 춥지 않았다. 눈송이는 땅에 떨어지기도 전에 녹아버렸다. 제일 먼저 마을 밖으로 나가 그녀를 맞이한 사람은 추이롄이었다. 그녀는 말에서 내리는 슈미를 부축해주었다. 그녀 몸에 묻은 눈꽃을 털어주고(사실 작은 눈알갱이에 지나지 않았다), 그녀의 머리를 억지로 자기 품안에 끌어당긴 채 펑펑 울기 시작했다.

그녀가 그처럼 한 것은 나름 이유가 있었다. 들리는 말에 따르면, 슈미가 출가하기 전 그들 두 사람은 못할 말이 없는 사이좋은 자매나 다를 바 없었다. 몇 년 동안이나 헤어졌다가 상봉하게 되니 비애와 애통함을 금할 수 없었다. 또 다른 이유도 있었다. 그녀가 그해 가을 집안에서 거두어들인 소작료(곡물로 받은)를 몰래 빼돌려 타이저우泰州의 한 상인에게 내다팔았다. 바야흐로 그녀의 못된 짓이 밝혀져 주인에게 쫓겨날 지경에 이르고 말았다. 마음이 여린 노부인은 그녀가 루씨 집안에 오래 있었고 부모도 일찍 여의어 의지할 데가 없으며, 때마침 전란이 한창인 때인지라 보낼 곳이 없어 주저하며 결정을 내리지 못하고 있었다. 이처럼 결정적이고 중요한 순간에 슈미가 인편에 서신을 보내왔다. 토비에게 납치된 후 몇 년이 지나도록 아무런 소식이 없었기 때문에 그녀가 살아 있으리라고 믿는 사람은 아무도 없었다. 노부인은 푸지 사당에 이미 그녀를 위해 위패를 마련해둔 상태였다. 이처럼 이미 서서히 잊혀져 가고 있던 사람이 갑자기 돌아온다고 하니 전혀 뜻밖이었다. 추이롄의 말을 따르자면, "하늘이 나를 구하기 위해 그녀를 보낸 것"이었다.

그녀는 아무 거리낌 없이 다른 사람들 앞에서도 이런 말을 했다. 그녀가 소식을 들은 것은 때마침 부엌에서 밥을 짓고 있을 때였다. 시췌의 말에 따르면, 추이롄이 그 순간 나무걸상 위로 뛰어오르더니 손뼉을 치며 "부처님이 도우셨네. 하늘이 나를 구하기 위해 사람을 보내신 거야."라고 외쳤다고 한다. 그러나 확실히 슈미는 추이롄과 같이 뜨거운 감정은 없어보였다. 그녀는 그저 추이롄의 등을 몇 번 두드리고 곧 그녀를 밀어내고는 말채찍을 움켜잡고(말을 끄는 중요한 임무는 자연스럽게 추이롄의 손에 떨어졌다) 집으로 향했다. 슈미의 무심한 행동에 추이렌은 뭔가 잃어버린 듯 마음이 편치 않았다. 과연 이 사람이 그녀가 믿고 기댈 수 있는 사람인지 여부를 따지지 않더라도 그녀가 이미 10년 전의 슈미가 아니라는 사실만은 확실했다.

그녀를 따라온 사람은 짐꾼이 세 명이고 지게꾼이 한 명이었다. 짐꾼들은 각기 무거운 상자를 두 개씩이나 메고 있었는데, 얼마나 무거운지 멜대가 모두 휘어져 있었다. 그들은 어깨를 으쓱거리며 끊임없이 입 밖으로 열기를 토해냈다. 꼬맹이는 면 모포에 단단히 싸여 지게꾼 등에서 새근새근 잠들어 있었다. 에워싸고 구경하던 마을 아낙네나 처녀들, 그리고 할멈들까지 지게꾼 뒤를 졸졸 쫓아가며 아이를 웃기려고 집적거렸다.

라오후는 아버지를 따라 슈미를 맞이하는 전 과정에 참여했다. 아버지는 그에게 그녀를 만나거든 '누나'라고 부르라며 거듭 당부했지만 그는 끝내 그렇게 부를 기회를 잡지 못했다. 슈미의 시선이 그들 부자를 흘낏 스쳐지나갈 뿐 더 이상 머물지 않았기 때문이다. 그것은 그의 '누나'가 오랜 세월 탓에 이미 그들을 알아보지 못한다는 뜻이었다. 그녀의 눈빛은 어딘가 모르게 공허했고, 또한 혼란스러웠다. 그녀가 사람을 볼 때도 사실은 아무것도 보지 않았고, 그녀가 이웃과 인사말을 나눌 때도 사실 아무것도 말하지 않았으며, 그녀가 웃을 때도 사실은 귀찮아하는 느낌을 감추고 있었다.

바오천은 평소 겸손한 것으로 칭송이 자자했다. 그래서 그는 늘 낮은 목소리로 공손하게 말하고 무서워 기를 펴지 못하는 것처럼 항상 움츠리고 있다는 인상을 주었다. 그러던 그가 남들에게 자신의 당황하는 모습을 보이기 싫었던지 짐꾼 대신 짐을 짊어지려고 했다.

노부인은 불당 향안香案 앞에서 슈미를 기다리고 있었다. 그녀는 설을 쇨 때나 입는 대금對襟(윗옷의 두 섶이 겹치지 않고 가운데에서 단추로 채우게 되어 있는 옷) 형식의 큰 꽃무늬가 있는 비단 솜저고리를 차려입고 머리카락이 반짝일 정도로 단정하게 빗은 후 향을 쐬어 향내가 배어나도록 했다. 슈미가 불당으로 걸어왔다. 노부인은 부들부들 떨기 시작하더니 웃다가 울다가 정신이 없었다. 슈미는 한쪽 발로 불당의 문지방을 막 넘으려다 멈추었다. 마치 눈앞에 있는 사람이 자신의 모친이 맞는지 의심이라도 하는 듯 뚫어지게 그녀를 쳐다보았다. 끝으로 슈미가 냉랭하게 물었다.

"어머니, 저는 어디에 머물까요?"

그녀가 이렇게 말하니 마치 한 번도 푸지를 떠난 적이 없었던 것처럼 뜻밖이었다. 부인은 아직 정신을 차리지 못했지만 웃는 낯으로 말했다. "딸아, 정말 집에 돌아온 거지? 이곳은 너의 집이니 아무 데서나 머물도록 하렴."

슈미는 문지방을 넘어선 다리를 거두어들이며 말했다. "그럼 좋아요. 저는 아버지가 계시던 다락방에서 지낼게요." 그렇게 말하곤 몸을 돌려 가버렸다. 부인은 아래턱이 빠진 것처럼 입을 벌린 채 한참동안 다물지 못했다. 이것이 그들 모녀의 첫 번째 만남이었으며 쓸데없는 말은 없었다.

슈미가 몸을 돌리자 맞은편 문 입구에 서 있는 바오천 부자가 보였다. 라오후가 보기에 그의 아버지는 남들의 웃음거리가 되는 것 말고 할 줄 아는 것이 없었다. 그는 헤헤 웃으며 그곳에 서서 한 손으로 끊임없이 주름 잡힌 자신의 바지를 틀어쥐고 다른 한 손으로 계속해서 아들의 어깨를 두드리고 있었다. 그 모습이 마치 그의 어깨에서 한두 마디 무슨 말이라도 끄집어내려는 것만 같았다. 결국 그가 내뱉은 말은 "슈미, 헤헤. 슈미, 헤, 슈미……"였다.

라오후조차 아버지가 부끄러웠다.

슈미가 오히려 거침없이 그를 향해 걸어왔다. 그녀의 얼굴에 아기씨 시절의 천진난만하고 장난스러우며 애교 넘치는 웃는 모습이 다시 드러났다. 그녀는 곁눈질을 하며 바오천에게 말했다. "오, 삐딱이!"

그녀의 말에는 짙은 경성 발음이 배어 있었다. 방금 전에 불당에서 모녀가 만났을 때와 같은 난감한 상황을 지켜본 바오천은 슈미가 이처럼 친절한 어투로 그에게 말을 걸 줄은 상상도 못했다. 그는 눈앞에 서 있는 슈미가 여전히 10여 년 전 말썽꾸러기로만 느껴졌다. 그가 장부 정리를 할 때면 몰래 장방帳房(회계 등을 보는 방)으로 들어와 그의 주판알을 엉망으로 만들기도 했고, 그가 낮잠을 잘 때 그의 찻잔에 거미를 집어넣기도 했다. 정월 보름 묘회廟會가 열리는 날이면 목마인 양 그의 목에 올라타 그의 까까머리를 퍽퍽 소리나게 두드리기도 했다. 바오천은 순간 과분한 대우에 기뻐 놀라면서도 마음 한편으로 불안감을 느끼기도 했다. 얼굴에서 두 줄기 탁한 눈물이 아래로 굴러 떨어졌다.

"바오천, 이리 오너라."

부인이 불당에서 그를 불렀다. 그녀의 목소리는 스스로 억제하여 진중하면서도 여전히 정신을 차리지 못한 듯했고, 목소리도 매우 낮게 깔렸다. 그녀는 이미 이후에 일어날 일련의 변고에 대해 예감하고 있는 듯했다.

그때 슈미는 이미 마당에 서서 짐꾼들에게 짐을 위층으로 옮기라고 소리치고 있었다. 추이렌도 당연히 그 틈에 섞여 있었다. 그녀는 두 손을 허리에 대고 크게 또는 작게 소리를 질러댔다. 그러나 유일하게 그녀의 지휘를 받는 이는 오직 시췌뿐이었다. 라오후는 시췌가 구리쟁반을 받쳐 들고 걸레를 손에 쥔 채로 방을 정리하기 위해 위층으로 올라가는 모습을 보았다.

부인과 바오천은 눈앞에 펼쳐진 일들을 헤아리고 궁리할 시간이 없었다. 지게꾼이 꼬맹이를 겨드랑이에 끼고 제멋대로 갑자기 들어왔기 때문이었다. 꼬맹이는 여러 겹의 솜옷을 껴입고 얼굴이 발그레했다. 부인이 지게꾼 손에서 아이를 받아들자 아이는 눈알을 또록또록 굴리며 부인을 쳐다보면서 울지도 않고 버둥대지도 않았다. 그 작은 것을 어르고 돌보느라 부인은 잠시 아무 일도 할 수 없었다.

나중에 부인은 딸을 귀신 들린 다락에 머물게 한 것이 현명치 못한 처사였다고 느끼고 후회하는 것 같았다. 다락은 수년 간 이미 악몽이자 저주가 되고 말았다. 그녀의 남편인 루칸이 그곳에서 미쳐버렸고 장지위안이 죽기 전에도 그곳에서 반년 넘게 머물렀다. 부인은 만약 다락방을 수리하기 위해 도적들을 집안으로 끌어들이는 화를 자초하지 않았다면 슈미가 화자서의 토비들 손아귀에 떨어지는 일도 없었을 것이라는 사실을 당연히 잊지 않고 있었다. 10년 동안 그곳은 텅 빈 채로 굳게 문이 닫혀 있었다. 푸른 이끼가 잔뜩 끼고 칡이 웃자라 매번 큰비가 내리기 전이면 박쥐 떼가 무리지어 찍찍대며 다락방 주위를 날아다니곤 했다.

슈미는 다락방으로 올라간 후 며칠 동안 보이지 않았다. 하루 세끼 밥도 추이롄이 올려다 주었다. 매번 다락방을 오르락내리락할 때면 그녀는 의기양양하여 말하는 품새도 설렁설렁 전혀 남을 신경 쓰지 않는 것처럼 바뀌었고, 심지어 부인이 말을 걸어도 아랑곳하지 않았다.

"이 계집년이 보아하니 슈미에게 넘어간 거야. 뒤를 봐주는 사람이

복사꽃 그대 얼굴

있다고 믿고 점점 더 버릇이 없어져." 부인은 늘 바오천에게 이렇게 투덜 거렸다.

부인은 비록 화가 나긴 했지만 추이롄에게 말하는 투가 예전과 많이 달랐다. 딸의 동정을 알아보기 위해 그녀는 잠시 화를 누르고 잠자코 있었다.

"그 애 상자에 들어 있는 것이 무엇이더냐?" 부인이 짐짓 억지웃음을 띠며 물었다.

"책이요." 추이롄이 답했다.

"매일 다락방에서 무엇을 하고 있니?"

"책을 봐요."

시간이 하루하루 지나갔고 부인의 걱정도 하루하루 커져만 갔다. 그녀가 맹목적으로 당시 아버지가 걸었던 길을 따르고 있으니 결국 미치는 것이 기대할 수 있는 유일한 결과인 것만 같았다. "그 애가 돌아오던 날, 그 애의 표정을 보니 예전 제 아비가 실성하기 전과 완전히 똑같더구나." 부인이 회상하며 말했다. 그녀는 바오천과 이리저리 의논하다 결국 이전에 루칸 나리에게 썼던 방식대로 도사를 청해 귀신을 쫓아내는 것이 좋겠다고 고집을 부렸다.

그 도사는 절름발이였다. 나침반과 천으로 만든 간판용 깃발을 손에 쥐고 무슨 보물단지 같은 것을 들고 집으로 와서 다락방을 살펴보았다. 과연 다락방에 귀기가 대단하다는 것을 한눈에 알 수 있었다. 그가 위층으로 올라가볼 수 있겠느냐고 묻자 부인은 조금 걱정이 되었다. 딸이 그래도 일본도 가보고 세상물정을 살펴본 사람인데 만에 하나 그를 만났을 때 소란이라도 피우면 어떻게 하지? 그녀가 바오천에게 생각 좀 해보라고 하자 바오천이 대답했다. "일단 오시라고 청한 것이니 올라가 보시라고 하지요."

도사가 뒤뚱거리며 위층으로 올라갔다. 기이한 것은 도사가 위층에 올라간 후에 반나절이 다 되도록 아무런 움직임이 없어 다락방이 마치 푹 잠든 아이와 같았다는 점이다. 거의 서너 시간이 지나자 부인은 조급한 나머지 시췌에게 올라가 살펴보라고 독촉했다(그녀는 더 이상 추이롄에게 시키지 않았다). 시췌가 조마조마한 마음으로 올라갔다 잠시 후에 내려왔다. "도사가 아가씨랑 웃고 떠들며 탁자에 앉아 한담을 나누고 있어요."

시췌가 이렇게 말하자 부인은 더욱 의심이 들었다. 그녀는 바오천을 쳐다보았지만 바오천 역시 멀뚱히 그녀를 쳐다볼 뿐이었다. 결국 부인이 혼잣말로 중얼거렸다. "이상한 일일세! 그 애가 도사랑 말이 통하다니 말이야."

도사는 어두워진 후에야 위층에서 절뚝거리며 내려왔다. 한마디도 하지 않고 곧바로 문밖으로 나갔다. 부인과 바오천이 그를 쫓아가서 도대체 무슨 일이냐고 물으려고 했지만 도사는 거들떠보지도 않고 그저 히죽거리며 밖으로 걸어갔으며, 준비해 놓은 은자도 받지 않았다. 문을 나서기 전 그가 갑자기 몸을 돌리더니 한마디 툭 던졌다.

"허! 이 대청국大淸國이 곧 끝나겠어."

그 말을 라오후는 아주 똑똑하게 들었다. 만약 예전이라면 그런 말을 입 밖에 내기가 무섭게 구족九族을 주살시켰겠지만 지금은 그런 말이 하찮은 도사의 입에서조차 제멋대로 나오다니 대청이 정말로 끝장날 것만 같았다. 하지만 노부인의 걱정은 결코 쓸데없는 것이 아니었다. 사실 상황은 그녀가 걱정하던 것보다 훨씬 심각했다.

대략 보름 정도 지난 후 슈미가 갑자기 위층에서 내려왔다. 일본에

복사꽃 그대 얼굴

서 가져온 작은 양산을 품에 끼고 정교한 작은 가방을 들고 포구 쪽으로 걸어갔다. 이틀 후 포구에서 돌아오면서 두 명의 젊은이를 데리고 왔다. 그때부터 낯선 사람들이 베틀에 북이 드나들 듯 빈번하게 왕래하는 통에 집안이 마치 여관처럼 되고 말았다. 한참 지난 후 바오천이 그녀의 꿍꿍이를 눈치챈 듯 조심스럽게 부인에게 말했다. "마님께서는 아가씨가 예전 루 나리의 길을 따라간다고 하셨는데, 제가 보기에는 그런 것 같지 않습니다. 아무래도 아가씨가 자신을 또 하나의 장지위안으로 만들려고 하는 것 같습니다. 그놈의 죽은 귀신이 망령이 되어 흩어지지 않고 있어요!"

그나마 다행인 것은 꼬맹이가 깜찍하고 영리하여 부인이 흠칫흠칫 놀라고 무서워하는 와중에도 약간의 위안이 되었다는 점이다. 그녀는 매일 꼬맹이와 붙어살며 떨어지지 않았으나 슈미는 오히려 그 아이를 깨끗이 잊어버린 듯했다. 부인은 마음속에 근심거리가 생기면 아이가 이해하든 말든 그냥 아이를 끌어안고 이렇게 말했다. "네 엄마가 돌아오던 날 저녁에 내가 서쪽 하늘을 보았더니 밝은 별 하나가 나타나더구나. 처음에는 길조라고 여겼는데, 아무래도 흉성凶星(불길한 징조가 있는 별)이었던 것 같아."

예전 장지위안처럼 거의 매월 슈미도 한 차례 집을 떠나 짧게는 하루나 이틀, 길게는 사나흘씩 외출을 했다. 바오천의 관찰과 추정에 따르면, 슈미가 매번 외출할 때는 서신 배달꾼이 푸지로 오는 바로 다음 날이었다. 배달꾼은 20세 남짓한 젊은이였는데, 사람을 대하는 태도가 공손하고 예의가 있었다. 하지만 바오천이 말을 에둘러 탐문을 하려고 들면 아무것도 모르는 척 입을 꼭 다물었다. "이것은 분명 누군가 어둠 속에 숨어 배달꾼을 통해 슈미 아가씨에게 명령을 내리는 것이지요." 바오천이 부인에게 나름 분석해주었다. 그렇다면 어둠 속에서 명령을 내리는 사람은 또 누구란 말인가?

그해 여름이 다 지나갈 무렵 마을에서 소식이 정통한 이가 전하기를 슈미가 메이청 일대의 청방靑幫 사람과 매우 긴밀하게 왕래하고 있는 것 같다고 했다. 최근 몇 년간 메이청의 청방 우두머리인 쉬바오산徐寶山과 룽칭탕龍慶棠 두 사람의 이름은 라오후도 가끔씩 다른 사람의 입을 통해 들은 적이 있었다. 그들은 아편을 밀매하고 사염私鹽(밀조 소금)을 운송하여 내다팔며 심지어 강에서 비단을 운반하는 관아의 배를 대놓고 약탈하기도 했다. 슈미가 어떻게 그런 이들과 한패가 되었지? 부인은 처음에는 그리 믿지 않았지만 그러던 어느 날…….

그날 밤 비가 몹시 세차게 내렸다. 남풍이 휙휙 불어와 창문이 덜컹덜컹 소리를 내고, 이따금씩 기와조각이 땅에 떨어져 깨지는 소리가 들렸다. 거의 자정쯤 되었을 때 급하게 대문을 두드리는 소리에 라오후가 잠에서 깼다. 그때 라오후는 그의 아버지와 동쪽 행랑채에서 자고 있었다. 그가 잠자리에서 일어나 보니 등잔이 켜져 있고 바오천은 이미 나간 뒤였다. 라오후는 발소리를 죽여 가며 살금살금 방문을 나가 앞마당으로 갔다. 시췌가 손으로 등잔을 들어 올리고 노부인과 계단 입구 처마 밑에 서 있는 것이 보였다.

대문은 열려 있고 슈미는 이미 온몸이 젖은 채로 마당에 서 있는데, 주위에 네다섯 명의 사람이 같이 서 있었다. 그리고 땅바닥에 관처럼 생긴 세 개의 큰 나무 상자가 놓여 있었다. 그 가운데 한 사람이 숨을 몰아쉬면서 바오천에게 명령했다. "자네는 쇠 삽 두 개만 가져오시게." 바오천이 쇠 삽을 가져다 그들에게 주고 다시 얼굴 가득한 빗물을 닦으며 슈미에게 말했다. "상자 안에 있는 건 뭐지?"

"죽은 사람." 슈미가 손으로 귓가의 머리카락을 가지런히 다듬고 웃으며 말했다.

잠시 후 슈미는 사람들과 쇠 삽을 들고 나갔다. 비가 여전히 그치지 않고 내렸다.

바오천이 큰 상자를 한참 동안 돌면서 널판 틈새로 살펴보다가 시췌를 불러 등잔을 가져오라고 했다. 시췌가 겁에 잔뜩 질린 듯 감히 가까이 가지 못하자 어쩔 수 없이 바오천이 직접 등을 가져왔다. 라오후는 아버지가 등을 들고 상자에 엎드려 살펴보더니 잠시 후 아무 소리도 하지 않고 자기 쪽으로 걸어오는 것을 보았다. 얼핏 보기에는 침착한 듯했으나 이는 딱딱 소리를 내며 부딪치고 온몸이 덜덜 떨렸으며, 입술도 부들부들 심하게 떨렸다. 그는 긴장과 공포로 인해 계속해서 욕설을 내뱉고 있었다. 라오후가 알기로 언제나 얌전하고 고지식한 아버지는 한 번도 더러운 욕설을 한 적이 없었다. 그러나 오늘 충격을 받자 뱃속에 가둬놓은 욕설이 한꺼번에 튀어나왔다.

"이런 좆같이, 제 에미하고 붙을 놈 같으니라고." 바오천이 마구 욕설을 내뱉었다. "이런 제기랄! 죽은 사람이 아니잖아. 이런 제기랄, 총이잖아!"

다음 날 라오후는 눈 뜨기가 무섭게 마당으로 달려갔다. 아버지가 말한 그 총을 보고 싶었기 때문이었다. 하지만 마당에는 햇살에 바짝 마른 진흙 자국 외에 아무것도 없었다.

부인은 한시도 참을 수 없었다. 속히 딸아이의 허튼 짓거리를 막아야만 했다. 그녀가 보기에 '총은 정말로 장난칠 것'이 아니기 때문이었다. 당장 눈앞에 떨어진 급선무는 견식이 있는 이를 찾아가 상담을 하는 것이었다. 그녀가 곰곰이 생각한 끝에 선택한 사람은 바로 슈미의 예전 사숙인 딩수쩌였다. 하지만 그녀가 그를 찾아가기도 전에 소문을 들은 딩수쩌가 제 발로 찾아왔다.

딩수쩌는 나이가 들어 머리는 물론이고 수염까지 백발이었으며, 말할 때도 숨을 헐떡였다. 그는 부인 자오샤오핑의 부축을 받고 흐느적거리며 집 마당으로 들어와 슈미를 봐야겠다고 크게 소리를 질렀다.

부인이 황급히 맞이하면서 목소리를 낮추어 그에게 말했다. "딩 선생님, 저희 집 계집아이는 이미 예전의 모습이 아닙니다. 성격도 괴팍해지고……." 딩수쩌가 말했다. "괜찮아요, 괜찮으니 그 애보고 내려오라고 하시지요. 제가 직접 물어볼 테니."

부인이 잠시 생각하더니 재차 당부했다. "저희 집 아이가 돌아오고 난 후 저조차도 그 애 얼굴을 몇 번 보지 못했습니다. 그 애의 두 눈은 어찌된 셈인지 사람을 보고도 몰라보네요."

딩수쩌는 몹시 귀찮다는 듯이 지팡이로 바닥의 나선형 문양의 벽돌을 툭툭 두드리며 말했다. "불편할 것 없어요. 여하튼 내가 몇 년 동안 가르쳤으니 그냥 내려오라고만 해주세요."

"맞아요." 자오샤오핑이 옆에서 맞장구치며 말했다. "다른 사람은 무시해도 선생님이야 알아보겠지요. 그냥 가서 부르기나 하세요."

부인이 머뭇거리며 바오천을 보았으나 그는 고개를 숙이고 아무 말도 하지 않았다. 그렇게 주저하고 있을 때 슈미가 위층에서 내려오는 것이 보였다. 그녀는 틀어 올린 머리에 검은 망사를 두른 채 잠에 취한 듯한 모습이었다. 그녀 옆으로 장삼을 입은 중년 남자가 따라 나왔는데, 품안에 낡은 기름 먹인 천 우산을 끼고 있었다. 두 사람은 웃고 떠들며 앞마당 쪽으로 걸어왔다. 딩수쩌 옆을 지나면서도 두 사람은 그저 이야기만 나눌 뿐 눈길 한 번 주지 않고 그냥 지나쳤다.

딩수쩌의 얼굴에 멋쩍어하는 기색이 어리면서 화가 치밀어 입술을 바들바들 떨고 온몸을 부들부들 떨었다. 하지만 억지로 허허, 하며 두어 번 마른 웃음을 짓고는 자기 아내를 바라보더니 다시 부인을 바라보며 말했다. "저 애가……, 저 애가 아마도 나를 알아보지 못하나 봅니다." 자오샤오펑이 재빨리 손을 내밀어 슈미를 잡아당겼다.

"왜 잡아당기고 그래요!" 슈미가 고개를 돌려 그녀를 보며 역정을 냈다.

딩수쩌가 앞으로 몇 걸음 다가오더니 얼굴이 붉어진 채로 말했다.

"슈슈! 너……, 너, 이 늙은이를 몰라보는 게냐?"

슈미가 흘끗 곁눈질을 하더니 웃는 듯 마는 듯한 모습으로 말했다.

"어떻게 모르겠어요? 딩 선생님 아니신가!"

그녀는 이렇게 한마디하고는 곧 몸을 돌리더니 고개 한 번 돌리지 않고 그 사람과 함께 그대로 걸어갔다.

딩수쩌는 입을 헤, 벌리고 난처해하더니 그 자리에 멍하니 서서 한참 동안 아무 말도 하지 못했다. 그들이 멀리 간 후에야 고개를 흔들며 중얼거렸다. "비이소사匪夷所思21)로구나, 비이소사야. 한탄스럽구나, 한탄스러워. 정말로 속상하구나, 속상해. 나를 알아보았어. 나를 알아보고도 나에게 말 한마디 걸지 않으니 이게 무슨 도리란 말인가?" 부인과 바오천이 황급히 다가와 좋은 말로 달래고 위로하면서 딩 선생과 사모에게 거실로 가서 차라도 한잔 마시자고 했지만 딩 선생은 한사코 거절하며 그냥 가겠다고 고집을 부렸다.

---

21) 비이소사(匪夷所思): 일반인은 생각할 수 없을 정도로 기이하다는 뜻. 《주역·환(渙)》에 나온다.

"이야기할 필요 없어요. 이야기하지 않겠다고요." 딩 선생이 손을 내저으며 말했다. "저 애 눈에 스승인 내가 없다면야 나도 그 애를 학생이라 여기지 않으면 되지."

그의 부인이 옆에서 장단을 맞추며 말했다. "맞아요. 그럴 필요 없어요. 우리 가요! 다시는 오지 말자고요."

그들은 다시는 루씨 집안 문턱을 넘지 않겠다고 다짐하고 저주를 퍼부었다. 충격을 받은 것이 확실했다. 하지만 말은 그렇게 했으나 이후로 사나흘 동안 딩수쩌는 연달아 일고여덟 번이나 찾아왔다.

"꿈속에서 노니는 것 같군." 딩수쩌는 일단 정신이 들자 다시 예전의 교만한 기운을 회복했다. "그 애 두 눈에서 희미한 빛이 나타나던데, 당신을 바라보기만 하면 춥지도 않은데 떨리지요. 제가 보건대 그 애의 바보 같은 아버지가 실성하기 전과 완전히 같아요. 혼백이 몸에서 빠져나갔거나 아니면 귀신이 들러붙은 거예요. 내가 볼 때 십중팔구 미쳤습니다."

"맞아요. 그 애는 틀림없이 미친 거예요." 딩수쩌의 사모가 딱 잘라 말했다.

"그때를 생각하면 그 애 아버지가 세상 물정을 몰랐지요. 관직에서 물러나 고향으로 돌아와 날로 노쇠해지는데도 심신을 수양할 생각은 하지 않고 그저 책이나 펼쳐놓고 자신을 달래며 하루 종일 허황된 도화경에 빠져 결국 미쳐버렸으니 우습기도 하고 또한 가련하기도 하지요. 지금은 나랏일이 정상이 아니어서 변란이 거세게 일어나고 있잖아요. 시국이 위태롭고 도덕은 땅에 떨어졌지요. 천지가 불인하여[22] 천하의

---

22) 천지불인(天地不仁): 《도덕경》 제5장에 나오는 말로, 천지가 어질지 않다는 뜻.

복사꽃 그대 얼굴

미치광이들이 끊임없이 나타나는군요."

"그 애가 미쳤는지 아닌지는 일단 차치하고" 노부인이 덧붙였다. "우리도 대책을 마련해서 그 애가 자기 멋대로 허튼 짓을 할 수 없도록 해야지요."

그녀가 이렇게 말하자 딩수쩌는 곧 입을 닫았다. 그들 몇몇은 마주보고 우두커니 앉아 장탄식만 하고 있을 뿐이었다. 결국 딩수쩌가 말했다. "그리 애태우실 필요 없습니다. 우선 그 애가 어떻게 소란을 피우는지 살펴보지요. 만약 정말로 수습할 수 없을 정도가 되면 마지막 방법이……."

"딩 선생님 의견은……?" 부인이 간절한 눈빛으로 딩수쩌를 바라보았다.

"돈을 좀 들여 외부 사람을 몇 명 고용해서 밧줄로 목을 졸라 죽이는 거지요."

슈미는 정말로 많은 소란을 일으켰다. 그녀가 푸지에 있는 시간이 길어지자 주변에 일군의 인마가 점차 모여들기 시작했다. 추이롄 말고도(부인의 말을 빌리면, 그 화냥년은 확실히 믿을 만한 참모 같았다) 뱃사공 탄쓰, 도공陶工 쉬푸徐福, 대장장이 왕치단과 왕바단 형제, 대머리 둘째二秃子, 큰 금니, 입비뚤이 쑨씨, 큰 계란 양씨, 과부 딩丁씨, 산파 천陳씨네 셋째……(시췌의 말을 빌리면 이들은 모두 이도저도 아닌 하찮은 사람들이다). 여기에 덧붙여 메이청과 칭상慶港, 창저우 일대를 빈번하게 왕래하는 낯선 사람과 거지들까지 날로 기세가 장대해지기 시작했다. 일의 진전은 딩 선생의 예측을 훨씬 벗어났다. 당시 딩수쩌가 허구한 날 입에 달고 다니는 말이 있었다. "이런 식으로 가다간 우리가 사람을 구해 그 애를 어찌

하기도 전에 그녀가 먼저 우리 목을 졸라 죽일 거야."

그들은 방족회放足會(전족을 푸는 모임)를 만들어 집집마다 돌아다니며 사람들에게 전족을 풀라고 했다. 부인은 처음에 '방족회'가 뭘 하는 것인지 몰라 시췌에게 물어보았다. 그러자 시췌가 말했다. "작은 발小脚(전족)을 묶지 못하게 하는 거래요."

"왜 작은 발을 묶지 못하게 하는 게냐?" 부인은 도무지 이해할 수 없었다.

시췌가 말했다. "그래야 빨리 뛰지요."

"넌 본래 큰 발이니 풀 필요가 없겠구나." 부인이 쓴웃음을 지으며 말했다. "그럼 '혼인자주'婚姻自主는 또 뭐니?"

"마음대로 결혼하는 거지요." 시췌가 말했다. "부모의 동의를 거칠 필요가 없다네요."

"매파도 필요 없고?"

"매파도 필요 없어요."

"매파가 없는데 어떻게 혼인을 해?" 부인이 그녀의 말에 어리둥절해진 듯했다.

"아이! 그게, 그게, 그게 아니라……." 시췌의 얼굴이 귀뿌리까지 빨개졌다. "큰 계란 양씨랑 딩 과부처럼 말이에요."

"양충구이楊忠貴하고 딩 과부는 또 무슨 일이야?"

"큰 계란 양씨가 딩 과부와 눈이 맞아 자기 이부자리를 둘둘 말아 들고 딩 과부네로 들어가 살잖아요. 두 사람은…… 그냥 부부가 된 거죠, 뭐." 시췌가 말했다.

푸지 지방자치회가 신속하게 성립되었다. 당시 조룽사는 이미 새롭게 수리하여 담장을 견고하게 고치고 석회를 발랐으며, 서까래와 기와

복사꽃 그대 얼굴

를 바꾸고 양쪽에 곁채를 몇 칸 더 지었다. 슈미와 추이롄은 이미 사원으로 이사했다. 그들은 그렇게 큰 사원에 육영당育嬰堂(원래 고아원을 말하나 여기서는 보육원의 뜻)과 서적실書籍室(일종의 도서관), 진료소, 양로원을 만들었다. 슈미와 그의 수하들은 하루 종일 사원에서 문을 닫고 회의를 했다. 그녀의 방대한 계획에 따라 그들은 수로를 건설하여 창장長江과 푸지의 모든 농토를 하나로 연결하고, 식당을 만들어 마을의 남녀노소가 함께 식사할 수 있도록 준비했다. 그녀는 여러 가지 다양한 부서를 설립할 생각이었는데, 심지어 장의사나 감옥도 포함되어 있었다.

하지만 푸지의 고지식한 사람들은 그 사원을 거의 찾지 않았다. 이름도 없는 슈미의 아들 꼬맹이 외에 마을에서 아이를 보육원에 보내는 이도 거의 없었다. 나중에는 꼬맹이조차 부인이 사람을 시켜 몰래 데리고 가버렸다. 양로원에 수용된 노인네들은 대부분 각처를 떠도는 거지들이나 이웃마을의 의지할 곳 없는 과부나 홀아비들이었다. 진료소도 유명무실하기는 매한가지였다. 슈미가 메이청에서 신식 의사를 한 명 초청했는데, 그 사람은 일본에도 다녀왔다고 하고, 맥을 짚지 않아도 병을 치료할 수 있다고 했다. 하지만 푸지 사람들은 병이 나면 여전히 진찰하러 탕류스에게 갔으며, 심지어 어떤 이는 차라리 병석에 누워 죽기를 기다릴지언정 자치회를 찾아가 새로운 치료법을 시험해보려고 하지 않았다. 수로로 말하자면, 슈미가 강둑에 구멍을 파서 창장의 물을 농지까지 끌어들이려고 했는데, 그러다가 하마터면 강물이 둑을 무너뜨려 푸지 일대에 끔찍한 재난이 벌어질 뻔했다.

시간이 흐르면서 곧 돈도 문제가 되었다.

슈미가 필요한 항목이 적힌 명세서를 작성하여 집집마다 돌아다니며 부담금을 재촉하자 마을의 몇몇 돈 많은 이들은 야반도주하여 흔적도 없이 사라지고 말았다. 마지막으로 왕치단과 왕바단 형제가 사람들을 데리고 양잠을 하는 장사꾼을 잡아다가 옷을 벗기고 외양간에 매달아 밤새 두들겨 패서 일을 해결했다.

슈미는 점점 다른 사람이 되었다. 눈에 띄게 수척해지고 눈언저리가 검어졌으며 생기를 잃고 말도 거의 하지 않아 급기야 그녀가 병에 걸렸다는 이야기도 들렸다. 그녀는 하루 종일 조룡사의 가람전伽藍殿(사원의 도량)에 자신을 가두고 빛을 보기가 두려운지 창문이며 천창天窓(천정에 난 창)마저 검은 천으로 가렸다. 그녀는 잠도 자지 않고 머리도 빗지 않았으며, 밥도 거의 먹지 않았다. 뭔가를 봐도 멍하니 얼이 빠진 듯했으며, 추이렌 등 몇몇 사람을 제외하고 아무하고도 말을 하지 않아 마치 고의로 무슨 일 때문에 자신을 벌주는 듯했다.

그러던 어느 날 마을에서 야경꾼이 집에 와서 말하길, 거의 매일 밤마다 사원 밖 숲속에서 검은 그림자가 어슬렁거리는데 때로 아침까지 그런다고 했다. 슈미라는 것을 알지만 차마 앞에 나서지 못하겠다고 했다. "그녀가 혹시……."

부인은 그가 무슨 말을 하려는지 알았다. 당시 마을 사람들은 거의 모두 슈미가 확실히 미쳤다고 믿었다. 평상시에 마을에서 길을 걷다가 그녀를 만나면 모두들 그녀를 완전히 미친 여자 취급하며 멀리 돌아갔다. 야경꾼이 집에 온 다음 부인은 큰 결심을 했다. 그녀는 거듭 고심한 끝에 자신이 직접 사원으로 가서 딸과 좋게 이야기를 해보기로 결정했다.

그녀는 계란 한 광주리를 들고 어둠을 틈타 몰래 딸이 살고 있는 가람전으로 갔다. 그녀가 무슨 말을 하고 얼마나 간절하게 권유하든지 간에 슈미는 한마디도 하지 않았다. 마지막에 부인이 눈물을 흘리며 말했

복사꽃 그대 얼굴

다. "딸아, 네가 돈이 부족하다는 것을 안다. 내가 집안이 거덜 나는 한이 있더라도 집에 있는 모든 돈을 너에게 줄 수도 있어. 하지만 너도 분명하게 말해줘야 해. 멀쩡하던 네가 도대체 무슨 꿍꿍이로 이러는 게야? 어디서 그런 괴상한 생각이 든 거야?"

그러자 슈미가 차갑게 웃고는 입을 열었다.

"뭐 하는 거 아니에요. 그냥 장난치는 거지!"

그 말을 들은 부인이 즉시 대성통곡했다. 그녀는 자신의 옷을 힘껏 끌어당기고 머리카락을 쥐어뜯으면서 두 손으로 땅바닥의 네모난 벽돌을 탁탁 내리쳤다. "아이고 딸아, 네가 정말로 미친 게로구나."

얼마 후 슈미는 갑자기 자신의 모든 계획을 취소했다. 그녀는 더 이상 마을 여자들을 찾아다니며 전족을 풀라고 하지도 않았고, 징을 두드리며 회의를 열지도 않았으며, 수로를 만드는 일도 내버려두었다. 그녀는 사원 문밖에 걸린 지방자치회의 현판을 떼어다가 쪼개어 땔감으로 만들어 불태우고 다른 편액으로 바꾸어 달라고 했다. 편액에 적힌 글자는 '푸지 학당'이었다.

그녀의 이런 행동에 마을 향신들은 기쁨에 겨워 어쩔 줄 몰랐다. 그들은 이것이야말로 슈미가 정도를 걷기 시작한 것이라 여기고 한동안 사람들을 만나기만 하면 이렇게 말했다. "이번에 그녀가 드디어 학교를 세우는 올바른 일을 한 건 했네. 은택이 후세까지 전해질 것이니, 좋구나, 좋아!"

부인도 이것이 딸의 병이 나아가는 신호라고 생각했다. 하지만 딩수쩌만은 그렇게 보지 않았다. 그가 냉랭하게 부인에게 말했다. "그 애의 미친병이 좋아진다면 내 딩모^{丁某}라는 이름을 똥뒷간에 거꾸로 붙여

놓으시구려. 그 애가 학교를 세운다는 것은 거짓이고 기회를 봐서 움직이려는 게 진짜라니까요. 그 애는 그저 방법을 조금 바꾼 것에 불과하니 더욱 큰 재앙이 뒤따라 올 거요! 더군다나 그 어린 계집애가 무슨 덕이 있고 능력이 있나? 뜬금없이 교장이 된다고 하니, 참 황당해서!"

3

잠에서 깨어나니 태양이 이미 높이 솟아 있었다. 라오후는 꼬맹이가 아래층에서 그를 부르는 소리를 들었다. 그가 보니 꼬맹이가 셴빙餡餅(속에 목이버섯이나 당근, 당면 등을 넣고 기름에 부친 빵)을 먹으며 벽에 대고 오줌을 갈기고 있었다. 시췌는 우물가에서 모기장을 빨고 있었다. 그녀는 바짓가랑이를 높이 걷어 올리고 맨발을 드러낸 채로 큰 대야에서 모기장을 밟아대고 있었다.

"오늘은 말 먹이러 갈 필요 없어." 그가 아래층으로 내려오자 시췌가 말했다. "추이렌이 조금 전에 갈 필요 없다고 하더라."

"왜 또 가지 말래요?"

"산에 풀도 다 말라버렸고, 날씨도 춥잖아."

"그럼 말은 뭘 먹어요?"

"콩깍지 먹이지." 시췌가 대야의 모기장을 철떡철떡 밟으며 말했다. "게다가 그 말이 굶어죽든 무슨 상관이야. 하루 종일 애먼 짓이나 하는데."

그녀의 종아리가 희다 못해 창백하여 라오후는 시선을 다른 곳으

복사꽃 그대 얼굴

로 돌릴 수 없었다. 아침을 먹고 라오후가 꼬맹이에게 어디 가서 놀 거냐고 묻자 꼬맹이가 말했다. "네가 가는 곳에 나도 갈 거야." 하지만 그는 어디로 가야 할지 정말 알 수 없었다. 어른들은 모두 자신의 맡은 일을 하느라 바빴다. 아버지는 장방에서 주판을 놓고 있었고, 부인과 이웃집 화얼량은 마당에 앉아 햇볕을 쬐고 목화를 고르면서 있는 얘기, 없는 얘기 줄줄이 늘어놓으며 잡담을 하고 있었다. 그네들은 목화덩이를 골라 껍질을 벗기고 다시 목화씨를 발라냈다. 새까만 목화씨가 책상에 수북이 쌓였다. 꼬맹이가 부인 옆에 기대어 손으로 목화덩이를 잡자 부인이 손에 든 일감을 놓고 그를 품에 끌어안았다.

"목화를 골라내고 나도 노의ᵉᵗᵃ를 한 벌 장만해야겠어." 이렇게 말하는 그녀의 눈에서 눈물이 흘러내렸다.

"아직도 정정하신데 왜 그런 말씀을 하세요." 화얼량이 말했다.

부인은 말없이 한숨을 길게 내쉬었다.

"노의ᵉᵗᵃ가 뭐야?" 그들이 집밖 연못가에 왔을 때 꼬맹이가 갑자기 그에게 물었다.

"수의壽ᵗᵃ지."

"그럼 수의는 뭐야?"

"죽은 사람이 입는 옷이야." 라오후가 대답했다.

"누가 죽었어?"

"죽은 사람 없어." 라오후가 고개를 들어 하늘을 보며 말했다. "네 외할머니도 그냥 말해본 것뿐이야."

어제 저녁 밤새도록 바람이 불더니 푸른 하늘이 높고 또 아득했다. 꼬맹이가 강가로 가서 배를 보고 싶다고 말했다. 가을이 되니 강줄기와

샛강이 좁아지고 얕아지면서 도처에 흰 띠풀이 무성했다. 창포가 철에 슨 녹을 뒤덮을 정도로 더부룩하게 자라고 몇 사람이 바짝 마른 연못에서 연근을 캐고 있었다.

그들이 포구에 도착하자 뱃사공 수이진이 배 위에서 돛을 고치고 있는 것이 보였다. 강에는 바람 한 점 없고 햇살이 따사로웠다. 가오차이샤高彩霞가 두꺼운 솜옷을 입고 문 앞에 나무 의자를 내놓고 앉아 병색이 완연한 얼굴로 입으로 연신 욕지거리를 해대고 있었다. 그녀는 노린내 나는 불여우 같은 교장 년이 무슨 조화를 부렸는지 자신의 아들 탄쓰를 완전히 홀려버렸다고 욕설을 퍼부었다. 사람들은 가오차이샤가 아들인 탄쓰로 인해 울화병이 생겼다고 말했다. 그녀의 아들 탄쓰는 말더듬이인데, 하루 종일 푸지 학당에서 어슬렁거렸다. 그의 아버지 수이진과 마찬가지로 그 역시 바둑의 고수였다.

푸지에서 그들 부자를 제외하고는 바둑을 둘 줄 아는 이가 없었다. 배에 올라 그들과 바둑을 두는 이들은 모두 명성을 듣고 찾아온 외지 사람들이었다. 들리는 말에 따르면, 메이청의 지부 대신도 특별히 사람을 보내 큰 가마로 그들을 아문으로 모셔다가 한동안 지내게 했다고 한다. 하지만 말더듬이 탄쓰는 이제 교장하고만 바둑을 두고 아예 조룡사에서 먹고 자며 일 년 내내 배로 돌아가지 않았다. 부인의 말에 따르면 말더듬이가 슈미를 한번 보더니 눈이 멍청해졌다고 한다.

가오차이샤와 수이진은 아예 그들을 거들떠보지도 않았다. 꼬맹이가 일부러 수이진에게 물을 튕기고 배를 오르락내리락했지만 수이진은 그를 알은체하지 않았다. 꼬맹이가 진흙덩어리로 그를 짓이겼지만 수이진은 그저 담담히 웃을 뿐이었다. 그가 바늘로 그물망을 꿸 때면 아무리 보아도 여인네 같았다. 수이진은 별로 말이 없었지만 매우 총명한 사

복사꽃 그대 얼굴

람이었다. 그의 속내는 그물 구멍보다 많았다. 그해에 교장이 창장의 물을 끌어다 논밭을 관개하겠다고 하다가 큰 둑이 무너지고 강물이 넘쳐 당장이라도 푸지가 수몰되어 물고기 고향처럼 될 것만 같았다. 그러자 마을의 노인이고 아이고 할 것 없이 하늘이 떠나가라 통곡을 해대고 교장도 놀라 얼굴이 하얗게 질리고 말았다. 하지만 탄수이진은 전혀 당황하지 않고 작은 배를 타고 노를 저어 가더니 배 밑창을 뚫고 단번에 강둑의 구멍 난 부분을 메웠다.

두 사람은 포구에서 한참 동안 놀다가 점점 싫증이 났다. 그러자 꼬맹이가 갑자기 큰 눈을 반짝이며 라오후에게 말했다. "그러지 말고 우리 조룡사에 가서 놀까?"

라오후는 그가 엄마 생각을 하고 있음을 알았다.

푸지 학당 문 앞은 텅 비어 있었다. 문 앞의 낡은 무대는 이미 오래 전부터 공연을 하지 않아 쑥과 띠가 무성하게 자랐다. 잠자리들이 그곳에서 떼를 지어 이리저리 날아다녔다. 학당의 문은 굳게 닫혔다. 문틈으로 바라보니 안에는 사람들이 가득하고 시끌벅적했다. 라오후가 보니 어디서 왔는지 알 수 없는 사내들이 웃통을 벗고 마당에서 창과 봉을 들고 무술 연습을 하고 있었다. 그리고 몇 사람이 커다란 느릅나무에서 밧줄을 움켜쥐고 발을 올리더니 쑥쑥 몇 걸음 오르지 않아 나무 위로 기어 올라가는 모습도 눈에 들어왔다. 꼬맹이는 땅에 무릎을 꿇고 문틈으로 안쪽을 엿보면서 꼼짝도 하지 않았다.

"봤어?" 라오후가 물었다.

"누구?"

"네 엄마!"

"난 본 적 없어." 꼬맹이가 말했다.

말은 그렇게 했지만 꼬맹이는 왠지 문 안쪽을 살펴보기가 쑥스러웠다. 그는 문 앞에 있는 돌사자 위로 올라갔다가 다시 미끄러져 내려왔다. 금방 싫증이 났다.

"우리 가자!" 그가 말했다.

"그러면 어디로 가지?" 라오후가 그에게 물으면서 하늘을 쳐다보았다. 자기 마음도 하늘처럼 넓고 텅 비어 아무 데도 의지할 곳이 없다는 느낌이 들었다.

바로 그때 마을에서 '윙윙', '탁탁' 하며 솜 타는 소리가 들렸다. 라오후는 퍼뜩 어제 저녁 보았던 솜 타는 사람이 생각났다. "그러면 우리 솜 타는 사람 보러 가자."

"하지만 그가 누구 집에 있는지 모르잖아."

"바보야. 소리가 들리는 방향을 따라가면 금세 찾을 수 있어."

라오후는 솜 타는 소리가 멍 할멈 집에서 나는 줄 알았지만 문 앞에 도착해서야 아니라는 것을 알았다. 멍 할멈은 번쩍거리는 검정색 가죽옷을 입고 물 담배를 빨면서 사람들과 마작을 하는 중이었다. 그들 두 사람이 걸어오는 것을 보더니 멍 할멈은 손에 든 패를 놓고 일어나 그들에게 손짓을 했다. "이리 오렴, 이리 와. 꼬맹아, 이리 와." 멍 할멈이 히죽거리며 소리를 질렀다.

그들 두 사람이 집안으로 들어가자 멍 할멈이 꽈배기를 한 움큼 쥐어다가 꼬맹이에게 주면서 옷으로 싸서 가져가라고 했다. "불쌍하기도 하지, 불쌍해." 멍 할멈은 입으로 이렇게 중얼거리면서 다시 탁자로 가서 마작을 했다. "가련하지, 가련해." 옆 사람들도 같이 말했다. "아이가 정말 불쌍해."

"너 하나, 나 하나." 꼬맹이가 라오후에게 꽈배기를 하나 주면서 말했다.

"그럼 두 개가 남는데?" 라오후가 말했다.

"가지고 가서 할머니랑 시췌 먹으라고 할 거야."

두 사람은 골목 입구에 서서 순식간에 각자의 꽈배기를 먹어치웠
다. 라오후가 들으니 솜 타는 소리가 쑨 아가씨 집에서 들려왔다.

라오후가 푸지에 오기 전에 이미 쑨 아가씨는 토비에게 죽임을 당
했고, 그녀의 아버지인 쑨 영감은 중풍이 들어 병석에서 반년을 누워
있다 결국 세상을 떴다. 그 집은 오랫동안 비어 있었고 문도 잠근 적이
없었다. 그래서 마을에 땜장이나 목수 같은 장인들이 오면 그곳에서 잠
시 머물면서 일을 하곤 했다.

이상하게도 그들이 쑨 아가씨 집 앞 연못가에 도착하자 솜 타는 소
리가 돌연 사라졌다.

"내가 조금 전에 분명히 들었는데, 소리가 저 집에서 흘러나왔는데,
왜 지금은 아무 소리도 안 나지?"

"우리가 가서 살펴보면 되잖아." 꼬맹이가 말했다. "그런데, 그런
데……."

"왜 그래?"

꼬맹이가 꽈배기 두 개를 들고 이리저리 살펴보면서 눈을 위아래로
굴리는 것이 마치 뭔가 계산을 하고 있는 듯했다. "꽈배기가 두 개니까,
외할머니에게 한 개를 주면 그래도 하나가 남는데 시췌에게 줄까? 아니
면 형네 아빠 바오천에게 줄까?"

"네 생각은?"

"시췌에게 주면 바오천이 기분이 나쁠 거고, 바오천에게 주면 시췌
가 또 기분이 나쁘겠지."

"그럼 어떻게 해?"

"내 생각엔 이렇게 하는 게 좋겠어. 아무도 주지 않고 내가 먹어치우는 거야." 꼬맹이가 진지하게 말했다.

"그럼 네가 먹어."

"내가 정말 먹을까?"

"먹어." 라오후가 말했다.

꼬맹이는 더 이상 주저하지 않고 그 즉시 우적우적 먹기 시작했다.

마당 안은 적막할 정도로 고요하고 온통 잡초가 무성했다. 동쪽 곁방은 원래 부엌이었는데 지붕마저 무너지고 방문도 망가져 잡초가 문턱까지 뒤덮고 있었다. 마당 끄트머리에 대청이 있는데, 문이 활짝 열려 있어 마당의 밝은 햇살이 그곳을 더욱 어둡게 보이도록 했다. 양쪽은 침실로 작은 창문이 하나씩 있는데 붉은 창호지가 허옇게 변색되었으며 형편없이 파손된 상태였다. 풀덤불 속에 나무쟁기와 맷돌이 썩고 망가진 그대로 놓여 있었다.

라오후가 대청으로 들어가니 방 가운데 긴 의자를 이용해 문짝 두 개를 걸쳐 놓은 것이 눈에 띄었다. 문짝에는 목화가 수북이 쌓여 있었다. 솜을 타는 큰 활이 벽에 걸려 있었다. 방안은 모두 솜털로 가득했다. 대들보, 기와, 서까래, 벽, 등잔 등 이곳저곳이 온통 솜털이었다. 솜을 타는 사람이 언제 떠났는지 알 수 없었다.

"이상하네." 라오후가 의아해하며 말했다. "조금 전까지만 해도 탁탁하는 소리가 들린 것 같은데 그새 어떻게 감쪽같이 사라졌지?" 그가 활의 줄을 당기자 '탕'하는 소리가 들리면서 꼬맹이가 놀라 목을 움츠렸다.

복사꽃 그대 얼굴

"밥 먹으러 갔겠지." 꼬맹이가 말했다.

양쪽 침실로 통하는 문 한쪽이 활짝 열려 있고, 문틀에 거미줄이 쳐져 있었다. 또 다른 문은 단단히 닫혀 있었다. 라오후가 손으로 가볍게 밀어 보니 안에 빗장이 걸려 있는 듯했다. 솜 타는 사람이 안에 있을지도 몰라. 그는 생각했다. 하지만 방에서 뭘 하는 거지? 라오후는 힘을 주어 문을 두어 번 두드리고는 "여보세요, 여보세요!"라고 두 번씩이나 소리쳤지만 아무런 움직임도 없었다.

"내게 생각이 있어." 꼬맹이가 갑자기 말했다.

"무슨 생각?"

"아예 내가 마지막 남은 것까지 먹는 거야!" 그는 여전히 꽈배기 생각을 하고 있었다.

"할머니께 드린다고 하지 않았니?"

"만약 할머니가 물어보면 멍 할멈이 주지 않았다고 말하면 되지. 그러면 되겠지?" 그가 물었다.

라오후가 웃으며 말했다. "바보야, 네가 아무 말도 안 하는데 네 할머니가 어떻게 물어볼 수 있어?"

"그럼 내가 먹는다?" 꼬맹이는 두 눈으로 손안에 든 꽈배기를 뚫어져라 쳐다보았다.

"먹어, 먹어." 라오후가 참지 못하고 그를 향해 손을 휘저었다.

라오후가 보니 마당 구석에 작고 네모난 탁자가 있었다. 탁자에는 물 담배 단지와 담뱃불을 붙이기 위한 말린 종이, 입 가리개 하나, 식은 차 한 잔, 그리고 나무망치가 하나 놓여 있었다. 망치 옆에는 녹색 두건이 있고, 두건 위에는 머리를 빗을 때 사용하는 대나무 참빗이 있었다. 이 두건과 참빗은 모두 여자들이 사용하는 물건이다. 그의 심장이 철렁 내려앉았다. 되는대로 두건과 참빗을 들고 냄새를 맡아 보니 희미하게 분내가 났다. 이 두건은 어디선가 본 것 같은데 당장 생각이 나지 않았다. 그는 닫혀 있는 방문을 바라보며 심장이 두근두근 뛰기 시작했다. 설마 방안에 있는 사람이 여자란 말인가? 만약 솜을 타는 사람도 그 안에 있다면 그들은 도대체 대낮에 방문을 꼭꼭 걸어 잠그고 뭘 하는 거지?

"우리 가자." 꼬맹이는 이미 꽈배기를 다 먹어치우고 손바닥에 묻은 물엿을 핥고 있었다. 매우 흡족한 모습이었다.

그들 두 사람은 앞서거니 뒤서거니 하며 마당을 나왔다. 라오후는 밖으로 걸어 나오면서 고개를 돌려 뒤편을 바라보았다. 그들이 멍 할멈 집밖 골목까지 걸어 나오자 또다시 "윙윙, 탁탁" 하면서 솜 타는 소리가 울려 퍼지기 시작했다.

"정말 귀신이 곡할 노릇이네." 라오후가 갑자기 걸음을 멈추고 꼬맹이에게 말했다. "우리가 막 떠나자 그 사람이 다시 솜을 타잖아. 방문을 걸어 잠그고 뭘 한 걸까?" 그 집에는 평소 사람이 살지 않는데, 왜 여자가 쓰는 참빗이며 두건이 있는 걸까? 도대체 누구 거야? 그게 왜 이렇게 눈에 익지? 라오후는 꼬맹이 뒤를 따라가며 답답한 심정으로 집으로 향했다. 물론 그가 가장 많이 생각한 것은 터무니없이 남녀의 일이었다. 그의 눈앞에 여자들의 얼굴이 하나씩 떠올랐다. 심지어 그는 다시 돌아가 무슨 영문인지 살펴보고 싶었다.

"그런데 말이야." 그가 몇 걸음 바삐 걸어 꼬맹이를 따라 붙었다. 그리고 그의 어깨를 잡아당기고는 가쁜 숨을 내쉬면서 작은 소리로 말했다. "그런데 있잖아, 만약 남자랑 여자랑 대낮에 방안에서 문을 걸어 잠그고 있으면……, 그들이……, 그들이 뭘 할 것 같아?"

복사꽃 그대 얼굴

"그걸 뭘 물어봐? 거시기하는 거지." 꼬맹이가 말했다.

그들이 문 앞에 이르렀을 때 등이 굽은 노파가 아이 둘을 데리고 마당 쪽을 기웃거리는 모습이 눈에 들어왔다. "맞아, 바로 여기야." 노파가 혼잣말을 했다.

"누구를 찾으세요?" 그들이 가까이 오자 꼬맹이가 물었다.

노파가 그를 힐끗 쳐다보더니 아무 대꾸도 하지 않고 곧바로 마당으로 들어갔다.

그들은 마당으로 들어서자마자 땅바닥에 털썩 꿇어앉더니 목 놓아 울기 시작했다. 때마침 모기장을 걸고 있던 시췌가 놀라 새된 소리를 질렀다.

가운데 꿇어앉은 백발의 노파는 나이가 대략 육칠십 정도 되어보였고, 양쪽으로 오륙 세 정도인 아이 둘이 꿇어앉았다. 바오천이 아무리 캐물어도 노파는 그저 엉엉 소리 내어 울 뿐 아무 대답도 하지 않았다. 울다, 울다 나중에는 아예 노래를 불렀다. 노래를 부르며 바닥의 푸른 석판을 힘껏 쳐대고, 코를 한 줌 가득 풀어 신발 한쪽 볼에 문질러댔다. 노부인은 이웃집 사람들이 시끌벅적하니 몰려들어 마당 밖에서 고개를 들이밀고 구경하는 모습을 보고는 바오천에게 우선 마당 문을 닫으라고 한 후에 노파에게 말했다.

"그만 일어나세요. 할 말이 있으면 안으로 들어와 천천히 하시지요. 나는 도무지 영문을 모르겠는데, 뭘 어떻게 처리해 드릴까요?"

노파는 부인이 하는 소리를 듣고는 더욱 큰 소리로 곡을 해댔다. 옆에 있던 두 아이들도 고개를 들어 그녀를 쳐다보는 꼴이 도무지 뭐가 뭔지 모르겠다는 눈치였다. 세심한 바오천이 그녀의 노래를 대강 알아들고 물었다. "누가 노인네 따님을 해쳤다고 하셨나요?"

노파는 그제야 곡소리를 멈추고 고개를 들어 바오천을 쳐다보며 말했다. "이 불쌍한 아이들이 사흘이나 쌀 한 톨 배 속에 넣지 못해서……."

알고 보니 밥이 먹고 싶은 것이었다.

부인은 서둘러 시췌에게 부엌에 가서 밥을 차리라고 분부했다. 바오천이 그들을 부엌으로 데려가서 작은 사방탁자에 둘러앉도록 했다.

"조금 전에 누가 노인네 딸을 해쳤다고 말씀하셨지요? 도대체 무슨 일이에요?" 그들이 밥을 먹는 동안 부인이 물었다.

하지만 노파는 고개도 들지 않고 오로지 밥을 입안에 처넣느라 바빴다. 한참이 지난 후에야 주절주절 말을 했다. "저는 그저 그가 푸지 사람이라는 것밖에 몰라요. 입안에 금니를 해 박았고 돼지를 잡는 사람이라는데, 성도 이름도 몰라요." 부인이 바오천을 힐끗 쳐다보고는 혼잣말을 했다. "그녀가 말한 사람이 큰 금니인가?"

바오천이 고개를 끄덕이면서 길게 한숨을 쉬고는 웃으며 말했다. "노인네께서 큰 금니를 찾으시는 것이라면 집을 잘못 찾으셨네요."

"틀림없어요." 노파가 말했다. "밥을 조금만 더 먹고 사정 이야기를 말씀드리지요."

본래 그 부인은 창장 맞은편 창저우에 살았다. 그녀의 아들은 약초를 캐는 이로 차이샤오류蔡小六라고 하는데, 작년 여름 낭떠러지에서 발을 헛디뎌 산 아래 계곡으로 떨어져 죽고 젊은 며느리와 아들딸만 남았다. 며느리는 키가 늘씬하고 살결이 고와 자못 자색이 뛰어났다. 척박한 땅 몇 묘를 지키며 그럭저럭 생활을 유지하고 있었는데, 생각지도 않게

복사꽃 그대 얼굴

올해 청명절에…….

  "청명절 날 제 며느리가 죽어 귀신이 된 아들놈의 무덤을 찾아갔는데, 돌아올 때는 이미 날이 어두웠지요. 허물어진 가마 옆을 지나는데 갑자기 몇 놈이 숲속에서 튀어나오더랍니다. 제 불쌍한 며느리는 어찌나 놀랐는지 온몸이 굳어버린 듯 꼼짝도 못했습니다. 그들은 두말할 것도 없이 그 애를 허물어진 가마 안으로 데리고 들어가 몇 놈이 계속 농락하다 날이 밝아서야 겨우 멈추었지요. 그 불쌍한 아이가 새벽녘에 거의 기다시피 하여 집으로 돌아와서는 그저 눈물만 흘리더군요. 몸에 걸친 옷이 전부 찢겨 너덜너덜해지고 젖가슴조차 가리지 못하는 것을 보니 모든 걸 알겠더라고요. 제가 물 한 대접을 가져다주었지만 그 애는 그마저도 마시지 않았어요. 저를 안고 그저 울기만 했지요. 그날 이른 아침부터 저녁 어두워질 때까지 말이지요. 결국 그 애가 고개를 흔들며 말하더군요. 어머니, 저는 살고 싶지 않아요. 제가 물었지요. 누가 그런 짓을 했냐고. 그랬더니 그 애가 하는 말이 푸지 사람으로 돼지를 잡으며 입안에 금니가 있다는 거예요. 그 밖에 다른 두 사람은 본 적이 없다고 하더군요. 말을 마치고서는 또 통곡을 했어요. 그 애가 웬만큼 울었다 싶어 제가 그 애에게 말했지요. 얘야, 네가 정말로 죽을 길을 찾아가겠다면 이 어미도 막을 수가 없구나. 우리네 여인들이 이런 일을 만나게 되면 결국 죽는 일밖에 없지 않니. 하지만 옛사람들이 말하길, 개미며 땅강아지조차 살기 위해 애쓴다고 하였으니 하물며 사람은 어떠하겠니? 누군가에게 맞아 이가 부러져도 피는 속으로 삼키는 수밖에 없단다. 게다가 네가 떠나가면 이 늙은이와 손자 세 사람만 남는데, 늙은 것은 너무 늙었고, 어린 것은 너무 어리니 어찌 하란 말이냐? 제가 이렇듯 겨우 달래가지고 그 애도 죽겠다는 말은 더 이상 꺼내지 않게 되었지요. 침상에서 보름쯤 요양하다가 털고 일어나 일을 하게 되었어요. 만약 일이 그냥 그렇게 되었으면 그걸로 끝나는 거였죠. 그런데 이 갈기갈기 찢어 죽여도 시원치 않을 금이빨 놈이, 절대로 그러면 안 되는데, 절대로, 절대로 자기가 한 일을 밖에다 말하지 말았어야 했는데. 창저우외삼촌 집에 갔다가 술에 취해 여러 사람들 앞에서 술주정을 하면서 내가 누구네 과부를 건드렸다고 말하고 말았어요. 몇 사람이 같이 해서 그 갈보가 좋아 죽게 만들었다고 했다는군요. 소문이 금세 마을에 퍼졌고 그 애의 친정까지 전해지고 말았어요. 결국 명 짧은 제 며느리는 죽지 않으려고 해도 그럴 수 없게 되고 말았지요. 그러나 그 지경이 되었어도 그 애는 죽고 싶어 하지 않았어요. 그런데 친정집에 갔더니 그 애 아버지와 오빠가 몸을 피하고 만나지 않았다니 분명 그 애보고 죽으라는 것이었지요. 그끄저께 그 애가 갑자기 잘 차려 입고 내 방으로 들어오더니 '우물에 빠져 죽는 것이 좋을까요? 아니면 목을 매는 것이 좋을까요?' 라고 묻더군요. 저도 그때는 더 이상 만류할 수 없었어요. 그래서 '모두 같다, 어차피 죽는 거니까!' 라고 말했지요. 그 애는 물러날 길이 없었어요. 눈물이 줄 끊어진 진주알처럼 마구 쏟아지더군요."

노인은 잠시 숨을 고르고 다시 말을 이었다.

"그 애가, 어머니 저는 두 아이가 눈에 밟히지만 일이 지금처럼 되었으니 마음을 모질게 먹는 수밖에 없네요, 라고 하더군요. 내가 그 애에게 말했지요. 천고에 가장 힘든 것이 죽는 일이라고 한다만 이를 악물고 가렴. 죽으려면 아무래도 목을 매는 것이 좋겠구나. 그러지 않고 우물을 더럽히면, 우리는 늙은 것은 아주 늙고 어린 것은 아주 어린데 어디에 가서 물을 길어 먹겠느냐? 그때 그 애의 아들은 나랑 같이 자느라 침상에서 달콤하게 잠이 들어 있었지요. 그 애가 이불을 젖히더니 아이의 엉덩이에 열 번도 넘게 입을 맞추고는 나가버렸습니다. 그 애는 우물에 빠지지도 목을 매지도 않고 낭떠러지에서 몸을 던졌어요."

노인이 말을 마쳤으나 누구도 입을 열지 않았다. 시췌와 부인은 눈물을 닦고 있었다. 한참이 지나서야 바오천이 입을 열었다. "기왕 이렇게 되었으니 관아에 고발하든지 큰 금니를 찾는 것이 맞지요."

"아이고 보살님!" 노인이 손뼉을 치며 소리쳤다. "우리는 오늘 아침 일찍 푸지에 오자마자 큰 금니를 찾아갔지요. 그는 집에 없고 그 어미는 눈먼 장님으로 여든 살이 넘었더군요. 그녀가 말하길, 큰 금니가 자기 자식인 것은 맞고 돼지를 잡는 백정인 것도 틀림없지만 이미 2년이 넘도록 집에 돌아오지 않는다는 거예요. 고기를 팔고 남은 뼈다귀를 차라리 개에게 줄지언정 한 개도 가지고 돌아온 적이 없으니 그놈의 안중에는 아예 늙은 어미는 없다는 거지요. 자기도 그러더라고요. 나도 그까짓 아들놈 낳지 않았다고 여긴다고. 그가 돼지를 잡아도 좋고 사람을 죽여도 그만이지만 모두 이 늙은이와는 무관하다고 하더군요. 원한에는 상대가 있고 빚에는 빚쟁이가 있는 법, 당신들이 그놈이 당신네 딸을 짓밟았다고 하니 당연히 관아에 고발해야지 나와 같은 눈먼 장님하고 따져 봐야 나도 이렇게 늙은 뼈다귀밖에 없으니 원하면 가져다가 발라내 탕이라도 끓여 드시든지 맘대로 하라고 하더라고요. 장님이 그렇게 말하니, 나도 어안이 벙벙하여 아무 말도 할 수 없었지요. 그래서 그 눈먼 노파 집에서 나와 마을 입구로 걸어가는데 잠시 동안 어찌할지 결정도 못하고 그저 세 명이 함께 울기만 했지요. 그렇게 울고만 있는데 남쪽에서 똥지게를 지고 오던 이가 우리가 불쌍하게 울고 있는 것을 보고는 지게를 내려놓고 연유를 물어봤어요. 그래서 제가 사정 이야기를 곧이곧대로 들려주었지요. 그가 잠깐 생각하더니, 큰 금니가 지금은 돼지를 잡지 않고 하루 종일 학당에서 창과 몽둥이를 들고 무술을 닦는 다고 하는데 무슨 영문인지 모르겠다고 하더군요. 제가 말했지요. 기왕 이렇게 되었으니 우리가 학당으로 가서 그를 찾아보겠다고. 그런데 그가 또 우리를 막는 거예요. 학당에 갈 수 없다고 말이지요. 왜 못가요? 제가 물었지요. 그랬더니 학당에는 온통 골이 비고 생각 없는 사람들뿐 이라고 하더군요. 그래서 내가 물었어요. 독서인讀書人이 생각이 없으면 당신이나 나처럼 흙투성이발泥腿子(농민에 대한 비칭, 촌놈)에게 생각이 있 다는 말이요? 그가 말하더군요. 그런 말은 아니지만 몇 마디 이야기한 다고 당신이 이해할 수 있는 것이 아니에요. 똥지게꾼은 멜대 위에 앉아 한참 동안 아무 말도 하지 않다가 결국 우리에게 이곳에 와서 따져보라 고 일러주었어요. 큰 금니가 당신네 따님의 수하라고 말하던데요. 큰 금 니가 당신 딸의 수하라면 필시 당신 딸도 돼지를 잡아다 파는 사람이겠 지요?"

그 말에 시췌가 키득거리며 웃었다.

"그 애가 정말로 고기 파는 백정이라면 그것 역시 내가 전생에 닦은 복락이겠지요." 부인이 시췌를 쏘아보며 차갑게 말했다.

4

라오후와 꼬맹이가 낮잠을 자고 있어날 때까지 창저우에서 온 노파 는 떠나지 않았고 몇몇 사람이 부뚜막을 둘러싸고 이야기를 나누고 있 었다. 부인은 그녀가 빈손으로는 떠날 생각이 없다는 것을 눈치채고 시

복사꽃 그대 얼굴

췌에게 방으로 가서 자잘한 은자랑 입던 옷 몇 벌을 가지고 나오라고 일
렀다. 그리고 황두와 채소씨앗 한 바가지, 보리 반 자루를 주면서 내년
까지 놔두었다가 종자로 삼으라고 했다. 노파는 그제야 몸을 일으켜 부
인에게 고개 숙여 인사를 하고 아이들을 데리고 창저우로 돌아갔다.

노파가 떠나자마자 부인은 머리가 아프다고 소리를 치며 머리를
붙잡고 잠시 벽에 기대어 서 있더니 뭔가 "안 좋구나"라고 말하고는 이
내 몸이 마비되더니 푹 쓰러지고 말았다. 바오천과 시췌가 황급히 그녀
를 의자에 앉히자 부인이 시췌에게 설탕물을 가져오라고 일렀다. 시췌
가 설탕물을 가져오자 그녀가 갑자기 숨을 헐떡이더니 돌연 걸쭉한 선
혈을 토해냈다. 바오천과 시췌는 당황하여 어쩔 줄을 몰랐다. 몇 사람이
부인을 침상에 눕히고 바오천은 부리나케 한의사 탕류스를 모시러 갔
다.

꼬맹이가 놀라 자지러졌다. 그는 바오천이 한의사를 모시러 간다고
말하는 것을 보고는 그의 뒤에 대고 소리쳤다. "바오천, 좀 더 빨리 뛰
어! 죽어라 하고 뛰어!" 꼬맹이가 그렇게 외치는 소리를 듣더니 부인의
눈가에서 눈물이 흘렀다. 그녀는 잠시 후 눈을 뜨고 그의 머리를 쓰다
듬으며 말했다. "얘야, 바오천은 네가 마구 부를 이름이 아니란다. 할아
버지라고 불러야지." 이어 라오후에게 말했다. "너는 저 아이를 데리고
나가 놀아라. 놀라지 않게." 하지만 꼬맹이는 나가려고 하지 않았다. 문
득 무슨 일이 떠올랐는지 부인의 머리맡에 엎드려 그녀의 귀에다 대고
뭔가 소곤거리자 부인이 웃기 시작했다.

"이 아이가 조금 전에 나에게 뭐라고 했는지 맞혀 볼래?" 부인이 시
췌에게 말했다.

"무슨 말을 했기에 마님이 이처럼 기뻐하시나요?"

"기쁘기는!" 부인이 웃으며 말했다. "나보고 죽을 거냐고 묻더구나."

이어서 그녀는 다시 얼굴을 돌려 꼬맹이를 보고 말했다. "죽고 안 죽고는 내가 말해봤자 소용이 없으니, 잠시 기다렸다가 한의사에게 물어보렴." 잠시 후 다시 말했다. "한의사가 말해도 소용없어, 마땅히 보살^{菩薩}에게 물어야 해."

"뭐가 죽는 거예요?" 꼬맹이가 그녀에게 물었다.

"물건처럼 갑자기 사라지는 거야." 부인이 말했다.

"하지만……, 하지만 어디로 간단 말이에요?"

"연기처럼 바람이 불면 흔적도 없어지지."

"모든 사람이 다 죽어요?"

"그럼." 부인이 잠시 생각하고 말했다. "너희 할아버지가 살아 계실 때 항상 하시던 말씀이 있단다. 인생은 잠시 머물다 가는 것이라고 말이야. 사람이 사는 것은 어떤 물건을 세상에 맡겼다가 때가 되면 도로 가져가는 것과 같다는 뜻이지."

"누가 와서 그걸 가져가나요?"

"누구긴, 당연히 염라대왕이지."

이때 시췌가 와서 꼬맹이를 침상에서 잡아끌고는 라오후에게 말했다. "얘 데리고 나가서 놀아. 여기서 괜히 불길한 말 하지 말고." 라오후가 꼬맹이를 데리고 부인 방에서 나오자 바오천이 탕류스를 데리고 헐떡이며 뛰어 들어오는 것이 보였다.

탕류스가 들어서자마자 바오천에게 물었다. "노마님이 조금 전에 토한 피가 어디 있나? 가져와서 보여주게." 바오천이 대청으로 갔다. 핏자국은 이미 시췌가 초목회^{草木灰}(풀과 나무를 태운 재. 거름으로 쓴다)를 뿌려 놓은 뒤였다. 탕류스가 물었다. "피가 붉은 색이던가 아니면 검은색

복사꽃 그대 얼굴

이던가?"

바오천이 말했다. "붉은 색이던데요. 사당에 새로 칠한 문 색깔이었어요."

탕류스가 고개를 끄덕이더니 몸을 숙여 냄새를 맡고는 고개를 절레절레 흔들며 혀를 차고 "별로 좋지 않은데"라고 연달아 말했다. 그러고는 진맥을 하기 위해 부인 방으로 들어갔다.

부인은 칠팔 일이나 내리 병석에 누워 있었다. 한의사가 약방문을 연달아 세 차례나 바꾸었지만 여전히 효험이 없었다. 라오후와 꼬맹이가 방에 들어와 그녀를 보았을 때는 이미 사람들이 알아보지 못할 정도로 변한 상태였다. 집안에는 하루 종일 탕약 냄새가 가득했다. 마을 사람들이 모두 문병을 왔으며, 메이청에 사는 부인의 친척들도 모두 찾아왔다. 시췌와 바오천도 미간을 잔뜩 찌푸린 채로 하루 종일 고개를 젓고 탄식했다.

그러던 어느 날 라오후는 아버지가 시췌에게 하는 말을 들었다. "마님께서 정말 떠나시면 우리 부자는 푸지에서 머물 수 없을 거야." 그 말이 시췌의 심사를 울컥하게 만들었는지 그녀가 손수건을 씹으며 울기 시작했다. 라오후는 아버지가 그렇게 말하는 것을 듣고 마님이 오래 못 갈 것이라는 사실을 알게 되었다.

그날 한밤중에 라오후가 한창 꿈에 빠져 있을 때 돌연 누군가 그를 흔들어 깨웠다. 눈을 떠 보니 시췌가 당황한 얼굴로 침상 옆에 앉아 있었다. "빨리 옷 입어." 시췌가 재촉하듯 말하곤 몸을 돌렸는데, 온몸을 바들바들 떨고 있었다.

"왜 그래요?" 라오후가 눈을 비비며 물었다.

시췌가 말했다. "빨리 네 의붓아버지를 모셔와 한번 보시라고 해라.

마님이 또 피를 토하셨어. 그것도 한 대접이나. 얼굴은 검게 변하시고."

"아버지는요?"

"메이청에 가신 것 아니니?" 시췌가 말했다. 그녀는 말을 마치고는 곧바로 쿵쾅거리며 아래층으로 내려갔다.

라오후는 아버지가 어제 오후에 마님의 관재棺材를 보러 메이청에 간 것이 생각났다. 멍 할멈이 관을 짜려면 그녀 집 앞에 있는 큰 살구나무가 제격이라고 말했지만 바오천은 잠시 생각한 후 이렇게 말했다. "그래도 메이청에 가서 좋은 것을 보고 오는 게 낫겠어요."

꼬맹이가 단잠을 자고 있어 그는 꼬맹이를 깨워 같이 가는 것이 좋을지 망설이고 있는데, 시췌가 아래층에서 또다시 재촉했다.

라오후는 아래층으로 내려가 마당 밖으로 나갔다. 잔별들이 총총히 뜬 하늘에 달은 이미 서쪽으로 기울어 대충 시간이 자정을 넘어 새벽녘으로 가는 듯했다. 골목을 나서서 뒷마을 쪽으로 향하는데 동네 개 한 마리가 짖으니 다른 개들도 따라서 짖기 시작했다. 탕류스의 집은 뒷마을 뽕나무밭 옆에 있었다. 그의 집안은 대대로 의원을 지냈는데, 그에게 이르렀을 때는 이미 육 대째나 되었다. 그는 연달아 세 명의 부인을 맞이했지만 아들이라고는 코빼기도 구경할 수 없었다. 바오천은 부인에게 탕류스의 집을 방문하여 라오후를 양자로 거두어 의술을 전수해줄 것을 청해달라고 부탁했다. 탕류스는 부인의 체면도 있고 하여 마지못해 응했다. "귀댁의 집사에게 아이를 데리고 와서 제가 먼저 관상을 보도록 해주세요."

그때가 재작년 정월 보름이었다. 바오천은 단정하게 차려입고 예물을 담은 옻칠한 상자를 손에 들고 기쁨에 겨워 라오후를 데리고 한의사를 예방했다. 한의사는 그들 부자를 보고 껄껄 웃으며 말했다. "삐딱이,

복사꽃 그대 얼굴

자네 영랑令郞(남의 아들을 높이는 말)에게 나를 의붓아버지로 삼아주려는 것은 내가 아들을 못 낳는 일을 비웃는 것이겠지?"

바오천이 황급히 말했다. "그게 무슨 말씀이십니까? 이건 양쪽 모두에게 좋은 일입니다. 양쪽 모두에게 아름다운 일이란 말씀입니다. 이쪽저쪽 말이지요. 탕씨 집안은 의술을 이어갈 후사가 없고, 제 어리석은 아들놈은 이후에 그럴듯한 손재주를 지닐 수 있어 세상에서 밥이라도 먹을 수 있게 되니까요."

한의사는 라오후의 관상을 보겠다고 말했지만 똑바로 한번 쳐다보지도 않고 그저 곁눈질로 슬쩍 훑어보고는 고개를 저으며 말했다. "영랑과 같은 재원에게 의술을 배우라고 하는 것은 장수가 될 재목에게 큰 금니처럼 돼지 잡는 일을 배우라고 하는 것이나 다를 바 없어."

그의 말에 바오천은 그야말로 웃을 수도 없고 화를 낼 수도 없었다.

잠시 후 한의사가 다시 입을 열었다. "내가 농담을 하자는 것이 아닐세. 저 아이의 커다란 눈매와 튼튼하고 용맹스러운 골격을 보시게나. 이런 아이에게 의술을 배우게 한다는 것은 큰 재목을 작은 데 쓰는 것이나 다를 바 없네. 만약 무술로 출세한다면 장차 큰일을 할 수 있을 게야. 한두 번 정도 부윤을 맡는 것쯤 문제도 아니지."

핑계를 대고 거절한 것이 분명했지만 바오천은 그의 말을 진심으로 받아들였다. 그래서 아들을 데리고 싱글벙글 웃으며 돌아왔다. 그는 탕류스가 오진을 하고 탕약을 잘못 쓸 때도 있지만 관상만큼은 추호도 어긋남이 없다고 말하곤 했다. 이후로 라오후는 탕류스의 '부윤'이라는 예언 덕분에 아버지가 자기에게 하는 말투도 이전과 달라졌다고 느꼈다.

라오후가 탕류스의 집 앞에 이르러 문을 두드리니 한참만에야 방안에 불이 켜졌다. 탕류스는 정말로 신기가 있는지 온 사람이 누구인지 물어보지도 않고 방안에서 헛기침을 몇 번 하더니 한마디를 내뱉었다. "먼저 돌아가거라. 내가 뒤따라가마."

라오후는 돌아오면서 문득 걱정이 되었다. 누가 와서 진맥을 해달라고 하는 건지 묻지도 않고 먼저 가라고 하니 만에 하나 잘못 알고 다른 집으로 가면 어떻게 하지? 다시 돌아가 한마디 당부의 말이라도 해야 하나 어쩌나 하고 망설이는 동안 자신도 모르게 쑨 아가씨 집 앞에 있는 연못가까지 걸어왔다. 어둠 속에서 마당 대문이 삐거덕하며 열리는 소리가 들렸다. 라오후는 깜짝 놀랐다. 외지에서 온 솜 타는 이가 쑨 아가씨네 집에서 살고 있다는 것은 알고 있었지만 이런 야심한 시각에 밖에 나와서 뭘 한단 말인가?

숲을 사이에 두고 그가 살펴 보니 두 사람의 그림자가 앞뒤로 마당에서 나오는 것이 보였다. 여인의 간드러진 목소리가 들렸다. "당신 정말 돼지띠야?"

남자가 말했다. "광서光緒 원년 출생이라니까."

"당신 진짜 날 속이면 안 돼." 여자가 말했다.

"아휴, 귀염둥이. 당신이 직접 계산해보면 몰라? 내가 당신을 속여서 뭐하게?" 말이 끝나자 그 남자가 여자를 왈칵 끌어당기더니 그녀의 허리를 껴안고 입을 맞추기 시작했다.

설마 그녀가? 그녀가 여기에 와서 뭘 하는 거지?

그러고 보니 저들 두 사람은 이미 일찍부터 알고 있는 사이이고, 그 솜 타는 사람은 무슨 내력이 있는 것만 같았다. 다만 그들이 하는 말 가운데 무슨 돼지띠 어쩌고 하는 소리는 아무리 들어도 오리무중으로 알 수가 없었다. 라오후의 심장이 쿵쿵 계속 뛰었다. 며칠 전 쑨 아가씨네 집에서 보았던 녹색 두건과 대나무 참빗이 떠올랐다. 과연 그녀로구나.

그 여인이 남자를 밀치며 하는 소리가 들렸다. "내 아랫도리가 또 젖었네."

남자는 그저 히죽히죽 웃기만 했다.

그들이 낮은 소리로 몇 마디 더 주고받았다. 남자가 몸을 돌려 집으로 들어가고 잠시 후 문이 닫혔다.

라오후는 그녀가 연못을 지나 그가 있는 곳으로 오는 것을 보고 피하려고 했으나 이미 늦어 순간적으로 어찌할 바를 몰랐다. 그저 머리털이 곤두선 채로 황망히 앞으로 나갈 수밖에 없었다. 그녀가 이미 그를 발견한 것이 확실했다. 그의 뒤편에서 발자국 소리가 점점 빨라지는 것을 들었기 때문이다. 나중에는 아예 달리기 시작했다.

라오후가 멍 할멈 집 근처 골목에 도달했을 때 그녀는 그를 따라잡았다. 그녀가 한 손을 그의 어깨에 올려놓았다. 라오후는 온몸이 얼어붙어 손과 발을 제대로 움직이지 못하고 그 자리에 멈추어 섰다. 그녀가 얼굴을 그의 목 안쪽으로 들이대더니 낮게 속삭였다. "라오후, 이렇게 늦은 밤에 여기서 뭐 하는 거야?"

그녀의 목소리는 안개처럼 희미하고 부드럽게 뭉글뭉글 피어올랐다.

라오후가 말했다. "한의사에게 마님 병을 봐달라고 갔었어요."

그녀가 그를 꽉 끌어안고는 그의 얼굴에 뜨거운 입김을 뿜어댔다. 반면에 그녀의 손가락은 물처럼 차가웠다. "조금 전 우리 두 사람이 하던 이야기, 모두 들었지?"

그녀가 묻는 소리는 탄식 같기도 하고 신음 같기도 했다. 목소리가 너무 가벼워 라오후가 호흡을 멈추지 않았다면 아예 뭐라고 하는지 알아들을 수도 없을 정도였다.

"누나에게 사실대로 말해 봐. 무슨 말을 들었어?"

"누나가 그 사람에게 돼지띠인지 아닌지 물었고……." 라오후가 말했다.

그는 아무것도 생각나지 않았고, 손끝 하나 까딱 할 수 없었다. 그래서 그냥 그 자리에 서서 그녀가 하는 대로 가만히 있었다.

"너 그 사람이 누군지 알아?"

"솜 타는 사람."

여인이 잠시 침묵했다. 그녀의 손가락이 그의 입술을 따라 미끄러졌다. "며칠 못 보았더니 수염도 자랐네." 그녀의 손가락이 그의 목을 어루만졌다. "어머, 목젖도 생겼어." 다시 그의 팔뚝을 잡았다. "이 몸 좀 봐, 정말 단단하구나!"

라오후는 머리가 좀 어지러웠다. 어둠 속에서 그는 그녀의 얼굴을 제대로 볼 수 없었지만 그녀의 손가락, 그녀가 말하는 어투와 목소리, 그리고 그녀의 입에서 나오는 숨결이 모두 수줍어하면서도 사람을 매혹시킨다는 것을 알 수 있었다.

"착한 동생……." 그녀는 배를 그의 등에 바짝 붙였다. 그녀의 손이 물처럼 그의 가슴 안으로 흘러들었다. 라오후는 가만히 숨을 들이쉬며 그녀의 손이 목덜미에서 순조롭게 안으로 들어갈 수 있도록 했다. 그녀가 그의 가슴과 배, 그리고 양쪽 옆구리를 어루만졌다. 그녀의 손은 차가웠지만 부드럽고 또한 달콤했다.

"착한 동생, 오늘 일은 절대로 다른 사람에게 말하면 안 돼." 그녀가 중얼거렸다.

"말하지 않아요……." 라오후가 말했다. 그의 목소리는 당장이라도

복사꽃 그대 얼굴

울 것처럼 변했다. 그는 마음속으로 결심했다. 그녀가 무슨 말을 하든지 동의할 것이며, 그녀가 뭘 요구하든지 즉시 들어줄 것이라고. "때려 죽여도 난 말하지 않을 거예요." 잠시 후 그가 덧붙여 말했다.

"그럼 나를 누나라고 불러……."

그는 그녀를 누나라고 불렀다.

"좋은 누나라고 불러……"

라오후는 즉시 그녀를 좋은 누나라고 불렀다.

"이번 일은 아무에게도 말해서는 안 돼. 누나의 목숨은 전적으로 동생 손에 달려 있다고……." 갑자기 그녀가 그를 껴안았던 손을 풀더니 고개를 돌려 뒤편을 바라보았다. 두 사람 모두 멀지 않은 곳에서 들려오는 기침소리를 들었다. 탕류스가 거의 다 쫓아왔음을 알았다.

그녀가 라오후의 얼굴에 입을 맞추며 말했다. "누가 오네. 오늘 저녁에 학당으로 와……." 그녀는 그를 향해 한 번 웃고는 나긋나긋한 허리를 흔들며 뒤돌아서더니 잠시 후 멍 할멈 집 앞 수풀 속으로 사라졌다. 라오후는 여전히 멍하니 그 자리에 서 있었다. 머릿속이 텅 비어 이번 일이 어떻게 시작해서 어떻게 끝났는지조차 세세하게 생각나지 않았다. 마치 꿈을 꾸는 것처럼, 아니 꿈보다 더 기괴하기만 했다. 그는 몸의 어떤 부분이 심하게 팽창하는 느낌이 들었다. 쓰리고 아팠다.

"먼저 가 있으라고, 날 기다릴 필요 없다고 했잖니." 탕류스가 나무 상자를 품에 안고 골목 입구까지 왔다. 그가 투덜대며 말했다. "사실 내가 가든 안 가든 아무 소용이 없어. 너희 집 마님은 이제 가망이 없어. 어제 오후에 약을 한 첩 지어주었는데 탕약을 마시고 저녁에 아무 일 없이 평안했다면야 회생의 여지가 있었겠지. 저녁에 잠자리에 들면서 나는 옷도 벗지 않았어. 그런데 네가 문을 두들기는 소리를 듣고는 부인이 더 이상 희망이 없다는 것을 알았지." 한의사는 구구절절 이야기를 늘어놓으면서 지척거리며 앞으로 걸어갔다.

잠시 후 한의사가 다시 물었다. "바오천은 어디 간 게야?"

라오후가 말했다. "아버지는 메이청으로 마님 관재를 보러 갔어요."

"관재를 보기는 봐야지." 탕류스가 말했다. "하지만 그리 서두를 필요 없어. 내가 보기에 대엿새쯤 시간이 남아 있어."

노부인의 방으로 들어가 보니 이미 옆집 화얼냥이 와 있었다. 그녀는 부인의 이마에 수건을 얹어주고 있었는데, 부인의 얼굴은 퉁퉁 붓고 초칠을 한 것처럼 반짝거렸다. 탕류스가 들어오는 것을 보고 화얼냥이 말했다. "방금 전에 눈을 뜨셨기에 제가 말을 걸었는데 이미 사람을 알아보지 못하셔요."

탕류스가 방안으로 들어가 침상 옆에 앉아 부인의 한 손을 잡고 맥을 잡더니 고개를 저었다. "설사 쇠문턱鐵門檻이 있다고 한들 결국에는 만두처럼 생긴 흙무덤으로 가는 것 아니겠는가![23] 일이 오늘날에 이르렀으니 편작扁鵲(중국 전국시대 명의)이 다시 살아온다 한들 내가 보기에는 속수무책일세." 말을 마친 그는 병세도 살피지 않고 약도 처방하지 않고는 나무상자에서 물담뱃대를 꺼내 다리를 꼬고 앉아 뻐끔뻐끔 담배연기만 빨아댔다.

담배연기를 맡자 라오후는 불현듯 자신도 담배를 피우고 싶다는

---

23) 송대 시인 범성대(范成大)의 시 〈중구일행영사장지지〉(重九日行營壽藏之地)에 나오는 "종사천년철문함, 종수일개토만두"(縱使千年鐵門檻, 終需一個土饅頭)를 인용한 것이다. 고관대작이나 부자들이 문턱에 쇠를 대어 천년만년 부귀영화를 누리고자 하나 삶이란 백세도 되지 않으니 결국 죽으면 작은 봉분 안에 들어갈 뿐이라는 뜻.

복사꽃 그대 얼굴

충동을 억누를 수 없었다. 그는 더 이상 부인의 병이 걱정되지 않았다. 눈앞에 있는 사람들이나 일들이 자신과는 전혀 무관한 것 같았다. 모든 것이 달라졌다.

그는 멍하니 부인 방에서 나와 마당에 있는 회랑 아래 잠시 앉았다가 부엌으로 가서 차가운 물을 두 그릇 들이켰지만 심장은 여전히 쿵쿵 뛰고 있었다. 위층으로 돌아와 옷을 입은 채로 잠시 침상에 누웠지만 머릿속은 온통 그녀의 모습으로 가득했다. 그는 반복해서 한 가지 일만 생각하고 있었다. 만약 탕류스가 조금만 늦게 왔더라면 그녀가 혹시……?

그때 꼬맹이가 몸을 뒤척이더니 뜬금없이 한마디 말을 내뱉었다. "비가 올 거야."

잠꼬대가 분명했는데, 기이하게도 그가 그 말을 하기 무섭게 지붕 위에서 후두둑, 빗방울 떨어지는 소리가 들렸다. 이어서 창밖의 나무 그림자가 흔들리며 바람이 불었다.

라오후는 꼬맹이를 깨워야겠다고 생각했다. 누군가에게 말을 하지 않으면 숨이 막혀 죽을 것만 같았다. 하지만 그가 어떻게 해도 꼬맹이는 깨어나지 않았다. 간지럽히고 얼굴을 때리기도 하고, 목에 입김을 불어넣고 심지어 일으켜 세우기도 했다. 하지만 꼬맹이가 앉아서도 잠을 잘 줄은 몰랐다. 결국 손으로 그의 코를 꽉 비트는 수밖에 없었다. 숨이 막힌 꼬맹이가 갑자기 입을 벌리고 급히 숨을 들이마시더니 눈을 비비며 웃기 시작했다. 정말 성격이 좋다고 해야 하나. 그는 어떻게 하든 짜증을 내는 법이 없었다.

"너 그 솜 타는 사람 기억나니?" 라오후가 물었다.

"어느 솜 타는 사람?"

"왜, 쑨 아가씨네 살고 있다는 외지 사람."

"기억하지, 그런데 왜?" 꼬맹이가 어리둥절한 모습으로 그를 쳐다보았다.

"너 기억나지. 우리가 쑨 아가씨네 집에 갔을 때 탁자 위에 녹색 두건이랑……."

"무슨 두건?"

"또 대나무 참빗도 있었잖아."

"무슨 대나무 참빗?"

"내가 어떤 일에 대해 말해줄 건데, 절대로 다른 데 가서 말하면 안돼." 라오후가 말했다.

"좋아, 말하지 않을게."

꼬맹이는 이 말을 하고는 베개 쪽으로 가서 돌아눕더니 다시 잠이들고 말았다. 밖의 빗소리가 더욱 커졌다. 등잔불이 바람에 꺼진 뒤에야 그는 하늘이 밝아졌음을 알았다.

"그 두건……, 추이롄의 것이었어."

아직 어둠이 가시지 않은 새벽빛 속에서 그는 자신이 이렇게 혼잣말하는 것을 들었다.

5

비는 점심때가 되어서야 그쳤다. 바오천은 흙탕물을 잔뜩 뒤집어쓴 채 메이청에서 돌아왔다. 그는 달구지를 한 대 빌려 부인의 관재를 실어

복사꽃 그대 얼굴

왔으며, 목수 몇 명도 같이 데리고 왔다. 목수가 짐을 풀고 마당에서 뚝딱거리며 일을 시작하자 얼마 되지 않아 사방에 대팻밥이 가득했다.

딩수쩌와 그의 부인도 문병을 왔다. 그들은 바오천을 둘러싸고 비석을 세우고 묘지를 쓰는 일을 상의했다. 화얼냥이 행랑채에서 포목을 펴보고, 재봉사를 불러 부인의 수의를 만들도록 했다. 멍 할멈은 손에 담뱃대를 들고 손님들에게 찻물을 부어주느라 정신이 없었다. 그녀는 만나는 사람들에게 이렇게 말했다. "부인이 이렇게 떠나시면 다른 것은 몰라도 푸지에서 마작을 두는 이가 한 명 줄어들겠네." 손님들은 예전처럼 대청에 앉아 담배를 피우고 차를 마시면서 이런저런 이야기를 나누었다. 재봉사는 치수를 재는 줄자를 목에 걸고 납작한 분필을 잡고 옷감에 선을 긋는데 신이 나 보였다. 재봉사 말고도 시췌를 제외한 모든 이들이 매우 흥겨운 모습이었다. 노부인이 아직 죽지 않았다고는 하나 홀로 병석에 누워 혼수상태인지라 아무도 들여다보는 이가 없었다.

당연히 꼬맹이를 돌보는 이는 더욱 더 없었다. 그와 라오후는 사람들 틈에서 이리저리 뛰어다녔다. 그 바람에 멍 할멈이 실수로 찻잔을 떨어뜨려 산산조각이 나고 말았다.

"할일이 없어 심심하거든……." 바오천이 라오후를 힐끗 쳐다보며 말했다. "뒷마당에 가서 장작이나 패도록 해라. 성가시게 하지 말고."

라오후는 그러잖아도 힘을 쓸 데가 없던 차라 아버지의 말을 듣기가 무섭게 꼬맹이를 팽개치고는 뒷마당으로 가서 장작을 팼다. 눈 깜짝할 사이에 그는 새총을 들고 앞마당으로 나왔다.

"장작을 패라고 하지 않던?" 바오천이 말했다.

"다 팼어요."

"그럼 장작을 헛간에 가져다 가지런히 쌓아라."

"다 쌓았어요."

"그렇게나 빨리?"

"못 믿겠거든 직접 가서 보세요." 라오후가 말했다.

바오천은 아들을 위아래로 훑어보며 고개를 젓더니 더 이상 아무 말도 하지 않고 가버렸다.

라오후는 문득 고개를 들어 하늘을 쳐다보았다. 태양은 여전히 하늘 높이 매달려 꼼짝도 하지 않았다. 시간이 너무 늦게 간다는 생각이 들었다. 집안이 왁자지껄 시끄러운 와중에도 그는 멀리서 희미하게 들려오는 솜 타는 소리를 들었다. 그 소리 속에 숨겨진 비밀을 알고 있었다. 그 비밀은 너무 약해서 하늘에 뜬 구름처럼 바람이 불면 금세 흩어질 것만 같고 혹시라도 어둠이 밀려오기 전에 무슨 일이 생겨 그의 기대가 끝내 물거품이 되는 것은 아닌지 걱정이 되었다. 그게 정말일까? 정말로 그런 일이 있을까? 그녀가 옷을 몽땅 벗을까? 그는 반복해서 자신에게 묻고 또 물었다. 일분일초가 그의 마음을 조마조마하게 만들었다.

누군가 가볍게 그를 떼밀었다. 시췌였다.

그녀는 우물에서 물을 긷기 위해 물통을 들고 있었다.

"왜 그렇게 멍청하게 서 있어?" 시췌가 말했다. "물 긷는 것 좀 도와줘. 허리가 끊어질 것 같아."

그녀가 물통을 그에게 건네주면서 등허리에 손을 갖다 대고 허리를 문질렀다. 라오후는 물을 긷느라 몸을 숙였다가 우물바닥에서 훅, 올라오는 냉기를 맡으며 비로소 자신의 얼굴이 얼마나 뜨거운지 알아차렸다. 그가 물이 가득 찬 물통을 건네주자 시췌가 손을 내밀어 잡았다. 그러나 그는 멍하니 생각에 잠겨 손을 놓지 않았다. 어둠 속에서 추이롄이 하던 말, '내 아랫도리가 또 젖었네'라는 말이 들리는 것 같았다. 만약 시췌가 그런 말을 한다면 어떨까? 그는 멍하니 그녀의 옷에 있는 파란색 작은 꽃무늬를 보고 그녀의 팔뚝에 난 가느다란 솜털을 보았다.

"손 놔, 멍청아." 시췌가 화를 내며 힘을 주는 바람에 물통의 물이 땅바닥에 쏟아졌다.

"너, 왜 그래? 뭐 잘못 먹었어?" 그녀는 의심스러운 눈초리로 그를 쳐다보았다. 그 모습이 마치 전혀 모르는 사람을 보는 듯했다.

그제야 비로소 어둠이 깔리기 시작했다. 일치감치 꼬맹이를 달래 재운 라오후는 혼자 살며시 아래층으로 내려갔다.

아래층 계단에서 아버지와 맞닥뜨렸다.

"잠은 자지 않고 또 뭐 하러 기어 내려온 게냐?" 바오천이 말했다.

다행히 그는 생각이 다른 곳에 있어 그냥 아무렇게나 물어본 것에 불과했다. 그의 양옆에 전통창극단 대표 두 명이 함께 서 있었는데, 그들이 바오천에게 부인이 세상을 뜬 후 무대를 만들고 창극을 하자고 설득하는 중이었다.

"창극은 안 해요." 바오천이 귀찮다는 듯이 말했다. "세상이 전란으로 어수선한데 창극은 무슨 창극이에요." 그는 뒷짐을 지고 고개도 돌리지 않고 뒷마당으로 가버렸다.

관이 거의 다 완성되었다. 목수가 관 뚜껑에 석회를 바르는 것을 보니 옻칠을 준비하는 듯했다.

마당 문을 나선 라오후는 어둠 속에서 정신을 가다듬으며 무슨 중대한 결심이라도 한 듯 크게 숨을 들이마시고 학당 쪽으로 서둘러 걸어갔다. 만약에 길에서 누군가라도 만나면 어떻게 말하지? 학당의 대문이 닫혀 있다면 문을 두드려야 하나? 문을 두드렸는데 저들이 들어오지 못하게 하면 어쩌지? 가는 길 내내 이런 문제를 잡다하게 생각했지만 어느 것 하나 대처하기 쉬운 것이 없었다. 다행히도 이런 문제들에 굳이 답할 필요가 없었다. 도중에 만난 사람도 없고, 학당의 문도 활짝 열려 있었기 때문이다. 조룡사의 문턱을 넘으면서 그는 정말로 자신이 꿈을 꾸고 있는 것은 아닌지 의심스러웠다.

학당 안은 아무런 소리도 없이 정적이 감돌았다. 사원의 모든 방에는 불이 환하게 켜져 있었다. 안개 속에서 사람들의 그림자가 나타났다 사라지고 간혹 기침소리가 한두 번씩 들렸다. 관음전의 회랑과 약사전이 서로 연결되어 있었는데, 회랑과 약사전의 담벼락을 돌면 향적주香積廚(사원의 주방, 즉 공양간)를 볼 수 있었다. 그는 추이롄이 그곳 주방에서 일을 하고 있다는 것을 알고 있었다. 기이하게도 정원과 회랑을 지날 때도 만난 사람이 한 명도 없었다. 향적주는 네모반듯한 건물인데 참배하는 이들이 한창 북적일 때면 백여 명의 승려가 한꺼번에 공양을 할 수 있었다. 방안의 등불은 다른 곳보다 좀더 밝았다. 라오후는 향적주 문 입구에 도착했다. 문안으로 들어가기 전에 라오후는 마지막으로 다시 한 번 자신을 일깨웠다. 정말 이렇게 하지 않으면 안 되겠니? 지금 돌아가도 늦지 않아. 하지만 그의 손이 가볍게 닿자 문이 미끄러지듯 열렸다.

라오후는 경솔하게 문을 열고 들어갔다가 주방 안에 추이롄 외에 일고여덟 명이 더 있는 것을 발견했다. 그들은 회의를 하고 있었다. 장삼을 입은 사람이 귀에 거슬리는 외지 말투로 훈계를 하고 있었다. 목소리는 높지 않았지만 라오후가 보기에 대단히 화가 난 듯했다. 그 사람 혼자만 서 있고 나머지는 탁자에 둘러 앉아 있는데 교장을 포함한 모든 사람의 얼굴이 새파랗게 질려 있었다. 그 외지 사람은 라오후가 갑자기 뛰어든 것에 대해서는 전혀 개의치 않는 듯 계속 말을 하면서 누군가를 욕하기 시작했다. 말도 안 돼! 정말 말도 안 된다고! 라오후는 교장의 안색이 영 좋지 않다는 생각이 들었다.

라오후는 문 입구에 어정쩡하게 서서 들어가지도 못하고 그렇다고 돌아서기도 뭐한 상태였다. 추이렌이 그에게 연신 눈짓을 하는 것이 보였다. 외지 사람은 훈계를 마치고 자리에 앉아 이빨을 쑤셔댔다. 교장이 일어나더니 푸지 학당에서 이런 일이 발생하였으니 모두 자신이 책임지겠다고 스스로 비판하며 말했다. 자신의 부하를 제대로 단속하지 못했다는 것이었다. 교장이 문 입구에 서 있는 라오후 쪽을 쳐다보았다. 하지만 그녀의 눈은 그를 바라보는 것 같기도 하고 아닌 것 같기도 했으며, 눈빛이 칼날처럼 번쩍이는 것이 얼굴마저 달라보였다.

그가 어찌할 바를 몰라 당황하고 있을 때 교장의 말소리가 들렸다. "여러분이 생각하기에 이 사람을 죽여야 할까요, 아니면?"

탁자 다른 쪽에 앉아 있던 중절모를 쓴 사람이 말했다. "죽여야지요, 죽여야지요. 반드시 죽여야 합니다."

라오후는 깜짝 놀라 두 다리에 힘이 쭉 빠지면서 혼비백산하고 말았다. '날 죽인다고? 당신, 당신들이 뭔데 날 죽이려고 해?'

그가 이렇게 소리치려는데 주방 안에 있던 또 다른 사내가 뒤이어 말했다. "일이 이 지경이 되었으니 죽이는 수밖에 없습니다."

"그럼 당신 말대로 죽이기로 하지요." 교장이 마지못해 말했다. "다른 사람은?"

"그 작자는 제가 이미 붙잡아 마구간에 가두어 놓았습니다." 왕치단이 말했다.

왕치단의 말에 라오후는 겨우 한숨을 내쉬었다. 그들이 죽이려는 사람은 내가 아니었어. 그렇다면 누굴 죽이려는 거지?

그제야 교장은 그가 온 것을 알아차렸다.

"라오후." 교장이 위엄 있는 목소리로 그를 불렀다.

"네." 라오후는 아직도 두려움이 남아 부들부들 떨었다. 추이렌이 여전히 그에게 눈짓을 해댔다.

"이렇게 늦은 시간에 여기는 어쩐 일이야?" 그녀의 목소리는 그리 높지 않았지만 두려움을 느끼게 했다. 그는 몸을 돌려 추이렌을 한 번 보았다. 순간 어떻게 대답을 해야 할지 알 수 없었다. 오줌을 참을 수 없어 지리고 말았다.

"라오후, 집안에 무슨 일이 생겼니?" 추이렌이 눈썹을 살짝 치켜 올리며 그를 일깨워주었다.

라오후가 정신을 가다듬고 대답했다. "마님께서 상태가 좋지 않으셔서 한번 와보시라고 저를 보내셨어요."

"꼬맹이는? 같이 오지 않았니?"

"자고 있어요."

그녀가 뜻밖에도 꼬맹이에 대해 물었다. 하지만 그는 이제 조금 전처럼 당황하지 않았다.

교장은 그를 보면서 한참 동안 아무 말도 하지 않았다.

"먼저 돌아가거라. 내가 조금 있다가 가마." 한참 후에 교장이 말했다.

라오후가 한발 앞서 향적주에서 나오고 추이렌이 곧 뒤따라 나왔다.

"어린 녀석이 이렇게 똑똑할 줄 몰랐네." 추이렌이 낮은 목소리로 말했다. 그가 여전히 떨고 있다는 것을 느꼈는지 그녀가 그의 어깨에 한

복사꽃 그대 얼굴

손을 얹으며 말했다. "조금 전에 많이 놀랐지?"

"그, 그, 그들이 누굴 죽이려고 해요?"

추이렌이 헤헤거리며 웃었다.

"네가 뭘 신경 써? 누굴 죽이든 어쨌든 너를 죽이지는 않을 거야."

라오후는 넋이 나간 상태로 집으로 돌아왔다. 그는 위층으로 올라가 잠잘 생각은 하지 않고 곧바로 아버지의 장방으로 달려갔다. 장방은 여전히 환하게 불이 밝혀져 있었고, 그의 아버지도 여전히 탁탁거리며 주판을 놓고 있었다. 라오후가 방문 앞으로 가서 뜬금없이 아버지에게 한마디를 내뱉었다. "아버지 제가 무슨 이야기를 할 건데요. 틀림없이 놀라 자빠지실 거예요."

바오천은 잠시 하던 일을 멈추고 그를 쳐다보며 무슨 일이냐고 물었다.

"그들이 사람을 죽이려고 해요." 라오후가 소리쳤다.

바오천이 처음에는 멍하니 있더니 이어 귀찮다는 듯이 손을 흔들며 말했다. "가라, 가! 빨리 올라가 잠이나 자는 게 낫겠다. 괜히 여기서 호들갑 떨다가 내 계산 다 틀리게 하지 말고."

이상하게도 그의 아버지는 이 소식을 듣고도 이전처럼 당황하지 않았다. 어찌할 바를 모르거나 상스러운 욕설을 내리 퍼붓기는커녕 덤덤하게 침착한 모습을 보여 라오후는 어리둥절한 채 갈피를 잡을 수 없었다.

그는 아버지의 장방에서 나와 다시 마당으로 가다가 시췌가 등잔을 들고 옆집 화얼냥과 함께 부인 방에서 나오는 것을 보았다. 그는 얼른 다가가 그녀를 붙잡고 말했다. "그들이 사람을 죽이려고 해요."

시췌와 화얼냥이 서로 바라보더니 함께 피식 웃었다.

"죽이려면 죽이라고 해." 시췌가 이렇게 말하면서 등잔불이 바람에 꺼지지 않도록 손으로 등잔 불씨를 조심스럽게 보호했다.

"네가 뭐 때문에 그런 쓸데없는 일까지 신경 쓰니?" 화얼냥이 한숨을 내쉬며 말했다. "보아하니 큰 금니가 오늘밤을 넘기기 힘들겠네. 그놈은 바로 제 주둥이 때문에 죽는 거야."

그제야 그들이 죽이려는 사람이 바로 큰 금니라는 사실을 알게 되었다. 보아하니 아버지와 시췌는 그 일에 대해 이미 알고 있었고, 오직 그 혼자만 전혀 모르고 있었던 것이다.

6

창저우의 노파가 두 아이를 끌고 푸지로 왔을 때 큰 금니는 집안 다락에서 어머니의 탕약을 달이고 있었다고 한다. 그는 소문난 효자였다. 포구의 뱃사공 탄수이진이 소식을 듣고 황급히 달려와 그들에게 몰래 소식을 알려주었다. "창저우 쪽에서 세 사람이 왔는데, 보아하니 자네에게 죽기 살기로 따지려고 온 것 같네." 큰 금니는 전혀 개의치 않고 가슴을 두드리며 말했다. "걱정하지 마세요. 저들은 늙은 것과 어린 것들뿐이니, 내가 한 발에 문밖으로 차내버리면 그만이에요."

그의 늙은 어머니는 장님이긴 하나 연륜이 있는지라 나름 견식이 있어 그 일에 대해 듣고 아들에게 물었다. "다른 말은 할 필요 없고, 그 일을 네가 저질렀니?"

큰 금니가 말했다. "제가 했어요."

복사꽃 그대 얼굴

늙은 어머니는 그에게 다락에 올라가 숨으라고 했다.

"다락에 숨어 찍소리도 하지 말고 있어라. 내가 우선 그들을 달래 보내고 다시 너와 방도를 생각해 봐야겠구나."

큰 금니는 어머니의 말대로 아무소리도 하지 않고 다락으로 올라 갔다. 얼마 있지 않아 노파와 손자, 손녀 세 사람이 하염없이 훌쩍이며 그의 집 문 앞에 도착했다. 장님은 비록 그들을 볼 수 없었지만 노파의 말을 듣고는 그녀가 고지식하고 나름 분수를 지키며, 소심하여 행여 잘 못을 저지르지 않을까 겁을 내고 있음을 눈치채고 그들을 으르고 달래 돌려보냈다. 그들이 나가자 장님은 문을 걸어 잠그고 귀를 문에 대어 그들이 멀리 떠난 것을 확인하고 나서야 아들에게 다락에서 내려오라고 소리쳤다.

"아들아." 장님이 말했다. "네가 평소 돼지를 잡고 고기를 팔아 나에 게 준 돈은 아까워서 한 푼도 쓰지 않고 침상 머리맡에 있는 녹나무 상 자에 잘 모아두었다. 사실은 네가 아내를 맞이할 때 쓰려고 남겨 놓은 것인데 그것을 전부 가지고 갈아입을 옷 두 벌을 챙겨서 떠나거라. 아주 멀리, 갈 수 있는 한 멀리 떠나야 한다. 그리고 한 일 년쯤 지나거든 돌아 오려무나."

큰 금니가 웃으며 말했다. "어머니, 왜 그러세요. 설마 내가 저들을 두려워할 것 같아요? 도망칠 필요 없어요. 저들이 감히 다시 온다면 내가 저들을 한 놈도 놔두지 않고 죽여버릴 거니까."

장님이 말했다. "네 어미가 비록 배운 것은 없다마는 여섯 살에 아 버지와 어머니가 돌아가시고 푸지에 민며느리로 와서 열네 살에 네 아 버지에게 시집을 갔다가 스물여섯에 과부가 되었단다. 비록 눈이 멀어 보지는 못하지만 지난 일들이 생생하기만 하구나. 아들아, 이 한마디 말은 꼭 들어라. 다른 말은 하지 않겠다. 내가 어젯밤에 꿈을 꾸었는데, 꿈 속에서 네 아비의 무덤에 흰 학이 떼를 지어 떨어지더구나. 이건 불길한 징조이니 이번 일이 너에게 딱 들어맞는 듯하구나."

큰 금니가 말했다. "어머니, 무슨 생각을 하시는 거예요? 지금은 이 전과 달라도 많이 달라요. 세상이 변하려고 천하가 이렇게 어지러운 거 예요. 푸지도 이미 혁명 중이라고요."

"나도 네가 입만 열면 그저 혁명이네 뭐네 해서 다 들었어. 네가 아 예 혁명이란 말을 입에 달고 산다는 것도 안다. 마을 동쪽 끄트머리에 사는 계집아이를 따라다니며 소란이나 피우고, 네 조상님께서 물려준 돼지 잡는 일도 제대로 하지 않고 말이야……." 장님이 말했다.

"혁명이란 게 사람 죽이는 거예요. 이치를 따지자면 돼지를 잡는 거 나 별반 다를 것도 없이 죄다 흰 칼이 들어갔다가 붉은 칼이 되어 나오 는 짓거리라고요. 며칠 후에 우리가 메이청을 공격하여 주부^{州府}의 어르 신네들을 죽이면 어머니를 모셔다가 관아에서 사시도록 해드릴게요."

장님은 큰 금니가 한사코 말을 듣지 않자 잠시 생각하더니 말투를 바꾸어 말했다. "조금 전에 내가 창저우의 노파 말을 들으니 막돼먹은 사람은 아닌 것 같더구나. 그 집 며느리가 너 때문에 죽었는데 관아에 가서 고발하지 않고 우리 집을 찾아온 것을 보니 아마도 돈 몇 푼 받아 내려고 하는 것 같았다. 네가 내 말을 듣지 않고 도망치지 않겠다고 하 니 어쩔 수 없다. 저 상자에 있는 돈을 반 뚝 잘라서 믿을 만한 녀석에 게 부탁하여 저 창저우의 노파에게 주고 원만하게 수습하도록 하렴. 옛 말에 돈을 써서 재앙을 없앤다고 하였으니 다른 말은 듣지 않아도 할 수 없다마는 이 말만큼은 반드시 들어야 한다."

큰 금니는 어머니가 그렇게까지 말하자 어쩔 수 없이 받아들이는 척할 수밖에 없었다. 그는 장님 어머니가 탕약을 다 드시는 것을 보고 같이 노름할 사람을 찾아 밖으로 나갔다.

그날 이후 며칠 동안 아무 일도 없자 장님도 점차 창저우로 가서 돈을 주고 오라고 채근하지 않게 되었다. 그러던 어느 날 큰 금니가 온몸에서 술 냄새를 풍기며 집으로 돌아오더니 문을 열기기 무섭게 어머니에게 말했다. "오늘 점심때 왕치단 형제가 나에게 술 한턱을 냈는데, 왠지 수상쩍었어요."

장님이 말했다. "사람이 호의로 술을 사주었는데, 뭐가 이상하다는 게냐?"

큰 금니가 말했다. "처음에는 별게 없었는데, 마시고 또 마시다 보니 왕치단이 주머니에서 밧줄을 꺼내면서 말하더라고요. '우리 형제가 형님에게 잘못하는 일이 있더라도 탓하지 말라'는 거예요. 그 말이 참 뜬금없어서."

"그런 다음에는?" 장님이 물었다.

"나중에는 그들도 몽땅 취해서 탁자에 쓰러져 잠이 들었지요." 큰 금니가 말했다.

장님 어머니가 듣고는 놀라 보이지 않는 눈을 희번덕거렸다. 그녀가 허벅지를 치더니 돌연 통곡을 하기 시작했다. "아이고 이 멍청아! 내가 어찌 이런 멍청이를 낳았던고? 다른 사람이 네 목에다 칼을 겨누었는데, 너만 아직도 모르는 게냐?"

"누가 날 죽여요?" 큰 금니가 자신도 모르게 목을 만지면서 놀라 펄쩍 뛰었다.

"애야, 대장장이 왕치단과 왕바단이 뭐 하러 너에게 술을 대접하겠니? 분명 덫을 놓아 너를 잡으려는 게지." 장님이 말했다.

"저들이 나를 잡으려고 했다면 왜 나에게 술을 사줘요?" 큰 금니가 말했다.

"멍청아! 네 완력을, 저들 두 사람이 힘을 합친들 당해낼 수 있겠니? 억지로라도 너를 만취하게 만들지 않고서야 어떻게 너를 잡을 수 있겠어? 요행히 저들도 술에 취했기에 망정이지 그렇지 않았다면 네 목숨은 저들 두 사람 손에 일찌감치 날아갔을 것이다."

"나는 그들하고 원수진 일이 없는데, 왜 날 잡아요?"

"그들이 너를 잡으려는 것이 아니라 다른 사람이 그들에게 잡으라고 시킨 것이겠지."

"그렇다면 교장이?" 큰 금니는 순간 당황하고 술도 거의 깨고 말았다. "그녀가 뭣 때문에 나를 잡으려고 하지? 왜 날 잡으려고 하냐고……."

"창저우의 일 때문에 널 붙잡아 처형하려는 것이겠지."

큰 금니가 듣더니 얼굴이 하얗게 질렸다. 손으로 짚고 있던 의자가 우지직하는 소리를 냈다.

장님이 이상하다는 듯이 말했다. "별일 다 보겠네. 평소 겁이라고는 없이 염라대왕이 나타나도 두렵지 않다고 하더니 어째서 그 계집아이 이야기를 꺼내기가 무섭게 이다지도 놀라는 것이냐?"

"어머니, 나 어떻게 하죠?" 큰 금니가 말했다.

"왕치단 형제가 널 붙잡지 못했으니 곧 다른 사람이 널 잡으러 올 게다. 빨리 짐을 싸서 날이 어두워지면 바로 떠나거라. 날 좀 부축해주렴. 내가 밀전병 몇 장을 구워줄 테니 가는 길에 먹도록 해라."

황혼 무렵에 집에 이발사가 왔다. 그는 품안에 이발도구 상자를 껴안고 절뚝거리며 문 앞으로 왔다. 큰 금니는 그가 샤청의 절름발이 쉬씨라는 것을 알고 있었다. 이발을 안 한 지 몇 개월이나 되었다는 생각이 들자 일단 머리를 깎고 도망쳐도 늦지 않을 듯했다. 그는 절름발이 쉬씨와 가격을 흥정하고 의자에 앉아 머리를 깎도록 했다.

절름발이 쉬씨가 보자기를 그의 가슴 앞에 펼치고는 나무 상자 안에서 번쩍이는 면도칼을 꺼냈다. 그가 면도칼을 그의 목에 가져다 대더니 낮은 목소리로 말했다. "아우, 움직이지 마시게. 자네는 돼지를 잡는 사람이니 내가 칼을 댄 곳이 어딘지 잘 알겠지? 자네가 움직이지 않는다면 나도 움직이지 않겠네."

절름발이 쉬씨의 말에 큰 금니는 온몸이 마비될 정도로 놀라 꼼짝도 못하고 의자에 앉아 있었다. 바로 그때 문밖에서 우당탕탕 몇 사람이 들어오더니 포승줄로 그를 단단히 묶었다. 왕치단이 그의 어깨를 툭툭 두드리더니 웃으며 말했다. "오늘 점심때 잡으려고 했는데 우리 형제가 술을 좋아하여 하마터면 일을 그르칠 뻔했지."

말을 마친 그들은 늙은 장님 어미의 통곡소리와 욕설을 뒤로 한 채 그를 잡아끌고 학당 쪽으로 갔다.

마을 노인네들의 말에 따르면, 큰 금니가 자신의 주둥이를 잘 간수했다면 죽음까지 이르지는 않았을 것이었다.

그날 저녁 무렵 큰 금니가 잡혀가자 그의 늙은 어미는 담장에 의지하여 더듬으며 딩수쩌의 집으로 가서 문을 열자마자 꿇어앉았다.

딩수쩌가 말했다. "자네 아들이 그렇게 더럽고 추한 짓을 했으니 천리天理로도 용서하기 힘들고 사람이나 귀신이 공노하여 관부에 잡혀가도 마찬가지로 죽을죄일 것이네."

장님이 말했다. "어찌 창저우 노파네 한쪽 말만 들을 수 있습니까?

그 집 며느리가 내 아들이 강간을 해서 자진한 것인지 아니면 자기 스스로 폐결핵을 앓다가 죽었는데 푸지로 와서 우리를 속인 것인지 어찌 알겠습니까?"

"이 일은 자네 아들이 자기 입으로 직접 말한 것인 데다 지금 증인까지 있지 않은가. 그 애가 여색을 탐해 강간을 한 것이 첫 번째요, 혀를 제멋대로 놀려 소문을 낸 것이 두 번째로 죄를 면할 길이 없으니 여러 말하지 마시게."

"우리 애, 큰 금니가 설사 천 가지 나쁜 일을 했다고 할지라도 한 가지만은 잘했잖아요. 윗사람에게 효성스러운 것 말이지요. 이 늙은 어미에게는 말할 필요도 없고 선생님만 해도 그렇지요. 그 애가 평상시에도 돼지나 양을 잡으면 대장이며 내장, 허파까지 선생님도 적지 않게 드셨잖아요."

"자네가 그렇게 말하니 잠시 후에 내가 몇 년 치를 깨끗이 정산해주겠네. 얼마를 빚졌는지 액수에 맞게 돌려주면 되겠지."

장님이 두어 번 냉소를 짓더니 곧 정색을 하고 말했다. "흥, 말이야 쉽지! 돈이야 돌려준다고 해도 또 한 가지 일이 있는데, 그것도 깨끗이 내던질 수 있을까? 이 늙은이가 처음에 눈이 멀지 않았을 때 당신이 어떻게 했지? 불쌍한 내 남편이 죽고 채 이레도 되지 않았는데 당신이 어둠속에서 이 늙은이의 방문을 더듬었지. 당시 나는 상중이었는데 어떻게 당신하고 그 짓을 할 수 있었겠어? 그런데도 당신은 뻔뻔스럽게 말했지. 상복을 입으니 더 예뻐 보인다고. 이 염치라곤 쥐뿔도 없는 놈! 무슨 대단한 집안의 성인인 척하더니 이 늙은 것을 까무러쳤다가 깨어나도록 만들었지. 내가 조상님네를 위해 한 점 혈육이라도 남겨야겠다는 결심이 아니었다면 이미 대들보에 목을 매달아 자진했을 것이네. 좆을 빼냈다고 사람을 몰라봐서는 안 되지!"

딩수쩌는 그녀의 말에 화도 나고 부끄럽기도 하고 또한 원망스럽기도 하여 한참 동안 아무 말도 하지 못했다.

딩수쩌의 부인 딩 사모가 마침 부엌에서 그릇을 씻고 있다가 장님이 하는 말을 아주 똑똑히 들었다. 마지막 말을 듣고는 더 이상 가만히 있을 수 없어 부엌에서 뛰쳐나오더니 억지로 웃는 얼굴을 하고 장님에게 말했다. "당신들은 모두 나이깨나 먹은 사람들인데 젊은 시절의 일을 여전히 입에 담고 있으니 이웃들의 웃음거리가 될까 두렵지도 않나요? 큰 조카 일은 내 일이기도 한데, 그가 영문도 모르고 잡혀갔다니 우리가 어찌 수수방관만 할 수 있겠어요. 그만 돌아가 계세요. 우리도 나름대책을 세워볼 테니."

그녀가 다가가 장님을 일으켜 세우더니 좋은 말로 설득하고 이모저모로 달래어 돌려보냈다.

딩수쩌는 그때까지 정신을 차리지 못한 듯 마당에 우두커니 서서 고개를 저으며 중얼거렸다. "사문소지斯文掃地[24]로다, 사문소지야." "제밀할, 당신 엉덩이나 떨어뜨려!" 딩 사모가 욕설을 퍼붓더니 '찰싹' 하고 귀싸대기를 올려붙였다. 딩수쩌의 얼굴 반쪽이 금세 부어올랐다.

딩수쩌는 밤을 새워 보증서 초안을 잡아 마을의 몇몇 세도깨나 있는 향신鄕紳들에게 연락하여 서명을 받고 다음 날 일찍이 사람을 구해내기 위해 학당으로 갔다. 때마침 슈미는 없었고, 대신 임시로 일을 처리하는 이는 도공인 쉬푸였다.

쉬푸가 말했다. "그 사람은 교장이 잡아오도록 시켰으니 풀어주려

---

24) 사문소지(斯文掃地): 문인이 타락했다거나 또는 문인의 체면이 떨어졌다는 뜻.

면 교장이 돌아올 때까지 기다려야 합니다."

딩수쩌가 허세를 떨며 말했다. "슈미는 이 늙은이의 학생이오. 내 말 한마디면 그녀가 허락하지 않을 일이 없지. 당신은 그저 풀어주기만 하면 되오."

쉬푸가 말했다. "선생님께서 그렇게 말씀하시니 그자가 오랫동안 기억하도록 곤장이나 몇 십 대 치도록 하겠습니다."

큰 금니는 자신을 풀어주려는 것을 보더니 말투가 금방 딱딱해졌다. "쳐 봐, 누가 감히 이 어르신을 치겠다는 거야. 왕바단, 너 빨리 이 밧줄 풀지 못해? 한 발만 늦었어도 내가 널 손봐주려고 했어."

왕바단이 쉬푸를 쳐다보았다. 쉬푸도 이가 아파 마음이 심란한 터라 손을 휘저으며 말했다. "차라리 인정을 베풀어 때리지도 말고 대신 다음에 돼지를 잡거들랑 술안주 하게 돼지머리나 보내도록 해."

큰 금니는 쉬푸가 말하는 것을 듣고는 더욱 우쭐해져 목을 뻣뻣이 세우고 큰소리를 쳤다. "대단찮은 일 가지고 나를 잡아다 괴롭혀? 솔직히 말하는 건데 말이지, 예전에 쑨씨네 아가씨도 이 몸이 해치운 거라고. 먼저 따먹고 죽였는데 아주 끝내주더군. 그렇다고 네 녀석들이 날 어쩔 건데?"

딩수쩌는 도무지 자신의 귀를 믿을 수가 없었다. 쉬푸도 하도 놀라 얼굴이 창백하게 질려버렸다. 한참 후에야 쉬푸가 몸을 일으키더니 딩수쩌를 향해 공손히 손을 모으며 말했다. "딩 선생님, 저 녀석이 이렇게 말하니 또 하나의 인명 사건과 관련이 있는 것이 분명합니다. 저는 죽어도 책임질 수 없어요. 도저히 그를 풀어줄 수가 없습니다."

딩수쩌는 그저 쓴웃음을 지을 수밖에 없었다. 한참 동안 탄식을 하며 고개를 젓더니 결국 아무 말도 하지 않고 물러났다.

큰 금니를 죽이기로 했을 때 본래 왕치단과 왕바단 형제가 손을 쓰기로 했었다. 왕치단은 약간 머뭇거리다 울상이 되어 큰 금니는 오랫동안 알고 지내던 녀석인지라 내리칠 수가 없다고 말했다. 그래서 임시로 외지에서 온 회자수劊子手(망나니)로 바꾸었는데, 그 사람은 본시 농사를 짓던 사람이라 사람을 죽인 적이 없었다. 큰 금니를 마구간에서 꺼내다가 아무도 없는 곳으로 데리고 가더니 어둠을 틈타 낮은 목소리로 말했다. "형씨, 내가 당신 집에 장님 노모가 계시다는 것을 감안해서 조금 있다가 당신을 죽일 때 칼을 두어 번 휘둘러 먼저 밧줄을 끊을 테니 재빨리 달아나시오. 내가 뒤에서 당신을 쫓는 척하겠소. 몸을 피한 후 이삼 년이 지날 때까지 푸지에 돌아오지 마시오."

큰 금니가 이해가 안 된다는 듯 따졌다. "에이, 이상하네! 그날 창저우에서 그 창녀를 가지고 놀 때 당신도 한몫 했는데 어떻게 나만 잡혀오고 당신은 아무 일도 없는 거지? 헛소리는 집어치우고 빨리 밧줄이나 잘라내고 다시 말합시다. 내 어깨가 아주 마비가 될 지경이오."

그 사람은 이 말을 듣고 화들짝 놀라 눈썹이 파르르 떨리더니 순간 뛰어올라 그의 배를 푹 찔렀다. 큰 금니가 외마디 소리를 내지르며 소리쳤다. "형씨, 멈춰! 아직 할 말이 남았단 말이야."

"무슨 말을 더 하려고?"

"넌 날 죽일 수 없어." 큰 금니의 입에서 피거품이 뿜어져 나왔다.

"내가 왜 너를 죽일 수 없는데?"

"네가 날 죽이면 나, 나는 아무것도 모르니까."

그 사람은 더 이상 아무 말도 하지 않고 그의 가슴을 만져보더니 있는 힘껏 칼 손잡이까지 쑤셔 넣었다. 칼이 들어가자 큰 금니의 목이 빳빳하게 곧추서고 눈이 동그랗게 떠졌으나 칼을 빼내자 목이 축 늘어지고 이어서 눈도 감기고 말았다.

7

　라오후가 교장이 사는 가람전에 온 것은 이번이 처음이었다. 가람전은 높고 커다랬지만 방안에 놓인 장식은 매우 조촐했다. 북쪽 벽에 붙여놓은 나무 침상이 있고, 침상 옆에 긴 탁자가 있는데 그 위에 콩알만한 등잔이 놓여 있었다. 그뿐이었다. 대낮인데 교장은 왜 방안에 불을 켜둔 것일까?

　방안은 전혀 빛이 들어오지 않았다. 본래 가람전 동서 양쪽으로 창문이 하나씩 있고 북쪽으로 큰 문이 있어 뒤쪽 천왕전과 통했다. 그러나 지금은 창문이나 문을 모두 흙벽돌로 쌓아 막아버렸다. 천장에도 창문이 나 있었지만 검은 천으로 덮어 놓았다. 라오후는 안으로 들어서면서 오랫동안 가시지 않은 진흙 냄새를 맡았다. 방안은 차가운 공기가 맴돌아 음산하고 어두웠다.

　그 방은 그가 꿈속에서 본 것과 전혀 달랐다. 검은 칠에 금박을 한 큰 병풍도 없고 반지르르 광택이 나는 화리목花梨木의 탁자나 의자도 없었다. 또한 테두리에 금줄을 두른 거울도 없고, 계혈홍화병鷄血紅花瓶(청대에 유행했던 닭의 피처럼 새빨간 색깔의 꽃병)도 없었다. 그는 특히 교장이 누워 자는 침상을 눈여겨보았지만 그것 역시 너무도 초라했다. 모기장은 군데군데 기웠고 침상 다리는 삼밧줄로 묶여 있었으며, 침상에 놓인 이불도 지저분했다. 침상 앞에 단출한 발판이 있었는데, 그 위에 검은 천

복사꽃 그대 얼굴

에 입구가 넓은 면신발이 한 켤레 놓여 있었다.

교장은 낡은 붉은색 꽃무늬가 있는 겹저고리를 입고 있었는데 그 마저도 솜이 밖으로 삐져나온 상태였다. 오직 하나 꿈속과 비슷한 것은 그녀의 얼굴에 가득한 비애였다. 심지어 그녀가 갑자기 트림을 했을 때도 비애의 숨결을 느낄 수 있었다. 그의 눈길이 침상 옆 아무것도 덮지 않은 마통馬桶(일종의 요강)에 닿았을 때 문득 교장이 너무 불쌍하다는 생각이 들었다. 그러나 그는 그녀의 방안으로 들어온 바로 그 순간부터 감히 그녀의 눈을 쳐다볼 수도 없었다.

"이리 오너라." 교장이 말했다. 그녀의 목소리는 쉰 듯 갈라지고 낮았다.

그녀가 그에게 침상에 앉으라고 하더니 약간 몸을 틀어 그를 쳐다보며 말했다. "내가 왜 너를 불렀는지 알고 있니?"

라오후가 멍하니 있다가 고개를 숙이고 떠듬거리며 말했다. "아니요, 모르는데요."

교장은 잠시 입을 다물었다. 라오후는 그녀가 자신을 훑어보고 있다는 것을 알았다.

"몇 살이지?"

"네?"

"올해 몇 살이냐고 물었어."

"열네 살."

교장이 희미하게 웃더니 조용히 말했다. "무서워할 필요 없어. 내가 널 오라고 한 것은 그냥 너하고 이런저런 이야기를 하고 싶어서야."

그녀가 말을 하는데 입에 무언가를 물고 있는 듯했다. 라오후가 고개를 들어 보니 은비녀였다. 교장이 흐트러진 머리카락을 다시 말아 올

리고 있었다. 그는 심지어 그녀의 입에서 나는 냄새까지도 맡을 수 있었
는데 전혀 향기롭지 않고 약간 시큼한 냄새가 났다. 그것은 고구마 냄새
였다.

"무슨 말씀을 하시게요?"

"그냥 아무 이야기든." 교장이 말했다.

정말로 그녀가 이야기를 시작했다. 그녀가 말하면 라오후가 들었다.
심지어 그녀는 그가 듣든지 말든지 개의치 않았다. 그녀는 자신이 잠을
잘 수가 없다고, 언제라 하더라도 잠을 잘 수 없다고 말했다. 밤만 되면
그녀는 혼자 강가를 돌아다니다 강의 밑바닥에서 올라오는 새벽녘 물안
개의 내음을 맡고서야 비로소 잠을 자야겠다는 생각이 들지만 방으로
돌아오면 여전히 잠을 이룰 수 없었다. 그녀는 빛이 두렵다고 했다. 사람
이 죽어 귀신이 된 후에야 빛을 보는 것을 두려워하게 된다고 말하기도
했다. 그때 교장이 차갑게 웃으며 그의 어깨를 슬쩍 두드리면서 말했다.

"날 좀 봐, 귀신같지 않니?"

라오후는 그녀가 어깨를 치자 깜짝 놀라 온몸이 부들부들 떨렸다.

"무서워하지 마. 난 귀신이 아니야." 그녀가 웃었다.

그녀는 자신이 하고 있는 일이 착오인지 아닌지, 혹은 그냥 우스운
짓거리인지 모르겠다고 말했다. 그는 화자서란 곳에 대한 이야기도 꺼
냈다. 그곳에 무덤이 있고 무덤 앞에 비석이 있으며, 비석에 몇 글자가
쓰여 있는데, 그것 역시 그녀와 마찬가지로 비애에 젖은 이가 쓴 비문이
라고 말하기도 했다. 때로 그녀는 그들이 같은 사람인 것처럼 느낀다고
했다.

그녀가 일본 요코하마에 대해 이야기를 하기 시작했다. 어느 날 저
녁 그녀가 텅 빈 거리에서 누군가를 만나 어찌나 놀랐는지 바닥에 엉덩

방아를 찧으며 주저앉았다고 했다. 불가사의^{不可思議}야, 불가사의!

"한번 맞춰 봐, 내가 누굴 보았을까?"

"모, 모, 몰라요." 라오후가 있는 힘껏 고개를 저었다. 마치 머리를 여러 번 저어야 교장이 그를 놔줄 것이라고 믿는 눈치였다.

그녀는 또다시 자신이 꾸었던 기이한 꿈 이야기를 시작했다. 그녀는 꿈속에서 일어난 모든 일을 사실로 믿고 있었다. 그녀는 때로 꿈에서 깨어나기도 하지만 또 어떤 때는 꿈에서 깨어나 세상의 모든 것이 반대로 꿈을 꾸고 있음을 알아차리기도 했다. 그녀가 하는 말은 점점 알아들을 수 없었다. 그녀가 사람을 보내 그를 이리로 오라고 한 것이 설마 이런 밑도 끝도 없는 이야기를 하기 위함이었을까?

"말씀하시는 내용을 전혀 이해하지 못하겠어요." 라오후가 처음으로 교장의 말을 끊었다. "왜 저에게 그런 말을 하세요?"

"아무도 내가 하는 말을 들어줄 이가 없기 때문이야." 교장이 말했다. "내 머리는 하루, 아니 한시도 아프지 않은 적이 없어. 마치 사람을 기름 냄비에 넣고 끓이는 것과 같아. 때로 난 정말로 머리를 벽에 부딪치고 싶다니까."

"정말로 메이청을 공격하실 거예요?"

"그래."

"하지만……, 하지만 말이에요. 왜 메이청을 공격하시려는 거예요?"

"한 가지 일을 해야 다른 일들을 잊을 수 있기 때문이지." 교장이 말했다.

"무슨 일을 잊고 싶은데요?"

"모든 일."

"그럼, 뭘 '혁명'이라고 하는 거지요?" 잠시 후 라오후가 그녀에게 물었다.

"흠, 혁명이란……." 교장이 또다시 머리가 아픈 듯 태양혈을 몇 번 문지르더니 마지못해 말했다. "혁명은 바로 그가 뭘 하는지 아무도 모르는 것이야. 자신이 혁명을 한다는 것을 안다고 해도 잘못한 것은 아니지만 그래도 그가 무엇을 하는지 모르고 있는 거지. 예를 들면……."

교장이 눈을 감고 벽에 잠시 기대더니 천천히 말했다. "하루 종일 조룡사 벽을 이리저리 기어 다니는 지네를 예로 들 수 있겠지. 그 녀석은 이 사원이 아주 익숙하지. 모든 담벼락의 틈새나 벌이 사는 구멍, 벽돌과 기와 등등 모든 것이 익숙하단 말이야. 하지만 녀석에게 조룡사가 어떤 모양이냐고 묻는다면 아마 대답을 못할걸? 그렇지 않아?"

"그래요." 라오후가 말했다. "하지만 누군가는 알 거예요. 그는 혁명이 어떤 것인지 안다고요. 지네야 조룡사가 어떤 모양인지 모르겠지만 매는 알 거예요."

"네 말이 맞아. 매는 알고 있지." 교장이 웃으며 말했다. "하지만 나는 누가 매인지 몰라. 어디에서 누가 명령을 내리는지 모른다고. 매번 일정한 시간마다 배달부가 푸지로 소식을 전해 와. 배달부는 언제나 같은 사람이야. 서신을 보낼 때도 있고, 구두로 전할 때도 있어. 그는 입이 아주 무거워. 그의 입에서 말을 끄집어내기가 정말 힘들어. 내가 시험해 보았거든. 난 한 번도 편지를 쓴 사람을 본 적이 없어. 때로 나 자신이 한 마리 지네라는 생각이 들지. 게다가 누군가의 술법에 걸려 뇌봉탑雷峰塔25)

---

25) 뇌봉탑(雷峰塔): 항저우 시후(西湖) 옆에 자리한 탑으로, 백사(白蛇) 백소정(白素貞)과 인간 허선(許仙)의 슬픈 사랑 이야기가 전설로 남아 있다. 백소정과 허선이 사랑하여 결혼했으나 금산사 법해스님이 백소정이 요괴인 것을 간파하고 다시 뱀의 모습으로 되돌린다. 이에 허선은 놀라 죽고 소정은 뇌봉탑에 갇힌다.

복사꽃 그대 얼굴

아래 깔린 것 같기도 하고……."

교장의 말이 갈수록 황당한 쪽으로 흘러 라오후는 점점 더 무슨 말인지 알 수 없었다. 그녀가 비록 쓰잘머리 없는 말을 늘어놓기는 했지만 라오후는 그녀의 마음이 여려서 적어도 평소 그가 보던 것처럼 사람들을 두렵게 만드는 미치광이는 아니라는 생각이 들었다.

"좋아." 교장이 갑자기 힘껏 숨을 들이마시더니 말투를 바꿈과 동시에 목소리를 높였다. "좋아, 더 이상 쓸데없는 말은 하지 않을게. 라오후, 올해 몇 살이니?"

"에이, 좀 전에 물어보지 않았어요?"

"내가 물었었나? 그럼 됐어." 슈미가 말했다. "그럼 내가 너에게 조금 진지한 일에 대해 물을게."

"무슨 일인데요?"

"넌, 날 속이는 것이 있어." 교장이 말했다. "지금 말해보렴. 여긴 아무도 없으니."

"무슨…… 말씀을 하시는지 모르겠어요."

"어제 저녁, 그렇게 늦은 시각에 주방으로 뛰어왔으니 누구를 찾으러 온 것이겠지?" 교장이 차갑게 웃으며 말했다.

라오후가 화들짝 놀라 안색이 바뀌었다. "저, 저, 전 선생님을 찾으러 왔지요. 마님께서 안 좋으셔서 와서 한번 보시라고……. 그래요! 노마님이 곧 돌아가실 것만 같은데, 선생님은……."

"사실대로 말해!" 교장이 얼굴이 딱딱하게 굳더니 화를 내며 말했다. "넌 아직 어린데 거짓말을 지어내는 능력만큼은 전혀 미숙하지 않구나."

그녀의 눈빛은 촉촉이 젖어 있고, 매서우면서도 온유했다. 그녀가 다른 사람의 마음을 한눈에 알아볼 수 있다면 이는 그녀가 미치기는커녕 오히려 상당히 영리하다는 뜻이었다. 심지어 그는 자신이 지금 이 순간 마음속으로 어떤 궁리를 하고 있는지조차 그녀가 분명히 알고 있으리라는 느낌이 들었다.

"마을에 솜 타는 사람이 와서……." 결국 그가 이렇게 서두를 뗐다.

그는 자신의 목소리를 들으며 속으로 깜짝 놀랐다. 마치 그 말들이 자신이 하는 것이 아니라 그의 입에서 절로 뛰쳐나온 것 같았다. 그는 잠시 머뭇거렸다. 그날 저녁의 일을 모두 말해야 할지 알 수 없었기 때문이다.

"솜 타는 사람? 그가 어디에서 왔는데?" 교장이 물었다.

"몰라요."

"계속 말해 봐. 그 솜 타는 사람이 어쨌는데?"

맞아! 그 솜 타는 사람이 도대체 어디에서 온 거지? 푸지에 와서 뭘 하려는 거야? 어쩌다 추이렌과 알게 되었지? 추이렌은 왜 그에게 돼지 떠냐고 물은 거야? 추이렌이 그와 마주쳤을 때 왜 그렇게 당황해 했지? 그녀는 왜 "누나의 목숨은 모두 동생 손에 달려있다"고 말한 거지……? 생각이 여기까지 미치자 그의 등에서 식은땀이 흘러내렸다.

"교장 선생님은 무슨 띠예요?" 라오후가 갑자기 고개를 들더니 이렇게 물었다.

"원숭이띠. 왜?" 슈미가 이해할 수 없다는 듯이 멍하니 그를 쳐다보았다. "조금 전에 마을에 솜 타는 사람이 왔다고 말했잖아……."

"그, 그, 그 사람이 솜을 아주 잘 타요!" 라오후는 한참 동안 멍하니 있다가 결국 결심하고 이렇게 말했다.

그는 입을 꼭 오므렸다. 마치 입을 열기만 하면 여러 가지 비밀이 뛰

복사꽃 그대 얼굴

쳐나올까 걱정하는 듯했다.

"좋아, 됐어. 가보렴!" 교장이 마지못해 한숨을 내쉬고 고개를 젓더니 이렇게 말했다.

라오후가 가람전에서 나오자 집 밖의 작열하는 태양빛이 아직 한낮이라는 사실을 깨우쳐 주었다. 머리가 윙윙 울렸다. 혼미한 상태에서 마당 밖으로 걸어 나와 약사전의 처마 밑을 지날 때 그림자 하나가 그의 뒤를 따라왔다. 추이롄이었다. 고개를 돌려 그녀를 본 것은 아니지만 그녀가 추이롄인 것을 알 수 있었다. 그녀의 몸에서 나는 냄새를 기억하고 있었기 때문이다. 그녀가 어디에서 튀어나왔는지 알 수 없었지만 그녀의 손에 물이 뚝뚝 떨어지는 파가 들려 있는 것이 보였다.

추이롄이 바삐 걸어 그를 따라잡았다. 라오후의 심장이 다시 미친 듯이 뛰기 시작했다. 추이롄이 그와 함께 나란히 걸었다. 두 사람 모두 걸음을 멈추지 않았다.

"고개를 들어 서쪽을 봐봐." 추이롄이 낮은 목소리로 말했다.

라오후가 서쪽을 보니 높은 담장이 보이고, 집밖으로 커다란 홰나무 한 그루가 있는데 나무 위쪽 갓 모양을 한 수관(樹冠)이 마당 안으로 뻗어 있었다.

"저 홰나무 보이니?"

라오후가 고개를 끄덕였다.

"나무 탈 줄 알아?"

"탈 줄 알아요."

"그럼 좋아. 저 나무에 올라가면 집 담장으로 쉽게 내려올 수 있어. 내가 담장 옆에 사다리를 하나 세워놓을게. 다른 사람에게 들키지 말고 저녁에 꼭 와."

말을 마치고 그녀는 되돌아 총총거리며 가버렸다.

라오후는 다시 고개를 들어 홰나무를 보았다. 수관 꼭대기에 높고 푸른 하늘이 펼쳐져 있었다. 나무 끝에 오래된 까치집이 하나 있었다. 마치 그것이 허락의 표시인 것만 같았다. 정적 속에서 그는 자신의 피가 빠르게 흐르는 소리를 들었다. 지금까지 살면서 처음으로 견딜 수 없을 만큼 담배를 피우고 싶다는 욕망을 느꼈다.

집에 돌아온 라오후는 마당 문턱에 앉아 해가 서산으로 떨어지기만 기다렸다. 그는 이미 저녁에 후원을 통해 나가기로 마음을 정했다. 더 이상 어떤 착오도 있어서는 안 된다. 그러지 않으면 가슴이 터져 죽을 것이다. 추호의 실수도 있을 수 없다. 저녁에 문을 나설 때 다른 이들이 놀라지 않게 하기 위해 몰래 후원으로 빠져나가 문틈에 콩기름을 발라놓고 다시 몇 번이고 문을 열었다 닫았다하면서 아무 소리도 나지 않는 것을 확인하고서야 비로소 마음을 놓았다.

8

저녁이 되자 라오후는 침상에서 일어나 아래층으로 내려간 다음 살며시 마당으로 나섰다. 낮에 미리 생각해둔 그대로 신을 벗어 손에 들고 살금살금 뒷마당 쪽으로 걸어갔다.

가볍게 빗장을 풀고 문을 열고 마당 밖으로 나갔다. 마을에서 이따금씩 들려오는 개 짖는 소리 외에 아무도 귀찮게 하는 사람이 없었다.

그는 자신이 태어난 이래 처음으로 가장 큰일을 저지르는 중이라는 생각이 들었다. 그는 학당으로 가는 것을 서두르지 않았다. 일이 이 지경에 이르다 보니 오히려 급한 마음이 없어졌다. 그는 강가로 나갔다. 강가에 창포와 갈대가 가득 자라 창장까지 쭉 이어졌다. 달빛 아래 바짝 마른 창포 잎사귀가 바람이 불 때마다 바스락거리며 소리를 냈다.

그는 강가에서 제법 오랜 시간을 앉아 있었다. 잠시 숲속의 달빛을 바라보니 마치 천 한 조각이 물위에서 떠다니는 듯했다. 잠시 후 강물 위 잔잔한 물결을 따라 달빛이 반짝이는 모습이 눈에 들어왔다. 강가에 차가운 기운이 퍼지고 있었다. 그는 장차 일어날 일을 곰곰이 생각해보고 싶었다. 그런데 이상하게도 아련하게 한 가닥 애상이 느껴졌다.

홰나무를 찾는 것은 그리 어렵지 않았다.

나무줄기가 담장 가까이 뻗어 있었다. 재빨리 담장에 걸터앉자 벌집에서 흩어져 나온 말벌이 그의 눈앞에서 이리저리 날아다녔다. 사다리를 타고 마당 안으로 내려올 때 얼굴이 붓기 시작한다는 느낌이 들었지만 그다지 아프지는 않았다.

정말로 사다리가 있었다. 그가 잠시 웃었다. 마음은 무겁고 목 안은 짭짤했다. 달빛 아래에서 그녀의 방문이 열려 있는 것을 보았다. 그가 다시 한 번 웃었다.

막 방문 앞까지 와서 문을 두드릴까 말까 머뭇거리고 있는데 방문이 열렸다. 문에서 손 하나가 나오더니 그를 끌어당겼다.

"왜 이렇게 늦었어?" 추이렌이 작은 목소리로 말했다. "안 오는 줄 알았잖아."

그녀가 그의 목을 끌어안고 그의 얼굴에 뜨거운 입김을 뿜어댔다. 그녀가 그의 한 손을 잡아 자신의 가슴 위에 얹고 숨을 거칠게 몰아쉬었다.

라오후의 손안이 부드러운 촉감으로 가득했다. 그가 뜨거운 것에 대기라도 한 것처럼 손을 뗐다. 추이렌이 다시 그의 손을 꼭 잡고 다시 한 번 그곳을 눌렀다. 그녀가 혀로 그의 얼굴을 핥았다. 그의 입술을 핥고 그의 코를 물며, 그의 귀를 깨물면서 입으로 웅얼거리며 무슨 말을 해댔지만 헉헉거리는 숨소리 때문에 아무것도 제대로 들을 수 없었다.

과연 창녀로구나.

그녀가 그에게 힘을 주어 잡으라고 해서 라오후가 힘을 주어 그녀를 잡았다. 그녀가 다시 힘을 주라고 하자 라오후는 이미 힘을 주고 있다고 말했다. 그녀의 몸에서 살짝 땀 냄새가 났다. 마치 마구간 냄새 같았다. 그녀가 귀에 대고 속삭이는 소리가 들렸다. "네가 하고 싶은 대로 해." 이어서 그녀가 허겁지겁 그의 옷을 벗겼다. 그녀가 그에게 자기를 누나라고 부르라고 하여 그가 누나라고 불렀다. 누나, 누나, 누나…….

옷을 다 벗고 이불 속으로 들어가 두 사람이 꼭 부둥켜안고 있을 때 라오후는 자신이 하는 말을 들었다. "나 죽을 것 같아." 그는 자신의 몸이 온통 녹아내리는 것만 같았다. 잠시 후 그가 작은 소리로 울기 시작했다. 어둠 속에서 그는 추이렌이 웃으며 하는 말을 들었다.

"동생, 그 말이 조금도 틀리지 않아. 이 일은 죽는 것과 거의 비슷해."

그녀가 그의 몸을 위에서 누르면서 꼬집고 비틀고 깨물었다. 그는 침상에 바로 누워 있었고 몸이 활처럼 단단하게 당겨진 상태였다. 그녀가 그에게 자신의 말을 따라 해보라고 시켰다. 그는 확실히 말을 잘 들었다. 그녀는 그에게 가슴이 덜컹 내려앉을 것만 같은 말을 시키기도 했다. 달빛 아래에서 라오후는 그녀의 허리가 강가로 밀려드는 물결처럼

복사꽃 그대 얼굴

한 번 또 한 번 높이 솟구쳤다가 곧이어 빠르게 침상 위로 떨어지는 것을 보았다. 그녀가 다리를 팽팽하게 조였다. 그녀의 넓적다리는 쇠처럼 단단했고, 이는 아드득 소리를 냈다. 그녀가 있는 힘껏 그의 어깨를 움켜쥐었다. 그녀의 머리가 그의 눈앞에서 이리저리 흔들렸다. 이런 모습을 보고 있으니 정말 두렵기까지 했다. 라오후는 한동안 너무 놀라 그녀를 어찌해야 할지 몰랐다. 추이렌이 눈을 감고 자꾸만 그를 '순둥아!'라고 불렀다. 순둥아, 순둥아, 순둥아.

달빛이 차갑게 사창紗窓(실 등으로 망을 친 창문)을 뚫고 침상까지 비추었다. 벌거벗은 추이렌의 허연 속살에 흰서리가 내린 것처럼 보였다. 한참 동안 그들 두 사람은 미동도 없이 한마디 말도 하지 않고 조용히 누워 있었다. 흥건했던 땀은 찬바람에 금방 말라버렸다. 남은 것은 흩어지지 않은 냄새였다. 이제 그 냄새도 더 이상 그를 부끄럽게 만들지 않았다. 그녀의 목과 팔, 배, 그리고 겨드랑이에서도 똑같은 냄새가 났다. 그는 또 은은한 냄새도 맡았다. 마당에 있는 만목서晩木樨(목서 나무의 일종으로 만은계晩銀桂인 듯하다)의 향내인지 아니면 그녀의 연지 냄새인지 알 수 없었다.

추이렌이 마치 어린아이를 돌보는 것처럼 그에게 이불을 덮어주고 이불깃을 아래쪽으로 접어 넣은 다음 실오라기 하나 걸치지 않은 몸으로 침상에서 내려갔다. 그녀의 피둥피둥한 몸이 잔 속에 출렁이는 술처럼 흔들렸다. 그녀는 방안에서 뭔가를 한참 동안 찾더니 양철 깡통을 하나 들고 와 다시 그의 옆에 누웠다. 싸늘하게 식은 그녀의 몸은 마치 환어鯇魚(잉어과 담수어로 산천어, 또는 풀을 먹는다고 하여 초어草魚라고 부른다)처럼 매끄러우면서도 차가웠다. 그녀가 양철 깡통을 열더니 안에서 무언가를 꺼내 그의 입에 넣어주었다.

"이게 뭐예요?" 라오후가 물었다.

"얼음사탕." 추이롄이 말했다.

얼음사탕이 그의 이빨 사이에서 또렷하게 아드득거리는 소리가 났다. 사탕을 물고 있으니 마음이 놓이면서 아무것도 걱정할 필요가 없다는 느낌이 들었다.

추이롄은 예전에 양저우揚州 기원妓院에 있을 때 매번 손님과 일을 치른 후에는 얼음사탕 한 덩이를 입에 물어야만 했는데, 이는 그들 기원의 규칙이었다고 말했다.

라오후가 그녀에게 어떻게 손님을 맞이했느냐고 묻자 추이롄이 손으로 가볍게 그의 뺨을 도닥거리며 말했다. "우리 둘이 조금 전에 했던 것처럼." 그녀가 이렇게 말하자 라오후가 다시 한 번 그녀를 꼭 껴안았다.

그녀의 환심을 사려는 듯 라오후는 갑자기 오늘 점심때 교장이 자신을 가람전으로 불렀지만 아무것도 말하지 않았다고 말했다.

추이롄이 큰 눈을 깜빡거리며 한참 있다가 입을 열었다. "너 그래도 뭔가 말을 했지? 그렇지 않다면야 그녀가 오후에 왕치단을 쑨 아가씨네로 보내 사람을 잡아오라고 시켰을 리가 없어."

"잡았어요?"

"그 사람은 이미 떠났어." 추이롄이 말했다.

추이롄은 그날 점심때 라오후와 슈미가 만났을 때의 상황을 꼬치꼬치 캐물었다. 그녀가 무엇을 묻고 어떻게 대답했는지를 하나도 빼놓지 않고 물었다. 마지막에 그녀가 한숨을 내쉬며 말했다.

"정말 위험했어! 그녀는 내가 본 사람 중에 가장 똑똑해. 너는 그녀가 머릿속으로 어떤 생각을 하는지 알기 어려울 거야. 그녀가 누군가를

복사꽃 그대 얼굴

볼 때면 절대로 똑바로 보지 않기 때문에 그녀가 자신을 살피고 있다는 것을 느낄 수 없어. 하지만 그녀는 이미 너의 뼛속까지 다 간파한 상태라니까."

라오후는 물론 추이롄이 말하는 '그녀'가 누구인지 알고 있었다. 뿐만 아니라 그녀가 방금 한 말투로 보아 추이롄과 슈미 두 사람의 관계가 마을 사람들이 전하는 것처럼 그리 친밀한 것은 아니며 서로 경계하고 있다는 사실을 어렴풋이 느낄 수 있었다. 그렇다면 왜 그런 것일까?

"그녀가 똑똑하다고 그랬잖아요?" 라오후가 잠시 생각하더니 다시 입을 열었다. "하지만 마을 사람들은 모두 그녀가 미쳤다고 여기는데요?"

"어떨 때는 정말로 미친 사람이 맞아."

추이롄이 그의 손을 끌어당겨 자신의 젖가슴에 올려놓았다. 그것은 아직 무르지 않은 오디처럼 금방 딱딱해지기 시작했으며, 천으로 만든 단추 같기도 했다. 추이롄이 '아아' 하고 몇 번 소리를 지르더니 다시 말했다.

"그녀는 푸지 사람들을 모두 같은 사람으로 바꾸려고 해. 같은 색, 같은 모양의 옷을 입고, 마을의 모든 집이 방도 똑같고 크기나 격식까지 모두 똑같아야 한다는 것이지. 마을의 모든 땅은 누구에게도 귀속되지 않지만 또한 모든 사람에게 속하는 것이기도 해. 마을의 모든 사람들이 함께 밭에 나가 일을 하고 함께 밥을 먹으며 함께 불을 끄고 잠을 자는 거야. 재산도 모든 사람이 똑같고, 집에 비추는 햇빛도 똑같으며, 모든 집 지붕에 떨어지는 비나 눈도 마찬가지이지. 사람들 누구나 웃는 모습이 똑같고 심지어 꾸는 꿈까지 똑같다니까."

"왜 그렇게 하는 기예요?"

"그녀는 그렇게 해야만 세상의 모든 근심이 사라진다고 생각하고 있거든."

"하지만, 하지만……." 라오후가 말했다. "제가 생각하기에 그렇게 하는 것도 괜찮을 것 같은데요."

"괜찮기는, 개뿔." 추이렌이 말했다. "그건 모두 그녀가 잠을 이루지 못할 때 자기 멋대로 공상해낸 것에 불과해. 평범한 사람들도 그런 생각을 하지만 역시 생각뿐이어서 시간이 조금 지나면 모두 잊어버려. 하지만 그녀는 정말로 그렇게 하려고 하니 미친 게 아니면 뭐겠니?"

조금 있다가 추이렌이 다시 말했다. "하지만 하늘 아래 그녀 혼자만 미친 것은 아니야. 그렇지 않다면 그렇게 많은 이들이 혁명을 하겠다고 할 수 없지."

그녀는 장지위안이란 사람을 언급하고 또 학당에 오가는 낯선 사람들에 대해 이야기했다. "그렇지만 내가 보기에 이 거대한 청조는 망하지 않을 거야. 설사 망한다고 하더라도 틀림없이 누군가 나타나 새로운 황제가 되겠지."

그녀의 신음소리가 점점 커졌다. 그녀가 몸을 옆으로 돌려 그의 입술에 입을 맞추었다. 그녀가 내뱉는 숨마저도 달콤했다.

"그 솜 타는 사람은 떠났어요?" 왜 그랬는지 알 수 없지만 라오후는 또다시 솜 타는 사람이 생각났다.

"그저께 떠났어." 추이렌이 말했다. "그는 손재주로 먹고 사는 사람이니 한곳에만 머물 수가 없지."

"하지만 시췌가 말하는 것을 들으니 우리 집에도 그가 타주기를 바라는 솜이 한 무더기 쌓여 있다고 하던데요."

"다른 사람이 마을에 올 거야."

복사꽃 그대 얼굴

"그날 밤 왜 그에게 돼지띠냐고 물었어요?"

라오후가 묻자 추이롄이 두 눈을 가늘게 뜨고 마치 그가 물은 것을 듣지 못한 것처럼 생글생글 웃으며 말했다. "내가 이십 년만 젊었더라면 너에게 시집가서 마누라가 되었을 텐데, 넌 어떠니?"

"좋아요!" 라오후가 말했다.

"너 다시 한 번 '죽어' 볼래? 날이 곧 밝으려고 하잖니?"

라오후가 생각해보더니 "좋아요"라고 말했다.

그녀는 그에게 자신의 몸 위에 올라타라고 말했다. 라오후는 잠시 생각하고는 그대로 했다. 그녀가 그에게 자신의 따귀를 때리고 목을 조르라고 하자 역시 그대로 했다. 그녀의 목에서 "켁켁" 하는 괴상한 소리가 나고 흰자위가 까뒤집혀질 때가 되어서야 손을 멈추었다. 그는 자신이 힘을 주어 그녀가 목이 졸려 죽을까 봐 정말 걱정스러웠다. 그녀는 또 자신에게 창녀라고 욕을 하라고 했다. 썩은 창녀, 냄새나는 창녀, 온갖 잡놈들이 올라타고 쑤셔대는 창녀. 라오후는 그녀의 말을 한마디씩 따라서 반복했다.

마지막에 그녀가 갑자기 엉엉 울기 시작했다.

9

부인은 혼수상태로 십여 일을 침상에 누워 있다가 어느 날 이른 아침 갑자기 눈을 떴다. 그녀는 바오천에게 자신을 부축하여 앉혀 달라고 한 다음 시췌에게 일렀다. "가서 대추탕을 좀 끓여오너라. 꿀을 조금 넣는 것을 잊지 말고."

시췌가 급히 부엌으로 가서 대추탕을 한 그릇 끓여 가지고 왔다. 부인은 후루룩거리며 순식간에 대추탕을 다 비우고 그래도 배가 고프다며 수제비가 먹고 싶다고 했다. 시췌가 바오천과 눈을 한 번 마주치고는 다시 부엌으로 나가 밀가루 반죽을 밀대로 밀었다. 평상시와 전혀 다른 그녀의 행동에 그 자리에 있던 이들은 안도의 한숨을 내쉬었다. 그들은 이것이 노부인의 병이 쾌차하려는 신호라고 여겼다. 하지만 한의사 탕류스는 결코 그렇게 보지 않았다.

라오후가 탕류스의 집에 도착했을 때 그는 대나무 의자에 기댄 채 두 다리를 떨면서 희문戲文의 대사를 흥얼거리고 있었다.

"소용없어." 노인네가 이렇게 말하면서 마지못해 잠시 움직였다. "죽기 전에 잠깐 정신이 맑아지는 것일 뿐이야. 가서 네 아버지에게 후사를 처리할 준비를 하라고 일러라. 한 두어 시진時辰(한 시진은 2시간에 해당함) 지나기도 전에 임종하실 게다." 말을 마치더니 다시 고개를 흔들며 노래를 불렀다. "양린楊林이 나와 싸우다 이로 인해 덩저우澄州로 유배되어……."

라오후가 집으로 돌아와 한의사의 말을 아버지에게 전했다. 바오천이 말했다. "어떻게 그럴 수가 있어? 조금 전에 수제비를 한꺼번에 여섯 개나 드셨는데."

부인이 다시 시췌를 불렀다.

"가서 물을 한 솥 데우거라."

"물을 데워요?"

"그래 목욕을 해야겠다."

"마님, 이 시각에 왜 목욕을 하겠다고 그러세요?"

"빨리 가거라. 꾸물거리다간 늦을라."

시췌와 화얼냥이 그녀를 목욕시키고 깨끗한 옷으로 갈아입히고는 침상에 눕도록 시중을 들었다. 부인이 바오천에게 관은 준비가 다 되었는지 물었다.

바오천이 대답했다. "이미 준비를 했습니다만 아직 칠이 다 마르지 않았습니다."

부인이 고개를 끄덕였다. 그녀는 이부자리에 기대어 눈을 감고 잠시 쉬더니 다시 바오천에게 말했다. "가서 꼬맹이를 안고 와서 문 옆에 세워 내가 볼 수 있게 해주렴."

"꼬맹이는 여기에 있습니다." 바오천이 말했다. 그가 손을 흔들자 문옆에 서 있던 몇 사람이 몸을 비켜 꼬맹이가 드러나도록 했다. 그의 종아리는 햇살에 바짝 말라버린 진흙투성이였으며 바지는 뭔가에 찢겼는지 큰 구멍이 나서 동글동글한 작은 엉덩이가 그대로 드러나 있었다. 부인이 그를 보더니 눈물을 흘렸다.

그녀가 시췌에게 말했다. "지금이 어느 때인데 아이에게 홑옷을 입혔느냐. 바지도 찢어지고 양말도 신지 않았네……."

그녀가 다시 바오천에게 말했다. "이 아이가 올해로 곧 다섯 살이 된다만 아직 이름조차 없구나. 네가 빨리 생각해서 지금이라도 그에게 이름을 지어주렴."

바오천이 딩 선생이 그에게 푸지라는 이름을 지어주었다고 말했다. 부인이 잠시 생각하더니 그럼 푸지라고 부르자고 말했다. 그녀가 고개를 돌려 물끄러미 그를 쳐다보면서 하염없이 눈물을 흘렸다. 그러고는 꼬맹이에게 말했다. "애야, 할머니는 이제 가야겠구나."

"어디로 가는데요?" 꼬맹이가 물었다.

"먼 곳으로 가지."

"아주 멀어요?"

"그럼, 아주 멀어."

"할머니, 그래도 병이 나은 다음에 가는 게 좋겠어요." 꼬맹이가 말했다.

"병이 나을 수 있다면야 할머니도 갈 필요가 없지." 부인이 힘없이 웃더니 다시 말했다. "할미가 떠나면 이 할미를 그리워할 거니?"

"그리워하지요!"

"그럼 할미 무덤에 와서 이 할미하고 이야기하자꾸나."

"무덤에 사는데 어떻게 말을 해요?"

"저 나무랑 풀을 보렴. 바람이 휙, 하고 한 번 불면 우수수 하고 소리를 내잖니. 소리가 나는 것이 모두 이 할미가 너랑 이야기하는 거란다. 심심하면 나를 보러 오렴. 할미 무덤이 큰물에 무너지기라도 하면 잊지 말고 삽으로 흙을 메워주려무나."

"하지만, 하지만 할머니 무덤이 어디에 있는데요?"

"마을 서쪽 원추리 밭에 있지."

"할머니가 꼬맹이를 보고 싶으면 어떻게 하죠?" 잠시 후 꼬맹이가 문득 생각이 났는지 이렇게 물었다.

"넌 이제 꼬맹이라고 부르지 말고 푸지라고 하렴. 내가 너를 불러 볼게. 내가 부르면 대답하렴. 푸지야……."

"네." 꼬맹이가 대답했다.

그녀가 연이어 세 번 부르자 꼬맹이도 세 번 대답했다.

시췌는 이미 너무 울어 두 눈이 빨갛게 충혈되었고 바오천과 화얼 냥도 소매를 들어 눈물을 닦아냈다. 꼬맹이도 사람들이 우는 것을 보고

복사꽃 그대 얼굴

는 곧 눈물 콧물이 뒤범벅이 되었다.

"네가 조금 전에 그 말을 하지 않았다면 하마터면 잊을 뻔했구나. 시췌야." 부인이 말했다. "내 오두주五斗櫥의 서랍을 열고 옻칠한 작은 상자가 있는지 살펴보고 그걸 가져오너라."

시췌가 급히 가서 서랍을 열고 작은 상자를 꺼냈다. 상자 뚜껑에 그림을 대고 인두질을 하여 그대로 본 뜬 채색그림이 붙어 있었다. 부인이 상자를 받아 살펴보고 꼬맹이에게 말했다. "할미는 네가 보고 싶으면 상자를 열고 냄새를 맡아보면 된단다."

"상자 안에 있는 게 뭐예요?"

"할미가 이전에 깎아준 네 손톱과 발톱이지. 이 할미가 아까워서 버리지 않았어. 오늘 할미는 이걸 가지고 갈 거야." 부인이 길게 한숨을 쉬고는 여전히 물끄러미 꼬맹이를 쳐다보았다. "이제 나가서 놀아라. 할미는 가야겠어."

부인이 다시 숨을 헐떡이기 시작했다. 고개를 침상 안쪽으로 돌렸다가 다시 바깥쪽으로 돌리며 숨을 제대로 쉬지 못했다. 곧이어 구토를 시작했다. 화얼냥과 바오천의 얼굴에 당황한 기색이 역력했으며, 어찌할 바를 모르고 그냥 그 자리에 서서 쩔쩔매고 있었다. 라오후는 화얼냥이 살짝 내뱉는 말을 들었다.

"곧 가시겠네."

그녀의 몸이 심하게 경련을 일으키자 침상에서 삐거덕거리는 소리가 들렸다. 그녀는 이불에 눌려 숨을 못 쉬겠다고 말했다. "답답해 죽겠어." 그녀가 소리쳤다. 시췌는 잠시 주저하다 이불을 젖혀주었다. 라오후는 그녀가 능직綾織으로 짠 푸른색 잠옷을 입고 있는 모습을 보았다. 헐렁한 바짓가랑이 아래로 희멀겋고 막대기처럼 가는 종아리가 서로 교차되어 있는 모습은 차마 보기 힘들 정도였다. 그녀는 이따금씩 다리로 침상을 걷어찼으며, 주먹을 꽉 쥐고 있었다. 입술이 붉은색에서 흰색으로, 다시 흰색에서 자주색으로 변하더니 마지막에는 점점 검어졌다. 그리고 얼마 되지 않아 움직임이 멈추었다.

"거의 끝났나보네." 멍 할멈이 선포하듯이 말했다. "시췌, 울지만 말고 우리가 옷을 입혀드리자."

하지만 바로 그때 부인이 다시 눈을 떴다. 그녀는 반짝이는 눈으로 모든 이들을 세세하게 훑어보더니 갑자기 똑똑한 목소리로 한마디 말을 했다.

"푸지에 눈이 내릴 거야."

사람들은 모두 아무 말도 하지 않았다. 적막이 흐르는 가운데 라오후는 정말로 지붕 기와 위로 떨어지며 사르륵거리는 싸락눈 소리를 들었다.

그녀의 입에서 또다시 피거품이 흘러나오며 입술이 끊임없이 떨리고 목에서는 이따금씩 '컥컥'대는 소리가 마치 장단에 맞춰 딸꾹질을 하듯이 흘러나왔다. 시췌가 그녀에게 두어 번 수저로 물을 먹여주었지만 잇새로 들어가 입 가장자리로 그냥 흘러나와 베개를 축축이 적셨다. 그녀가 바오천을 쳐다보았지만 그 역시 탄식할 뿐이었다.

잠시 후 그녀의 몸이 또다시 뒤틀리기 시작하고 입이 열렸다 닫히기를 반복했다. 라오후는 그녀가 앞섶을 당겨 헤치며 소리를 지르는 것을 보았다.

"정말 더워, 답답해 죽겠어! 빨리 이불을 걷어."

"이미 걷었어요." 시췌가 울면서 말했다.

부인이 손톱으로 목을 긁어 핏자국이 생기고, 말라비틀어진 유방은 가슴 양쪽으로 축 늘어져 있었다. 그녀의 허리가 높이 들리기 시작하더니 두 다리가 빳빳하게 굳어지고 얼굴에 분노의 표정이 드러나 마치 무언가에 몹시 화가 난 듯 이를 바득바득 갈았다. 그녀의 허리가 다시 한 번 솟구쳤다가 아래로 떨어지는 것이 강가로 밀려드는 물결처럼 한 번 또 한 번 반복했고 육신에 남은 한 점의 기력마저 다 짜내는 듯했다.

그녀의 움직임이 점점 줄어들었다. 그녀가 움켜쥐고 있던 주먹이 어느새 느슨해지고 꽉 오므렸던 입이 벌어지면서 빳빳하게 굳어 있던 몸도 풀리기 시작했다. 종아리만 여전히 살짝 오그라든 상태였으나 마지막에는 종아리마저 축 늘어져 움직이지 않았다.

바로 그때, 그는 교장을 보았다.

그녀는 이미 한참 전에 와 있었던 듯했다. 몸에 묻은 싸락눈이 이미 다 녹아 면 저고리가 축축하게 젖어 있었다. 그녀는 홀로 문 옆에 서 있어 아무도 그녀를 알아차리지 못했다. 그녀는 여전히 잠에서 깨어나지 못한 듯했다. 그녀가 가만히 침대 옆으로 와서 부인의 구부러진 다리를 곧게 펴서 침상에 반듯하게 놓고 손을 가슴에 포개어놓았으며 옷매무새를 가다듬고 머리를 받치고 베개 위에 다시 잘 놓았다. 그리고 마지막으로 눈을 감겨주었다. 그녀가 몸을 돌려 방안에 있는 사람들에게 조용히 말했다.

"여러분, 모두 나가주세요."

이렇게 그녀는 작은 방에 자신과 어머니의 시신을 가둔 채 날이 어두워질 때까지 있었다. 누구도 그녀가 방안에서 무엇을 하는지 알 수 없었으며, 감히 그녀를 방해하는 사람도 없었다. 소식을 듣고 달려온 이

윗 사람들은 처마 밑이나 회랑, 대청, 부엌에 모여 있었다. 꼬맹이가 사람들이 들어올 때마다 말을 걸었다. "우리 할머니가 죽었어요." 하지만 아무도 대꾸하는 이가 없었다.

바오천이 소매를 걷어 올리고 때때로 하늘을 쳐다보며 날씨를 살폈다. 그들이 할 수 있는 일이라곤 그저 조용히 기다리는 것뿐이었다.

라오후는 마을의 모든 이들이 그녀에게 약간의 경외심을 지니고 있다는 느낌이 들었다. 그것은 아마도 미치광이 특유의 약간의 신비함에 대한 두려움에서 연유했을 것이다. 하지만 라오후는 요 며칠 동안 완전히 다른 사람으로 변하고 말았다. 그는 어떤 것에도 걱정하거나 근심하지 않았다. 부인의 죽음도 그와는 전혀 무관한 것 같았다. 그는 홀가분하고 편안했으며, 심지어 약간은 유쾌한 듯도 했다.

그는 지금까지 자신이 어두운 상자에 갇혀 있었으며, 푸지의 하늘이 바로 그러한 끝도 없는 상자라고 생각했다. 그가 본 것은 아주 작은 일부에 지나지 않으며 그마저도 어둠에 갇혀 분명치 않았다. 그는 모든 사건들이 하나하나 어떻게 발생했으며, 그런 일들이 어떤 실에 의해 하나로 봉합되어 어떤 신비하고 오묘한 것으로 짜였는지 알 수 없었다. 그러나 지금은 그 자신이 바로 오묘한 신비의 일부이다. 그것은 등잔 끝에 매달려 있는 불꽃이다. 그것은 공중을 선회하는 한 마리 솔개다. 그것은 그가 연연해하는 육체의 냄새이다. 그것은 달콤하고 애달프며 또한 사람을 도취시킨다.

등불이 켜질 때가 되어 작은 나무문이 열렸다. 슈미가 안에서 걸어 나왔다. 그녀는 갑자기 늙어버린 듯한 모습이었지만 얼굴에는 슬픈 표정을 찾아볼 수 없었다. 여전히 잠이 덜 깬 모습이었다. 라오후가 칭상에서 처음 푸지에 왔을 때 보았던 슈미의 모습 역시 그러했다. 마치 길고도 어두운 꿈속에 빠져 있는 듯한 모습.

꼬맹이는 자신의 어머니를 보자 나는 듯이 복도 기둥 아래로 숨었다. 잠시 후 다시 회랑을 가로질러 시췌의 뒤편으로 달려가 그녀의 두 다리 사이에 얼굴을 파묻더니 몰래 얼굴을 돌려 어머니를 살펴보았다. 하지만 교장은 아예 그를 안중에도 두지 않았다. 바오천이 교장을 데리고 마당으로 가서 관을 살펴볼 때 꼬맹이가 그녀 앞으로 달려와 고개를 들고 어머니의 얼굴을 쳐다보며 바보 같은 웃음을 짓기도 했다. 마치 그녀에게 "저, 여기에 있어요."라고 말하는 듯했다.

바오천이 손을 비비며 부인의 후사를 어떻게 처리할지 물어보았다. 슈미는 입을 한 번 오므리더니 가볍게 단 한 마디를 내뱉었다.

"묻어."

"아, 맞다." 슈미가 문득 무엇이 떠올랐는지 바오천에게 말했다. "어디에 묻을 생각이야?"

"마을 서쪽 원추리 밭에."

"안 돼!" 슈미가 말했다. "원추리 밭에 묻으면 안 돼."

"그 땅은 마님께서 직접 정하신 곳인데······." 바오천이 말했다. "마님이 며칠 전에 당부하셨고, 음양선생陰陽先生(풍수쟁이)에게도 보인 적이 있고······."

"그건 내가 알 바 아니고." 슈미의 얼굴이 다시 어두워졌다. "원추리 밭에 묻으면 안 돼."

"그럼 어디에 묻을까?" 바오천이 소리를 낮춰 부드럽게 말했다.

"알아서 처리해. 원추리 밭만 아니면 어디든 좋아." 그녀는 이렇게 말을 마치고 학당으로 돌아갔다.

라오후는 멍 할멈이 팔꿈치로 화얼냥을 툭 치며 속삭이는 것을 보았다. "얼냥, 방금 전에 그녀 허리 보았어?"

화얼냥은 얼굴에 눈치채기 힘든 미소를 띠며 고개를 끄덕였다.

그녀의 허리가 어쨌다는 거야? 라오후는 화얼냥과 멍 할멈을 번갈아보았다. 그리고 다시 문밖을 쳐다보았다. 싸락눈이 나풀나풀 관 뚜껑 위로 떨어지고 있었다. 교장은 이미 눈바람 속으로 사라져버렸다.

밤중에 납관할 때 눈이 더욱 세차게 내렸다. 처음에는 이리저리 구르던 싸락눈이 찢어놓은 솜 같은 함박눈으로 변해 땅위에 두껍게 쌓였다.

딩수쩌 선생이 보기에 절기에 부합하지 않는 대설은 하늘이 노한 것이었다. 그는 관 주위를 이리저리 돌고 지팡이로 땅바닥을 치면서 계속해서 욕을 퍼부었다. "대역부도大逆不道[26]로다, 대역부도!" 누구를 욕하는 것인지 뻔히 알고 있었지만 아무도 그에게 대꾸하지 않았다.

바오천은 속으로 다른 생각을 하고 있었다. 슈미는 왜 부인을 원추리 밭에 묻지 말라고 했을까? 그는 혼잣말로 몇 번이고 이 말을 되풀이했다. 결국 시췌가 짜증을 내며 작심한 듯 한마디 일러주었다.

"무엇하러 그런 걸 물어요? 사정이 뻔한데!"

바오천은 이마를 두드리며 관 맞은편에 있는 시췌에게 가서 캐물었다. "말해 봐. 도대체 어찌된 일이야?"

"그쪽 원추리 밭에는 이미 한 사람이 묻혀 있잖아요." 시췌가 말했다. "정말 우둔하기는."

그 사람은 바로 장지위안이었다. 거의 십 년 전 장지위안의 시신이 얼어붙은 강에서 발견되었을 때 부인은 뭇사람들의 시선은 아랑곳하지

---

26) 대역부도(大逆不道): 왕권을 범하거나 어버이를 죽이는 따위의 큰 죄로 사람의 도리에 어긋남.

복사꽃 그대 얼굴

도 않고 시체를 어루만지며 대성통곡을 했다. 이후 부인은 바오천에게 소달구지를 한 대 빌려오도록 하여 장지위안의 시신을 푸지로 옮겨 갔다. 푸지의 관습에 따르면 장지위안은 루씨 집안 사람도 아니고 더군다나 집 밖에서 비명횡사를 했기 때문에 유해를 집에서 입관하여 모실 수 없었다. 바오천이 누차 그렇게 말했지만 부인은 끝내 듣지 않았다.

그녀는 심지어 당장 그를 해고하고 그들 부자를 즉시 내쫓겠노라고 위협을 하기도 했다. 바오천은 놀라 아무 말도 하지 못하고 그 즉시 땅바닥에 엎드려 머리가 깨지도록 조아렸다. 멍 할멈이 입이 닳도록 달랬지만 그녀는 아랑곳하지 않았으며, 딩 선생이 도리를 운운하며 권고했지만 그녀는 아예 상대조차 하지 않았다. 심지어 점쟁이의 으름장도 듣지 않았다. 시췌가 사람들과 함께 좋게 권유하는 말을 한마디 하자 부인이 노발대발하면서 소리쳤다.

"헛소리 하고 있네."

마지막에 그녀가 생각을 바꾸게 된 것은 슈미 때문이었다. 그녀가 아무 말도 하지 않은 채 그저 '흥흥' 콧소리를 내며 두어 번 냉소를 짓자 부인의 얼굴이 순식간에 잿빛이 되고 말았다. 그리하여 그녀는 집 밖 연못가에 대나무 울짱을 만들어 관을 안치하고 이십일 일 동안 재를 올리면서 도사와 스님을 모셔다가 망자의 혼령을 달래기 위해 독경을 하도록 했다. 그리고 마지막으로 그를 마을 서쪽 원추리 밭에 매장했다.

시췌의 말을 듣고도 바오천은 알 듯 말 듯했다. 그가 머리를 긁적이며 말했다.

"여전히 잘 모르겠는데."

"모르면 됐어요. 정말 돌대가리라니까."

시췌의 말을 들으며 라오후는 다시 한 번 오래전 큰비가 오던 날 밤으로 돌아갔다. 후원 다락은 등불조차 거센 비에 뒤덮여 검누렇게 보였다. 그는 어렴풋이 장지위안이 부인의 맨다리를 어깨에 걸쳐 매듯이 하고 있던 모습이 생각났다. 그녀의 신음소리가 빗소리와 뒤섞여 있었다.

차가운 관을 힐끗 쳐다보니 마음이 허전해졌다. 십 년도 넘은 일이었으나 그는 지금도 그녀의 가쁜 숨소리가 들리는 듯했다.

슈미는 왜 부인을 원추리 밭에 묻지 못하도록 한 것일까? 어쨌든 간에 시췌가 저리도 단정적으로 이야기를 하니 십 수 년 전의 일이 필경 어떤 답이 될 것이다. 물론 이후의 사실이 그 답안이 틀렸다는 것을 증명하기는 했지만.[1951년 8월 메이청 현에서 제1차 혁명열사 명단이 공포되었다. 장지위안의 이름이 그 안에 있었다. 그의 유해는 즉시 푸지 혁명열사 능원으로 옮겨져 안장되었다. 장지위안은 본래 푸지 서쪽 원추리 밭에 묻혀 있었다. 묘지를 오랫동안 관리하지 않은 데다 여러 해 홍수로 침식되어 봉분이 평지로 바뀌고 말았다. 장지위안의 관이 안장된 정확한 위치를 찾을 길이 없어 발굴자들은 원추리 밭 전체를 뒤엎었다. 그 결과 장지위안의 관 외에 다른 세 개의 나무 상자가 발견되었다. 나무 상자를 비틀어 열어 보니 그 안에 담긴 것은 뜻밖에도 총이었다. 모두 독일에서 만든 모제르총이었다. 출토되었을 때는 이미 여기저기 녹이 슬어 있었다. 모두 메이청 역사박물관으로 옮겼다. - 원주]

10

다음 날 아침 일찍 출상을 했다.

부인의 묘지는 최종적으로 원추리 밭에서 멀지 않은 목화밭으로 결정되었다. 바오천은 묘 옆에 월계수 한 그루와 탑송^{塔松}(멀리서 보면 탑처럼 생긴 소나무) 한 그루, 그리고 연죽^{燕竹}(대나무의 일종) 한 더미를 옮겨 심었다. 매장하고 며칠 동안 바오천은 매일 저녁마다 묘지를 살피러 갔다. 등잔을 들고 손에는 예리한 낫을 들고 저녁 내내 묘지에서 배회하다가 날이 밝을 때가 되어서야 집으로 돌아와 잠을 청했다.

그때 바오천은 이미 칭샹 옛집으로 돌아가려고 짐을 꾸리고 있었다. 하루 종일 '어휴' 하며 탄식을 하다가 때로는 홀로 장방에서 눈물을 흘리곤 했다.

꼬맹이도 데리고 가야 하나? 그는 주저하며 결정을 내리지 못했다.

바오천은 부인의 사십구재를 지내고 칠재^{七齋}가 끝나면 칭샹으로 돌아가겠노라고 말했다. 하루도 지체하지 않겠다. 시췌는 그런 그의 말을 들을 때마다 남몰래 부엌에 숨어 슬피 울었다. 라오후는 그녀 역시 갈 곳이 없다는 것을 알고 있었다.

어느 날 저녁 바오천이 묘지를 둘러보고 일찍 돌아왔다. 시췌가 오늘은 왜 이렇게 일찍 돌아왔느냐고 물었다. 바오천은 얼굴이 새파랗게 질린 채 연신 쌍욕을 내뱉었다. 마치 끊임없이 쌍욕을 해야만 긴장된 마음이 풀리기라도 하는 듯했다.

"제밀할, 이런 제밀할! 거기에 누가 있어! 놀라 죽는 줄 알았잖아."

시췌가 물었다. "누가 있었는데?"

바오천이 숨을 내쉬며 말했다. "그녀 말고 누구겠어?"

바오천의 말에 따르면 이러했다. 그가 묘지에 가서 담뱃대에 불을 붙였다. 아직 다 피우기도 전에 희미하게 무덤 다른 쪽에서 사람 그림자가 어른거린다는 느낌이 들었다. "난 정말 귀신을 만난 줄 알았다니까!"

처음에는 자신이 잘못 본 것이라고 생각했는데, 뜻밖에도 그 그림자가 자신을 향해 걸어왔다. 그녀는 산발을 하고 얼굴이 누렇게 떴는데 쉰 목소리로 그에게 말했다. "삐딱아, 두려워하지 마. 나야, 슈미."

슈미가 바오천 옆으로 와서 그에게 바짝 다가앉으며 물었다. "담배 한 입만 빨아도 될까?"

바오천이 부들부들 떨며 그녀에게 담뱃대를 건넸다. 그녀가 담뱃대를 받더니 한마디도 하지 않고 빨기 시작했다. 그녀의 담배 피우는 모습이 아주 능숙했다. 바오천이 정신을 가다듬고 그녀에게 물었다. "너도 담배 피울 줄 알았니?"

슈미가 잠시 웃음을 띠고는 말했다. "피울 줄 알지. 아편도 피워 보았는걸. 믿겠어?"

그녀가 담배를 다 피운 후 담뱃대를 신발 바닥에 툭툭 털고 바오천에게 주었다. "한 번 더 담아줘."

바오천이 다시 담뱃대에 담뱃잎을 담았다. 불을 붙일 때 그는 그녀의 손이며 입술, 몸 전체가 바들바들 떨리는 것을 보았다.

"집안의 땅 문서는 네가 가지고 있지?" 그녀가 담배를 몇 모금 깊이 빨아들이더니 뜬금없이 물었다.

바오천이 대답했다. "노부인이 가지고 계셨지."

"돌아가서 그것을 찾아 내일 라오후를 시켜 학당으로 보내도록 해."

"땅문서로 뭘 하게?" 바오천이 물었다.

"내가 집안 땅을 팔았어." 그녀가 차분하게 말했다.

"어떤 땅을 팔았다는 거야?" 바오천이 화들짝 놀라 본능적으로 벌떡 일어섰다.

"전부 팔았어."

"슈미, 너, 너……!" 바오천이 애가 달아 발을 동동 구르며 말했다. "네가 땅을 전부 팔면 우린 앞으로 뭘 먹고 살란 말이야?"

슈미가 말했다. "뭘 걱정이야? 게다가 너하고 라오후는 청샹으로 돌아간다고 하지 않았어?"

바오천은 그녀가 일어나자 그 모습이 매우 무서웠다고 말했다. 그는 다시 한 번 자신이 귀신을 만난 것이 아닌지 의심스러웠다. 그래서 그는 바보처럼 슈미 주변을 몇 바퀴 돌고는 겁먹은 목소리로 물었다.

"아가씨, 아니 아줌마! 당신이 슈미인가? 내가 귀신하고 말하고 있는 것은 아니겠지?"

슈미가 웃으며 말했다. "내가 귀신처럼 보인단 말이야?"

그녀가 웃자 바오천은 더욱 더 자신이 귀신을 만난 것이라고 믿게 되었다. 바오천은 더 이상 그녀의 미친 소리에 신경 쓰지 않고 펄쩍 뛰어 뒤로 몇 걸음 물러나더니 부인의 묘 앞에 엎드려 쿵, 하고 고개를 땅에 부딪쳤다. 그러나 두 번 고개를 처박은 후에는 강시처럼 움직이지 않고 가만히 있었다. 허연 손이 그의 어깨에 얹히더니 쉰 목소리가 조용히 그에게 이렇게 말했기 때문이다.

"고개를 돌려 나를 자세히 봐……."

바오천은 차마 고개를 돌리지 못하고 중얼거렸다. "당신이 귀신인지 사람인지는 내가 물어보면 곧 알 수 있어."

"뭔데? 물어봐."

바오천이 말했다. "네가 땅을 모두 팔았다고 했는데, 우리 집에 땅이 얼마나 있는 줄 알아?"

"백팔십칠 묘 이 분 칠 리."

"우리 땅은 가깝게는 마을 근처에 있고 멀게는 일이십 리 떨어진 곳에 있는데, 넌 지금까지 농사일에 대해선 묻지도 않았으면서 어떻게 알지?"

"추이롄이 알고 있지. 땅을 파는 날 그녀가 날 데리고 갔거든."

"그렇게 많은 땅을, 사방 몇 십 리나 되는데 어느 전주錢主가 살 수 있다는 거야?"

"메이청에 사는 룽칭탕龍慶棠에게 팔았어. 조금 있으면 그가 사람을 보내 땅문서를 달라고 할 거야."

"수결手決했어?"

"했지."

"왜 땅을 팔려고 해? 그 땅은 루씨 집안에서 대대로 물려주신 것인데."

"돈이 필요해서."

"은자를 얼마나 받고 팔았어?"

"그건 네가 상관할 바가 아니야." 슈미의 어조가 돌연 매섭게 바뀌었다.

겨울이었지만 바오천은 땀이 비오듯 흘렀다. 그는 슈미가 조금 전에 말했던 룽칭탕이란 작자가 청방의 두목인 쉬바오산徐寶山 수하에 있는 안청도우회安淸道友會의 두목으로 전장鎭江과 양저우의 소금 밀매와 기방을 장악하고 있다는 사실을 알고 있었다.

그가 어떻게 슈미를 아는 걸까?

그때 이후로 바오천은 사람들과 말을 섞으려고 하지 않았다. 그는 새벽에 이슬을 밟고 나가 저녁이슬을 머리에 이고 돌아왔다. 혼자서 뒷짐을 지고 루씨 집안의 모든 땅을 돌아다니고는 전부 다 돌아본 다음

복사꽃 그대 얼굴

에는 장방에 틀어박혀 나오지 않았다.

그는 꼬맹이만 보면 눈물을 흘렸다. 투박하고 큰 손으로 꼬맹이의 작은 얼굴을 받치고 말했다. "푸지야, 푸지야. 넌 이제 완전히 알거지가 되었구나."

땅문서를 넘기는 날, 푸른색 융단으로 치장한 큰 가마 세 채가 푸지로 왔다. 룽칭탕의 집사장인 곰보 펑이 두 명의 야무진 점원들을 데리고 집안으로 들어왔다. 바오천이 장부와 소작농 명부, 땅문서 등을 가지런히 쌓아 집사장 앞으로 내밀자 그것으로 모든 일이 끝났다.

룽칭탕의 집사장이 기쁨에 겨워 장부를 뒤적이는데 웃느라 입이 다물어지지 않았다.

끝으로 넋이 나간 바오천을 보고 말했다. "속담에 천년 전답도 백 번 주인이 바뀌고, 거래가 이루어질 때마다 새로운 주인이 생긴다고 했지요. 상전벽해桑田碧海라! 세상의 이치가 예로부터 이러했습니다. 바오 집사께서도 너무 상심하지 마세요. 이리도 빈틈없이 장부 정리를 하신 것을 보니 가솔들을 데리고 우리 룽 어르신을 따라 메이청으로 옮기셔도 무방하겠습니다. 이곳 전답도 그대로 관리하시고요."

바오천이 몸을 일으키더니 눈물을 흘리며 말했다. "각하閣下의 고마운 뜻에 감격하지 않을 수 없습니다. 보잘 것 없는 이 노복은 어려서부터 루씨 댁에서 루 대인을 모셨지요. 위로 경성에서 아래로 양저우에 갔다가 결국 은퇴하여 푸지에 머문 지 이미 오십여 년이나 되었습니다. 이제 운세가 다하여 집안이 쇠락하고 말았으니, 미천한 제가 덕이 없고 무능한 데다 우둔하고 나이가 들어 쇠약하니 어찌 룽 대인을 받들 수 있겠습니까? 그저 낙엽이 떨어지면 뿌리로 돌아가듯이 말년을 보내고자 할 따름……." 말을 채 끝내지도 못하고 눈물 콧물을 흘리며 흐느껴 울었다.

평 집사장이 말했다. "남의 녹을 먹으면 주인의 일에 충실해야지요. 바오 집사께서 의롭게 주나라의 녹을 먹지 않겠노라고 하시니 그 충성스럽고 선량한 마음에 감복할 따름입니다. 아우가 힘든 일을 강요할 수 없겠지요. 하지만 소인이 부탁드릴 일이 있으니 바오 형께서 도와주시기 바랍니다."

"미천한 제가 할 수 있는 것이라면 마땅히 사력을 다하겠습니다." 바오천이 말했다.

평 집사장이 손에 낀 반지를 만지작거리며 말했다. "듣자하니 루씨 집안에 무슨 '봉황빙화'鳳凰氷花라고 부르는 귀한 보물이 있다고 하던데, 앞날의 길흉을 예지한다는 말도 있고……. 혹시 꺼내어 아우에게 견식을 넓혀주실 수 있겠습니까?" 바오천이 말했다. "어르신이 실종되신 후로 가세가 날로 쇠퇴하여 많지 않은 주옥이며 장신구들을 모두 저당 잡히고 어르신께서 관직에 계실 적에 모아놓은 많은 은그릇도 모두 처분하고 말았습니다. 오늘 전답의 주인마저 바뀌었으니 그저 허름한 집 몇 칸만이 남아 있을 뿐인데 어디에 무슨 보물이 있겠습니까?"

평 집사장이 잠시 망설이며 중얼거리더니 몸을 일으키고는 웃으며 말했다. "제가 푸지에 오기 전에 우연히 룽칭탕 대인께서 귀댁에 이러저러한 보물 한 가지가 있는데 봉황빙화라고 부른다고 하시는 말씀을 들었습니다. 호기심이 생겨 온 김에 시야나 넓히려고 했던 것이지요. 바오 집사께서 그렇게 말씀하시니 아우는 그만 작별인사를 올릴까 합니다."

평 집사 일행을 배웅한 후 바오천은 마당에 우두커니 서서 자신도 모르게 혼잣말을 중얼거렸다. "조금 전 평 집사가 이 집안에 세상에 보기 드문 보물이 있다고 했는데, 내가 나리 댁에 이제까지 있었지만 한

복사꽃 그대 얼굴

번도 그런 말씀하시는 것을 들은 적이 없었는데……."

시췌가 빨랫줄에 옷을 널고 있다가 바오천이 하는 말을 듣고 대답했다. "그 사람이 말한 것이 혹시 그 와부 아닐까요? 내가 듣기로 그 물건은 예전에 나리께서 어떤 거지에게 산 것이라고 하던데."

"무슨 와부?" 바오천이 어리둥절하여 물었다.

"그 와부는 원래 거지가 밥 먹을 때 사용하던 밥사발인데 부인 말씀이 나리가 보시고는 진귀한 보물처럼 좋아하며 당장 사려고 하셨는데 글쎄 그 거지가 죽어도 팔지 않겠다고 버텼다는 거예요. 그러다가 결국 은자 2백 냥에 사가지고 돌아오셨지요. 이후로 나리는 날마다 다락에서 그것을 감상하시곤 했어요. 부인이 살아계실 때 늘 탄식하며 나리가 발병한 것이 그 물건을 사고 난 후에 일어난 것이 아닌지 모르겠다고 말씀하셨지요."

"와부가 지금 어디에 있지?" 바오천이 안색이 갑자기 변했다.

"아마 아직도 다락방에 있을 거예요."

"가서 조심해서 가져와 내게 보여주렴."

시췌가 젖은 손을 앞치마에 닦고 위층으로 올라갔다. 잠시 후 그녀가 소금 사발처럼 생긴 물건을 들고 내려왔다.

그 큰 사발은 살색으로 약간 붉은 빛을 띠었는데 사발 몸통 위에 정말로 두 마리 녹색 봉황이 도사리고 있었다. 시간이 오래 흘러 윗면에 먼지와 거미줄이 뒤덮이고 사발 바닥에는 쥐똥 몇 개가 붙어 있었다.

바오천이 소매로 닦아내고 햇빛 아래에서 자세히 살펴보았다. "이건 그냥 보통 밥그릇이라고 해도 질도 별로고 평범하기 그지없어. 나는 전혀 좋은 점을 찾지 못하겠네."

"하지만 나리께서 그리 보물처럼 여기셨으니 무슨 이유가 있겠지요." 시췌가 말했다.

"봉황이 한 쌍 있으니 펑 집사가 말한 것이 맞기는 맞아. 그렇지만 빙화는 또 뭐래?"

"마님과 나리가 모두 안 계시니⋯⋯." 시췌가 말했다. "누구에게 묻겠어요?"

"그럼 룽칭탕, 그자는 우리 집에 이런 물건이 있다는 것을 어떻게 안 거야?" 바오천이 말했다. "안에 뭔가 글이 적혀 있는 것 같은데⋯⋯."

며칠 동안 라오후는 아버지가 햇살 아래에서 하루 종일 멍청하게 그 도기 사발만 쳐다보는 것을 보았다.

"내가 볼 때 당신도 십중팔구는 미쳤어요." 시췌가 밥도 먹지 않고 차도 마시려고 하지 않는 그를 보고 화를 내더니 그의 손에서 와부를 빼앗아 부엌으로 가지고 갔다. 그녀는 그 안에 배추를 절여 넣었다.

며칠 동안 마을에 온갖 소문이 돌았다. 푸지 학당은 연일 내리는 대설로 인해 금방이라도 무너질 듯 삐걱거렸다. 라오후가 먼저 들은 이야기는 슈미가 땅을 판 돈으로 장베이灄北로 사람을 보내 총을 사오도록 했다는 것이었다. 하지만 곧 그 일을 책임진 학당의 집사 쉬푸가 돈을 챙겨 도망을 갔다는 소식이 들려왔다. 누군가는 그가 새벽녘에 거룻배를 타고 강 아래로 내려가는 것을 보았다고 했다. 얼마 후 길을 지나던 상선의 선원이 쉬푸가 그 돈으로 진링金陵에서 약방을 열고 마누라를 세 명씩이나 얻었다고 전했다.

쉬푸가 도주한 후 연이어 변고가 생겨나기 시작했다. 큰 달걀 양씨와 과부 딩씨가 어느 날 깊은 밤에 함께 가람전으로 와서 교장 슈미에게 작별을 고했다. 슈미가 깜짝 놀라 의아해하며 물었다. "중꾸이忠貴, 어찌 자네마저 떠나려는가?"

큰 달걀 양씨가 말하길, 자신은 본래 위로 기왓장 하나 없고 아래로 송곳 꽂을 땅 하나 없는 홀아비로 그깟 목숨이야 한 푼어치도 값어치가 없었다. 그런데 이후에 교장의 은혜를 입어 딩씨와 혼인도 하고 초가집을 짓고 몇 마지기 황무지를 일구어 부유하지는 않지만 그런대로 살림을 꾸려가게 되었다. 그런데 지금 딩씨가 임신을 하여 총이나 칼을 휘두르는 일도 불편하고 게다가 조정에서 토벌하러 온다는 소식이 들려 인심이 흉흉하니 그들 부부 두 사람은 며칠 동안 고민한 끝에 갑옷을 벗고 농사꾼으로 돌아가기로 마음먹었다. 그리하여 학당을 떠나려고 하며 이후 단호하게 관계를 끊겠다는 내용의 문장을 써달라고 다른 사람에게 부탁했었다고 한다.

큰 달걀 양씨의 말은 비록 듣기 싫었지만 진실한 말이었다. 그의 말은 다른 측면에서 슈미의 마음을 억누르고 있던 수수께끼 하나를 푸는 열쇠가 되었다. 혁명당원인 장지위안은 예전에 왜 '항산恒産이 있는 자(토지를 지닌 사람)'를 살해할 열 가지 부류 가운데 첫 번째로 꼽았는가? 슈미는 그의 일기를 보면서 아무리 생각해도 알 수가 없었다. 그런데 바로 지금 문득 깨우치게 된 것이다.

얼마 후 대머리 둘째도 푸지 학당을 떠났다. 푸지 지방자치회 회원인 대머리 둘째는 그야말로 골수분자 가운데 한 명으로 입회 당시 가장 극렬한 맹세를 했다. 간과 뇌가 흙에 범벅이 되도록 목숨을 바치겠다든지, 누런 모래에 얼굴이 파묻혀도 상관없다고 하는 등 모두 희문의 대사를 읊조린 것인데, 그래도 다짐이 확고하고 제법 그럴듯했다. 그러던 그가 작별 인사도 없이 떠나자 슈미는 크게 상심했다. 아울러 슈미도 사태의 심각성을 슬슬 깨닫는 듯했다. 대머리 둘째는 떠난 지 칠팔일 만에 홀연 다시 돌아왔다. 그러나 그것은 무슨 탕자가 되돌아온 것이 아니었다. 그는 돼지머리와 내장 한 꾸러미를 짊어지고 싱글벙글 웃는 낯으로 슈미의 방을 찾아와 그녀를 깜짝 놀라게 만들었다. 슈미가 며칠 동안 어디에 갔었느냐고 묻자 대머리 둘째는 창극을 하듯이 대답했다.

"제가요, 지금 큰 금니의 빈자리를 메우고 있죠. 큰 금니가 죽었으니 푸지 마을 백십 여 호 사람들이 돼지 잡는 사람을 잃은 거잖아요. 제가 궁리 끝에 그 일을 하기로 하고 오늘 푸줏간을 열었습죠. 특별히 돼지 머리랑 내장을 맛보시라고 교장선생님께 가져왔습니다요."

보름도 되지 않아 학당 사람 절반이 떠났다. 외지에서 온 장인들이나 거지들은 마치 약속이라도 한 것처럼 가져갈 수 있는 물건을 죄다 가지고, 아예 말끔히 쓸어 담아 하룻밤 사이에 흔적도 없이 사라졌다. 가장 가증스러운 놈은 목수였다. 그는 떠나면서 황당하게도 사원의 대문을 짊어지고 가버렸다.

남은 이는 추이렌과 주방을 맡은 라오왕, 입비뚤이 쑨, 탄쓰, 왕치단과 왕바단 형제 외에 이십여 명이 고작이었다. 남은 사람들은 너나할 것 없이 고개를 절레절레 흔들고 한숨을 내쉬면서 각기 나름의 방도를 생각하고 있었다. 더욱 나쁜 소식이 잇달아 들려왔다. 얼마 지나지 않아 앞서 푸지와 함께 거사를 약조했던 관탕官塘과 황좡黃莊 등지에서 연이어 사람을 보내 급보를 전해왔다. 조정에서 대규모 관병을 파견하여 때마침 회의를 하고 있던 혁명당원들이 모두 체포되었으며, 그들이 사람들의 목을 잘라 메이청으로 가지고 가서 논공행상을 요구하고 시신을 몇 토막으로 잘라 새끼줄에 꿰어 마을에 걸어두었다는 것이었다. 날이 춥고 땅이 얼어 그것들이 마치 설을 쇠기 위해 소금에 절인 고기처럼 보였다고 했다.

복사꽃 그대 얼굴

왕바단은 일찌감치 학당을 떠날 궁리를 하고 있었다. 하지만 그의 형인 왕치단이 속으로 어떻게 생각하고 있는지 알 수 없었다. 그는 혹여 형이 자신을 비겁하다고 조롱할까 걱정하고 있었다. 하지만 사실 왕치단의 생각도 그와 완전히 같았다.

두 사람은 비록 쌍둥이 형제로 평상시에도 그림자가 형체를 따르듯 조금도 떨어지지 않았지만 각기 나름대로 계산하면서 각자의 꿍꿍이를 품고 서로 의심하고 있었다. 하지만 상대에게는 죽는 한이 있더라도 학당에 남을 것이라는 착각을 심어주었다. 풍문이 날이 갈수록 나빠지고 더욱이 대머리 둘째가 떠난 후로 왕바단은 더 이상 미적거릴 수 없다는 생각이 들었다.

한번은 마을의 작은 술집에서 왕바단이 술에 얼큰하게 취한 김에 한참을 우물거리다 마침내 속내를 떠볼 요량으로 형에게 말했다.

"형, 우리 차라리 대장간으로 돌아가 쇠나 두들기는 것이 낫지 않겠소?"

그가 이렇게 말하자 왕치단은 길게 안도의 숨을 내쉬었다. 오랫동안 마음속에 쌓여 있던 고민과 의혹이 한순간에 사라졌다. 하지만 그는 내색하지 않고 동생에게 웃으며 말했다. "바단, 두려운 거야?"

"두렵지 않아." 왕바단의 얼굴이 순간 붉어지며 차마 왕치단의 얼굴을 쳐다보지 못했다.

"너는 두렵지 않다고 하지만 나는 두려워." 왕치단이 동생에게 술을 한 잔 따라주며 말했다. "시작을 했으면 끝을 봐야겠지만 그래도 푸지를 떠나 멀리 가버리는 것이 낫겠지."

하지만 어디로 가야 하나? 두 사람은 이 문제로 또다시 시비가 붙었다. 왕바단은 메이청에서 포목점을 하는 삼촌을 찾아가는 것이 좋겠다고 했지만 왕치단은 퉁저우의 이모 집으로 가서 머물러야 한다고 했다. 두 사람은 누구도 상대를 설득시킬 수 없어 결국 아예 난징으로 가서 쉬푸에게 의탁하기로 결정했다.

이튿날 아침 일찍 첫닭이 울자 형제 두 사람은 분분히 흩날리는 눈꽃을 맞으며 남몰래 학당을 떠났다. 그들은 우선 강을 건너 창저우로 간 다음 다시 길을 돌아 난징으로 가기로 했다. 포구에 도착하자 멀리서 뱃사공 탄수이진이 때마침 돛을 올리고 출항하려는 모습이 보였다. 형제 두 사람을 발견한 수이진이 다시 갑판을 내려 배에 오르라고 손짓을 했다. 배에 오른 형제는 깜짝 놀랐다. 학당의 요리사인 라오왕이 잎담배를 피우고 있는 모습을 보았기 때문인데, 또 한 사람이 큰 보따리를 베개 삼아 난간에 기댄 채 눈을 감고 휴식을 취하고 있었다. 그는 바로 입비뚤이 쑨이었다.

쑨은 본래 타이저우泰州 사람으로 일 년 내내 외지에서 떠돌다 장지위안이 푸지로 와서 비밀결사를 만들 때 초기에 가입한 골수분자 가운데 한 명이었다. 네 사람은 서로 바라보기만 할 뿐 속내를 이미 알고 있기에 한마디 말도 하지 않았다.

가장 먼저 침묵을 깬 것은 요리사 라오왕이었다. 그는 옷섶을 풀어 품안에서 놋쇠 국자 두 개, 얇은 칼 한 개, 그리고 국 숟가락 일고여덟 개를 꺼냈다. 모두 구리로 된 것인데, 그것들을 살펴보더니 탄식하며 말했다.

"아이고, 학당에서 두 해나 뒤섞여 살았건만. 나무가 넘어지면 원숭이도 흩어진다더니 결국 몇 푼 되지도 않는 물건만 몇 점 남았네그려."

사람들이 함께 웃음을 터뜨렸다.

입비뚤이는 교장이 평소 자신을 박대하지 않았으니 도리를 생각한다면 이처럼 결정적인 순간에 학당을 떠나서는 안 된다고 말했다. 다만 집안에 팔십 먹은 노모가 살아계신데 일전에 인편으로 서신을 보내와 가을이 지난 뒤로 중병에 걸려 병석에 누웠으니 돌아와 마지막으로 얼굴이라도 한 번 보기를 기다린다고 했다. 그래서 떠날 수밖에 없다는 뜻이었다.

그때 노를 젓고 있던 사공 탄수이진이 문득 길게 탄식하면서 말했다. "누구는 한밤중에 과거장으로 달려가고 또 누구는 눈보라 맞으며 고향으로 돌아온다고 하던데[27], 괘씸하게도 우리 집 속 썩이는 놈은 생업마저 내팽개치고 여태껏 정신을 못 차리고 있으니……."

수이진이 말하는 사람은 바로 탄쓰였다.

라오후가 추이롄의 입을 통해 이런 이야기를 들은 것은 이미 세밑이 가까워진 때였다. 추이롄은 지금 학당에는 그녀와 탄쓰 외에 십여 명의 졸개들만 남아 있다고 했다. 그들은 대부분 안후이安徽에서 피난 온 걸인들이었다. 그 즈음 바오천은 설맞이 용품을 장만하고 있었다.

"그 거지들은 왜 도망치지 않는데요?" 그가 추이롄에게 물었다.

"어디로 도망칠 수 있겠니? 눈이 이처럼 펑펑 내리는데. 학당에서는 그나마 멀건 죽이라도 마시고 만두라도 먹을 수 있잖아."

라오후는 그녀에게 왜 도망가지 않느냐고, 탄쓰는 또 왜 도망치지 않느냐고 물었다.

---

27) 오경재(吳敬梓)의 《유림외사》(儒林外史)에 나오는 구절이다. "유인누야간과장, 유인풍설환고향."(有人漏夜赶科場, 有人風雪還故鄕) 누구는 부귀공명을 누리기 위해 애쓰고 또 누구는 사회의 어두운 면에 염증을 느끼고 은거한다는 뜻이다. 대조적인 행로를 의미하나 여기서는 각기 푸지를 떠나는 사정이 있음을 뜻한다.

추이롄은 그저 웃을 뿐 아무 말도 하지 않았다.

그러더니 그의 질문이 성가셨던지 그의 코를 세게 비틀면서 말했다. "그 속에 담긴 연유를 이해하기에는 네 나이가 아직 너무 어려."

그가 듣자하니 사정이 이 지경에 이르렀는데도 교장 슈미는 오히려 마음이 편안해 보인다고 했다. 마치 아무 일도 일어나지 않은 것처럼 그녀는 매일 평소와 다를 바 없이 가람전에서 책을 보고 때로는 탄쓰와 바둑을 두기도 했다.

가람전 밖 담장 아래 납매臘梅가 한 줄로 심어져 있었다. 며칠 동안 날씨가 추워지고 대설이 내렸는데도 꽃이 피었다. 교장은 하루 대부분의 시간을 그곳에 우두커니 서서 꼼짝도 하지 않고 매화를 감상하며 지냈다. 추이롄이 왕바단 형제가 도망쳤다는 소식을 그녀에게 전했을 때도 그녀는 그저 희미한 미소를 지으며 막 잘라낸 매화꽃을 흔들며 말했다. "와서 한번 맡아 봐. 향기가 너무 좋아."

추이롄이 보기에 교장은 더욱 홀가분해 보였다. 얼굴에 드리웠던 어두운 그림자도 보이지 않고 이따금씩 웃음을 띠기도 했다. 이전보다 더욱 하얘지고 살도 조금 더 쪘다. 특히 기이한 것은 이른 아침에 갑자기 부엌으로 찾아와 밥을 하고 있는 추이롄에게 진지하게 선포한 말이다.

"내가 이제는 밤에도 잠을 잘 수 있게 되었어."

그녀는 또한 자신의 기억 속에서 지금처럼 상쾌한 적이 없었다고 말하면서 어떤 걱정도 다 사라진 것 같다고 했다. 모든 근심이 다 사라졌다. 마치 길고 어두운 꿈을 꾼 것처럼. 하지만 이제 그녀는 곧 깨어날 것이다.

"하지만, 하지만 말이에요……." 라오후는 추이롄의 말을 들으면서

복사꽃 그대 얼굴

왠지 불안한 느낌이 들었다. 심지어 창밖에서 흩날리는 눈보라와 화로에서 따뜻하게 타고 있는 불꽃, 그리고 눈처럼 흰 추이렌의 몸뚱이마저 깨끗이 사라지는 듯했다. "어떻게 그럴 수 있지요?"

추이렌이 다시 한 번 발가벗은 그의 엉덩이를 한 대 치면서 웃으며 말했다. "그런 일을 이해하기에는 아직 너무 어리다니까."

11

꼬맹이가 다시 자기 엄마 사진을 보기 시작했다.

그 사진은 물속에 오랫동안 담겨져 있다가 햇볕에 말리고 화롯불에 쬐어 말리느라 종이가 바삭바삭해지고 딱딱해졌다. 특히 얼굴 부분이 허옇게 덩어리지면서 분명하게 보이지 않았다. 꼬맹이는 지금까지 사람들 앞에서 자기 엄마 이야기를 한 적이 없었다. 다른 사람이 교장에 대해 이야기할 때도 그는 작은 두더지처럼 눈알을 되록되록 굴리며 귀를 쫑긋 세웠지만 입으로는 아무 말도 하지 않았다. 하지만 누군가 교장의 정신병이나 또는 그녀가 미쳤을 때의 이야기를 꺼내면 꼬맹이는 한마디 내뱉곤 했다.

"너야말로 미쳤어."

기이한 일은 그가 사진을 볼 때면 마치 도둑질을 하는 것처럼 아무도 모르게 혼자서만 몰래 본다는 것이다. 시췌는 언젠가 꼬맹이에 대해 말하기를 입으로는 아무 말도 하지 않지만 심지가 분명하다고 한 적이 있었다. 그녀는 여태껏 꼬맹이처럼 영리하고 똑똑한 아이를 본 적이 없다고 말하기도 했다. 한번은 그녀가 그런 말을 하자 때마침 부인이 듣고는 가려운 곳을 긁는 여의如意로 그녀의 머리를 세게 내리쳤다. 부인은 아이에게 똑똑하다고 말하면 안 된다고 했다. 마을에서 오랫동안 전해 내려오는 말, 똑똑한 아이는 오래 살 수 없다는 말을 믿었기 때문이었다.

며칠 동안 내내 눈이 내려 집 안팎이 온통 하얗게 변했다. 바오천은 푸지에 온 이후로 이처럼 큰 눈은 본 적이 없다고 말했다. 딱히 할 일도 없는지라 바오천은 죽도竹刀를 찾아다가 후원의 대나무 숲에서 대나무 두 그루를 베어 등롱을 엮기 위해 대나무 오리들을 벗겨냈다.

설맞이 용품은 모두 마련해 놓았다. 대머리 둘째가 새로 연 푸줏간에서 돼지다리 두 개를 사왔고, 생선가게에서 생선 몇 마리를 사와 낭하에 늘어놓았더니 쇠처럼 단단히 얼었다. 멍 할멈이 사람을 보내 호두 한 바구니, 떡을 찔 때 쓸 호박 두 덩이, 참깨 한 바가지를 보내왔다. 딩수쩌 선생이 춘련 두 폭과 도부桃符(정월에 복숭아나무 판자에 문신門神을 그려 문짝에 붙이는 일종의 부적) 네 짝, 문에 붙이는 전지剪紙 여섯 장을 보내왔으니 등롱만 없는 셈이었다.

바오천은 화로를 마주하고 등롱을 엮다가 가끔씩 한숨을 내쉬었다. 아마도 이것이 푸지에서 보내는 마지막 설일 것 같다고 말했다. 그래서 이번 설은 대충대충 넘기지 않고 어느 것 하나 부족함이 없이 잘 보내고 싶다고 말했다. 설을 쇠고 나면 그들은 칭샹으로 돌아갈 것이다.

교장이 집안의 토지를 전장鎭江의 룽칭탕에게 팔아버린 후 바오천은 꼬맹이를 데리고 가야겠다고 마음먹었다. 하루는 바오천이 꼬맹이를 불러 두 다리 사이에 끼워놓고 물었다. "푸지야, 너 우리 따라서 칭샹으로 갈래?"

꼬맹이는 눈을 깜빡거리며 손으로 바오천의 수염을 만지작거릴 뿐
가겠다는 말도 가지 않겠다는 말도 하지 않고 오히려 이렇게 반문했다.
"내가 칭상에 가면 네 아들이 되는 거야?"

그 말에 바오천이 하하! 크게 웃고는 아이의 머리를 쓰다듬으며 말
했다. "아이고 바보 녀석아. 항렬로 따지면 나를 할아비라고 불러야 맞
지."

가장 난감한 것은 시췌였다. 그녀는 갈 곳이 없었다. 그녀는 몇 번이
나 바오천에게 자신도 칭상으로 따라가겠다고 말했다. 하지만 바오천은
아무런 대꾸도 하지 않았다. 그녀가 생각나는 대로 지껄인 것에 불과하
며, 그녀가 조만간 시집을 가게 될 것임을 알고 있었기 때문이다. 그녀
는 본래 멍 할멈 소개로 루씨 집안에 들어왔고, 얼마간 친척 관계인 이
들도 있었다. 요 며칠간 멍 할멈은 남몰래 매파들에게 부탁하여 시췌의
혼사를 알아보는 중이었다. 세밑이 가까워지고 큰 눈이 내려 길이 막혔
기 때문에 아직 적당한 집을 찾지 못했을 뿐이었다.

그녀가 유일하게 잘 할 수 있는 일은 죽어라고 밑창을 박아 신발을
만드는 일이었다. 바오천은 그녀가 며칠 동안 만든 신발이면 꼬맹이가
죽을 때까지 신어도 충분하겠다고 말했다. 그러나 그 말을 내뱉기가 무
섭게 불길한 느낌이 들어 퉤퉤, 하고 땅에다 두어 번 침을 뱉고 스스로
자신의 따귀를 갈겼다. 꼬맹이가 깔깔거리며 바보처럼 웃었다.

바오천은 등롱 버팀대를 만들다가 손이 심하게 떨려 대나무 가지
몇 개를 연달아 부러뜨렸다. 그는 이것 역시 불길한 조짐이란 생각이 들
었다. 그가 시췌에게 이를 말하자 시췌도 이런저런 의심이 들기 시작했
다. 그녀는 자신도 밑창을 박다가 손을 여러 군데 찔렸다고 말했다. "혹
시 사원에 무슨 일이 생기는 건 아니겠죠. 듣자하니 조정이 도처에서 혁

명당 사람들을 잡아간다고 하던데.”

그녀가 말한 것은 푸지 학당이었지만 바오천이 걱정하는 것은 또 다른 일이었다.

섣달 이십구 일 바로 그날, 하늘이 돌연 맑아졌다. 바오천은 때마침 등롱에 종이를 붙이고 그림을 그리고 있었는데 난데없이 문밖에서 누군가 노래를 부르는 소리가 희미하게 들렸다. 들어 보니 늙은이의 목소리였다. 처음에는 바오천이나 시췌나 개의치 않고 그저 거지가 구걸하러 온 것이려니 생각했다. 바오천은 심지어 그녀의 노래를 몇 구절 따라 하기도 했다. 그런데 뒤로 갈수록 영 이상하다는 느낌이 들었다. 점차 시췌도 멍해졌다. 그녀는 손에 신발 밑창을 들고 멍청히 담벼락을 쳐다보다가 말했다. “그녀가 노래하는 것들이 어째서 구구절절 사연이 있지? 저 노래가사가 말하는 것이 왜 우리 집안일 같을까?”

바오천은 이미 내용을 이해한 듯 시췌를 똑바로 쳐다보며 말했다. “그녀는 노래를 부르는 게 아니야. 뽕나무를 가리키며 홰나무를 욕하는 것처럼 빗대어 사람을 욕하는 것이지. 구구절절 비아냥거리며 염장을 지르고 있잖아.”

“저 사람이 어떻게 우리 집에서 몇 년 동안 일어난 일들을 속속들이 알고 있지요?”

시췌가 손에 들고 있던 실로 신발 밑창을 휘감으며 말했다. “내가 만두라도 몇 개 가져다주고 쫓아내야겠어요.”

말이 끝나기 무섭게 그녀가 일어나 나갔다. 얼마 되지 않아 시췌가 만두를 그냥 든 채로 돌아왔다. 문안으로 들어서서는 바오천을 보고 말했다. “거지는 무슨! 누군지 한번 맞춰 볼래요?”

“누군데?”

　　　　　　　　　　　　　　　복사꽃 그대 얼굴

"장님!"

"어디서 온 장님이야?" 바오천이 물었다.

"큰 금니 어미인 장님 있잖아요." 시췌가 말했다. "내가 만두를 주니까 받지도 않고 한마디 말도 없이 지팡이를 짚고 가버렸어요."

바오천이 붓을 잡고서 한참 있다가 말했다. "그녀가 왜 그런 짓을 하는 거지?"

황혼 무렵이 되자 시췌가 부인 묘소에 지전을 사르러 가고 싶다고 했다.

그녀는 큰 금니의 어미가 한 말에 마음이 뒤숭숭하여 눈꺼풀이 계속 떨린다고 말했다. 바오천이 어느 쪽 눈이 떨리느냐고 묻자 시췌가 두 눈 모두 떨린다고 했다. 바오천이 잠깐 생각하고는 말했다. "그럼 라오후에게 함께 가라고 할게." 라오후가 간다는 소리를 듣고 꼬맹이도 따라가겠다고 떼쓰는 바람에 어쩔 수 없이 데리고 갔다. 그들 세 사람이 광주리를 들고 대문을 나서자 바오천이 집안에서 쫓아 나와 그들을 향해 소리쳤다. "장지위안에게도 지전 몇 장을 태워줘."

꼬맹이가 광주리를 들겠다고 떼를 썼지만 시췌는 꼬맹이가 힘들까봐 들지 못하게 했다. 그런데 꼬맹이는 기어코 그녀의 손에서 광주리를 빼앗으며 말했다. "나 힘세단 말이야."

그는 두 손으로 광주리를 들고 아랫배를 내밀고는 뒤뚱거리며 눈 속을 나는 듯이 빨리 걸었다. 이웃집 화얼냥이 그것을 보고 두어 마디 부추기자 신이 난 꼬맹이가 더욱 빨리 걸어갔다.

묘지에 도착하자 시췌는 머리 위 네모난 수건을 벗어 눈 위에 깔고 먼저 꼬맹이에게 외할머니께 절을 하라고 시켰다. 그런 다음 광주리에서 지전을 꺼내 바람을 등진 곳을 찾아 불을 붙였다. 시췌는 지전을 사르면서 마치 부인이 들을 수 있는 것처럼 중얼중얼 무슨 말을 했다. 타오르는 불꽃이 눈을 핥으면서 치지직 소리를 냈다. 라오후는 시췌가 부인의 무덤에 대고 하는 말을 들었다. "설을 지내면 바오천네는 칭샹으로 돌아간대요. 꼬맹이도 함께 가요. 설이 지나면 어쩌면 저도 푸지를 떠나게 될 것 같아요."

"우리가 모두 떠나고 나면 앞으로 해마다 설을 쉴 때 누가 와서 마님 묘에서 지전을 사르지요?" 이윽고 그녀가 펑펑 울기 시작했다.

그들은 장지위안의 묘 앞으로 갔다. 그의 무덤은 훨씬 작고 분묘 앞에 비석도 없으며, 주변에 울타리도 없었다. 원추리 밭의 눈은 푸석푸석하고 부드러워 꼬맹이가 밟자 발이 빠져 뺄 수 없었다.

시췌가 예전에는 마님이 장지위안의 산소를 찾아 성묘했는데 오늘날 마님 자신이 다른 사람에게 성묘를 받는 처지가 될 줄 어찌 알았겠느냐고 말했다. 그녀는 이렇게 말하고는 다시 통곡하기 시작했다. 라오후가 그녀를 부축하려고 가려는데 꼬맹이가 손으로 먼 곳을 가리키며 소리쳤다.

"빨리 와 봐! 저게 뭐야?"

라오후가 그의 시선을 따라가니 태양은 이미 서산에 지고 석양이 녹인 쇳물처럼 출렁이며 두 개의 산꼭대기 사이에 떠있는 것이 보였다. 불쑥 솟구친 낭떠러지를 돌아서면 샤쫭으로 통하는 관도官道였다. 서풍이 불자 싸라기눈이 하늘 가득 쏟아지며 분분히 휘날렸다. 바로 그때 어디선가 뚜드럭뚜드럭 말발굽 소리가 들려왔다.

"시췌, 시췌! 빨리 와 봐……!" 꼬맹이가 소리쳤다.

시췌가 허리를 곧추세우고 대로 쪽을 살펴보았다. 새까맣게 모인 관병들이 총을 들고서 푸지 방향으로 쏜살같이 달려가고 있었다. 말들

복사꽃 그대 얼굴

이 그들 옆을 스쳐지나갔다. 관병들은 모두 청회색의 도포를 입고 머리에 삿갓을 쓰고 있었다. 모자 위에 피처럼 붉은 장식용 술이 끊임없이 요동쳤다. 그들은 길가에 빽빽하게 들어찬 상태로 달려가고 있었다. 순식간에 산길을 돌아 강가에 이르렀다.

시췌가 "큰일났네!"라고 소리치더니 그 자리에서 꼼짝도 못하고 멍하니 서 있었다.

라오후 역시 심장이 철렁 내려앉으며 순간적으로 어찌해야 좋을지 도무지 알 수 없었다. 요 며칠 동안 라오후는 거의 매일같이 관병들이 들이닥칠 거라는 소식을 질리도록 들었던 터였다. 그런데 관병이 진짜로 나타나자 깜짝 놀라 온몸이 바들바들 떨리고 애간장이 끊어질 듯했다. 그때 그는 갑자기 시췌가 지르는 소리를 들었다. "꼬맹이! 꼬맹이는?"

그녀는 제자리에서 맴돌았다. 그 모습이 마치 땅에 떨어진 바늘을 찾는 것 같았다. 그녀는 지금까지 이렇게 많은 관병을 본 적이 없어 그저 멍하니 놀란 모습이었다.

라오후가 몸을 돌려 그를 찾았다.

꼬맹이는 토끼마냥 눈 덮인 옥수수밭을 뛰어가고 있었다. 조룡사 쪽으로 달려가는가 싶더니 어느새 산 아래 큰길까지 달려갔다. 라오후는 몇 번이나 아이가 넘어지는 모습을 보았다. 머리며 얼굴 전체가 눈으로 뒤덮였지만 그는 벌떡 일어나 죽어라고 학당 쪽을 향해 달려가고 있었다.

"빨리 가서 그를 붙잡아! 라오후 빨리 가……!" 시췌가 울면서 소리쳤다.

라오후가 쫓아가려는데 돌연 시췌가 하는 말이 들렸다. "아니, 내 다리! 내 두 다리가 왜 움직이지 않지?" 라오후가 고개를 돌리자 시췌가 냅다 소리를 질렀다. "난 상관하지 말고 빨리 꼬맹이나 쫓아가."

라오후는 산 아래로 쏜살같이 달리기 시작했다. 뒤편에서 말발굽 소리가 들리더니 소리가 점점 더 분명해졌다. 조룡사 담장 모퉁이에서 꼬맹이를 막 막아서려고 할 때 꼬맹이는 이미 기진맥진하여 헛구역질을 하고 있었다. 몇 번 토하려고 애썼지만 아무것도 나오지 않고 그저 헉헉거리고 숨을 몰아쉬면서 말했다. "저 사람들이 엄마를 잡으러 왔어……. 빨리 뛰어! 죽도록 뛰라고."

그러나 꼬맹이는 더 이상 뛸 수가 없었다. 라오후가 꼬맹이의 손을 잡아끌고 뛰면서 곤두박질치듯 겨우 학당 문에 이르렀다.

때마침 추이롄이 연못으로 물을 길러 가는지 작은 나무물통을 들고 사원 안에서 나왔다. 꼬맹이가 그녀를 향해 소리쳤다. "왔어, 왔어……!"

"왔어, 왔어……!" 라오후도 꼬맹이를 따라 소리쳤다.

"누가 왔어?" 추이롄이 말했다. "너희 왜 그래? 뭔데 이렇게 놀라는 거야?"

그녀의 말이 떨어지기 무섭게 '탕!' 하는 총성이 울렸다.

이어서 몇 발의 총성이 연이어 들렸다. 매번 총성이 울릴 때마다 추이롄이 목을 움츠렸다.

"너희들, 빨리 부엌으로 숨어. 빨리!" 그녀가 이렇게 말하면서 물통을 내던지고 몸을 돌리더니 되돌아 뛰었다.

라오후도 추이롄을 따라 단숨에 부엌으로 달려갔다. 그는 추이롄이 이미 아궁이 속으로 숨어들어가 그를 향해 손짓하는 것을 보았다. 라오후는 그제야 꼬맹이가 자신을 따라오지 않았다는 사실을 깨닫고 몇 번이나 불렀지만 아무런 대답이 없었다. 몸을 돌려 그를 찾으러 나가고 싶었지만 수많은 관병들이 이미 사원의 문을 밀치고 들어온 상태였다. 누군가 탕탕! 하고 총을 쏘아댔다. 총알이 창문 쪽에서 날아들어 구석에 있던 물항아리를 박살내자 물이 콸콸 땅으로 쏟아졌다. 부엌에서 한참 동안 넋이 나간 상태로 있다가 다시 꼬맹이 생각이 나서 문을 열고 그를 찾아 나서려는데 추이롄이 그를 필사적으로 끌어안았다. "이 멍청아, 총알은 사람을 가리지 않아."

한참 후에 총성이 멈추었다.

라오후가 조심스럽게 문을 열고 부엌에서 나왔다. 제일 먼저 눈에 띤 것은 눈 위에 있는 거무스름한 것들이었다. 아직도 김이 모락모락 나는 말똥이었다. 향적주 담장 모서리를 도니 눈 바닥에 몇 구의 시체가 어지러이 누워 있고, 한 병사가 바닥에 떨어진 총을 한곳에 모으고 있는 것이 보였다.

탄쓰가 두 손으로 배를 움켜쥔 채 아아, 하고 신음을 내뱉으면서 눈 바닥에서 이리저리 뒹굴고 있었다. 한 병사가 그에게 다가오더니 그의 가슴을 향해 칼을 푹 찔렀다. 병사가 칼을 빼려고 하자 탄쓰가 두 손으로 죽자 살자 칼날을 움켜쥐고는 빼지 못하도록 했다. 다른 병사가 다가와 개머리판으로 그의 머리를 한 대 갈기자 결국 손에 힘이 풀리면서 아무 소리도 들리지 않았다.

라오후는 꼬맹이를 발견했다.

꼬맹이는 얼굴을 아래로 숙인 채 회랑 아래 도랑에 엎드려 꼼짝하지 않았다. 그가 그를 향해 가자 어디선가 졸졸거리는 소리가 들렸다. 녹은 눈이 물이 되어 도랑을 따라 급하게 흐르고 있었다.

라오후가 그의 자그마한 손을 붙잡자 아직도 따스했다. 작은 얼굴을 돌리자 마치 무슨 생각이라도 하는 양 그의 눈이 여전히 움직이는 것이 보였다. 심지어 혀를 날름대며 입술을 핥기도 했다. 나중에 라오후는 아버지 바오천에게 자신이 도랑에서 꼬맹이를 보았을 때는 아직 살아 있었다고 몇 번이나 말하곤 했다. 그가 여전히 눈을 부릅뜬 채 혀를 날름대며 입술을 핥기도 했기 때문이었다.

그의 몸을 만져 보니 보들보들했다. 솜저고리의 등 쪽이 축축했는데 그곳에서 피가 흘러나오고 있었다. 라오후가 그의 이름을 불렀지만 아무런 대답도 없었다. 입가를 가볍게 몇 번 떨었을 뿐 마치 나 자고 싶어, 라고 말하는 것 같았다. 눈동자도 더 이상 돌리지 않고 눈알이 점차 움직이지 않더니 눈이 어두워지면서 검은자위 대신 흰자위가 많아졌다. 이어 눈꺼풀이 천천히 아래로 쳐지더니 가늘게 실눈이 되었다.

그는 그 순간 꼬맹이의 등짝에서 콸콸 쏟아지는 것이 피가 아니라 그의 영혼임을 알았다.

군관처럼 생긴 사람이 그들을 향해 걸어왔다. 그가 쪼그려 앉아 말채찍으로 꼬맹이의 얼굴을 밀어보더니 몸을 돌려 라오후에게 말했다. "날 알아보겠어?"

라오후가 고개를 저었다.

"몇 달 전에 너희 마을에 솜 타는 사람이 온 적이 있지. 어때, 기억나? 내가 바로 그 솜 타는 사람이야."

그가 득의양양한 듯 라오후의 어깨를 툭 치며 웃었다. 기이하게도 라오후는 그가 원래부터 솜 타는 사람이었던 것처럼 전혀 두렵지 않았다. 그가 땅위에 누워 있는 꼬맹이를 가리키며 물었다. "죽었나?"

"그래요. 죽었어요." 그 사람이 한숨을 한 번 내쉬고 말했다. "총알은 눈이 없다니까."

　　　　　　　　　　　　　　　복사꽃 그대 얼굴

그런 다음 몸을 일으키더니 뒷짐을 지고 눈밭을 어슬렁거렸다. 분명 그는 라오후에게 흥미가 없었으며, 땅에 드러누워 있는 꼬맹이에게도 별 관심이 없었다.

라오후는 꼬맹이의 손이 차가워지는 것을 느꼈다. 그의 얼굴은 홍조가 사라지고 파랗게 변해가는 중이었다. 얼마 후 교장이 나오는 모습이 보였다.

그녀는 산발한 채로 일 년 내내 햇빛이 들지 않는 가람전에서 사람들에게 이끌려 마당으로 나왔다. 그녀는 라오후를 보고 다시 땅에 쓰러진 시신들을 보았지만 전혀 놀라는 기색이 없었다. 라오후는 그녀에게 소리라도 지르고 싶었다. '꼬맹이가 죽었어요!' 하지만 그저 입만 벌렸을 뿐 아무런 소리도 나오지 않았다. 꼬맹이의 죽음에 관심을 가지는 이가 아무도 없었다.

교장이 나오는 것을 본 군관이 나아가 그녀를 맞이하며 손을 모아 예를 표했다. 교장이 뚫어져라 그를 쏘아보았다. 한참만에야 교장의 목소리가 들렸다.

"당신이 룽 수비대장입니까?"

"맞습니다." 군관이 공손하게 예를 갖추어 대답했다.

"룽칭탕은 당신과 어떤 관계입니까?" 교장이 다시 물었다.

그 목소리는 전혀 떨리지 않아 마치 사람들과 일상적인 이야기를 나누는 것처럼 들렸다. 그녀는 꼬맹이가 죽었다는 사실을 모르는 것일까? 그 애의 작은 팔뚝은 이미 뻣뻣해졌는데. 처마 밑에서 눈 녹은 물이 이따금씩 그의 코끝으로 떨어져 영롱한 물방울이 튀었다.

군관은 교장이 자신과 이런 이야기를 나누리라고는 전혀 예상 못한 듯 잠시 멍했다. 하지만 곧 고개를 끄덕이는 모습이 마치 정말로 대단한 상대라고 인정하는 듯했다. 그가 잠시 웃으며 말했다.

"가친家親이십니다."

"그렇다면 룽칭탕이 정말로 청 조정에 빌붙었다는 말이군요." 교장이 말했다.

"그렇게 듣기 거북한 말씀은 하지 마시지요." 군관의 얼굴에는 여전히 웃음이 걸려 있었다. "좋은 새는 나무를 가려 깃들 뿐이지요……."

"이미 그러했다면 언제라도 나를 잡을 수 있었을 텐데 굳이 오늘까지 기다릴 필요가 있었을까?"

라오후는 그녀의 말이 마치 지금까지 누군가가 그녀를 잡으러 오기만을 기다린 것처럼 들렸는데 교장이 무슨 말을 하는지는 명확히 알 수 없었다. 꼬맹이는 주먹을 꼭 쥐고 있는데 등에서는 더 이상 피가 흐르지 않았지만 이마는 여전히 찡그린 채 그대로였다.

군관은 잇몸이 다 드러나도록 껄껄거리며 크게 웃었다. 그렇게 웃을 만큼 웃은 후 그가 다시 말했다.

"당신 집안의 백팔십여 묘에 이르는 땅 때문 아니겠어요! 가친께서는 일을 함에 있어 주도면밀하고 조리가 있으시지요. 그분께서 말씀하시길, 땅을 팔지 않는 한 당신을 잡을 수 없을 것이라고 하셨지요."

그가 어찌나 웃어대는지 말할 기운조차 없을 듯했다.

라오후는 교장이 '오!' 하는 소리를 들었다. 마치 '아, 이제야 알겠다!'라고 하는 것 같았다.

그때 부친의 얼굴이 보였다. 바오천은 사원 입구에 서 있는데 병사들이 총으로 그를 막아서고 있었다. 그래서 그는 목을 길게 뺀 채로 안쪽을 두리번거렸다. 라오후가 꼬맹이의 몸을 살짝 옮겼다. 그래야만 처마 끝에서 떨어지는 눈 녹은 물이 그의 얼굴에 떨어지지 않기 때문이었

복사꽃 그대 얼굴

다. 하늘은 이미 어두워지고 늙은 매 한 마리가 어두컴컴한 밤하늘에서 마당을 에돌아 선회하고 있었다.

그때 교장이 하는 말이 들렸다. "다른 질문이 하나 있는데, 사실대로 알려주시기 바랍니다."

"얼마든지 말씀하시지요."

"룽 수비대장의 연세가……?"

"저는 광서 초년에 태어났습니다."

"그렇다면 돼지띠이신가?" 교장의 말에 군관이 화들짝 놀랐다. 그의 안색이 영 좋지 않았다. 한참 후에야 그가 다시 입을 열었다. "맞습니다. 보아하니 다 알고 계신 것 같군요. 사람들은 모두 당신보고 미쳤다고 하지만 소관이 보기에 당신은 천하에서 가장 명석한 분입니다. 다만 아쉽게도 시운이 좋지 않았던 것이지요."

교장은 더 이상 아무 말도 하지 않고 발돋움하여 사람들 무리를 쳐다보며 누군가를 찾는 듯했다. 라오후는 그녀가 누구를 찾는지 알고 있었다.

교장이 갑자기 몸을 웅크리고 앉더니 땅바닥에 있는 한 무더기 말똥을 유심히 살펴보며 미동도 하지 않았다. 이윽고 그녀가 말똥을 한 움큼 쥐더니 얼굴에 골고루 바르기 시작했다. 눈이며 입과 코까지 얼굴 전체에 모두 발랐다. 그녀는 한마디 말도 없이 얼굴에 말똥을 발랐다. 그 모습이 마치 무언가 중요하고 반드시 필요한 일을 하는 것 같았다. 군관은 옆에서 그런 모습을 바라보다 말리지도 않고 못 참겠다는 듯 천천히 발걸음을 옮겼다. 학당 내에 정적만 가득했다.

한 병사가 뛰어오더니 진지하게 뭐라고 몇 마디를 건네자 룽 수비대장이 마지못해 수하에게 명령을 내렸다. "묶어!"

병사 몇 명이 다가와 그녀를 땅바닥에서 붙잡아 일으켰다. 잠시 후 그녀를 단단히 묶은 후 메이청으로 압송했다.

추이롄 역시 그날 밤 푸지를 떠났다. 룽 수비대장은 마을에서 커다란 가마 한 채를 빌려 그녀를 태우고 멀리 마을을 돌아 그날 밤 메이청으로 갔다.

12

꼬맹이는 깨끗한 이불 홑청에 발가벗은 채로 누워 있었다. 그의 몸은 너무나 조그맣고 작아 보였다. 시췌가 뜨거운 물 한 대야를 들고 와서 그의 몸에 엉겨 붙은 피를 깨끗하게 씻었다. 그녀는 더 이상 울지 않았으며 얼굴은 목석처럼 딱딱하게 굳어 어떤 슬픔이나 애통함도 찾아볼 수 없었다. 그녀가 총알에 으스러진 어깨뼈를 닦으면서 작은 목소리로 말했다.

"푸지야, 아파? 안 아파?"

그런 그녀의 모습을 보니 꼬맹이가 아직 죽지 않은 듯 겨드랑이를 살짝 건드리기만 하면 깔깔거리며 웃어댈 것만 같았다.

화얼냥은 꼬맹이가 갈아입을 옷을 뒤지다가 그의 바지호주머니에서 나무로 만든 작은 팽이와 알록달록한 제기, 그리고 번쩍거리는 매미 한 마리를 발견했다.

멍 할멈은 그 매미를 한 번 보고 예사스럽지 않은 물건이라고 말했다. 입안에 넣어 깨물어 보니 뜻밖에도 금이었다. "괴이하네. 어디서 이

복사꽃 그대 얼굴

매미가 난 거지?"

멍 할멈은 매미를 바오천에게 주면서 잘 간수하라고 말했다. 바오천이 붉게 충혈된 눈을 부릅뜨고 자세히 살펴보더니 마지막에 탄식하며 말했다. "이건 이 아이에게 귀한 물건이니 구리로 만든 것이든 금으로 만든 것이든 간에 그냥 같이 묻어주지요."[1968년 11월, 메이청에서 이풍역속移風易俗(낡은 풍속을 바꾼다는 뜻)의 일환으로 장례제도 개혁이 정식으로 실시되었다. 푸지에도 새로운 공동묘지가 건설되었다. 오래된 무덤의 유골을 모아 공동묘지에 안장하면서 사람들은 마을 서쪽 옥수수밭에서 발굴된 한 무더기의 백골 사이에서 뜻밖에도 금매미 한 마리를 발견했다. 마을 촌로들의 기억을 통해 무덤에 묻힌 이가 혁명 선구자인 루슈미의 아들로 판명되었다. 그는 다섯 살 되던 해에 청나라 병사들의 총에 맞아 죽었다. 하지만 루씨 집안은 이미 친척도 없고 후손도 없었다. 결국 금매미는 몇 사람의 손을 거쳐 마지막으로 톈샤오원田小文이라는 맨발의 여의사赤脚醫生28) 손에 들어갔다. 나이 지긋한 세공업자가 그것으로 귀걸이 한 쌍과 반지 하나를 만들었다. 그 귀고리를 달았던 톈 의사는 얼마 되지 않아 병에 걸려 죽고 말았다. 임종 전에 그녀가 사람들에게 말하길, 귓가에서 어떤 아이가 끊임없이 자신에게 말을 걸었다고 했다. - 원주]

시췌가 꼬맹이에게 옷을 입혀주자 바오천이 그를 등에 업고 그날 밤 묘지로 가서 안장했다. 그의 작은 머리가 바오천의 목옆으로 축 늘어져 마치 잠이 든 것 같았다. 바오천이 고개를 돌려 꼬맹이 얼굴에 입맞추며 말했다. "푸지야, 할아비가 너를 집으로 데려가 줄게."

화얼냥과 멍 할멈이 서로 부둥켜안고 울었다. 하지만 시췌는 울지

---

28) 맨발의 여의사(赤脚醫生): 농촌 인민공사에 소속되어 의료 및 위생 업무를 담당하던 초급 의료기술자. 주로 1개월간의 속성교육을 받은 농촌 여성들이 농업호구를 유지하는 상황에서 반농반의(半農半醫)로 진료를 맡았다.

않았다. 몇몇 사람들이 묘지를 향해 걸어가고 그녀와 라오후가 뒤따랐다. 라오후는 가는 길 내내 아버지가 꼬맹이에게 하는 말을 들었다. 날이 점점 밝아오고 있었다.

바오천이 말했다. 푸지야, 할아비는 네가 잠자기를 좋아하는 것을 알고 있단다. 그래, 푹 자거라. 자고 싶은 만큼 푹 자렴.

바오천이 말했다. 푸지야, 이 할아비는 정말 쓸모없는 사람이야, 개돼지만도 못한 놈이란다. 푸지야. 푸지 사람들이 죄다 네 엄마를 미치광이라고 욕하고 이 할아비도 사람들을 따라 욕했지만 오직 너만은 욕하지 않았지. 다른 이들이 욕하는 소리를 들으면 푸지 마음이 힘들었을 거야. 그렇지? 푸지야. 관병들이 왔을 때 오직 푸지 너 혼자만 어미에게 알려줘야 한다고 생각했지. 사원에 들어갔을 때 총알이 핑핑 날아드는데도 푸지는 무서워하지 않았어. 너는 피하지도 숨지도 않고 오로지 엄마에게 소식을 전할 생각뿐이었지. 푸지야, 네가 도랑에 누워있는데도 엄마는 눈길 한 번 주지 않았지. 그래도 푸지 너는 엄마에게 소식을 알려주고 싶었어.

바오천이 말했다. 푸지야, 이 할아비를 탓하거나 원망하지 말거라. 곧 새해가 되는구나. 내일이 바로 정월 초하루야. 하늘과 땅이 눈과 얼음으로 뒤덮여 네 관도 만들지 못했구나. 만들자니 돈이 없어, 우리 집이 가난하잖니! 우리가 돗자리로 잘 말아서 집으로 돌려보내줄게.

바오천이 말했다. 이 돗자리는 새것이란다. 가을에 만든 것으로 용담초^{龍膽草}로 짰으니 향기로울 게야. 한 번도 쓰지 않은 것이란다. 네가 입은 옷, 솜저고리며 신발, 양말, 홑저고리까지 모두 새것이야. 아참, 매미도 있구나. 멍 할멈이 그것이 금으로 된 것이라고 하던데 전부 네가 가지고 가려무나. 하나도 빼먹지 않았어. 하지만 가장 중요한 것, 네가 평소에 즐겨 보던 네 엄마의 작은 사진은 이 할아비도 찾지 못했는데, 어디에 숨겨둔 거니?

바오천이 말했다. 푸지야, 오늘 널 위해 초혼招魂해 줄 사람이 없으니 이 할아비가 대신 불러주마. 할아비가 한 번 부르면 네가 대답해야 한다.

푸지야.

네.

푸지야.

네.

푸지야.

네.

대답했으니 됐다. 혼이 돌아올 게야.

바오천이 말했다. 이 할아비가 보고 싶거들랑 꿈속에 나타나렴. 지하에서 네 할머니를 뵈면 바오천이 무능하다고, 바오천은 죽어 마땅하다고, 바오천을 갈기갈기 찢어 죽여야 한다고 말하렴……

묻을 때가 되자 바오천이 푸지를 돗자리에 내려놓고 돗자리를 말기 시작했다. 그가 꼬맹이를 단단히 말자 시췌가 다가와 다시 펼쳤다. 그렇게 세 번이나 말고 풀기를 반복했다. 그녀는 울지도 소란을 피우지도 않았으며, 말도 하지 않고 그저 멍하니 꼬맹이의 얼굴만 쳐다보고 있었다. 결국 바오천이 모질게 마음을 먹고 화얼냥과 멍 할멈에게 그녀를 껴안고 있으라고 한 다음 꼬맹이의 시신을 구덩이 속으로 집어넣었다.

봉분을 다 만든 다음 바오천이 뜬금없이 물었다. "내가 그에게 절을 해야 되나?"

멍 할멈이 말했다. "그 애가 먼저 갔으니 이치대로 한다면 저승의 항렬이 자네보다 높지. 게다가 그 애가 나이는 어리지만 주인이기도 하고⋯⋯."

바오천은 그녀의 말을 듣고 무덤 앞에서 공손히 세 번 절을 올렸다. 멍 할멈과 화얼냥도 그를 따라 절을 올렸다. 시췌는 여전히 미동도 하지 않고 그 자리에 서 있었는데 마치 뭔가 곰곰이 생각하고 있는 듯했다.

"시췌, 저 아이는 틀림없이 어제 일로 심하게 놀란 거야." 멍 할멈이 말했다.

그들이 묘지에서 마을로 걸어갈 때 시췌가 갑자기 걸음을 멈추더니 고개를 돌려 뒤편을 자꾸 쳐다보았다. 눈빛이 뭔가를 찾는 듯했다. 한참을 그러고 있더니 시췌가 불쑥 소리를 내질렀다.

"꼬맹이는?"

라오후의 아비는 그 해 4월에 푸지를 떠났다. 버드나무가 푸른 잎을 드리우고 봄풀이 무성하게 우거졌으며, 마을의 복사꽃도 흐드러지게 피었다. 바오천은 루씨 집안의 액운이 예전에 루 나리가 복사꽃을 옮겨 심을 때부터 시작되었다고 하면서 꽃의 모습이나 향기가 모두 요사스럽기 그지없다고 말했다. 가랑비가 기와 위에 흩어지고 소슬바람이 휙휙 부는 청명절 전후로 우물물에서조차 달짝지근한 복사꽃 내음이 풍겼다.

큰 금니의 눈먼 어미가 보기에 슈미와 추이렌은 천년 묵은 복숭아나무의 영혼이 환생하여 요마에 들러붙은 정기精氣에 불과했다. 며칠 동안 그녀는 학당의 구구절절한 이야기를 희문戲文으로 엮어 연화락蓮花樂[29] 가락에 맞추어 노래를 부르며 두 명의 계집아이를 데리고 마을 구석

복사꽃 그대 얼굴

구석을 돌아다니며 구걸했다.

희문에서 그의 아들 큰 금니는 엄연히 요괴를 무찌르는 종규鐘馗(역귀를 쫓아내는 신)의 화신이었다. 그는 자신의 안위는 뒤로 한 채 돼지를 잡는 칼 두 자루를 들고 단신으로 마귀가 가로막고 요괴가 진을 치고 있는 곳으로 쳐들어가 사람들을 선한 쪽으로 인도했다. 와신상담臥薪嘗膽하여 구사일생九死一生하였으나 결국 중과부적衆寡不敵으로 인해 요사스러운 계집에게 목숨을 빼앗기고 만다. 군사를 이끌고 나갔으나 적을 처부수기도 전에 몸이 먼저 죽었다는 대목이 나오면 노파는 눈물, 콧물을 짜내곤 했다. 그녀가 직접 만든 희문에서 추이롄은 포사褒姒(주나라 마지막 왕인 유왕幽王의 애첩)나 달기妲己(상나라 마지막 왕인 주왕紂王의 애첩)와 같은 화수禍祟(재앙의 근원)가 되었다. 그녀는 먼저 룽 수비대장과 사통한 다음 루씨 집안의 백팔십여 묘 전답을 팔도록 꼬드겼으며, 마지막으로 영달을 추구하기 위해 주인을 팔아버린 천한 계집으로 천 명이 올라타고 만 명이 짓밟아도 시원치 않을 뻔뻔한 창녀였다. 물론 맹인의 말은 황당무계하고 언사에 조리가 없었다. 하지만 그녀가 부르는 노랫소리를 통해 라오후는 다소나마 전체 사건의 맥락을 이해할 수 있게 되었다.

하지만 다른 몇 가지 일은 여전히 이해할 수 없었다. 슈미는 이미 추이롄을 경계하고 있었는데 왜 질질 끌면서 발설하지 않고 못 본 척한 것일까? 추이롄과 슈미가 앞뒤로 두 차례나 룽 수비대장에게 돼지띠냐고 물은 적이 있는데, 이건 또 무슨 까닭인가?

룽칭탕이 슈미와 오랜 친분이 있는 데다 딩수쩌가 현지에 사는 삼

---

29) 연화락(蓮花樂): 민간 설창(說唱)의 일종으로 대나무 판을 치면서 한 사람 또는 두 사람이 노래를 한다. 예전에는 맹인들이 구걸할 때 주로 불렀다고 하며, 청말에는 전문적인 맹인 예인이 등장하기도 했다.

십여 명의 대유학자, 향신들과 더불어 연명으로 탄원서를 올려 보증을 섰기 때문에 슈미는 메이청으로 압송된 후 즉시 처형되지 않고 지하 감방에 구금되었다. 들리는 말에 따르면, 딩수쩌가 두 가지 이유를 들었다고 했다. 하나는 슈미가 미쳤기 때문에 그녀가 한 일을 그녀 자신도 모른다는 것이었고, 다른 하나는 슈미가 당시 배 속에 4개월 된 태아를 임신하고 있었다는 것이다.

지부는 특별히 아이를 낳은 후에 사형을 집행하도록 허락했다.

라오후는 그것이 탄쓰의 아이라는 사실을 알고 있었다. 탄쓰의 부친 탄수이진은 백방으로 사람을 찾아다니며 아이의 행방을 알아보는 한편 자신이 평생 모은 돈을 내놓고서라도 아이를 되찾아 와서 대대로 외아들만 있는 탄씨 집안을 위해 향불을 피워줄 자손을 남겨놓기를 희망했다. 그러나 결국 중간에 흐지부지 끝내고 말았다. 그 며칠 동안 그는 시췌와 바오천으로부터 아이가 태어나도 또 꼬맹이일 뿐이라는 이야기를 수도 없이 들어야만 했다.

선통宣統30) 2년 8월, 슈미는 아홉 달 동안의 임신 끝에 감옥에서 아이를 낳았다. 낳은 지 얼마 되지 않아 관부에서 나서서 한 옥리의 젖어미에게 아이를 안고 가도록 했다. 슈미가 교수형을 당하기 바로 전날 우창武昌에서 거사가 시작되어 신해혁명辛亥革命이 갑자기 폭발했고, 이에 지방의 각 성에서 풍문을 듣고 이에 호응했다. 룽칭탕 역시 8월 어느 비바람 몰아치는 날 밤, 지부 일가 삼십여 명을 몰살시키고 즉시 메이청의 독립을 선언했다. 비바람이 휘몰아쳐 하루에도 몇 번이나 사람들을 놀라게 했다. 룽칭탕 역시 우창과 광둥廣東, 베이핑北平 등지를 분주하게 오

---

30) 선통(宣統): 1909~1911. 청조 마지막 황제인 푸이(溥儀) 재위 기간 동안의 연호.

복사꽃 그대 얼굴

가며 각지의 호강豪强들과 정보를 주고받았다. 어두운 지하 감방에 갇힌 슈미는 사람들에게 철저히 잊혀진 듯했다. 단지 늙은 간수 한 명만 남아 매일 밥과 물을 가져다줄 뿐이었다.

그러나 이는 모두 이후의 일이다.

라오후는 푸지를 떠나기 전 아버지와 함께 부인의 묘지에 가서 작별 인사를 올렸다. 바오천의 말에 따르면, 그들은 영원히 푸지를 떠날 것이라고 했다. 시췌는 갈 곳이 없어 잠시 집을 보며 머물러 있기로 했다. 하지만 그녀는 결국 마지막 늙어죽을 때까지 그 집 마당을 떠나지 않았다. 32년 후인 1943년 늦여름 라오후가 신사군新四軍 정진중대挺進中隊 31)의 지대장이 되어 부대를 이끌고 푸지에 진주했을 때 시췌는 이미 육순이 다 된 노인네였다. 그녀는 평생 결혼을 하지 않았으며, 기억력도 예전만 못해 이전 이야기를 하면 그저 고개를 가로젓거나 끄덕이면서 희미하게 미소를 지을 뿐이어서 맥수서리지탄麥秀黍離之嘆32)을 금할 수 없었다. 꼬맹이 무덤에 있던 멀구슬나무는 이미 밥사발만 하게 굵어졌고, 제법 큰 원추리꽃은 여전히 금빛 찬란했다. 라오후는 짙은 나무그늘 아래에 앉아 지난 일을 되짚어보며 탄식을 금할 수 없었다. 세상사는 온갖 풍파를 겪고, 세월은 끊임없이 흐른다고 했는데, 꼬맹이만은 다섯 살 어린 나이로 영원히 멈추고 말았다. 어느 해 어느 달에 그를 기억해도 여전히 그는 다섯 살이었다. [1969년 8월 라오후는 메이청 지구 혁명위원회 주임으로 있다가 파직되어 비판투쟁 속에서 조리돌림을 당했다. 4년 후 푸지에 온 것이

---

31) 정진중대(挺進中隊): 본래 이름은 신사군 정진종대(挺進縱隊)로, 신사군 강남지휘부가 이끄는 주력 부대 가운데 하나.

32) 맥수서리지탄(麥秀黍離之嘆): 나라가 멸망하여 궁궐터에 보리나 기장이 무성하다는 뜻으로 세상의 영고성쇠가 무상함을 말함.

마지막 방문이었다. 그는 당장이라도 허물어질 것 같은 루씨 집 다락에서 마지막 귀숙처歸宿處를 찾았다. 다락방 대들보에 허리띠로 목을 매어 자진하니 향년 76세였다.─원주]

　　그러나 이 역시 나중의 일이다.

　　라오후와 그의 아버지가 칭샹으로 돌아온 후 바오천은 다른 이에게 손을 써서 간수를 매수하여 전후로 서너 차례 메이청 감옥으로 슈미를 찾아갔다. 첫 번째와 두 번째 갔을 때는 슈미가 이유도 없이 피하고 만나주지 않았다. 세 번째 갔을 때는 슈미가 바오천이 들여보낸 옷가지를 받기는 했지만 여전히 만날 수는 없었다. 다만 인편에 흰 손수건을 보내왔는데, 그 위에 시 두 구절이 적혀 있었다.

　　꿈길에 바람이 등불 껐는지 알 수 없으나
　　깨어나 비바람이 창문 두드리니 참아야 할거나.

　　바오천은 아무리 봐도 이해할 수 없었다. 이후 소식이 점점 뜸해지더니 라오후도 더 이상 그녀에 대해 어떤 소식도 듣지 못했다. 🌸

　　　　　　　　　　　　　　　　　　　　복사꽃 그대 얼굴

제4장

말을 금하다

1

　슈미는 메이청으로 압송된 후 3개월 정도 감옥의 지하 감방에 갇혀 있었다. 이후 그녀는 성 남쪽의 황폐한 역참으로 이송되었는데, 그 안에는 목화솜이 가득 들어 있었다. 그녀의 마지막 거처는 산허리에 자리한 서양식 화원花園(일종의 개인 별장)이었다.

　검은 철책 울타리와 화살나무로 둘러싸인 화원 건물은 어느 영국인 여전도사가 돈을 내어 지은 것이었다. 사방에 나무가 무성하고 조용하여 바깥 소리가 전혀 들리지 않았다. 화원 가운데 중국식 물가 정원을 조성하여 구불구불한 회랑과 돌을 깔아 만든 오솔길, 그리고 청동으로 만든 천사 조각상과 분수를 만들어놓았다. 세월이 오래되어 동상에는 두껍게 푸른 녹이 슬어 있었다. 전도사는 독실한 불교도들을 설득하여 기독교로 개종시키기 위해 예순둘의 고령에도 불구하고 불교를 연구하기 시작했는데 그를 위해 팔리어(소승불교 경전에 쓰인 종교 언어로 인도 북부에 기원을 둔 중세 인도아리아어)를 배우기까지 했다. 하지만 5

년 후 정작 그녀 자신이 불교도로 개종하고 말았다. 1887년 스코틀랜드 주교에게 보낸 서신에서 그녀는 "불교가 여러 면에서 기독교보다 우월하다"고 솔직하게 말하기도 했다. 그러나 하나님의 징벌이 곧이어 강림했다. 1887년 7월 갑자기 몰아닥친 혼란 속에서 그녀는 메이청 북쪽 황량한 사원에서 시신에 "치가 떨릴 정도로 참혹한 능욕"을 당했다.

새 울음소리와 한밤중의 폭우를 빼놓고 그 서양집은 슈미와 외부 세계를 철저히 단절시켰다. 그녀는 그것이 오히려 훨씬 좋았다. 혼란스러운 머리, 권태로운 육신, 늘 조용히 누워 있는 자세, 슬픔이 깃든 한적함, 이 모든 것이 그녀에게 잘 어울렸다. 확실히 어느 곳도 감옥에 견줄 만한 곳이 없었다. 자유를 잃은 후 마음 둘 곳이 없는 상황이 오히려 그녀를 자유롭게 했다.

혁명 이후로 룽칭탕은 지방세력의 새로운 각축전으로 정신이 없었다. 그가 새삼스럽게 푸지의 혁명당원들을 떠올렸을 때 슈미는 이미 감옥에서 1년 하고도 3개월 동안 구금된 상태였다. 그때는 이미 룽칭탕도 그녀를 해칠 마음이 없었으며, 오히려 네다섯 차례나 사람을 보내 옥중의 그녀를 살펴보도록 했다. 다식과 맛난 간식, 그리고 여러 가지 생활용품을 보내기도 했다. 슈미는 벼루 한 개와 양모로 만든 붓 한 자루, 먹 한 개, 그리고 양잠에 관한 책 한 권만 받았다.

이를 통해 룽칭탕은 슈미의 심경과 농업과 양잠에 대한 그녀의 관심을 어렴풋이 눈치챘다. 그래서 그녀의 비위를 맞추기 위해 인편에 범성대范成大의 《범촌국보》范村菊譜와 《매보》梅譜, 진사陳思의 《매당보》海棠譜, 원굉도袁宏道의 《병사》瓶史, 한언직韓彦直의 《율록》橘錄 등을 보내주었다. 그가 보낸 서적을 읽으면서 그녀는 룽칭탕에 대해 혐오와 감동이 엇갈린 복잡한 감정을 지니게 되었다. 그해 가을, 그녀가 화원 내에서 자유롭게 생활해도 된다는 허락을 받은 지 얼마 되지 않아 룽칭탕이 인편에 꽃씨 몇 봉지를 보내왔다. 그중에는 마늘 같기도 하고 수선화 같기도 한 꽃씨가 들어 있었다. 그녀는 그것을 분수 옆 모래밭에 심었다. 이듬 해 초봄 새싹이 땅을 뚫고 올라왔다. 꽃대가 길게 자라고 꽃망울이 튼실했다. 봄비가 몇 번 내리니 마침내 남보랏빛 꽃봉오리가 맺혔다. 그녀는 지금까지 그렇게 예쁜 꽃을 본 적이 없었다.

그녀는 나무나 화초 따위가 자신에게 어울리지 않는다고 생각했으나 뜻밖에도 색다른 즐거움을 얻을 수 있었다. 하지만 이로 인해 또다시 애상과 비애에 빠져들었다. 일말의 기쁨이기는 했으나 그것이 오히려 그녀의 평정을 어지럽히고 치욕스럽고 소란스럽기만 했던 자신의 과거를 떠올리게 만들었다. 특히 옥중에서 낳은 아이가 생각났다. 그녀는 아이의 얼굴조차 제대로 보지 못했다.

아이는 태어나자마자 숨이 간당간당할 정도로 사경을 헤맸다. 그날 저녁 정신이 몽롱한 가운데 희미하게 검은 옷에 붉은 옥잠화를 머리에 꽂은 노부인이 아이를 안고 가는 모습을 보았다. 어쩌면 그들은 아이를 묻어버렸을 수도 있고 아니면 아직까지 세상에 살아 있을지도 모른다. 하지만 슈미는 아이가 어떻게 되었는지 듣지도 못했고, 그렇다고 묻지도 않았다.

몸을 추스린 후 그녀는 놀랄 만한 의지력으로 아이를 잊고 자신이 겪었던 모든 사람과 일들을 잊고자 애썼다.

장지위안, 당나귀, 화자서의 마변, 그리고 요코하마에 있던 혈기 왕성한 혁명당원들, 그 모든 이들의 얼굴이 비현실적으로 변하기 시작했다. 그들은 연기처럼 아득하고 희미하여 바람이 불자 모두 흩어지고 말았다. 새롭게 고개를 들어 흘러간 세월을 돌이켜 보니 자신이 마치 강물에 떨어진 나뭇잎처럼 그 어떤 비명을 지를 틈도 없이 세찬 물살에 휩쓸린 것 같았다. 스스로 원한 것이라고 할 수는 없지만 그렇다고 강요에 의한 것이라고 말할 수도 없었다. 증오라고 할 수는 없지만 그렇다고 어떤 위안이 있는 것도 아니었다.

바오천이 감옥에 왔을 때 그녀는 면회를 거절하고 짧은 글만 써 보냈다. "꿈길에 바람이 등불 껐는지 알 수 없으나, 깨어나 비바람이 창문 두드리니 참아야 할 거나." 룽칭탕이 사람을 보내 그녀에게 창극을 보자고 했을 때도 답변을 종이에 써서 보냈다. "제 마음은 이미 그 어떤 향락에도 어울리지 않습니다." 이는 과거와 철저하게 단절하겠다는 일종의 의식이자 스스로를 학대하는 일면이기도 했다. 징벌과 자기 학대를 통해 그녀는 비애에 포위된 가운데 정당한 위안을 찾을 수 있었다. 그녀의 남은 삶은 비애를 향유하는 것 외에 그 어떤 사명도 존재하지 않았다.

당장의 문제는 그녀가 곧 자유를 얻게 된다는 것이었다. 소식을 듣고 그녀는 조금 이르다는 느낌이 들었다. 아직까지 그녀는 자신이 진정으로 쉴 곳이 어디인지 몰랐기 때문이다.

출옥하기 하루 전날 룽칭탕이 갑자기 감옥에 찾아왔다. 그것은 그들의 첫 만남이라기보다 마지막 만남이라고 할 수 있었다. 그는 이미 후보候補 지주가 아니라 메이청 지방 공진회의 회장 신분이었다. 룽칭탕은 슈미가 이미 벙어리가 되었다는 사실을 모르고 있었지만 아랫사람의 침묵과 냉담에 나름 관용을 베풀었다. 물론 그 역시 마지막 제의를 잊지 않았다. "메이청에 남아 나와 함께 합시다." 심지어 그 자리에서 '권농협회 이사장'이란 직함을 위임하기도 했다.

슈미는 잠시 생각에 잠기더니 곧 종이를 펼치고 먹을 갈아 "봄날 해

복사꽃 그대 얼굴

당화 만발하니 제비야 좋겠지만, 가을이 다하면 산느릅 나무에 매미조차 없네."春籠海棠固宜燕,秋盡山榆已無蟬라는 대련으로 대답했다. 룽칭탕이 보고는 금세 얼굴이 벌게졌다. 그가 고개를 끄덕이더니 다시 물었다. "그러면 출옥 후에 무엇을 하려는 것이오?" 슈미가 종이에 이렇게 적었다. "지금 저에게 가장 잘 어울리는 것은 거지가 되는 것이겠지요." 룽칭탕이 웃으며 말했다. "그건 그리 어울리지 않는 것 같소. 당신은 매우 아름답고 아직도 아주 젊으니까." [룽칭탕(1864~1933): 조상 대대로 소금 장사를 했다. 1886년 청방靑幇에 가입하여 바오인탕寶蔭堂의 집사가 되면서 점차 강회江淮 일대 밀매 소금 운반을 장악했다. 1910년 메이청 지부가 되어 지방 병사들을 통솔했다. 신해혁명 이후 정계로 들어가 1915년 토원구국회討袁救國會(원세개를 토벌하여 나라를 구하는 모임) 부총참모장을 역임했다. 1918년 군부에서 물러나 상하이 칭푸靑浦로 이사하여 아편 밀수에 발을 들여놓더니 얼마 후 상하이 청방에서 막강한 영향력을 행사하는 인물이 되었다. 1933년 8월 황진룽黃金榮과 연합하여 두웨성杜月笙을 모살하려다 실패하여 커다란 돌에 묶인 채 황푸강에 가라앉고 말았다.－원주]

슈미는 더 이상 아무 말도 하지 않았다. 그녀는 푸지로 다시 돌아가기로 결정했다. 물론 그녀는 그렇게 하는 수밖에 없었다.

햇살이 작열하는 한여름, 혹서로 인해 그렇지 않아도 허약한 그녀는 더욱 지쳤다. 오후의 거리에 신비한 적막이 흘렀다. 삐뚤삐뚤한 점포들, 당장이라도 무너질 듯 연이은 검은 기와, 검은 기와 위에 쌓여 있는 흰 구름, 무표정한 물장수, 수박 좌판에서 뱃가죽을 훤히 드러내고 깊이 잠든 뚱보 사내, 그리고 거리 구석에서 죽방울을 돌리고 있는 아이(죽방울이 윙윙 돌아가는 소리가 사원의 공허한 종소리를 연상시켰다) 등이 모두 그녀에게 신선하고 낯선 느낌을 주었다.

그녀는 처음으로 어수선하고 달콤한 인간세상을 똑바로 쳐다보았다. 질서 없이 난잡하면서도 나름 각자 자기가 있을 자리를 차지하여 안정되고 편안한 느낌을 주었다. 그녀는 혼자서 급히 서두르지도 않고 그렇다고 지나치게 여유를 부리지도 않고 앞으로 걸어갔다. 이리저리 사방을 두리번거렸지만 그녀의 머릿속은 텅 빈 상태였다. 춤추듯이 날아다니는 파리를 제외하고 아무도 그녀에게 주의를 기울이지 않았다.

메이청과 푸지 사이에는 열 몇 개의 크고 작은 마을이 줄줄이 이어져 있었다. 지금 정오의 작열하는 태양 아래에서 그녀는 문득 한두 군데 마을 이름이 기억났다. 그 이름은 어린 시절 불렀던 노래의 일부이자 부드럽고 부서지기 쉬워 건드릴 수 없는 기억 속의 일부였다. 당시 어머니는 그녀를 데리고 가마나 손수레를 타거나 또는 짐꾼이 짊어진 요람에 앉아 메이청의 친척을 만나러 갔다. 그녀는 가마의 붉은 주렴 한쪽 끝을 젖히고 낯선 사람들과 집, 그리고 나무를 살피면서 어머니가 부르는 노래를 들었다.

둥샹먼東廂門을 나서면 시샹먼西廂門

쳰시춘前溪村, 허우시춘后溪村

중간에 놓인 바리펀八里墳,

......

익숙한 노랫가락 때문인지 아니면 간간히 그녀를 향해 엄습하는 익숙한 느낌, 혹은 숲속에서 드러나는 어머니의 모호한 얼굴 때문인지 갑자기 그녀가 회한의 눈물을 흘렸다. 그녀는 더 이상 혁명가도 아니고 몽상 속에서 도화원을 찾는 부친의 분신도 아니었으며 요코하마의 목

복사꽃 그대 얼굴

조 가옥에서 바다를 바라보던 소녀도 아니었다. 그녀는 여명이 밝아오는 시골집을 지나며 요람 속에 깊이 잠든 어린아이였다. 그녀는 자신의 생명이 기억 깊은 곳에서 다시 시작하고 있음을 느끼면서 이제 이 생명도 사실상 이미 끝났음을 비통한 마음으로 생각했다.

그녀가 더우좡豆莊이란 마을에서 물을 청해 마실 때 마을 사람들은 의심할 여지없이 그녀를 거지나 벙어리로 여겼다. 많은 구경꾼이 몰려들었고 그 대부분은 아이들이었다. 그들은 흙덩이를 던지며 그녀의 반응을 떠보았다. 그녀가 유순하게 아무 말이 없자 호기심이 발동한 아이들이 그녀를 향해 온갖 익살맞은 표정을 지으며 가는 길 내내 그녀를 따라다니고 그녀의 앞뒤에서 깡충거리며 뛰어다녔다. 그들은 날카로운 소리를 지르기도 하고 송충이나 찰거머리, 말거머리, 죽은 뱀 등 여러 가지 이름을 알 수 없는 곤충으로 그녀를 놀라게 했으며, 새총으로 그녀의 얼굴을 맞히기도 했다. 심지어 등 뒤편에서 그녀를 길가 갈대밭으로 밀어 넣기도 했다.

슈미는 여전히 서두르지 않고 그렇다고 느리지도 않게 앞으로 걸어갔다. 걸음을 빨리 하지도 않고 그렇다고 멈추어 서서 살펴보지도 않았다. 화를 내지도 않고 그렇다고 미소를 띠지도 않았다. 결국 아이들도 지쳤는지 고개를 숙이고 풀이 죽은 채 갈대밭 옆에 서서 알 수 없다는 표정으로 그녀가 멀리 사라지는 모습을 바라보았다.

외롭게 혼자가 되었을 때 그녀는 길가에 잠시 멍하니 섰다. 꼬맹이가 생각났다. 그의 몸이 사원 회랑의 도랑에 맥없이 엎어져 있고, 쌓인 눈에서 녹아내린 물이 졸졸거리며 흘렀다. 검은 피가 선처럼 눈 위를 천천히 흘러가다 낭하의 나무기둥에 막혀버렸다. 짧은 순간이었지만 왜소한 그 아이의 몸에서 흘러내리던 것이 선혈이 아니라 작은 그의 영혼이라는 것을 그녀도 알고 있었다.

나는 바보야. 그녀가 중얼거리듯 혼잣말을 했다.

날이 저물 무렵 마침내 시상면에 도착했다. 마을 밖 먼지 가득한 길가에서 그녀는 우연히 늙은 꼽추를 만났다.

그는 진짜 거지이자 동시에 계산에 밝은 호색한이었다. 잠깐 마주쳤지만 슈미는 그의 얼굴에서 그런 점을 읽어낼 수 있었다. 그는 그림자처럼 그녀를 바짝 따라오면서 아무 말도 하지 않고 성급하게 어떤 행동도 취하지 않았다. 그의 몸에서 나는 악취가 가는 길 내내 멀지도 않고 가깝지도 않은 곳에서 그녀를 따라왔다. 심지어 그들은 탈곡장에서 밤을 보낼 때도 상당한 거리를 두고 떨어져 있었다.

상쾌한 바람이 한낮의 더위를 날려 보냈다. 마을의 등불이 하나씩 꺼지자 하늘의 별들이 조금씩 밝아졌다. 거지는 쑥으로 불을 피워 모기를 쫓아냈다. 타오르는 불빛 속에서 그들은 서로 상대의 얼굴을 쳐다보았다. 그때 거지가 손가락으로 탈곡장의 짚더미를 가리키며 슈미에게 처음이자 마지막으로 한마디 말을 건넸다.

"오줌 누고 싶으면 짚더미 뒤편으로 가, 억지로 참지 말고."

그녀는 다시 감격의 눈물을 흘렸다. 내가 왜 이렇게 눈물이 헤프지? 그녀는 애써 참으며 말했다. "이건 좋은 징조가 아니야."

이튿날 그녀가 깨어났을 때 거지는 이미 떠나고 없었다. 그는 맑은 물이 가득 담긴 표주박과 오이 반 토막, 그리고 쉰밥이 가득 들어 시큼하고 구린 냄새가 풀풀 풍기는 낡은 양말을 한 짝 남겨놓았다. 거지는 분명 은덕을 베푼 것이었으나 아쉽게도 보답할 길이 없었다. 만약 어제 저녁에 그가 원했더라면 아마도 따랐을 것이다. 여하튼 이 몸은 내 것이 아니니 그가 짓밟아도 좋다. 온몸이 더럽고 얼굴이 추하게 생긴 거지에

복사꽃 그대 얼굴

게 기꺼이 자신을 내준다는 것은 불가능한 일이다. 하지만 불가능한 것이니 오히려 한번 해볼 만하다.

2

슈미는 푸지의 집으로 돌아왔다. 그녀의 첫 느낌은 가옥과 마당이 많이 좁아지고 기억 속의 커다란 저택이 매우 황폐해졌다는 것이었다. 마당 담장은 무게에 짓눌려 토대가 비뚤어지고 담벼락의 회반죽도 들뜨기 시작하여 뾰족하고 딱딱해진 것이 마치 오구나무의 이파리 같기도 하고 크고 작은 나비들이 가득 붙어 있는 것 같았다. 낭하의 나무 기둥 아래 둥글고 납작한 주춧돌은 이리저리 갈라진 것처럼 실금이 나 있었다. 새까맣게 모여든 개미들이 담장의 벌집을 차지하여 담벼락을 따라 구불구불 기어가고 있었다.

마당에는 닭이며 오리들이 더욱 많아져 제멋대로 돌아다녔다. 동쪽 곁채(어머니가 그곳에서 마지막 숨을 거두었다)의 안쪽 벽은 이미 헐려 자작나무와 홰나무 원목 울타리로 바뀌었고, 안에는 희끗희끗한 얼룩무늬 늙은 암퇘지 한 마리가 엎드려 있었다. 그녀는 돼지우리를 두어 번 살펴보았다. 이전에 어머니 침상 머리맡에 걸려 있던 관세음보살 그림은 미처 뜯어내지 못한 상태 그대로였다. 암퇘지는 새끼를 낳았다. 얼룩덜룩한 새끼돼지가 날뛰다가 사람의 발자국소리를 듣더니 갑자기 우뚝 서서 귀를 쫑긋 세우고 가만히 있었다.

그녀는 홍갈색 볏이 달린 커다란 흰 거위가 몸을 쑥 내밀고 느긋하게 계단으로 내려오는 것도 보았다. 녀석이 몸을 약간 움츠리더니 '뿌지직'하는 소리와 함께 묽은 똥을 쌌고, 그것이 계단의 돌바닥을 따라 아래로 흘러내렸다.

세상에! 슈미가 고개를 흔들고 한숨을 내쉬었다. 새롭게 불어난 작은 동물들은 아마도 시췌의 걸작일 거야. 그녀는 이렇게 생각하면서 다시 마당 쪽으로 걸어갔다.

뒷마당의 대숲에 오리 우리가 더 생긴 것을 제외하면 나머지는 모두 원래의 형태를 유지하고 있었다. 대청의 섬돌은 고즈넉했고, 나무 그림자는 이리저리 흔들렸으며 참새들은 무쇠로 만든 다락의 난간 위에 일렬로 앉아 있었다.

그녀가 곧 출옥한다는 소식을 듣고 시췌가 마당을 깨끗하게 치워놓은 듯했다. 썩은 나뭇잎이며 말라비틀어진 잡초가 담장 한구석에 쌓여 있었다. 미끄러지지 않도록 다락으로 올라가는 계단에는 모래를 얇게 깔아놓았다. 그녀는 동쪽 중문을 흘낏 쳐다보았다. 그때 아버지가 바로 그곳에서 집을 나섰다. 좁디좁은 그 문은 마치 그녀의 기억 속에서 가장 중요한 중추인 듯했다. 그녀는 햇살이 아름다운 그날 오후를 수도 없이 떠올리며 그 안에서 해답을 찾아 쏜살같이 흐르는 세월 속에서 오묘한 비밀을 풀고자 했다. 이곳저곳 찢어진 방수포 우산이 문 옆원래 자리에 그대로 놓여 있었다. 방수포 우산은 좀이 슬어 이곳저곳 구멍이 나고 우산살이 모두 드러난 상태였다.

그녀는 분명하게 기억하고 있었다. 그해 아버지가 문을 나설 때 이 우산을 집어 펴보려고 하면서 그녀를 향해 멋쩍은 웃음을 보이고는 마지막 한마디를 남겼다. "푸지에 곧 비가 올 거야." 그렇게 오랫동안 비바

복사꽃 그대 얼굴

람을 맞았지만 우산은 아버지가 문을 나설 때에 비해 더 삭은 것 같지 않았다.

시췌는 어디로 갔는지 알 수 없고, 마당은 적막하기만 했다. 그녀는 혼자 위층으로 올라가 방문을 열었다. 역시 예전 그대로였다. 그녀에게 익숙한 곰팡이 냄새도 여전했고, 다만 침상 머리맡 오두주 위에 목이 긴 흰색 도자기 병이 하나 더 놓여 있었으며, 그 안에 꺾어온 지 얼마 되지 않은 연꽃이 한 송이 꽂혀 있었다. 왠지 모르게 그 꽃을 보고 있자니 또 눈물이 흘렀다.

시췌가 돌아왔을 때 슈미는 깊이 잠들어 있었다.

그녀는 이른 아침에 이웃 마을 장에 갔는데 달걀을 한 광주리 가득 가지고 갔으나 한 개도 팔지 못했다. 점심때 큰 달걀 양씨 부인을 만났다. 그녀가 시췌 가까이 다가오더니 나지막한 목소리로 그녀에게 말했다. "교장이 돌아왔어." 이미 십여 일 전에 시췌는 슈미가 곧 감옥에서 나온다는 소식을 들었지만 그녀가 정말로 돌아왔다고 하니 왠지 심란하고 당황스러웠다. 그녀는 손으로 광주리의 달걀을 감싸고 황급히 발길을 돌렸다. 마을 입구에 왔을 때 나루터의 뱃사공 탄수이진이 그녀를 향해 걸어오는 모습이 눈에 들어왔다.

그는 등이 더욱 굽어 보였다. 뒷짐을 지고 굳은 얼굴로 다가오던 그는 멀리서부터 그녀를 향해 구시렁거렸다. "그 미친 것이 돌아왔어?"

앞으로 몇 걸음 더 다가오더니 그가 다시 말했다. "혼자서 돌아왔다며?"

시췌는 그의 말속에 담긴 뜻을 이해하고도 남음이 있었다. 첫 번째 말은 그의 아들 탄쓰의 참혹한 죽음을 지금도 여전히 가슴속에 묻어두고 있다는 뜻이고, 두 번째 말은 슈미의 배 속에 든 아이가 마음에 걸린다는 뜻이었다. 불쌍한 수이진, 그는 누구보다도 슈미가 그들 탄씨 집안의 아이를 품고 있기를 갈망했다. 그녀의 살짝 부른 배야말로 살날이 얼마 남지 않은 수이진의 유일한 희망이었다. 그런데 그녀가 혼자 돌아왔다면 그 아이는 또 어디로 갔단 말인가?

집에 돌아와서 시췌는 부엌에 처박혀 한참 동안 가쁜 숨을 몰아쉬었다. 하지만 여전히 후원에 있는 다락으로 가서 그녀를 만날 용기가 나지 않았다. 그녀의 심장이 계속 쿵쾅거렸다. 이미 오랫동안 슈미를 단독으로 만난 적이 없었다. 더군다나 최근 몇 년 동안 슈미는 그녀를 한 번도 똑바로 쳐다보지 않았다.

저녁이 되자 그녀는 국수를 한 그릇 만들어 다락방으로 들고 갔다. 문을 밀고 들어갈 때 이를 드러내고 입을 일그러뜨리기도 하고 눈을 찡긋하며 곁눈질을 하는 등 우스꽝스러운 표정을 지으며 자신에게 용기를 북돋았다. 슈미는 옆으로 누워 그녀에게 등을 돌리고 옷과 신발도 벗지 않은 채로 깊은 잠에 빠져 있었다. 시췌는 그릇과 젓가락을 가만히 오두주에 올려놓고 숨을 죽인 채 살금살금 뒷걸음질로 물러나 문을 닫고 아래층으로 내려왔다.

그날 밤 내내 시췌는 부엌에서 지냈다. 그녀는 목욕물을 데우고 다시 데우면서 그녀의 주인이 아래로 내려와 목욕할 때를 기다렸다. 하지만 다락방은 밤새 한 번도 불이 켜지지 않았다. 이튿날 이른 아침 그녀가 발소리를 죽여 살금살금 다락방으로 올라갔다. 놀랍게도 슈미는 어제와 똑같은 자세로 여전히 침상에서 등을 돌린 채 단잠을 자고 있었지만 그릇 속 국수는 언제 먹었는지 깨끗하게 비워져 있었다. 그릇과 젓가락을 치울 때 그릇 아래에 종이쪽지가 눌려져 있었는데 무슨 글씨가 잔뜩 적혀 있었다. 그녀는 아래층으로 내려와 종이쪽지를 이리저리 뒤집

복사꽃 그대 얼굴

으며 눈이 벌게지도록 되풀이하여 살펴보았지만 종이 위에 적힌 내용
이 무엇인지 도무지 알 수 없었다. 그녀의 마음도 따라서 무거워졌다. 설
마 내가 글을 모른다는 사실을 잊고 있는 것은 아니겠지? 그렇다면 그
녀의 정신병이 전혀 좋아지지 않은 거잖아. 그러나 시췌는 또한 주인이
뭔가 중요한 일을 즉시 처리하도록 부탁한 것은 아닌지 걱정이 되었다.
한참을 멍하니 있다가 그녀는 종이쪽지를 들고 딩 선생 댁으로 갔다.

딩수쩌는 병석에 누운 지 벌써 6개월이 되었다. 모두들 등불 기름
이 다 마른 것처럼 기력이 다해 밀을 거둘 때까지 버티지 못할 것이라고
말했다. 그러나 그해 딩수쩌가 새로 수확한 밀로 만든 국수를 맛본 후
그의 병세는 더 이상 나빠지지 않았다. 물론 더 좋아지지도 않았다. 그
는 큰 새우처럼 구부정하게 침상에 누워 연신 침을 흘려 대자리가 언제
나 축축했다.

그는 시췌가 건네준 쪽지를 보더니 꿀꺽거리며 침을 몇 번 삼킨 후
그녀를 향해 손가락 세 개를 펴보였다.

"세 마디로군." 딩수쩌는 이가 거의 다 빠져 말을 할 때마다 자꾸만
소리가 샜다. "첫 번째 구절은 '나는 이제 말을 할 수 없어'야. 벙어리가
되었기 때문에 말을 할 수 없다는 게지. 이게 첫 번째 구절이야."

"그녀가 어쩌다 말을 할 수 없게 되었지요?" 시췌가 물었다.

"그거야 알 수 있나?" 딩수쩌가 말했다. "종이에 분명히 적어놨어.
나는 이제 말을 할 수 없다고 말이야. 벙어리가 되었다는 것이지. 예부
터 관아에 들어가는 것은 깊은 바다에 들어가는 것과 같아서 그저 살
아서 돌아오기만 해도 괜찮은 것이지."

"그래 맞아." 딩 사모가 옆에서 끼어들었다. "일단 감옥에 들어가면
온갖 형벌을 받지 않을 수 없어. 그녀가 벙어리가 된 것도 형벌의 일종

이야. 틀림없어. 그들이 그녀에게 벙어리가 되는 약을 먹였거나 귀지를 먹여 벙어리가 된 거야. 그런 일은 쉽게 할 수 있어. 너도 잘못해서 네 자신의 귀지를 먹게 되면 벙어리가 된단다."

"또 뭐라고 썼어요?"

"두 번째 구절은 앞뜰은 네 것으로 하고 뒤뜰은 자기 것으로 한다는 거야. 말인즉슨 그 애가 너랑 집을 나누겠다는 것이지. 루씨 집안의 저택을 둘로 나누어 앞뜰은 네 것으로 하고 뒤뜰은 자기 것으로 할 것이니 우물물이 강물을 범하지 않는다는 말처럼 각자 한계를 분명히 하여 서로 침범하지 말자는 뜻이야. 그리고 마지막 말은……, 후원 대숲에 있는 오리 우리를 허물라고 하는구나."

"집안을 돼지우리처럼 만들어놓고 저리 많은 닭이며 오리 등 가축을 키운다고 나를 원망하는 것이 틀림없어요." 시췌의 얼굴이 어두워졌다.

"그렇다고 그녀가 너를 탓해서는 안 되지." 사모가 말했다. "집안의 땅을 한 뼘도 남기지 않고 다 팔아버려 집에 남은 것이 없는데 여자 혼자 몸으로 가축이라도 키우지 않는다면 무엇으로 입에 풀칠을 할 수 있겠어? 게다가 지금 그녀는 형기를 마치고 감옥에서 나온 처지에, 기본적으로 폐인이 되어 아무 일도 할 수 없고, 어깨로 뭔가를 들 수조차 없는데 너를 의지하지 않을 수 있겠니? 그냥 신경 쓰지 마려무나. 그녀가 앞뜰을 너에게 나눠준다고 했으니 그냥 네가 하고 싶은 대로 애써보렴. 기르고 싶은 것이 있으면 기르면 되지. 닭이나 오리는 말할 것도 없고 사내를 기른다 해도 그녀가 간여할 수 없을 게야."

그 말에 시췌는 얼굴은 물론이고 목까지 빨갛게 달아올랐다.

이후 며칠 동안 시췌는 딩수쩌의 집을 뻔질나게 들락날락했다. 그러자 딩 사모가 말했다. "얼마 되지 않아 우리 집 문지방이 너 때문에 다 닳아버리겠구나."

종이에 적힌 내용 가운데 어떤 것은 시훼가 시장에 가서 사올 물건들, 예를 들어 붓, 벼루, 먹, 종이 등의 명칭이고, 또 일상생활의 사소한 일들, 예를 들어 "마통馬桶(변기)에 물이 새니 속히 수리하라"거나 "어제 저녁 탕이 약간 짜던데 조금 싱겁게 할 수 없을까?" 혹은 "다락 청소는 굳이 날마다 할 필요 없으니 열흘에 한 번 정도 해도 좋다"는 등이었다. 그리고 "닭들이 동이 트기 무섭게 울어대서 정말 짜증이 나는데 왜 몽땅 죽여버리지 않지?"라는 말도 있었다.

마지막 구절을 보고 딩수쩌가 쓴웃음을 지으며 말했다. "그 애는 정말 어리어리하구나. 새벽을 알리는 것은 수탉이고 암탉은 울지 않는데 왜 다 죽이라는 거야? 보아하니 혁명당 사람들의 구습을 여태껏 벗어던지지 못한 게야. 암탉은 남겨놓아 알을 낳도록 하고, 수탉을 잡거들랑 나도 먹어보게 한 그릇 보내주렴."

다음 날 시훼가 닭고깃국을 가져다주자 딩 선생이 말했다. "그녀가 수탉이 우는 소리를 들을 수 있다면 귀는 아직 멀지 않고 그저 말만 못할 뿐이라는 거야. 그러니 무슨 일이 있거든 그 애에게 직접 말하려무나. 굳이 나보고 글을 써달라고 하지 말고. 이 늙은이가 너희들 등쌀에 정말 못 견디겠구나."

가장 괴상한 것은 이런 내용의 쪽지였다. "급히 아래 물건이 필요하니 빠짐없이 마련해주렴. 해묵은 똥물 약간, 석유황石硫黃 약간, 연못 밑바닥 진흙 약간, 콩비지 약간, 살아 있는 방게 몇 마리."

딩수쩌가 보고 처음에는 쓴웃음을 짓더니 연이어 고개를 저었다. "그 애는 이런 상관도 없는 물건을 가지고 뭘 하겠다는 게야?"

사모도 보았지만 그 뜻을 알 수 없어 그저 탄식하며 말했다. "매사에 그녀 뜻대로 해주다간 내일은 너보고 하늘에 올라가 별을 따오라고 할지도 몰라. 내 말대로 해, 아예 그녀를 상대하지 말라고."

하지만 시췌는 그녀를 만족시켜주기로 했다.

그녀는 연못으로 가서 개흙을 뜨다가 발을 헛디뎌 하마터면 빠져 죽을 뻔했다. 겨우 뭍으로 올라왔지만 두 번 다시 들어갈 엄두가 나지 않았다. 그래서 집 앞 도랑에서 말라버린 진흙을 떠다가 물을 섞어 희석시키고 밀가루 반죽처럼 걸쭉하고 차지게 주물렀더니 연못 밑바닥의 진흙과 별반 차이가 없어보였다. 콩비지는 오히려 구하기 쉬웠는데 마을 서쪽 두부가게에 가면 있었다. 똥물은 뒷간에서 아무렇게나 한 국자 뜨면 되지만 그녀 역시 어느 것이 올해 것이고 또 어느 것이 해묵은 것인지 냄새만으로 구분할 수 없었다. 살아 있는 방게야 들판 도랑에 지천으로 깔렸기 때문에 아이들에게 잡아오라고 하니 어느새 새우 통발 한가득 잡아왔다. 가장 구하기 어려운 물건은 석유황인가 뭔가라는 것이었다. 여러 사람들에게 물어보았지만 약방의 점원조차 뭐하는 것인지 몰랐다. 결국 그녀는 폭죽을 몇 개 사다가 심지를 빼내고 화약을 털어내어 모래흙과 섞어 '석유황'을 만들어냈다.

그녀는 그것들을 모두 마련하여 후원 다락방 옆 계단에 가지런히 배열해놓았다. 그런 다음 앞뜰로 돌아와 문틈으로 몰래 동정을 살폈다. 강렬한 호기심이 발동하여 도대체 어찌된 영문인지 살펴보지 않을 수 없었던 것이다. 오후가 되자 슈미가 잠이 덜 깬 게슴츠레한 눈으로 아래층으로 내려오는 것이 보였다. 그녀가 그 희귀한 물건들을 보고는 냄새를 맡고 또 맡으며 소매를 걷어 올리는데 그 모습이 마치 아이처럼 기뻐하는 것 같았다.

복사꽃 그대 얼굴

알고 보니 그녀는 연꽃을 심으려는 것이었다.

이전에 집안에서 제법 넓고 깊은 청화 도자기로 만든 항아리 두 개에 연꽃을 기른 적이 있었다. 바오천이 줄곧 책임지고 돌보았는데, 매년 6, 7월이 되면 꽃을 피웠다. 노부인이 살아 계실 때는 종종 연잎으로 고기를 삶기도 하고 찹쌀떡을 찌기도 했기 때문에 그녀는 지금도 여전히 연꽃 향내를 희미하게 기억할 수 있었다. 겨울이 되면 눈이 내리기 전에 바오천이 항아리 위에 나무판자를 걸쳐놓고 두터운 짚을 덮어 뿌리를 보호해주던 것이 생각났다.

바오천이 푸지를 떠난 후로 연꽃 항아리를 돌봐주는 이가 없어 시췌는 연꽃이 말라 죽었으리라 여기고 있었다. 그런데 올해 초여름 다락방을 청소하면서 항아리에 뜻밖에도 붉은 연꽃 한 송이가 비쩍 마르고 작게나마 피어 있는 것을 발견했다. 항아리에는 몇 조각 되지 않는 연잎이 악취를 풍기는 시커먼 물 위에 떠 있었다. 연잎은 가장자리가 말려 있거나 아예 시들어버려 마치 녹이 슨 것처럼 톱니모양으로 테를 두르고 있었다. 항아리 안에는 셀 수도 없을 정도로 많은 벌레들이 모여 있다가 사람이 지나가자 윙하고 날아올라 얼굴에 마구 부딪혔다. 시췌는 그 유일한 연꽃을 아무렇게나 따다가 다락방으로 가지고 가서 목이 긴 흰색 병에 꽂아두었다.

슈미는 바로 그 두 개의 항아리에 연꽃을 가꾸려고 했던 것이다. 그녀는 콩비지와 연못의 진흙, 석유황을 나무 함지에 넣어 잘 섞고 다시 똥물을 골고루 뿌린 후 나무 함지를 햇살 잘 드는 양지에 가져다 말렸다. 그런 다음 연꽃 항아리 쪽으로 가서 항아리에 가득한 작은 벌레들을 모두 쫓아버리고 잡초를 건져낸 후 나무국자로 항아리에 남은 물을 모두 떠냈다. 그녀는 이렇듯 열심히 일하느라 적삼이 다 젖고 씩씩 가쁜 숨을 몰아쉬었으며, 심지어 얼굴까지 진흙투성이가 되었다.

해가 서산으로 질 때쯤 시췌가 더 이상 참지 못하고 그녀를 거들어주기 위해 문 뒤에서 뛰쳐나왔다. 때마침 슈미는 나무 함지에 담긴 진흙으로 연꽃 뿌리를 덮어주고 있었다. 그녀가 다가오는 것을 보더니 슈미가 옆에 있는 나무통을 발로 차면서 그녀를 힐끗 쳐다보았다. 시췌는 즉각 그녀의 뜻을 알아차렸다. 연못에 가서 물을 길어오라는 뜻이었다. 시췌는 나는 듯이 달려가 물을 떠온 후 슈미가 깨끗한 물을 항아리에 천천히 붓는 모습을 보면서 엉겹결에 한마디 물었다. "이렇게 하면 소용이 있을까요?"

물론 그녀는 어떤 대답도 얻지 못했다.

거의 한 달이 지났을 때 시췌는 후원의 꽃항아리를 지나게 되었는데, 놀랍게도 새로 피어난 연잎이 빽빽하게 두 개의 항아리를 가득 채우고 있었다. 연잎은 족히 손바닥만 한 크기로 거무스름하기도 하고 푸른 빛이 돌면서 제법 살이 올랐는데 연잎 사이로 꽃이 가득 피었다. 한쪽 항아리에는 옅은 흰색, 그리고 다른 쪽 항아리에는 짙은 붉은색으로 피어 담담하게 맑은 향기를 내뿜고 있었다. 시췌는 그 항아리 옆에 서서 날이 어두워지도록 오랫동안 차마 떠나지 못했다. 예전에 바오천은 두 항아리의 연꽃이 나리가 몇 십 년 동안 기른 오래된 진품이라고 말한 적이 있었다. 그런데 오늘 이리 보니 과연 어여삐 여기지 않을 수 없었다. 물방개 몇 마리가 연잎 위에서 오르락내리락하며 꽃줄기를 가볍게 흔들어 대고, 바람이 불어오자 연꽃도 따라 움직이며 가볍게 소리를 냈다.

이튿날 아침 그녀가 다락방을 청소할 때 또 책상에서 종이쪽지 한 장을 발견했다. 그녀가 들고 딩수쩌를 찾아가 보여주니, 딩 선생이 웃으며 그녀의 머리를 쓰다듬었다. "아이고, 이 바보야. 이건 그 애가 그냥 제멋대로 쓴 것이니 네가 상관할 것이 아니야."

시췌가 종이에 쓰인 것이 무엇이냐고 캐묻자 딩 선생이 말했다. "종이에 쓰여 있는 부용芙蓉, 부거芙蕖, 수운水芸, 택지澤芝, 연蓮, 영蕚, 함담菡萏 등은 모두 연꽃의 이름이고, 금변錦邊, 은홍銀紅, 노도露桃, 설기雪肌, 주금酒金, 소백小白 등은 꽃 이름이지. 이런 것들은 독서인들이 자신의 흉금을 털어놓기 위해 하는 일종의 놀이란다. 너하고는 상관이 없어."

잠시 후 딩 선생이 손가락으로 수염을 배배 꼬면서 신음하듯이 말했다. "철 따라 피는 향초는 역대로 미인을 가리키는 이름이었어. 성정을 기를 수도 있고 말도 알아들을 수 있다는 거야. 난초는 깊은 계곡에서 피고 국화는 채소밭에 숨어 있으며, 매화는 산봉우리에서 향기로운 눈이 쌓이게 하고 대나무는 창가에서 맑은 향기를 날리지만 유독 연꽃만은 진흙 속에서 모욕을 당하고 더러운 곳에 빠져 있지만 그 더러움에서 벗어나 오염되지 않고 고결한 품격을 닦고 온화하고 아리따운 성품을 기르니, 슈미가 아름다운 연꽃과 비교되는 것은 그 애의 신세가 어그러졌기 때문이겠지? 비록 그러나 내가 그 뜻을 보건데 적막하여 은둔의 뜻이 숨어 있으니 참으로 한탄스럽구나, 한탄스러워!"

시췌가 머뭇거리다 말했다. "딩 선생님께서 방금 하신 말씀을 저는 반 마디도 알아듣지 못하겠어요."

그녀의 말을 듣고 딩수쩌의 혼탁하고 침침한 노안에서 푸른 광채가 나더니 한참 동안 시췌를 노려보았다. 딩수쩌가 천천히 말했다. "내 말을 알아듣고 싶다면야 그리 어려운 것도 아니지."

시췌가 무슨 뜻인지 알 수 없어 몸을 돌려 사모를 쳐다보았다. 딩 사모가 설명했다. "내가 보니, 온종일 네가 우리 집으로 달려와 호들갑을 떨면서 저 벙어리가 몇 자 적어준 것을 무슨 성지聖旨라도 얻은 양 급보하러 달려오는데, 시간이 길어지다 보니 이 역시 좋은 방법이 아니야. 너도 힘들고 우린 더 힘들 것이니 말이지. 할 말은 아니다만 만약에 선생님이 어느 날 갑자기 세상을 뜨시기라도 한다면 네가 무덤을 파고 관뚜껑을 열어 선생에게 물어보기라도 할 거니? 어제 저녁에 내가 딩 선생과 상의를 했는데, 너에게 몇 글자라도 가르쳐주는 것이 좋겠다고 하시는구나. 우리 집 선생은 배 속이 온통 학문으로 가득 차 있으니 채 반년이 되기도 전에 너 스스로 그녀가 쓴 글자를 보고 이해할 수 있을 게다. 네 생각은 어떠하냐?"

시췌는 대나무 침상에 있는 뼈골이 상접할 정도로 앙상하게 마른 늙다리 딩 선생을 흘낏 쳐다보고 또 땅바닥과 벽에 가득한 가래 흔적을 보고 있자니 자기도 모르게 덜컥 겁이 나서 얼굴에 난색을 띠었다. 하지만 딩 사모가 자신을 빤히 쳐다보고 있으니 대강 얼버무릴 수밖에 없었다. "사모님, 제게 잠시 생각할 시간을 주세요."

그러자 사모가 정색을 하며 말했다. "생각은 무슨 생각? 딩 선생으로 말할 것 같으면 천하를 경륜하여 다스릴 만한 재주를 가져 시운만 잘 맞았다면 일찌감치 재상이 되고 신선神仙 반열에 올랐을 게야. 오늘 기꺼이 너에게 글을 가르쳐주시겠다고 하니 네 복이라고 할 수 있겠지. 이리 좋은 일은 네가 등불을 들고 찾아보아도 찾을 수 없을 것이야. 만약 네가 응낙하지 않는다면 내일부터는 우리 집에 달려올 생각 마라."

시췌는 사모의 얼굴색이 변하는 것을 보고 당황하여 어찌할 바를 모르다가 그저 얼떨결에 승낙하는 수밖에 없었다. 바닥에 가래가 너무 많아 큰 절을 올릴 수 없자 딩 사모가 다가와 그녀의 머리를 눌러 딩 선생에게 아무렇게나 세 번 고개를 숙여 절하도록 하니 정식으로 스승에게 예를 올리고 사숙에 들어가게 된 셈이었다. 일단 스승으로 모시게 되자 딩 선생은 그 즉시 흉악한 모습을 드러냈다. 그는 침상에서 벌떡 일어나더니 침상 벽에 기대어 앉아 낭랑한 목소리로 말했다.

"이치대로 하자면 글을 깨우치고 책을 배우려면 마땅히 돈을 받아야 할 것이야. 관례에 따른 수업료는, 너도 쌓아놓은 것이 없을 터이니 나도 요구하지 않으마. 다만 매일 암탉이 알을 낳으면 그중에서 큰 놈을 집어 내가 먹도록 가져오렴. 많이도 필요 없어 그저 하루에 한두 개면 족하니라."

시췌는 시름이 가득한 채로 딩 선생 집을 나와 곧바로 이웃 화얼냥의 집으로 갔다. 그녀와 그 일을 상의할 생각이었다. 화얼냥은 때마침 창가에서 실을 잣고 있었다. 그녀는 물레를 돌리면서 시췌의 걱정거리를 들었다. 끝에 가서 그녀가 웃으며 말했다.

"매일 달걀 한 알이라고? 그 교활한 늙은 것이 그런 생각을 해냈단 말이지! 속담에 이르길 사람이 글을 배우면 멍청해진다더니. 사람이 세상을 살아가는데 가장 중요한 게 먹고 입는 것 말고 또 뭐가 있겠어? 너는 여자 몸으로 장원급제할 것도 아닌데 굳이 애써가며 뭘 배우려고 해? 내가 보기에 너는 그따위 인간을 아랑곳하지 않는 것이 좋겠어."

화얼냥 집을 나온 그녀는 다시 멍 할멈 집으로 갔다. 멍 할멈은 그녀와 친척이기도 하고 젊은 시절에 몇 글자 배운 적도 있어 아무래도 안목이 달랐다. 멍 할멈이 말했다. "몇 글자 배우는 것도 나쁘지는 않아. 적어도 나중에 돼지새끼를 팔고 장부에 뭐라고 끄적거릴 때도 소용이 있겠지. 사례금은 필요 없다고 하고 매달 달걀 서른 알이면 그리 많다고 할 수도 없어. 딩수쩌는 아들이나 딸도 없이 요 몇 년 동안 그저 앉아서 있는 재산을 까먹고 있으니 어찌 보면 가련하기도 해. 내가 생각하기에 그는 이제 달걀이 무슨 맛이었는지조차도 기억하지 못할 지경일 거야."

할멈이 이렇게 말하자 시췌는 마음이 놓였다. 그 이후로 그녀는 비바람이 불어도 빠짐없이 매일 딩 선생 집에 가서 글자를 배웠다. 처음 한두 달은 별다른 일이 없었지만 시간이 흐르면서 시췌는 점차 걱정거리가 생기기 시작했다. 딩수쩌가 걸핏하면 그의 더러운 손으로 그녀의 머리를 쓰다듬거나 때로 고의든 그렇지 않든 간에 그녀의 몸을 만지거나 건드렸기 때문이었다. 처음에는 시췌도 손윗사람의 체면을 봐서 감히 불쾌한 내색을 하지 못했다. 그러자 나중에 가서는 딩수쩌가 더욱 황당하고 무례하게 굴기 시작하더니 너절하고 껄렁한 말로 그녀를 희롱하곤 했다. 시췌는 얼굴을 붉히게 만드는 그런 말을 들어도 그저 알 듯 말 듯 했지만 그가 말하는 품새를 보면 내심 무슨 뜻인지 분명하게 알 수 있었다. 그녀는 사모의 질투가 유명하다는 것을 알고 있었기 때문에 그녀에게 알리면 한바탕 풍파를 일으킬 것은 피할 수 없고 다른 사람들마저 알게 되어 우스갯거리로 삼을 것이 분명했기 때문에 꾹 참고 그저 모른 척했다. 한번은 딩수쩌가 그녀에게 부인과 장지위안의 관계에 대해 이야기하다가 걸쭉한 대목에 이르자 그녀의 손을 붙잡고 끊임없이 주무르고 어루만지면서 입으로 사랑스러운 누이니 사랑스러운 엄마니 하면서 헛소리를 지껄였다.

결국 시췌는 사모를 찾아가 괴로움을 하소연하는 수밖에 없었는데, 뜻밖에도 사모는 그녀의 이야기를 다 듣더니 깔깔거리며 웃음을 터뜨렸다. "네 선생은 이제 곧 땅속으로 들어갈 사람이다. 그가 너를 몇 번 만지작거리고 제멋대로 말하더라도 지나치지만 않는다면 그 사람 마음대로 하게 내버려 두렴."

3

다락방은 태호석太湖石 위에 세웠다. 다락방 서쪽 약간 낮은 곳에 육각형의 정자가 한 채 세워져 있었는데, 정자 사방으로 울타리가 쳐져 있었다. 정자 안에는 돌로 만든 탁자와 의자 외에 아무것도 없었다. 정자의 기둥 좌우로 아버지가 예전에 쓰신 대련이 새겨져 있었다.

창문 앞 나무 마주하고 앉아
나무 그림자 세 곳(서, 북, 동)으로 옮겨 가는 것 보네.[33]

슈미는 감옥에서 나온 후 어쩌다 아래층으로 내려와 화초를 돌보는 것 말고는 거의 매일 정자에서 책을 펼치고 시간을 보냈다. 아무 일에도 관심을 두지 않는 칩거생활 속에서 그녀는 상상 속의 평안을 누릴수 있었다. 책을 보다가 피곤해지면 돌 탁자에 엎드려 잠시 휴식을 취했다. 보통 오후가 되면 서쪽 담장에서 길게 늘어지는 해 그림자를 볼 수있었다. 시간이 흐르면서 그녀는 점차 담장에 비치는 빛 그림자의 이동경로를 통해 시간을 판단할 수 있게 되었다.

해시계와 비슷하게 빛 그림자로 시간을 계산할 때는 종종 계절이나절기, 주야의 길이 등을 모두 고려해야만 한다. 예전에 아버지는 담장의그림자와 계절, 절기를 연관시킨 대조표를 손수 만드신 적이 있었다. 바오천이 아버지가 남긴 유고 중에서 그 부분을 찾아내 조심스럽게 제본

---

33) 당대 시인이자 지괴소설가인 단성식(段成式, 803~863)의 시 〈한중호〉(閑中好)에 나온다. "坐對當 窓木, 看移三面陰."

하여 책을 만들었다.

만약 빛 그림자가 담장 아래에 있는 식물들, 예를 들어 접시꽃이나 파초 또는 비파의 가지 끝에 머물게 되면 시간 계산이 부정확해진다. 식물은 매년 성장하고 피는 꽃의 수나 크기도 서로 다르기 때문이다. 만약 아버지가 정확하게 시간의 변화를 계산할 생각이었다면 모래시계를 만드는 것이 가장 간단한 방법이었을 것이다. 그러나 아버지는 그렇게 하지 않았다. 오직 적막한 사람만이 시간에 대해 정밀한 연구를 할 수 있을 것이니, 설사 내면의 고통으로 어떤 일도 할 수 없을 정도로 괴롭다고 할지라도 상황은 마찬가지이다.

아버지의 고민거리는 날씨가 흐리거나 비가 올 때 시간이 엉망으로 뒤엉키고 만다는 것이었다. 이른 새벽의 어두침침함은 황혼에 가깝고, 어느 가을날 오후의 따사로운 햇살 역시 사람들에게 봄날 화창한 4월에 있다고 착각하게 만들 수 있다. 특히 잠에서 막 깨어나 대뇌가 아직 몽롱한 상태에 놓여 있을 때면 정자 주위의 풍물들이 빨리 판단하라고 재촉하곤 했다.

셀 수도 없이 많은 밤마다 아버지는 이 작은 정자에서 무수히 많은 뭇별들을 바라보면서 위치가 고정되어 있는 항성에 이름을 붙이고자 했다. 그 명칭들은 각양각색으로 꽃 이름도 있고 동물 이름도 있으며, 심지어 집안사람이나 아는 이들의 이름도 있었다. 예를 들어 유고의 한 부분을 보면 이런 기록이 나온다.

바오천과 어미 돼지가 은하수를 사이에 두고 마주보며, 그 안에 말리茉莉(재스민)와 딩수쩌, 나(그 자신), 그리고 산양山羊 이렇게 네 개의 별이 있다. 나는 처음에 그다지 밝지 않아 식별하기 어려웠다. 말리와 산양,

복사꽃 그대 얼굴

딩수쩌는 품品자 모양을 하고 있다. 바오천과 어미 돼지는 남쪽과 북쪽에서 가장 찬란하게 빛나니 뭇별들의 으뜸이다.

아버지의 유고에는 시간에 대한 미세한 느낌이 상당히 많은 지면을 차지하고 있다. 그가 보기에 절기의 교체나 식물의 영쇠榮衰, 계절의 변화와 밤낮의 바뀜이 만들어내는 시간의 그물망 등은 표면적으로 고정 불변인 것처럼 보이지만 실제로는 모든 사람들의 현저하게 다른 감각에 의지하고 있다. 예를 들어 한 시간은 잠을 자는 사람에게는 실제로 존재하지 않지만 난산 중인 임산부에게는 끝이 없이 길고 긴 시간이다. 그러나 잠을 자면서 한 시간 동안 꿈을 꾼다면 이런 상황은 별도로 논의해야 한다. 아버지는 이렇게 썼다.

오늘 꾼 꿈은 한없이 지루하기만 했다. 꿈속에서 본 것들은 이 세상과 달랐다. 전생인가? 내세인가? 도화원인가? 푸지인가? 꿈에서 놀라 깨어났을 때 슬픔이 솟구쳐 나도 모르게 눈물을 흘렸다.

그가 조용히 담장의 나무 그림자를 볼 때면 시간이 멈춘 듯했다. 그것은 "조금 움직였지만 마치 백년 같았다." 그러나 돌 탁자에서 잠시 졸았을 때는 "갑자기 황혼이 도약하듯 다가와 땅거미가 사방을 에워싸고 밤이슬이 옷 속에 스며들어 오늘 저녁이 어느 저녁인지 모르게 된다."

별자리를 관찰하고 시간을 기록하는 것 외에도 책속에는 많은 잡문과 시사詩詞, 가부 및 손가는 대로 써서 내용을 알 수 없는 몇 마디 토막 문장이 남아 있었다. 유고는 광서 3년 동짓달 초파일에 끝났다. 아버지가 마지막으로 쓴 몇 줄의 문장은 이러했다.

오늘 밤에 큰 눈이 내렸다. 거미줄처럼 헝클어진 세월이 혼란스럽다. 어찌할거나, 어찌할거나.

정자와 그 맞은편에 있는 담장 사이의 조그마한 황무지를 아버지가 개간하여 화원을 만드셨다. 지금은 시췌가 일구어 마늘 한 뙈기, 부추 한 두렁을 심었다. 유일하게 나무 그늘 아래 있던 찔레꽃 시렁은 지금도 원래 그 자리를 차지하고 있다. 나무 시렁은 여전히 그대로이지만 찔레꽃은 이미 말라 죽어 덩굴 가지가 걸린 채 바람 따라 흔들리고 있었다.

거의 매일 점심때가 되면 시췌가 뒷마당에서 마늘이며 파를 뽑았다. 그녀는 쪼그리고 앉아 있을 때면 고개를 들어 정자 쪽을 바라보곤 했다. 때마침 슈미가 그녀를 바라보고 있으면 시췌는 환하게 웃곤 했다. 그녀의 얼굴은 붉고 윤기가 흘렀으며, 발걸음이 빨라 마치 바람이 한바탕 몰아치는 것 같았다. 그림자처럼 홀연히 나타났다 사라지는 것이 영원히 달리고 있는 듯했다. 파를 꺾고 마늘을 뽑는 것 말고 헛간에 가서 땔나무를 꺼내오기도 했다. 때로 다락방에 올라와 청소를 하거나 또는 시장에서 사온 종자나 꽃씨를 전해주기도 했다.

황혼 무렵, 저녁 햇살이 서쪽 담장으로 이동하고 정원 담장의 용초茸草와 칡덩굴이 붉게 돋보이면 슈미는 다락방에서 내려와 찔레꽃 시렁과 대숲, 그리고 땔나무 곳간 사이로 자취를 감추곤 했다. 대청 앞 계단을 미처 쓸지도 못했는데 비가 와 마당 가득 나뭇잎이 덮이면 사방에 파릇파릇한 이끼가 가득하여 푸른빛이 고요하고 한적함을 더했다.

복사꽃 그대 얼굴

항아리에 있던 연꽃이 모두 지자 슈미는 가을 국화가 생각났다. 하지만 아쉽게도 눈에 들어오는 것은 울타리 구석에서 찾아낸 야생국화 몇 송이뿐이었다. 홑잎에 꽃봉오리가 자잘하고 빽빽했으며, 색은 담담한 흰색이거나 옅은 황색으로 말리화와 비슷했으나 향기가 없었다. 슈미는 조심스럽게 한 뿌리를 캐내어 도자기 화분에 옮겨 심고 온 정성을 다해 보살피면서 다락방 아래 응달진 곳에 두었는데 며칠 되지 않아 그만 말라 죽고 말았다. 정원 안에 있는 마란馬蘭(감국甘菊), 천축天竺, 염초厭草, 택란澤蘭(등골나무), 호채蒿菜(쑥) 등은 오히려 곳곳에서 눈에 띄었다. 왕세무王世懋는《백화집보》百花集譜에서 그것들을 자국紫菊, 관음국觀音菊, 수구국繡球菊, 해아국孩兒菊으로 불렀는데, 비록 국화라는 이름을 붙이기는 했지만 사실 국화 종류는 아니다. 게다가 늦가을이 오기도 전에 꽃이 다 지고 말았다. 매일 주변을 살펴 보니 정원에서 막 씨를 맺은 커다란 붉은 석류, 두 그루의 목서木犀, 한 떨기 계관초鷄冠草(맨드라미)를 제외하고 가장 곱게 꽃이 핀 것은 동쪽 담장의 헛간 밖에 늘어선 봉선화였다.

봉선화는 일 년 내내 돌보지 않아 붉은 뿌리줄기가 밖으로 드러나고 잎사귀는 닭이 쪼아 먹어 잎맥만 남아 다 죽어갈 지경이었다. 슈미는 황토를 퍼와서 가는 모래와 잘 섞어 꽃나무 아래에 덮어주고 쌀뜨물과 계분, 그리고 콩깻묵으로 뿌리에 자양분을 주고 석회수를 뿌려 지렁이를 없앴다. 대략 한 달 정도 손을 대자 가을바람이 서늘한 기운을 실어오고 가을 서리가 처음 내릴 때가 되었는데 놀랍게도 누렇던 잎사귀가 푸른색으로 바뀌었다. 차가운 가을비가 내리자 뜻밖에도 꽃이 피었다. 붉은색과 자색이 선명하니 단아하고 아름다웠다. 처음에는 홑꽃만 피어 드문드문한 것이 볼품이 없었지만 슈미가 매일 저녁마다 시든 꽃과 작은 꽃망울을 따주고 대나무를 박아 꽃술을 지탱해주자 꽃이 점점 조밀해지고 이어서 꽃술과 꽃받침이 서로 번갈아가며 커다란 공처럼 동그랗게 되더니 가지 위에 모여 떨기가 무성해지고 요염한 아름다움을 뽐내게 되었다.

며칠 동안 슈미는 꽃을 들여다보며 하염없이 웅크리고 앉아 있었다. 무엇을 생각하고 있는지 멍하니 앉아 있다 돌연 놀라기도 했다. 절기로 백로白露가 되는 날 슈미는 진한 차를 몇 잔 마신 까닭에 침상에 누워 이리저리 뒤척거리며 잠을 이루지 못했다. 한밤중이 되어서는 아예 옷을 걸치고 아래층으로 내려와 등불을 들고 가보았다. 밤바람에 꽃가지가 흔들리고 차가운 이슬이 점점이 맺혔다. 푸른 줄기와 붉은 꽃봉오리 아래 담장은 온통 곤충들이 들고나는 세계였다. 나방, 귀뚜라미, 풍뎅이, 거미, 검은 방울새가 그 사이를 오가며 날갯짓을 해대는 것이 번잡하고 소란스러웠다. 슈미는 금세 그 작은 벌레들에게 매료되었다. 특히 풍뎅이 한 쌍이 자신의 짝을 등에 업고 꽃자루를 따라 기어오르는 모습이 이채로웠다. 셀 수 없이 많은 개미들이 커다란 꽃잎을 들고 가다 쉬다를 반복하는 모습이 마치 화환을 들고 장례대열을 따르는 것 같았다.

벌레들의 세계는 비록 다른 세상이지만 인간세상과 마찬가지로 모든 것이 갖추어져 있다. 그렇다면 만약 도처에 시들어 떨어진 꽃잎으로 인해 길이 막혔다면 물방개는 무릉도원의 어부처럼 도화원으로 잘못 들어가게 될까?

그녀는 자신이 꽃 속에서 길을 잃은 개미 같았다. 한낱 미물의 생명이라는 것이 미천하고 하찮으며 아무런 의미가 없지만 그렇다고 무시할 수는 없으며 망각할 수도 없다.

슈미는 어린 시절 추이롄이 사발에 봉선화를 담아 명반明礬을 약간

넣고 밀가루 풀처럼 잘 이긴 후 담장 옆에 있는 의자에 다리를 꼬고 앉아 손톱에 물을 들이던 기억이 났다. 그녀는 손톱에 물을 들이면서 시춰에게 이렇게 말하곤 했다. "오늘은 네가 설거지를 하렴. 내가 손톱에 물을 들여 물에 담글 수가 없어."

그녀는 어머니가 봉선화를 '급성자'急性子(성질이 급한 사람이나 급한 성질)라고 부르던 것을 기억하고 있었다. 봉숭아꽃은 서리가 내리기 무섭게 씨를 맺기 때문인데, 푸른 매실처럼 생긴 열매를 까보면 검은 씨가 터져 나오고 껍질은 주먹처럼 말려졌다. 어머니는 그 껍질을 귀고리처럼 자신의 양쪽 귀에 하나씩 걸곤 했다. 그녀는 어머니가 "이게 네 혼수야"라고 말하는 것을 들었다. 심지어 어머니가 그렇게 말할 때 그녀의 귓가에 따스한 열기가 뿜어져 나와 간지럽던 느낌도 생생했다.

그녀는 또 가을서리가 점점 짙어지면서 꽃잎이 떨어질 무렵 마을의 한의사 탕류스가 술을 담거나 약에 쓴다고 꽃과 씨앗을 받으러 오던 것도 기억했다. 탕류스의 말에 따르면, 봉선화를 잘 말린 후 약제를 만들면 난산難産이나 백후白喉(디프테리아)를 치료할 수 있다고 했다. 하지만 그녀의 아버지는 봉선화의 약효란 일고의 가치도 없다고 무시했다. 그는 역대 돌팔이 의사들이 이시진李時珍34)의 꼬임에 빠졌다고 생각했다. 왜냐하면 탕류스의 마누라가 바로 난산으로 인해 죽었기 때문이었다.

그녀는 딩수쩌 선생 집에도 봉선화가 있던 것이 기억났다. 하지만 담장 밑이 아니라 화분에 심어둔 것이었다. 매번 꽃이 피면 그의 혼탁한 눈이 더욱 멍청해졌다. 선생은 봉선화에 대해 이렇게 말하곤 했다. 봉선화는 꽃이 아름답고 줄기가 연하여 복숭아나 오얏꽃처럼 미색을 갖추

---

34) 이시진(李時珍): 명대 박물학자이자 약학자로,《본초강목(本草綱目)》을 저술했다.

었으되 오히려 한구석에 처박혀 홀로 피고 홀로 지면서 사방에 떠벌리지 않고 벌과 나비도 부르지 않으니 숙녀淑女의 고결한 절개를 지녔다고 할 만하고…….

그랬구나, 그랬어.

이런 모든 일을 슈미는 일찍이 겪은 적이 없다고 여겼으며 또한 기억도 나지 않았다. 하지만 지금 돌이켜 보니 하나씩하나씩 그녀의 뇌리로 물밀듯이 쏟아져 들어왔다. 그러고 보니 이렇듯 가장 일상적인 소소한 일들이 기억 속에서 이처럼 친근하게 느껴지니 참으로 반박할 수 없구나. 한 가지 일이 또 다른 일을 끌어당기니 무궁무진하여 그 깊이를 알 수 없었다. 게다가 그녀는 어느 사소한 순간이 자신의 여린 마음을 건드려 얼굴을 붉히게 하고 숨을 헐떡이게 하며 끊임없이 눈물을 흘리게 하는지 알 수 없었다. 마치 겨울날 화롯가에서 식어가는 목탄 중에서 어느 것을 집다 손을 데었는지 알 수 없는 것과 같았다.

4

입추가 지나자 집안에 방문객이 점점 많아지기 시작했다. 어떤 이는 긴 도포에 마고자를 걸치고는 끊임없이 허리를 굽혀 공손히 인사를 했고, 또 어떤 이는 양복을 입고 가슴을 쭉 펴고 배를 불쑥 내밀고 문안으로 들어와 미스, 미스 하고 지껄여댔다. 총을 찬 군인도 있고, 손에 개화장(단장短杖)을 든 문인도 있었는데 대부분 시종을 대동했다. 또한 찢어진 옷에 밀짚모자로 얼굴을 가린 거지도 있었다. 이러저러한 방문자

　　　　　　　　　　　　　　　복사꽃 그대 얼굴

들을 슈미는 일절 만나지 않았다.

시췌는 그들의 쪽지를 전하느라 정신이 없었다. 보통 손님들은 슈미의 답을 보면 대부분 탄식을 하고 고개를 젓고는 실망한 표정으로 돌아갔다. 단념하지 않고 시췌에게 다시 한 번 말을 전해달라는 사람도 있었지만 누가 나중에 다시 왔는지 알아도 슈미는 더 이상 아무런 응답도 하지 않았다. 손님들은 차가 식고 하늘이 어두워지면 어쩔 수 없이 화를 내며 돌아갔다.

처음에 시췌는 차를 내오고 자리를 권하며 귀빈처럼 대접했다. 손님이 떠나면 슈미 대신 사과하고 대문까지 배웅했다. 하지만 슈미가 손님이 떠난 후 며칠 동안 차도 마시지 않고 밥도 먹지 않으며 울적하고 의기소침하거나 심지어 우두커니 앉아 눈물을 흘리고 있자 시췌도 손님들을 홀대하고 미워하게 되었다. 나중에는 점점 인내심이 사라지고 말았다. 그래서 손님이 찾아오면 시췌는 아예 통보도 하지 않고 "주인이 안 계세요"라고 말하며 방문을 사절하고 대문 밖으로 힘껏 밀쳐내고 문을 쾅, 닫아버리곤 했다.

시췌는 그들이 어디서 온 것인지, 무슨 일로 주인을 만나려는 것인지, 또 슈미는 무슨 연유로 손님의 신분도 묻지 않고 일절 만나지 않으려고 하는지 전혀 알 수 없었다. 그래서 그녀는 이 일을 딩 선생에게 물어보았다.

딩수쩌가 말했다. "그 방문객들 대부분은 슈미와 안면이 있던 이들이다. 신해년 이전에 네 집 주인과 자주 왕래한 적이 있지. 제2차 혁명[35]

---

35) 제2차 혁명: 1913년 7월 위안스카이 독재에 맞선 국민당의 토벌 전쟁으로 토원지역(討袁之役)이라고 부르며, 계축년에 일어나 계축지역(癸丑之役)이라고 부르기도 한다.

이 실패로 끝나고 위안스카이가 일세지효웅一世之梟雄(당대의 강력하고 야심찬 영웅)이 되자 남방의 당원과 정객들이 황망하게 뿔뿔이 흩어지고 말았지. 누구는 베이핑으로 가서 몸을 의탁하고 또 누구는 다른 출로를 도모하기도 했어. 어떤 이는 단번에 출세하여 도독都督이나 참모, 사령 등으로 변신하기도 하고 또 어떤 이들은 강호를 떠돌며 숨도 제대로 쉬지 못하고 포의布衣(평민)나 거지로 살아가기도 했단다. 슈미를 찾아온 이들 중에는 그녀에게 나와서 같이 일을 하자고 하는 이도 있고 금의환향했다고 거들먹거리며 자신이 잘났다고 남들을 무시하는 이도 있겠지. 또 뭔가 분명한 목적도 없이 그저 순수한 마음에서 옛정을 생각하여 도리에 따라 찾아온 이도 있을 게다. 물론 이런 것들은 모두 핑계일 게야. 그들이 번거로움을 마다하고 먼 길을 온 것은 단지 슈미의 미모 때문이야."

"선생님도 슈미가 예쁘다고 생각하세요?" 시췌가 호기심에 물었다.

"솔직히 말해 슈미는 용모가 뛰어나게 아름답지. 사실 이 늙은이도 평생 그렇듯 뛰어난 미모는 본 적이 없어. 그 애가 비록 두문불출하고 세상사와 상관없이 살고 있지만 그래도 그처럼 많은 벌과 나비들을 불러 모으잖니." 선생은 여기까지 말하더니 시췌를 힐끗 쳐다보고는 슬며시 그녀의 한 손을 잡아 자신의 손바닥에 올려놓고 두드리면서 낮은 목소리로 말했다. "하지만 너도 아주 예쁘게 생겼어……."

초겨울이 되자 소리 없이 내리는 큰 눈을 따라 중절모를 쓴 중년남자가 길을 물어 푸지에 이르렀다. 그는 대략 사오십 대쯤 되어 보였는데 온 얼굴이 구레나룻이고 머리며 온몸이 하얀 눈으로 뒤덮여 있었다. 짧은 솜저고리를 입었는데 어깨 쪽이 터져 솜이 밖으로 삐져나오고 아래

복사꽃 그대 얼굴

는 홑바지에 홑겹 신발을 신고 있었다. 솜저고리의 단추는 모두 떨어졌고 허리에 흰 광목을 대충 묶었다. 그는 걸을 때 약간 다리를 절고 손에는 부들로 엮은 낡은 꾸러미를 들고 있었다. 그는 대문으로 들어오자마자 슈미에게 나와서 자신과 이야기를 하자고 왕왕대며 크게 소리쳤다. 그러면서 발을 동동 구르고 입김을 불어대며 추위를 몰아내려고 애썼다. 시줴는 늘 그러듯 몇 마디 말로 그를 대문 밖으로 내쫓을 생각이었다. 그런데 뜻밖에도 시줴가 말을 끝내기도 전에 그 사람이 눈을 부릅뜨더니 우렁찬 목소리로 시줴에게 말하는 것이었다. "네가 그저 내 왼손이 육손이라는 말만 전하면 그녀가 제 발로 나올 것이니라."

그가 그렇게까지 말하니 시줴도 후원으로 가지 않을 수 없었다.

슈미는 때마침 막 잘라온 납매臘梅를 화병에 꽂고 있었는데, 짙은 향내가 어두운 방안을 감돌았다. 시줴가 그 사람이 자신에게 한 말을 전했다. 슈미는 듣는 둥 마는 둥 여전히 매화를 꽂고 있었다. 그녀는 탁자에 떨어진 매화 꽃잎을 하나씩 집어 들어 맑은 물이 가득한 그릇에 넣었다. 꽃잎들이 마치 방울벌레처럼 물속에서 뱅뱅 도는 모습을 보면서 시줴는 어찌하면 좋을지 알 수 없었다.

잠시 후 그녀는 앞마당으로 건너와 그냥 자기 마음대로 꾸며댈 수밖에 없었다. "제 주인이 몸이 편치 않아 손님을 뵙기가 불편하시니 돌아가시는 게 좋을 듯합니다."

그 말을 들은 그 사람은 수염이 떨릴 정도로 화를 냈다. "뭐라? 그녀가 이 몸을 만나러 나오지 않겠다는 말이냐? 이 어르신조차 안 만나겠다고? 다시 가서 물어보렴. 내가 당나귀, 당나귀란 말이다."

시줴가 다시 올라가 사실대로 말했다. 슈미는 무슨 당나귀건 말이건 전혀 흥미를 보이지 않았다. 그녀는 시줴를 흘낏 쳐다볼 뿐 한마디 말도 하지 않았다. 얼마 후 시췌 역시 아래로 내려가 한마디 말도 하지 않고 그 사람을 보고 고개를 저었다. 그녀는 성격이 거칠고 조급한 이 중년 남자가 당장이라도 우레와 같이 펄쩍 뛰고 노발대발하면서 욕설을 늘어놓을 줄 알았다. 하지만 뜻밖에도 그는 전혀 화를 내지 않았다. 그는 손에 든 부들로 엮은 꾸러미를 땅에 내던지더니 머리를 어루만지며 잠시 멍하니 서 있었다. 한참이 지난 후 그 사람은 솜옷 안으로 손을 집어넣더니 부들부들 떨며 손수건으로 싼 물건 하나를 끄집어내어 시췌에게 주고는 웃으며 말했다. "네 주인이 나를 만나는 것을 불편하게 여긴다니 나도 이만 가봐야겠다. 이 물건을 그녀에게 주거라. 지금은 이미 민국民國 시대이고 이따위 재수 없는 물건 따위는 가지고 있어봤자 아무 소용이 없으니 네 주인에게 주도록 해라. 혹시라도 급한 일이 있으면 팔아서 은자銀子로 바꿔 쓸 수 있을 게다."

시췌는 그 물건을 받아들고 다락방으로 뛰어올라갔다. 슈미는 바늘로 납매의 꽃술을 한 꺼풀씩 파헤치면서 웃는 듯 마는 듯 입을 조아리고 있었다. 시췌는 아무 말도 하지 않고 그 물건을 탁자 위에 올려놓고 내려왔다. 뜻밖에도 슈미가 손수건을 집어 들고 위층에서 쫓아내려왔다. 그들 두 사람이 대청으로 달려갔지만 중년 남자는 이미 떠난 후였다.

시췌가 부들로 엮은 꾸러미를 펼쳐 보니 그 안에는 말린 생선 두 마리, 소금에 절여 말린 돼지고기 한 포, 그리고 겨울 죽순 몇 개가 있었다. 슈미가 문지방에 서서 집밖을 살펴보았지만 눈이 이미 많이 내린 데다 눈보라가 흩날리고 있어 그 사람의 그림자조차 볼 수 없었다.

손수건 안에 싸인 것은 금매미였다. 꼬맹이를 장사 지낼 때 무덤 속에 넣었던 것과 완전히 똑같았다.[당나귀의 본명은 저우이춘周怡春

(1865~1937)이다. 1898년 여름 학업을 위해 일본으로 건너갔다. 1901년 귀국하여 장지위안, 퉁란녠童藍年 등과 조고회蜩蛄會를 조직하여 혁명에 투신했다. 1905년 화자서 토비들을 책동하여 기의를 일으켜 성공했다. 이듬해 초봄 부대를 이끌고 메이청을 공격했으나 27일 만에 실패하고 부상을 당한 채 체포되었다. 신해혁명 이후 구충천顧忠琛의 원회군援淮軍에 들어가 막료가 되었다. 민국 2년(1912년) 12월 다시 화자서로 돌아와 학당을 설치하고 학생들을 가르쳤다. 1937년 8월 일본군이 난징을 공격하자 그는 조총을 손에 들고 십여 명의 학생들을 데리고 적의 진격을 막았다. 탄알이 다 떨어지자 멈추지 않고 호통을 쳤으며 결국 몸에 십여 발의 총탄을 맞고 죽었다.-원주]

　세상에 이처럼 완전히 똑같은 물건도 있구나! 시췌는 내심 이렇게 생각했다. 금매미의 존재를 통해 그녀는 이 세계가 얼마나 신비하고 거대한지 새삼 느끼게 되었다. 알고 보니 이 세상의 모든 문이 그녀에게만 닫혀 있어 그녀만 그 유래도 모르고 결말도 몰랐던 것이다. 마치 그녀의 주인이 입을 다물고 아무 말도 하지 않는 것처럼.

　그 중년 남자는 누구지? 어디서 온 거야? 금매미는 또 어떻게 된 일일까? 슈미는 왜 그것을 보고 눈물을 흘린 것일까? 그녀는 왜 편안한 관료 집안의 아가씨 자리를 팽개치고 무슨 혁명인가를 하려고 했을까? 하지만 슈미의 세계는, 굳이 말할 필요도 없이 그녀가 들어가 보기는커녕 그 근처도 다다를 수 없었다. 모든 이들이 마치 어떤 것에 포위된 것 같았고, 시췌 자신도 마찬가지라는 생각이 들었다. 그녀가 꽉 막힌 세계에서 벗어나려고 애쓰면 애쓸수록 마치 발갛게 달아오른 인두 위에 물한 방울이 떨어져 '칙' 하는 소리와 함께 사라지는 것만 같았다. 집밖에 눈이 엄청 내리고 있었다. 휘날리는 눈송이가 마치 그녀의 문제는 대답할 가치조차 없다고 말하는 듯했다.

당시 시췌는 이미 약간의 글자를 읽을 줄 알았다. 선생인 덩수쩌의 말에 따르면, 이미 반쯤은 '독서인'이 된 것이라고 할 만했다. 이전까지만 해도 그녀는 매일 돼지나 닭, 거위, 오리 등과 어울리며 시장과 포목점, 양곡가게를 분주히 뛰어다녔지만 무슨 불만을 느낀 적이 없었다. 그러나 글자를 조금이나마 알게 되자 문제가 생겨났다.

슈미가 앞마당으로 오는 횟수도 점점 많아졌다. 시췌가 밥을 할 때면 슈미는 그녀를 도와 불을 피웠고, 그녀가 돼지를 먹일 때면 그녀도 따라와 보곤 했다. 그해 겨울 어미 돼지가 또 한 배의 새끼 돼지를 낳았는데 슈미는 그녀와 함께 마등馬燈(바람막이 등잔)을 들고 냄새가 코를 찌르는 돼지우리 안에서 어미를 밤새 돌보았다. 새끼 돼지가 한 마리씩 태어날 때마다 시췌도 웃고 그녀도 웃었다. 보아하니 그녀는 이처럼 어린 새끼들을 좋아하는 것 같았다. 슈미는 새끼들의 연약한 피부가 상하지 않도록 수건을 뜨거운 물에 적셨다가 잘 짜서 피로 더럽혀진 곳을 닦아주었다. 그녀는 마치 어린아이를 어르는 것처럼 작은 새끼 돼지를 품에 안고 잠을 재웠다.

슈미는 스스로 자신의 옷을 세탁하거나 방을 청소하고 마통을 비우는 데도 익숙해졌다. 그녀는 채소를 심고 체질을 하며 떡을 빻고 신발 본을 오리며 신발 밑창을 꿰맬 줄도 알게 되었으며, 심지어 한눈에 병아리 암수를 구별할 수도 있게 되었다. 그러나 여전히 말은 하지 못했다.

한번은 시췌가 장에 갔다가 어둑해져서야 돌아왔는데, 놀랍게도 슈미가 그녀를 위해 밥을 한 솥 해놓고 등불 아래에서 그녀를 기다리고 있었다. 얼굴은 온통 숯검정투성이였다. 밥은 약간 눌고 반찬에는 소금이 너무 많이 들어갔지만 그녀는 자신의 감사한 마음을 표기하기 위해 눈물을 머금고 아주 필사적으로 배가 터질 만큼 먹었다. 그날 저녁 슈미

복사꽃 그대 얼굴

는 기어코 자기가 솥을 씻겠다고 했는데, 결국 쇠 주걱으로 솥 바닥을 긁다가 그만 구멍을 내고 말았다.

점차 슈미는 살이 오르고 얼굴이 불그스름하니 윤기가 도는 것 같았다. 그녀는 일이 있을 때나 없을 때나 미소를 머금고 시췌를 쳐다보곤 했다. 다만 말을 하지는 못했다. 그녀는 감옥에서 나온 뒤로 집 밖으로서 한 걸음도 나간 적이 없었다. 화얼냥이 음력 섣달에 며느리를 들였다고 하면서 여러 번 사람을 보내 혼사 축하주를 먹으러 오라고 했지만 그녀는 그저 웃기만 할 뿐이었다.

겨울 저녁은 딱히 할 일이 없었다. 두 사람은 대청에서 등불을 앞에 두고 바느질을 하고 있었다. 집 밖은 북풍이 윙윙 불고 집안에서는 화롯불이 활활 타오르고 있었다. 두 사람은 때로 마주 보며 미소를 지었다. 눈송이가 창호지에 떨어지는 소리마저 들을 수 있을 정도로 고요했다. 시췌는 창밖에 점점 쌓여가는 눈을 바라보며 멍하니 생각에 잠겼다. 만약 그녀가 벙어리가 아니어서 말을 할 수 있다면 얼마나 좋을까. 슈미가 원하기만 한다면 그냥 이렇게 날이 밝을 때까지 함께 있을 수 있었다. 시췌는 그녀와 하고 싶은 말이 너무, 너무 많았다. 이런 생각을 하고 있자니 문득 그녀의 마음속에 대담한 생각이 떠올랐다. 그녀가 딩 선생에게 글자를 배운 지도 거의 반년이 다 되었기 때문에 적지 않은 글자를 쓸 수 있었다. 그런데 왜 하고 싶은 말을 종이에 적어 그녀와 필담을 해볼 생각을 하지 않은 거지? 만약 글자를 잘못 썼다면 슈미가 고쳐줄 수도 있을텐데. 그렇게 하면 더욱 빨리 배울 수도 있을 것이고. 그녀는 이런 생각을 하면서 슈미를 슬쩍 쳐다보고는 자신도 모르게 얼굴을 붉혔다. 슈미는 그녀의 얼굴이 붉어진 것을 눈치채고 고개를 들어 그녀를 바라보았다. 그녀의 눈빛은 무언가를 묻는 것이 분명했다.

그녀는 이런 생각으로 그날 밤 내내 들뜬 상태였다. 다음 날 오후가 되자 더 이상 참을 수 없었는지 이를 악물고 흥분한 듯 발을 동동 구르더니 숨을 깊이 한 번 들이쉬고는 쿵쾅거리며 슈미의 다락방으로 뛰어 올라갔다. 그리고 자신이 묘홍지描紅紙(붉은 글씨가 인쇄되어 있는 습자 용지)에 쓴 글자를 그녀에게 보여주었다.

오늘 저녁에 뭘 드시고 싶어요? 이 글자는 제가 직접 쓴 거예요.

슈미가 잠시 어안이 벙벙한 듯 쳐다보았다. 그녀가 그처럼 멍하니 시췌를 바라보는 모습은 마치 정말로 그녀가 글씨를 쓴 것인지 믿지 못하겠다는 눈치였다. 그녀가 먹을 갈고 붓을 들고는 다시 고개를 돌려 그녀를 쳐다보았다. 이어서 슈미는 진지하게 한 글자를 적어 그녀에게 대답했다. 시췌가 그 글자를 보니 갑자기 머리에 '윙' 하는 소리가 들리면서 멍해졌다. 그녀는 일단 종이를 들고 자신의 방으로 돌아왔지만 아무리 보아도 그 글자의 뜻을 알 수 없었다.

그녀는 조금 화가 났다. 슈미가 특별히 어려운 글자를 써서 자신을 난처하게 만들었다는 느낌이 들면서 자신을 일부러 놀린다는 생각이 들었다. 이는 분명 자신을 비웃기 위함일 것이다. 이놈의 글자는 획이 너무 많은 데다 이를 드러내고 발톱을 치켜세운 것처럼 괴상한 모양이었다. 귀신이나 알 수 있을 거야! 아마 딩 선생님도 모를 거야.

그녀가 슈미가 써준 글자를 들고 선생에게 가서 보여주자 딩수쩌는 등 쪽 목깃에서 등긁이를 빼내더니 그녀의 머리통을 세게 한 번 내리치며 소리쳤다.

"넌 어떻게 이 글자도 모르느냐? 이 바보야! 이건 '죽'鸜이잖느냐."

5

이후로 글자 공부를 위해 슈미와 시췌는 종이 위에서 필담을 나누기 시작했다. 때로 잘못 쓴 글자나 틀린 글자, 문법에 맞지 않는 구문이 있으면 슈미가 하나하나 고쳐주었다. 그들이 나누는 이야기는 대부분 일상적인 소소한 일들이었는데, 농사나 음식, 꽃이나 채소 재배에 관한 것이었고 물론 장보기도 있었다. 나중에는 그들의 필담이 이런 범위를 벗어나 전혀 새로운 내용을 담기 시작했다. 예를 들면 이러했다.

"오늘 또 눈이 내렸어요."
"그러네."

"옆집에 막 시집온 며느리는 얼굴이 곰보예요."
"그래?"
"네."

"딩 선생이 또 병이 났어요. 등이 짓물러 구멍이 났대요."
"아이고."

대부분은 무료했기 때문이었다. 겨울이 깊어가는 계절, 낮은 짧고 밤은 길었는데 시췌는 적막함을 견딜 수 없어 언제나 무슨 말을 찾아 답답함을 해소하며 기분 전환을 하려고 애썼다. 그러나 슈미의 답변은 통상 매우 짧아 한두 글자를 덧붙이면 그것으로 끝이었다. 때로 슈미가 적극적으로 필담을 나눌 때도 있었다. 예를 들면, "너 어디에서 납매를 한 그루 얻을 수 있는지 알아?" 그녀는 정말 꽃을 좋아했다. 하지만 한겨울에 꽃은 모두 시들어 떨어지고 온갖 풀들도 납작 엎드려 스러진 데다 눈까지 이처럼 많이 내렸는데 어딜 가서 납매를 얻는단 말인가?

붓으로 필담을 나눌 수 있게 되자 시췌는 즐겁기도 하고 또한 신비한 느낌이 들기도 했다. 그러나 그녀는 곧 두 사람이 조석으로 함께 있으면서도 진정으로 대화를 나누는 시간은 그리 많지 않다는 것을 깨달았다. 사실 눈빛이 말을 하는 것보다 훨씬 간편하여 때로 두 사람은 서로 바라보기만 해도 상대의 마음을 능히 알 수 있었다.

섣달 삼십 일 저녁, 여전히 눈이 내리는 가운데 슈미와 시췌는 부엌에서 탕에 넣을 새알심을 만들고 시췌의 방으로 가서 숯불을 지피고 침상에서 함께 잠이 들었다. 방밖은 북풍이 거센 소리를 냈지만 방안은 포근하고 따스했다. 희미한 불씨가 벽을 핥는 듯 어른거리고 시췌는 난생 처음으로 그녀의 몸 가까이 있었다. 그녀는 슈미가 지금 자신의 돌봄이 필요하고 보호를 받아야 하는 아이처럼 느껴져 심적으로 편안하고 안정되었다. 방안이 너무 더운 데다 두 사람이 한 이불에 움츠리고 누워 미동도 하지 않자 시췌는 곧 땀이 났다. 그나마 천장 위에 나 있는 천창天窓의 작은 틈새로 빙설의 한기가 스며들어와 그녀의 코끝에서 이리저리 맴돌았다.

자정이 넘자 집밖에서 사람들이 드문드문 한 해를 보내며 폭죽을 터뜨리기 시작했고, 시췌는 여전히 잠을 이루지 못했다. 그때 그녀는 갑자기 슈미의 발끝이 자신의 발을 슬쩍 건드리는 느낌을 받았다. 처음에는 슈미가 무의식적으로 그러는가보다 생각하고 별일 아닌 것으로 여겼다. 하지만 얼마 후 슈미가 또다시 발끝으로 그녀를 건드렸다. 이게 무슨 뜻이지?

　　　　　　　　　　　　　　　　　복사꽃 그대 얼굴

"아직 자지 않고 있었어요?" 시췌가 짐짓 아무렇지 않은 듯 한마디 툭 건넸다.

뜻밖에도 그녀가 그렇게 묻자 슈미가 아예 이불을 걷어 젖히고 그녀의 머리 쪽으로 기어 올라왔다. 두 사람이 어깨를 나란히 하고 누워 있자 시췌의 가슴이 뚝딱뚝딱 몹시 두근거렸다. 질화로의 숯불이 탁탁, 소리를 내고 꿴 구슬처럼 오밀조밀한 눈송이가 천장 기와에서 주르륵 빗소리를 내며 떨어졌다. 어둠 속에서 슈미가 울고 있다는 느낌이 들자 시췌가 팔을 뻗어 그녀의 얼굴을 쓰다듬었다. 눈물이 흘러 뺨이 젖어 있었다. 슈미도 그녀의 얼굴을 쓰다듬었다. 이어 시췌가 가볍게 그녀의 머리를 돌려 자신의 품안으로 끌어당겼다.

슈미가 감옥에서 나온 후로 시췌는 그녀가 우는 모습을 처음 보았다. 그녀가 자신의 품안에서 온몸을 떨며 울고 있자 시췌는 가볍게 그녀의 어깨를 다독거려 주었다. 잠시 후 안정을 되찾았는지 슈미는 천천히 꿈속으로 빠져들었다. 하지만 시췌는 여전히 잠을 이루지 못했다. 슈미의 머리가 그녀의 어깨를 눌러 팔이 마비되고 그녀의 긴 머리카락이 코끝을 스쳐 간지러웠지만 시췌는 미동도 하지 않았다. 조금 전 슈미가 그녀의 얼굴을 쓰다듬었을 때 시췌는 낯설기도 하고 또 복잡하기도 한 달콤함을 느꼈다. 그리고 마음속 깊고 깊은 곳에서 뭔가 부딪히는 느낌이 들었다. 그것은 그녀가 한 번도 느껴보지 못했던 감정이었다. 지붕 위에서 스며들어온 눈꽃송이가 그녀의 얼굴에 떨어졌을 때 비로소 자신의 얼굴이 얼마나 뜨거운지 알았다.

다음 날 아침 시췌가 깨어났을 때 슈미는 이미 부엌에서 바쁘게 움직이고 있었다. 그녀가 옷을 입고 부엌으로 들어가자 슈미가 허리에 앞치마를 두르고 고개를 비스듬히 돌리며 웃음을 보였다. 그녀의 웃는 모습이 예전과 영 달랐다. 시췌의 마음속에 기쁨의 조수가 가득 밀려드는 느낌이 들어 절로 입이 벌어지고 눈앞이 아득해졌다.

아! 시췌가 탄성을 지르며 속으로 말했다. '이게 어찌된 일이지?' 새해 첫날 두 사람은 별 말이 없었지만 종일 함께 있었다. 슈미가 어딘가에 가면 시췌도 따라갔다. 반대의 경우도 마찬가지였다. 때로 분명히 한명은 앞마당에 있고, 다른 한 명은 뒷마당에 있었는데 잠시 후에는 어쩐 일인지 두 사람이 나란히 앉아 있었다.

순식간에 시간이 흘러 3년이란 세월이 지났다.

그날 저녁 무렵 비가 내리는 가운데 하늘에서 갑자기 봄 우레가 연속해서 치는데 슈미가 흥이 난 듯 시 한 수를 베껴 시췌에게 보여주었다. 위에는 '부용 연못가 밖에 놀란 우레 소리'芙蓉塘外有驚雷라고 적혀 있었다.

시췌는 이즈음 자못 많은 글자를 알고 있었다. 비록 그것이 이의산 李義山36)이 쓴 것인 줄은 몰랐지만 그것이 독서인들이 배불리 먹고 할 일이 없을 때 제멋대로 지껄이는 시라는 사실은 알고 있었다. 물론 부용芙蓉이 연꽃이라는 것도 알고 있었다. 그녀는 종이를 들고 이리저리 살펴보고 위아래로 뜯어보며 서서히 맛을 음미하기 시작했다. 비록 문밖 연못에 연꽃은 없지만 오리라면 털이 빠진 몇 마리가 있고 게다가 하늘의 우렛소리도 들리니 거짓이 아니네. 이처럼 보통으로 사용하는 말이 보기에는 평범하고 대수롭지 않지만 자세히 생각해 보니 정말로 약간의 흥취가 있었다. 그녀는 생각하면 할수록 좋은 느낌이 들면서 점점 공기

---

36) 이의산(李義山, 813~858): 만당 시대 변려문의 대가이자 시인. 인용한 시는 〈무제〉.

복사꽃 그대 얼굴

중에 한 줄기 상쾌하고 시원한 바람을 맞이하고 있는 듯 부지불식간에 탄성을 질렀다. 아, 그렇구나. 이 세상의 독서인들이 죄다 멍청한 것은 아니로구나. 하루 종일 시를 읊네 글을 짓네 하더니 이렇게 좋은 뜻이 자리하고 있었구나.

그래서 시췌는 조심스럽게 슈미에게 시 짓는 법을 알려줄 수 있겠 느냐고 물었다. 처음에는 대꾸조차 하지 않더니 그녀가 자꾸만 졸라대 자 슈미는 잠시 생각하더니 붓을 들고 시 한 구절을 써주며 그대로 따 라 짓도록 했다.

강남에 살구꽃 피고 봄비 부슬부슬杏花春雨江南37)

시췌는 그것을 보고는 보석을 얻은 것만 같았다. 그 종이쪽지를 들 고 자기 방으로 돌아와 혼자서 음미하고 마음으로 깨달았다. 시구를 보 고 있으니 마음이 편안했다. 살구꽃은 마을에서 지천으로 볼 수 있으며 멍 할멈네 집 앞에도 한 그루가 있다. 봄비야 경칩이 지나면 허구한 날 쉬지 않고 부슬부슬 내린다. 강남이라면 말할 필요도 없다. 바로 푸지와 메이청 일대가 모두 강남이다. 하지만 이 세 가지를 한데 놓아두니 그 의 미가 어쩐지 묘하게 달라진 듯하고 마치 그림을 그린 것처럼 생각은 할 수 있으되 볼 수가 없었다. 묘하구나, 묘해! 하하! 시를 짓는 것이 이렇게 간단하구나. 그녀는 이런 시라면 자신도 능히 쓸 수 있겠다고 생각했다. 되는대로 몇 가지를 찾아 한데 두면 되는 것이라 여겼기 때문이다.

시췌는 침상에 누워 밤새도록 생각하고 머리가죽과 머릿골이 둘로

---

37) 원나라 우집(虞集)의 사(詞) 〈풍입송(風入松)·기가경중(寄柯敬仲)〉의 구절.

분리되도록 계속 생각하다가 다시 옷을 걸치고 앉았다. 그녀는 자신이 미쳤다고 스스로 욕하면서도 등불 아래에서 골똘히 생각에 잠겼다. 한밤중이 되어서야 겨우 몇 구절을 긁어모았는데 숫자를 세 보니 한 글자가 더 많았다. 시췌가 쓴 것은 이러했다. '수탉 암탉 그리고 달걀'公鷄母鷄和鷄蛋 비록 나중에 '화'和(그리고)자를 없애기는 했으나 아무래도 혐오감이 들었다. 그녀가 느끼기에 전혀 좋은 점이 없었다. 다른 사람의 시는 문아하고 상쾌한데 내 것은? 은근히 닭똥 냄새가 나는 것 같네.

시췌는 피곤이 몰려와 화장대에 엎드려 잠이 들었다. 그녀는 꿈을 꾸었다. 수탉 한 마리와 암탉 한 마리가 구구, 구구 계속 울어댔다. 말할 필요도 없이 암탉은 달걀을 하나 낳았다. 그녀의 꿈은 깊고 길었다. 그녀가 깨어났을 때는 이미 이튿날 아침이었다. 등불 재가 탁자 위에 가득하고 아침햇살이 집안에 가득했으며, 서늘한 느낌이 온몸에 가득했다.

그녀는 탁자 위에 백자 그릇이 하나 놓이고 그 안에 갓 따온 양매楊梅(딸기의 방언) 몇 알이 들어 있는 것을 발견했다. 그제야 슈미가 다녀갔다는 것을 알았다. 왔으면서 왜 나를 깨우지 않은 거지? 시췌는 양매를 하나 집어 입속에 넣으며 다시 탁자 위 자신이 쓴 수탉 시를 보다가 금세 얼굴이 빨개졌다. 얼굴이 화끈거리고 귀까지 달아오른 순간 그녀는 정말로 좋은 구절이 생각났다. 행여나 그 구절이 새처럼 그녀의 머릿속에서 날아갈까 걱정되어 시췌는 황급히 먹을 갈고 종이를 펼쳐 그것을 써내려갔다. 먹물이 채 마르지도 않았는데 슈미에게 보여주기 위해 들고 나갔다. 하지만 정원 어디에도 그녀는 보이지 않았다. 부르고 소리치다 결국 다락방 아래 찔레꽃 시렁에서 그녀를 찾았다. 시렁에는 꽃이 가득 늘어져 있었는데 적어도 삼사십 개는 되어 보였다. 슈미는 장갑을 낀 채 가위를 들고 꽃가지와 잎을 다듬고 있었다. 시췌가 자신이 쓴 시를 그녀에게 보여주자 슈미가 처음에는 어리둥절하더니 다시 고개를 들고 시췌를 쳐다보는 것이 그 시를 그녀가 썼다는 것이 믿겨지지 않는다는 눈치였다.

등불은 재가 되고 한겨울 눈 속에 밤이 길구나^{燈灰冬雪夜長}

[선샤오췌^{沈小鸛}(1869~1933): 일명 시췌라고 부른다. 싱화^{興化} 선쟈항^{沈家巷} 다푸향^{大浦鄕} 사람이다. 1902년 푸지로 이주했다. 평생 시집을 가지 않았으며 24세에 글을 배우기 시작하여 360여 수의 시를 지었다. 시는 온정균^{溫庭筠}과 이상은^{李商隱}을 배웠으며, 노장과 선종도 섭렵했다. 시의 격식이나 주제가 적절하고 격조가 있으면서도 솔직하고 다양했다.《등회집》^{燈灰集}이 세상에 전한다.- 원주]

그날 저녁 슈미는 다락방에서《이의산집》^{李義山集} 한 권을 찾아 그녀에게 주었다. 그 책은 그녀의 부친이 소장하고 있던 몇 권 안 되는 원각본^{元刻本}(원대 판각본) 가운데 하나였다. 책장마다 미비^{眉批}(행과 행 사이의 여백에 단 평어), 협비^{夾批}(책장 위쪽 여백에 써 넣는 평어)는 물론이고 아무렇게나 적은 자구들에 이르기까지 깨알같이 쓴 해서체 글자가 빽빽하게 들어차 있었다. 하지만 지금의 시췌에게 이상은의 시는 아직 너무 어려운 것이 분명했다. 악록화^{萼綠花}(도교에 나오는 신선 이름)가 나오다가 두란향^{杜蘭香}(고시^{古詩}에서 흔히 등장하는 선녀의 이름)이 나오기도 하는 등 대부분의 시가 무엇을 이야기하는 것인지 알 수 없었다. 습하고 무더운 여름으로 접어들자 시췌는 한가할 때면 대나무 침상에 누워 아무 곳이나 펼쳐 보면서 무슨 비나 눈과 같은 글자가 나오는 구절을 골라 읽었다. "비를 사이에 두고 쓸쓸히 홍루^{紅樓}(기루)의 그대 그리워하네"[38] 라든지 "대설산(일명 봉파산^{蓬婆山}) 아득히 토번으로 간 사신은 아직 돌아오지 않고"[39],

또는 무슨 "봄날 부슬비 대전大殿 푸른 기와에 날아들고"40)라는 시구도
있었는데, 이 늙은이(이상은)가 뭐라고 지껄이는지 알 수 없었지만 여름
날 더위를 없애기에 더할 나위 없이 좋았다.

　어느 깊은 밤 밖은 폭우가 쏟아지고 있었다. 시췌가 시집을 넘기며
보다가 〈무제〉라는 제목의 시 중에서 "금 두꺼비(두꺼비 모양의 향로) 자
물쇠를 물고 향을 사르네"41)라는 구절을 보았다. 왜 그랬는지 알 수 없
지만 루씨 집안 나리는 '금섬'金蟾 아래 동그란 원을 두 개나 그려놓았다.
'섬'은 아마도 두꺼비를 뜻하는 것일 터인데 그는 왜 이 두 글자에 동그
라미 표시를 한 것일까? 다시 보니 책장 옆에 아래와 같은 평어가 적혀
있었다.

　금매미|金蟬
　무릇 여인은 설사 절부節婦나 열녀일지라도 들어갈 수 없는 자가 없다.
　장지위안은 어떤 사람인가?

　여기까지 보고 시췌는 놀라지 않을 수 없었다. 시췌는 이상은이 쓴
시의 본래 의도를 이해할 수 없었다. "금 두꺼비 자물쇠를 물고 향을 사
르네"가 도대체 무슨 뜻이란 말인가? 어르신네가 쓴 평어, "무릇 여인은
설사 절부나 열녀일지라도 들어갈 수 없는 자가 없다"를 다시 한 번 살
펴보았다. 어르신네의 원시에 대한 해석은 황당무계한 것처럼 느껴졌지

---

38) 이상은, 〈춘우〉(春雨), "홍루격우상망랭."(紅樓隔雨相望冷)
39) 이상은, 〈두공부촉중이석〉(杜工部蜀中離席), "설령미귀천외사."(雪嶺未歸天外使)
40) 이상은, 〈중과성녀사〉(重過聖女祠), "일춘몽우상표와."(一春夢雨常飄瓦)
41) 이상은, 〈무제〉, "금섬설쇄소향입."(金蟾齧鏁燒香入)

　　　　　　　　　　　　　　복사꽃 그대 얼굴

만 '금매미'와 '장지위안'을 서로 연결시킨 것은 아무래도 어떤 까닭이 있는 듯했다. 시췌의 기억에 의하면 장지위안은 루 나리가 실성하여 가출한 후에 푸지로 왔는데, 그분이 어떻게 그를 알 수 있단 말인가? 설마 그들이 본래 서로 알고 있던 사이였다는 건가? '금매미'는 또 어떤 물건일까? '금매미'란 두 글자는 '금 두꺼비'에서 나온 것이지만 시췌는 꼬맹이가 무덤에 가지고 간 그 매미와 몇 년 전에 어디서 왔는지 알 수 없던 신비한 손님이 주고 간 물건이 떠올라 자신도 모르게 등줄기가 오싹해졌다.

당시 집밖에서는 천둥 번개가 치고 방안에서는 콩알만 한 등불이 타오르며 어두운 그림자가 아른거렸다. 설마 루 나리가 실성한 것이 장지위안과 얽히고설킨 관계가 있단 말인가? 시췌는 그 노인네가 자신의 뒤편에 있는 것 같은 느낌이 들어 감히 더 이상 생각할 수 없었다. 그녀는 책을 덮었다. 더 이상 보고 싶은 마음이 들지 않아 혼자서 멍하니 책상 옆에 웅크리고 앉아 바들바들 떨었다. 비가 조금 잦아들자 그녀는 황급히 책을 안고 쪼르르 후원으로 달려가 슈미를 찾았다.

슈미는 아직 잠들지 않고 있었다. 그녀는 책상 앞에서 우두커니 와부를 보면서 넋을 놓고 있었다. 시췌는 그것을 배추 절이는 그릇으로 사용했지만 슈미가 감옥에서 돌아온 후에 깨끗이 닦아 다락방으로 가지고 올라갔다. 그녀는 얼굴이 푸르스름하고 눈빛도 예전과 달리 이상했다. 시췌가 시집을 펼쳐 〈무제〉를 그녀에게 보여주었다. 슈미는 책을 들고 심드렁하게 눈길을 던지더니 이내 되는대로 한쪽에 내팽개쳤다. 눈이 싸늘한 것이 원한의 뜻이 담겨 있었다.

그녀의 눈빛은 여전히 와부를 주시하고 있었다. 그녀는 손가락으로 와부를 가볍게 치더니 귀를 가까이 대고 자세히 들었다. 비 오는 적막한 밤에 그 소리가 사원의 종소리처럼 너울너울 퍼져나갔다. 그녀는 여러 번 되풀이하며 와부를 두드리다 눈물을 흘리기 시작했다. 얼굴에 바른 두꺼운 분이 엉망이 되고 말았다. 곧이어 그녀는 다시 고개를 들고 시췌를 바라보며 혀를 쏙 내밀더니 살짝 웃었다.

그 순간 시췌는 그녀가 다시 슈미의 본 모습으로 돌아왔다는 느낌이 들었다.

6

해가 갈수록 시췌는 딩 선생 집에 가는 일이 줄어들었다. 하지만 사계절 절기마다 이따금씩 뵈러 갔고 선생이 좋아하는 달걀도 달마다 큰 것으로 골라 보내면서 한 알도 적게 보낸 적이 없었다. 딩수쩌는 물론 할 말이 없었다. 하지만 사모는 걸핏하면 집으로 와서 그녀를 불러댔다. 매번 그녀는 전족한 작은 발끝으로 부리나케 달려와 "빨리 빨리, 네 선생이 곧 돌아가실 것 같아"라며 말하곤 했다. 시췌가 달려가 보면 선생은 멀쩡하게 침상에서 희문의 노랫가락을 흥얼거리고 있었다. 하지만 십일월이 되자 딩 선생이 정말로 갈 때가 된 것 같았다. 예전처럼 사모가 직접 달려오더니 저런 도깨비 같은 것이…… 라고 한마디 하고는 울어대기 시작했다.

딩수쩌는 대나무 침상에 배가 북처럼 부풀어 오른 상태로 드러누워 있고 집안에는 사람들이 꽉 들어찼다. 한의사 탕류스, 화얼냥, 멍 할멈 그리고 외지에서 급히 달려 온 친척 두 사람이 침상 곁에 지키고 서

복사꽃 그대 얼굴

서 한마디도 하지 않고 딩 선생이 마지막 숨을 거두기만을 기다리고 있었다. 사모의 말에 따르면, 딩 선생은 복날 이후로 똥 한 번 제대로 누지 못했단다. 한의사 탕류스가 갈대뿌리에 연잎과 대황을 넣어 달인 탕을 처방해주었으나 칠팔 일을 내리 복용해도 전혀 효과를 보지 못했다. 딩 선생은 거친 숨을 내쉬다가 발을 뻗기도 하면서 눈을 반쯤 뜬 채로 점심때부터 날이 어두워질 때까지 힘들게 버둥거렸다. 결국 사모조차 더 두고 볼 수 없었던지 눈물을 흘리며 몸을 숙여 선생에게 소리쳤다.

"수쩌, 이제 가세요. 이리 억지로 버틴다 한들 무슨 소용이 있겠어요. 당신이 나보다 먼저 가니 어쨌든 당신을 위해 장례를 치러줄 사람은 있는 거잖아요. 내가 죽으면 주변에 봐줄 사람조차 없을 텐데."

그녀가 이렇게 소리치자 선생은 정말로 순순히 몸을 움직이지 않았다. 하지만 여전히 뼈만 남아 앙상한 손을 들고는 부들부들 떨면서 침대보 위를 서너 번 둔탁하게 두드렸다. 그가 이렇게 두드리자 방안에 있던 사람들은 서로 얼굴만 쳐다볼 뿐 무슨 뜻인지 몰랐다. 그래도 역시 사모가 그 뜻을 알아차리고 침대보를 제치더니 이불 아래에서 모변지毛邊紙(당지唐紙) 한 장을 꺼내 펼쳤다. 멍 할멈이 보더니 말했다.

"딩 선생께서 직접 쓰신 묘지명이군요."

화얼냥이 웃으며 말했다. "딩 선생님이 이렇듯 꼼꼼하셔서 다행이네요. 우리 푸지에서 묘지명을 쓸 사람이 딩 선생님 말고 다른 사람은 없지요."

탕류스가 웃는 듯 아닌 듯한 표정으로 이어서 말했다. "묘지명을 쓸 사람이야 많지. 하지만 내가 보기에 딩 선생은 다른 사람이 대필하는 것을 안심할 수 없었던 게야. 평생 누군가를 위해 묘지명을 써주었으니 자기 것을 쓸 때가 되어서도 남의 손을 빌릴 수는 없었던 게지."

사람들이 이러저러한 논의를 하느라 정신이 없을 때 사모가 선생 옆에 엎드려 울기 시작했다. 탕류스가 그의 맥을 짚고 한참을 있더니 천천히 입을 열었다. "맥을 놓으셨네."

[딩수쩌는 자신의 묘지명을 직접 썼다. 명문銘文은 진백옥陳伯玉(당대 초기 시인 진자앙陳子昻의 자) 〈당제손묘지명〉堂弟孜墓志銘을 한 자도 빠짐없이 그대로 베껴 쓴 것이다. 명문은 다음과 같다.

'그대는 어려서 부모를 여의었으나 타고난 자질이 영민하고 기백이 있으며 뛰어나니 홀로 빼어났다. 성격은 엄격하면서도 호방한 기이함을 숭상했고, 청렴과 지조를 좋아했으나 교만한 행위에 얽매이지 않았다. 처음에 시와 예를 깨우치고 사전史傳을 두루 살피게 되자 만인의 준칙이 되려는 목표를 품고 세상에 다시없는 대업을 희구하였다. 그리하여 언사는 약속함을 저버리는 일이 없었고, 행동은 실천하는 데 소홀함이 없었다. 스스로 모범이 되어 자신을 절제했으며, 도를 따르고 덕을 숭상했다. 하여 가정에서는 화목하고 향당鄕黨(마을)에서는 공손했다. 웅대함으로 의를 돕고 용맹함으로 어짊을 지켰으며, 청렴으로 일을 이루고 군센 의지로 절개를 지켰으며, 마음으로 스스로 결정하여 매사가 자기로부터 말미암는 것처럼 했다. 실로 동시대 명사들이 고상하다고 하나 감히 더불어 견줄 수 없다.'—원주]

딩수쩌 선생은 87세 고령으로 천수를 다하고 사망하여 장례식도 약간은 잔치를 치르는 분위기였다. 사모는 비록 죽네 사네 하면서 곡을 해댔지만 말끝마다 '돈'이란 말을 빼놓지 않았다. 푸지의 향신들이 그를 위해 관목을 마련하고 무덤에 묘비를 세웠으며, 스님을 청하여 독경하고 도사를 불러 초혼 의식을 행했다. 때마침 후이저우徽州의 연희패가 동네를 지나가자 어떤 호사가가 그들을 청해 연이어 사흘 동안 연희

복사꽃 그대 얼굴

를 하도록 했다. 관상쟁이며 풍수쟁이까지 풍문을 듣고 몰려들고 이집 저집에서 돈과 물건을 내놓으니 장례식이 시끌벅적하고 나름 체면이 섰다. 술자리로만 삼십여 개의 탁자가 놓였다.

멍 할멈이 시췌에게 너도 정식으로 스승으로 모셨고, 하루 스승이면 평생 스승이니 제자의 도리를 대충 얼버무리면 안 된다고 말했다. 사모가 옆에서 듣고는 즉시 끼어들어 한마디 보탰다. "이치대로 한다면 슈미도 정식으로 스승으로 모셨었지." 화얼냥이 말했다. "그녀는 벙어리인데 뭘 따지려고 드세요." 결국 시췌는 멍 할멈과 화얼냥을 따라 해가 뜰 때부터 저물 때까지 하루 종일 딩씨 집안일을 거들었다.

그날 저녁 시췌가 온종일 딩씨 집안에서 일을 하고 집으로 돌아가려고 대문을 나서는 차에 딩씨 집밖 나무 그늘 아래 놓여 있는 낡은 원탁에 옷차림이 남루한 이들이 무리를 지어 먹고 마시고 있었다. 그들은 모두 술 냄새를 맡고 온 거지들로 정식 자리에는 앉을 수 없었다. 딩씨 집에서 집 밖에 탁자를 꺼내 놓고 쌀밥에 간단한 반찬을 마련하여 그들에게 먹고 마시도록 했다. 거지들은 소리를 지르고 떠들면서 서로 빼앗고 잡아당기면서 먹느라 바빴다. 어떤 아이는 아예 탁자 위로 올라가 그릇에 담긴 쌀밥을 입안으로 쑤셔 넣었다.

무리 중에 베옷을 입고 머리에 다 떨어진 밀짚모자를 쓴 채 나무막대를 품에 안고 있는 이가 있었는데, 무슨 걱정거리가 있는지 미동도 하지 않고 가만히 앉아만 있었다. 시췌가 이상하게 여기고 여러 차례 눈길을 보냈다. 집으로 돌아와 부뚜막에서 불을 지피면서도 문득 그 사람이 어딘가 낯익다는 생각이 들었지만 딱히 누구인지 생각이 나지 않았다. 그녀는 아무래도 마음이 찜찜하여 일어나 불을 끄고 다시 딩씨 집으로 가서 도대체 어떻게 된 것인지 살펴보려고 했다. 하지만 그녀가 딩씨 집 대문에 도착했을 때 그 사람은 이미 사라지고 없었다.

상여가 나가는 날 그 수상쩍은 거지가 다시 나타났다.

그 사람은 이웃집 처마 밑에서 측면 담장에 기댄 채 웅크리고 앉아 게걸스럽게 만두를 먹고 있었다. 모자챙을 깊이 눌러쓰고 개 쫓는 막대기를 끌어안고 있었는데 두 손이 마르고 새까맸다. 시췌는 그녀의 얼굴을 볼 수가 없었다. 하지만 분명히 어디선가 본 적이 있었다. 시췌는 손에 키를 들고 멍 할멈과 함께 장례식에 참가한 사람들에게 조화를 나누어주었다. 조화는 종이로 만든 것으로 흰색과 황색 두 가지였다. 그녀는 자신이 알고 있는 사람들을 모두 떠올려 보았지만 여전히 갈피를 잡을 수 없었다. 그녀는 자신이 직접 가서 살펴보기로 마음먹었다. 기이하게도 그녀가 몇 걸음 다가서자 그 거지도 담 모퉁이를 따라 몇 걸음 뒤로 물러났다. 시췌가 걸음을 빨리하자 그 사람도 따라서 보폭을 맞추어 마을 밖으로 달려가면서 고개를 돌려 시췌를 보았다. 그렇다면 그 거지가 그녀를 알고 있을 뿐만 아니라 그녀에게 발각될까 걱정하고 있다는 뜻이었다. 시췌는 계속해서 마을 밖까지 그녀를 쫓아갔다. 그리고 그 사람이 메이청으로 통하는 큰길까지 달려가는 것을 보고 그제야 걸음을 멈추고 두 손으로 허리를 받치고 밭은 숨을 몰아쉬었다. 며칠이 지났지만 시췌는 여전히 그 거지가 생각나 마음이 무거웠다.

물론 그녀의 심사를 번거롭게 한 것은 그 일만이 아니었다. 딩 선생의 장례식이 끝난 다음 날 어디선가 날아온 사악한 바람이 닭 전염병을 몰고 와 그녀가 고생고생하며 키운 수십 마리의 암탉이 모두 병에 걸려 죽고 말았다. 그녀는 죽은 닭의 털을 죄다 뽑아 열댓 마리는 소금에 절이고 몇 마리는 멍 할멈과 화얼냥에게 보내주었다. 멍 할멈이 웃으며 말했다.

"거 봐, 딩 선생이 복이 터졌다고 했잖아. 그가 죽기 무섭게 닭들도 따라 죽었으니 말이야. 만약 그가 오늘날까지 살아 있었다면 네가 어디서 달걀이 나서 그 사람 먹으라고 가져다 주었겠니."

8월이 되자 마을에 대추가 모두 붉게 익었다. 그날 아침 시췌가 침상에서 일어나 보니 슈미가 보이지 않았다. 집 안팎을 모두 뒤졌지만 그녀의 그림자조차 보이지 않았다. 마지막으로 시췌가 손을 꼽아 계산해 보니 그날이 마침 장이 서는 날이었다. 그럼 그녀가 혼자서 장을 보러 창저우에 갔을까? 점심때가 되어도 그녀가 돌아오지 않자 시췌는 도저히 견딜 수가 없어 황급히 시장으로 달려갔다. 창저우에 도착해 보니 시장은 거의 파장 분위기였다. 시췌는 시장 구석구석을 모두 한 번씩 둘러보고 아는 사람을 만날 때마다 물어보다가 어둑해진 후에야 푸지로 돌아왔다.

그녀가 마을로 돌아왔을 때 이웃집 화얼냥이 두 아들을 데리고 나무 아래에서 대추를 털고 있는 모습이 보였다. 시췌의 얼굴이 온통 땀으로 범벅이 되어 있는 것을 보고는 화얼냥이 입을 삐죽거리며 웃었다. 그녀는 시췌에게 슈미가 보이지 않는다는 말을 듣고 멍 할멈과 찾아보았다고 말했다.

"그녀는 사실 아무 데도 가지 않고 마을 서쪽 꼬맹이 무덤에 하루 종일 앉아 있었지 뭐야. 우리 두 사람이 조금 아까 그녀를 달래서 데리고 돌아왔으니 지금은 집에 누워 있을 거야."

시췌는 그 말을 듣고서 비로소 마음을 놓았다. 집으로 막 가려는데 화얼냥이 등 뒤에서 하는 말이 들렸다. "지금에 와서야 그 가련한 아이 생각이 나는가 본데 너무 늦은 것 아닌가?"

시췌가 집으로 돌아와 보니 슈미가 다락방에서 단잠을 자고 있었다. 그제야 마음에 걸려 있던 근심을 내려놓을 수 있었다. 그런데 같은 날 저녁 뜻밖의 일이 벌어졌다.

시췌가 밥을 다 했지만 슈미는 여전히 일어나지 않았다. 그녀는 그저 침상 위에서 이불을 푹 뒤집어쓰고 잠만 자고 있었다. 시췌는 대충 몇 숟가락 뜨고는 그녀를 위로할 생각으로 위층으로 올라갔다. 슈미가 눈물을 흘렸는지 베개며 이불깃이 모두 젖어 있었다. 시췌는 아마도 그녀가 중추절이 되어 집집마다 성묘하러 가는 것을 보고 왠지 알 수 없지만 꼬맹이가 생각난 것이라고 생각했다. 꼬맹이만 생각하면 시췌 역시 끊임없이 눈물이 흘렀다. 들리는 말에 의하면, 슈미가 감옥에서 아이를 또 한 명 낳았는데 살았는지 죽었는지 알 수 없다고 했다. 만약 살아 있다면 아마도 당시 꼬맹이만 한 나이가 되었을 것이다. 나루터의 탄수 이진은 그 아이가 탄쓰의 소생이라고 잘라 말하고는 몇 번이고 찾아와 아이의 행방을 물은 적이 있었다. 그는 나룻배를 팔아서라도 아이를 되찾고 싶다고 말했다. 그러나 말 못하는 벙어리와 마주하고 있으니 무슨 방도가 있겠는가? 그가 무슨 말을 하든 슈미는 시퍼렇게 질린 얼굴로 한마디도 하지 않았다. 그런 마음 아픈 일을 떠올리며 그녀는 슈미 곁에서 한참 동안 눈물을 흘렸다. 그리고는 양말을 벗고 등불을 끈 뒤 그녀 옆에서 잠을 청했다.

한밤중 몽롱한 가운데 갑자기 누군가 길게 탄식하는 소리가 들렸다.

"에에?"

시췌는 순간 너무 놀라 잠에서 깼다. 누가 탄식하는 거지? 그 소리는 멀리서 들려오는 것 같았으나 아주 분명하면서도 침중했다. 시췌는 침상에서 벌떡 일어나 불을 켜고 슈미를 쳐다보았다. 그녀는 단잠을 자고 있는 듯 이까지 바드득 갈았다. 시췌는 아무래도 의심스러워 방문을

복사꽃 그대 얼굴

열어보았다. 다락방 밖으로 달빛이 구름에 가려 보일 듯 말 듯하고 나무들이 바람에 흔들리며 쏴쏴, 하는 소리가 들릴 뿐 사람의 그림자는 전혀 보이지 않았다. 잘못 들은 건가? 아니면 꿈을 꾼 것일까? 그녀의 마음은 초조하고 불안했다.

시췌가 다시 침상으로 돌아와 자리에 누워 막 잠이 들려고 하는데 슈미가 몸을 뒤척이더니 어둠 속에서 낭랑한 목소리로 말했다.

"에에, 얼굴에 열기가 없으니 눈이 쌓이기 시작할 거야."

이번에는 아주 분명하게 들었기 때문에 너무 놀라 자신도 모르게 식은땀이 흘렀다. 귀신이야, 귀신! 정말로 귀신이 곡할 노릇이네! 말을 할 수 있었어! 벙어리가 아니었단 말이야! 원래부터……!

시췌는 무릎을 감싸고 침상에 앉았다. 마치 학질에 걸린 것처럼 온몸이 부들부들 떨리고 오한이 났다. 얼마쯤 지났을까, 슈미가 다시 이를 갈더니 잠시 후 고르게 코를 골기 시작했다. 그제야 시췌는 마음이 조금씩 안정되었다. 그렇다면 그녀가 나를 3년 반이나 속였다는 거네! 만약 꿈을 꾸다가 비밀을 누설하지 않았다면 아마도 평생 나를 속였을지도 몰라. 그런데 도대체 왜 그런 것일까? 내일 아침 그녀가 깨어나면 잘 물어봐야지. 시췌는 이렇게 생각했다. 그러나 다음날 찔레꽃 시렁 아래에서 슈미를 보았을 때 돌연 자신의 생각을 바꾸었다.

7

이삼월이 되자 봄기운이 싹트고 연못에 푸른 물결이 넘실대며 끊임없이 비가 내렸다. 가늘고 촘촘한 자수바늘 같은 가랑비가 경칩부터 청명까지 계속 내리자 빗속에서 새로 난 버드나무 가지가 밝게 빛났다. 날씨가 따스해지자 슈미는 종종 찔레꽃 시렁 쪽으로 갔다. 그러다가 우연히 몇 년 전에 이식하여 기르고 있던 십여 개의 화분에서 매화가 모두 꽃망울을 터뜨린 것을 발견했다.

강매江梅는 꽃 소식이 드물긴 하지만 성기고 드문드문 꽃대를 내밀어 운치가 있고 옅은 향기가 코를 찔렀다. 이에 비해 관성매官城梅는 꽃잎이 풍부하고 잎사귀도 두툼하며 가운데는 옅은 노란색이고 꽃술이 촘촘히 들어차 있다. 그 나머지, 예를 들어 상매湘梅, 녹악綠萼, 백엽百葉, 원앙鴛鴦, 행형杏馨 등은 꽃가지가 무성하여 바람 따라 흔들린다. 꽃의 색깔은 자홍이나 연한 흰색이고, 향은 짙은 것도 있고 옅은 것도 있는데 제각기 빼곡하게 들어차 아름다움을 다투었다.

재배한 지 몇 년이 흐르니 찔레꽃 시렁 아래 화초도 이미 백여 종에 이르렀다. 봄이 되면 해당화, 매화, 작약, 자소紫蘇(차조기), 장미 등이 피었고, 여름이면 부용芙蓉(연꽃), 촉규蜀葵(접시꽃), 석류가 피었으며, 가을이면 소형素馨과 목서木樨, 난초와 봉선화가 피었다. 그리고 겨울이면 납매와 수선화가 피었다. 푸지 사람들은 수선화를 기르는 풍습이 있었는데, 대략 동지를 전후해 시장에서 한두 포기를 사다가 도자기로 만든 화분에 물을 채우고 조약돌을 깔아 햇볕이 잘 드는 창가 정결한 탁자 위에 올려놓으면 추운 겨울에도 활짝 꽃을 피웠다. 유독 납매만은 얻기가 쉽지 않았다. 범성대范成大의 《매보》梅譜에 따르면, 납매는 본시 매화 종류가 아니지만 품성이 매화와 흡사하고 향도 비슷하며 색깔이 벌집과 같아 매화라는 이름이 붙었다. 슈미는 여러 차례 시췌가 장보러 갈 때마다 납매를 유심히 찾아보라고 당부했다. 하지만 한 해가 다 가고 또 한 해가 가

복사꽃 그대 얼굴

도 끝내 아무런 소득이 없었다.

그러다가 작년 겨울 어느 날 시췌가 푸성귀를 뜯으러 마을 서쪽 원추리 밭으로 가다가 조룽사를 지나가게 되었는데, 문득 바람 따라 그윽한 향기가 났다. 향내를 따라가 보니 사원의 무너진 가람전 기왓장에 납매 몇 송이가 있었다. 가져다 다락방 화병에 꽂아 두었다. 그 납매는 짙은 노란색에 꽃이 조밀하게 피고 향기도 짙었다. 꽃이 다 져서 탁자에서 치운 지 며칠이 지나도록 방안에 여전히 향기가 남아 있었다.

슈미는 조룽사의 납매가 속명이 개파리狗蠅인 사원의 스님이 심은 것이라는 사실을 알고 있었다. 그녀는 또 어렸을 때 설을 쉴 때면 어머니가 그녀를 데리고 눈을 밟으며 사원으로 가서 납매의 가지를 잘라주던 모습도 기억하고 있었다. 물론 지금은 폐가가 된 그 사원이 한때 푸지 학당이었던 곳이라는 사실도 잊지 않고 있었다. 하지만 슈미는 그런 일들을 애써 잊으려고 했다. 마치 손톱 밑을 파고드는 나무가시처럼 언제 또다시 가슴을 에는 고통이 닥칠지 알 수 없었다.

슈미와 시췌는 창저우로 장을 보러 갈 때마다 도관道觀(도교 사원) 앞에서 꽃을 파는 노인을 보곤 했다. 하지만 그에게 꽃을 사는 사람은 거의 본 적이 없었다. 그네들이 도관을 지나치면서 때로 발걸음을 멈추고 꽃을 살펴보았지만 좌판에는 죄다 흔히 볼 수 있는 화초뿐이고 별난 품종이 없어 가격조차 물어보지 않았다. 그러던 어느 날 노인이 그녀들을 불러 세웠다. 노인이 하는 말이 자신의 집에 오래된 매화가 있는데, 후이지부會稽府에 있던 오래된 것이라고 했다. 그가 손에 넣은 지 벌써 60년이나 되었다고 했다. 그의 집이 그리 멀지 않은 곳에 있으니 혹시라도 한번 볼 의향이 있느냐고 물었다. 슈미와 시췌가 서로 바라보며 잠시 어떻게 할지 결정을 내리지 못하고 있다가 마침내 그를 따라가 보기로 했다.

그들은 도관을 돌아 돌이 깔린 좁고 긴 골목을 두 개나 지나고 다시 작은 다리를 몇 개 건너 마침내 깨끗한 정원 앞에 도착했다. 정원은 생각보다 아주 컸는데 삼면이 대나무 울타리로 둘러쳐져 있고 채소가 심어져 있었는데 꽃도 있지만 대부분 이미 시들었다. 보아하니 정원의 주인은 돈깨나 있던 사람인 듯한데 무슨 연고로 외롭게 혼자 남았는지 알 수 없었다. 노인이 정원을 가로지르는 작은 길을 따라 그녀들을 원두막으로 데리고 갔다. 과연 그곳에 오래된 매화나무가 한 그루 있었다. 구불구불 구부러진 가지에 늠름하면서 고풍스럽고 굳센 기운이 감돌아 한번 보면 잊기 힘들 정도였다. 그 매화는 오랜 풍파를 겪으면서도 땅의 기운을 끌어 모아 꽃가지가 구불구불한 것이 온갖 형태를 갖추고 푸른 이끼가 비늘처럼 화분에 가득 차 있었다. 또 가지 사이로 이끼의 수염이 늘어진 것이 몇 촌이나 될 정도로 길었다. 하여 바람이 불어오면 푸른 실처럼 나부끼니 어여삐 여기지 않을 수 없었다.

노인이 말했다. "이 꽃은 나와 한 평생을 같이 했지요. 만약 관을 마련할 몇 푼 때문이 아니라면 절대로 내놓을 생각이 없어요."

슈미 역시 한참을 바라보며 자리를 뜨지 못했다. 하지만 노인이 부른 가격이 너무 비싸 마음을 접을 수밖에 없었다. 두 사람이 막 문을 나서려는데 그 노인이 다시 쫓아와 그네들을 불러 말했다.

"여기 창저우라는 지역은 비천한 떠돌이들이 많은 곳이지요. 꽃나무의 품격을 제대로 알고 있는 은사나 고상한 선비는 만에 하나도 없어요. 두 분은 기꺼이 누추한 화원을 방문하셨으니 참으로 꽃을 아끼는 분들입니다. 이 오래된 매화나무가 마음에 드신다면 가지고 가십시오.

복사꽃 그대 얼굴

돈은 알아서 주시면 됩니다. 예전에 얼마나 많은 이들이 명성을 듣고 찾아와 사겠다고 했는지 모릅니다만 다른 이의 울타리 아래에서 살게 하는 것이 안타까워 지금까지 팔지 않았지요. 하지만 이제 내 나이도 들만큼 들어 오늘 벗은 신발이나 양말을 과연 내일 신을 수 있을지 알 수가 없습니다. 이 오래된 매화가 머물 곳이 있어야 나도 안심할 수 있겠지요." 그는 이렇게 말하면서 자신도 모르게 눈물을 떨구었다.

그가 이렇게까지 말하자 슈미는 시췌와 함께 주머니에 있던 돈을 탈탈 털어 그에게 주었다. 늙은 매화를 건네면서 노인네는 몇 번이고 어루만지며 손을 부들부들 떠는 것이 차마 비통한 마음을 억누를 수 없는 듯했다. 화분을 갈아주고 물을 주는 방법, 흙을 북돋아주는 기술을 몇 번이고 반복해서 말하고는 마지막으로 두 사람을 창저우진長洲鎭 밖까지 배웅하고 나서야 손을 흔들어 작별을 고했다.

늙은 매화나무를 푸지 집으로 옮겨 심고 슈미가 정성을 다해 키웠지만 뜻밖에도 채 두 달이 되기도 전에 시들시들 말라버리고 말았다. 시췌가 탄식하며 말했다.

"이 꽃이 사람의 마음과 통해 주인과 이별한 것을 아쉬워하는 것 같아요."

그녀의 말에 슈미는 울적하고 의기소침해졌다. 후일 두 사람은 장에 가면서 일부러 노인네 집을 찾아가 보았다. 그런데 정원은 이미 피폐해지고 문짝마저 기울었으며 집안에 아무도 보이지 않았다. 오로지 마른 콩깍지만 나무에 잔뜩 붙어 바람에 사그락 소리를 낼 뿐이었다. 이웃집에 물어 보니 이미 며칠 전에 노인네가 숨을 거두었다고 했다.

8

그해 늦여름 푸지에 백 년 동안 없었던 가뭄이 들었다. 마을 노인네들의 말에 따르면, 그해의 비가 늦봄에 모두 내려 7월부터 하늘에 빗방울 하나 떨어지지 않으니 땅이 갈라지고 하천이 말라버린 것이라고 했다. 불덩이가 구르는 듯 작열하는 태양에 천 리 땅덩이가 온통 황폐해졌다. 멍 할멈의 집 대문 앞에 있던 2백 년이나 된 커다란 살구나무까지 말라 죽고 말았다. 슈미가 찔레꽃 시렁 아래에서 키운 꽃들도 우물물의 차가움을 견디지 못하고 누렇게 말라버리거나 시들어버리면서 한 달 남짓 사이에 연이어 대부분 죽고 말았다.

마을의 남녀노소 할 것 없이 조룡사에 무릎을 꿇고 비가 오기만을 애타게 기원했고, 일부 영악한 상인들은 가을과 겨울이 되면 대기근이 닥칠 것을 예감했다. 그들이 몰래 양식을 매점하여 쌀값이 폭등하자 인심이 더욱 흉흉해졌다. 사람이 굶어 나가는 마당에 돼지를 먹일 양식이 어디 있느냐는 화얼냥의 말에 시췌는 기르던 새끼 돼지를 내다팔기 위해 장에 나갔다. 시장에 나가 보니 과연 눈알이 벌게지도록 사방에서 식량 가격을 알아보는 외지인들 외에 사람도 드물었고 그녀의 새끼 돼지 역시 한 마리도 팔 수 없었다.

그해 8월이 되었지만 가뭄은 나아지지 않았고 심지어 메뚜기 떼까지 쳐들어왔다. 처음 메뚜기를 발견한 사람은 나루터의 탄수이진이었다. 그는 선창에서 서너 마리를 발견했을 뿐인데 그 즉시 마을로 뛰어오면서 미친 듯이 소리쳤다. "메뚜기 떼가 몰려 와! 모두 다 죽을 거야……."

불과 사흘도 되기 전에 메뚜기 떼가 동남 방향에서 새까맣게 날아오더니 하늘에서 마치 화살촉처럼 어지럽게 휘날리는데 가는 곳마다 검은 구름이 해를 가린 것처럼 어두워졌다. 마을사람들은 처음에는 연달아 폭죽을 터뜨리고 장대에 횃불을 매달아 밭두렁에서 메뚜기 떼를 쫓아내려고 안간힘을 썼다. 하지만 메뚜기 떼는 점점 많아져 머리 위나 옷깃 속, 입안까지 없는 곳이 없었다. 급기야 사람들은 아예 밭두렁에 주저앉아 통곡하기 시작했다. 메뚜기 떼가 지나간 후 밭에는 곡식이라고는 한 톨도 남아 있지 않았고, 나무의 잎사귀조차 죄다 갉아먹어 숲이 텅 비었다.

딩 사모는 문제의 심각성을 정확히 인식하고 있었다. 그녀는 마을 입구에 서서 반복해서 혼잣말을 중얼거렸다. 이놈의 메뚜기 떼가 극성을 부렸으니 가을이 되면 우린 뭘 먹나? 멍 할멈이 퉁명스럽게 말을 받았다.

"똥을 먹지."

얼굴에 수심이 가득한 마을 농민들이 그 소리에 와, 하고 웃음을 터뜨렸다. 하지만 탄수이진은 웃지 않았다. 그저 아무 말 없이 죽은 메뚜기를 줍고 있었다. 몇 포대 가득 주워 담은 후 항아리에 집어넣고 소금에 절였다. 그와 그의 마누라 가오차이샤는 이렇게 절인 메뚜기로 견디기 힘든 기근을 버텨냈다.

소한이 지나자 마을에 사람이 죽기 시작했다. 딩 사모도 그때 죽었지만 아무도 아는 이가 없었다. 그해 동짓달이 되어 사람들이 그녀를 떠올렸을 땐 이미 침상에서 미라가 된 후였다.

시쉐는 며칠 동안 굶어 두 눈이 휑해졌다. 그녀 식으로 말하자면 어찌나 배가 고픈지 탁자며 의자까지 죄다 물어뜯고 싶을 정도였다. 슈미는 매일 보리껍데기 죽을 조금씩 마시고 침상에 누워 책을 보면서 아래

충으로 내려오는 일도 거의 없었다. 겉으로 보기에는 당황하거나 고통을 느끼기는커녕 오히려 그런 상황을 즐기는 것 같았다. 집안의 물건 가운데 팔 만한 것은 모두 팔아치웠다.

슈미가 조심스럽게 손수건을 풀어 줄곧 신변에 두었던 금매미를 시췌에게 건네줄 때 그녀의 눈이 반짝거렸다. 금매미를 보자 시췌는 꼬맹이가 생각나면서 슈미가 꿈속에서 했던 말이 떠올랐다.

"에에, 얼굴에 열기가 없으니 눈이 쌓이기 시작할 거야."

시췌는 그 금매미를 들고 전당포로 갔지만 전당포 주인은 거절하며 받아주지 않았다. 심지어 그는 제대로 보지도 않은 채 팔짱을 끼며 담담한 어조로 말했다.

"이게 금이란 것은 나도 알고 있소. 하지만 지금 사람들이 굶어죽는 마당에 이런 금인들 무슨 값어치가 있겠소."

시췌는 푸줏간을 하는 대머리 둘째네 집에 아직 여분의 식량이 남아 있다는 말을 듣고 염치를 무릅쓰고 양식을 구하러 그의 집으로 갔다. 대머리 둘째는 이전에 푸지 학당에서 슈미를 도왔지만 나중에 큰 금니가 떠나자 대신 마을에서 푸줏간을 하면서 돈을 벌었고 그후 다시 쌀가게를 열었다.

대머리 둘째는 때마침 중문中門에서 불을 쬐고 있다가 시췌가 들어오는 것을 보았지만 아무 말도 하지 않고 그저 쳐다보기만 했다. 시췌는 고개를 숙이고 얼굴을 붉히면서 마당에 서서 어찌할 바를 모르고 몸을 좌우로 흔들 뿐이었다. 결국 대머리 둘째가 발을 쬐는 화로인 각로脚爐를 내려놓고 히죽거리며 그녀의 코앞으로 다가와 그녀의 귀에다 얼굴을 들이밀며 말했다. "양식을 꾸러 온 게로군, 맞지?"

시췌가 고개를 끄덕였다.

복사꽃 그대 얼굴

"지금은 쥐새끼 꼬리에 종기가 생겨도 고름조차 많지 않을 지경이야."

시췌가 돌아서려고 하는데 대머리 둘째가 다시 입을 열었다. "그런데……"

"뭐가 그런데?" 시췌는 대머리 둘째의 어투가 누그러진 것을 보고 서둘러 말했다.

"네가 나랑 방안으로 들어가서 몇 번 해주기만 하면 양식이야 뭐 문제가 없지." 대머리 둘째가 목소리를 낮추어 말했다.

시췌는 그가 이처럼 저질스러운 말을 할 줄은 꿈에도 생각 못했다. 그녀는 수치스럽기도 하고 화가 치밀기도 하여 고개를 돌리고 곧바로 마당을 뛰쳐나와 멍 할멈 집으로 갔다.

그러나 그녀의 집안으로 들어가기도 전에 밖으로 울려 퍼지는 아이의 울음소리를 들었다. 그녀는 대문을 두드리지도 못하고 다시 옆에 사는 화얼냥의 집으로 향했다.

화얼냥은 한 손에 손자를 끌어안은 채 어두운 방안에서 문밖에 휘날리는 눈송이를 바라보며 중얼거리고 있었다. "무서워하지 마, 무서워하지 말라고. 죽어도 우리 셋이 같이 죽는 것이니." 시췌는 그저 우연히 그녀 집 앞을 지나가던 척하며 아무 소리도 못하고 집으로 돌아왔다.

한밤중이 되자 그녀는 다락방에서 너무 배가 고파 잠에서 깨어났다. 벽에 붙은 석회를 긁어 입안에 털어 넣고 우물거리자니 문득 마음속으로 후회가 밀려들었다. 대머리 둘째에게 몇 번 하라고 허락하는 게 차라리 나았을 성 싶었다. 침상에서 일어나 앉은 그녀가 슈미를 바라보며 물었다. "어떻게 해요?"

슈미가 손에 든 책을 내려놓고 웃음을 지었다. 마치 '어떻게 하기는? 죽지!'라고 말하는 것 같았다.

　다음 날 시췌는 일찌감치 잠자리에서 일어났다. 그러나 부엌의 부뚜막까지 가서야 안칠 쌀이 없다는 사실이 생각났다. 그녀는 혼자 부뚜막 아래 앉아 하염없이 눈물을 흘리다 자신도 모르게 방이 눈앞에서 빙빙 도는 것을 보았다. 잠시 정신을 안정시키고 나니 방은 돌지 않았지만 눈에 보이는 모든 것이 두 개로 겹쳐보였다. 그녀는 몸을 일으키려고 했지만 어질어질하여 제대로 서 있을 수가 없었다. 살날이 얼마 남지 않았다는 생각이 들었다. 그녀는 항아리에서 차가운 물을 한 바가지 떠서 몇 모금 마시고 침상으로 돌아가 누워야겠다고 생각했다.

　마당을 지날 때 문득 담장 옆에 뭔가 불룩불룩한 짐 보따리 같은 것이 눈에 띠었다. 밤새 내린 눈이 소복이 덮여 있었다. 시췌가 다가가 발로 툭 쳐 보니 마대자루였다. 그녀는 쌓인 눈을 걷어내고 긴장된 마음으로 손으로 쑥 찔러보았다. 서둘러 마대자루를 열어 보니, 세상에나, 이럴 리가? 마대자루 안에 든 것은 놀랍게도 새하얀 쌀이었다!

　"아이고 맙소사!" 시췌가 실성한 듯 소리를 내질렀다. "어디에서 이렇게 많은 쌀이?" 그녀가 고개를 들어 마당 담장을 쳐다보고 다시 땅을 살펴 보니 담장의 기와 몇 장이 땅바닥에 떨어져 산산이 부서져 있었다. 틀림없이 누군가 어젯밤에 쌀자루를 담장 위에서 떨어뜨린 것이 분명했다. 그녀는 곰곰이 생각할 겨를도 없이 후다닥 후원으로 내달렸다. 어디서 그런 힘이 나왔는지 알 수 없지만 쿵쾅거리며 단숨에 위층으로 뛰어올라간 그녀가 때마침 빗질을 하고 있던 슈미에게 소리쳤다.

　"쌀, 쌀, 쌀이에요!"

　그녀가 뜬금없이 고함을 치자 당황한 슈미도 손에 들고 있던 빗을

　　　　　　　　　　　　　　복사꽃 그대 얼굴

황급히 내려놓고 그녀를 따라 아래층으로 내려가 앞마당으로 달려갔다. 정말로 쌀이었다. 슈미가 쌀 한 줌을 집어 코에다 대고 맡아보더니 이내 몸을 돌려 시췌에게 말했다.

"가서 멍 할멈과 화얼냥을 불러오렴."

"왜 그들을 불러요?"

"불러오기나 해. 그들과 상의할 것이 있어서 그래."

"네." 시췌가 대답하고 밖으로 나갔다. 그녀는 그저 신이 나서 처음에는 그녀가 평소와 무엇이 다른지 전혀 알아차리지 못했다. 그런데 문턱을 넘다가 홀연 못에 박힌 듯 그 자리에 멈추었다. 그녀가 고개를 돌려 놀란 눈으로 슈미를 쳐다보았다. 뭐야? 뭐, 뭐냐고? 그녀가 뭐라고 했지?!

그녀, 그녀, 그녀가……! 한순간에 눈물이 쏟아지기 시작했다. 그녀가 결국 입을 열고 말을 했어. 벙어리가 아니었던 거야. 그녀가 벙어리가 아니란 건 일찍이 알고 있었지. 벙어리가 어떻게 잠꼬대를 해?

이젠 됐어. 식량도 있고 슈미도 말을 할 수 있게 되었으니, 이제 어떤 걱정도 없어. 그녀는 온몸에 힘이 솟구쳐 열흘을 더 굶는다고 해도 버텨낼 수 있을 것만 같았다.

흥분이 지나친 까닭인지 아니면 하도 배가 고파 제정신이 아닌 까닭인지 알 수 없었다. 시췌는 멍 할멈 집 문을 열고 들어가 방안에 있는 사람들에게 선포하듯이 소리쳤다.

"우리 집 슈미가 입을 열어 말을 했어요."

"그 애가 말을 했다고?" 멍 할멈이 힘없이 물었다. 그녀는 숟가락으로 솥바닥에 눌어붙은 것을 박박 긁고 있었지만 쇠 부스러기만 긁어낼 뿐이었다.

"말을 했어요." 시췌가 말했다. "갑자기 말을 했다고요, 벙어리가 아니에요."

"응, 그렇다면 벙어리가 아니겠지. 벙어리가 아니니 말을 할 수 있는 거지. 잘 됐네, 잘 됐어."

멍 할멈은 이렇게 여러 차례 되풀이하면서 다시 솥을 긁어냈다.

이어서 시췌는 화얼냥의 집으로 갔다. "얼냥, 조금 전에 우리 집 슈미가 말하는 것을 들었어요."

"말을 해? 그녀가 말을 하다니 어찌된 일이야?" 화얼냥은 어린 손자를 품에 안고 있었다. 아이는 어찌나 굶었는지 얼굴이 누렇게 뜨고 두 손을 부들부들 떨고 있었다.

"그녀가 벙어린 줄 알고 있었거든요."

"그녀가 벙어리였어?" 화얼냥은 냉랭하게 말했다. 굶어서 정신이 혼미해진 것이 틀림없었다.

이상하네. 저들은 왜 전혀 놀라지도 않고 기뻐하지도 않는 거지?

시췌는 도무지 알 수 없다는 듯이 고개를 갸우뚱하며 집으로 발길을 돌려 대문에 도착했을 때 문득 자신이 가장 중요한 일을 빠뜨렸다는 사실이 생각났다. 그래서 다시 왔던 길로 되돌아갔다.

눈처럼 새하얀 쌀을 보면서 화얼냥이 처음에는 "보살님, 보살님!" 하고 끊임없이 소리치더니 잠시 후에야 말을 했다. "누군지 이처럼 큰 가업이 있어 이러한 때에 이렇게 귀한 것을 지닐 수 있게 되었네!"

멍 할멈이 말했다. "아가씨, 어디서 난 쌀이에요?"

시췌가 말했다. "아침에 일어나서 마당에 있는 것을 보았어요. 아마도 어제 저녁에 누군가 담장 너머로 던져 놓은 것 같아요." 슈미가 말했

복사꽃 그대 얼굴

다. "이 양식이 어디에서 왔는지는 논할 필요 없고요, 먼저 사람부터 구하는 것이 중요해요." 멍 할멈이 말했다. "맞아, 먼저 사람부터 구해야지. 아가씨는 어찌할 생각이에요?"

슈미의 의견은 포대에 든 쌀로 매일 두 명의 노인이 책임을 지고 마을 사람들에게 하루에 한 번씩 죽을 끓여주자는 것이었다. 멍 할멈이 말했다. "아가씨 듣기 싫은 말을 좀 해야겠네요. 예전에 아가씨가 실성해서 난리를 피울 때 무슨 혁명이네 식당이네 하면서 온종일 총과 몽둥이를 휘둘렀는데, 이 아줌씨가 보고 정말로 마음이 안 좋았어요……."

화얼냥이 멍 할멈의 소매를 잡아당기며 더 이상 말을 하지 못하도록 하고는 웃으며 말했다. "이번에는 마을 사람 모두를 구할 수 있을 거예요. 기근을 견뎌낼 수만 있다면 저라도 나서서 사람들에게 공덕비를 세우자고 할 거예요."

멍 할멈과 화얼냥이 둘로 나뉘어 전족한 작은 발로 종종거리며 집집마다 알렸다. 순식간에 정말 기이할 정도로 마을 사람들이 자발적으로 집에서 밀기울이며 쌀겨, 콩깻묵 등을 가져왔고 어떤 이는 이듬해에 종자로 쓰려고 남겨놓은 콩까지 가져왔다. 대머리 둘째 부부도 밀가루 한 포대를 보내왔다.

두 노인이 포대에 든 쌀로 매일 한 번씩 멍 할멈 집에서 죽을 끓여 나누어 주었다. 마을 남녀노소 할 것 없이 모두 질서정연하게 멍 할멈 집 앞에서 죽을 나누어 주기를 기다리는 모습을 보면서 슈미는 마음속으로 희비가 교차했다. 혹시라도 떼를 지어 몰려와서 먼저 먹겠다고 싸우지나 않을까 걱정했지만 그런 일은 일어나지 않았으며, 심지어 행렬에 누군지 알 수 없는 외지사람이나 거지가 끼어들기도 했지만 마을사람들은 그들을 내쫓지 않았다. 한 사람이 한 국자씩, 한 사람도 빠뜨리지 않았다. 이러한 모습을 보면서 그녀는 장지위안과 그가 끝내 이루지 못했던 대동세계大同世界가 생각나기도 하고, 자신이 화자서에서 보낸 나날들, 중도에 작파했던 푸지 학당, 그리고 아버지가 집을 떠나면서 가지고 간 그 도화몽桃花夢도 떠올렸다.

그날 점심때 시췌는 예전처럼 화얼냥이 죽을 나누어주는 것을 도와주러 갔다. 맨 마지막 사람이 깨진 그릇을 내밀었을 때 공교롭게도 솥 안에 죽이 다 떨어지고 없었다.

화얼냥이 말했다.

"이를 어쩌나? 공교롭게도 딱 한 국자 당신 것만 부족하네요."

시췌가 고개를 들어 보니 그 사람은 작년에 딩 선생 장례식에 얼굴을 내밀었던 바로 그 거지였다. 시췌가 한참을 쳐다보다 아무 생각 없이 말했다. "어디에서 오셨나요? 왜 자꾸만 내가 당신을 알고 있다는 생각이 들지요?"

순간 당황한 그 사람이 손에 든 그릇을 땅에 떨어뜨리더니 주울 겨를도 없이 고개를 돌려 가버렸다. 이번에는 시췌가 큰 걸음으로 그를 따라 강가까지 쫓아갔다. 그녀는 이번에는 반드시 누구인지 물어봐야겠다고 작심했다. 그 사람은 뛸 힘도 없는지 이따금씩 허리를 누르며 멈춰서서 숨을 헐떡였다. 연못을 사이에 두고 몇 바퀴를 돌며 쫓아가다가 시췌도 더 이상 뛸 수가 없어 그 사람을 향해 소리쳤다.

"뛰지 마. 네가 누군지 알고 있어. 추이롄이잖아."

그 소리에 정말로 그 사람이 멈추어 섰다. 그렇게 한참 동안 멍하니 서 있다가 땅바닥에 주저앉더니 '으-앙!' 하며 울음을 터트리더니 통곡하기 시작했다.

복사꽃 그대 얼굴

연못가에 버려진 물방아가 하나 있었다. 두 사람은 물방아 위에 앉아 이야기를 나누었다. 환한 태양이 높은 하늘에서 내리쬐고 날씨는 맑고 따스했다. 녹은 눈이 물방아의 움푹 파인 홈을 따라 졸졸거리며 연못으로 흘러들었다.

시췌는 추이렌과 함께 한바탕 울고 난 후 소매로 얼굴을 닦고 코맹맹이 소리로 어째서 남장을 하고 다니며, 그동안 어떻게 살았느냐고 그녀에게 물었다.

추이렌은 그저 훌쩍이기만 할 뿐 제대로 말을 하지 않았다.

"너 그놈, 무슨 수비대장인가 하는 룽가 놈하고 결혼한 거 아니었어? 어쩌다 이 지경이 된 거야?" 시췌가 물었다. 그녀의 말에 추이렌이 더욱 큰 소리를 내며 울더니 가끔씩 맑은 콧물을 털어내 물방아 손잡이에 문질렀다.

"휴우!" 추이렌이 길게 한숨을 내쉬더니 천천히 입을 열었다. "운명이 그런 거지 뭐."

그녀의 말에 따르면, 푸지를 떠난 후 룽 수비대장을 따라 메이청으로 가서 살았다. 그러나 채 1년이 되기도 전에 룽 수비대장이 다른 곳에 집을 얻더니 연이어 두 명의 첩을 들였다. 이후로 그는 더 이상 그녀의 집을 찾지 않았다. 그래도 추이렌은 넉살좋게 룽씨 집에서 3개월 동안 버텼는데 결국 룽 수비대장이 심복을 보내 말을 전했다.

"그는 사실 아무 말도 하지 않았어. 그저 총으로 탁자를 한 번 탁하고 치더라고. 나는 그때 룽씨 집안에서 더 이상 머물 수 없다는 것을 알았지. 그래서 물었어. 나를 내쫓으려고 하느냐고. 그 심복이란 자는 이제 겨우 열여덟이나 열아홉 정도 된 아이였는데 글쎄 음흉한 웃음을 지으며 입안 가득 술 냄새를 풍기면서 말하더라고. 서두르지 마, 서두르지 말라고. 이 아우가 먼저 재미 좀 보게."

추이롄은 수비대장 관사를 떠난 이후 메이청에 있는 기생집 두 곳을 전전하면서 예전에 하던 일을 했다. 그러다가 기생어미가 추이롄이 수비대장 집에서 온 사람이라는 것을 알게 되었다. 그녀는 감히 추이롄을 더 이상 머물게 할 수 없었다. 기생어미가 말했다. "사실이든 거짓말이든 괜찮아. 하지만 넌 어쨌든 남의 부인이었잖니. 나중에 룽 대장이 알기라도 하는 날이면 내가 일부러 그를 능멸했다고 여길 것이고, 게다가 너도 이제 나이를 많이 먹었어."

이후 추이롄은 또 다른 기생집을 찾아갔지만 그곳 기생어미 역시 똑같은 말을 했다. 그래서 그녀는 걸식하며 살아갈 수밖에 없었다.

기이하게도 걸식을 하며 어느 쪽으로 가더라도 이리저리 오가다 결국 푸지에 이르렀다. "꼬맹이의 혼령이 이끌었나 봐." 추이롄이 말했다.

꼬맹이 이야기가 나오자 시췌는 마음이 쓰렸다. "사실 푸지 학당에 있을 때 교장이 너에게 그리 야박하게 군 것도 아닌데……." 시췌는 뒷말을 꾹 참고 하지 않았다.

"나도 알아." 추이롄이 크게 심호흡을 하더니 탄식하듯이 말했다. "운명이 그런 거지 뭐."

그녀의 말에 따르면, 어린 시절 천저우郴州에서 유랑 생활을 할 때 길가에서 대여섯 살이 채 되지 않은 아이를 데리고 다니는 거지를 만난 적이 있었다. 당시 그 아이는 이미 배를 곯아 숨만 겨우 내쉬고 있었다. 그녀가 그들 부자가 하도 불쌍하여 만두 두 개를 건네고 돌아서려는데 거지가 그녀를 불러 세웠다. 그의 말인즉 남에게 은혜를 입었으니 결초보은이라도 해야겠다는 것이었다. 그는 자신이 별다른 재주 없이 남들 관상을 봐주는데 나름 영험하다고 말했다. 그리고 그 자리에서 추이롄

복사꽃 그대 얼굴

의 관상을 보더니 그녀가 평생 걸식하며 살다가 길거리에서 굶어죽어 들개 밥이 될 팔자라고 말했다. 만약 이런 재앙을 면하려고 한다면 그리 어려운 것이 아니라고 하면서 돼지띠인 사람을 만나 결혼하면 된다고 했다.

"룽 수비대장이 그해에 솜 타는 사람으로 변장하고 혁명당원들의 동향을 살피기 위해 마을에 들어왔잖아. 나는 정말 그가 그런 사람인 줄 몰랐어. 때마침 교장이, 그래 슈미가 한의사 탕류스에게 진찰을 받겠다고 날더러 모시고 오라는 거야. 그녀가 며칠 동안 이빨이 많이 아팠거든. 쑨 아가씨 집을 지나가는데 그가 잠시 일을 쉬면서 문 앞에서 담배를 피우고 있더라고. 그래서 그 사람이랑 몇 마디 이런저런 이야기를 나누었지. 그 개자식이 글쎄 뱃속은 시커멓지만 인물도 잘 나고 말도 뻔질나게 잘하지 뭐야. 결국 나는 뭐가 뭔지 제대로 알지도 못하는 사이에 그놈의 꾐수에 빠져들고 만 것이지. 내가 하늘에 대고 맹세하건대, 당시 나는 정말로 그놈이 조정의 밀정인지 몰랐어. 난 그때 때려죽인다고 해도 교장을 배신할 생각을 감히 할 수 없었어. 나중에……."

"그 사람이 돼지띠여서 그를 따라가기로 맘먹은 거야?" 시췌가 물었다.

추이롄이 잠시 생각하고 고개를 끄덕이더니 곧이어 다시 고개를 저었다. "그게 다는 아니야. 네가 남자를 아직 만나보지 않아서 그 남자의 좋은 점을 몰라. 그 개자식, 룽 수비대장은 키가 크고 용맹스러운 데다 풍채가 당당한 것이 무예가 뛰어난 고수야. 우리 같은 여인네들은 남정네가 부드러운 곳을 움켜쥐기만 하면 참지 못하고 따르게 되어 있거든. 결국 첫 발을 잘못 디딘 탓에 자꾸만 수렁으로 빠져들었고 결국에는 눈을 감아버리고 그 사람이 하자는 대로 하게 되는 거거든."

그녀의 말에 시췌는 얼굴이 귀까지 벌겋게 달아올라 고개를 숙이고 아무 말도 하지 않았다.

잠시 후에 추이롄이 슈미의 근황을 묻고 요 몇 년 동안 자신에 대해 물은 적이 있느냐고 물었다. 시췌가 말했다. "말은 무슨, 그녀는 몇 년 동안 한마디 말도 하지 않았어. 난 그녀가 벙어린 줄 알았다니까."

"벙어리 아니야. 말할 줄 알아."

"네가 어떻게 알아?"

"나만은 그녀의 마음을 알지. 그녀가 말을 하지 않는 것은 자신을 벌주기 위함이야."

"왜? 난 잘 모르겠는데."

"역시 그 꼬맹이 때문이 아니겠어?" 추이롄이 기억을 떠올리며 말했다. "사실 학당에 있을 때 다른 사람들은 모두 그녀를 미쳤다고 생각했지. 자신이 낳은 아이에게조차 전혀 무관심했으니 그럴 만도 하지. 하지만 실제로 그녀는 매일 그 아이를 생각하고 있었어."

"넌 그걸 어떻게 알아?"

"어느 날인가 가람전에서 그녀랑 이야기를 나누다가 물어본 적이 있어. 왜 그렇게 꼬맹이에게 모질게 대하느냐고 말이야. 어쨌든 그 아이는 당신 몸에서 나온 핏덩어린데 어찌 그리 박정하냐고 물었지. 그녀가 뭐라고 말했는지 알아?"

시췌가 고개를 저었다.

"그녀가 말하더라고. 일단 이 길로 접어들었으니 쉐 거인[*]이나 장 지위안처럼 필사의 결심을 해야만 했다는 것이지. 그래서 아이에게 조금 모질게 굴어 자신이 죽은 뒤에도 아이가 그녀를 그리워하지 않도록 한 것이라고 했어."

복사꽃 그대 얼굴

시췌는 그 말을 듣고 와락 울음을 터뜨렸다. 겨우 울음을 멈춘 시췌가 앞으로 어떻게 할 것이냐고 그녀에게 물었다.

"어떻게 할 거냐고?" 추이롄이 반문하는 것이 마치 시췌에게 묻기보다 자신에게 묻는 것 같았다. "나도 몰라. 어디론가 가게 되겠지. 하지만 이제 푸지로는 절대 돌아오지 않을 거야."

시췌는 어질고 너그러운 이였기에 그녀의 말을 듣자 마음이 아렸다. 잠시 후 그녀가 낮은 목소리로 말했다. "그러지 말고……, 내가 슈미에게 가서 한번 말해 볼 테니, 그냥 푸지에서 우리랑 함께 살아."

"안 돼, 안 돼." 추이롄이 말했다. "설사 그녀가 나를 받아준다고 해도 나는 그녀를 볼 면목이 없어. 루씨 집안 백팔십 묘 땅을 비록 슈미 손으로 룽칭탕 부자에게 팔았다고 하지만 그런 꾐수를 쓴 것은 나잖아. 꼬맹이가 내 손에 죽은 것은 아니지만 분명 나 때문에 죽었고……." 그녀가 갑자기 뭔가 생각이 떠올랐는지 시췌에게 물었다. "듣자하니 그녀가 옥중에서 아이를 또 한 명 낳았다고 하던데……?"

시췌가 말했다. "태어난 지 사흘 만에 누군가 데리고 갔대. 지금은 어디에 사는지, 이 세상에 살아있기는 한 건지 아무도 몰라."

두 사람은 점심때부터 해가 서쪽으로 기울 때까지 이야기를 나누었다. 서북풍이 매섭게 불어오자 시췌는 자신도 모르는 사이에 손발이 곱아오는 것을 느꼈다. 추이롄이 개 쫓는 막대기를 집어 들고 낡은 밀짚모자를 썼다. 길을 떠날 차비를 하는 듯했다.

시췌는 딱히 무슨 말을 해야 할지 몰라 멍하니 있다가 겨우 입을 열었다. "정말 방법이 없을 때가 오거들랑 푸지로 와."

추이롄이 고개를 돌려 쓴웃음을 한 번 짓고는 아무 말 없이 곧바로 길을 떠났다.

시췌는 두 눈이 벌겋게 충혈된 상태로 돌아서면서 차마 고개를 돌려 그녀를 바라보지 못했다. 마을 입구에 다다랐을 때 멀리서 슈미가 집 문밖에 나와 그녀를 기다리는 모습이 보였다. 그녀는 시췌를 보고 다시 그녀 뒤편으로 눈보라가 몰아치는 끝없이 너른 들판을 바라보며 한마디 했다. "왜, 추이렌은 여전히 오지 않겠대?"

9

12년 후.

11월 초가 되자 논의 벼를 모두 수확하고 맨둥맨둥한 논에 온통 흰 서리가 덮였다. 시냇가나 길가의 오구나무는 하룻밤 사이에 붉게 물들었다. 액즙이 많은 흰색 과실이 흰 눈이나 버들가지 또 매화처럼 나뭇가지 끝을 단장했다. 슈미는 벼가 익고 때가 되었으니 곧 베어야 한다고 말했다. 슈미는 또 오구나무도 모두 붉어졌다고 말했다. 잎사귀가 다 떨어지면 눈처럼 흰 과실도 검어질 것이고 하늘에서 눈이 내릴 것이라고 말하기도 했다.

이런 말들은 뜬금없어 시췌로서는 그녀의 속마음을 추측하기 어려웠다. 날씨는 유별나게 좋았다. 바람 한 점 없는 데다 하늘은 허허로운 바다처럼 온통 푸른빛이어서 강남 사람들이 흔히 말하는 양춘陽春의 날씨였다. 햇살이 따사롭고 삶은 한가하고 고요했다. 때로 기러기들이 줄지어 나뭇가지 끝을 스쳐지나갔다. 하지만 슈미는 기러기들이 줄지어 날아가면 갈까마귀가 이어서 온다고 말했다. 그녀의 이런 말은 뭔가 암

복사꽃 그대 얼굴

시를 주는 것 같았다. 다행히 시췌는 이미 이런 말에 습관이 되어 아무리 의아스러워도 그리 마음에 담아두지 않았다.

십여 년 넘게 슈미는 줄곧 후원에서 화초를 키우며 보냈다. 정원에는 크고 작은 꽃 사발과 화분, 그리고 꽃을 심은 통들이 즐비했다. 그 사이사이로 옥잠, 모란, 접시꽃, 황매화, 진달래, 감국, 납매 등이 가득 들어찼다. 찔레꽃 시렁 위나 다락방으로 올라가는 계단 위, 채소밭, 담장 밑, 그리고 대숲까지 온통 화초가 가득했다.

말을 하지 않겠다는 맹세는 깨졌지만 여전히 슈미는 거의 말을 하지 않았다. 지금은 바로 가을이 무르익은 시절인지라 철늦은 국화가 딱 좋게 피었다. 슈미는 때로 답답한 마음을 해소하고 속내를 드러내기 위해 기억나는 대로 국화에 관한 시 몇 수를 적어 시췌에게 보여주곤 했다. 그 시를 읽으면서 시췌는 왠지 불안한 느낌을 감출 수 없었다. 예를 들면 이러했다.

동쪽 울타리 무릉향과 흡사하여
이 꽃 다 피면 더 이상 꽃은 없으려네.

또는,

때로 취한 눈으로 남몰래 마주 보니
도잠陶潛(도연명)을 완랑阮郞42)으로 잘못 알았네.

---

42) 완랑: 유의경의 《유명록(幽明錄)》에 나오는 인물로 한나라 명제 시절에 천태산에 들어가 두 여인과 살다 내려오니 자신의 7대 후손이 살고 있었다는 고사의 주인공.

또는,

노란 꽃술 푸른 줄기 작년과 같다만
사람 마음엔 그저 뒤늦은 탄식만 가득

온갖 우수와 걱정이 가슴에 맺혀 있는 듯했다. 그러던 어느 날 정원에서 꽃가지를 잘라주고 있는데 슈미가 시췌에게 말했다.

"너 화자서라는 곳 들어본 적 있어?"

시췌가 고개를 끄덕였다.

슈미가 다시 물었다. "화자서로 가는 길을 알겠어?"

이번에는 고개를 저었다.

시췌는 장을 보러 창저우에 간 것 말고는 멀리 나간 적이 없었다. 그녀가 고개를 들고 하늘을 쳐다보았다. 화자서는 하늘에 떠다니는 구름 같은 곳이다. 볼 수는 있지만 꿈처럼 아득하여 다가설 수 없다. 시췌는 슈미가 왜 갑자기 그런 곳에 가려고 생각했는지 알 수 없었다.

슈미는 그 작은 섬에 가보고 싶다고 말했다.

여하간 그녀가 가고 싶다고 하니 시췌는 사방에 화자서 가는 길을 물어보고 노잣돈과 길가에서 먹을 마른 양식을 마련하는 수밖에 없었다.

시췌는 내심 적어도 그녀가 답답하고 근심어린 마음을 풀 수 있다면 먼 길을 나가보는 것도 괜찮겠다는 생각이 들었다. 며칠이 지나자 슈미가 무슨 생각이 났는지 시췌에게 사람을 불러 부인과 꼬맹이의 무덤을 손보라고 시켰다. 이렇게 모든 일을 잘 마무리한 후 길을 떠났다.

　　　　　　　　　　　　　　　　　복사꽃 그대 얼굴

시췌는 사흘 동안 먹을 마른 양식을 준비했다. 그녀가 보기에는 사흘도 너무 길었다. 이 세상을 구석구석 둘러볼 만큼 충분한 시간이었다. 가는 길에 더 이상 걸어갈 수 없을 정도로 피곤해도 슈미는 가마꾼을 부르려고 하지 않았다. 그네들은 구릉과 계곡을 건너 그리 서둘지도 않았지만 그렇다고 너무 여유를 부리지도 않으면서 천천히 걸었다. 가는 길에 시췌는 슈미가 끊임없이 눈물을 흘리고 사람들을 대하거나 길을 걸으며 이야기를 나눌 때 동작이 매우 느려진 것을 보고 또다시 걱정이 되기 시작했다.

그네들은 마을에 들르면 길을 묻고 우물이 나오면 잠시 멈춰 물을 마시면서 일고여덟 번이나 길을 잃어 헤매고 예닐곱이나 되는 낯선 농가에서 하룻밤을 보냈다. 도중에 슈미는 이질에 걸려 고열로 인해 밤새도록 끊임없이 헛소리를 해대며 끙끙 앓기도 했다. 결국 시췌가 그녀를 등에 업고 길을 재촉하는 수밖에 없었다. 여드레가 되는 날 점심 무렵 화자서에 도착했을 때 슈미는 그녀의 등에 업힌 채 곤히 잠이 들어 있었다.

슈미는 몽롱한 상태에서 눈을 떴다. 눈가에 또다시 눈물이 맺혔다. 그들이 도착한 곳은 공교롭게도 마을 입구 주막집 근처였다. 주막을 알리는 깃발이 가장자리가 너덜너덜해지고 색이 바랜 채 창밖에서 비스듬히 휘날리고 있었다. 주막에는 거의 손님이 없었고, 문에 붙어 있는 춘련도 색이 바랬으며, 꽃무늬 솜옷을 입은 어린 여자애가 문지방에 앉아 털실을 감으며 이따금씩 그네들을 쳐다보았다.

산을 등지고 조성된 마을은 그녀가 기억하고 있던 것보다 훨씬 작고 초라했다. 오래전 큰 화재로 무너진 담장의 잔해가 여전히 눈앞에 그대로 남아 있었다. 마을의 모든 집과 정원을 이어주던 장랑長廊도 이미 철거되고 길가 양쪽으로 장랑의 기둥을 박았던 둥근 구멍이 조금 남아 있을 뿐이었다. 바람이 세차게 불자 흙먼지가 날아다녔다.

산은 나무를 모두 벌채하여 민둥산이 되고 말았다. 낡고 오래된 집들이 서로 다닥다닥 붙어 있는 꼴이 당장이라도 무너질 것만 같았다. 길 양쪽의 도랑에는 예전처럼 물이 흐르고 물고기 비늘처럼 칙칙한 회색빛 지붕 위로 몇 마리 까마귀가 날아다니며 까악, 까악 울어대 그나마 마을에 활기를 주고 있었다.

그들이 막 떠나려고 하는데 돌연 주막 창문이 열리면서 얼굴이 통통 부은 부인이 나타났다.

"식사하시려오?" 그녀가 물었다.

"아니에요." 시췌가 웃으며 대답했다.

그러자 '쾅' 하는 소리와 함께 창문이 닫혔다.

그들은 호숫가로 갔다. 작은 섬은 마을과 화살을 쏘면 닿을 정도의 거리로 떨어져 어슴푸레하게 보였다. 섬에 있는 집(슈미와 한류가 일 년하고도 삼 개월이나 살았던 곳)은 더 이상 남아 있지 않고 뽕나무만 빽빽하게 들어차 있었다. 한 어부가 작은 배를 타고 호수에서 고기를 잡는 모습이 눈에 들어왔다. 그 외에 다른 사람은 찾아볼 수 없었다.

그들이 호숫가에서 오후까지 기다린 후에야 고깃배가 물가에 닿았다. 슈미가 어부에게 섬까지 데려다줄 수 있느냐고 물었다. 어부는 그녀들을 이리저리 한참 살펴보고는 입을 열었다.

"섬에는 아무도 살지 않아요."

슈미가 말했다. "그저 한번 둘러보기만 할 거예요. 저희를 데려가 주실 수 있겠어요?"

복사꽃 그대 얼굴

"별로 볼 것도 없는데, 온통 뽕나무 밭뿐이고 사람도 하나 없는데……." 어부가 말했다.

그가 그렇게 말하는 것을 보고 시췌가 허리춤에서 은표銀票(은태환 지폐) 한 장을 꺼내 그에게 주었다. 어부는 은표를 보고도 받을 생각은 하지 않고 우물거리며 말했다. "정 가보고 싶다면 제가 배를 저어 모셔다 드리지요. 돈은 필요 없어요."

두 사람이 배에 올라타자 어부가 입을 열었다. 그가 화자서에 온 이래 섬의 모습은 지금 그대로이지만 예전에는 섬에 오래된 집 한 채가 있어 비구니 한 사람이 살고 있었다는 이야기를 들었다고 했다. 언제인지 알 수 없으나 그 집은 헐렸고, 그곳에 살고 있던 비구니도 어디로 갔는지 알 수 없다고 했다.

"그럼 이곳 분이 아니신가 봐요?" 시췌가 물었다.

어부는 자신이 둘째 이모님 댁에 데릴사위로 들어온 지 벌써 5년이 지났다고 했다. 그는 매일 고기를 잡으러 호수로 나가지만 한 번도 섬에 사람이 있는 것을 본 적이 없다고 했다. 다만 3월에 누에가 검은 털이 나면서 부화할 때가 되면 화자서의 부녀자들이 섬으로 가서 뽕잎을 딴다고 했다.

그는 자신의 당객堂客(부인, 처)도 양잠을 하는데 네다섯 바구니 정도를 친다고 했다. 한번은 한밤중에 누에가 배가 고파하는 것 같아 남편에게 섬으로 가서 등불을 켜고 뽕잎을 따자고 말했다. 하지만 그녀는 이슬이 흠뻑 젖은 뽕잎을 누에가 먹으면 죽고 만다는 사실을 몰랐다. 결국 다음날 희디흰 누에를 몽땅 호수에 내다버리고 말았다. 그는 또 누에가 뽕잎을 갉아먹는 소리는 마치 여름날 비가 조용히 쏟아지는 것과 같아 듣기가 무척 좋다고 말하기도 했다.

여기까지 말하고는 어부가 고개를 들어 그들을 바라보며 물었다. "댁네는 어디세요? 무슨 연유로 저 섬에 가시려는 거예요?"

슈미는 아무 말도 하지 않고 멀리 펼쳐져 있는 뽕나무 밭을 바라보며 멍하니 있을 뿐이었다. 바람이 뽕나무 가지 사이로 불어와 낭랑한 소리를 냈다.

배는 점점 뭍을 향해 다가갔다. 시췌는 뽕나무 밭 가운데 무너진 담장의 토대를 볼 수 있었다. 그때 슈미가 탄식하는 소리가 들렸다.

"됐다. 올라가지 말고 돌아가자."

"왜 올라가지 않겠다는 거예요? 배가 거의 뭍에 닿았는데." 어부가 말했다.

"이레가 뭐야, 여드레나 달려 왔는데. 한번 오기도 쉽지 않아요." 시췌가 설득하듯 말했다. "올라가서 잠시 있는 것이 좋겠어요. 마음의 근심도 풀어놓고 말이에요."

"이미 다 봤어. 돌아가자꾸나." 슈미가 말했다.

그녀의 목소리는 그리 높지 않았지만 어조가 냉랭하고 단호하여 더 이상 반박을 허용치 않았다.

그들은 당일 화자서를 떠나기로 했다.

오봉선 한 척에 몸을 싣고 그들은 수로를 따라 푸지로 돌아왔다. 뱃사공은 운이 좋아 순풍을 만나면 다음날 점심때쯤 창장으로 들어갈 수 있다고 했다. 슈미는 어둡고 차가운 선실에 누워 머리맡에서 나는 쏴아쏴아 물소리를 들으며 꿈길로 빠져들었다. 이따금씩 갈대가 배의 덮개를 스치면서 사르륵사르륵 상쾌한 소리가 났다. 그녀는 꿈속에서 호수로 둘러싸인 작은 섬을 다시 한 번 보았다. 달빛 아래 푸른빛이 도는 무

복사꽃 그대 얼굴

덤과 뽕밭, 그리고 뽕나무 숲에 있던 무너진 담장과 떨어진 기와들. 물론 한류도 있었다. 얼마 동안인지는 알 수 없으나 두 사람은 창가에 앉아 이야기를 나누며 검은 밤이 서서히 색이 바래고 쳇물 같은 아침 해가 전율하면서 물가로 떠올라 호숫가의 나무숲이 붉게 물드는 것을 바라보았다. 한류가 그녀의 귀에 대고 말했다. 사실 우리들 한 사람 한 사람의 마음은 모두 포위된 작은 섬이야.

그러나 지금 한류는 또 어디로 간 것일까?

한밤중이 되어 어두침침한 등불이 선실을 밝혔다. 슈미는 옷을 여미고 앉아 선실 문을 통해 밖을 바라보았다. 배들이 열을 지어 지나가고 배마다 등불을 밝히고 있었다. 슈미가 세 보니 모두 7척이었다. 배들은 쇠사슬로 서로 이어져 있어 멀리서 보면 행인이 등을 들고 밤길을 줄지어 걸어가는 것처럼 보였다.

바람이 불고 하늘에는 뭇별들이 반짝였다. 가을 끝머리의 깊은 밤에 서서히 멀어지는 배들을 보고 있자니 자신도 모르게 몸서리를 치며 왈칵 눈물이 쏟아졌다. 그녀는 알았다. 이 순간 자신이 보고 있는 것은 길을 떠나는 배들이 아니라 바로 20년 전의 자신이라는 사실을.

그해 겨울 어느 이른 아침, 슈미는 평상시처럼 다락방에서 잠을 깼다. 날씨가 너무 추워 이불 속에서 한참을 웅크리고 게으름을 피우며 일어나고 싶지 않았다. 시췌가 채소밭에서 다락방을 향해 소리쳤다. "도미꽃 시렁 아래에 있는 납매가 모두 꽃을 피웠어요."

그 소리에 슈미는 침상에서 일어나 오두주 앞에서 머리를 빗었다. 탁자에 놓인 와부에 영롱하게 살얼음이 얼어 있는 것이 보였다. 어제 이 와부에서 세수를 했던 기억이 났다. 아마도 물을 깨끗이 비우지 않았던 것 같았다. 슈미는 무심코 와부를 힐끗 쳐다보다 순간 넋이 나간 것처럼 멍해졌다. 너무 놀란 나머지 그녀의 얼굴이 일그러졌다.

살얼음이 만들어 놓은 도안 속에서 한 사람의 얼굴을 보았기 때문이었다. 그는 바로 그녀의 아버지! 그녀는 진정 자신의 눈을 의심하지 않을 수 없었다. 아버지는 수염을 꼬고 미소를 지으며 넓은 대로변에 앉아 누군가와 바둑을 두는 중이었다.

다락방은 빛이 너무 어두웠다. 슈미는 나무빗을 아무렇게나 내던지고 와부를 들고 집밖 정자로 나갔다.

때마침 한 줄기 햇살이 동쪽 정원 담장의 나뭇가지 끝에서 비쳐들었다. 슈미는 정자 옆 돌로 만든 의자에 앉아 살얼음을 햇빛에 비추며 자세히 살폈다. 아버지 맞은편에 또 한 사람이 앉아 있었는데 뒷모습만 볼 수 있었다. 두 사람은 커다란 소나무 아래에 앉아 있고 그들 뒤편으로 나지막한 산비탈이 있었다. 산비탈에서는 양떼가 풀을 뜯고 있는 것 같았다. 그들 옆에 큰길이 하나 있고 길가에 물살이 급한 강이 흘렀다. 사람, 큰 나무, 초목, 강물, 그리고 양떼 등 어느 것 하나 뚜렷하게 보이지 않는 것이 없었다. 마치 살아 있는 듯.

큰길에서 차량 한 대가 멈추어서더니 차문이 열리고 어떤 사람이 한쪽 다리를 내밀고 막 차에서 내리려는 중이었다. 그 사람은 얼굴이 어두침침하게 보였지만 아는 사람 같기도 했다. 자세히 살펴보고 싶었지만 모습이 점점 흐려졌다. 따스한 햇살 아래 살얼음이 녹는 중이었다. 한 방울 한 방울 어쩔 수 없이 녹아가고 있었다.

녹아내리고 있는 살얼음은 바로 슈미의 과거이자 미래였다.

살얼음은 취약하고 사람도 또한 그러하다. 슈미는 가슴을 쥐어짜

복사꽃 그대 얼굴

는 듯한 고통을 느끼며 잠시 장랑의 기둥에 기대어 쉬면서 숨을 돌리고 싶었다. 그렇게 그녀는 그곳에 기댄 채 조용히 숨을 거두었다.

1956년 4월 신임 메이청현의 현장이 부임했다.[탄궁다譚功達 (1911~1976): 본명은 메이위안바오梅元寶이며 루슈미陸秀米의 둘째 아들이다. 태어난 지 얼마 후 옥졸인 메이스광梅世光의 처가 데리고 가서 오랫동안 푸커우浦口에서 거주했다. 메이스광은 1935년 병사했다. 임종 전에 이전의 사실을 모두 이야기해주었다. 생부는 푸지 사람 탄쓰라는 설이 있으나 상세히 알 수 없다고 했다. 1946년 신사군新四軍 정진중대挺進中隊 푸지 지대의 정치위원으로 임명되었으며, 1952년 메이청현장으로 부임했다.─원주] 그는 최신형 지프차를 타고 푸지의 저수지로 나 있는 매설공로煤屑公路(석탄 부스러기를 깐 도로)를 달리고 있었다. 현장은 차창 밖을 바라보다 우연히 어느 두 노인네가 큰 소나무 아래에서 책상다리를 하고 앉아 바둑을 두고 있는 모습을 보고 기사에게 차를 멈추라고 했다. 동승한 야오姚 비서는 현장이 바둑광이라는 사실을 알고 있었다. 그가 기사에게 차를 멈추게 하자 그녀는 애교스럽게 어린 티를 내며 현장의 팔을 밀치면서 웃으며 말했다.

"탄 현장님, 바둑 중독이 또 도지신 거예요?"

더봄 중국문학 11

복사꽃 그대 얼굴

- 강남 3부작 제1권

제1판 1쇄 인쇄	2019년 7월 1일
제1판 1쇄 발행	2019년 7월 5일

지은이	거페이
옮긴이	심규호
펴낸이	김덕문

책임편집	손미정
디자인	블랙페퍼디자인
마케팅	이종률
제작	백상종

「더봄 중국문학전집」 기획위원

심규호	중국학연구회 회장, 제주국제대 중국언어통상학과 석좌교수(현)
홍순도	매일경제·문화일보 베이징특파원, 아시아투데이 중국본부장(현)
노만수	경향신문 문화부 기자, 출판기획자 겸 번역가(현)

펴낸곳	**더봄**
등록번호	제399-2016-000012호(2015.04.20)
	12088 경기도 남양주시 별내면 청학로중앙길 71, 502호(상록수오피스텔)
대표전화	031-848-8007 ‖ 팩스 031-848-8006
전자우편	thebom21@naver.com
블로그	blog.naver.com/thebom21

한국어 출판권 ⓒ 더봄, 2019

ISBN 979-11-88522-54-5 04820
ISBN 979-11-88522-53-8 (전3권)